为 山 集

张新科 著

陕西师范大学出版总社

图书代号　WX22N1124

图书在版编目(CIP)数据

为山集／张新科著. —西安：陕西师范大学出版
总社有限公司，2022.7(2023.6 重印)
　ISBN 978-7-5695-3057-5

　Ⅰ.①为⋯　Ⅱ.①张⋯　Ⅲ.①中国文学—当代
文学—作品综合集　Ⅳ.①I217.2

　中国版本图书馆 CIP 数据核字(2022)第 108552 号

为山集
WEI SHAN JI

张新科　著

责任编辑	冯新宏
责任校对	张俊胜
封面设计	李渊博
出版发行	陕西师范大学出版总社
	(西安市长安南路 199 号　邮编 710062)
网　址	http://www.snupg.com
经　销	新华书店
印　刷	西安日报社印务中心
开　本	787 mm × 1092 mm　1/16
印　张	31.5
插　页	4
字　数	528 千
版　次	2022 年 7 月第 1 版
印　次	2023 年 6 月第 2 次印刷
书　号	ISBN 978-7-5695-3057-5
定　价	128.00 元

自　序

　　时光流逝,不知不觉自己已过六旬了。"子在川上曰:逝者如斯夫,不舍昼夜。"到了这个年龄,对孔子的话有了更深的理解和体悟。

　　我出身于普通农家,没有什么家学渊源。基础教育阶段,都是在村、公社(后改为乡)学校学习。中学时读了一点文学方面的书,喜欢写作,经常给县和市广播站写通讯稿,报道我们生产队和学校的先进事迹。1979 年,恢复高考的第三年,我考入大学。那年我 20 岁,从来没有出过远门的我第一次乘坐火车来到古城西安,这才开阔了眼界,真正开始系统学习中文课程,阅读古今中外有关文学经典。为了弥补基础的缺陷,我常常在图书馆或者自习室,如饥似渴地读书、学习。攻读硕士、博士学位时期,由于有了明确的专业主攻方向,阅读的书籍基本是中国古代的经典之作,而且做了大量的资料卡片。后来从事中国古代文学(唐前文学)的教学与科研工作。光阴荏苒,斗转星移,从1986 年工作至今已 35 个年头了。

　　整理出版这本小册子,就是对我学术之路的一个简单回顾。《后汉书》说:"一丝而累,以至于寸,累寸不已,遂成丈匹。"学术之路也是这样,需要一点一滴地积累。几十年的时间,还真积累了不少的想法。由于发表的学术论文都容易找到,所以这里不予收录,这里只收录一些零散的评论和日常的杂谈。其中最早的是我大学和研究生期间写的两篇杂谈,保留它们,也就是保留青春的岁月。

　　这本小册子,按照内容分为四个部分和一个附录,每一部分按照时间顺序排列。

　　序言·前言:首先是给博士弟子著作写的序言,基本都是这些博士学位论文出版时撰写的。由于我是这些博士论文的指导教师,也是第一位读者,有点体会,就写了评语。还有一些是应邀为师友的著作所写的一些感想。如引导我做学术研究的赵光勇老师90岁时出版《傅玄·傅子集辑注》,我是该书所属丛书的主编,也是该书的第一位读者,以非常崇敬的心情给该书写了序言,表达对赵老师的敬意。再有就自己主编的著作或者丛书选择一部分有代表性的前言,收录于本辑中。

访谈·评论:收录我在媒体或者其他场合接受的有关采访。涉及司马迁与《史记》研究,这是我的学术研究方向,也涉及自己的日常工作,如立德树人,学院发展等。评论部分是我学习前辈或师友的学术著作而撰写的书评和读后感。写书评和读后感的过程也是学习的过程,从这些著作中自己得到许多教益,或开阔的学术视野,或独特的思维方式,或严谨的逻辑结构,或新颖的研究方法,等等。

问道·漫谈:在求学问道过程中,我得到校内外许多先生的关心和帮助。关于我的博士导师霍松林先生,本辑有三篇文章,特别是本人在《光明日报》发表的《霍松林:唐音永存》一文,这是在我的博士导师霍松林先生逝世后撰写的。自己在学术上的成长离不开导师的精心培养,此文也是对导师的衷心感谢和深切怀念。我的硕士导师王守民先生,把我引向学术之路,使我在后来的学习工作中不断进步,《春风化雨》一文追忆当年师从王先生求学经历,缅怀先生的目的在于督促自己不要懈怠。另外,西北师范大学的赵逵夫先生是著名学者,对我也多有提携。他70寿辰时我代表学院去参加庆祝大会,有一个简短的发言,收录于本辑,也是表达对赵先生的崇高敬意。本辑中特别附录了我攻读硕士学位期间的访学记录。当年王守民导师安排我们师兄弟三人外出访学,从南到北,拜访了十多位专家,收获满满。这些先生分别是:成善楷、温洪隆、石声淮、李廷先、徐步奎(徐朔方)、张碧波、杨公骥、傅庆升、张松如(公木)、冯克正、谭家健、韩兆琦、褚斌杰。他们都是学界的前辈、著名学者,德高望重,给我们谈学术问题,谈学习方法,并就我们的毕业论文提出许多中肯的意见和建议。我记录了与他们的交流情况,时间过去30多年了,这也成为我人生中非常珍贵的历史资料。在多年的教学科研工作中,自己有一些体会和想法,在漫谈部分中,有的谈工作问题,如高校的人才培养、学科建设等,有的是对新学生的期望和对毕业生的嘱托,有的是参加学术会议时的发言,等等,旨在保留岁月的痕迹。

交流·思考:本辑收录多年来学术交流的一些想法,除了关于教学的内容以外,主要是学术交流的情况,特别是关于司马迁与《史记》研究的一些思考以及参加研讨会的总结。在交流中思考,在思考中交流,有助于开阔视野,有助于学业进步。

附录收录了部分师友对我个人著作的评论。多年来,自己的学术研究得到学界许多先生和朋友乃至学生的支持和帮助。我深知,自己的著作虽然出版,但还存在许多不足。师友对我著作的评论,既是对我成绩的肯定,也是对我最大的鼓励,促使我不断努力,不断进步。

学术研究,需要持之以恒,前进的路上也会遇到各种各样的困难。《论语》曰:"譬如为山,未成一篑;止,吾止也;譬如平地,虽覆一篑,进,吾往也。"《荀子》也说:"积土成山,风雨兴焉。"先哲们的这些话语,都以山为喻,强调恒心,强调毅力。学术研究也是这样,只有踏踏实实,勤奋努力,一步一个脚印,才能有所收获,才能成就一座大山,才能登上山的顶峰。我将以孔子的"为山"二字作为不断前进的动力,因此,以《为山集》作为这本小册子的名字,既是对过去的小结,也是对今后的鼓励。

感谢所有关心和帮助我的老师和朋友以及众弟子,感谢我的家人,感谢出版社愿意出版我的这本学思漫录。

2021 年 10 月 6 日,时值国庆长假,秋雨绵绵

目　　录

第二辑　访谈·评论

第一辑　序言·前言

一、序言

《汉魏六朝赋多维研究》序①

　　立兵同志的这本著作,是在他的博士论文基础上修改而成的。2002 年招收博士研究生时,在报考陕西师范大学古代文学专业的数十名考生中,立兵以总分和专业分两个第一的优异成绩脱颖而出,并成为我的博士开门弟子。入校后,他勤于耕耘,善于思考,经常与我探讨各种学术问题,并且在学期间发表了多篇论文,显示出年轻人的锐气。由于科研能力和综合素质突出,立兵同志毕业时被评为陕西省省级优秀博士生,而获此殊荣者在我校文理诸科博士生中仅有两人。学位论文的写作与修改历经数度寒暑,立兵为之付出几多辛劳。写成之后,得到了霍松林、刘跃进、钟振振、郭建勋、李浩、方铭等众多同行专家的称赞。如今博士论文修改稿即将付梓,立兵嘱我作序,作为他的同道,我甚感欣慰,慨然应允。

　　学界对于汉魏六朝赋的研究,取得了多方面的成果,但把汉魏六朝赋作为一个整体,从文学文化学角度进行研究则尚不多见,因此,这一选题具有积极意

---

　　①《汉魏六朝赋多维研究》,侯立兵著,人民出版社 2007 年 9 月出版。

义和创新精神。该研究超越了一般意义上的赋家、赋史或作品研究，文思不蹈故径，新见迭出。文章在诸多方面拓宽了赋学研究的领域，如在论及赋的生产之时对献赋、试赋问题的探究，还有对于"设论""七体""连珠"几类特殊赋体的系统考察，这些都是前人较少涉及的领域。

论著结构宏大，逻辑严谨，除绪论和结束语外共有九章，从文学源流、文学生产与接受、哲学、民俗学、文体学等视野对汉魏六朝赋进行了全面考察和多维透视，显示了宽广的知识结构和开阔的学术视野。在论述的总体结构上作者着力营构一种经纬交织的网状结构。纵向考察以时间为线索，旨在彰显赋所负载的文化精神在汉魏六朝时期的嬗变轨迹，力图引领读者体悟历史的纵深之感，这集中表现于精神源流、生产、接受诸方面。横向考察则旨在从不同侧面来发掘汉魏六朝赋的文化意蕴，包括文体、题材、意象等方面，从而揭示赋的文化内涵的丰富性。

论著做到了文学本位与多维视野的有机融合。作者在研究方法的选择上并非为了追赶和迎合某种时髦，相反，坚持文学本位和文本细读始终是本论著的立足点和生发点。由于赋是一种"苞括宇宙，总揽人物"的特殊文体，具有百科全书的特性，要想在细读文本的基础上阐发其丰富的文化内涵，多维视野就成了一种水到渠成的自然之选。既有比较深入的理性思考，又有坚实的文献基础，成就了这本专著的学术价值。

资料是从事文史研究的根柢。本书的研究虽然是多维性的，但是研究的风格却是朴实而严谨的。作者严格从文本出发，始终坚守着文学本位。无论是从文中出现的大量翔实的图表和统计数据，还是从作者对数以千计的文本、数百年的赋史和海内外赋学研究现状如数家珍的熟悉程度，都可看出作者在材料方面下的功夫之深。可以说，在材料的收集和整理上作者是无比"贪婪"的，体现出了一种"竭泽而渔"的执着精神。这一点对于一位年方而立的青年学人来说是非常难能可贵的。

近年来，立兵同志心无旁骛，在辞赋领域苦心钻研，已发表赋学论文十余篇，这本专著的出版是其学术之路的一个新的起点，我们期待着他今后取得更大的成绩。

2007 年 5 月 1 日于西安

《历代陕北诗歌辑证》序①

延安大学文学院刘向斌副教授是我的博士生研究生。记得在 2005 年 9 月 11 日的师生见面会上,刚入校的他便向我谈了未来三年里的读书和科研计划,其中谈到要写一本与陕北古代诗歌相关的书。我当时很赞同他的想法,希望他能够妥善处理好学位论文与其他科研写作的关系。两年以后,当他把厚厚的书稿送到我的案头嘱我作序时,我感到很高兴。我仔细阅读了这部将近 30 万字的书稿,认为该书在以下几个方面具有重要的学术参考价值。

首先,该书对研究和了解古代陕西具有重要的参考价值。陕北自古就是边防重镇,兵家必争之地。周秦汉唐以来,陕北更是保障长安稳定和繁荣的重要屏障,因此历代统治者非常重视陕北的军事战略地位。两汉时期的汉匈之战,魏晋时期的异族纷争,隋唐时期突厥、稽胡、党项等少数民族入侵,北宋时期的宋夏之战、南宋时期的金夏之战,元蒙铁骑的纵横厮杀,以及明代的鞑靼入侵等许多战争都发生在陕北。蜿蜒曲折的明长城遗址至今屹立在陕北北部,充分说明了这一点。所以,许多文人墨客挥洒手中之笔,将对陕北这片神奇土地的向往之情以及发生在陕北的事情以诗歌的形式记录了下来。这些诗歌对研究陕西历史文化皆有重要的参考价值。

其次,我感到这本书对研究陕西区域文学具有较高的学术参考价值。近年

---

① 《历代陕北诗歌辑证》,刘向斌著,陕西人民出版社 2008 年 1 月出版。

来,学术界兴起一股写作地方文学史的热潮。就陕西文学史来说,所见者有马宽厚的《陕西文学史稿》。该书由中国文学出版社 2002 年 5 月出版,内容涉及从古至今的陕西作家们,时间跨度很大,其中提及古代陕北的几位作家。延安大学陈明旭、高飞卫的《延安吟》辑录了有关陕北延安的 180 多首古代诗歌,时间跨度在唐代至晚清之间。其他有关陕北古代文学研究或介绍的著作很少见到。刘向斌在前人研究的基础上继续努力,多方收集资料,完成了《历代陕北诗歌辑证》一书。该书共收录从先秦至晚清时期的 1500 余首诗歌,且对这些诗歌的整体特征有着较为精到的分析、评价和考证,是目前所见有关陕北古代诗歌最为全面的一本集专辑、研究与考证为一体的著作。所以,这本书对研究古代陕西区域文学,尤其是古代陕北区域文学现象具有较高的学术参考价值。如上所述,陕北在清代以前一直是边防要塞,产生了大量的边塞诗。如果追溯源头,可以说,先秦时期已有描写陕北的边塞诗歌。这样,陕北也是古代边塞诗的发源地之一。因此,该书辑录的一些边塞诗歌,对研究古代边塞诗也有一定的参考价值。

最后,本书的最大特点是对陕北土著诗人的作品进行了初步的研究和整理。正如作者在书中所说的那样,"这些作品使我们看到了古代陕北人的生活方式和生命历程。所以,这些作品既有审美的价值,也有认识的意义"。从书中可以看出,随着年代的推移,陕北土著诗人呈逐渐增加的趋势。尤其是清代,由于陕北不再是边关要塞,因此生于斯、长于斯的陕北诗人们有了较为安定的生活环境和相对闲暇的创作时间。这些诗人的水平从整体上看很是一般,但也有部分作品达到很高的艺术水准,而这些诗歌显然不会被文学正史编纂者所关注。所以,从陕西文学史的角度看,本书对勾勒陕西区域文学的发展趋势具有重要的参考价值;而从中国文学史的角度看,本书所提供的资料也可以在一定程度上丰富中国文学史的内容,从而能更全面地反映中国古代文学发展的实际。

另外,本书也提供了一些重要诗人的生活经历和创作经历。比如,杜甫、李益、韦庄等皆来过陕北,并创作了许多与陕北相关的诗歌作品,而这些经历显然是文学"正史"所难以顾及的。事实上,目前所见的文学史专著往往忽略了从地方文献中寻找文学发展的线索和依据。所以,本书可以在一定程度上

"补史不足"。

当然,本书中也存在一些问题,比如,该书的注释比较简略,一些作品的真伪有待进一步考证,一些作家的传记资料需要进一步核实和补充,等等。不过,瑕不掩瑜。该书在整体结构上是完整的,在作品钩沉方面更是用力颇多。希望向斌同志百尺竿头,更进一步,在古代文学研究领域,尤其是在古代陕西地域文学的研究领域中,不断取得新的成绩!

是为序。

2007 年 9 月 22 日于陕西师范大学

《〈史记〉叙事学研究》序言①

　　刘宁同志的《〈史记〉叙事学研究》一书是在她的博士学位论文的基础上修改而成的,即将付梓,她嘱我写几句话。作为刘宁同志的指导教师、该论文的第一个读者,我很乐意借这个机会谈一点感想。

　　说起《史记》,我们自然会想到它的作者司马迁。司马迁处在西汉武帝的盛世时期,这是一个充满活力的时代,但司马迁个人的命运却是很不幸的,由于李陵之祸而受宫刑,奇耻大辱使他痛不欲生,但为了《史记》,他坚强地面对灾难,正如他在《报任安书》中所说:"所以隐忍苟活,幽于粪土之中而不辞者,恨私心有所不尽,鄙陋没世,而文采不表于后也。"他忍辱负重,终于以顽强的毅力、毕生的心血铸成了历史的长城——《史记》。他把个人对历史的认识、对社会的认识、对人生的认识都灌注在《史记》之中,使《史记》不再是简单的资料汇编,而是成为中国文化史上的经典之作,也成为世界文化宝库中的一颗璀璨明珠,鲁迅先生称之为"史家之绝唱,无韵之离骚"。由于它内容丰富,思想深刻,叙事生动,语言多彩,因此,成为史学家、文学家学习的榜样,历代对于它的研究也一直没有中断。根据史书记载,《史记》在魏晋南北朝以后流传到了国外,引起国外学者的广泛关注,尤其是在日本,已经形成了势力强大的《史记》研究队伍。目前,《史记》研究方兴未艾,乃至于形成了一门重要的学问——"史记学",涉及

---

① 《史记叙事学研究》,刘宁著,中国社会科学出版社 2008 年 11 月出版。

史学、文学、哲学、民族学、地理学、经济学、军事学、法学、档案学、新闻学、天文学、医学等多个领域,取得了丰硕的成果。刘宁同志在认真阅读《史记》的基础上,广泛查阅了古今以来司马迁与《史记》研究的成果资料,最终选定从叙事学角度对《史记》进行研究,这个选题颇有意义。因为历史叙事是中国叙事文学中的一个重要方面,它成熟早、影响大。甲骨卜辞、卦爻辞、铭文作为现存最早的文字记录之一,其中已具有了一些叙事的因素和特点,对整个中国文化的后续发展,尤其对叙事文本的形成奠定了基础。在历史叙事文本中,《尚书》《春秋》处于早期历史叙事的起步阶段,各有一定的特点。《汉书·艺文志》说:"古之王者世有史官,君举必书,……左史记言,右史记事。事为《春秋》,言为《尚书》。"记言、记事是早期历史记载的主要特征,有较明确的时空观念,但这些记事还缺少必要的文学色彩。到了《左传》《战国策》《国语》等,历史叙事已经成熟,而且成就突出。就以《左传》来说,张高评先生在《左传之文学价值》一书中概括前人评点之说,归纳《左传》有正叙、原叙、顺叙、逆叙、对叙、类叙、侧叙、预叙、插叙、暗叙、倒叙、补叙等30种叙法。《史记》在前代历史叙事基础上进一步发展,达到了中国历史叙事的辉煌顶峰,代表了中国历史叙事的最高成就。可以说,以《史记》为对象展开叙事学的研究具有典范性的意义。

叙事学理论,是当今西方学术界一个重要的文学理论,20世纪80年代以来被译介到国内,对中国文学研究起了积极的作用,并出现了一些有影响的成果。借用西方叙事学的理论来研究《史记》的文学形式和文学特征,这是一项很有新意的尝试。刘宁同志从叙事视点、叙事情节、叙事时间、叙事结构、叙事话语、叙事接受等方面进行《史记》叙事学的研究,提出了许多新的见解。如叙事视点部分通过与之相关的叙事者、叙述立场、叙述角度等方面对《史记》的叙事进行解释,由此揭示叙事者主体性对叙事文本以及读者所产生的影响。《史记》情节研究,作者认为《史记》叙事存在浪漫情节、讽刺情节与悲剧情节三种情节类型,它们分别隐喻着叙事者的理想、叙事者的批判和叙事者的同情,这三种情节的存在,形成了《史记》叙事的张力,也形成了《史记》的反讽意味。《史记》叙事时间的研究,注意从历史叙事时间与历史时间的区分上探索叙事主体的方式特征,揭示了"复调"在叙事中的运用效果,指出《史记》叙事中司马迁所关心的不是宏观历史的经验与教训,而是人的情感生活和命运,因而体现在叙事中的时间过程,就不是体现普通道德意义的客观事件逻辑,而是体现特定个人性格和命运的生命历程。《史记》结构研究,主要从《史记》的外部结构和内部结构进行分析,认为作品的外部结构、内部结构都是作者主体性的很好的表现,体现了作者深层的意识形态选择。《史记》叙事话语分析,作者认为叙事话语的策略与技巧并不是纯粹的形式问题,成功的叙事向来是形式与内容的完美结合。形式中实际蕴含了意识形态内容,带有一定程度的话语权力,并从《史记》叙事话语的外语境、内语境、话语模式及意识形态等方面进行了分析。总体来看,作者对叙事学这一基本理论理解掌握得比较好,运用自如,尽管个别地方的论述还显薄弱,但作者能够自立一说,敢于提出自己的见解,对于《史记》的认识有了新的突破,这是难能可贵的。

　　《史记》是文史结合的典范著作,是在历史真实的基础上进行艺术的描写,它化腐朽为神奇,使死的冷冰冰的资料变成活的热乎乎的生命,它既不同于一般的历史叙事,又不同于纯文学的艺术虚构,正如金圣叹在《读第五才子书法》中所说,《史记》是"以文运事",《水浒传》是"因文生事"。但是,《史记》的历史叙事方法却对中国纯文学的叙事作品产生重要影响,如小说、戏剧等。刘宁同志结合自己的专业特点,在全面掌握历史叙事发展历程的基础上,着重挖掘《史记》历史叙事的文学特征和价值,由此展现《史记》在中国叙事文学史上的地位。这样的研究,重点突出,线索分明。我们通读全书就会发现,作者对每一问题的论述,重点都在叙事的文学特质方面,叙事视点、叙事情节、叙事时间、叙事结构、叙事话语,凸现的是文学的审美和文学的效果。叙事接受一章,作者把《史记》放到整个中国文学史的长河中进行分析,探讨历代文学家对《史记》叙事的接受,这是前几章内容的归结,既进一步突出了《史记》历史叙事的文学特点,又体现了历史叙事对文学叙事的影响。如此一来,《史记》在中国文学史上的地位明晰可见。当然,作者还特别注意到历史叙事与文学叙事的联系与区别,并注意从辩证的层面理解两者的关系,在"余论"中对叙事的主体与客体、实录与想象等关系问题提出了自己的见解,显示了作者对中国叙事文学的全面认识。

　　由刘宁同志的研究我想到目前《史记》研究如何进一步深入的问题。从《史记》研究史看,两千多年来,国内外学者从不同的方面提出了许多问题,也解决了许多问题,也有许多问题需要进一步挖掘,还有许多问题虽然有人提出但没有很好解决。《史记》研究要深入，还有许许多多的工作要做。我以为最主要的是要在整理前代研究成果的基础上进行系统的理论研究，就是要看准问题，选准角度，用合适的理论和方法去解决问题。如《史记》叙事问题，前人已有涉及，从汉代的刘向、班固、唐代刘知几的《史通》，一直到清代刘熙载的《艺概》，等等，都有一定的评论，但都比较零散，还没有形成体系，没有从理论上进行升华。借用叙事学理论，我们就可以把零散的研究统率起来，进行整体性的研究，这样就上了一个档次，就有了新意。类似的问题还很多，如司马迁"爱奇"的问题、班马异同问题、《史记》与古典小说的关系问题、《史记》与经学的关系问题，等等。这些问题，前人或多或少都有涉及，但都需要在理论上进一步深入，而不能停留在简单的零碎的评论层面。在全球化时代的今天，更需要我们解放思想，善于借鉴国外一些重要的理论和方法，来解决《史记》研究中的一些问题，在这个过程中当然要注意不能生搬硬套，不能玩弄新名词。如借鉴国外挫折心理学、创造心理学、精神分析学等理论，深入探讨司马迁在逆境中的创作心理和创造意识；借鉴接受美学理论，以读者为立足点，从历时性与共时性、接受的目的与方式、接受的效果与反应等方面深入探讨《史记》的价值及其影响；等等。总之，理论研究有助于问题的深入。没有理论的深化和总结，就无法使研究有深度。目前的《史记》研究已在这些方面有了一定的起色，出现了一批有学术特色、有理论深度的著作。期望《史记》研究者能继续扩大成果，使理论研究更上一层楼。

学无止境。刘宁同志对中国传统文化有浓厚的兴趣，思想敏锐，学风严谨。我期望她以《〈史记〉叙事学研究》为起点，在学术研究方面不断努力并取得新的成就。

是为序。

2008 年 2 月 25 日

《长安文化与中国文学丛书》总序①

    长安,是中国历史上建都朝代最多、历时最久的都市,先后有 13 个王朝建都于此,绵延 1100 余年。经过漫长的岁月洗礼和深厚的文化积淀,诞生了辉煌灿烂的长安文化。长安文化具有多种特性。第一,它是一种颇具中国西部特色的地域文化,以长安和周边地区为核心,以黄土为自然生存环境,以雄阔刚健、厚重质朴为其主要风貌,这种文化精神一直延续到今天,仍然富有强大的生命力,20 世纪中国文学的"陕军"、中国艺术的"长安画派"等,显示出独特的魅力,可以称之为"后长安时期"的文化。第二,它是一种兼容并包的都城文化,既善于自我创造,具有时代的代表性,又广泛吸纳其他地区、其他民族的文化,也善于吸纳民间文化,形成了多元化的特点。第三,它是中国历史鼎盛时期的盛世文化,尤其是汉唐时期,这是中国历史上的盛世,此期所产生的文化以及对外的文化交流,代表了华夏民族的盛世记忆,不仅泽被神州,而且惠及海外。第四,它是历史时期全国的主流文化。由于长安是历史上许多王朝的都城,是当时政治文化的中心所在,以长安为核心形成的思想、文化,辐射到全国各地。第五,它是中国文化的源头,产生在中国历史的早期,是中国文化之根,对中国文化以及中华民族共有家园的形成具有不可估量的影响。

    对长安文化进行研究,一直受到人们的重视,近年来更有了新的起色,尤其

---

① 该序言由众人讨论,张新科执笔。丛书由张新科、李西建主编,2010 年开始商务印书馆陆续出版。

是"长安学""西安学"的提出,为长安文化的研究注入了新的时代因素,并受到海外学者的关注。陕西师范大学地处古都长安,研究长安文化是学术团队义不容辞的责任。为了深入挖掘长安文化的内在价值,探讨长安文化在中国文化、世界文化史上的地位,陕西师范大学文学院借国家"211 工程"三期重点学科之机,以国家重点学科中国古代文学为龙头,全面整合文学院学术力量,申报了"长安文化与中国文学"研究项目,获得教育部的支持。本项目的研究,一方面是要发挥地域文化的优势,进一步推动长安文化的研究,并且为当代新文化建设贡献力量;另一方面也为研究中国文学找到一个新的切入点和突破口,使文学研究有坚实的文化根基。这是一种新的视野和新的尝试,我们的研究主要有以下三个方向。

第一,长安文化与中国文学的演变。

本方向立足文学本位,充分发挥地理优势,以长安文化为背景,对中国文学进行系统研究。(1)长安文化与中国文学精神。主要研究长安文化的内涵、产生、发展、特征以及对中国文学精神所产生的影响。(2)汉唐文学研究。主要研究长安文化形成时期以《史记》和汉赋为代表的盛世文化的典型特征以及对后来长安文化的奠基作用,研究唐代作家作品、唐代文化与文学、唐代政治与文学等,探讨汉唐时期长安文化与中国文学之间的内在联系及其在中国文学史上的价值与意义。(3)汉唐文学的域外传播。主要对汉唐文学在域外的传播、汉唐文学对域外文化的影响、长安文化对域外文化的接受等问题进行全面研究。(4)古今文学演变。以长安文化为切入点,探讨长安文化辐射下"后长安时代"中国文学的发展规律以及陕西文学的内在演变。

确立本研究方向的依据在于,长安文化从本质上说是以周秦汉唐为代表的中国传统文化,具有深刻的内涵。本项目首先需要从不同的层面对长安文化进行理论总结和阐释,探讨长安文化对中国文学精神的渗透,在此基础上进一步探讨长安文化对中国文学演变所产生的重要影响。汉唐时代是中国文化的转折期,也是长安文化产生发展乃至鼎盛的重要时期。所谓"汉唐雄风""盛唐气象"就是对这个时期文学的高度概括。不仅如此,汉唐文学流播海外,对日、韩等汉语文化圈国家文化产生了深远影响,研究域外传播,可以从新的角度认识汉唐文学及长安文化的价值意义。今天的古城长安(西安)以新的面貌出现在世界舞台,形成新的文化特征。通过古今文学演变研究,探讨、总结中国文学和陕西文学的发展规律,进而为长安学(或西安学)的研究奠定良好基础。

第二,长安与西北文化。

本研究方向立足长安文化,突出地域文化特色。主要有:(1)西北重点方言研究。关中方言从汉代开始即对西北地区产生辐射作用,这种作用在唐代以后持续不断,明清两代更有加强。因此,西北方言与关中方言的关系极其密切。从古代直到现代,西北的汉语方言与藏语、阿尔泰语系诸语言发生接触,产生了一些重要的变异。对这些问题的研究,是我们的任务之一。(2)秦腔与西北戏曲研究。在长安文化的大视野下研究长安文化对秦腔及西北戏曲形成发展的影响;同时又以秦腔及西北戏曲为载体,研究戏曲对传播长安文化所起的作用,从而显现长安文化在西北民族文化精神铸造中的巨大作用。(3)西北民俗艺术与文化遗产保护和利用研究。主要研究西北民俗文化特征、形态以及对精英文化的影响,研究如何保护和利用文化遗产并为当代文化建设服务。

确立本研究方向的依据在于,加强西北地区代表性方言的研究,对西北方言史、官话发展流变史、语言接触理论研究等,都具有重大的理论和现实意义。秦腔是我国现存最古老的戏曲剧种之一,号称"中国梆子戏家族的鼻祖",是长安文化的活化石。秦腔诞生于陕西,孕育于秦汉,发展于唐宋,成熟于明末清初,受到西北五省人民的喜爱,已经被选入我国首批非物质文化遗产推荐项目。西北民俗的中心在陕西,陕西民俗文化是西北民俗文化的发源和辐射中心地。陕西民俗文化作为民族传统文化形式,对社会个体和整个社会都重要有意义。同时,陕西曾是中国文化的中心之一,作为最早游牧文化与农耕文化的交汇点,留下了许多宝贵的文化遗产,这包括物质文化遗产和非物质文化遗产两方面。对于这些遗产的整理、保护以及利用,不仅可以加速社会文化、经济等各方面的发展,也可以构建和完善中国文化的完整性。

第三,长安文化经典文献整理与研究。

本方向对长安文化经典文献进行整理与研究,主要内容有:(1)"十三经"的整理与研究。主要完成《十三经辞典》的编纂任务。之后,再进一步进行"十三经"的解读与综合研究,探讨经典文化在中国文学发展中的重要意义。(2)与长安文化有关的文学文献整理与研究。本项目拟对陕西尤其是关中地区的古代文学文献进行系统的整理(如重要作家的诗文集等),在此基础上进行综合研究。

确立本研究方向的依据在于,"十三经"与长安文化关系密切,保存了先秦时期的重要文献,尤其是《诗》《书》《礼》《易》几部经典中的绝大部分内容,属于以丰镐为都城的西周王朝的官方文献。"十三经"既是早期长安文化的标志性成果,也是秦汉以来长安文化和中国文化的理论基础和思想渊源,内容涉及古代文化的许多方面,诸如天人合一的思维模式、天下为公的大同理想、以民为本的治国原则、和谐人际的伦理主张、自强不息的奋斗精神、重视德操的修身境界,等等,这些思想、精神渗透在民族的性格与心理之中,具有强大的凝聚力。另外,长安文化形成时期,产生了许多经典文献,经、史、子、集均有保存。许多文人出生长安,或游宦到长安,创作了大量的文学作品,对长安文化的形成起了重要作用,这是研究长安文化的基础,需要进行细致的整理。

通过对以上三个方向的研究,我们期望能对长安文化进行较全面的认识,尤其是对长安文化影响中国文学的诸多问题有开拓性的认识。在商务印书馆、中华书局、中和化德传媒有限公司、三秦出版社、陕西人民出版社等单位的大力支持下,我们拟把研究成果以不同的丛书形式出版,目前已启动的有《汉唐文学研究丛书》《长安学术丛书》《长安文献资料丛书》《陕西方言重点调查研究》等。《十三经辞典》已经出版五卷,我们将抓紧时间完成其余的八卷,使其成为完璧。总之,通过"长安文化与中国文学"项目的实施,我们要在学术上创出新特色,在队伍上培养出新人才,使我们的学科建设再上一个新台阶,同时也为国家与地方文化建设和文化遗产保护做出一定贡献。

《长安文化与中国文学》丛书工作委员会 2009 年 11 月 22 日

《先秦士人与司马迁》序①

　　长顺同志的这本著作,是在他的硕士学位论文——《先秦士人道义传统与司马迁〈史记〉的批判精神》基础上进行修改补充而成的。2003 年,长顺同志顺利通过高校教师攻读硕士学位招生考试,开始在我的门下学习。他为学严谨,刻苦努力,善于思考,勤于耕耘,在学期间发表了多篇论文,初步显示出了他的学术素养。学位论文写成之后,送校外专家盲审,得到了东北师范大学曹胜高教授、南京师范大学徐克谦教授、西北大学李志慧教授的肯定,三位专家对论文的评定成绩均为优秀。在毕业论文答辩会上,李浩、张弘、高益荣、傅绍良、高一农五位专家一致称赞该学位论文有一定的学术性和理论性。最后,被答辩组评定为优秀硕士学位论文。此后的几年,长顺同志在繁忙的工作岗位上也没有停止学业的进步,2008 年通过博士入学考试,成为我的博士生;也没有停滞学术上的追求,近年来发表学术论文 10 多篇。在深入思考、不断提高的基础上,长顺同志对自己的硕士学位论文进行了认真的补充完善和深化。如今,修改稿即将付梓,作为导师和第一位读者,我很乐意对这部著作说几句话。

　　司马迁是世界文化名人,他的巨著《史记》具有百科全书的特点,学术界对于司马迁与《史记》的研究,取得了多方面的成果,就司马迁与士人研究而言,单篇论文也不少。但是,把先秦士人与司马迁进行系统研究,并从思想、文化史的

---

① 《先秦士人与司马迁》,王长顺著,陕西师范大学出版总社 2010 年 10 月出版。

角度给予观照的尚不多见。该论著突破一般意义上的士风与司马迁研究，从先秦士人思想文化、精神传统等入手，探究这些思想精神在司马迁身上及《史记》中的承继和发扬。尤其是将先秦士人的道义传统与司马迁《史记》的批判精神进行勾连，挖掘其间的联系，分析司马迁《史记》批判精神的渊源、目的、批判内容和表现形式，对以往的研究都有所超越。如论著认为，先秦士人所表现出的"崇道尚义"传统对司马迁的影响乃是其在《史记》中表现出强烈批判精神的历史渊源。论著在有些方面还拓新了士人与司马迁研究的一些观点。如探讨先秦士人史鉴教育传统对司马迁《史记》史学社会功用论的影响、先秦士人理性精神与《史记》的创作宗旨的关系，等等，都是对当前司马迁史学思想研究的有益补充。

论著结构宏大，逻辑严谨。全书除绪论和结语之外，共有 14 章，分为上下篇。上篇从精神传统、理想人格、学术思想、政治思想、历史意识、史传传统、道义传统方面分析先秦士人对司马迁的影响。与此同时，著作还注重论说司马迁在以上诸方面的继承、弘扬和创造，视野宏阔，境界高远。下篇选取孔子、孟子、老子、庄子、荀子、韩非子、屈原这些先秦时期有代表性的士人，作为个案分析，探索其与司马迁的精神关联。这对于上篇的宏观研究来说，既是论据支持，又是观点印证。各章节之间层次分明，构成了完整统一的体系，这使得该书成为一部在论说先秦士人与司马迁方面较为详尽的专门论著。

论著有意识地体现思想文化视界与观照对象的有机结合。如在思想史方面，论著主要从学术思想、政治思想方面研究其对司马迁的沾溉。而学术思想则选择了对中国思想文化影响深远的儒家、道家、法家，详细而具体地分析了它们对司马迁《史记》的影响；在政治思想方面，就先秦士人重德思想、民本思想、法治思想在司马迁《史记》中的体现做了充分的阐释。在文化史方面，就精神传统而言，论著涉及先秦士人的忧国忧民传统、"诗言志"传统、不朽意识等，并分别与司马迁的爱国思想、"发愤著书"说、《史记》创作之元动力相联系，考察它们之间的必然关系。就历史意识而言，又从史官文化、史鉴教育传统、理性精神等方面切入，分别阐释它们与司马迁的历史主体意识、史学社会功能、创作宗旨的贯通。这样的特点在论著中表现得十分明显。

任何研究离不开对原著的深刻理解和对有关资料的挖掘。从论著看，长顺同志下了很大功夫对《史记》文本进行细读,从中探讨司马迁的思想与人文精神,不空发议论。同时,为了深入理解司马迁的思想、精神渊源,他阅读了大量先秦典籍,中国古代经、史、子、集等有关的文献均有所涉及,并引用恰当,印证充分。而对于现当代的研究资料也广有涉猎,对其中有益的观点也进行了较好的借鉴,表现了长顺同志严谨的治学态度和朴实的学术作风。另外,论著也显示出了长顺同志较强的问题意识。如从先秦士人的道义传统思考司马迁《史记》的批判精神,实属难能可贵。更值得一提的是,论著提出,对先秦士人优秀传统对于后世读书人的影响途径、传承方式、接受过程等问题的研究,应当引起学界的关注,并以期这方面的研究对培养现代知识分子的社会责任、承当精神、理想人格起到积极的作用。这样,就把历史研究与现实社会结合起来,使研究更具有现实意义。

《史记》是先秦文化的集大成者,又是汉代文化的代表,因此,把司马迁与先秦士人联系起来进行研究,一方面体现了先秦文化广泛而深远的影响,另一方面也体现了司马迁在继承传统的基础上进行新的巨大的创造。如先秦时代的儒家、道家、法家等对司马迁产生了多方面的影响,各家学术思想在他身上都有一定的表现,但司马迁的伟大在于他能融百家成一家,这“一家”已经超越了先秦的各家而具有了独立的新的内涵,是司马迁对中国学术的重要贡献。如果仅仅停留在先秦的“影响”层面而忽略司马迁的“创新”层面,就不能真正了解司马迁。长顺同志很好地把握好了这两者之间的关系。从这个角度来说,本课题的研究具有重要的理论意义,它对于全面认识司马迁、认识汉代文化能起到积极的促进作用。

司马迁与《史记》研究已有两千多年的历史了,如何使研究继续深入下去,是值得学术界思考的问题。长顺同志对司马迁与《史记》有浓厚的兴趣,且勤于思考,善于思考,期望他能以本课题的研究为起点,更加努力,在司马迁与《史记》研究上取得更大更好的成绩。

2010 年 7 月 31 日于西安

《西汉赋生命主题论稿》序①

前几天,延安大学刘向斌博士打电话来,告诉我欲出版其论著《西汉赋生命主题论稿》一书,并嘱我写序。作为老师和第一读者,我乐于为之。该书是在其博士学位论文基础上修改而成的,前后历时四年。而今得以正式出版,将为汉代辞赋研究领域增添一部新的学术专著,可喜可贺。

我与向斌相识已十多年了。1999 年 3 月,他在西北高师培训中心参加中国古代文学硕士学位班的学习,我给该班讲授"先秦两汉魏晋南北朝文学"课。他给我留下的最深刻的印象是善于思考,勤学好问。课程结束时,他写了一篇《秦汉文学的人文精神》一文交给我,让我指点修改。后来,他的硕士学位论文又选择我做指导老师,并以《生命的焦虑与宣泄——西汉赋的人本特质》为题提交答辩,获得了全体答辩委员的良好评价。此后,向斌一直以汉赋为研究对象,发表了一系列相关论文。2005 年 9 月,他以优异的成绩考入陕西师范大学,跟着我攻读博士学位。三年期间,他在完成单位的教学、科研和管理工作的同时,也在积极努力地完成他的学业以及在读期间的科研任务。他的博士论文,仍然以西汉赋为研究对象,但研究重心已经转向生命主题。该论文顺利通过了五位外审专家的评议,并在论文答辩时得到答辩委员会专家的肯定性评价。可以看出,在"人文精神""人本特质""生命主题"这几个关键词之间,有着明显的递进性,

---

① 《西汉赋生命主题论稿》,刘向斌著,中国社会科学出版社 2012 年 4 月出版。

并且逐步深入,体现了作者的学术研究历程,这也是作者多年思考之后的结果。所以,若从1999年6月份开始算起,则这本专著从初步构思到最终完成也已历时十年有余了。

从20世纪80年代开始,中国古典文学研究进入转型时期,其突出的特点就是具有强烈的文化意识。正是在这样的学术背景之下,中国文学的生命主题研究也于此时渐渐兴起。最先见到的是一些零星的论文,多着眼于个案式研究。20世纪90年代末期,钱志熙先生《唐前生命观和文学生命主题》著作的出版,成为宏观研究与微观研究、时空背景与个案研究相结合的标志性成果之一。该书从史的角度梳理了唐前数千年间古代先民的生命意识及其对文学生命主题形成的影响,其中有两章内容涉及汉代辞赋的生命主题问题。21世纪以来,也有相当一部分论文涉及生命意识和生命主题等方面的问题,但以某种文学样式作为研究对象进行专题性研究的专著尚不多见,而探讨汉赋生命主题的论著则更少。刘向斌博士在多年思考与研究的基础上,撰写了这部《西汉赋生命主题论稿》,这是专题性研究的一部力作。此书的完成与出版,体现了作者的创新精神,拓宽了汉赋研究的视界,对促进汉赋研究具有重要的学术价值。

众所周知,汉赋之中,"歌功颂德""润色鸿业"的颂述功德之作较多。当然,也有相当部分赋作具有明显的生命感伤色彩。那么,美颂与讽谏能否纳入生命主题的范畴?如何鉴定其与生命主题的关系?这本身是一个比较棘手的问题。作者并没有绕过这一难题,而是从赋家的担当意识的角度予以立论,认为:"我们不能笼统地对西汉赋中的讽谏精神和颂美倾向加以否定,而应从赋家生命理想角度肯定其存在的合理性。如此说来,西汉赋生命主题不仅包括死亡焦虑、长生幻想,也包括以'民本'思想、王道德政理想为核心的国家忧患意识和群体大生命意识。"如果说个体生命感伤属于赋家的现实关怀,则讽谏和美颂则具有终极关怀的意味。这样的结论也不无道理,有其合理性。

从文学文献角度看,汉代存在大量疑而不定的文学作品,尤其是汉诗、汉赋比较突出。就西汉赋而言,除了《史记》《汉书》等史书中辑录的部分赋作真实可信外,大量的作品收录于后世类书或各类典籍之中。比如,《孔丛子》《西京杂记》《古文苑》《艺文类聚》等典籍中存录有许多赋作,曾引起学术界辨伪证真的热烈争论。因此,考辨真伪也是研究汉赋必须解决的问题之一。这一点,作者也做了大量的工作,尤其对《孔丛子》《西京杂记》中收录的西汉赋,比如《美人赋》等,作者不避繁难,详加考证,结论是可信的。这无疑扫清了论述过程中的诸多障碍,使结论更为可靠。

依《汉书·艺文志》所收录的西汉赋数量而论,近千篇的赋作也颇为可观。问题是,而今看到的西汉赋完整者并不多,若加上残篇,也不过百十篇而已。因此,这样少的作品是否具有代表性?能否反映出西汉赋的整体风貌?作者在《绪论》中也指出:"我们赖以分析的西汉赋约 58 篇。而《汉书·艺文志》中载录西汉赋家共计 73 人,赋作共 934 篇。所以,我们今天所看到的赋家仅占汉志载录的 42.4%,他们的赋作可读者仅占汉志载录的 6.2%。"尽管如此,作者并没有因此退却,而是采用管中窥豹的办法,尽可能将西汉具有代表性赋家、赋作作为研究的对象。事实上,诸如贾谊、严忌、枚乘、东方朔、董仲舒、司马相如、司马迁、王褒、刘向、扬雄、刘歆等赋家的赋作多为可信,而且分布于西汉前、中、后各个时期,具有相当的代表性。因此,所得出的结论也并非空穴来风,而具有可靠的文学事实作为证据支撑。

就方法论而言,从文化学的角度探讨汉赋者很多,而从生命哲学的角度予以分析者不多,而选择"生命主题"为中心话语者则更少见。而且,一般认为,东汉赋家的生命意识似乎更加浓郁,因而东汉赋的生命主题更明显一些。也正因此,讨论西汉赋家的生命意识,挖掘西汉赋的生命主题并非易事。而且,作为论著,理论创新尤为重要。这一方面需要凝练出具有自身特点的核心概念,另一方面必须能够自圆其说,并信服于人。作者通过阅读大量的中西方相关论著,并形成自己的理论体系。该书以"自我"和"他我"这两个核心概念为基础,认为西汉赋家具有分裂性、双面性的人格特征。其中,自我具有个体性的生命期待和崇高化的意味,而他我则具有群体性的道义意识和担当责任感。二者之间既有协调的一面,也有矛盾的一面。西汉赋家的生命痛苦,就是与二者之间的矛盾有关;西汉赋的生命主题的形成,也是赋家这种分裂性的人格特征的一种体现。

总之,向斌博士在《西汉赋生命主题论稿》中不仅做了大量的文献考辨工作,而且也对每篇赋作予以精到的分析。他结合中西方有关的生命哲学观点,形成自己的理论框架和判断标准。他的努力与付出,已深深地印在此书的字里行间。此书的出版,是他多年辛勤工作的总结,也将是他学术研究的一个新起点。我相信,凭着对学术不懈追求的精神,在不久的将来,向斌博士将会有另一部有关东汉赋生命主题的专著面世。只有这样,汉赋的生命主题研究才是完满的和完整的。我们期待着这一天早点到来。

2011 年 8 月 8 日于陕西师范大学

《汉乐府接受史论(汉代—隋代)》序言①

唐会霞博士的学位论文经过修改、打磨即将付梓,作为她的指导老师,我颇感欣慰。唐会霞博士本科阶段即就读于陕西师范大学中文系,那时我刚刚毕业留校任教,给她所在的班讲授中国古代文学史。她给我的印象,是一个非常朴实、言语不多、踏实勤奋的学生。大学毕业后她在一所中师任教,一直坚持学习,并在职取得硕士学位。2004年再次考入陕西师范大学,随我攻读博士学位。当时,她在博士生群体里已属年龄较大的。但是,她依然保持着踏实勤奋的精神,认真学习,刻苦钻研,克服了一切困难,发表了多篇高质量的论文,并顺利完成了博士学位论文。我对她的精神感到钦佩,因而当她嘱我作序的时候,我欣然接受。

汉乐府诗是汉代音乐机关创作、搜集、整理的乐曲歌词。其来源有两种主要途径:一是乐府机构中的专职人员创作。根据《汉书·百官公卿表》等记载以及1977年在秦始皇陵附近出土的秦代错金甬钟,可以肯定秦代就有乐府机构,在汉代进一步发展。乐府作为音乐机关,职责之一就是制作乐辞,用于国家机关的各种典礼仪式,诸如祭祀、册封、宴享、帝王出巡、行军等,如司马相如等创作的《郊祀十九章》等;第二个途径是乐府机构的人员到民间采集诗歌,然后配以音乐进行歌唱,其目的也在于观民风,知得失,如《汉书·礼乐志》所说:"采诗

---

① 《汉乐府接受史论(汉代—隋代)》,唐会霞著,中国社会科学出版社2012年12月出版。

夜诵,有赵、代、秦、楚之讴。"可以说是俗乐,有时也配合雅乐用于典礼活动。汉乐府诗特别是民间俗乐歌词在流传过程中,对后代诗歌的创作产生了深远的影响,以至形成我国诗歌的一种重要体式,从汉代起即有了文人的模拟之作,以后仍有佳作,传承两千余年不衰。而另一方面,研究它的著作,从晋代开始便渐渐丰富,至元、明、清三代更为兴盛。进入 20 世纪以后,著名学者黄节、闻一多、朱自清、胡适、罗根泽、王易、萧涤非、余冠英、王运熙、杨生枝、赵敏俐、吴相洲、钱志熙、张永鑫、孙尚勇等,皆有专门的乐府研究著作或论文出版、发表。此外,日本学者佐藤大志、津滨涉之等也有著作问世。这些学者们分别从文献、音乐、文学、民俗、地理等不同的角度,以不同的方法全方位研究了汉乐府及历代乐府诗,取得了丰硕的成果。唐会霞博士的学位论文正是在这些成果的基础上,借鉴西方接受美学理论,对汉乐府进行了新的深入的研究。

接受美学理论于 20 世纪 80 年代传入我国。该理论认为,作家创作的文本在未经读者阅读之前不能称之为"作品",而只能称作"本文",在经过读者的阅读之后,即在融入了读者的经验、情感、评论、审美趣味等因素之后方才成为作品。读者是文学作品最后完成必不可少的条件。这一理论强调了读者在文学作品创作过程中的重要地位,为我国学者的文学文化研究提供了全新的思路。于是,各种以接受美学理论为基础研究文学文化的著作、论文大量涌现。著作如刘学锴《李商隐诗歌接受史》、钱理群《远行以后——鲁迅接受史的一种描述》、马以鑫《中国现代文学接受史》、尚学锋等《中国古典文学接受史》、李剑峰《元前陶渊明接受史》、俞樟华《唐宋史记接受史》、王玫《建安文学接受史论》、张静《元好问诗歌接受史》、朱丽霞《清代辛稼轩接受史》,等等,遍及古今中外的作家作品研究、论文更是数不胜数。而借鉴这一理论研究文学文化现象的硕士、博士论文更是层出不穷,但是对汉乐府的接受史研究尚属空白。唐会霞的博士论文正可弥补这一缺憾,为汉乐府的研究提供新的思路和方法。

汉乐府诗是中国文学史上继《诗经》之后现实主义文学的又一座丰碑,尤其是民歌部分,长于叙事,形式多样,语言质朴,成为后代诗歌创作的典范。对它的接受行为,从汉代就已产生,至清末的 2000 余年间,接受方式逐渐多样,接受成果不断丰富。汉乐府正是在这样的接受历程中从一种音乐、文学、舞蹈合一的文化形式,逐渐演变成后人模拟的文学经典,沾溉诗坛无数诗人。可以说,没有历代读者的接受,乐府诗就没有永久的生命力。对这些接受行为与接受成果的研究,可以让人们从全新的角度重新认识汉乐府的价值。这样的研究是将汉乐府置放在历史的动态的链条上去考察,而不仅仅是将其作为一个凝固不变的现象去研究。如此便更有利于深入探讨汉乐府的内涵,发掘历代学者、文人及其他接受者积极接受、抑或消极接受汉乐府的原因。

由于汉乐府的古代接受史延续时间较长,接受材料极为丰富,为了在有限的时间里进行更深入的研究,作者选取了唐前这段时期。唐前这段时期是汉乐府接受史上的第一个重要阶段,历经两汉、三国、两晋、南北朝、隋代共 800 余年。从历时性来说,汉乐府的接受史一直延续下来,没有中断,显示出乐府诗很强的生命力。但是,每个时期的政治、文化背景不同,接受者的身份地位、思想倾向、文化修养、审美趣味也各有差异,因而,其接受特点也必然不同。而且,乐府机构在后代也不断变化,它的职能、任务也有一定的变化,乐府歌诗的音乐性也因时代的变化而变化。本书作者搜集了大量相关资料,对每一个历史时期的所有接受现象都进行了认真细致的梳理、分析、比较、研究,因而得出了可信的结论。前四章以时间为序,紧扣三条线索论述了两汉、曹魏、两晋、南北朝及隋代的汉乐府接受史特点。这三条线索分别是汉乐府的效果史、阐释史和影响史。作者指出,效果史就是 800 余年里广大读者(包括听众)对汉乐府的观赏、聆听、传播等接受行为;阐释史就是读者对汉乐府的记载、收录、评价、分析等接受行为及结果;影响史就是后代诗人在创作中对汉乐府的模拟、借鉴和引用等行为。三条线索相互交织,相互促进,在不同的时期彼消此长,与汉乐府自身的艺术魅力一起,共同促成了汉乐府的经典化。这样的研究,思路清晰,视野开阔,既突出了汉乐府本身的价值,又从读者的角度反映出乐府诗的独特魅力。唐前 800 年的汉乐府接受史,为后代的接受奠定了基础,并开拓出接受的许多途径和方法。第五章是个案研究,作者对汉乐府的代表作《陌上桑》的接受史进行了深入研究,使我们清楚地了解了《陌上桑》在 2000 余年的历史长河中被歌唱、收录、批评、模拟、借鉴、引用的各种接受行为和原因,见证了它从一个街陌歌谣升华成文学经典的整个过程。总体来看,作者在论述问题时,能以可靠翔实的史料和数据为基础,灵活运用接受美学理论进行分析研究,时发新见,表现出了端正审慎的治学态度和严肃认真的学术精神。

唐会霞博士毕业后任教于咸阳师范学院,五年来一直努力工作,孜孜以求,在完成教学任务之余,承担和参与了多项省部级、厅局级科研项目,发表了十余篇学术论文,我对她的进步感到由衷高兴。随着这部著作的出版,我也期待着她在教学与科研上取得更大的成绩,同时也期待着她能对唐代以后的汉乐府接受史继续进行研究,并且在原有基础上加强对制度文化、音乐文化的研究,把完整的汉乐府接受史呈现给学术界。

2012 年 8 月 28 日于古城西安

《生态学视野下的西汉文学》序①

　　长顺博士的论著《生态学视野下的西汉文学》是在其博士论文基础上修改而成的。

　　长顺博士好学、上进。2004年9月，他开始在陕西师范大学攻读硕士学位，专业为中国古代文学，选择我做指导老师，完成了题为《先秦士人道义传统与司马迁〈史记〉的批判精神》的学位论文，在修改、补充之后，成为《先秦士人与司马迁》并出版，受到学界好评。2008年，他又参加陕西师范大学博士生入学考试，以优异的成绩被录取，仍选择我做指导老师。他在做好单位的教学、科研和管理工作的同时，刻苦钻研，勤奋努力，用三年时间完成了博士学习任务，其学位论文——《生态学视野下的西汉文学研究》顺利通过答辩，并得到答辩委员会专家的肯定性评价。毕业之后，长顺没有停止学术上的追求，笔耕不辍，在《文学评论》《文史哲》等期刊上发表学术论文十余篇，其中多数论文都是以西汉文学为研究对象，也是对其博士论文的深化。经过进一步完善，这本《生态学视野下的西汉文学》即将付梓，他请我作序，作为导师，我乐于为之。

　　汉代文学研究，从文献考证、资料编纂，再到宏观的外部研究，自古及今，成果斐然。特别是近年来，随着对汉代文学研究的进一步深入，已有学者注意到了汉代政治、汉代经学、汉代社会生活与文学的关系等方方面面。单就西汉一

---

　　①《生态学视野下的西汉文学》，王长顺著，中国社会科学出版社2013年9月出版。

朝的文学研究,也有不少专门的论著。"生态学"研究是近年来的热门论题,随之而起的"文化生态""生态文学"研究也应运而生,蔚为大观。当然,也有学者着手"文学生态"研究,意欲探究文学与政治生态、经济生态、文化生态、人性生态之间的有机性联系。长顺博士的这本著作,就是以生态学的视野,将西汉文学置于其所处的"生态环境"中予以观照,可算是一种新的思考和尝试。

要真正把西汉文学纳入生态学的视野,将西汉文学自身及其所处的外部环境都看作一个生态系统,探究文学在产生、发展、嬗变过程中其内部诸要素与外部环境的规律,并进一步认识各种环境如何对文学产生积极影响和负面制约,也并非易事。众所周知,西汉文学在先秦文学成就的基础上,受先秦文化的浸润,取得了大的发展,赋体完备,散文兴盛,史传文学成熟,等等,而这一切都与当时的政治、经济、军事、文化有着极为密切的关系,并深受其影响。在这样错综复杂的关系当中,把握并深入探讨文学与前述诸"生态因子"的相互作用,我们深知其难。对此,该论著没有避难就易,而是运用"生态学"原理,从西汉文学对其"生态环境"的适应、与其"生态系统"的平衡、"生态因子"对文学的影响三个方面进行了阐释,这就抓住了"文学生态"这一关键词,并从中寻绎西汉文学样态与其所处环境之间的生态规律,可谓思路开阔,结构严谨。

科学研究是人们探索未知事实或未完全了解事实的本质和规律,以及对已有知识分析整理、验证并发现有关事实的本质及其规律的实践活动。自然科学是这样,人文社会科学同样是这样,古代文学的研究也应当注重把握其发生变化的规律。我们说,汉代文学根植于文化的土壤之中,受政治气候、意识形态、经济基础的促进、影响甚至干预,才得以发展、兴盛和自觉。西汉文学在自身的"存在环境"中,上述诸因素就构成了文学成长的"生态环境",受"生态系统"中诸因子影响,使得文学发生变化。那么,西汉文学如何适应"生态环境"、受到"生态因子"怎样的影响、文学又对自己所处的"生态系统"产生了怎样的能动作用,都需要深入思考,从而发现规律性的存在。论著在这些方面都做了有益的探索。如论著认为,就西汉文学的政治生态来讲,政论散文的嬗变与文学对政治的适应有着极为密切的关系,政治生态的变化影响了政论散文,政论散文为适应政治"生态环境",就发生着嬗变,其在各个不同时期的政治生态环境下,"生长"的情况就不同。那就是,政论文对政治环境有一种适应性,这种适应性表现为国家政治局势的变化决定政论文的论证内容。就奏议文来说，政治生态的变化，影响着奏议文的生长和发展，越是平稳的政治，奏议文"生产"较少；多欲政治和衰败危局都会刺激奏议文的"生长"。论著还从音乐文化生态视角，用艺术生产和消费理论，考察西汉前期歌诗的生产和消费性质，并发现其嬗变的规律，认为就汉代歌诗的生产性质来说，有一个由民间个体自觉生产到官方组织社会性生产的嬗变；就汉代歌诗的消费性质来说，有一个由娱乐消费到政治消费的嬗变。像这样探索文学发展规律性的结论，论著中还有不少。

人类要发展，社会要进步，就要有创新。学术研究要体现创新，中国古代文学研究也不例外。古代文学研究要创新，就要善于发现问题，要善于探究文学现象之间的关联性。论著对有关问题的研究也具有一定的创新性。如论著认为，汉初政治统治集团所形成的楚地故里的地域文化心理，是骚体赋发达的政治生态之一。这就把政治统治集团成员所表现出的对楚歌、楚舞、楚服的尚好，以及对楚辞的浓厚兴趣的现象，与汉初骚体赋的发展联系起来，发现其中的必然性联系。论著还探讨了礼制文化对文体生成的生态影响，认为西汉时期的礼制乃是文体多样化的成长空间，礼仪文化是文体类别繁衍的土壤，礼仪制度乃是文体生成的"寄生环境"。诸如此类，都可从中见出长顺博士的问题意识、理性思考和创新思维。

科学研究离不开理论的应用和现象的实证，对古代文学研究来说，理论的全面把握非常重要，对文献中文学现象的发掘则更为重要。论著运用生态学的理论，从生态适应、生态平衡、生态影响等方面入手，深刻理解生态学的原理，并用于文学现象研究，可谓驾轻就熟。此外，论著还就文学生态的理论范畴做了分析和思考，并就文学生态学的建构提出了初步的设想。这都显现出了长顺博士的理论功底。在此基础上，论著深入挖掘文史资料，在对文本进行细读的基础上，探讨西汉文学生成与其生态环境之间的关联和影响。为了把握西汉一代文学文化的全貌，对先秦两汉有关文献著作都有所涉及，并引用恰当，论证充分，表现出了长顺博士严谨的治学态度和朴实的学术作风。

当然，要从生态学视野对西汉文学进行全面研究，需要思考的问题还很多。比如，就汉初政治状况来说，诸侯王国、诸侯国与中央的关系问题等，也是西汉文学的一种特殊的"政治生态"，它对于文学的影响也应当得到关注。再如，如果把"国家不幸诗家幸"的话题,置于文学生态学的视野下进行思考,在社会动荡、百姓受难的社会背景下,会有文学与其存在"生态"的不平衡现象,其中的原因仍需要我们再探索。

长顺博士对于学术研究的执着,渗透在包括此书在内的所有成果的字里行间,他把辛勤的汗水洒在了学术研究的道路上。论著的出版,是对前期学习的一个总结,也是以后学术研究的一个新起点。学问无止境,学习无止境,期望长顺博士能在学术研究的道路上走得更好,走得更远。

2013 年 5 月 10 日

《佛经文学与六朝小说母题》序言①

近日,我正在北京师范大学参加一个学术会议,接到惠卿的电话,告知我,他的博士学位论文《佛经文学与六朝小说母题》经过修改完善即将付梓,约我作序。我听了后,非常高兴,作为惠卿的指导老师,很乐意在此谈点感想。

佛教与文学的交叉感应在中国传统学术上是一个古老的话题,也是一个常谈常新的话题,近年来成为学术热点。历来囿于诗文的正统地位,研究者多把目光放在佛教与诗文的关系上。对佛教与中国古代小说关系的探讨,则相对较少,而从母题的角度对佛教与六朝小说关系的系统研究,则更不多见,从这个角度来说,其选题是颇有创新价值的。

六朝小说数量众多,佛教典籍浩如烟海,要对这两个对象做交叉研究,是要具备相当的学术勇气的。2003 年,惠卿就读博士的第一年,还在部队服现役,后来听说他拒绝了教导员的军队职务,一心一意投入学术研究中来。可见他是有备而来的,对读博士的辛劳和付出是有预见的。在后来的学习中,为做好博士论文,惠卿有一年春节也是一人在学校宿舍度过的。经过三年的勤奋学习,顺利完成了学业,其学位论文也得到外审专家和答辩委员会的一致好评。

母题(motif)是一个外来词,最早应用于民间故事分类学领域,传入中国后,作为一种研究方法,先是在民俗学和民间文艺学领域得到应用,后来才渐渐渗

---

① 《佛经文学与六朝小说母题》,刘惠卿著,中国社会科学出版社 2013 年 6 月出版。

入古代文学尤其是古代小说研究中来。惠卿在认真系统地梳理了母题和母题研究法的源流后,选择并折中了较为合理的概念,认为母题是"叙事作品中最小的情节单元、叙述的最小单位",以此为契入口,进行研究。这样,在考察佛教对小说的影响时,无疑更能见出佛教文化与中土文化两种异质文化的截然不同之处,能更清晰地看出天竺古老的文学原型或者说母题是如何随着佛典的汉译传入中土的,是如何由一种文化进入另一种文化,又是如何在一种新的文化中嬗变演化的。运用西方理论来研究中国古代文化,我既主张开放包容,又要持谨慎态度,惠卿在实际研究中的严谨作风,和一切从实际出发、一切从问题出发的求实态度,我是非常赞成的。在具体论述中,有些人由于研究和论证的需要,常常重点凸显某些材料,而对一些与论题研究较少关联的材料则只字不提或一笔带过,从而可能造成一种夸大研究论题的错觉——这当然不可避免。从惠卿的研究看,他对这一问题有足够的警惕,并没有因个人喜好而对佛教影响做夸大研究,而是始终立足中国文化和文学本位,分清文化的主次之别,源流先后,进行审慎论述,这些原则的把握是很到位的。

六朝小说不管是志人小说、志怪小说,还是宣佛小说、仙道类小说,都叙事简短,粗陈梗概,与后来唐人小说的婉转铺陈大为不同,要从中发现受佛教影响的材料,具有一定的挑战性。这要求作者对佛藏和小说都要有大量的阅读,两方面都收集大量的材料,然后才能进行比较研究。从最终成果来看,该论著的文献功夫是扎实的,惠卿显然做了大量的阅读和材料收集工作,在前人零星的材料发掘基础上又有新的突破,并在此基础上做了合理的梳理和分类,共分为神通类母题、劝善类母题、魂游地狱母题三大类,每一大类下又区分若干小类,这种以类相从的论述,使论著简洁、脉络清晰,很好地体现了惠卿的材料分析和驾驭能力。在扎实的文献功夫基础之上,立论才有依托,不会流入空泛。论著在对受佛教影响的士人分类时,把他们分为义理型士人和践修型士人,都是建立在大量的材料分析基础之上,可谓公允平实。又如在论证"世说体"小说塑造人物如何受佛教义理影响时,在论证六朝宣佛小说的产生如何受到佛教唱导的影响时,在论证西域胡人如何影响魂游地狱母题叙事时,都是在大量的新发掘的材料基础上进行立论的,使人信服。惠卿告诉我,其博士论文的部分内容经认真整理修改,先后在《民族文学研究》《中国文学研究》《浙江社会科学》《古籍整理研究学刊》等知名期刊公开发表，已达15篇，并被人大复印资料转载3篇。以此为选题申报的课题，先后获广东省人文社科项目、教育部人文社科青年基金项目立项，产生了良好的学术反响。有了这些研究基础，论著就不是急就章，而是踏踏实实一步一步积累而成。

论著的另一特点是结构框架合理，语言流畅，逻辑严密。除导论和结束语，共分五章，用纵横交错的网状结构层层论述，抽丝剥茧，渐次逼近问题的核心。既把问题的论述建立在深广的社会历史文化背景上，又深切关注学术问题本身的解决，做到了宏观视野和微观视角相结合。六朝小说中之所以有佛教的影子，原因是多方面的，但前提是佛教的输入与传播，所以论著先用高度概括的篇幅谈唐前佛教的传播，然后建构佛教与士人的关系模式，再研究汉译佛典对六朝几大小说类型的影响，最后对三大类七种母题进行翔实考论，脉络清晰，层层深入，显示了很好的思辨能力。能在佛经文学与六朝小说两个视域中观察问题，学术视野开阔，提出的观点富有新颖性，对于促进六朝小说的深入研究具有积极意义。在研究方法上，能够立足文本，注重对比分析，考论结合，因而具有较强的说服力。

当然，对于六朝小说的研究学术界还存在一些有待商榷的问题，如《法显传》，虽然是一部僧人的自传作品，真实是第一位的，但其叙事生动、婉转，有些地方虚构意味颇浓，是否考虑也可纳入研究对象？这就需要对小说的概念及内涵进行仔细辨析。扩而大之，对于史书中的佛教因子也要有一定的分析，因为小说与史的关系非常密切，当时的许多小说故事也被正史所采纳。还有，在文体分类上，像《搜神记》这样的作品，《隋志》《旧唐书》列入史部杂传，而《新唐书》列入小说家，说明杂传与小说很难区分，这就需要对当时的小说范围进行系统的梳理，唐人刘知几的《史通·杂述篇》对此有一定的认识。类似的问题还不少，我想，这些问题的存在恰恰是好事，学术研究最怕没有问题。如此看来，惠卿的学术研究还有很大的上升空间，希望他在本论著完成后，不要气馁，继续努力，在小说研究领域不断取得新的成就。

惠卿博士毕业后，去了遥远的南方海滨城市湛江，在那里担任大学教职。尽管师生相距远了，但我们时有联系，师生多年，他给我的印象是，热情大方，做事扎实认真。他现在担任了二级学院的行政职务，我觉得这对学术研究未必不是好事,世事洞明皆学问,人文学科多接触社会,对领悟学术问题是有帮助的,我也希望他带着研究的思维、以人文学者的情怀去做行政工作,正确处理好行政工作和学术研究的关系。我相信他能够做到这一点。

　　是为序。

2013 年 5 月 18 日午夜于古城西安

《长安学人丛书》总序①

　　陕西师范大学今年迎来 70 年华诞,中文系(现在的文学院)与学校的发展历史同步,也是 70 年。

　　中文系的前身是 1944 年成立的陕西省立师范专科学校国文科。此后随着学校的几次调整,先后经历了西北大学师范学院国文系(1949—1953)和中文系(1953—1954)、西安师范学院中文系(1954—1960)、陕西师范大学中文系(1960—2000)和文学院(2000 年成立至今)几个阶段。在 70 年的发展历程中,中文系几代学人薪火相传,勤奋耕耘,在师资队伍建设、专业建设、人才培养、学科建设、科学研究、社会服务等方面取得了令人瞩目的成绩,并且涌现了一大批蜚声海内外的著名学者,他们在不同的学科领域做出了杰出贡献。

　　由于种种原因,文学院一批德高望重的先生生前撰写的著作没有能够出版,还有一批健在的先生在退休后仍然笔耕不辍,进行学术研究。为了展现文学院老一辈学者的学术成果和学术精神,借 70 年校庆之际,文学院筹划出版了《长安学人丛书》。这套丛书,是文学院宝贵的精神财富,既体现了老一辈学者的学术思想、学术追求,也将给后来的青年教师树立榜样,鼓励青年教师崇尚学术,追求理想。

　　陕西师范大学地处古都长安,随着学校事业的蓬勃发展,文学院从雁塔校

---

　　① 该序言由张新科执笔。丛书主编张新科,从 2014 年开始由陕西师范大学出版总社陆续出版。

区搬迁到了长安校区。近年来，为了发挥中文学科优势和特色，文学院以"长安"为名，展开一系列的学术研究和学术活动。国家"211 工程"三期重点学科建设项目"长安文化与中国文学"以其独特的风貌赢得了学界的好评，并以优秀的成绩顺利验收通过，但我们对长安文化的研究并没有停止。面向全校师生的"长安大讲堂"从 2004 年创办以来，邀请一大批海内外学者登台讲学，目前已超过 100 期。面向研究生和高年级本科生的"长安学术讲座"汇集各家思想，目前也已接近 200 期。以文学院教师作为主讲人的学术讲座"长安学人讲座"，也为"长安"品牌增添绚丽色彩，教师把自己最新的研究成果介绍给学生，开阔学生的视野。文学院创办的学术刊物《长安学术》到目前也已出版八辑，与外界进行广泛的学术交流。本次编撰《长安学人丛书》，与文学院的其他学术研究、学术活动合为一体，仍以"长安"为名。我们期望通过这一系列的努力，打造属于我们自己的"长安"品牌，凸显我们的学科特色。

《长安学人丛书》的编撰得到文学院老一辈学者的积极响应和大力支持，我们表示衷心感谢。丛书的出版得到陕西师范大学 211 办公室、陕西师范大学出版总社的大力支持，在此一并表示衷心感谢。

学术之树常青，学术生命永恒！

编委会
2014 年 7 月 20 日

《傅子·傅玄集辑注》序言①

　　傅玄(217—278)，字休奕。北地郡泥阳县(今陕西铜川耀州区)人。魏晋之际著名文学家和思想家。根据《晋书》卷四十七《傅玄传》，傅玄幼年即博学，且性格刚直。举孝廉、太尉辟，都不至。后州里举其为秀才，除任郎中。后参安东、卫将军军事，即到司马昭军府做幕僚。转温县令，再迁弘农太守，领典农校尉。任职内曾多次上书，陈说治国之策。五等制建立，封爵鹑觚男。西晋建立之后，进爵鹑觚子，加驸马都尉，后拜侍中，因事被免官。又任御史中丞，关心国事，提出了有名的"五条政见"。后升任为太仆，转任司隶校尉，由于当众责骂谒者及尚书而被劾免。不久即去世，享年六十二岁，谥号刚。后追封为清泉侯。

　　傅玄的著述，据《晋书》本传记载，傅玄"后虽显贵，而著述不废。撰论经国九流及三史故事，评断得失，各为区例，名为《傅子》，为内、外、中篇，凡有四部、六录，合百四十首，数十万言，并文集百余卷行于世"，其成就主要以《傅子》和《傅玄集》为代表。

　　《傅子》一书，除了本传的记载外，著录尚见于各种典籍。《隋书·经籍志·子部·杂家》《旧唐书·经籍志·丙部子录·杂家》《新唐书·艺文志·丙部子录·杂家》均记载："《傅子》一百二十卷。傅玄撰。"但此后的著录发生变化，《宋史·艺文志·子类·杂家》："《傅子》五卷。晋傅玄撰。"南宋郑樵《通志》卷

---

　　①《傅子·傅玄集辑注》，赵光勇、王建域著，陕西师范大学出版总社2014年12月出版。

六六:"《傅子》五卷。晋司隶校尉傅玄撰。旧有百二十卷。"元马端临《文献通考》卷二一四"子部杂家类":"《傅子》五卷,二十三篇。"到清乾隆年间所编《四库全书·总目提要》卷九一"子部·儒家类一":"《傅子》一卷。晋傅玄撰。"由上述著录可知,《傅子》原有140篇,分为120卷,到宋代后散佚不全。其内容较完整的文字,主要散见于《三国志》裴松之注、唐魏徵《群书治要》、明《永乐大典》等典籍中。清代四库本《傅子》出现后,各种辑佚、订校本相继出现。其中最主要的是方濬师、严可均、叶德辉的三种辑本,基本上把散见各种典籍的《傅子》文字收罗齐全。

《傅子》在清代以前归类于杂家,由《四库全书》起,归类于儒家。这些归类,都有一定道理。归于杂家,说明《傅子》一书包含着丰富的思想,融儒家、道家、法家、墨家等思想于一体。归于儒家,说明《傅子》的思想以儒家为核心。《傅子》内容比较广泛,是傅玄作为一个思想家的重要体现。综合而言,傅玄的思想以儒为主,兼融各家。他提出了一系列关于安邦治国的理论问题和现实问题。他认为,国君要以德正身,以礼治天下,举贤任能,兴利安民,赏罚并用,等等,这些都显示出思想家理论的深刻性。而《傅子》中许多陈说现实的奏疏,又显示出政论家的敏锐性,他也因此受到朝廷的重用。

关于《傅玄集》,本传言"并文集百余卷行于世"。这个"百余卷"是否含有《傅子》,比较模糊。关于其著录情况的记载也各不一样,《隋书·经籍志四》:"《傅玄集》十五卷。"《旧唐书·经籍志》:"《傅玄集》五十卷。"《新唐书·艺文志》:"《傅玄集》五十卷。"《宋史·艺文志》:"《傅玄集》一卷。"明清以来,张溥《汉魏六朝百三家集》、吴汝纶评选《汉魏六朝百三家集选》、傅以礼《傅氏家书》、叶德辉《观古堂所著书》、方濬师《傅鹑觚集》、叶德辉《晋司隶校尉傅玄集》、严可均《全上古三代秦汉三国六朝文·全晋文》,以及今人逯钦立《先秦汉魏晋南北朝诗·晋诗》等都对傅玄的诗文进行搜集整理,卷数也各不相同。

作为文学家,傅玄的成就是多方面的。就从辑佚、收录的这些作品来看,辞赋类,有赋、七体、拟骚等形式;诗歌类,以乐府为主,还有杂诗等;散文类,有疏、表、序、赞、论、议、箴、铭、墓志铭等。成就最大的当是乐府诗,除了一些庙堂歌颂之外,叙事抒情的乐府诗是其精华所在。对于傅玄在文学史上的地位,历来评价不一。这也给我们今天的研究留下了深入探讨的空间。由于傅玄是由魏入晋的作家,处在曹魏政权与司马氏矛盾斗争十分激烈的时代,最终司马氏取胜。傅玄的许多作品写于入晋之前,因此,需要研究者把作者和作品放在不同的历史时期进行实事求是的分析,给出公允的评价。这个工作还要继续深入下去。

明清以来,许多学者对《傅子》《傅玄集》进行辑佚和整理,取得了一定成就,但把两部著作的辑佚、校勘、注释融为一体的著作还不多见。赵光勇师多年来从事汉魏六朝文学研究,用大量心血完成了《傅子》《傅玄集》的辑注工作。这部著作,显示出扎实深厚的文史功底,尤其以资料的收集、校勘见长,在清人叶德辉、方濬师、严可均等人辑佚基础上又有新的补充和发展。就注释而言,对原文的每一句话都进行细致的解释,而且往往以大量丰富的资料作为佐证,做到“无一字无来历”,令人佩服。赵老师今年已90岁高龄,他在退休以后仍对学术孜孜追求,视学术为生命,其主要精力放在《史记研究集成》工作上,寒来暑往,粗茶淡饭,从不懈怠。这部著作也是他退休以后在原有积累基础上整理而成。近年来赵老师身体欠佳,行动不便,但还是坚持伏案工作。由于赵老师的手写文稿较为散乱,后来文物专家王建域以清末叶德辉所辑《傅子》及《傅玄集》为底本,并参阅其他版本,修改舛误之处,并把文稿转化为电子版本。作为赵老师的学生,我被这种不为名利、只为学术的执着精神深深感动。陕西师范大学研究魏晋思想文化的专家田文棠先生对赵老师书稿的出版十分关心,他也督促我对赵老师的书稿进行校对整理。适逢建校70周年校庆,借此机会,文学院策划出版了《长安学人丛书》,赵老师的书稿被列入出版计划之中。期盼这部书稿的出版,给兢兢业业从事学术研究的赵老师带来精神上的愉悦。

2014 年 9 月

《司马迁新证》序言①

近日,韩城市司马迁学会张韩荣先生把他研究司马迁与《史记》的成果结集出版,邀我写序,我欣然答应,一则由于自己多年来一直从事司马迁与《史记》研究,关注司马迁与《史记》研究的新成果,二则同行出版新著,可喜可贺,三则这也是我进行学习的好机会。

认真阅读了张先生的书稿,我觉得有三大亮点值得注意。

第一个亮点在于作者敢于创新、敢于挑战权威的精神。司马迁与《史记》研究已有两千多年的历史,成果丰硕,解决了不少问题,也留下了许多值得进一步深入探讨的问题,还有一些缺乏资料而悬而未决的问题。张韩荣先生多年研究司马迁与《史记》,熟悉其研究历史和现状,对《史记》研究史上一些重大的疑难问题多有涉猎。如书稿中司马迁生年新证、司马迁未参与元封元年泰山封禅考、"庄为太史"考、孔安国新证、再论孔安国研究的都是非常有难度的问题。而这些问题都紧紧围绕司马迁生年而展开。关于司马迁生年,历来有多种说法,其中公元前145年和公元前135年之说占有优势,王国维即主张前145年之说。张先生从《太史公自序》及其他资料中寻找内证、外证、旁证,深入探讨问题,赞同司马迁于公元前135年之说。在此基础上,张先生结合历史背景重新编制太史公年谱。应该说,本书的最大贡献就在于此。虽然不能作为司马迁生年的

---

① 《司马迁新证》,张韩荣著,三秦出版社2015年8月出版。

定论,但这种大胆创新的精神是值得肯定的。另外,对孔安国生平的新发现,认为他并不是司马迁的老师或长辈,两人的关系是文朋益友,这个结论对考证太史公的生年具有重要的参考作用。其他还有周初诸侯国数量问题,依从《史记》和《吕氏春秋》,认为周初有大小诸侯国共计1200多;认为韩城一地为中国贡献了芮、韩、梁、庞四个姓氏;认为白居易的原籍在韩城;等等。这些观点都具有较大的学术价值。

第二个亮点在于地方特色。作者是司马迁故乡的人,热爱司马迁,热爱韩城,熟悉韩城。韩城是中国历史文化名城,有丰厚的文化积淀。黄河、龙门、禹门口、梁山、魏长城、三义墓、芝川、太史祠、文庙、徐村、华池村,等等,都有许多美妙的故事。本书稿结合《史记》进行韩城地方史的双向互动研究,取得了一系列成果。书中探讨韩城文史的论文,既有书面资料,又有地下考古资料和民间传说资料,还有作者实地考察所得,使研究颇有地方特色,并且多有创获。如韩城古代史疑难新释、司马后裔"冯为长门"是误传、芮国再现、韩梁芮庞四姓源自韩城、白居易的原籍在韩城等问题,既是韩城历史文化研究中的问题,也是中国历史研究中的重要问题。作者所提出的一些新观点,值得文史研究者进一步探讨。

第三个亮点在于作者能把考、论、辨、驳等研究方法融为一体。既有理论的分析论述,又有事实的考证辨析,对一些观点的驳论,显示了作者颇为深厚的文史功底。如司马迁《货殖列传》的经济思想与社会理想略论、"庄为太史"考、《平准书》辨析、《赵氏孤儿》考辨、《史记探源》驳论等题目,就直接体现了作者的研究方法。这些方法虽说是传统的方法,但在文史研究中仍然是切实可行的有效方法。而且作者在考、论、辨、驳中树立自己的观点,有理有据,具有较强的说服力。

当然,由于本书稿是论文集,写作时间不一,有些地方不免重复。有些问题的探讨还有待于继续深入。另外,由于所探讨的是学术重大问题,敢于挑战王国维等人的观点,有些地方的话语显得过于激烈。学术争鸣是好事,但要尊重对方,以实事求是的态度进行讨论。总体来看,这是一部有价值的学术著作,对于司马迁与《史记》研究无疑具有积极意义。

张韩荣先生的新著引发我对司马迁与《史记》研究的一些思考。一是两千多年的司马迁与《史记》研究留下许多疑案问题，尤其是司马迁行年中的疑案问题。这些问题一时很难解决，还要不断研究，即使是一点新的见解，都可以进行细致的探讨，仍然是有重要学术意义的。客观来说，这些疑案问题的彻底解决，有待于新资料的挖掘与发现。二是关于司马迁研究的资料，我曾在有关著作中特别提到乡土材料，这是不可忽视的一个重要方面，包括民间传说和地下出土材料。司马迁研究离不开韩城特有的地理环境和文化背景，这里可以为我们提供有意义、有价值的资料。韩城市自从 1985 年成立司马迁学会以来，30 年来坚持不懈地进行学术探讨，学会的成员多方面整理和挖掘地方文史资料，为司马迁与《史记》研究提供了大量重要的资料，张韩荣先生的书稿就是其中的一部。这样的工作还要不断地进行下去。三是《史记》研究的普及与提高问题。《史记》研究不只是在科研机构和大专院校，还应走进千家万户，让千千万万普通百姓知道司马迁，知道《史记》，这是建立"史记学"的现实基础。这方面还有许多工作要做，重要的是，既要普及司马迁与《史记》的基本知识，还要普及司马迁与《史记》研究成果，使学术研究更接地气，更富有生命力。

司马迁是伟大的，《史记》是不朽的，我们的研究也是一直要延续下去的。我在《史记学概论》一书中曾提出司马迁与《史记》研究的远大目标：综合化、理论化、多样化、立体化、世界化、生产化。这个追求，是需要一代一代的学人努力去做的。借此机会，拿这个目标来愿与张韩荣先生共勉。

2015 年 4 月 15 日于西安

《司马迁经济大义》序言①

　　近日收到江苏省发展和改革委员会外资处朱枝富先生热情洋溢的来信,邀我给他的新作《司马迁经济大义》写序。我与朱先生是1985年在一次司马迁与《史记》研讨会上认识的,此后虽一直未能见面,但经常从学术刊物上读到他研究司马迁与《史记》的论文,并在我自己的研究中加以借鉴吸收。30年后的今天,朱先生将出版新著,可喜可贺,同时这也是我学习的好机会,于是欣然答应,写一点个人的感受。

　　朱先生从1982年开始研究《史记》,至今已30余年,成绩斐然,曾出版《司马迁政治思想通论》《司马迁经济思想通论》等著作,发表司马迁与《史记》研究论文40多篇,在学术界有较大的影响。另外,他还发表了大量有关经济、旅游、文学、历史等方面的论著和调查报告。据统计,30多年来,他出版34部著作,约950万字,可见他是一位非常勤奋的人。最近,他又把自己的学术研究向前大大推进一步,完成了《司马迁思想大观》《司马迁思想大论》《司马迁经济大义》三部著作,将作为他个人文集的第一卷、第二卷、第三卷正式出版。朱先生年届花甲,仍然孜孜不倦,潜心学术,这种不懈追求的精神令人钦佩。

　　司马迁是伟大的史学家、思想家、文学家,他的《史记》是一部百科全书,涉及政治学、历史学、经济学、军事学、民族学、天文学、地理学、文学等方面,

---

① 《司马迁经济大义》,朱枝富著,中央文献出版社2015年8月出版。

其创作目的在于"究天人之际,通古今之变,成一家之言",由于思想独特,被鲁迅先生称为"史家之绝唱"。别的不说,仅经济思想而言,司马迁突破了儒家重义轻利的"义利"观,既重义,也不轻利,强调物质财富的重要性。他是第一个在历史著作中写入经济问题的史学家,《货殖列传》中的商贾人物有名有姓的多达32人,为我们构建了一个丰富而独特的商贾人物体系。他们"贵上极则反贱,贱下极则反贵""择人而任时""人弃我取,人取我与"等经营策略把握住了市场经济的规律,也使他们成为发家致富的典范。司马迁还以难得的区域经济意识高屋建瓴地将全国划分为四大经济区域:"山西饶材、竹、穀、纑、旄、玉石;山东多鱼、盐、漆、丝、声色;江南出楠、梓、姜、桂、金、锡、连、丹沙、犀、瑇瑁、珠玑、齿革;龙门、碣石北多马、牛、羊、旃裘、筋角;铜、铁则千里往往山出棋置。"每个大区又有若干小区域,并次第叙述了各经济区的世风民俗和资源特色,每个区域还都有中心城市为依托。司马迁还指出,国家要富强,就必须扩大农业、手工业生产,还要开发山泽,发展商业,"故待农而食之,虞而出之,工而成之,商而通之"。司马迁引用《周书》的话说:"农不出则乏其食,工不出则乏其事,商不出则三宝绝,虞不出则财匮少。"司马迁不仅突破了重农抑商的传统观念,而且强调四业并重,缺一不可。司马迁还强调,治理国家,要掌握经济政策:"善者因之,其次利道之,其次教诲之,其次整齐之,最下者与之争。"司马迁所说的"因之""利道之""教诲之""整齐之""与之争"都是针对统治者的经济政策而说的,他把五种政策的具体内容分散在《货殖列传》和《平准书》中。他通过白圭之口,把商人与历史上最伟大的政治家、军事家相提并论:"吾治生产,犹伊尹、吕尚之谋,孙吴用兵,商鞅行法是也。是故其智不足与权变,勇不足以决断,仁不能以取予,强不能有所守,虽欲学吾术,终不告之矣。"一个人如果没有智、勇、仁、强的品德是不能成为富商大贾的。司马迁还强调经济发展中货币的重要性,尤其是关于货币流通、周转的思想,是中国古代早期市场经济思想的体现。《货殖列传》把古今货殖之人作为一个整体来叙述,总结他们的治生之术,供"智者"吸取借鉴,用意在于提倡发展生产。《平准书》详细记载了汉兴以来经济政策的发展变化,并且提出了"物盛而衰"的道理。司马迁对于经济的认识,突破前人,惊骇当世,影响后代,在中国经济思想史上占有重要地位。

　　朱先生多年研究司马迁思想,其中经济思想是他研究的重点之一。就这部《司马迁经济大义》来看,我认为有以下几个明显的特点。

　　(一)全面性。司马迁的经济思想,在《史记》的《货殖列传》《平准书》中得到集中反映,此外,《河渠书》等篇章中也多有涉及。作者全面把握《史记》的独特思想,把散见于各篇有关经济问题的资料进行全面梳理,按照专题进行分类研究。同时,又把《史记》的《河渠书》《平准书》《货殖列传》三篇作品分原文、白话、分析、集评四种形式,给研究者提供丰富的资料。并且对古今以来司马迁经济思想研究情况进行全面总结和评述。整个著作结构上分为三大板块,既有经济理论探究,又有具体作品评说,还有古今研究评述,给读者全面展现司马迁经济思想及其研究大势。也可以说,作者是把《史记》经济理论研究与《史记》作品普及有机地结合起来,既有理论分析的高度,又有知识普及的广度。

　　(二)系统性。司马迁的经济思想研究,历代不绝。思想方面,或赞誉,或批评;方法方面,或感悟式的评说,或评点式的分析;形式方面,或序跋,或札记;等等。总体来看,显得比较零散。近现代以来,较为系统性的论文及著作出现,如梁启超《货殖列传今义》、潘吟阁《史记货殖列传新诠》等,尤其是当代研究,或经济史论著,或《史记》研究论著,对司马迁经济思想展开全面研究。作者能在历代研究基础上,抓住司马迁经济思想的核心问题进行更系统的研究。如司马迁经济发展思想、经济管理思想、富民治国思想、经济地理思想、经济人才思想、平准经济思想、本末并重思想、货币经济思想等等,完整阐述司马迁经济思想的各个方面,无论从著作的形式还是研究的内容,都较前有了新的发展,使研究达到多视角、立体化的效果。

　　(三)深刻性。作者一方面能以丰富的《史记》资料为基础,或结合社会文化背景进行分析,或从历史渊源入手进行理论研究,或与前代、同代、后代的政治家、思想家、史学家的经济思想进行比较研究,显示出广阔的学术视野和独特的研究方法,而不是停留在表面现象上,因而使研究具有深度和力度。另一方面,能站在时代的高度,对历代司马迁经济思想研究进行审视,实际是司马迁经济思想研究史论。既看到以往研究的成绩,也指出存在的问题和不足。作者还选择对司马迁经济思想研究具有代表性的论文、著作进行评说,如胡适《司马迁替商人辩护》、梁启超《货殖列传今义》、胡寄窗《史学之父司马迁的经济思想》、韦苇《司马迁经济思想研究》、王双等《货殖列传与经商艺术》等。评述问题时能抓住研究特点，有针对性地展开论述，如"新世纪以来开拓性研究评议"从十二个方面论证研究现状，"2014年司马迁经济思想研究评议"把本年度司马迁经济思想研究的特点归纳为八个方面，等等。这些地方都显示出作者对问题的深刻思考和评判，使著作具有了较强的理论色彩。

（四）现实性。司马迁经济思想产生在两千多年前的汉代，在当今社会仍然具有借鉴意义。富民、强国、发展经济，农工商虞四业并重，既要有"义"的精神追求，又要有"利"的物质追求，通过经济来探讨社会发展的内在原因，为"原始察终"提供借鉴，这些都显示了作为史学家的司马迁经济思想的核心内容，也是司马迁为现实服务的目的。即使一些商人的经商手段，也给后人以启发，如《货殖列传》记载计然治生："积著之理，务完物，无息币，以物相贸，易腐败而食之货勿留，无敢居贵。论其有余不足，则知贵贱贵上极则反贱，贱下极则反贵。贵出如粪土，贱取如珠玉。财币欲其行如流水。"白圭的做法是："乐观时变，故人弃我取，人取我与。""趋时若猛兽鸷鸟之发。"这些经商的谋略，至今具有生命力。也正因如此，研究司马迁的经济思想，不只是纯粹的学术理论探讨，还与当今社会紧密相关。尤其是20世纪80年代，当中国社会转向以经济建设为中心之时，司马迁经济思想研究出现一个高潮，很能说明司马迁思想的当代价值。朱先生就是此时开始研究《史记》的经济思想的。今天，朱先生立足当代经济发展的现实，把自己多年对司马迁经济思想的研究成果奉献给大家，目的也在于为现实社会提供有益的借鉴，这是学术研究的出发点和归结点。无论时代怎样发展、变化，经济建设始终是核心任务，这也就决定了司马迁经济思想永久的魅力，也决定了研究司马迁经济思想的当代意义。

本书稿是朱先生多年研究《史记》的心得，我学习后有以上这些不成熟的看法。当然，书稿如果能把《史记》和其他资料引文的详细出处注明的话，更便于读者阅读，也使著作在学术上显得更为严谨。

朱先生对司马迁的研究，引发我的许多思考。一个人要想在学术上取得成绩，需要长期的不懈努力，一步一个脚印，踏踏实实读书，扎扎实实积累，并且形成自己的研究特色。《史记》是一部百科全书,是司马迁留给后人的思想宝藏,需要我们努力去挖掘,探究,无论从哪一方面入手,都会有新的发现。《史记》是不朽的,对于它的研究需要不断提高,同时也需要广泛普及。既要普及《史记》,把司马迁伟大的思想普及开来,也要普及《史记》研究成果,使学术研究真正与现实结合,使学术更接地气、更具有生命力。愿与朱先生共勉!

　　是为序。

　　　　　　　　　　　　　　　　2015年"五·一"国际劳动节于西安

《古代诗人接受史记论稿》序言①

　　蔡丹博士的《古代诗人接受史记论稿》即将由陕西师范大学出版总社出版，她邀我为此书写个序言，我很愉快地答应了，因为这是作者迈上学术道路的第一步，值得祝贺，值得肯定，我也乐于借此机会谈一点自己的感想。

　　《史记》作为中国文化的经典巨著，体大思精，内涵丰富，按照司马迁的自述，这部著作要"究天人之际，通古今之变，成一家之言"。《史记》是一部宏伟的史诗，它将从人文初祖黄帝到西汉武帝时期上下三千年的历史，真实而又形象地展现在世人面前；这是一幅广阔的历史画卷，上至帝王将相，王侯贵族，下到游侠刺客，商贾俳优，各阶层的人物都为画卷增添色彩。由于司马迁是在历史真实的基础上施展文学的才华，并且把个人对历史、对人物的思想情感渗透在字里行间，所以《史记》不同于一般的历史记载，它具有典型性、戏剧性、生动性、抒情性，把死的、冷冰冰的历史变成活的、热乎乎的生命，许多历史人物成为文学典型，既给读者以历史的教益，同时又使人获得艺术的审美享受，给人留下深刻的印象。

　　《史记》所记载的3000年历史，是非常宝贵的文化遗产。面对历史，引发无数诗人的感慨，写下了大量的咏史诗。这些诗歌或咏人，或咏事；或批评，或褒扬；或借古讽今，或直抒胸臆；或大处着眼，或小处落笔。总之，千姿百态，不一

---

　　①《古代诗人接受史记论稿》，蔡丹著，陕西师范大学出版总社2015年5月出版。

而足。我们姑且称之为"史记诗",这些诗不包括把《史记》人物、故事作为用典的诗歌,如"但使龙城飞将在,不教胡马度阴山""君不见沙场征战苦,至今犹忆李将军"之类。司马迁对历史、对人物有自己的思想和感情,诗人歌咏《史记》中的人和事,是艺术的再创造,有些诗歌情感与司马迁一致,有些则不一致,具有诗人自己独特的思想情感。

近年来,《史记》研究的领域不断扩大,研究的问题也不断深入。就《史记》文学研究而言,成果丰富多彩,"史记诗"也引起了人们的关注。宋嗣廉先生曾把历代吟咏《史记》人物的诗歌编纂成《历代吟咏〈史记〉人物诗歌选读》(吉林人民出版社 2008 年),收录 160 多位诗人 600 多首诗歌和 1500 多条相关诗句,并且就吟咏《史记》人物诗歌问题发表多篇学术论文,可以说开辟了《史记》研究新的天地。此后,刘学军、徐业龙编著《国士无双——历代诗人咏韩信》(南京大学出版社 2009 年),收录自晋代以来不同时期 229 位诗人 305 首诗歌。刘希平、徐业龙编著《一饭千金——历代诗人咏漂母》(南京大学出版社 2009 年)收录晋代到清代 190 多位诗人 219 首诗歌。这两部作品集可以说是专门的人物诗集,由此也可见古代咏《史记》的诗歌数量颇为可观。赵望秦、蔡丹等《史记与咏史诗》(三秦出版社 2012 年)后来居上,按照诗歌所咏人物顺序,从黄帝到司马迁,共收录 909 位诗人 3346 题 3628 首诗歌。这些资料的整理与研究,为进一步探索"史记诗"奠定了很好的基础。

蔡丹博士的著作,就是在以上资料的基础上,借鉴接受美学理论,对"史记诗"进行系统化的研究。我以为本课题的研究,具有重要的学术价值。

首先,历代大量的"史记诗",对于传播《史记》、扩大《史记》的影响起了积极作用,值得研究。《史记》传播有多种形式、多种途径,如《史记》刊刻、《史记》评点、《史记》评论、《史记》选本等,这是《史记》文本的传播。还有"史记戏",把《史记》中的人物、故事改编为戏剧,传播的范围更加广泛,如元杂剧。有学者统计元杂剧有 180 多种戏剧取材于《史记》,这对于传播、宣传《史记》无疑具有重要意义。"史记诗"则是以诗歌的形式,把《史记》中的人或事作为歌咏对象,同样对于传播《史记》具有独特的作用。

其次,大量的"史记诗",使《史记》所描写的人物的生命得以复活,具有感染作用。诗歌不同于一般的散文、戏剧、小说,它是作者对历史的再认识、再提炼,具有强烈的情感色彩。"史记诗"的题材来源于《史记》,大量的历史人物出现在诗歌中,使历史人物得以在文学的领域中复活,使更多的读者通过诗歌认识历史、认识人物。但作为诗歌,不是简单地重复历史,而往往是截取历史的横断面加以描述,并寄寓着作者自己的思想情感。这种情感,或直接抒发,或间接抒发,给读者以生命的启迪和艺术的感染。

再次,"史记诗"是读者对《史记》接受的体现,因此,从接受的角度、读者的角度来认识《史记》中的人和事,可以进一步开拓《史记》研究的新领域,探究《史记》对后代的深远影响,更深入地挖掘《史记》丰富的文化内涵。同时,从历时性和共时性结合的角度总结历代诗人对《史记》接受的特点,考察不同时期、不同诗人的接受情况,区分不同诗人的期待视域,进一步探讨我们民族的审美观念、审美心理。

最后,以"史记诗"作为研究的切入点,既具有历史价值,也具有文学价值,同时对于今天的咏史诗创作也有借鉴意义。"史记诗"首先立足于历史,以诗歌的形式反映历史、重新认识历史,无疑具有史学价值;而诗歌本身又是文学作品,是形象思维的产物,又具有它独特的审美价值。因此,"史记诗"如同《史记》一样,也是文史结合的典范。这些作品,流传千年,至今仍具有不朽的魅力,这对于今天的咏史诗歌创作具有重要的借鉴意义,如何以史为鉴,如何升华历史为文学,"史记诗"给我们留下了许多值得学习的经验。概而言之,"史记诗"的研究具有历史意义、文学意义以及当下的现实意义。

初读这部著作,我以为有几个明显的特点:第一,线索清晰。作者在掌握大量"史记诗"的基础上,首先纵向勾勒历代"史记诗"的发展线索,分为唐前、唐宋、元明清三大阶段,每一阶段又分若干小段落。如唐前阶段分为两汉、魏晋、南北朝、隋朝四个段落,唐宋阶段分为唐五代、两宋、辽金三个段落,元明清阶段分为元代、明代、清代三个段落。在每一阶段的论述中,都能结合当时《史记》传播接受的历史背景进行论证,从内容到形式展现不同时代"史记诗"的发展情况。如作者认为两汉时期是"史记诗"创作的萌芽期,魏晋时期诗人接受《史记》可视为后世全方位接受《史记》的前奏,唐代是诗人接受《史记》的繁荣期,宋代是诗人接受《史记》的高峰期。作者还结合历代"史记诗"的发展情况,认为清代"史记诗"规模庞大,数量居于历代首位,众体兼备,从形式、内容到观点等均集前人之大成,同时也在继承中开拓创新,是继宋代之后"史记诗"创作的又一高峰。这样的总结是较为合理的。下编个案分析,选择秦始皇、汉高祖、商山四皓、孙武、荆轲、韩信六个特殊点,深入探讨,可以说是整个"史记诗"发展线索上的六个闪光点,是对上编的有力补充。第二,观点明确。作者对历代重要诗人"史记诗"的评价较为客观,能够结合历史事实进行分析,在此基础上提出自己的观点。如唐代诗人李白的"史记诗",作者认为:"在唐朝重史思潮的影响下,李白对《史记》的接受比较全面,他不仅较为认可司马迁对历史人物的评价,还对《史记》的写作手法、创作主旨、行文风格等方面均有所接受,并在自我审美情趣、习气风尚的影响下进行创造性接受。""李白是浪漫主义的代表诗人,他对司马迁笔下那些有着传奇人生的前贤英雄极为倾慕,如姜太公、鲁仲连、范蠡、韩信、张良、郦食其等人物形象,都寄托着李白或建功立业或功成身退的政治理想,也有怀才不遇的愤懑蕴含其中,与司马迁的创作主旨如出一辙。"类似的评论,体现了作者对不同诗人"史记诗"特点的理解认识。第三,视野开阔。作者既注意《史记》本书的历史事实、历史人物,又关注历代吟咏《史记》的诗歌,历史与文学对比,后代与前代对比,显示了较为宽广的学术视野,避免了就诗论诗的局限性。如作者在分析王安石《商鞅》一诗时,结合《史记·商君列传》、王安石变法的现实以及后代诗人对商鞅的评论,较为深入地分析王安石诗歌的独特性、现实性。第四,资料丰富。由于作者参与过《史记与咏史诗》的编纂工作,对每一时代的"史记诗"资料掌握较为全面,因而在论述每一时代"史记诗"创作情况时大都有详细的列表统计,以反映这一时代"史记诗"的全貌。作者以丰富的材料为基础来分析问题、解决问题,使论证具有较强的说服力。

　　《史记》与咏史诗的研究,涉及面很广,蔡丹博士的研究无疑具有较大的创新性,体现了年轻学者敏锐的学术眼光,值得肯定。学术研究是没有止境的,有些问题我们还可以进一步思考和探讨。如"史记诗"与时代的关系问题,除了《史记》本身的传播因素外,是否还与这个时代的政治、文化等有一定关系? 又如作为咏史诗的"史记诗"如何处理历史与文学的关系问题从而由历史领域跨入文学的门槛? 毕竟诗歌属文学范畴。作为咏史诗,关键在于处理好历史真实与艺术真实的关系,要对历史事实进行典型化处理,甚至进行适当的想象,既有历史真实的基础,又要有文学的诗蕴。这个关键点抓住了,就能从历史的事实中找到歌咏的亮点,化腐朽为神奇,变抽象思维为形象思维。进一步来说,历史犹如一个巨大的包袱,其中包裹着王道兴衰、思想智慧、处世之道、人生经验等材料,有些能直接拿来利用,有些需要改造后再用,有些可能反面使用,有些则可能是借用。诗人从这个包袱中选取什么材料、选来后如何加工和利用,这就要找到历史与现实的碰撞点,找到歌咏的切入点,而且要有历史的归宿点。即使同一历史人物,在不同时代、不同诗人笔下,就有不同的诗意,不同的褒贬态度。这是因为诗人的身份不同,立场不同,着眼点不同,对历史的认识不同。以项羽来说,他在历史上是一个悲剧英雄,尤其是最后的乌江自刎,引发无数诗人的感慨,但诗意却各不相同,有赞扬者,同情者,惋惜者,批评者,指责者,等等。如唐代诗人杜牧的诗句:"江东子弟多才俊,卷土重来未可知。"对项羽的悲剧结局颇有惋惜之情。而宋代政治家王安石的诗句:"江东子弟纵然在,谁与君王卷土来?"他从项羽的失败中看到了人心向背的重要性。类似的问题还很多,所以,我认为蔡丹博士的研究刚刚开了一个好头,以此为起点,以后的研究还可以不断深入下去。就"史记诗"而言,现当代也有不少名作,可以与古代的"史记诗"一起进行研究,进一步扩大研究范围,使"史记诗"的研究取得更加丰硕的成果。这样的研究目标,愿与蔡丹博士共勉!

2015 年 8 月立秋日于古城西安

《诗赋长安》序言①

　　西安,古称长安,是中国历史上建都朝代最多、历时最久的都市,先后有 13 个王朝建都于此,绵延 1100 余年。从地理环境而言,它于处秦岭北麓,巍巍秦岭是中国地理的南北分界线。历史上长安水资源丰富,素有"八水绕长安"之说。唐代诗人岑参《登总持阁》诗句"槛外低秦岭,窗中小渭川",虽在夸说总持阁之高耸,但也点出长安地标中最有代表性的山水:南靠秦岭,北依渭水。长安及周边的人文景观星罗棋布,从蓝田猿人、半坡遗址到秦始皇陵、兵马俑、大雁塔、小雁塔、曲江池、草堂寺、香积寺、青龙寺、阿房宫、大明宫,等等,难以悉数。长安的历史文化底蕴深厚,是中国文化之根,而且由于它是历史上许多王朝政治文化的中心,以长安为核心形成的思想、文化,辐射到全国各地,对中国文化以及中华民族共有的精神家园的形成产生极为重要的影响,是华夏民族历史和文化记忆的符号。尤其是西汉与唐代,国家一统,国力强盛,经济繁荣,文化发达,"汉唐雄风"成为这两个时代精神风貌的高度概括。人们以生活在这座城市而感到自豪和骄傲,并发出无数的赞叹。当代著名诗人薛保勤说长安是"一城文化,半城神仙",著名散文家朱鸿教授说"长安,是中国的心",著名文化学者肖云儒说"西安,中国历史的底片,中国精神的芯片,中国文化的名片"。可见长安在人们心目中的重要地位。如今,古老的长安正焕发朝气,精神抖擞,从"丝绸

---

　　①《诗赋长安》丛书共 3 册,主编张新科,作者分别是王长顺、邱丰、王作良,西安出版社 2016 年 7 月出版。

之路"的起点出发,向着国际大都市的目标迈进。

看长安,看西安,可以有许多不同的视角。视角不同,认识就不相同,感悟也不相同。如地理学、考古学、历史学等,从这个视角看到的长安,是一种真实的客观存在、历史记忆。但是这还不够。长安,还与无数的人、无数的文人有关。有了人,有了文人,有了文人创作的诗文,这座城市更有活力,更有魅力,也就更有生命力。所以,我们还可以从文学的角度认识这座城市。文学作品中的长安,既是历史的特殊记忆,又是文学的形象审美,更能给人留下深刻印象。

正因此,我们策划编辑《诗赋长安》丛书三册,选取中国历史上、文学史上的两座高峰——汉代与汉赋、唐代与唐诗,让人们从汉赋、唐诗的经典作品中加深对长安、西安的了解,架起一座中西文化交流的桥梁。

作为一个王朝,西汉建国,经过"文景之治",积蓄力量,到武帝时出现鼎盛局面。而且张骞通西域,打开了中外交流的大门;作为一代帝都,汉长安是空前的,是中国历史上第一个国际大都会和当时世界上规模最大的都城;作为"一代之文学",汉赋具有宏大的气势和华丽的语言。大汉雄风,激发了汉人空前的宇宙观念和时空意识,催生出"苞括宇宙,总览人物"的汉赋,并借以多层面、全方位地展现出长安风貌。以"汉赋四大家"司马相如、扬雄、班固、张衡为代表的辞赋作家,留下了描写长安的精彩华章,可以说长安孕育了汉赋,汉赋再现了长安。"荡荡乎八川分流"(司马相如《子虚赋》),"街衢洞达,闾阎且千,九市开场,货别隧分,人不得顾,车不得旋,阗城溢郭,傍流百廛,红尘四合,烟云相连"(班固《西都赋》),"沃野千里,原隰弥望"(杜笃《论都赋》),等等,这些描写给我们展现出长安独特的地理优势和城市繁荣的景象。《汉赋长安》选取两汉历史上最具代表性的咏唱长安的辞赋作品,用通俗的注解,优美的赏析讲述赋中隐含的文化故事与文学情怀。主题包括山川风物、宫殿园囿、天子羽猎、文人情感、娱乐竞技等方面。通过汉赋再现长安独特的文化魅力,展现西安的汉文化风采。

唐代长安,也是当时世界上规模最大的城市,显示出一代帝国一统天下的气度与风范。唐代社会的繁荣以"贞观之治""开元盛世"为标志,包容开放,文化多元。但是,"安史之乱"打破了这种平静,唐王朝逐渐走下坡路,乃至于衰亡。唐代诗人充分发挥自己的文学才华,以饱满的热情、多彩的笔墨歌颂盛世,歌颂长安,关注长安,感叹长安。无数诗人星曜天空,从"初唐四杰"到陈子昂、王维、孟浩然、高适、岑参、李白、杜甫、白居易、韩愈、柳宗元、杜牧、李商隐,等等。许多文人把长安作为自己一生一世难以忘怀的第二故乡。尽管唐诗离现在已有一千多年了,但描写长安的诗篇、诗句至今广为流传。"秦川雄帝宅,函谷壮皇居。绮殿千寻起,离宫百雉余"(李世民),"五纬连影集星躔,八水分流横地轴。秦塞重关一百二,汉家离宫三十六"(骆宾王),"九天阊阖开宫殿,万国衣冠拜冕旒"(王维),"长安通衢十二陌,出入九州横八极"(范祖禹),"赤城映朝日,绿树摇春风"(王勃),"长安一片月,万户捣衣声"(李白),"秋风吹渭水,落叶满长安"(贾岛),等等。如此令人敬仰、留恋、怀念的长安,深深地刻在诗歌里,刻在人们的心里。《唐诗长安》在星汉灿烂的唐诗里摘取有关长安的篇章,内容包括自然风光、城市风貌、别业寺院、社会生活、文化技艺、抒怀言志等方面。通过简明优美的语言,阐明诗作的意义与美妙,讲述其背后的文化故事,展现长安的文化魅力与文化气派。

　　长安,说不尽的长安事,道不尽的长安情。《诗赋长安》将送你一个真实而又富有诗意的长安。通过它,可以引导你了解长安的基本风貌和人文底蕴。但真正的长安,还要每一个人亲自来感受和体悟。

　　长相思,在长安!

2015 年 12 月 5 日

《中国古代辨体理论批评研究》序^①

竞泽博士的书稿《中国古代辨体理论批评研究》已经付梓，即将由中国社会科学出版社出版，向我索序，作为他的博士后合作导师，我欣然应允，在此谈一谈自己的一些看法和想法。竞泽博士2008年7月于中国社会科学院研究生院博士毕业后，来到陕西师范大学同我做博士后研究工作。因为博士论文做的宋代文体学研究，所以博士后期间便在此基础上进一步拓展，以中国古代文体学理论研究作为博士后报告题目，并于2011年6月顺利完成博士后出站答辩工作。之后经过四年多的打磨和修改，终于为文体学界奉上了一部优秀的学术著作。我认为，这部著作有以下几个主要特点。

首先，在博士后报告的选题上，竞泽以中国古代"辨体"理论批评为研究对象，是颇费一番心思和周折的，其中，既有前期博士论文的相关研究作为基础，又有宏阔的学科建设理论视野，显示出作者敏锐的学术嗅觉和识力。众所周知，中国古代文体学是当下中国古代文学研究的一个颇为重要的学术热点，自20世纪90年代以来，经过以中山大学吴承学先生等为领军人物和研究基地二三十年筚路蓝缕的全面而深入的研究，中国古代文体学正日渐形成自己独特的研究领域和学术特色，学科的建立也日渐成熟。我们知道，任何一门学科的形成、建立和壮大，理论先行和以理论为指导都是极为重要和不可或缺的。而"辨体"理论批评则正是中国古代文体学的核心和基点，这在20世纪90年初期，吴

---

① 《中国古代辨体理论批评研究》，任竞泽著，中国社会科学出版社2016年4月出版。

承学先生就在《中国古代文体学学科论纲》中重点提出:"成熟的学科意识是提升古代文体学研究水平必要的前提和基本条件。""'以'辨体'为'先'是中国古代文学批评与文学创作的传统与首要的原则。""'辨体'成为古代文体学中贯通其他相关问题的核心问题"(《文学遗产》1990年第1期)。竞泽对此有很深的领会,这从他多次在论文中对吴先生这篇重要的学科理论建设论文的引用中可以明显看出来。此外,可以发现,竞泽读博期间最早刊发的文体学论文就是以辨体批评为题的,即《论严羽〈沧浪诗话〉之辨体批评》(《北方论丛》2007年第4期)。这样,在前辈学者学科理论基础和自身学术实践的结合和碰撞之下,在中国古代文体学理论系统研究还是一个薄弱环节的态势之下,竞泽博士的辨体理论研究的创新意义和学术价值便凸显出来,并在目前中国古代文体学研究中格外引人注目。

其次,宏观的史学视野与具体的焦点透视。任何一种文学理论都有它的发生发展和演变进程,辨体理论亦不例外,在中国古代文体学史上,中国古代辨体理论也有它自身独特的批评史发展脉络,是中国文学史和中国文学批评史的重要组成部分,正如吴承学先生所言:"自魏晋以来,文体研究历来都是中国古代文学批评的重要组成部分,古代许多文学批评其实也就是文体批评。"(吴承学:《中国古代文体形态研究》,中山大学出版社2002年版,第2页)这一宏观的史学视野也可以说是研究中国古代辨体理论的总纲,其研究重点在此,但难点也在此:中国古代辨体理论发生和形成于先秦两汉,在魏晋南北朝得到极大的发展并出现了《文心雕龙》这一文体集大成之作,宋代辨体风气兴盛,具有承上启下的历史地位,而元明清辨体尤其是明代辨体则如罗根泽先生所云成为中国古代辨体的集大成时代。在这一绵延两千多年的辨体发展历史线索中,面对浩如烟海的文体文献典籍,要想在一部二三十万字的专著中面面俱到、巨细无遗地系统呈现出来,几无可能。即使勉强进行了概论式的历史描述,但其学术性也必然大打折扣,让人怀疑。那么,在辨体这一理论问题上,如何既能保持宏阔的史学视野又不失充满问题意识的学术创新呢? 在解决这一两难的学术境地问题上,傅璇琮先生在评价吴承学《中国古代文体形态研究》时有精到的论述:"我们不要先做大而全的概述性工作,这样难免重复、浅层;先选择有一定代表性的几个点,做精细而又有高度概括的探讨。"(序第3页)傅先生称这种"先不做系统的概论",而是"做历史的描述和思考"的文体学研究,"对当前学科建设来说,有方法论的启示意义"(第 3 页)。可以看出,竞泽这部书稿从文体研究这一方法论中获益良多,如在书稿的篇章结构和体系建构上,一方面,全书 14 章,各章从先秦到明清以历史朝代为演进线索,"做历史的描述和思考",具有清晰概要的文学批评史学术眼光,可以说就是一部简明的中国古代辨体理论批评史;另一方面,本著按照中国文学批评史的发展过程和演进线索,自魏晋六朝至唐宋元明清,选取具有丰富辨体批评内蕴的经典批评家的经典文论著作进行个案式研究,从中也能看到竞泽在文体学研究方法上受吴承学先生沾溉颇深。这种个案式研究,使得全书各章形成系列独立的学术论文,合则为一整体,可见中国辨体理论批评史的发展概貌,分则独立成章,对每一部经典文论著作都能够换一个角度从辨体入手进行重新审视和解读。更重要的是,这种专题论文的写作可以让作者"得以摆脱为追求建构体系而不得不宏大叙事的沉重负担,获得了符合自己学术心性的方法论的自由,而且这种研究方式确实可以摆脱'体系'的掣肘而易于深入。"(党圣元:《评郭英德〈中国古代文体学论稿〉》,《文学评论》2007 年第 4 期)正因如此,书稿各章都曾以单篇论文的形式在诸如《文艺理论研究》《厦门大学学报》《陕西师范大学学报》等国内核心期刊上予以发表,产生了一定的学术影响力。本课题研究亦获得教育部人文社科规划基金项目资助,并入选第四批中国社会科学博士后文库,凡此都可以从一个侧面证明了本书稿的学术价值所在。

最后,文体文献学价值和文学批评史意义。该著以时代发展为线索,在每一个时代选取一部或两部具有典型性的代表性辨体文献,从而管中窥豹,以一二部经典辨体文论典籍来透视这一时代的辨体概貌,这一方面需要作者具有扎实的古代文论文献基础和阅读积累,同时在多次反复的文献典籍阅读中要有很强的文献辨别识见能力,既要能够从浩繁的文论典籍中凭前期了解和学术直觉来选择和甄别具有文体学研究空间和价值的部分文献,又要在进一步的阅读浏览中能够鉴识其中的辨体理论意义,这就像在万里山川中遴选矿藏一样,是一个艰难而单调的劳作过程,其中的无用之功和辛苦徒劳唯有作者能够体验和深知。接下来,在选录的辨体文献渊薮中,便开始进行沙里淘金和竭泽而渔式的资料阅读摘录、分类分析和论证阐发了,这从第七、十、十一章在发表时的论文题目便可直观地看出来,其题目分别是《宋人诗话之辨体批评及文体文献学价值》《许学夷〈诗源辩体〉的辨体理论体系——兼论其辨体论的开拓意义和文献价值》《曹雪芹的文体学思想——兼及脂评本〈红楼梦〉的文体文献学价值》。上述论文最显著的特点就是,不但详尽全面地以文体文献分析为基础,从而构建系统的辨体理论体系,而且将其辨体文献学价值也显露无遗。

在某种意义上来说,一部中国古代文学史就是中国古代文体发展史,而中国古代辨体理论批评史也自然融入在中国古代文学批评史的演进历程之中,是中国文学批评史的重要组成部分;如果从文体学科独立的角度来看,辨体批评史和文学批评史又可以看作是双线并行、互相映照的一种独特文学景观。这从本书中所选辨体文论经典著作的朝代序列中已能直观地看出,如从魏晋六朝曹丕《典论论文》、刘勰《文心雕龙》、钟嵘《诗品》,到唐代诗学中皎然《诗式》、殷璠《河岳英灵集》、司空图《诗品》《与李生论诗书》,宋代严羽《沧浪诗话》为代表的二十几部诗话著作,元代祝尧《古赋辨体》、明代许学夷《诗源辨体》以及曹雪芹《红楼梦》,简直就是一部简明的文学批评史。尤为重要的是,上述文论经典著作向来是古今学者研究的焦点、热点,可以说从各个侧面都已进行过全面的研讨,而本书完全从文体学理论之辨体批评的角度进行系列性的整体性的观照阐释,不但挖掘了这些经典文论更为深层的丰富内蕴,而且具有重要的学术史意义,也即作者在《绪论》中所称:"可以深化拓展中国文学批评史的研究内容和研究范围,这对重写中国文学批评史和中国文学史具有重要意义。"

论题的研究已堪称完备,但亦有进一步完善和提升的空间。如对明代这一文体集大成和辨体文献丰富的时代,只选取许学夷一点显得有些薄弱,若能把吴讷、徐师曾、贺复征等重要辨体总集都兼顾到综合论述,当会使论著更加丰满完整。此外,如果能对域外一些相关的文体学思想及方法论有所借鉴,并对中国古代文体学研究中的"文学性"问题有所追问,当能提供一些别开生面的理论依据。

竞泽无论为人处事还是生活态度上都简易朴直,这也让他在学术研究上能够心无旁骛。希望竞泽能够再接再厉,在学术上更上一层楼,作为合作导师的我相信他会做得更好。

是为序。

2015 年 12 月 10 日于古城西安

《徜徉于我们的节日》序①

　　孔子说:"移风易俗,莫善于乐;安上治民,莫善于礼。"5000 年的中华文明之所以灿烂辉煌、延绵久远,关键就在于传统文化的生命力、凝聚力与影响力。尤其是中国独具特色且富有人文韵味的礼乐文化,更是维系了中华文明的稳定性与长久性。然而时移世易,伴随着现代工业文明的冲击,以及诸多社会因素的影响,传统文明正面临着前所未有的挑战。甚至有人质疑传统文明存在的合理性与必要性。实际上,传统作为一个民族的文化血脉和精神家园,它不仅存在于以文化精英为代表的大传统之中,还存活在以民俗文化为中心的小传统之中。不独如此,以传统节日为代表的文化小传统,既保存和承接了传统礼乐文化的内核,又拓展和延伸了传统礼乐文化的影响。比如敬天法祖、礼节民心、天伦之乐、家族和谐、祈求多福等,无不是中华文化大传统——礼乐文化的集中显现。当然,在这之中,中国的传统节日历经千年的文明积淀与洗礼,自然也融入了不少新鲜的民间文化血液。只不过由于这样或那样的社会文化因素,有些民俗文化正面临着日趋消亡的危机。因此,弘扬中华文化,凝聚中国力量,既要重视文化精英开创的文化大传统,也要重视民间力量创造的文化小传统。这应该也是当下文化工作的重要任务之一。

　　近年来,随着中国社会的飞速发展,文化软实力的建设成为整个社会关注

---

　　① 《教师报》2017 年 2 月 15 日第 4 版。《徜徉于我们的节日》,卢焱主编,陕西师范大学出版总社 2016 年 8 月出版。

的焦点之一。为此,党和相关政府部门,以及文化界做出了不懈的努力和积极的探索。在社会各界的一致努力下,国故整理,文化建设,保存非物质文化遗产,研究传统文化,构建文化体系,一时间成了社会各界所共同关心的话题。特别是在文化教育领域内,一大批有关民俗文化和传统文化的图书如雨后春笋般地涌现出来。但这些图书在令人欣慰之余,不免有些美中不足之处。比如有的失之肤浅,有的失之粗糙,有的失之深奥。而市场经济环境下的某些商业炒作,以传统文化为奇货可居,其行为对文化教育的负面影响之深又令人十分担忧。因此,与以往相比,我们的文化界和教育界更加迫切地呼唤着能真正涵盖传统文化精神与内涵的文化精品图书。《徜徉于我们的节日》这部书稿,以传统文化为基石,立足于文化教育,结合地域文化特点,兼重于学以致用,比较全面和系统地介绍了中国重要的 12 个传统节日文化,是一本当下文化教育领域内不可多得的精品图书。

这部书稿以传统节日中的春节、元宵节、二月二、三月三、清明节、端午节、七夕、中秋节、重阳节、冬至、腊八、除夕为中心,以节日由来、传统习俗、节日诗词、美文欣赏、写作训练、社会实践六大板块为主要内容,搜罗万象,精心筛选,深入探究,尽可能地凸现出传统节日中最核心、最具生命力的东西——中国文化精神。节日只是一种外在的形式,在这个形式的背后有着深厚的文化意蕴。这种文化已经深深地扎根在中国的乡土及中国人的心里。此书的特点就是从节日的表面入手,逐步深入文化的内涵之中。具体而言,主要体现在三个方面:其一,深入浅出,寓教于乐。这部书稿力避艰涩深奥,抓住学生的童真心理,文不求深,通俗易懂,以生动活泼的文字介绍了传统节日的文化特征和与之相关的诗词美文。不独如此,全书还配以丰富多样、童味十足的插图,让学生在轻松自由的氛围中,既充分了解了传统节日中的地域文化,又初步涉猎了传统典籍的各种文献,可谓一举两得。其二,在注重学生的智育培养中,又涵盖着提高学生美育水平的目的。阿诺德说:"文化所追求的完美以美与智为主要品质。"这部书稿则在提高学生的知识水平的同时,还引入了许多与传统节日息息相关的文化形态,比如风俗礼仪、童谣歌曲、饮食文化、天文历法、诗词文章等。这一切皆在某种程度上对学生的文化性格和情感认知的形成,有着积极的促进作用。其三,这部书稿以知行合一为目的,重在培育和提高学生的认知能力和动手水平。比如此书稿在写作训练和动手实践两大板块中，不仅以素材收集、范文欣赏、佳作摘录等启迪和开发学生的智育能力，还以沙龙、诗会、观察、记录等多种灵活多样的实践形式，注重学生动手能力的提高与培养。这在很大程度上弥补了目前我们学生眼高手低的不足与缺陷。总的来看，这本书在贴近传统节日的文化习俗中，力求创新载体，融入现实因素，增强了中华传统节日文化的吸引力和感染力，对中国的文化教育有着一定的积极作用和借鉴价值。

《荀子·劝学》云："蓬生麻中，不扶而直；白沙在涅，与之俱黑。"中国的文化教育，不但需要一大批有良知、有责任、有能力的文化工作者积极参与其中，还需要一大批有水平、有高度、有力度的文化图书改善我们的文化教育环境。文化教育环境对青少年的成长至关重要。我们深切地盼望着，文化界多出像《徜徉在我们的节日》这样的文化精品，让孩子们在听说读写、饮食娱乐中，既能充分理解中国传统文化的深邃与丰富，又能深入感悟中国传统文化的辉煌与魅力，并且从中汲取营养，健康茁壮地成长为民族文化建设的后备生力军。没有深厚文化底蕴的民族，必将是没有文化根基、没有文化血脉的虚弱民族。在中华民族复兴的进程中，必须把文化之根留住。节日文化作为中国传统文化中一个重要组成部分，传播范围广泛，接受群体众多，应该引起我们的高度重视。教育部2014年3月印发的《完善中华优秀传统文化教育指导纲要》中指出："青少年学生是祖国的未来，民族的希望，加强对青少年学生的中华优秀传统文化教育，对于培养中华优秀传统文化的继承者和弘扬者，推动文化传承创新，建设社会主义先进文化具有基础作用。"我们相信，让青少年从自己身边的节日文化入手，逐步引导他们深入了解中华民族优秀传统文化，将是一件有意义、有价值的事情。《徜徉在我们的节日》一书就是这个工作的具体体现。

2016年6月于古城西安

《先秦典籍引〈诗〉研究》序①

　　曾小梦的博士学位论文《先秦典籍引〈诗〉研究》即将付梓,问序于我,我甚是欣慰。细算起来,小梦博士毕业至今,已整整十年。早在毕业之际,我就督促她早日把论文出版,但她不愿自己的书稿仓促面世,在紧张的教学工作之外,对书稿不断修改、完善,而今终于完工。作为她博士学位论文的指导老师,也是第一位读者,这个序我是乐意为之的。

　　众所周知,中国是一个诗的国度,其源远,其流长。若论诗歌起源之早,流别之多,世界上恐怕没有哪一个国家能与中国相提并论。然而我们的诗歌观念,却与西方有着本质的区别。西方重在抒情,注重诗歌的审美性;而我国古代,尤其是早期,则重在"言志",看重其实用性。中国诗歌的这种特性,在春秋时期就已十分突出。孔子论《诗》曰:"诵诗三百,授之以政,不达;使于四方,不能专对;虽多,亦奚以为!"其弟子陈亢向孔鲤打听圣门绝学,听到的也是"不学《诗》,无以言"之规诫。可见在孔子这里,诗歌的实用性已经凸显。问题在于,"诗三百"是如何与为政产生重要联系并成为经世的首要之选? 应该说,这是《诗经》研究,甚至中国诗歌研究史、中国文化研究史上的重要问题。小梦这部《先秦典籍引〈诗〉研究》就重在关注这一问题。因此,就学术意义而言,这个选题是非常有价值的。首先,对于认识《诗经》研究史具有重要意义。《诗经》研

---

　　①《先秦典籍引〈诗〉研究》,曾小梦著,商务印书馆2018年10月出版。

究史往往忽略这一方面。引《诗》作为一种独特的文化现象，引起了古人和当今学者的关注，但现有的研究比较零散，而小梦的研究第一次将先秦典籍引《诗》现象作为一个整体进行全面而系统的整理和研究，具有创新意义。其次，对于先秦典籍引《诗》现象的探究，有助于了解《诗》之所以被广泛接受以及被儒家尊崇为"经"的深层原因及过程。先秦典籍引《诗》对其传播和阐释都产生了深远的影响。可以说，先秦时期《诗》在传播、征引过程中所逐渐形成的权威性和经典性，为汉人最终推《诗》成经奠定了重要的基础。最后，在数据统计分析的基础上，首次从文学与文化的角度对先秦各类典籍引《诗》进行观照与阐释，揭示引《诗》现象的文化含义及《诗》的经典化过程，并从中挖掘接受者（读者）的文化心理，这是很有意义的尝试，对于我们进一步全面认识《诗经》的价值提供了新的路径和方法。

有价值的研究往往又是难度较大的研究。我们知道，历史一旦过去，我们很难再一次回归历史本身。"诗三百"，在春秋战国这一中国文化的"轴心时代"是何种样态存在，仅依据汉儒、宋儒，甚至清儒的研究是很难接近历史真相的。小梦选择从春秋战国时期诸种典籍对"诗三百"的征引来切入，通过探讨这一特定时空、不同士人对"诗三百"的运用情况来考察它是如何从抒发情怀的个体言说演变为《诗经》这一群体性文化经典，可谓独具慧眼。为了揭示"诗三百"的存在样态及其演进历程，小梦将先秦典籍按照四部分类法分成史部、子部两大类别，又将子部细分成儒家经典、非儒家经典两类进行研究，思路清晰，逻辑层次鲜明，纲目清楚，为后面的研究廓清了迷雾。全书分为上、中、下三编，上编是先秦史书引《诗》研究，主要以《左传》《国语》《战国策》为中心，探讨了先秦史书中的引《诗》情况。中编是先秦儒家典籍引《诗》研究，主要探讨了《论语》《孟子》《荀子》《礼记》《孝经》中的引《诗》现象及各自的特点。下编是先秦其他诸子著作引《诗》研究，主要探讨了《晏子春秋》《墨子》《庄子》《韩非子》《吕氏春秋》等典籍各自引《诗》的特点及意义。小梦立足事实，将出土文献与书面资料相互印证，并结合先秦的文化背景，揭示了春秋战国时期《诗》的功能演变、《诗》的传播与接受、先秦各学派诗学观念的生成等。另外，在每一部分的研究中，还紧密结合《诗》文本和先秦典籍中所引诗句、篇章，探索了"诗本义"与"引诗义"的联系与区别。同时在此基础上进行理论探讨，力求通过引《诗》所反映的春秋战国时期的思想文化背景,揭示引《诗》现象背后的深层含义,并从读者角度分析为什么接受引诗的文化心理。这样的研究,由表入里,由现象到本质,使研究逐步深入下去。

本书稿研究的又一重要收获是对《诗》在先秦时期的存在样态进行了重新审视,指出正是有周一代的诗乐制度,使《诗》在很大程度上丧失了它本身的风格和意义,从审美功能转到实用功能,而且是根本性的转变。特别重要的是,由于各个阶层对《诗》的多角度、多层面征引,促进了《诗》的经典化,使它从一部普通的诗歌总集演化为一部承载政治意识形态的文化经典,"诗三百"终于在汉代完成了其从《诗》到《诗经》的蜕变,也就是从文学走向了经学。应该说,这一结论是符合历史实际的。当然,随着时代的发展变化,《诗经》在后代经学地位日益巩固的同时,也有文学的审美探究之路,这又是一个重要课题,需要另作研究了。

翻阅书稿,我印象比较深的还有小梦运用统计学方法所制作的众多图表。我们知道,图表具有直观性、形象性,可以使问题一目了然,极具说服力。但制作起来,颇费周折。对此,我自己深有体会。由于古典文献的特殊性,比如版本、异文、异名等问题,很多资料不能依赖计算机检索,需要自己一页一页翻检,一条一条摘录,最后再汇集起来,制作成图表。这个研究,还要考虑《诗》本文的差异性、古人引《诗》的随意性,难度可想而知。我粗略统计了一下,全书一共选取了13本典籍,共制作大小图表47幅,其所花费的时间、精力可以想见。王安石诗云"看似寻常最奇崛,成如容易却艰辛",岂此之谓乎!

学术研究是艰苦的事情,需要有定力和毅力,甘坐冷板凳。小梦能以十年之功磨一剑,将博士论文雕琢得如此精致,可喜可贺。这本著作是她在学术道路上的第一份重要的收获,值得珍惜。"欲穷千里目,更上一层楼。"我相信,小梦在学术道路上一定会不断进步,取得更大的成就。

是为序。

2018 年 8 月于古城西安

《汉代关中文学家族研究》序①

　　暮春时节,百花吐艳。在延安大学文学院任教的刘向斌博士告诉我说,他即将在中国社会科学出版社出版一部研究汉代关中文学家族的专著,嘱我作序。我让他将书稿寄来,并抽空通读了一遍。总体感觉,该书在深化汉代文学研究方面向前迈出了可喜的一步,至少有如下三个显著特点。

　　第一,在纵横交错的结构框架中,将研究汉代文学的观点蕴含其中。该书分为上下两编。上编从个案研究出发,重点分析、评价了汉代关中的八个文学家族的形成历程、文学创作及文学成就;下编从历史基础、文化基础和政治基础等方面,重点探讨了汉代关中文学家族的成因、形成机制及地域分布等。作者认为:"我们既要关注中国文学纵向的历史演变,也要关注其横向的存在状态。就中国古代文学而言,政治文化制度具有杠杆作用,时刻左右着中国文学的发展路向。而在特定的政治制度影响下,在'家天下'的政治模式中,也孕育着一个个家族。家族的兴衰与政治制度的变迁有着极为密切的关系;家族的兴衰变迁,也推动着中国文学的变化与发展。因此,在古代中国,家族应是不能忽视的、影响文学发展的主导力量之一。"作者正是利用这种纵横交错的结构框架,分析了汉代文学家族、汉代文学的发展状态,也关注了汉代家族对文学发展的深刻影响。这样的研究视角、研究思想是值得肯定的。

---

① 《汉代关中文学家族研究》,刘向斌著,中国社会科学出版社2019年9月出版。

第二，立足汉代关中地域文化，着眼于汉代关中家族的发展态势，以点带面，有效回答了汉代是否有文学家族的问题。20 世纪 80 年代以来，学术界关于文学家族、家族文学的研究取得了较大的成就。从发表的相关研究成果来看，大家关注的热点主要集中于南朝、隋唐、宋元和明清时期的文学家族或家族文学，而对汉代文学家族或家族文学的研究相对比较寂静，研究成果也较少，似乎具有"重末轻初"的倾向。之所以如此，主要涉及两个问题：一是对汉代文学内涵的理解，二是对于汉代文学家族的衡量标准。为此，该书首先讨论了"文学"及"汉代文学"的概念内涵，认为应当从当时文学发展的实际出发，摆脱狭义文学观的影响，从广义文学的角度看问题。同时，作者吸收了学术界的相关成果，确立了家族、文学家族的衡量标准，并借助于汉代史料和家族文献，选择汉代关中作为研究对象，采用文史互证、地域与文学结合的研究方法，认为汉代关中区域作为当时的政治、经济、文化、教育中心，吸引了大量的文人聚居于此，培养了不少文才之士，促进了汉代文学的发展，培育了诸如马氏、刘氏、杨氏、班氏等颇有影响的文学家族。这样的结论，并非空悬来风，也是信而有征的。

第三，着眼于历史发展与变迁，探究了汉代文学家族形成的基本规律。该书非常重视梳理家族文献资料，并对相关家族的发展变化进行追根溯源。作者认为，汉代移民诸陵政策及家世背景推进了汉代文学家族的形成。结合史料及分布规律的分析，作者认为，在汉代，几乎所有的关中文学家族，都经历了官僚化、儒质化和士族化的发展历程。尤其是儒质化，可谓是汉代文学家族形成的最为关键的一步。所以，作者强调："汉代关中文学家族之形成具有规律性。通过比较三辅地区几个文学家族的家族史，我们发现，几乎所有的家族都经历了官僚化和儒质化。而官僚化是政治基础，儒质化则是文化基础。这正是汉代关中文学家族形成的必要条件。"这样的结论，对研讨汉代文学家族及家族文学都具有重要的参考价值。

两汉 400 年，西都长安，东都洛阳，政治中心不在一处，但关中由于受特殊的地理环境、前代历史文化的积淀及汉代政治文化的影响，不仅文化底蕴深厚，而且对汉代文化的发展也产生重要影响，在此沃土上形成了许多有影响的家族，如军功家族、世袭贵族、经学家族、文学家族等。从发展的角度看，汉代正是文学家族、家族文学形成的重要时期，魏晋以后随着门阀士族的发展、文学的自觉以及其他众多因素,文学家族和文学集团愈来愈兴盛。无论如何,研究汉代文学,不能忽略对文学家族和家族文学的研究。该书在掌握大量历史文献资料的基础上,采用个案分析与综合归纳相结合的研究方法,从地域与文学的研究视角出发,探讨了汉代关中文学家族的形成历程,分析了关中八大文学家族的文学创作与活动情况,并就其文学成就与影响予以中肯的评价,把结论建立在大量的事实材料之上。可以说,该书的出版,在一定程度上弥补了汉代关中文学研究的缺陷,对汉代文学研究颇具参考价值。

向斌博士多年来一直致力于汉代文学的研究,曾出版《西汉赋生命主题论稿》等著作,对汉代文学有其独特的认识。本次又以汉代关中文学家族为研究对象,文史结合,考论兼顾,在以往研究的基础上开辟出新的领域,显示出开阔的学术视野。新著出版,可喜可贺。期望向斌博士继续努力,在学术研究上取得更大的成就。

是为序。

2019 年 5 月 23 日于陕西师范大学

《清代学术与〈史记〉文学阐释研究》序①

　　近代以来,中国学术逐渐建构起现代学术体系,成为中国现代化进程中的一个关键点。这种转化是在西学东渐和社会转型的语境中展开的,以"民主""科学"为旗帜,带有浓厚的启蒙实践意义。同时,这一转化不仅是对学术话语的解构与重构,也是对学人的世界观、人生观、价值观的重构。尽管其间充满质疑、争鸣、接受、认同曲折复杂的认知过程,但其意义是非凡的。现代学科体系的建构与划分,研究分野、研究对象、研究目标的明晰,以及不断发展的学术理论和方法,极大地促进了现代学术的发展。这些都被现代自然科学和人文科学的繁荣所证实。在此过程中,传统的"经史子集"更为精密地被分解、对应为哲学、政治学、历史学、文献学、文学、经济学等学科,其优点是以新理论和新方法各科齐头并进,深入地对传统文化进行挖掘,造就了现代学术的繁荣。但从另一层面来看,这种转化是对传统文化的裂变与新变,在其积极意义的背后也隐含着与传统学术的疏离。

　　"五四"以来,传统文化与现代学术的关系问题、研究方法问题一直是学界十分关注的问题。尤其是 21 世纪以来,经过 100 多年的学术实践,研究者在国际文化视野之下,对传统文化有了清晰而深刻的认识。虽然众说纷纭,但有三个核心不可改易:一是传统文化是中国古人思维模式下对物质和意义的探究,

---

　　①《清代学术与〈史记〉文学阐释研究》,王晓玲著,人民出版社 2020 年 10 月出版。

有其独特的文化内涵和价值;二是以经学为核心,文史哲混而为一是传统学术最为重要的特点;三是今古文学、汉学宋学贯串了整个古代文化。因而,单一地从现代哲学、史学、文学的概念去考察传统文化,的确有"破碎大道"之嫌。基于此,在现代学术体系下,对传统文化与学术的阐释视角、阐释方法、阐释理论、文化意义等诸多问题搅扰着每一位研究者,这大概也是相关学科史不断重写的重要原因。尤其是近年来,在中国学术较为充分地国际化之后,民族化和国际化的问题更引起诸多研究者的思考,"构建中国特色的学科体系、学术体系、话语体系,已成当务之急"①。以古代文学为例,刘跃进先生在《文学研究中国化的历史选择》一文中论述道:"社会与学术的转型世纪之交的中国文学研究,正在经历着新的变化:一方面,我们不满足于对浅层次艺术感的简单追求,更加注重厚实的历史真实;另一方面,也不满足于对某些现成理论的盲目套用,更加注重文献积累。追求历史的真实,追求文献的积累,其背后还有一个更深层次的原因是显而易见的,即我们不愿意再固守着舶来的'文学'观念,更不愿意用这种所谓纯而又纯的'文学'观念去过滤中国文学的发展实际。我们希望站在本民族的文学立场,从中国文学的实际出发,梳理其发展演进的线索。"②黄霖先生关注于20世纪中国古代文学研究史,和前辈学者王运熙、顾易生先生一样,呼吁学界:"把脚跟坚定地立于中国的大地上,明确与坚守中国文论的民族文化立场和科学的价值观,以防被外来的低俗、浅薄、廉价甚至是腐蚀性的文化所淹没与消解,注意以中化西,洋为中用,在会通古今、融合中西的道路上,创造出无愧于时代的具有中国特色的文论体系。"③这些表述代表了学界对传统文化的重新思考与探索。不难看出,结合中国传统文化的特质,构建承继性和时代性的学术话语体系,是学人关注的关键问题,是学人对学术方向的思考。

单从中国古代文学研究而言,回到中国古代文学传统的语境去考察文本的生成与内涵,去阐释文本的意义与价值,成为学界的共识。中国古代文学产生于特定政治文化语境,它和礼乐制度密不可分,可以说是官制、礼制的产物。因

① 刘跃进.中国古典文学研究四十年[J].深圳大学学报,2019(1).
② 刘跃进.文学研究中国化的历史选择[J].中国社会科学院研究生院学报,2007(2).
③ 黄霖,李桂奎.文献整理、史论撰述与体系建构三重奏:复旦大学著名教授黄霖先生中国文论史研究访谈录[J].甘肃社会科学,201(3).

而,古代文学的内涵是繁复的,观念变化是纷繁的,这种文学观念是和经学、史学、文章学等传统学术观念混杂在一起的。因而,20 世纪 90 年代以还,文化研究、编年研究、地理研究、家族研究、文体研究、制度研究、传播研究,成为学人对西方文学观念突围的方向,具体表现为制度与文学、科举与文学、官职与文学、经学与文学、理学与文学、史学与文学、文书与文学、文体与文学、文章学与文学等选题。显然,这些变化是中国文学研究发展的必然结果,是学术研究的内部转向。这种去除遮蔽,回归中国传统文学的探索,就是要回归中国的语言形式、思维模式、学术语境与审美特征。

在此意义上,可以说,王晓玲的《清代学术与〈史记〉文学阐释研究》正是这一学术思潮和思想的实践。毋庸置疑,研究清代《史记》文学阐释,将之置入清代学术语境是正确的抉择,正如作者所说:"学术生态是文学研究最亲近的血缘关系,学术生态不仅是文学研究最为重要的文化语境,而且是文学研究的学术背景和研究平台。它对文学研究的方向、深度、广度有着决定性的作用。"因而,将清代《史记》文学阐释置入经学、理学、史学、文章学、评点学等中国传统学术语境中,以求得还原清代最真实的《史记》文学认知的目标,具有了可行性。同时,研究清代学术思想、学术方法及其所形成的审美观念的视域,关注清代《史记》的文学阐释,对全面深刻地把握清代《史记》文学研究的思想渊源、特点与方法,对深入揭示和理解《史记》的文学特色和文化意蕴,有着重要意义。同时,也有助于深化对清代学术的理解,有助于厘清中国文化的特质,有助于加强对中国文化国情的认知。

虽然如此,但要回归传统学术,从学术与文学的关系入手,考察其互文关系,这一选题的难度也是显而易见的。从大的方面而言,共涉及三个方向:一是文献资料问题;二是《史记》研究的内部问题;三是清代学术的问题。首先说资料问题。清代研究《史记》的学者多达数百人,所存著述浩如烟海。各家对《史记》的文学阐释不仅资料多而且散乱,除专门的《史记》论著外,还有许多论述散见于序跋、书信、笔记、文集以及文章学论著中,或散存于其他文献的间接对《史记》的评论中,往往呈现一鳞半爪或只言片字,而且大同小异,难以轻易找出规律性的东西,对于细微的差别必须进行精慎的判断。其次,《史记》研究的内部问题。《史记》以其信史实录、资鉴经世、艺术卓越,成为史学与文学不朽的经典,历代学人都重视《史记》,研究《史记》。《史记》的研究早在汉魏六朝时期就已经起步,到了唐代由于古文运动等原因确立了《史记》的文学地位,宋元时期《史记》文学地位进一步提高,明清学人多闻阙疑,好学深思,在史学和文学研究方面都取得了丰硕的成果,尤其清代《史记》的文学性研究达到了前所未有的高度,成为《史记》文学经典化的高峰期。对于清人《史记》文学阐释的研究,每个问题不仅牵连研究史的问题,而且要考虑司马迁和《史记》文本、考虑清代学人的判断、现代的认识,一个问题往往与许多问题纠结在一起,必须思路清晰、明辨相互之间的差别,找出其与文学、学术、文化之间的关系。最后,清代学术的问题。"清代学术"本身就是一个大概念,内容纷繁芜杂。最常规的如经学、史学、文章学等大类,每一类又问题诸多。再者,清代是传统文化清理总结的时期,学术研究的每一个问题不溯本求源往往难以把握。要探讨其对《史记》文学阐释的影响,非全面深入掌握而不能。

在对以上诸多问题的解决上,《清代学术与〈史记〉文学阐释研究》以清代学术与《史记》文学阐释的互文性为研究对象,考察清代经学、史学、文章学及小说评点的研究思路、方法对《史记》的叙事艺术、写人艺术、《史记》与小说比较阐释的影响,探寻它们之间的互文关系。该书将重点放在了厘清清代学术史、学术思想史及其流变,以及所影响的审美观念和《史记》史学经典化的语境对《史记》文学阐释方法、成果的影响上。这样,研究就将清代学者对《史记》的文学阐释置入清代政治语境、审美语境、学术语境中,考察《史记》文学研究兴盛的原因、研究思路、方法的变化与创新。具体而言,考察经学、理学思想对《史记》文学阐释的影响,考察清代史学观念、方法与《史记》文学阐释的关系,考察文章学与《史记》文学阐释的关系,考察评点学与《史记》文学阐释的关系以及小说评点学与《史记》文学阐释的互文关系,这样就有效地解决了诸多难题。总体来看,论著别具特色,得出了一系列较为新颖的结论,主要包括以下三个方面。

第一,学术思想的特色。清代是古代《史记》文学经典化的高峰期,对之学界高度重视,但研究相对较为薄弱,主要集中于局部与个案研究。《清代学术与〈史记〉文学阐释研究》对清代《史记》的文学研究进行了整体性、系统性观照,将清代《史记》文学阐释置入《史记》经典化历程,置入学术语境中进行考察,展示了清代《史记》文学阐释的全貌,突出清代阐释的特点。这对深入把握《史记》文学特质,揭示清代文学、文化的风貌以及《史记》研究史都有重要意义。

第二,学术观点上的突破。论著认为,明清《史记》文学经典化的达成,不仅来自《史记》本身的艺术价值和可阐释空间,还在于清代经学、史学作为意识形态、文化权力对《史记》文化地位的提升,其研究思路、方法引导了文学阐释。同时,清代复古崇雅、师心尚情为指归的价值取向,以古文为时文的期待视野成为《史记》文学的内驱力,文章学、评点学也就成为其经典化的重要阵地;清代小说的创作与评点一方面要冲破文化禁锢与"史余""史补"等史学话语的笼罩,另一方面又要借助《史记》的经史地位来提高其文化地位。金圣叹所提出"才子书"观念,建构文学判断体系,强化了《史记》的文学性;清代学者丰富了"实录"内涵,将《史记》生动传神、栩栩如生称为"实录",完成了史学意义的文学转换;论著还承日本学者内藤湖南的认识,认为"义法"论是解读《史记》最有效的方法,使清人的《史记》研究达到了前所未有的成就;等等。这些观点,都有较大的创新意义。

第三,研究思路方法上的特点。在研究方法上,《清代学术与〈史记〉文学阐释研究》注重传统方法与西方阐释学、接受美学理论的结合,强化研究史、经典化的意识,注重学术思想、学术方法及其审美观念对文学阐释的影响。在研究思路上,采用以问题为体例,与时代、学术、人物相结合的论证方式,将历史描述与理论探讨相结合,展示了清代《史记》文学阐释的全貌,突出清代阐释的特点。注重学术与文学、学派与文学、文论与文学、文学与文学的关系,通过比较掌握历代前后的变化、时代或地域的联系,探索变化的原因、联系的影响,并注意结合阐释学理论、现代的研究成果做出简要的评判。

清代是《史记》研究史上一个重要的阶段,成果多,资料多,问题多,因而研究难度大。《清代学术与〈史记〉文学阐释研究》从独特的视角出发,探讨一些重要问题,取得了可喜的成绩,但尚有一些方面可以进一步完善和开掘。一是文献问题。清人《史记》文学阐释著述众多,论著基本将这些相关资料囊括在内,但对林云铭的《古文析义》、吴汝纶的《点勘史记读本》论述不多。这两部著述亦为清人《史记》文学阐释不可或缺之作。林云铭为清初古文家,《古文析义》的影响意义大于文本意义。《古文析义》初编、二编共收《史记》作品36篇,并加文学评点,推崇司马迁《史记》叙事写人的笔法。吴汝纶为桐城派晚期文学大师,其《点勘史记读本》130 卷,对《史记》各篇圈点,主要是眉批和篇末总评,专论文章气脉,且汇释各家《史记》评语,颇有影响。因而,论清人《史记》文学阐释对这两部著作应该有较多的论述。二是个别章节论述有待进一步深入。如清代经学与《史记》文学阐释部分,问题论述和材料运用略显不足,例如李光地为清初著名理学大家,其著述《古文精藻》选录和评点五篇《史记》作品。虽然篇目不多,但也是研究理学家对《史记》文学性认识的重要资料,应予以足够的重视,等等。总之,瑕不掩瑜,这些不足的存在,会成为促进青年学者成长的动力。

王晓玲博士先从我研习古代文学,做有关《史记》阐释研究,后随贾二强教授进行博士后研究工作。《清代学术与〈史记〉文学阐释研究》就是在博士后出站报告的基础上修订而成。书稿即将付梓,她请序于我,我欣然应允。

是为序。

2019 年秋于陕西师范大学

《海外司马迁与〈史记〉研究丛书》总序①

　　司马迁是西汉时期左冯翊夏阳（今陕西韩城市）人，中国古代伟大的史学家、思想家、文学家，是世界文化名人，其创作的《史记》是我国第一部纪传体通史，全面叙述了从黄帝至汉武帝时期3000年来的政治、经济、文化多方面的历史发展，具有百科全书的特点，鲁迅先生称之为"史家之绝唱，无韵之离骚"，它在中国文化史上树立起一座巍峨的丰碑，具有永恒的价值和意义。《史记》不仅是中华民族的宝贵文化遗产，而且是具有世界意义的历史学巨著，吕思勉先生的《秦汉史》指出："通史之义有二：萃古今之事于一编，此通乎时者也。合万邦之事于一简，此通诸地者也。自古所谓世界史者，莫不以其所知之地为限。当谈、迁之时，所知之世界，固尽于其书之所著，则谓其书为当时之世界史可也。"《史记》记载历史，涉及的地域已经到了今天中亚、西亚一带，它也当之无愧是世界文化宝库中一颗璀璨的明珠。

　　《史记》在海外的传播最早从东亚开始。据史书记载，《史记》在魏晋南北朝时期传播到了朝鲜半岛。《北史·高丽传》记载，唐以前"三史"传到高丽。《旧唐书·高丽传》说高丽"俗爱书籍"，"其书有《五经》，及《史记》、《汉书》、范晔《后汉书》、《三国志》、孙盛《晋阳秋》、《玉篇》、《字统》、《字林》，又有《文选》，尤爱重之"。据有关资料，自20世纪60年代以来，韩国出版韩文《史记》译本（包括全译和节译）数十种，在韩国诸多的《史记》选译中，"列传"是最为突出的

---

　　① 《海外司马迁与〈史记〉研究丛书》，张新科、丁波主编，商务印书馆2022年起陆续出版。

部分。这些各具特色的译本,对于《史记》传播起了积极的作用。《史记》传入日本已有 1000 多年的历史。据覃启勋《史记与日本文化》一书考证,《史记》是在公元 600 年至 604 年之间由第一批遣隋史始传日本的,明清之际,是《史记》东传日本的黄金时代。《史记》传入日本后,对日本的政治、文化等产生了重要影响。据《正斋书籍考》《三代实录》《日本纪略》以及《扶桑略记》这些日本史书记载,上至天皇,下至幼童,包括僧徒,都在阅读《史记》,诸王诸臣也讲《史记》,甚至学生入学还要考《史记》,这种情况在全世界都是罕见的。在日本,各种形式的《史记》抄本、刻本,或选本,或全本,数量在百种以上,《史记》的传播和普及程度非常广泛。《史记》在欧洲的传播时间稍晚。据有关资料,《史记》在 18 世纪传到俄国,俄罗斯汉学家 19 世纪起就节译过《史记》。2010 年,由越特金和其子花 40 年功夫翻译的《史记》俄文出版,标志着《史记》全书第一个欧洲语言译本的问世。目前,《史记》在俄罗斯有广泛的影响。《史记》在欧美其他各国也有程度不同的传播。在法国,汉学家沙畹(1865—1918)曾翻译《史记》,这在法国是个有一定影响的《史记》读本,而且是第一部西洋《史记》翻译,共五本。2015 年法文版《史记》全部出版,共九卷,由巴黎友丰书局的潘立辉先生主持编列。这套《史记》法文版由三部分构成:沙畹已翻译的五卷、康德谟补译的部分以及汉学家雅克·班邑诺教授续译的“列传”部分。美国自 19 世纪 40 年代开始关注《史记》,1840 年出版的《中国丛报》开始有介绍司马迁的文章。20 世纪 50 年代以来,华兹生(Burton Watson)和倪豪士(William H. Nienhuaser)在《史记》英文翻译方面也取得了突出成就。在英国,也有学者翻译《史记》,较有代表性的是 1994 年雷蒙·道森(Raymond Dawson)译本《史记》,它作为“世界经典系列丛书”之一由牛津大学出版社出版。19 世纪中期,奥地利汉学家先驱菲茨迈耶把《史记》24 卷翻译成德文,这是最早的德文译介,其他国家如丹麦、匈牙利等也有《史记》译本。总体来看,《史记》从东亚到欧洲,传播范围逐步扩大。还应注意的是,1956 年司马迁被列为世界文化名人后,尊敬司马迁、研究《史记》的人也更多了。

海外的《史记》研究,相对来说,东亚地区的研究由于时间长久,取得的成果较为丰富。比如韩国,自 20 世纪 60 年代以来,对《史记》的研究呈现逐步发展的趋势。从研究的范围看,主要有司马迁的生平和思想研究、《史记》的历史性质研究、《史记》的语法研究、《史记》的文学性质研究、《史记》人物描写研究、《史记》总体研究、《史记》与《汉书》比较研究等。这些成果,无论从学术研究的方法上,还是从内容和水平上都开创了一个新时代。东亚地区日本《史记》研究的成果最为突出。据统计,仅现代而言,日本颇有影响的《史记》研究专家就有泷川资言、水泽利忠、宫崎市定、野口定男、加地伸行、池田四郎次郎、池田英雄、伊藤德男、今鹰真、青木五郎、佐藤武敏、藤田胜久等百余人,论著层出不穷。如泷川资言的《史记会注考证》广采博搜,汇集了日人及我国学者对《史记》的各家注释百余种,并加以考释。该书还在书后附有《史记总论》,包括太史公事历、《史记》名称、《史记》记事、《史记》体制等15个方面的内容。池田四郎次郎著、池田英雄校订增补的《史记研究书目解题》一书,对670多种《史记》研究的有关著作做了提要介绍,规模宏大,体例专精,远远超过了我国同类著作。池田英雄的专著《史记学50年》,详细介绍1945—1995年日本《史记》研究情况,并与中国的《史记》研究进行对比分析。在欧美及其他国家,翻译和研究《史记》并重。法国汉学家沙畹在翻译《史记》时,前面有长达250页的前言和导言,给读者全面介绍《史记》的来龙去脉,是西方汉学史上研究《史记》的最为权威的著作。美国学者如华兹生《司马迁:伟大的中国历史学家》、侯格睿(Grant Handy,一译葛兰特·哈代)《青铜与竹子的世界:司马迁对历史的征服》、杜润德《雾镜:司马迁著作中的紧张与冲突》等著作,都是很有见地的著作。

由于《史记》具有不朽的魅力和永久的生命力,所以,引起海内外学者的广泛关注和持续研究。《史记》研究从汉代起步,至今已有两千多年的历史,取得了多方面的成就,并且逐渐形成了一门新的学问——史记学。"史记学"的建立,不是一朝一夕的事情,总体来说,要以大量的海内外《史记》研究资料为基础,以理论分析提升为指导,走综合化研究的道路,采取多样化的研究方法,集体协同攻关,并且加大与世界对话的力度,共同提高研究水平。为了弘扬中国优秀传统文化,实现"史记学"世界化的目标,促进《史记》研究向更广、更深的领域发展,目前急需做的一项重要工作就是要将海外《史记》研究的成果介绍进来,以便互相借鉴和学习交流,正因如此,我们策划了这套《海外司马迁与〈史记〉研究丛书》,聘请专业人士,有计划地翻译介绍海外《史记》研究的重要著作,以期为史记学的建立贡献绵薄之力。

这项重大工程,得到了陕西师范大学"长安与丝路文化传播学科创新引智基地"和商务印书馆的大力支持,在此我们表示衷心感谢。

2021年5月15日陕西师范大学

二、前言

《佛陀耶舍传》卷首语和后记①

卷首语：不畏艰辛　乘愿再来

魏晋南北朝时期，是中国佛教发展史上的一个重要时期。佛学，以其巨大的力量，穿越了巍峨的冰山，跨过了广袤的空间，从印度传到了中国。

此时的中国大地上，战火不熄，生灵涂炭，百姓遭殃。汉末的社会大动荡导致了三国的鼎立，接着又是十六国的彼此征战和南北朝的相互对峙，天下分裂，何处才有乐土？哪里才有安宁呢？上至帝王至尊，下到穷苦百姓，都在寻觅着拯救社会的良药，都在探索着解脱苦难的方法。于是，以解脱痛苦为宗旨的佛学便在汉末从印度经过西域传到了中原，进而推广传播到全国各地，与中国的老庄玄学思潮相互呼应，成了当时人们的精神依托。一些佛教信徒，不远万里，跋山涉水，到西天去取经；也有一些佛教信徒，翻山越岭，风尘仆仆，从西天来到中土传播教义、翻译经文。

---

① 《一生传奇的弘法家：佛陀耶舍大师传》，张新科著，台湾佛光文化事业有限公司1999年4月出版，系《中国佛教高僧全集》(100册)之37册。

从此以后,佛教便以其锐不可当的势头,在中华大地上风靡开来,被人们广泛地接受,从而扎根成长。后秦时的佛陀耶舍,便是从北印度的罽宾国来到中土传播佛教,翻译经典的一位高僧。

罽宾国,位于今天的克什米尔一带。自从汉武帝开凿西域以来,中国本土与罽宾国间的外交事件便屡有发生。而宗教之间的来往,比起与其他西域各国的交往来就显得迟了一些,直到公元4世纪始才渐渐开始,然后才慢慢频繁起来。当时的西域高僧如僧伽跋澄、僧伽提婆、僧伽罗叉、昙摩耶舍、弗若多罗、卑摩罗叉、佛陀耶舍、佛驮什、昙摩密多、求那跋摩等,都先后来到了中国传播教义、翻译佛经。同时中国的僧徒智猛、法勇、智俨、慧览等数十人,也曾西行去求寻佛法。比如,僧伽跋澄曾在符坚建元十七年(381)来到关中,僧伽提婆也于符坚建元十九年(383)来到长安,后在庐山、建安译出了佛教典籍。昙摩耶舍曾于东晋隆安年中(397—401)来到广州的白沙寺,后来又进入长安,翻译佛经。弗若多罗曾于弘始六年(404)十月间在长安的中兴寺与鸠摩罗什共同译出了《十诵律》。卑摩罗叉也就是青眼律师,从弘始八年(406)来到长安,后来奔赴寿春,又来到南方,声势浩大地传播弘扬《十诵律》。佛陀耶舍也正好在这时来到了中国的土地上。

佛陀耶舍诞生在一个婆罗门的家族里,13岁时舍身出了家,15岁时开始诵习经文,一日里能够读上二三万字。到了19岁时,已经诵读了大小乘经文数百万字。又随从其舅父学习关于五明学的诸种论著,对世间的各种方法技术,也曾经广泛地加以学习。到了27岁时,他秉受了比丘的具足戒律,从此更加潜心于修行佛教的境界和智慧。

佛陀耶舍一生的转折点,是前来中国传播教义和翻译佛经。他翻越了重重冰山,先来到沙勒,受到了沙勒国王以及太子的敬重。不久,鸠摩罗什也来到此地,并且礼佛陀耶舍为师,学习《阿毗昙》《十诵律》等经文,师徒二人缘分相投,境界默契,所以彼此非常尊敬。后来,罗什随同母亲回到龟兹,在那里讲解佛经,议论佛理,名震一时。符坚为了得到罗什,派吕光带兵攻破了龟兹国。后来,符坚被杀,吕光建立了后凉政权,罗什也因此被挟持到了姑臧。由于后凉政权不相信佛教,罗什在姑臧的十余年间也没有能够传播教义,翻译佛经。佛陀耶舍听说后,便从沙勒国赶赴龟兹,到处寻找罗什。当他知道罗什已经在姑臧以后,便又千里迢迢地追至姑臧,没想到罗什却又被后秦的姚兴迎请到了长安。于是,佛陀耶舍又从姑臧来到了长安。他拒绝了姚兴的丰厚赠赐,一心坚持戒律,弘扬佛法,在逍遥园中讲解经义、翻译佛经。据宋代陈舜俞著的《庐山记》和清代毛德琦编的《庐山志》上记载,佛陀耶舍后期还曾来到庐山,成为慧远法师所组织的白莲社中的一员。

佛陀耶舍后来又回到了他的故乡罽宾国,但他还是念念不忘中原大地。他曾经在罽宾获得《虚空藏菩萨经》一卷,便千方百计地寻找商人把它流传到凉州。佛陀耶舍抱着九死一生的决心,踏着千艰万险的历程,不远万里,从罽宾来到了中土,其坚忍不拔的精神令人感动、令人钦佩。他为佛经的翻译做出了重要的贡献,译出了《长阿含经》二十二卷,《四分律》六十卷,《虚空藏菩萨经》一卷,《四分僧戒本》一卷等。其中的《长阿含经》是佛教一切经典的基础,而《四分律》对中国佛教中律宗的形成产生了重要的影响。

中国的佛教历史上,人们将永远记住这个伟大的名字——佛陀耶舍。

后记:至高至远的大师风范

数九寒天,万物凋零。窗外,雪花飞舞,北风呼啸。

我独自一人,在斗室里,徘徊着,思索着。时而茫然,时而昭然,时而寂然,时而怡然。我沉浸在佛的经典之中,竟然忘记了外界的寒冷,心中燃起的是希望之火。

我被佛陀耶舍的精神感动了!尽管写作中遭遇到许多困难,但我还是坚持着写完了这部书稿;尽管史书及其他资料对佛陀耶舍的生卒年月没有详细记载,但这无须遗憾,因为他的精神早已穿越时空,一提起后秦时佛经的翻译,人们就不会忘记佛陀耶舍,不会忘记他所翻译的《四分律》《长阿含经》等。

佛陀耶舍一生,充满传奇色彩,他是一位高僧,也是一位神僧。他通晓五明诸论,综习民间法术,故而有些事情看起来好像是离奇,但并不荒诞。我以梁慧皎《高僧传》、僧佑《出三藏记集》等为依据,勾勒出佛陀耶舍一生的行仪风范,鲜明地刻画了他为弘扬佛法而坚毅不息的精神。

佛陀耶舍,用汉文翻译就是"觉明"。本书为了前后统一,只使用佛陀耶舍这一个名字。

至于佛陀耶舍后期是否到过庐山，是否参加过慧远组织的白莲社，这是学术界颇有争议的问题。清代毛德琦编的《庐山志》记载了佛陀耶舍到庐山的事情。卷四云："施绢万匹不受，南至庐山与释慧远会莲社，后还西域。"又说："般若峰之东为耶舍塔，山巅有舍利塔。"佛陀耶舍"奉佛舍利至匡庐建塔于顶"。卷十一又云："义熙八年（412）来庐山，入社后辞还本国。"《庐山志》还引许多文人之作《白莲社图记》，记载白莲社之事。如李伯时元丰庚申十二月作《莲社十八贤图》："一人举如意据膝而坐者，耶舍也。童子卷发胡面，而持羽扇立其后。"此处图画中佛陀耶舍举如意，与卷十一所记"常举铁如意示慧远"之事亦有相近之处。然而如果按照时间推算佛陀耶舍来庐山的活动，又与他在长安的活动时间有一定矛盾。佛陀耶舍是否去过庐山，是否入慧远莲社，仍是值得研究的问题。但本传记还是根据《庐山志》，为佛陀耶舍的晚年增添了一笔传奇色彩。

佛陀耶舍一生，由西到东，由北入南，在中土传经送宝，最后又返回罽宾。他那坚韧不拔的毅力、顽强不屈的精神，永远给人留下深刻印象。

我是中国传统文化的爱好者，多年来一直从事中国古典文学的教学与研究工作。我深深体会到，不懂佛学就不能全面了解中国文化。在中国古典文学的瀚海之中，我特别注重传记文学。作为历史与文学结合的传记文学，可以说是人类生命的一种载体，它真实地记录了人类的社会实践，记录了人类生命的存在与发展，记录了人类生命的伟大与渺小、可贵与可恶、真善美与假恶丑。传记文学运载着人类社会各种人物，形成一条波澜壮阔的生命河流，滔滔不息，流向远方，流向未来。

在这个生命洪流中，有一种人值得我们注意——佛教人物。传记作品中记载佛教人物的也不少，有类传，如《高僧传》等；有专传，如《大慈恩寺三藏法师传》等；有自传，如《法显传》等。佛教传记的代表作不仅反映了历代僧人的政治和宗教活动，具有历史认识意义，而且在塑造人物性格形象、开拓传记文学的写人艺术和创造传记文学结构等方面都取得了独特的成就，尤其是那些舍身求法的高僧，其精神着实令人钦佩。我在《中国古典传记论稿》一书中特别注意到了佛教传记，并列一专题对佛教传记进行了探讨。

在平时的学习与研究中，我也常常接触一些佛教方面的问题，由于撰写《佛陀耶舍传》，我又较系统地阅读了一些佛教著作。但这对我仅仅是个开始，因为佛理深奥,我将花更大的精力继续钻研。

本书稿在写作过程中,得到言生居士的大力支持;拙稿写成后,又得到了李安纲兄的悉心指点,对拙著提出了许多宝贵的修改意见,使我获益良多。这些值得珍惜的缘分,都使我法喜充满。由星云大师领导的佛光文化事业,兴盛发达,使本书得以顺利出版。在此,一并表示衷心的感谢!

1997 年 1 月 19 日夜

《先秦两汉文观止》前言①

先秦两汉散文,以其辉煌的成就,多彩的风格,形成了中国散文史上第一座巍峨的里程碑。唐代韩愈、柳宗元掀起的古文运动,明确提出了学习先秦两汉文章的主张,明代的前、后七子,也高举起"文必秦汉,诗必盛唐"的大旗,足见秦汉文章是多么富有魅力了。

(一)

散文,诞生在有文字之后,是人的思维能力达到一定程度时的产物。中国最早的文字,应是殷商时期的甲骨文,但那些甲骨卜辞记事十分简单,充满迷信色彩,没有完整的情节,所以,还不能算是真正的散文。青铜器上的金文,记事比甲骨卜辞稍微发展了一步,有些长达300余字,但仍因其先天的不足而难入散文之列。

真正代表散文初期成果的是《尚书》,它是中国文学史上第一部散文集子。"书者,政事之纪也"(《荀子·劝学篇》),大部分篇章是政府文告,读起来佶屈聱牙,不大好懂,但从散文发展的角度看,却有值得重视的地方。其中有些篇章有较完整的叙事、记人,有些篇章甚至有完整的结构,像《无逸》篇,可以说是后代议论文的开端。再像《盘庚》篇中用了许多生动的比喻,"予若观火""若网在

① 《先秦两汉文观止》,张新科、尚永亮主编,陕西人民教育出版社1998年2月出版,2019年1月再版。

纲,有条不紊""若火之燎于原"等等。波澜壮阔的中国散文史就从这里开始了。

春秋战国是中国历史上的大变革时期,也是文化学术的辉煌时期。此时,奴隶主贵族日趋没落,新兴的地主阶级登上了政治舞台,社会制度由奴隶制向封建制过渡。"高岸为谷,深谷为陵"的社会现实打破了传统的生活和观念。历史的车轮将向哪里转动? 动荡分裂的局面何时结束? 一系列的问题摆在了人们的面前。于是乎,"忧民之士,纷出而献匡时之策;舌辩之雄,竞起而效驰驱之任",人们都在设计理想的社会蓝图,涌现出许多伟大的哲学家、政治家、军事家、外交家、法学家,他们著书立说,互相辩驳,形成了百家争鸣的局面。与此相适应,散文的发展也进入黄金时代,以历史散文和诸子散文最为突出。

历史散文以《左传》《国语》《战国策》为代表。与《尚书》相比,无论是叙事还是写人,无论是语言还是结构,都有了长足的发展。清人刘熙载在《艺概》中评《左传》说:"左氏叙事,纷者整之,孤者辅之,板者活之,直者婉之,俗者雅之,枯者腴之;剪裁运化之方,斯为大备。"《左传》善于叙事,如《春秋经》上"郑伯克段于鄢"一语,就被它写成一篇极为生动的统治阶级内部争权斗争的故事,并且在叙事中刻画了郑庄公阴险狠恶的性格特征。《左传》还长于写战事,能把列国间复杂的军事斗争形象地展示出来,最为有名的像《晋楚城濮之战》《秦晋崤之战》《晋楚邲之战》《齐晋鞍之战》《晋楚鄢陵之战》等。《左传》写时当外交家的辞令也极有特色,或针锋相对,或柔中带刚,或盛气凌人,或以理相辩,真可谓千姿百态,风格各异,像《吕相绝秦》《烛之武退秦师》《知罃对楚王问》等,令人目不暇接。

《国语》是第一部国别体史书,以记言为主。文学成就虽不如《左传》,但在某些方面也有独特之处。《晋语》写晋献公杀太子和重耳走亡之事,在历史真实基础上进行合理想象、夸张,刻画的人物形象十分生动。骊姬的阴险,献公的昏庸,太子的孝慈,无不形象地展示在人物面前。《越语》写勾践灭吴,刻画了一位发愤图强、报仇雪耻的贤君形象,与此同时,范蠡、文种等人的性格特征也清晰可见。《国语》里记载了大量生动而有意义的言语,即使到今天,仍具有其价值,像《召公谏弭谤》《王孙圉论楚宝》《叔向贺贫》等篇,即是典型的例子。

《战国策》主要记载战国时代策士们的言行,其文学价值比《左传》《国语》又有新的发展。刘熙载说:"文之快者每不沉,沉者每不快,《国策》乃沉而快;文之隽者每不雄,雄者每不隽,《国策》乃雄而隽"(《艺概》卷一)。《战国策》刻画了一大批富有个性特征的人物形象,像朝秦暮楚的苏秦、张仪,义不帝秦的鲁仲连,不辱使命的唐雎,善于劝谏的邹忌、触龙,食客冯谖,刺客荆轲,等等。《战国策》的文章,既有纵横捭阖的气势,如《苏秦始将连横》《鲁仲连义不帝秦》等,亦有委婉曲折的风姿,如《触龙说太后》《邹忌讽齐王纳谏》等。《战国策》中的文章有些带有明显的夸张色彩,更具有文学意味,可以说是失之于历史,得之于文学。

诸子散文是百家争鸣的产物。这些著作,"以立意为宗,不以能文为本"(萧统《文选序》),它们是哲学著作,政治文章,亦是文学作品。初期的《论语》《墨子》,中期的《孟子》《庄子》,后期的《荀子》《韩非子》,篇幅由短而长,文辞由简趋繁,风格由简朴而纵恣。《论语》是语录体散文,由孔子弟子或再传弟子编纂而成,语言质朴、简练,并且富有哲理性,可以说是一部格言集,像"欲速则不达""工欲善其事,必先利其器""三人行必有我师""文质彬彬""任重道远"等等,都已成为人们常用的词语了。而且,有些篇章还写出了人物的音容笑貌,像《侍坐》中孔子及其弟子的形象给人留下较深的印象。《墨子》在语录体中杂有议论,既朴实无华,又富有逻辑性,是它的两大特征。《非攻》就是这种文风的代表。

诸子散文中《孟子》和《庄子》最为人们所称道。《孟子》一书,虽是语录体,但已形成对话式的论辩文。文章气势充沛,词锋犀利,有纵横家、雄辩家的气魄,孟子说"我善养吾浩然之气",正是这种气,使其论辩极有力量,无论是攻是守,都能立于不败之地。孟子在论辩中还善于采用欲擒故纵、引君入彀的方法,一步一步引导对方进入自己的圈套,像《齐桓晋文之事》,便一再设伏、层层逼近,终于把一个野心勃勃、希图以武力取天下的齐宣王引到了自己的仁政上来。在诸子散文中,孟子还善于用比喻说理,比喻不仅多,而且妙,给论辩增添了不少色彩。孟子文章讲究逻辑性,像《天时不如地利》就是极有逻辑力量而说理透彻的论辩典范。

《庄子》一书在先秦诸子散文中最富浪漫色彩。鲁迅先生在《汉文学史纲要》中评庄子文说"汪洋辟阖,仪态万方,晚周诸子,莫能先也"。奇特的想象,大胆的夸张,使文章呈现五彩的光芒。《逍遥游》为了宣传自己绝对自由的思想,以变幻莫测的笔法,显示出现实的拘束和理想的广阔。林云铭《庄子因》评说:

"篇中忽而叙事,忽而引证,忽而譬喻,忽而议论;以为断而非断,以为续而非续,以为复而非复。只见云气空蒙,往返纸上,顷刻之间,顿成异观。"可以说,这是整个庄子文章的特色。《庄子》文章还创造了大量的寓言故事。庄子认为"天下混浊,不可与庄语",于是寓庄于谐,意在笔外,有些整篇是一个寓言,有些则一篇十几个寓言,风可以说话,蛇可以辩论,骷髅可以谈理。庄子思想中确有消极悲观之情绪,但就其文章来说,实在是别有一番风味。

战国末期出现的《荀子》《韩非子》,已经发展到议论文的最高峰。荀子是战国后期的儒学大师,他的文章浑厚有力,论证严密,说理透彻,取譬精警,人们所熟知的《劝学》就是最好的例证。韩非子是法家学派的集大成者,他的文章以严峻峭刻著称,但也充满着孤愤之气,茅坤说韩非的文章"沉郁孤峻,如江流出峡,遇石而未伸者,有哽咽之气焉"(《韩子评选后语》)。《说难》《五蠹》等篇代表了韩非子文章的风格。另外,韩非子也喜欢用寓言说理,使其文章又呈现出风趣诙谐的特点,"自相矛盾""滥竽充数""买椟还珠""守株待兔"等,已成为人们熟知的寓言故事了。

诸子散文各以其风貌展示了当时的社会现实,展示了每个人的社会理想和思想特征,在当时乃至后代都产生了巨大影响。郭沫若在《十批判书》中曾把孟子、庄子、荀子、韩非子称为先秦诸子散文的"四大台柱子",认为:"孟文的犀利,庄文的恣肆,荀文的浑厚,韩文的峻峭,单拿文章来讲,实在是各有千秋。"这个评价是极为切当的。

春秋战国时代的散文,除上面所述外,还有一些,如《易传》《山海经》《晏子春秋》《吕氏春秋》《礼记》《老子》《管子》《孙子》等,也都有其独特的艺术价值。另如汉初写定的《公羊传》《穀梁传》,在战国时已口耳相传,虽重在解经,但亦有文学价值。

总之,先秦散文由简单的甲骨卜辞逐渐发展为洋洋洒洒的大块文章,由简单的记事发展为有系统、有组织的完整的叙事,是一个质的飞跃。这个飞跃,除了文字的进化,书写工具的发展外,更重要的是社会的变化促使了散文的变化。到了战国时代,先秦散文的发展达到高潮,出现了众多的著作,它们各有风采,各有情趣。清人章学诚说:"至战国而文章之变尽,至战国而著述之事专,至战国而后世之文体备。故论文于战国,而升降盛衰之故可知也。"又说:"后世之文,其体皆备于战国。"(《文史通义·诗教上》)这话虽有夸张,但也大体符合散文发展的历史。战国时代形成的历史散文和诸子散文,从文体上说,成为后代叙事散文、论辩散文的两大源头,而这类也正是散文之大宗。从思想上说,历史散文中所表现的民本思想、爱国思想等,对后代散文家不无影响,而作家敢于秉笔直书,褒善扬恶的精神亦成为后代史家的楷模。诸子散文中的儒、道、墨、法等各家的思想,对中国几千年文化产生了极为深远的影响,尤其是儒道思想,对中国文化所产生的作用,更是不可估量。

(二)

"六王毕,四海一",经过春秋战国时代的大动荡,社会终于出现了统一的局面,秦王朝的中央集权制代替了长期的割据政权,这在历史发展中具有重要的进步意义。但是,秦的暴政导致了王朝的迅速覆灭,文化上推行的"燔灭文章,以愚黔首"的极端措施,致使散文方面没有什么大的成就。当时只有一个作家李斯,他在战国后期写的《谏逐客书》,成为秦代散文的代表作。它笔势纵横,排比铺张,古今对比,颇有战国纵横家的余风。这种文风,也给后来的汉赋带来了一定的影响。李斯还有几篇刻石文,为秦始皇歌功颂德,既是先秦颂诗的继承,也是先秦青铜器铭文的发展。

汉代文化在中国文化史上起着承前启后的作用。单就散文而言,比起先秦散文,又有新的发展。其中最有特色的是政论文和史传文。

汉代的政论文,是与时代的发展密切相联的。随着时代课题的不同,议论的中心也因之不同。西汉初年,战国时期百家争鸣的局面又一次出现,但声势已不如前。陆贾《新语》、贾山《至言》、贾谊《过秦论》等,都旨在总结历史经验,为汉朝的长治久安出谋划策,充满热情和豪气,颇有战国余风。姚鼐《古文辞类纂》评《至言》:"雄肆之气,喷薄横出,汉初之文如此。昭宣以后,盖希有矣,况东京而降乎?"这个评论道出了汉初文章的共同特点。晁错的《论贵粟疏》也是为如何巩固政权而发的,雄肆之气虽不如贾谊,但其锋芒所向,切中现实,论述精到,回人视听。邹阳、枚乘,虽客游藩国,却归心于大汉王朝,他们的上书,议论纵横,旁出斜入,洋洋洒洒,颇有奇气。由此不难看出汉初散文沾溉于战国而又别有新受的总体风貌。

到了汉武帝时期,政治、经济、军事、文化等各方面出现了鼎盛局面。与此同时,汉武帝采纳董仲舒建议"罢黜百家,独尊儒术",人们的思想又受到钳制。此时的散文,既有董仲舒专讲天人感应的《春秋繁露》,也有司马相如那种"主文而谲谏"的檄文、谏文;既有司马迁那样感情奔放的《报任安书》,也有《淮南子》那样分章别类、纵横论议的诸子文章。这些文章的风格,各不一样,有些改变了汉初纵横之气,变得温文尔雅;有些则承袭汉初余绪,颇有一股豪迈之气。此后,桓宽的《盐铁论》,以辩难为主,仍带有汉初政论文的特色。刘向的《说苑》《新序》又颇似诸子散文。西汉末年,复古之风兴起,神学迷信泛滥。于是,产生了扬雄的《法言》、桓谭的《新论》等著作,前者是模仿《论语》而作,向古人学习;后者则是针对神学迷信而发。此时的散文,不像汉初那么恣肆了,而是向着质朴的方向发展。

东汉时期的政论散文,首先值得重视的是王充的《论衡》。王充是东汉杰出的唯物主义思想家,他的著作,大胆批判天道神权的迷信学说,是一部"疾虚妄"之书。刘熙载评云:"独抒己见,思力绝人,虽时有激而近僻者,然不掩其卓诣。"(《艺概》卷一)从文章方面看,上下古今,反复论证,他把西汉末年尚质的文风向前推进了一步。东汉后期,王符的《潜夫论》、荀悦的《申鉴》、崔寔的《政论》、仲长统的《昌言》等,也都是优秀的政论散文。所谓"王充、王符、仲长统三家文,皆东京矫矫者。分按之:大抵《论衡》奇创,略近《淮南子》;《潜夫论》醇厚,略近董广川;《昌言》俊发,略近贾长沙"。"崔寔《政论》,参霸政之法术;荀悦《申鉴》,明古圣王之仁义"(《艺概》卷一),不为无见,惟其气势略逊于西汉耳。

汉代的史传散文是在先秦史传文基础上发展而来的。《史记》《汉书》是其中的佼佼者。

《史记》是我国第一部纪传体通史。上下三千年,历代的帝王、贵族、各种大小官僚,政治家、军事家、文学家、经学家、说客、策士、刺客、游侠、商贾、卜者、俳优,都涌现在司马迁的笔下。这些人物,各有风貌,各有性情,正如日本学者斋藤正谦所说:"子长同叙智者,子房有子房风姿,陈平有陈平风姿。同叙勇者,廉颇有廉颇面目,樊哙有樊哙面目。同叙刺客,豫让之于专诸,聂政之于荆轲,才出一语,乃觉口气各个相同。高祖本纪,见宽仁之气于纸上,项羽本纪,觉喑噁叱咤来薄人"(泷川资言《史记会注考证》引)。司马迁在写历史人物时,一方面继承了前代秉笔直书的优良传统，另一方面也发展了"文"的成分，运用了更多的文学手法，因此，文学味也更浓，成为记述真人真事的传记文学作品，充分体现了司马迁非凡的史学和文学才能。鲁迅以"史家之绝唱，无韵之离骚"高度概括，极为精辟。《史记》的文章，善于把人物放在尖锐激烈的矛盾斗争中去写，如《项羽本纪》《陈涉世家》等；善于在对比中显出人物个性，如《李将军列传》等；善于选择典型事例表现人物性格，如《廉颇蔺相如列传》；善于用细节和生活小事来表现人物，如《李斯列传》等；善于写大的场面，如巨鹿之战、鸿门宴、垓下之围、背水一战、东朝廷辩论等；善于用不同的结构表现不同的人物，有些是单线发展，冈峦起伏，有些是双线交错，复杂多变；还善于把自己的一腔感情倾注到历史人物身上，如《伯夷列传》《屈原列传》；等等。《史记》的出现，把中国散文大大向前发展了一步，并且对后代的史学家、散文家产生了巨大的影响。读《史记》，既是一种历史的教益，又是一种美的享受。

班固的《汉书》，亦是汉代史传散文的一颗明星。它是我国第一部纪传体断代史。尽管由于时代的局限，其思想受到了限制，但是《汉书》的成功，又给散文史上增添了光彩。其中的人物，如苏武、霍光等，亦是极有个性特征的人物。《汉书》叙事简练整饬，详赡严密，其中附录了大量的辞赋和散文，这是它为后来文章家所爱好的一个原因。《汉书》的语言，不像《史记》那样恣意奔放，而是向着骈偶的方向发展。虽然历代有"扬马抑班"的倾向，但从散文发展来看，《汉书》之功究不可没。

除《史记》《汉书》外，汉代的史传散文还有赵晔的《吴越春秋》，袁康的《越绝书》等。这两部书都在叙述春秋末年吴越争霸的历史，但它们并不完全拘泥于史实，其中有不少夸张和虚构，与后代的传奇小说相类似。这是我们阅读时应注意的。

汉代散文，虽以政论和史传为大宗，然其分支仍堪注目。书信体散文如李陵《答苏武书》，杨恽《报孙会宗书》，班昭《为兄超求代疏》，李固《遗黄琼书》等，都是有名的篇章。至于文帝、景帝、武帝时的诏令，或简朴，或醇厚，或纵恣，自成风格。另如东汉时兴起的碑文，也是汉代散文中的一个部分，其内容、风格和特色，似不应再受到冷落。

东汉末年，社会又一次发生剧烈的变化，进而出现了三国鼎立的局面。这时的散文,向着清峻通脱的方面发展。曹操是"一个改造文章的祖师"(鲁迅《魏晋风度及文章与药及酒之关系》),他的《让县自明本志令》披露心迹,坦诚无隐,具有政治家的气魄。曹丕《与吴质书》、曹植《与杨德祖书》等,也都各具特色。尤其是诸葛亮的《出师表》,字字真挚,语语含情,表现了他"鞠躬尽瘁,死而后已"的可贵精神,千载之下,令人读来仍怦然心动。

总而观之,汉代散文与先秦散文相比,是一次大的飞跃。尽管在哲学深度上,文章汪洋恣肆的风格上,甚至在总体气象上,汉代散文已经很难再与先秦散文这一类幼年阶段不可企及的生动标本同日而语,但在散文文体的进化上,在叙事写人、谈道说理的技巧上,在历史散文的规模和深广度上,却有着长足的发展,并以此继往开来,昭示后人。

(三)

先秦两汉散文,在中国文学史上写下了光辉灿烂的一页,历来受到人们的推崇。这本《先秦两汉文观止》,选择了先秦两汉散文100余篇(段),使人们能对这个时期的散文有一个总体认识。受全书篇幅的限制,我们在选篇目时,本着"短而精"的原则,既不避人之所选,又不为人所选者限,着重选择艺术性强且在千字以内的短篇。篇幅较长的作品,千百年来流传极广,所以我们也适当选录,有些则选取其中的一两段精华,另标题目。注释力求简洁,不做过多考证。译文以直译为主,辅以意译。点评灵活多样,不拘一格,或偏重思想内容,或偏重章法结构,或勾勒全篇,或点其要害。集说尽量选取古人评语,并酌用今人评论,有些作品,如《左传》《史记》等,古今评论颇多,我们也只能择其最精当者数条以资参考。一般来说,先秦两汉文学的下限只到东汉末年,从建安起,另划入魏晋南北朝文学。为了尽量展示先秦两汉散文的面貌,我们参考古代学者的一些古文选本,把下限延伸到了建安时代。

我们欢迎专家学者和广大读者对本书进行批评指正。

张新科　尚永亮
1992 年 3 月 6 日

《〈左传〉学术档案》绪言①

　　《左传》是先秦时期的一部文史名著,后被列入"十三经",在中国文化史上占有重要地位。它本是给《春秋》做注解,但由于内容丰富,思想独特,叙事有方,语言生动,受到历代学者的重视。

　　《春秋》是鲁国的编年史,相传为孔子修定,简括记载了春秋时期周王朝、鲁国及其他各国的历史,按照鲁国隐、桓、庄、闵、僖、文、宣、成、襄、昭、定、哀十二公的顺序记载历史。起于隐公元年(前722),终于哀公十四年(前481),凡242年。但记事过于简略,犹如后世的大事年表、新闻标题之类。《左传》是配合《春秋》的编年史,为《春秋左氏传》的简称,又名《左氏春秋》,记事至鲁哀公二十七年,比《春秋》多13年。关于此书的作者,历来争论分歧。司马迁、班固都说是左丘明,班固并说左丘明是鲁太史,唐以后多有异议。一般认为作者是战国初年或稍后的人,是否是左丘明,别无可考。

　　《左传》是我国第一部完备而详细的编年体史书,真实全面地反映了春秋时代两百多年的历史,展现了列国之间的外交活动、军事活动、政治活动等,表现出进步的思想倾向,如民本思想、爱国思想等。从文学角度看,它虽然是编年体史书,但叙事完整,成为早期叙事文学的典范,并且在叙事中刻画人物形象,初步写出人物的性格,其特点是片段式,通过这些片段的重新组合,我们可以对历

---

　　① 《〈左传〉学术档案》,张新科主编,武汉大学出版社2016年9月出版。

史人物有一定了解,有些已是个性化很强的人物,如晋文公、秦穆公、郑庄公、烛之武等,作者用个性化的语言、行动、细节等刻画人物形象,在史传文学史上具有重要的意义。《左传》还善于写战争,把政治和军事结合起来写,写战争一般写全过程,而且写出战略战术,揭示战争基本规律,预示战争的胜败。最著名的有六大战争:僖公十五年韩之战,僖公二十七、二十八年城濮之战,僖公三十二年崤之战,宣公十二年邲之战,成公二年鞍之战,成公十六年鄢陵之战。《左传》还善于写外交辞令,根据大国与小国、情况复杂与简单等情况而口气不一样:大国对小国盛气凌人,小国对大国委婉含蓄,大国对大国针锋相对。后人对《左传》的艺术成就予以高度评价,唐代刘知几《史通·六家》云:"其言简而要,其事详而博……而述者之冠冕也。"清代刘熙载《艺概·文概》云:"左氏叙事,纷者整之,孤者辅之,板者活之,直者婉之,俗者雅之,枯者腴之,剪裁运化之方,斯为大备。"可见其文学价值之高。

《左传》与《国语》一书有一定的关系。《国语》和《左传》都记载春秋时代的历史,甚至被称为《春秋》外传。司马迁曾说"左丘失明,厥有《国语》"。还有人认为左丘明作《左传》,将剩余的材料编为《国语》。总体上看,《国语》是国别体,按照国家类别记载历史,《左传》是编年体,按照年代记载历史;《国语》偏于记言,《左传》偏于记事。

《左传》与《春秋》的关系历来是学界探讨的重要课题。总的来说,《左传》为《春秋》做注解,正如桓谭《新论》所说:"《左氏》经之与传,犹衣之表里,相持而成,经而无传,使圣人闭门思之十年不能知也。"《左传》与《春秋》的关系有三种情况:一是《春秋》记载的事情《左传》也有;二是《春秋》记载的事情《左传》没有;三是《春秋》没有记载而《左传》予以补充。《春秋》有三传,除《左传》外还有《公羊传》和《穀梁传》,合称"春秋三传"。从经学角度看,《左传》偏于记事,而其他二传偏于解经,挖掘经的微言大义。《左传》成书于战国,用当时文字写定,是古文经学;《公羊》《穀梁》二传成于汉代,用隶书,是今文经学。当时《公羊》《穀梁》二传立于学官,开设专门课程,请专家讲授,《左传》只在民间流传。

《左传》的传播与研究从战国后期开始。杜预《春秋序》和孔颖达《正义》引刘向《别录》云:"左丘明授曾申,申授吴起,起授其子期,期授楚人铎椒,铎椒作《抄撮》八卷,授虞卿,虞卿作《抄撮》九卷,授荀卿,荀卿授张苍。"这是《左传》早

期的传播情况。根据《汉书·儒林传》,《左传》在西汉时期的传授情况如下:
"汉兴,北平侯张苍及梁太傅贾谊、京兆尹张敞、太中大夫刘公子皆修《春秋左氏传》。谊为《左氏传》训故,授赵人贯公,为河间献王博士,子长卿为荡阴令,授清河张禹长子。禹与萧望之同时为御史,数为望之言《左氏》,望之善之,上书数以称说。后望之为太子太傅,荐禹于宣帝,征禹待诏,未及问,会疾死。授尹更始,更始传子咸及翟方进、胡常。常授黎阳贾护季君,哀帝时待诏为郎,授苍梧陈钦子佚,以《左氏》授王莽,至将军。而刘歆从尹咸及翟方进受。由是言《左氏》者本之贾护、刘歆。"根据《汉书》刘歆本传,刘歆极力想把《左传》列入学官,其《移太常博士书》就是证明,王莽时得以列入学官。因此,刘歆被称为《左传》学的创始人。

东汉时期关于《左传》曾有多次论争,但《左传》一直受到学者的重视,《左传》学的代表人物有贾逵、服虔、马融、郑玄等。西晋时期,杜预因《春秋左传集解》而被称为"《左氏》之功臣",他在《春秋序》中,对《春秋》的性质、《左传》的价值、凡例等进行介绍,是其《左传》学的纲领。而其《集解》,可以说是《左传》学史上第一个里程碑。南北朝时期,《左传》研究进一步发展,北朝宗服虔,南朝宗杜预。唐代是《左传》学的兴盛时期,孔颖达《春秋左传正义》,是汉代以来《左传》学的集大成著作,而刘知几的《史通》,作为系统的史学理论著作,对《左传》的体例、叙事等成就予以充分肯定。中唐时期的啖助、陆淳、赵匡等人,一脉相承,他们也是《左传》学的重要人物,其特点在于重"经"轻"传",把主要精力放在对《春秋》的阐释之上,并力图兼取三传之长而融为一家。到了两宋时期,随着政治以及文化背景的变化,学术转为义理之学,对《春秋》及三传的研究着重于深挖微言大义,有影响的如北宋孙复、胡瑗、孙觉、刘敞等,南宋的胡安国、朱熹、吕祖谦、陈傅良等,其中胡安国的影响最大,甚至元明两代的《春秋》经传之学都以胡安国为宗师,没有大的突破。清代是《左传》学的高峰期,在义理、考据两大方面都有突出成就。清代前、中期的《左传》考据,在学术史上具有重要地位,一批学者致力于对《左传》旧注的全面清理,建立自己新的注疏。后期今文学派兴盛,形成新的义理之学。刘逢禄等掀起了疑古思潮,对《左传》的真伪问题进行讨论,直接导致了20世纪初期梁启超等人关于《左传》真伪的大讨论。对于历代《左传》学的研究,沈玉成、刘宁《春秋左传学史稿》有详细介绍,此处不再赘述。

进入 20 世纪后,《左传》研究在继承传统基础上有了新的发展,经学研究、史学研究、文学研究、哲学研究等方面都取得了新的成就,《左传》的经典地位更加巩固。《〈左传〉学术档案》的编纂,就是集中体现 20 世纪以来百年《左传》研究的成就,以期为《左传》研究者提供较为完备的资料。

《〈左传〉学术档案》是应武汉大学陈文新教授之邀而编写,属于《中国学术档案大系》之一种。这项工作的难度较大,主要是由于它涉及众多的方面:第一,《左传》与经学关系密切,是"十三经"中一部的重要著作,需要关注它的经学研究成果。第二,《左传》与其他二传也有密切关系,因此,成果的选择也要关注整个《春秋》三传的研究。第三,《左传》与《国语》并称《春秋》内、外传,所以,《国语》的研究也应在我们的视野之内。第四,《左传》是编年史书,反映春秋时代两百多年的历史,因此,《左传》的史学研究,是至为重要的方面。第五,《左传》在历史真实的基础上施展文学才华,具有很高的文学价值,因而《左传》文学研究也是至关重要的方面。这些内容交织在一起,有时很难分开。为了很好地完成此项任务,我们确定了基本的编写体例。涵盖时间自 1919 年起至 2009 年止,目的是对百年《左传》学术史进行总结。评介和提要的著作主要是研究《左传》历史、哲学、文学、经学的著作,部分标点整理和选注选译《左传》的著作,研究《公羊传》《穀梁传》时与《左传》密切相关的著作。论文索引将与《左传》相关的研究论文全部收录。按照丛书的总体要求,全书分为四个部分:重要论著评介,研究论著提要,学术史大事记,《左传》研究论著索引。在编写过程中,陕西师范大学王晓鹃教授做了大量细致而富有成效的工作,参与这项工作的成员还有陕西师范大学黄晓芳、赵立学、牛香兰三位博士。书稿完成后,我进行了审读,并就一些地方进行了修改和完善。

由于《左传》研究资料的繁复,收集工作很难做到十全十美,不足之处谨请读者批评指正。另外,由于书稿篇幅限制,"论著评介"也只能选择很少一部分进行评介,大部分在"论著提要"中予以简要介绍,也请读者谅解。

2014 年 5 月 1 日

《中国古代文学 600 题》序言^①

作为高等院校中文专业的骨干课程"中国古代文学史",时间跨度长,空间维度广。从先秦到明清,历时数千年;从北方到南方,纵横数万里。内容丰富多彩,文体多姿多样。要学好这门课,仅靠课堂上的时间是远远不够的。陕西师范大学文学院中国古代文学教研室为了配合本课程教学,于 2005 年开始建立了"中国古代文学史"课程网站,为学生提供较为丰富的课外学习资料。网站设有"在线答疑"栏目,教学之余与学生进行互动交流,收到了良好的效果。本课程于 2008 年被批准为陕西省精品课程和国家级精品课程,对学生的学习起到了积极的促进作用。此后该课程网站不断完善,本课程教学团队也于 2010 年获陕西省教学团队称号。2013 年本课程又在原基础上改造升级为陕西省和国家级精品资源共享课。

时光荏苒,本课程网站"在线答疑"栏目中学生提出的问题愈来愈多,甚至有些是校外学生或社会其他人员提出的问题,我们都及时予以答复。学生提出的问题有的简单,有的复杂,甚至刁钻;老师的回答针对性强,有的简略,有的繁复,不拘一格。有的同学还建议我们将这些问题集中起来编写成书供他们学习,体现出对这门课的热情。计算一下,从课程网站起步到今年正好十年时间。于是,我们采纳大家的建议,将"在线答疑"中的问题进行了梳理筛选,又适当做

---

① 《中国古代文学 600 题》,张新科主编,陕西师范大学出版总社 2021 年 8 月出版。

了一些增补,共 600 题。这些问题的选择,不求系统性,但求对学习有所帮助。对于问题的解答尽量简明扼要,不做过多的阐述。同时,尽量条理化,便于学生记忆。总之,一切从学生出发,为学生的学习着想,使他们能够结合教材、课程网站和这些问题,对中国古代文学史有一个较为全面的了解,为以后的进一步深造和研究打下良好的基础。

编写《中国古代文学 600 题》,目的在于给学生课外学习提供新的资料。当然,也可以作为广大文学爱好者的参考书。特别要说明的是,有些问题的答案引自有关著作或教材,受教辅体例和出版篇幅的限制,没有一一注明,谨请读者谅解。

中国古代文学史课程在陕西师范大学中文专业一直要学习三年的时间。教学内容按照时代发展的顺序分为三段,每学年学习一段,即:先秦两汉魏晋南北朝文学、唐(五代)宋(辽金)文学、元明清文学。我们的编写也按照这三个段落进行,具体分工如下:刘银昌、张江珍、伍娜、段素梅负责先秦两汉魏晋南北朝文学,魏景波、刘亮亮负责唐(五代)宋(辽金)文学,刘军华、陈地阔、崔婉茹负责元明清文学。最后由课程负责人张新科统稿,对部分问题进行了增减。

本书的出版,得到陕西师范大学教务处、陕西师范大学出版总社的大力支持,责任编辑冯新宏付出辛勤劳动,在此一并表示衷心感谢!

2015 年 11 月 8 日,立冬之日

《〈史记〉中的治国理政智慧》序言与后记①

序言:《史记》——先人智慧的结晶

西汉时期伟大的史学家、思想家、文学家司马迁,左冯翊夏阳(今陕西韩城)人。他继承父亲司马谈的遗志,发愤著书,以顽强的毅力完成了我国史学史上第一部纪传体通史《史记》。这部著作,上起黄帝,下到汉武帝,记载了中华民族3000年的发展历史,也体现了我们民族积极进取、顽强不屈的奋斗精神,体大思精,内涵丰富,是中国传统文化中不朽的经典著作,也是中国文化史上一座巍峨的丰碑。

一部《史记》,就是一个非常博大的"智库",具有多方面的价值,其中关于治国理政的思想智慧非常丰富,值得今天的人重视和借鉴。司马迁创作《史记》的目的,在于"究天人之际,通古今之变,成一家之言",要"原始察终,见盛观衰",总结3000年历史的经验教训,为当时的汉王朝提供治国的依据。时代在发展,古人的许多思想智慧即使在今天仍然具有强大的生命力。

思想智慧,是一个民族的精神结晶,任何时候都不能缺少。楚汉战争时期,刘邦和项羽争霸天下,当项羽提出决一雌雄的时候,刘邦却笑谢曰"吾宁斗智,不能斗力",最终凭借智慧战胜项羽。田单"火牛阵"、张良向刘邦"发八难"、韩信"背水一战",等等,都是凭借智慧取得的胜利。

---

① 《〈史记〉中的治国理政智慧》,张新科主编,2017年5月三秦出版社出版。

得天下，关键还要靠人才，《史记·高祖本纪》记载刘邦对自己取天下原因的分析："夫运筹策帷帐之中，决胜于千里之外，吾不如子房。镇国家，抚百姓，给馈饷，不绝粮道，吾不如萧何。连百万之军，战必胜，攻必取，吾不如韩信。此三者，皆人杰也，吾能用之，以吾所以取天下也。"此话出自政治家刘邦的口里，具有一定的广泛意义。萧何月下追韩信的故事家喻户晓，表现了对人才的渴望。

治理国家还要以德服人，黄帝"修德振兵"，德是关键。仁爱之君，视民如子，得民心，得天下；残暴之君如桀纣，视民如草芥，失民心，失天下。《史记·滑稽列传》有言："子产治郑，民不能欺；(宓)子贱治单父，民不忍欺；西门豹治邺，民不敢欺。"这"三不欺"强调治国理政要得民心。

治理国家还要善于纳言，听取各方面的意见，所谓"防民之口，甚于防川"。周厉王因不听召公劝谏而导致亡国。秦王采纳李斯《谏逐客书》，招揽各地人才。

治理国家还要敢于改革、革新。赵武灵王胡服骑射，商鞅变法，晁错削藩，都在历史上留下了深深的足迹。

如何理政，《史记》中的《酷吏列传》《循吏列传》等篇章中记载的人物，都可以作为典型案例，或正面，或反面。《史记》一书，上下三千年，涉及社会各阶层人物，上至帝王将相，下到平民百姓；涉及社会的各个方面，政治、经济、军事、民族、地理、天文历法、医药、水利等等，具有百科全书的特点。政治家从《史记》中吸取历史的经验教训，作为自己治国理政的一面镜子；思想家从中学习司马迁思想的有益成分，以充实自己的头脑；军事家从中学习战争思想和战略战术，以提高自己的军事能力；经济学家、教育家、法学家等，都可以从中吸取自己所需的营养。以经济而言，《货殖列传》提出基本理念："善者因之，其次利道（导）之，其次教诲之，其次整齐之，最下者与之争。"这是富有远见性的思想。计然做买卖的基本道理是："积著之理，务完物，无息币，以物相贸，易腐败而食之货勿留，无敢居贵。论其有余不足，则知贵贱。贵上极则反贱，贱下极则反贵。贵出如粪土，贱取如珠玉。财币欲其行如流水。"记载白圭的经验："乐观时变，故人弃我取，人取我与。""趋时若猛兽鸷鸟之发。""其智不足与权谋，勇不足以决断,仁不能以取予,强不能有所守,虽欲学吾术,终不告之矣。"这些言论,涉及商业经济的许多哲理,充满智慧思想,如货币要流通、做买卖要善于抓住机会、要有智有勇等等。再从做人方面来说,《史记》以人为核心撰写历史,有些人成功,有些人失败;有些人流芳百世,有些人遗臭万年。所以,无论哪个层次的人,都可以从中领悟到做人处世的道理,完善自己的人格。《史记》中还记载了古代的天文历法、医药治病、山川水利等自然科学的内容,也是那个时代智慧的结晶。

《史记·高祖功臣侯者年表序》说:"居今之世,志古之道,所以自镜也。"司马迁记载历史,目的是把历史作为一面镜子,为当时的社会提供借鉴。时间虽然过去两千多年了,但《史记》中所体现的思想智慧依然具有它永恒的价值和魅力。2015 年 2 月 15 日,中共中央总书记、国家主席、中央军委主席习近平在陕西视察工作时发表了重要讲话,强调:"对历史文化,要注重发掘和利用,溯到源、找到根、寻到魂,找准历史和现实的结合点,深入挖掘历史文化中的价值理念、道德规范、治国智慧。比如,司马迁的《史记》、班固的《汉书》中所凝结的先人智慧,对今天治国理政有不少启示。古人说,'读经传则根底厚,看史鉴则议论伟'。发掘和利用工作做好了,才能去粗取精、去伪存真、古为今用,做到以文化人、以史资政。"习主席的讲话对于我们的学术研究、传统文化研究乃至于《史记》研究具有重要的指导意义。

后记:以史为鉴,以史资政

《史记》中充满着思想智慧。这部著作不仅画面广阔,而且内涵深刻。鲁迅先生曾高度评价《史记》是"史家之绝唱",并非虚言。就以开篇而言,《史记》以黄帝开端,就是具有深刻意义的安排。一方面,黄帝是作为大一统的开始,奠定了中华民族的基本思想观念,社会的发展需要统一而不是分裂;另一方面,把黄帝作为中华民族的祖先,此后绵绵不绝,中原和周边民族都是黄帝的子孙,形成了我们中华民族完整系统的民族谱系,中华民族的历史线索就从黄帝开始,一直延续下来。这个起点具有非凡的眼光,对于凝聚人心、维护大一统的社会起了积极作用。

《史记》是古代正史"二十四史"的开端,而且是第一部纪传体通史,它将

3000 年的历史展现在世人面前。这是一个巨大的载体,是我们民族生命的载体,是我们中华民族 3000 年历程的真实写照。这个载体分五种体例,每一体都有它特殊的意义。清人赵翼《廿二史札记》卷一说:"司马迁参酌古今,发凡起例,创为全史。本纪以序帝王,世家以记侯国,十表以系时事,八书以详制度,列传以志人物,然后一代君臣政事,贤否得失,总汇于一编之中。自此例一定,历代作史者遂不能出其范围,信史家之极则矣。"《史记》成为后来正史的典范,仅从体例上就可以看出来。

十二"本纪"。主要记载历代帝王事迹,从远古时代的人文初祖黄帝一直到汉武大帝。一个王朝为什么兴起,又为什么衰落、灭亡? 我们通过十二本纪就可以看得很清楚:有德者有天下,失德者失天下。十二本纪就是全书的纲领,这是阅读《史记》时必须抓住的关键。"究天人之际",十二本纪说明,推动社会发展的是人而不是天;"通古今之变",十二本纪说明,"变"是必然的,但如何"变",在不同的王朝有不同的特点,"变"的明显标志就是王朝的更替。

十"表"。以大事年表的形式反映 3000 年历史的变化,但每一表也能看出历史发展的阶段性,每一表的起止时间都是历史发展的重要转折点,如《三代世表》,起黄帝,迄西周共和;《十二诸侯年表》,起共和,迄孔子卒;《六国年表》,起周元王元年(前 475)迄秦二世灭(前 207);《秦楚之际月表》,起陈涉起义(前 209),迄刘邦称帝(前 201);等等。我们读这 10 个年表,3000 年历史变化一目了然。

八"书"。即礼书、乐书、律书、历书、天官书、封禅书、河渠书、平准书。《史记》不仅描绘了社会各个阶层的人物,而且描绘了社会的各个方面。八书就是古代社会的文化制度史,反映了社会的经济基础和上层建筑领域中一些重要的方面。有了这八个方面,《史记》所反映的社会历史就是一种立体化的社会,人与自然的关系、人与社会的关系、人与人的关系等都得到了体现。

三十"世家"。王侯贵族是一个社会的重要阶层,是帝王要依靠的核心力量。反过来说,诸侯也要维护中央利益,保卫中央。《太史公自序》说:"二十八宿环北辰,三十辐共一毂,运行无穷,辅拂股肱之臣配焉,忠信行道,以奉主上,作三十世家。"如果诸侯分裂、反叛中央,将被钉在历史的耻辱柱上。如汉初的吴楚七国之乱,司马迁没有把吴王、淮南王、衡山王等列入"世家",而是放入"列传",这从体例上可以明显看出司马迁对叛乱者的态度,而且在《淮南衡山列传》最后的"太史公曰",司马迁对叛乱行为予以指责:"淮南、衡山亲为骨肉,疆土千里,列为诸侯,不务遵蕃臣职以承辅天子,而专挟邪僻之计,谋为畔逆,仍父子再亡国,各不终其身,为天下笑。"可见"世家"的重要性。

七十"列传"。主要记载社会各阶层人物,其中有宰相级别的,如管仲、晏婴、李斯等,有将军级的,如韩信、卫青、霍去病、李广等,有思想家、文学家,有各种官僚,乃至于周边的民族,下层的游侠、刺客、商人等。在这些人身上,体现着人性的多面性、思想的丰富性、文化的多元性、价值的多样性等等。一个社会如果缺少了这个层次,将是很不完整的。

通过五种体例我们可以看出,《史记》所反映的社会是一个立体化、网络化的社会,这是一个思想家的广阔世界。梁启超在《要籍解题及其读法》中说:"迁著书最大目的乃在发表司马氏一家之言,与荀况著《荀子》,董生著《春秋繁露》性质正同,不过其一家之言乃借史的形式以发表耳,故仅以近代史的观念读《史记》,非能知《史记》者也。"《史记》是有思想的著作,不是一般的历史资料的堆积。由于它有深刻的思想,有"成一家之言"的伟大气魄,所以司马迁被称为思想家。他在两千多年前提出的许多思想至今仍闪耀着光芒。如《史记》所体现的大一统思想、德政思想、人才思想、爱国思想、民族思想、勤廉思想等等,都给人以深刻启迪。《史记》所描写的正面、反面人物,对今天也有多方面的借鉴作用。尤其是那些积极进取、百折不挠、勇于革新、忧国忧民、崇尚德义的人物,对于我们民族精神的形成起了重要作用。鲁迅先生在《中国人失掉自信力了吗》一文中指出:"我们自古以来,就有埋头苦干的人,有拼命硬干的人,有为民请命的人,有舍身求法的人,……虽是等于为帝王将相作家谱的正史,也往往掩不住他们的光辉,这就是中国的脊梁。"《史记》中的许多人物就是我们民族脊梁的代表。还有,《史记》对于人性真、善、美的歌颂和对假、恶、丑的揭示,也体现了我们民族人性的多个层面。人性中闪光的部分永远具有不朽的魅力,给人以无穷的力量。

《史记》是中国文化的丰碑。清人李景星《史记评议·序》曰:"由《史记》以上,为经为传诸子百家,流传虽多,要皆于《史记》括之;由《史记》以下,无论官私记载,其体例之常变,文法之正奇,千变万化,难以悉述,要皆于《史记》启之。"《史记》是先秦文化的集大成者,又是汉代文化的代表,并且对后代的中国文化产生深远影响。我们通过研读《史记》,可以对中国文化的来龙去脉有一个清晰的认识。通过对《史记》之"魂"的全面把握,做到以史为鉴,以史资政,为当代社会服务。

2016 年 12 月 2 日

《中国古代文学》慕课教材前言①

中国文学史,是一部漫长而辉煌的历史。作家辈出,作品众多,流派纷呈,内容丰富,体式多样,影响深远,它是我们民族成长、历史演进的忠诚记录,是一部民族发展的心路历程,是中华民族精神瑰宝的重要组成部分,是构铸中华民族内心世界的伟大基石。学习中国古代文学,对于传承中国优秀传统文化,陶冶高尚情操,具有重要的的作用和意义。

中国古代文学史课程的教学,以弘扬中国优秀传统文化为宗旨,以能力培养为核心,以提高学生的人文素养和道德修养为目标。本课程跨越历朝,从先秦到明清,比较系统地讲述中国古代文学的发展过程、重要作家的经典性作品、中国文学文化精神的民族特色以及现代意义。课程在章节安排上以时代为线索,在内容上以每个时期的代表性文学成就为核心,以达到能够正确领会中国文学价值与传统文化精神内涵的目标。

由于中国古代文学这门课时间跨度长,空间地域广,经典作品多,我们在学习中总体上要把握以下几个方面:

一是文体发展的特殊性。学习古代文学,要先从"体"入手,由表及里,由外到内,逐渐深入作品的思想内涵。中国古代文学之"体",与我们今天文学之"体"有许多相同,又有许多不同。而且,从诗、文、词、赋到戏曲、小说,每个文体

---

①《中国古代文学》,中国大学慕课教材,张新科主编,高等教育出版社 2020 年 4 月出版。

都有一个从萌生到形成再到成熟的过程。文体发展的不平衡,表现在:一方面,各种文体形成和成熟的时代不同,有先有后。另一方面,各种文体从萌生形成再到成熟,其过程的长短也不同,文体特征也有很大差异。所谓"一代有一代之文学",楚之骚,汉之赋,六朝之骈文,唐之诗,宋之词,元之曲,明清之小说,都是典型的代表。

二是各时期文学发展的总体面貌。由于各历史时期时间长短不一,又由于社会政治、经济、文化等各种原因,文学成就总体上也各不一样,各个朝代的文学也显示出不同的精神面貌和精神品格,如我们常常说"建安风骨""汉唐气象",就是典型代表。

三是不同的地域特色。由于各种外部因素和内部因素的不同,在不同的朝代,不同地区、不同民族文学的发展也呈现出不同的特色,同时也有盛衰的变化,呈现此盛彼衰、此衰彼盛的状况。

四是文人创作与民间创作的融合。一部中国古代文学史,既有大量的文人创作,又有许多民间的大众文学创作,而且两者紧密融合,甚至许多文体和作品都来自民间。

本课程的学习,从大的方面说,第一,必须广泛阅读,多方积累。第二,要有深厚的文献基础。第三,掌握整个中国古代文学、文化发展的线索和基本特征。第四,具备文(形象思维)史哲(抽象思维)的开阔视野。具体来说应做到以下几点。

一是细读文本。文学作品中隐含着作者设置的"密码",只有仔细阅读,反复琢磨,方能找到打开作品思想内涵的"密码"。

二是前后勾连。每个作家、作品,都不是孤立的存在。要将其放到文学发展的长河中去认识。如此,才能确定其在文学史上的承继关系和艺术地位,做到知其然并知其所以然。

三是纵横对比。文学史上的流派与流派之间、作家与作家之间、作品与作品之间,只要有相通之处,皆可进行对比,如屈宋、班马、李杜、韩柳、苏辛、《西厢记》与《牡丹亭》、《红楼梦》与《聊斋志异》等等。甚至可以放在世界文学的大格局中进行比较。在纵横对比之中,可以深入探讨同类作品的高下长短、继承与发展。

四是分清文体。不同文体有着不同的发展演变过程和内在渊源关系,明确主要文体的发展演变过程和文体本身的特点,对于把握文学特点具有十分重要的作用。正如曹丕《典论·论文》指出:"文本同而末异,盖奏议宜雅,书论宜理,铭诔尚实,诗赋欲丽。"只有把握文体,理解作品才能有的放矢,不至于分析每个作品时都只能采用"语言生动"之类标签式的话语。

另外,要将课内讲授和课外阅读相结合,大量作品需要在课外展开阅读;本学科与其他学科的结合,如与历史、哲学等学科的结合;讲和练相结合,把学到的知识用到实际的文学活动之中,进行文学创作等;课堂学习与课外实践考察相结合,尤其是一些重要的文化古迹需要现场体验。

陕西师范大学位于十三朝古都长安,学生在这里学习中国古代文学有着得天独厚的地理优势。本课程由九位教师共同参与,师资阵容强大,分别结合个人的研究特长,专门设计了教学内容和教学重点。以作为民族心灵史的上古神话为开篇的序幕,最后以中国古典小说的经典《红楼梦》结束课程。整个课程在传统内容的基础上大胆创新,并且注重借鉴和引用当前的学术研究成果,挖掘中华传统文化的精神,探索传统文学的现代魅力,从而理性而深刻地阐述和解读历史与现实中的文学现象。

下面,就让我们随着九位老师的引导,进入中国古代文学的神圣殿堂吧。

2020 年 3 月

《史记研究集成》前言^①

　　司马迁是我国西汉时期左冯翊夏阳（今陕西韩城市）人，伟大的史学家、思想家、文学家，1956年被列为世界文化名人。他的巨著《史记》，是我国第一部纪传体通史，记载了从黄帝到汉武帝时期中华民族3000年的历史，体现了我们中华民族的智慧和力量，展现了我们中华民族维护统一、积极进取、坚韧不拔、革故鼎新、忧国爱国等民族精神。司马迁以"究天人之际，通古今之变，成一家之言"为宗旨，突破传统，大胆创新，开辟了中国史学的新纪元，在中国文化史上树立了一座巍峨的丰碑，正如清人李景星《史记评议·序》所说："由《史记》以上，为经为传诸子百家，流传虽多，要皆于《史记》括之；由《史记》以下，无论官私记载，其体例之常变，文法之正奇，千变万化，难以悉述，要皆于《史记》启之。"从世界文化的层面来看，《史记》作为巨幅画卷，也是当之无愧的。齐思和先生曾评价道："正如苏联学者图曼所说：'司马迁真正应当在大家公认的世界科学和文学泰斗中占有重要的地位。'当《史记》出现的时候，在全世界范围内，中国和古希腊罗马的史学最为发达。……和希腊史学名著比起来，《史记》的特点在于它的全面性，尤其是对于生活活动、学术思想和普通人在历史上的地位的重视。希腊历史学家的著作，往往集中到一个战争，重视政治、军事。普鲁塔克的

---

　　①《史记研究集成》，总主编袁仲一、张新科、徐晔、徐卫民。"前言"为张新科执笔。其中《史记研究集成·十二本纪》主编赵光勇、袁仲一、吕培成、徐卫民，西北大学出版社2020年出版，其余部分将陆续出版。

传记汇编所收的人物也限于政治家和军事家,即使是最著名的希腊思想家、科学家如亚里士多德,在他的著作中也没有一字提到,更没有一个关于从事于生产活动者的传记了。"①毋庸置疑,《史记》也是世界文化宝库中一颗璀璨的明珠。

正由于《史记》具有极其重要的文化价值,所以引起历代学者的高度重视,对于它的研究至今已有两千多年的历史,积累了丰厚的资料,乃至于形成了一门新的学科——"史记学"。

(一)

据《汉书》记载,西汉宣帝时司马迁的外孙杨恽将《史记》公之于众。但当时史学还没有应有的独立地位,加之在正统思想家眼里,《史记》是离经叛道之作,是"谤书",因而并没有被重视。直到东汉中期以后,《史记》才逐渐流传。魏晋以后,史学摆脱了经学附庸地位,在学术领域内形成一门独立的学科,《史记》的身价得到相应的提高,抄写、学习《史记》的风气逐渐形成。裴骃的《史记集解》是这个时期最有代表性的《史记》注本。汉代以来,扬雄、班氏父子、王充、张辅、葛洪、刘勰等人发表过许多评论,他们肯定了司马迁的史才,肯定了《史记》"不虚美,不隐恶"的实录精神。班彪、班固在《汉书·司马迁传》中提出"史公三失"问题,认为司马迁"是非颇谬于圣人,论大道则先黄老而后六经,序游侠则退处士而进奸雄,述货殖则崇势利而羞贱贫,此其所蔽也"②。这个问题在后代引起了诸多争议。汉代以来,还涉及班马优劣问题,"王充著书,即甲班而乙马,张辅持论,又劣固而优迁"③,这些评论已开《史记》《汉书》比较研究的先河。

唐代由于史学地位的提高,尤其是"正史"地位之尊,使《史记》在史学史上备受尊崇,司马迁开创的纪传体成为修史之宗。唐代编纂的八部史书(《晋书》《梁书》《陈书》《北齐书》《周书》《隋书》《南史》《北史》)全部采用纪传体。史

---

① 齐思和:《〈史记〉产生的历史条件和它在世界史学上的地位》,载《光明日报》1956年1月19日。

② (东汉)班固:《汉书·司马迁传》,中华书局1962年版,第2738页。

③ (唐)刘知幾撰,浦起龙通释:《史通通释·鉴识》,上海古籍出版社1978年版,第204页。

学理论家刘知几对纪传体的优点也予以肯定:"《史记》者,纪以包举大端,传以委曲细事,表以谱列年爵,志以总括遗漏,逮于天文、地理、国典、朝章,显隐必该,洪纤靡失,此其所以为长也。"①史学家杜佑还发展了《史记》八书的传统,著《通典》一书,成为政书体的典范。唐代注释《史记》,成就最大的是司马贞的《史记索隐》与张守节的《史记正义》。这两部书和南朝刘宋年间裴骃所作的《史记集解》,被后人合称为"《史记》三家注",涉及文字考证、注音释义、人物事件、天文历法、山川草木、鸟兽虫鱼、典章制度等等,"三家注"的形成是《史记》研究史上第一座里程碑。司马贞、张守节、刘知几、皇甫湜等人,对司马迁易编年为纪传的创新精神做出了许多肯定性的评论。如皇甫湜《皇甫持正集》认为司马迁"革旧典,开新程,为纪为传为表为志,首尾具叙述,表里相发明,庶为得中,将以垂不朽"。特别是唐代韩愈、柳宗元掀起的古文运动,举起了向《史记》文章学习的旗帜,使《史记》所蕴藏的丰富的文学宝藏得到空前的认识和开发,奠定了《史记》的文学地位。

宋代《史记》研究步入一个新的阶段。由于统治者对修史的重视,加之印刷技术的进步,大量刊刻印行《史记》,为人们研读《史记》提供了方便。宋人也注重学习《史记》的作文之法,欧阳修、曾巩、王安石、"三苏"等人都是宋代古文大家,他们继承唐代古文运动的传统,提倡学习《史记》。宋代对《史记》进行评论的学者不少,仅《史记评林》引用的就有40多位,还有一些学者的评论没有被引用。这些学者,或文学家,或史学家,或政治家,等等。如欧阳修、刘敞、苏洵、苏轼、苏辙、王安石、司马光、黄庭坚、秦观、张耒、王观国、马存、郑樵、晁公武、洪迈、陆游、朱熹、吕祖谦、陈傅良、叶适、倪思、王若虚、真德秀、黄履翁、黄震、刘辰翁、李涂等等。大部分学者对《史记》持肯定态度。如郑樵对《史记》甚为推崇,在《通志·总序》中称《史记》为"六经之后,惟有此作",指出司马迁的重大贡献在于"通",这是第一个在理论从"通"的角度评论《史记》的人。文学家苏洵首先发明司马迁写人叙事的"互见法",即"本传晦之,而他传发之"②,开拓了《史

---

① (唐)刘知几撰,浦起龙通释:《史通通释·二体》,上海古籍出版社1978年版,第28页。

② (宋)苏洵著,曾枣庄等笺注:《嘉祐集笺注》,上海古籍出版社1993年版,第232页。

记》研究新领域。本时期的评论,还把班马优劣论发展到一个新的阶段,苏洵、郑樵、朱熹、叶适、黄履翁、洪迈等人都发表过评论,涉及思想、体例、文学等方面的比较,乃至于出现了倪思、刘辰翁的《班马异同》、娄机《班马字类》这样的专门著作,使这一问题的研究向前推进了一步。本时期王若虚撰《史记辨惑》11卷,对《史记》在采摭、立论、体例、文字等方面的失误,广为疑惑,并略做辨证,但多偏激之辞。另外,宋代出现了许多古文选本,作为散文创作及阅读的典范,其中就收录有《史记》篇章,如真德秀《文章正宗》等,这对后代古文选本产生重要影响。

元代除了在刊刻、评论《史记》方面继承前代并有所发展外,主要贡献在于把《史记》中的历史人物、历史事件搬上舞台。元代是中国戏曲的黄金时期,许多杂剧的剧目取材于《史记》,仅据傅惜华《元代杂剧全目》所载就有180多种,如《渑池会》《追韩信》《霸王别姬》《田单复齐》等,这些剧目的流传,反过来又扩大了《史记》的影响。

明代是《史记》评论的兴盛期。由于印刷技术的进一步发展,给刻印《史记》提供了有利条件,尤其是套版印刷的兴起,给评点《史记》提供了方便。而且由于文学复古运动的出现,《史记》的声价随之提高。如前后七子"文称左迁,赋尚屈宋,古诗体尚汉魏,近律则法李杜"[1]。"文自西京,诗自中唐而下,一切吐弃,操觚谈艺之士翕然宗之。"[2]《史记》成为他们效法、学习的榜样。明代从文学角度评论《史记》取得的成就最大,对于《史记》的创作目的、审美价值、刻画人物形象的方法、多样化的艺术风格等都进行了有益的探索[3]。唐顺之、归有光、茅坤、王慎中、何孟春、董份、王鏊、凌约言、陈沂、王维桢、钟惺、陈仁锡、金圣叹等人都是评点《史记》的大家。由于《史记》评点著作大量出现,辑评式研究也应运而生。凌稚隆《史记评林》搜集整理历代百余家的评论,给研究者提供了便利,后来的李光缙在《史记评林》基础上进行了增补,使该书更加完备。另外,

---

① (明)李贽:《续藏书·何景明传》,张建业主编《李贽文集》(第四卷),社会科学文献出版社2000年版,第577页。

② (清)张廷玉:《明史·文苑传序》,中华书局1974年版,第7307页。

③ 详参张新科、俞樟华《史记研究史略》第四章《明人评点史记的杰出成就》,三秦出版社1990年版。

朱之蕃《百大家评注史记》,葛鼎、金蟠《史记汇评》,陈子龙、徐孚远《史记测义》等也进行了辑评工作。明代由于小说的繁荣,人们对《史记》的认识也开辟了新的角度,探讨《史记》与小说的关系,这是前所未有的新成就。李开先、天都外臣、李贽、冯梦龙、金圣叹等人,都发表过精彩的看法。其中以金圣叹的点评尤为突出,他用读《水浒传》的方法读《史记》,又用读《史记》的方法读《水浒传》,令人耳目一新。如他说:"《水浒传》方法,都从《史记》出来,却有许多胜似《史记》处。""《史记》是以文运事,《水浒》是因文生事。"①金圣叹有时还把《史记》与《西厢记》进行比较,寻找它们的共同点。此外,明代的古文选本,如陈继儒《先秦两汉文脍》、陈仁锡《古文奇赏》及冯有翼《秦汉文钞》等,都对《史记》作品有收录和点评。

明代对《史记》历史事实的考辨与纠谬也有一定成就,杨慎《史记题评》、柯维骐《史记考要》、郝敬《史记愚按》等,在考辨方面颇有新意。一些笔记著作,如王鏊《震泽长语》、郑瑗《井观琐言》、杨慎《丹铅杂录》、焦竑《焦氏笔乘》等,对《史记》的事实虚实也有一定纠谬。

清代是《史记》研究的高峰期。专门著作如储欣《史记选》、吴见思《史记论文》、王治皞《史记榷参》、方苞《史记注补正》、王又朴《史记七篇读法》、汪越《读史记十表》、汤谐《史记半解》、杭世骏《史记考证》、牛运震《史记评注》、王元启《史记三书正讹》、王鸣盛《史记商榷》、邵泰衢《史记疑问》、赵翼《史记札记》、钱大昕《史记考异》、邱逢年《史记阐要》、梁玉绳《史记志疑》、林伯桐《史记蠡测》、张文虎《校勘史记集解索隐正义札记》、郭嵩焘《史记札记》、李慈铭《史记札记》、尚镕《史记辨证》、吴汝纶《桐城吴先生点勘史记》、程余庆《历代名家评注史记集说》等,都是颇有特色的著作,其他非专门研究《史记》的著作如顾炎武《日知录》、刘大櫆《论文偶记》、章学诚《文史通义》、刘熙载《艺概》等,也对《史记》发表了许多值得重视的评论。还有这一时期的诸多古文选本大都收录《史记》作品并予以评点、评论。如吴调侯、吴楚材《古文观止》、浦起龙《古文眉诠》、汪基《古文喈凤新编》、林云铭《古文析义》等等。

---

① (明)金圣叹:《读第五才子书法》,林干主编《金圣叹评点才子全集》(第三卷),光明日报出版社,1997年版,第19页。

清代《史记》研究成就最大的在于考证方面。清人考证《史记》，重事实，重证据。大至重要历史事件，小至一字一句，一地一名，都不放过。如梁玉绳《史记志疑》，对《史记》史事和文字的考证极为精审，钱大昕为此书作序，称它"足为龙门之功臣，袭《集解》《索隐》《正义》而四之矣"。张文虎的著作，就《史记》一些字的衍、倒、错、缺等用十多种版本进行对勘，为以后中华书局出版点校本《史记》奠定了基础。清人的评论也值得肯定，许多学者是考中有评，如赵翼说："司马迁参酌古今，发凡起例，创为全史，本纪以序帝王，世家以记侯国，十表以系时事，八书以详制度，列传以志人物""自此例一定，历来作史者，遂不能出其范围，信史家之极则也"。①清人评论的问题十分广泛，传统课题进一步深化，如班马异同问题、《史记》与小说的关系问题等；新讨论的课题也有许多精辟见解，如《史记》十表问题、《史记》中的"太史公曰"问题等。清人对《史记》文学成就也进行了多方面评述，尤其是桐城派的评论，把《史记》艺术研究推向了一个新阶段。方苞用"义法"论《史记》，刘大櫆用"奇""高""大""疏""远""变"等来概括《史记》文章的特点。除桐城派外，许多学者对司马迁变化多端的叙事、高超的写人艺术等进行评论，李晚芳《史记管见》、汤谐《史记半解》、吴见思《史记论文》等，都在评论《史记》艺术美方面取得了成就。

近现代关于《史记》的考证和评论都有新收获。崔适《史记探源》、魏元旷《史记达旨》、李笠《史记订补》、杨启高《史记通论》、刘咸炘《太史公书知意》、齐树楷《史记意》、李景星《史记评议》、潘吟阁《史记货殖列传新诠》、鲁实先《史记会注考证驳议》、靳德峻《史记释例》、张鹏一《太史公年谱》、郑鹤声《司马迁年谱》和《史汉研究》、朱东润《史记考索》、李长之《司马迁之人格与风格》等，都是有一定影响的研究专著。梁启超关于《史记》的读法，王国维对司马迁生卒年的考证，顾颉刚、李长之对司马迁谈作史的探究，余嘉锡对太史公书亡篇的考释，李景星对《史记》文章的评议，郑鹤声对《汉书》《史记》优劣问题研究的总结，李长之对司马迁人格与风格的评述，鲁实先对《史记会注考证》的驳议，朱东润对《史记》断限、伪窜、史实抵牾诸问题的考索，靳德峻对《史记》体例的分析，等等，都是值得肯定的成就。章炳麟、李大钊、鲁迅、茅盾、刘师培、范文澜、吕思

---

① （清）赵翼著，王树民校证：《廿二史劄记校证》卷一，中华书局1984年版，第3页。

勉、罗根泽、闻一多、朱自清等人也在各自的著作中不同程度地论述了《史记》。

中华人民共和国成立以来,广大文史工作者以马克思主义为指导,使《史记》研究发生了质的变化。20世纪50年代为初见成效期,20世纪60年代前半期为逐步深入期,后半期由于"十年浩劫",《史记》研究也处于停顿状态。1977年以后,《史记》研究走上健康发展的道路,研究领域不断拓宽,研究问题逐步深入,研究队伍日益壮大。① 从政治到经济,从思想到文化,从史学到地理,从文学到美学,从伦理到哲学,从天文到医学,从军事到人才,学术界对《史记》进行了广泛深入的探索,著作层出不穷,各种不同类型的《史记》的选注本、全注本、选译本、全译本都相继问世。另外还有大量的考古资料以及非专门研究《史记》的著作,它们都对《史记》研究起了积极的促进作用。在司马迁故乡韩城市,除了保护好太史祠等重要文物古迹外,还注意宣传和研究司马迁。他们出版了许多具有乡土气息的研究著作,也是《史记》研究资料的有力补充。从各方面看,一门新的学科——"史记学"已经形成②。

台湾地区的《史记》研究,近70来也取得了可喜成绩。马持盈、劳干、屈万里、杨家骆、徐文珊、陈飞龙等在《史记》的普及、注释方面做出了贡献。王叔岷、施之勉、钱穆等对《史记》文字、史实、地名的校勘考订,郑梁生、范文芳、徐复观、吴福助、施人豪、赖明德、阮芝生、李伟泰、林聪舜等在《史记》精神、学术思想、创作意识、艺术成就、《史记》《汉书》比较等方面的探索,都能启人耳目,值得重视。

《史记》在世界各国都产生了一定的影响。唐代以前已经传入朝鲜半岛、日本,此后不断扩展。目前,俄文、法文版全本《史记》都已问世,英文版全本《史记》也即将完成。《史记》在日本影响最大,有关资料表明,日本已形成一支实力强大的《史记》研究队伍,仅近现代颇有影响的专家就有泷川资言、水泽利忠、宫崎市定、野口定男、加地伸行、池田芦洲、池田英雄、伊藤德男、藤田胜久、小泽贤

---

① 详参张新科、俞樟华著《史记研究史略》第七章《建国以来史记研究的全面丰收》,三秦出版社1990年出版。

② 关于历代《史记》研究情况,可参阅张新科、俞樟华著《史记研究史略》,三秦出版社1990年出版。关于"史记学"问题,张新科《史记学概论》(商务印书馆2003年版)一书有较全面的概括总结。

二等。《史记会注考证》《史记会注考证校补》《史记研究书目解题》等著作,都颇有特色。欧美国家的《史记》研究也取得较大成就,如法国的沙畹、康德谟、吴德明,美国的华兹生、倪豪士、侯格睿、杜润德、王靖宇、汪荣祖等。当然,国外的《史记》研究还很不平衡,也存在不少问题,而且,国外研究成果被介绍进来的也不多。随着中国对外开放政策的实行,各国之间的文化交流日益频繁,加强《史记》研究成果的国际交流,也是刻不容缓的事了。

（二）

通过以上粗线条的勾勒,我们可以看出,《史记》研究不断发展,成果丰硕,给今天的研究提供了非常宝贵的资料,奠定了坚实的基础。这些资料归纳起来有以下几个重要特点。

第一,时间跨度长,地域分布广。《史记》以其自身的魅力赢得后人的推崇,在两千多年的历史长河中显示出它强大的生命力。《史记》研究从汉代起步,跨越了两千多年,积累了大量的资料,而且愈来愈深入,逐渐形成了"史记学"。而且由于《史记》巨大的文化价值,南北朝时期就已传播到朝鲜半岛,隋朝时传播到日本,此后传播到欧洲。如果从时间上看,传播到海外至今也已 1000 多年,从空间上看,其影响力不断扩大,从国内到国外,从东亚到西欧,成为世界性的文化经典,成为世界汉学家关注和研究的对象。

第二,成果形式丰富多样。传统的《史记》研究成果,以札记、短评、序跋、书信、点评、注释、论文、著作等形式为主。20 世纪以来,在这些形式的基础上又有较大发展,成果形式最多的是赏析、论文和专题著作,体现《史记》研究的主体方向。尤其是专题著作,比传统的《史记》研究著作更富有理论性和系统性,是成果形式的一大发展。古今以来的《史记》研究成果,其内容或版本校勘,或考证历史史实,或评论章法结构,或批评历史人物,或探讨理论问题,或研究之研究;其方法或集解,或集评,或宏观研究,或微观考察。成果的多样性说明《史记》研究的兴盛与繁荣。

第三,学科领域广泛。由于《史记》具有百科全书的特点,所以,研究成果也呈现出百科全书的样貌,散见于各类典籍之中,以史学、文学为主干,涉及哲学、政治学、经济学、军事学、地理学、民族学、天文学、教育学、人口学、医学、档案学等等。即使是史学、文学研究,其中又涉及考古学、校勘学、版本目录学、语言学等。而且,由《史记》研究引发到"史记三家注"研究,也引发到对《史记》研究著作的研究,这些都是与《史记》密切相关的研究领域。

第四,专门性与非专门性成果结合。《史记》作为文史结合的典范,被广大的读者接受。对于《史记》意义的阐释,是《史记》研究资料的核心部分,以专门性的资料为主流,如《史记》三家注、《史记钞》《史记评林》《史记论文》《史记评注》《史记菁华录》《史记志疑》等等,除此之外,还有大量非专门性资料,如古文选本、小说评点、史学评论、笔记、文学评论等,乃至于大量的序跋、书信、札记、咏史诗、戏曲、小说等,都对《史记》研究有一定帮助。

第五,文人学者的研究资料与民间资料、地上资料与地下资料的融合。《史记》一书纵横 3000 年历史,在撰写过程中采纳了各类资料,包括先秦典籍、汉代朝廷藏书、档案以及个人实地考察收集的民间资料等。与此相适应,《史记》的研究成果也呈现出文人学者论著与民间资料相融合的特点。特别是考古资料的不断出现,为《史记》研究提供了新的依据、新的思路,如甲骨文、金文以及山东银雀山汉墓、长沙马王堆汉墓、临潼秦始皇陵及兵马俑、广州象岗山南越王墓等许多考古成为《史记》研究提供了非常重要的第一手资料。

两千多年的《史记》研究资料,如此丰富多彩,应该引起我们的高度重视,值得我们深入分析和研究。从学术发展趋势看,《史记》研究正由"史料学"逐步向"史记学"发展。传统的《史记》研究,重在搜集史料,考证史料和文字,从"三家注"开始大都如此,尤其是清代乾嘉学派对《史记》的人名、地名、官爵、人物、史实、文字音韵、文献来源等的考证,使《史记》史料学研究达到顶峰。这种细致的考证研究,是最基础的也是必不可少的研究,对于澄清历史史实、认识《史记》的史料价值具有重要意义。20 世纪以来,"史料学"研究仍然是《史记》研究的重要内容之一。尤其是对《史记》的许多疑案研究,如司马迁生卒年问题、司马谈作史问题、《史记》断限问题、《史记》缺补问题、《史记》倒书问题、《史记》版本问题等,一直是研究的热点。同时,20 世纪以来《史记》研究最为显著的一大特征,就是由"史料学"向"史记学"转化,即从史料的整理和挖掘中分析司马迁思想,通过具体材料探讨《史记》丰富的思想内涵及价值,上升到"史记学"的理论高度,这是《史记》研究的必经之路。传统的"史料学"研究,也有学者在考证中提出一些理论问题,但还没有很好地、系统地论述和解决,系统性的、规律性的探讨,在现代以来有了较大发展,尤其是新时期以来,随着思想的解放运动,这种研究取得了突破性进展①。其中所探讨的问题,深入《史记》的灵魂深处,挖掘《史记》的史学价值、思想价值,提升了《史记》研究的内涵,为"史记学"体系的建立打下坚实的基础。

(三)

《史记》记载中华民族上下三千年历史,而对《史记》的研究历史也已两千多年。面对如此庞大繁杂的资料,如何进行有效的整理和研究,是值得《史记》研究者重视和深入思考的问题。

21世纪,学术研究也进入了综合化、世界化的时代。综合化,包括研究方法的综合、学科之间的综合等诸多方面,无论哪种综合,资料整理是第一步的工作,而且是最重要的工作。今天的《史记》研究,需要对两千多年的研究史进行系统的总结和梳理,以便提出新问题、解决新问题。以科学的态度对两千多年来《史记》研究成果进行总结,对复杂的材料进行整理,批判地继承一切有益的养料,为《史记》的深入研究提供丰富的资料和理论依据,为"史记学"的全面建立提供强大的学理支持,这是学术发展的必然,也是时代赋予《史记》研究者的使命。正因如此,编纂一部新时代的集大成式的《史记研究集成》,全面系统地整理两千多年《史记》研究的成果,具有极其重要的学术价值。从《史记》研究史来看,唐代形成的"三家注"、20世纪30年代日本泷川资言《史记会注考证》被视为两座里程碑,其价值不可低估。但是,时代在发展,学术在发展,如何在此基础上进行更加系统的集大成的工作,是当代学术发展必须考虑的问题。《史记》在中国,"史记学"理应在中国,《史记研究集成》的重大工程也理应由中国学者完成。陕西是司马迁的故乡,陕西的学者更有责任担当起时代赋予的历

---

① 张大可《三十年来史记研究述评》《史记的民族凝聚力与研究现状》(收入作者再版的《史记研究》一书,华文出版社2002年版),肖黎《建国以来史记研究情况述评》(载《社会科学研究》1983年第5期),曹晋《史记百年文学研究述评》(载《文学评论》2000年第2期),陈桐生《百年史记研究的回顾与前瞻》(载《文学遗产》2001年第1期),张新科、俞樟华《史记研究史略》(三秦出版社1990年版)等论著对此均有详述。

史使命。有鉴于此,陕西省司马迁研究会在 1992 年成立之时,就积极筹划《史记研究集成》的编纂工作,目标是在《史记》研究史上树立第三个里程碑。1994年 4 月,陕西省司马迁研究会在陕西历史博物馆举行《史记研究集成》工程正式启动会议,时任陕西省省长白清才就搞好这项工程作了专门批示。赵光勇先生随后进一步起草体例、撰写样稿,各项工作全面展开,并于 1996 年列入国家"九五"重点图书出版规划项目。在董继昌名誉会长、袁仲一会长、赵光勇副会长、吕培成秘书长的精心组织下,团结各方力量,于 2003 年初步完成了"十二本纪"的研究集成工作。但由于种种原因,没有能够及时出版。2010 年 8 月,吕培成先生接任陕西省司马迁研究会会长。面对这项重大工程,吕培成会长、徐卫民副会长等力破僵局。西北大学出版社马来社长、张萍总编辑,高瞻远瞩,以传承文化为己任,担当起《史记研究集成》出版的重任,并将其作为出版社的重点工程予以支持,还专门成立了《史记研究集成》编辑室。2013 年吕培成先生不幸病逝,在此情况下,袁仲一先生、徐卫民先生等作为工程的主要负责人,与出版社密切合作,把这项不朽事业继续向前推进。2015 年以来,西北大学出版社组织力量,积极申报国家项目,评审专家对此项工程的价值予以充分肯定,因而再次被列入国家"十三五"重点图书出版规划项目。2016 年 10 月,"十二本纪"部分书稿修改完成后,西北大学出版社与集成编委会组织了专家审稿会。中国社会科学院彭卫先生、中国人民大学王子今先生、南京师范大学赵生群先生等出席会议。此后,集成作者根据专家意见对书稿再次进行了修改完善。2018 年 4月,北京大学安平秋先生、杨海峥先生、林嵩先生等莅临西安,再次对书稿提出修改意见。20 多年来,陕西三代学人,以树立《史记》研究第三个里程碑的宏大理想,克服重重困难,奋力而为,以"敢为天下先"的精神,努力完成这项巨大的工程。

《史记研究集成》的编纂具有十分明显的特点。第一,体例独特。为了最大限度地体现古今《史记》研究成果,在体例上采用汇校、汇注、汇评的"三汇"方式,按照时代顺序编排,以集成历代《史记》研究的成果。每篇前有题解,卷末有篇评。第二,资料丰富。从纵向看,集成所收资料时间跨度长,上起于汉魏六朝,下到 21 世纪初期;从横向看,集成所收资料范围广,不只是书面文献,还特别重视当代考古新资料,适当吸收海外资料。而且领域涉及史学、文学等众多学科,体现了《史记》百科全书的特点。第三,选材适中。虽然古今中外的研究资料汗牛充栋,但"集成"不可能一网打尽,相对而言,古代资料比较零散,一般读者不易看到,所以资料取舍的原则是详古略今,而且是选取典型的、有代表性的观点,去粗取精,并在有争议的地方适当加以编者按语。第四,视野开阔。编纂者立足当代,审视历代《史记》研究成果,并且根据当前学术发展的实际,在每篇集成最后,撰写了该篇的研究综述,梳理历代研究问题,归纳重要学术观点,使集成工作更有特色。

《史记研究集成》的编纂,无疑具有重要的学术价值。第一,它为《史记》研究者提供了非常丰富的有价值的资料。一册在手,古今中外的重要成果尽收眼底。这是为理论研究铺路搭桥,为立体化的研究提供依据。第二,集成既是历代资料的精选荟萃,又是两千多年来《史记》研究史的全面呈现,可以说既具有工具书的查阅功能,也具有学术史的认识价值。第三,与前代的《史记》"三家注"、《史记会注考证》等里程碑式的著作相比,集成内容更丰富,体例更完毕,视野更开阔,具有创新精神和超越前代的学术史意义,有助于推动《史记》研究向纵深发展,有助于推动"史记学"的建立。第四,由于《史记》具有百科全书的特点,在中国和世界文化史上占有重要地位,所以集成的编纂,不仅可以为史学、文学、哲学等人文社会科学乃至有关的自然科学提供有益的资料,而且有助于促进这些学科的发展,有助于繁荣当代学术,发展当代文化,有助于把中华优秀经典推向世界,把《史记》研究成果推向世界。

2017年1月,中共中央办公厅、国务院办公厅印发了《关于实施中华优秀传统文化传承发展工程的意见》,其中指出,中华优秀传统文化,"积淀着中华民族最深沉的精神追求,代表着中华民族独特的精神标识,是中华民族生生不息、发展壮大的丰厚滋养,是中国特色社会主义植根的文化沃土,是当代中国发展的突出优势,对延续和发展中华文明、促进人类文明进步,发挥着重要作用"。这对于我们完成《史记研究集成》工作是一个极大的鼓舞和鞭策。《史记》是中华优秀传统文化的典范之一,其中蕴含着丰富的思想内涵,体现着我们的民族精神。深入研究《史记》,是弘扬优秀传统文化的重要内容之一,也是文化自信的体现。对于中华优秀传统文化,我们要创新性发展,创造性转化。《史记研究集成》正是适应了这样的时代要求。《史记》共130卷,"12本纪研究集成"(12

卷)完成,只是走完了万里长征的第一步,今后还有大量工作要做,还会遇到各种困难。但我们有信心、有决心完成这项有价值、有意义、有影响的工程。十多年前,我在《史记学概论》一书中对于"史记学"的建构提出了一些设想,并且提出《史记》研究者的使命及努力的方向,即走综合化之路,以理论作统帅,多样化的形式,立体化的研究,世界化的目标,生产化的方式。时至今日,我以为其仍然可以作为《史记》研究努力的方向,《史记研究集成》就是朝着这个方向努力的一次重要的实践。

两千年来的《史记》研究硕果累累,新的考古资料也不断涌现,我们贯彻百花齐放、百家争鸣的原则,尽量多收录各种观点,以展现《史记》研究的发展脉络。但限于体例和篇幅,前贤今哲的成果难以全部吸收,颇有遗珠之憾,不足之处也在所难免,谨请读者批评指正。

2019 年 5 月 8 日于古城西安

第二辑　访谈·评论

一、访谈

风追司马 《史记》千秋①
——专访中国史记研究会副会长张新科教授

张新科教授简介:张新科,陕西眉县人,文学博士。现任陕西师范大学文学院副院长,中国古代文学博士生导师,中国史记研究会副会长,陕西省司马迁研究会副会长,著有《史记研究史略》(合著)、《中国古典传记论稿》(合著)、《史记与中国文学》、《史记学概论》等。

问:今年是"史圣"司马迁诞辰2150周年,中国史记研究会、陕西省韩城市政府、陕西电视台将在5月28日联合主办"风追司马:重塑史圣真身"大型纪念活动。这将是中华人民共和国成立以来最大规模的一次司马迁纪念活动。您作为中国史记研究会副会长,对这次活动有什么样的期望?

答:我觉得"风追司马"活动,是宣传司马迁及其著作《史记》的一次盛事。

___

① 2005年4月,陕西电视台记者采访,发表在陕视网,后收入安平秋等主编的纪念司马迁诞辰2150周年国际学术研讨会论文集《龙门论坛》,华文出版社2005年8月出版。

司马迁不仅是中国史学之父,也是世界古代最伟大的历史学家之一。司马迁的成就可以和世界上任何一个史学家相比而毫无愧色。司马迁的《史记》,不仅是中华民族的宝贵文化遗产,也是世界文化宝库中的经典著作。通过这次活动,我们宣传司马迁和《史记》,让国人乃至世界了解司马迁和《史记》的崇高历史地位,推动司马迁和《史记》研究走向世界。郭沫若先生曾称赞司马迁"功业追尼父,千秋太史公",我们应该明确地提出,东有孔夫子,西有司马迁。他们都是享誉世界的文化名人。

问:关于司马迁的生年问题一直有争议。将 2005 年作为司马迁诞辰 2150 周年,等于对公元前 145 年说的肯定,是吗?

答:是这样的。关于司马迁的生年,历来有六七种说法,但影响最大的主要有两种说法。王国维先生主张司马迁生于汉景帝中元五年(前 145),郭沫若先生主张司马迁生于汉武帝建元六年(前 135)。现今学术界在讨论司马迁的生年问题上,大都是围绕王国维先生、郭沫若先生的两种不同观点展开争鸣。经过多次辩论,现在大多数的研究者认同王国维先生的说法,即司马迁生于公元前 145 年。

问:这两种观点的依据分别是什么?

答:应该说,由于司马迁在自序中没有记述其生年,汉代史料亦乏记载,从而留下了至今难以彻底解决的疑案,关于司马迁生年的考证,最直接的资料来自唐代司马贞《史记索隐》、张守节《史记正义》。《太史公自序》云:"(司马谈)卒三岁而迁为太史令。"司马贞《索隐》在这一句下注云:"《博物志》:太史令茂陵显武里大夫司马(迁),年二十八。"这一年是元封三年,即公元前 108 年,司马迁"年二十八",郭沫若先生据此推算,司马迁当生于汉武帝建元六年,即公元前135 年。

司马迁当了五年太史令,汉武帝改元太初,张守节的《正义》就在"五年而当太初元年"下加案语说:"案:迁年四十二岁。"太初元年是公元前 104 年,司马迁"年四十二",王国维先生据此推算,司马迁当生于汉景帝中元五年,即公元前145 年。

王国维先生在《太史公行年考》中认为后人引用《博物志》所载"年二十八"应是"年三十八"之误。因为古籍中"二、三、四"与" 廿、卅、卌"常常发生讹误。

许多研究者认为,《正义》出现在《索隐》之后,《正义》对《索隐》有申明处、驳斥处,或不申不驳而别立新义。如果《索隐》是"二十八",《正义》肯定要驳斥的,而现在的《正义》没有驳《索隐》,这就证明《索隐》是"三十八",所以,《正义》据此推断作史之年为"四十二岁"。还有学者在日本人水泽利忠《史记会注考证校补》中发现日本南化本《史记》之《索隐》作"年三十八",为《正义》说找到了版本根据。所以,多数研究者都肯定了王国维先生的数字讹误说。

问:两千多年的历史如大江东去,浪淘尽,千古风流人物。而司马迁历两千载,在历史的星空下依然璀璨,您认为是什么使司马迁成为史学界的骄子巨人,名垂青史?

答:司马迁作为一个史学巨匠,得益于他所处的时代。汉武帝是一位雄才大略的国君,武帝时代是历史上的一个重要的转折点,整个汉帝国从此走向了大一统,走向了鼎盛。而司马迁恰恰生活在这样的时代,这个时代的政治、经济、文化、思想等与他息息相关。在这样的文化土壤上产生的《史记》,无疑也深深地打上了时代的烙印。正如李长之先生在《司马迁之人格与风格》一书中所说:"汉武帝之征服天下的雄心,司马迁表现在学术上。天人之际、古今之变、一家之言,这同样是囊括一切的,征服一切的。武帝是亚历山大,司马迁就是亚里士多德。这同是一种时代精神的表现而已。"

同时,司马迁有一种强烈的历史使命感。秦王朝虽然在政治上一统天下,为文化的综合奠定了基础,但真正系统综合的任务却落到了汉朝人的肩上。正如《太史公自序》载司马谈临终前的遗言曰:"自获麟以来,四百有余岁,而诸侯相兼,史记放绝。今汉兴,海内一统,明主贤君忠臣死义之士,余为太史而弗论载,废天下之史文,余其惧焉,汝其念哉!"这种历史的使命感,再加上司马迁对大一统社会充满自豪感,领受了宏阔昂扬的时代精神,使他自觉担当起完成《史记》的重任,实现了中国文化的一次历史性的大综合。

司马迁的思想、精神、人格的力量是令人震撼和感叹的。尤其是在遭受一场李陵之祸以后,世态的炎凉,酷吏的残暴,社会的不公,使他的心灵受到了极大的震撼,对人生、对社会有了更深层次的认识,虽然奇耻大辱令他痛不欲生,想一死了之,但是,《史记》还没有完成,他必须坚强地活下去,并以惊人的毅力完成了《史记》。司马迁在《史记》中记录了众多坚忍不拔、战胜挫折的历史人物。对这些人物的真实记述,给《史记》增添了悲壮色彩和生命力量,千载而下,仍让人激动不已。

问:作为司马迁的代表作,《史记》和司马迁同样永垂青史,为后世文人所歌颂,您认为《史记》作为一部巨典,它的辉煌在哪里?

答:司马迁创作《史记》,是对中华民族3000年历史文化的全面系统清理总结,其气魄之宏伟,识力之超人,态度之严谨,罕有其匹。《史记》构成一种范式,奠定了传统史学的基业,后世丰厚著述,沿波讨源,莫不宗于此。《史记》一书,上起黄帝,下迄汉武帝,述史3000年,贯穿古今,包罗万象,诸如政治、经济、文化、民族社会以及自然界的星象、历法、地理、水利等无所不备。它是一部百科全书式的巨著,而不是单纯的史书;它虽然记载的是历史,但对今天社会仍有现实意义。《史记》留给后人的不仅仅是一本书,而且是一种巨大的精神财富。

《史记》展现的不仅是宏伟广阔的历史和社会画卷,而且内容深刻。司马迁把中华民族的历史追溯到黄帝时代,树立了黄帝是中华民族祖先的旗帜,从此,中华民族有了自己的完整谱系。同时,《史记》一书借历史人物来展现民族的发展和民族精神,这种民族精神具有永久的生命活力。

有些研究者将《史记》的人文精神概括为六个方面:浩大弘毅的"君子人格";建功扬名的入世精神;强烈的人格自尊精神;舍生取义的牺牲精神;言必信、行必果的社会信义精神;呼唤人间真情的人道主义精神。从总的方面看,《史记》中所体现的大一统思想、中华民族皆为黄帝子孙的思想,所表现的爱国思想,等等,都对当今社会有积极意义。

问:您认为《史记》产生的社会条件是什么?

答:大一统的社会为《史记》的产生提供了现实的土壤。秦王朝统一天下,本应对前代的历史做一次系统的总结,为大一统的社会服务。但由于秦王朝在文化上实行极端措施,"燔灭文章,以愚黔首",不仅毁灭了前代文化,本朝的文化也一片荒凉。而且,秦王朝存在时间不长,还没有来得及总结前代的历史教训,自己就先灭亡了。汉朝建立后,百废待兴,主要精力用于恢复生产,发展经济,文化上的事还未详细考虑。到了汉武帝时代,全国一统,政治稳定,经济繁荣,于是大规模的学术总结开始了。董仲舒治《公羊春秋》,提出"罢黜百家,独尊儒术"的主张,目的在于从政治思想上统一天下。此时,司马迁《史记》的诞生就是适应了这样的时代要求。同时,司马迁作为太史令,有条件阅读皇室官家的藏书,这为《史记》的创作提供了必要的史学参考素材。

问:您觉得是什么让《史记》带上了独特的艺术魅力?

答:是司马迁独特的个人经历和深刻的人生体验。当司马迁为实现理想而奋斗时,一场李陵之祸临头,使他陷入逆境之中。他的人生之路遇到了艰难挫折;而且,作为社会来说,汉武帝时代在盛世背后的各种矛盾也已露出端倪,加之长期对外战争,造成了大量的悲剧。因此,无论时代还是个人,又都具有悲壮的一面,这为《史记》灌注了一种悲壮的情调,造成了《史记》独特的情韵基调,我们从中感受到的不是干巴巴的历史,而是司马迁对现实的深刻认识,是司马迁人生体验的真实写照。

问:《史记》与后世其他的史学著作相比较,有什么不同点?

答:《史记》决然不同于一般的历史资料汇编,而是司马迁对3000年历史的深刻反思。"究天人之际,通古今之变,成一家之言",这是站在汉代现实的制高点上,审视历史,审视现实。这种审视,不是戴了官方的有色眼镜,而是以自己独特的人生体验为基础,对历史做出纵横捭阖的评说,使《史记》成为一部具有哲学意义的著作,更具思想性、现实性,更具有永久的魅力。

问:对历史人物的忠实理解其实也是对历史人物的尊重。"风追司马"活动想要还原一个真实的司马迁,并展现给大众。您认为宣传活动中应注意些什么问题?

答:应该避免对司马迁美化拔高的倾向。在《史记》研究史上,20世纪50年代曾出现了过分拔高、美化的倾向,有人认为司马迁的著作"充满了人民性,处处从人民立场上来评价历史人物和历史事件",甚至把司马迁赞誉为"人民的歌手"。近年来的研究也存在美化和拔高的倾向,主要是以今人的思想去解释、改造司马迁的思想,把司马迁现代化。我们应该看到司马迁的《史记》中有许多创举,例如民族思想、天人思想等都具有进步的方面,但也要看到司马迁的思想带着一个时代不能摆脱的局限性。例如,司马迁在评价人物时,往往带有个人的感情色彩,尤其是对法家人物的评论,如对商鞅、吴起、李斯等均有认识上的偏颇。司马迁之所以如此,与其不幸遭遇有密切的关系。有些研究者对司马迁的这些缺点视而不见,称赞司马迁在评价历史人物时不被个人情感所左右等等,这样的称赞显然不符合实际。我们对司马迁进行研究,必须把他放在当时的社会环境中去认识,这样才能得出比较公允的结论,而不是过分的美化和拔高。本次活动,我们也应以实事求是的态度宣传司马迁和《史记》,使大家认识一个真实的司马迁。

问:如何正确看待司马迁的思想矛盾及局限性?

答:对于司马迁的思想矛盾和局限性,应该走出"为尊者讳"的误区。司马迁是世界文化名人,所以有些研究者回护司马迁,不能正视司马迁的思想矛盾和局限性。如司马迁为李陵辩护的问题。李陵是汉代名将李广的孙子,天汉二年,他率兵攻击匈奴,兵败投降,朝廷上下为之震惊。司马迁认为李陵有国士之风,不得已而降敌,是等待时机以报汉朝。李广是司马迁笔下的理想人物,其不幸遭遇又为司马迁所同情,爱屋及乌,司马迁同情李陵也是可以理解的。但司马迁为李陵辩护,夸大他的战功,局限性是很明显的,我们不应为之掩饰。当然,也不能因此就认为司马迁该受宫刑,汉武帝的专制残暴也是应该受到斥责的。从历史事实看,李陵兵败,汉武帝确有一定的责任,但兵败与降敌是性质不同的两码事,不应混为一谈。至于把降敌者称赞为忠君思想的反叛者,这已经是走向极端了,这样的翻案是不可取的。研究者同情司马迁的遭遇,这是可以理解的,但应承认司马迁在李陵问题上的不足。

其实,司马迁的思想存在一些局限性,是很正常的,我们承认这些不足,并不降低司马迁在中国及世界文化史上的地位。司马迁当年尚且能"不虚美,不隐恶",我们今人难闻道就做不到吗?

问:您认为《史记》研究如何与当今现实的社会生活相结合?

答:现在《史记》研究中存在的问题是学究气十足而现实生活气息不浓,大众化不够。一些人把对司马迁和《史记》的研究当成书斋里的研究,是学者们的事情,却没有看到司马迁和《史记》在群众中的地位。比如,在司马迁的故乡韩城,司马迁早已深入人心,"跑台子戏""太史赛""二月八庙会"等民俗都与司马迁有关。而且他们还总结出"司马迁精神"共八条:热爱中华,首倡大一统的爱国精神;好学深思,发愤读书的向上精神;调查研究,勇于探索的求实精神;忠于职守,为国为民的奉献精神;著书立说,锐意创新的开拓精神;秉笔直书,不畏艰险的拼搏精神;义利结合,兴国富民的改革精神;注重道德,讲求节操的育人精神。这种对司马迁的敬仰之情,是值得钦佩的。实际上,司马迁和《史记》研究如果失去了大众化,就失去了现实的土壤,也就失去了学术研究的生命力。

司马迁和《史记》研究与现实相结合,还有一些具体的方法,例如创办有关的文化实体。目前,陕西韩城正在筹划修建的"史记城",集历史知识、娱乐、餐饮为一体;同时筹建的"史记碑林",集历史、书法、雕刻、绘画于一体。这些既是普及《史记》的举措,同时又是具有经济效益的实体。司马迁和《史记》是一个非常有文化内涵的品牌,打出这个文化品牌,可以为社会服务,产生一定的经济效益。

问:您认为当地应该如何利用这一文化品牌?

答:陕西,特别是韩城应该意识到,司马迁和《史记》是历史留给我们的一笔丰厚的无形资产,对于司马迁和《史记》这一文化品牌,我们要珍惜它,爱护它,同时还要利用它,宣传它。目前,在韩城已经有了司马迁中学、司马迁专修学院、司马迁图书馆,在经济大潮中树立起了自己的形象。我们还可以利用司马迁的品牌进行更深广的开发利用。当地也可以用这一品牌发展旅游业,充分利用好现有的司马迁祠和墓、徐村的汉太史遗祠,并修复一些与司马迁有关的遗址,比如,传说司马迁幼时读书的司马书院、司马迁祖辈的坟墓等,还有黄河(龙门)、韩城文庙、党家村民居等,将这些景点串联起来,使旅游者在游览中也受到教益。

问:您对司马迁和《史记》宣传普及的范围和程度,有什么样的看法?

答:大致来说,普及应该有三个层次。第一层次,是普及《史记》的人物、故事、内容等,宣传司马迁其人,让更多的人知道司马迁,知道《史记》。不仅要让中国人知道,而且要让世界上其他国家的人也知道。第二个层次是司马迁的精神、人格、思想、《史记》价值的普及,但普及不能停留在《史记》故事这样的层面上。如果不了解司马迁的精神和《史记》的价值,只知道《史记》的几个故事,显然是很不够的。第三个层次是研究成果的普及。《史记》研究成果,对司马迁和《史记》挖掘较深,但如果只放在图书馆的书架上,还是不能发挥它的社会效益,应该尽量将研究的成果通俗化,普及到更广的领域中去。

问:关于《史记》的最新研究成果,可以做一下介绍吗?

答:《史记》研究近年来取得了可喜的成就。仅 2005 年来说,最令人注目的是中国史记研究会推出《史记研究集成》大型丛书。由张大可、安平秋、俞樟华三位先生主编。该丛书共14卷,498万字,系统总结了《史记》问世两千多年来"史记学"的发展状况、内容及历程,囊括了古今中外《史记》研究成果方方面面的精华,尤其着重于对《史记》全书内容和蕴含思想的阐释。参编人员大多为当代《史记》研究专家。第1卷,《司马迁评传》,张大可著;第2卷,《史记通论》,安平秋等著;第3卷,《史记题评与咏史记人物诗》,韩兆琦、张大可、宋嗣廉著;第4卷,《史记论赞与世情研究》,张大可、梁建邦著;第5卷,《史记精言妙语》,张大可辑释;第6卷,《史记集评》,杨燕起、陈可青、赖长扬汇辑;第7卷,《史记人物与事件》,王明信、可永雪著;第8卷,《史记史学研究》,阎崇东著;第9卷,《史记文学研究》,可永雪著;第10卷,《司马迁思想研究》,王明信,俞樟华著;第11卷,《史记文献与编纂学研究》,张大可、赵生群等著;第12卷,《史记版本及三家注研究》,张玉春、应三玉著;第13卷,《史记研究史及史记研究家》,张新科、俞樟华等著;第14卷,《史记论著提要与论文索引》,俞樟华、邓瑞全主编。这套丛书是我们继续深入研究司马迁和《史记》的一个非常好的基础。

我们曾经有过一种尴尬,敦煌在中国,但敦煌学却在国外。从这个意义上讲,司马迁在陕西出生,在陕西做官,在陕西创作《史记》,所以陕西相关各级政府、陕西文化界、陕西的各种传媒应该为研究、宣传司马迁和《史记》负起更大的责任,做出更大的贡献。

《相约启夏》专题节目①
——访第五届省级教学名师奖获得者、文学院张新科教授

片头词：

　　作为一名学者，他师从霍松林、项楚两位权威，治学严谨，多年来潜心研究，笔耕不辍，在学术上建树颇丰。

　　作为一位教授，他长期承担本科教学任务，坚持讲授基础课，教学效果良好，深受学生欢迎。在2009年第五届陕西省普通高等学校教学名师奖评选活动中，他更是获得了省级教学名师的荣誉称号。

　　今天，请跟随我们《相约启夏》专题节目，一起走进第五届省级教学名师奖获得者、文学院副院长、博士生导师张新科教授。

　　记者：张教授您好！我们获知您近期获得了省级教学名师这一称号，为文学院乃至全校争得了荣誉，在此，我们新闻中心校园广播全体工作人员向您表示衷心的祝贺。

　　张新科：谢谢大家！

　　记者：教学名师评选是高等学校质量工程的重要内容之一，是鼓励教授上讲台，提高高等教育教学质量的有效途径。您能够结合此次获奖经历谈一下获

---

① 2009年10月，陕西师范大学广播电台，记者陈嫚整理。

奖感想吗？您认为这对推进我校教学工作的发展有何意义呢？

张新科：获奖是一种荣誉，但更多的是一种压力。它既是对过去工作的肯定，同时又对今后的工作提出新的更高的要求。教书育人是教师的天职，最终目的是为了学生，使其成为国家的栋梁之材。"教书"的前提是教师自己要有丰富的知识和不断创新的能力；"育人"的前提是教师自己要有高尚的品德和远大的追求，给学生树立做人的榜样。因此，我将继续努力，把工作做好。

至于说获奖的意义，我觉得主要有两个方面：一是起带头作用。毕竟作为教授教学时间长，经验较丰富，教授上讲台可以起一定的带头作用，给青年人树立良好的榜样。二是起动力作用，鼓励自己朝着更高的目标不懈努力。

记者：据悉，高等学校教学名师评选活动具有评选项目多、指标高、要求严等特点。为了进一步激发青年教师提高工作能力和业务水平的积极性，能请您谈一谈广大青年教师在教学授课及科学研究方面努力的方向吗？

张新科：教学名师的评选是对教师的综合考评，包括教学、科研、教书育人等方面。我认为，教师不是单纯的教书匠，而是人类灵魂的工程师，是学生的良师益友。要搞好教学工作，当好一名教师，最重要的要有"四心"：一是责任心。对工作既满腔热情，又一丝不苟。忠于职守，爱岗敬业，有责任感、使命感，把培养人才作为自己的天职。二是关爱心。对学生既严格要求，又关心爱护。要与学生做朋友，零距离接触，多交流，多谈心。学生有他们的思维，有他们的思想，这些思想的火花，也有助于教师发现新课题，即"教学相长"。三是上进心。既当教师又当学生，加强学习，不断上进。"教，然后知不足"，对教师来说，教的过程，是知识的不断更新与扩展的过程。为了解决教学科研中的疑点、难点问题，我们必须不断学习新的知识、新的理论、新的思想，培养自己的创新意识和能力。四是耐久心。对工作、对学生，都要有足够的心理准备。对工作不能忽冷忽热，而应始终坚持认认真真的工作作风，即使遇到困难也不气馁，不后退；对学生诲人不倦，耐心帮助，用心血培育学生。

记者：温总理在 2007 年教师节会见教师代表时指出：教授、院士要上课堂，给学生讲基础课。您从事中国古代文学多年，承担了本科生"先秦文学""两汉文学""魏晋南北朝文学""中国古代文学作品选"等基础课的教学，并开设"先秦两汉散文研究""史记研究""中国古典传记研究"等专题课，那么，能请您结合自身工作,阐述一下教授承担本科教学任务,讲授基础课程的重要性吗?

张新科:教授给本科生上课,重要性在于:教师本人自身能得到不断提高,在教学中发现问题,进行研究,为了不断提高教学质量,经常吸收新知识,掌握本学科的最新研究动态,充实教学内容;就学生来说,他们渴望有高水平的教授上课,不仅向他们学知识,而且学做人。这就对教师提出了更高的要求,更需要以身作则。

正因如此,我不仅注意课堂教学,而且注意课外对学生的辅导。2005 年以来,主持"中国古代文学"课程建设,结合教育部本科评估以及质量工程要求,大量收集资料,建立课程网站,不断补充和完善教学内容以及教学课件。经过三年的努力,终于在 2008 年同时获得陕西省和国家级精品课程。本课程网站内容丰富,为学生课外学习提供了便利,同时也形成了一支颇有实力的古代文学学科教学团队。

教学水平的高低,与科研有很大关系。因为高校教师的教学,不是单纯地讲解课本知识,还应该有教师自己研究的心得,与学生进行交流。而且,还应该全面掌握本学科的发展方向,对每一问题的研究历史和现状有详细的了解,把本学科最新的学术研究动态介绍给学生,激发学生学习的兴趣。教学与科研、教师与学生,都是一种互动关系,互为因果,互相促进。

记者:您在做好教学工作的同时,也积极进行科学研究,在《史记》与中国传记文学研究方面取得了令人瞩目的成绩,形成以研究唐前史传文学为重点的学术特点。2008 年 11 月,您作为陕西师范大学代表团主要成员在日本名古屋大学进行了学术交流和考察。您的论文《〈史记〉在日本的传播与研究》,被收入了陕西师范大学和名古屋大学国际学术会议论文集。那么,能请您简要介绍一下《史记》这一被称为"史家之绝唱,无韵之离骚"的中国古典典籍在日本的传播与研究情况吗?

张新科:说到我个人的研究方向和研究特色,近年来主要在《史记》研究方面下了较大的功夫。你让介绍《史记》在国外的研究情况,我可以简单地作回答。

《史记》从隋唐时期传入日本,对日本的政治、文化、教育等产生很大影响,《史记》传入日本后,很受重视,据日本史书记载,推古时代以来,历代天皇都有攻读《史记》的风气。此外，为了培养大批了解外国的政治人才，日本朝廷曾将数百"传生"组织起来专攻《史记》等"三史"，与此同时，日本皇室还经常将《史记》作为赐品赐给府库，以供政府文武官员学习研究，到了奈良、平安时代，《史记》还被正式列为宫廷教科书，甚至僧侣也读《史记》。

在日本，读《史记》者多，研究《史记》的人也不少，已经形成一支实力强大的《史记》专门研究队伍。日本《史记》研究有几个突出特点：第一是普及面广泛。各个阶层的人都读《史记》，甚至作为教科书，这对我们也是很有启发。第二是资料整理成果突出。日本对《史记》资料的整理，可分为两类：一类是书目解题性的，另一类是汇注汇评。第三是对某些问题的研究很有深度，善于从材料出发，甚至于开展田野考察，研究问题。第四是对《史记》研究史的总结，如池田英雄的《史记学50年》等。

记者：再次感谢您接受我们的采访。愿您工作顺利，身体健康！

张新科：谢谢！

片尾词：

充分发挥教学名师教书育人的示范带头作用，有利于促进我校教学工作的进一步发展，同时，也有利于不断提升我校的高等教育教学质量。张新科教授长期坚持基础课程的教学工作，以其独特的人格魅力、渊博的学识、深厚的学术造诣、丰富的教学经验，为学子们的求学生涯点亮一盏又一盏的明灯。让我们一起祝愿他在今后的工作道路上越走越好！

教书育人　师者天职①

勤勤恳恳学习,踏踏实实积累,仔仔细细钻研,认认真真教书。

——张新科

岁末年初,陕西师范大学校园里的蜡梅在寒风中绽放着冬日的美丽。循着一路幽香,在师大银杏坡旁的学术活动中心,我约见了师大文学院博士生导师、2009 年"陕西省教学名师"张新科教授。尽管时值隆冬,与张新科教授两个小时的交谈,如沐浴春风。一脸和蔼、平易近人的他,像平日讲授中国古代文学一样引经据典、娓娓叙来,笔者深深感受到这位教书育人和潜心治学的学者的非凡魅力,亦如窗外绽放的蜡梅,香气扑面而来。

在三尺讲台上播撒知识与智慧

1986 年,张新科硕士毕业后留校任教,到现在,在讲台上已经站了 24 个年头。作为文学院的副院长、国务院学位委员会中国语言文学学科评议组成员、国家重点学科中国古代文学学科负责人,无论社会活动多忙,科研任务有多重,张新科始终坚持站在教学第一线,为本科学生上课。他先后给学生讲授"先秦文学""汉魏六朝文学""中国古代文学作品选""中国古代公文选"等基础课,并结合自己的专业方向,开设了"史记研究""先秦两汉散文研究""中国古典传记

---

① 记者石萍、陈力,《教师报》2010 年 1 月 13 日,《陕西师大报》2010 年 1 月 15 日。

研究"等专题课,同时,给研究生开设"先秦汉魏六朝文学研究""中国文学研究通论"等课程。"张新科老师深受学生喜爱,有极强的教学热情和自觉意识,主动承担一线教学任务,并撰写了大量高水平的教学论文,是名副其实的名师。"文学院副院长程世和教授给予他很高的评价。

教学中,张新科针对不同层次、不同专业学生采取不同的教学方法,取得了很好的教学效果。2009级中文基地班吴思博说:"张老师的课条理清楚,易懂但传达的信息量大,课堂气氛十分好。在讲《城濮之战》一课时,张老师语言富有感染力甚至有些激动,讲解不仅仅局限在对文本内容和语言的解读上,更采用了各种方法对文章的精华和思想进行了阐释与升华,使我们深刻地体会到儒家思想对道义的强调。"张新科讲求教学艺术,善于与学生沟通,重视学生的效果反馈,学生对此赞不绝口。2006级汉语言文学专业师贞元说:"张老师备课认真,讲课时旁征博引。他尤其注重以互动式教学启发学生,讲解古诗时,他先让学生朗读、分析,再让学生们讨论,最后自己做点评和补充,使我们的知识与能力都得到极大的提升。"课堂之外,张新科也非常重视对学生的辅导,2005年以来,他主持古代文学课程建设,结合教育部本科评估以及质量工程的要求,建立了课程网站,不断完善和补充教学内容和教学课件。经过三年的努力,在2008年同时获得了国家级和陕西省精品课程奖项。该课程网站内容丰富,为学生课外学习提供了便利。

在长期的教学工作中,张新科对如何"为人师"有着独特和深刻的体悟。他认为,做一位好老师,最重要的是要有"四心"。首先是"责任心",他以为教书育人是为师者的天职。他说,为师者"传道受业解惑","受业解惑"是基本工作,"传道"包蕴广泛,传播思想,传播文化,更要传播做人的道理,引导学生追求高层次的思想境界。要成为好老师,首先必须为人榜样,要"立德",具备崇高品质。其次是"上进心",为了解决教学科研中的疑点和难点问题,他不断学习新的知识、理论和思想,培养自己的创新意识和能力,既当老师又当学生。再次是"关爱心",他对学生既严格要求,又关心爱护,与学生做朋友,零距离接触,经常交流和谈心。最后是要有"耐久心",对工作和学生都有足够的心理准备,始终坚持认认真真的工作作风,即使遇到困难也不气馁和后退,对学生诲人不倦、耐心帮助和用心培养。他的博士生侯立兵和陈莹在博论文开题时,选题上都存在着惶惑和困难,他从学生的实际出发,给予他们合理的建议。两人的博士论文从选题到最后的完成,每一个环节都得到了他悉心的指导和帮助,两篇数十万字的论文经过他多次通读、指正、修改,最终分获全国百篇"优秀博士论文"提名奖和校级"优秀博士论文"。

在传记文学研究中光大生命的意义

张新科是地地道道的农家子弟,父母亲都是种地的,因此,无所谓家学渊源,但父母亲吃苦耐劳的精神却给了他极大的影响。1979 年他考入陕西师范大学中文系,1983 年考上中文系古代文学专业研究生,师从王守民先生学习先秦两汉魏晋南北朝文学,从此,走上了学术研究的道路,并对以《史记》为代表的史传文学产生了浓厚的兴趣。1995 年,张新科开始攻读博士研究生,师从海内外著名学者、古典文学专家、文艺理论家霍松林教授。"这是我学术道路上的一个重要转折点。霍先生知识渊博,治学严谨,常常教诲我们,做学问首先要端正学风,科学是讲求实际的,来不得半点虚假,也没有捷径可走,不能偷懒,必须老老实实,一步一个脚印。并要求我们多读原著,掌握大量的第一手资料,厚积而薄发。"

"真正做学问的人,研究问题要以兴趣为基础,并结合现实,解决实际问题。我之所以选择史传文学研究,因为史传散文是历史与文学的双重典范,不仅对个人提升有价值,也体现出整个民族的精神与历程。"张新科在艰辛的学术之路上执着坚守,二十几年如一日,甘坐冷板凳,经过不懈的努力,最终收获了丰硕的成果,先后出版了《史记研究史略》《中国古典传记论稿》《〈史记〉与中国文学》《唐前史传文学研究》《史记学概论》《文化视野中的汉代文学》等著作,在《文学评论》等刊物发表学术论文 60 余篇,逐渐形成了以研究《史记》与唐前传记文学为重点的学术特色,受到学界肯定。诚如程世和教授所说:"科研上,张老师十分严谨,功底扎实,时时有自己的计划,术业专攻,在史传文学尤其是在《史记》研究上颇有造诣和影响力。"

尤其值得一提的是,张新科的《史记学概论》一书有着"宏阔而严密的理论构架""开放又切实的学术视野""精细和准确的成果梳理"和"积极且有效的指导性价值",颇受好评。中央社会主义学院的张大可教授称其"第一次构建了'史记学'的模式与框架,是一部开创性的著作,填补了一项学术空白,奠定了'史记学'的理论基础",是"时代的产物",将"推动《史记》研究深入发展,减少盲目性,增强科学性"。2005 年、2007 年此书先后被评为陕西省高校人文社科优秀成果一等奖、陕西省人民政府第八次哲学社会科学优秀成果二等奖。

张新科坦言,在学术研究过程中会常常遇到难题或瓶颈,比如自己想到的一些比较好的课题,却长时间无法研究得透彻。在这种情况下,他总是坚守自己的阵地,绝不"朝三暮四",坚持打"持久战",通过多阅读、多交流、多请教、多思考,使问题最终得以解决。他特别注重向师友请教,他认为这样可以避免不少研究误区,使自我学术水平得以快速提升。

淡泊荣誉　关爱学生

不论在教学上,还是科研上,张新科都收获颇丰。但他始终保持一颗淡定、坦然的心。在谈到他所取得的一系列荣誉时,张新科非常谦虚地说:"学校有许多优秀教师,我觉得自己只是很幸运,遇到好的机遇罢了。"对于获得第五届陕西省高等学校教学名师奖,他看得很坦然,也很淡然,"这并非我个人的荣誉,是学校、学院的荣誉。"这个荣誉对他而言,是对过去教学工作的肯定,更是一种压力,敦促他不敢停歇,不断向前。

在张新科心目中,学生始终是最重要的。在忙于教学、科研、管理之时,他始终热切地关注爱护着自己的学生。2007级硕士生储敏说:"张老师身为博导,还担任行政职务,但丝毫没有'架子',和蔼可亲,对我们关爱有加,时时叮嘱我们要保持身心健康。"在采访结束时,张新科不忘给年轻学子建议:作为学生,尤其是文学专业的学生,要处理好公共课与专业课的关系;处理好课内与课外的关系;处理好理论与实践的关系。在读书与研究上,一定要多读原著,做好读书摘录,写心得体会,善于积累;要有整体意识,上钩下连;灵活运用对比与资料统计等方法;要掌握学术前沿与动态,不拘泥于已有知识。

人物档案

张新科,男,陕西眉县人,生于1959年8月。师从霍松林、项楚等著名学者。1986年起开始在陕西师范大学文学院执教,1998年7月晋升为教授。现任陕西师范大学文学院副院长,博士生导师,国务院学位委员会中国语言文学学科评议组成员,国家重点学科中国古代文学学科负责人。兼任中国《史记》研究会副会长、中国古代散文研究会副会长、陕西省司马迁研究会副会长。2003年被评为陕西师范大学"教学标兵",2009年被评为陕西普通高等学校"教学名师"。

山东大学学生记者的采访①

在《文史哲》创刊 60 周年纪念大会期间,记者采访到了前来参会的陕西师范大学文学院副院长、国务院学位委员会中文学科评议组成员、中国《史记》研究会副会长、中国古代散文研究会副会长张新科教授。

记者:您是通过怎样的途径接触到《文史哲》的?

张新科:上大学期间,《文史哲》杂志就是我经常看的刊物,当时是作为一名读者。后来我做课题研究,《文史哲》杂志又是我很多参考资料的来源。

在 20 世纪八九十年代,我为了写《史记研究史略》,查阅了《文史哲》20 世纪五六十年代刊登的很多文章。当时,一大批学者在上面发表了很多重要的文章。所以,我在《史记研究史略》中还特别提到了《文史哲》。

在 2001—2002 年之间,我给《文史哲》投了第一篇研究《史记》的稿子,当时的副主编寇养厚老师是责任编辑,对我的文章给予了许多肯定和修改意见。自此,我成为《文史哲》的作者,和《文史哲》建立了长期的关系。

近年来,我指导的一位博士和一位博士后的论文也投稿到《文史哲》,编辑部非常认真地提了很多修改意见。《文史哲》坚守"学者办刊,造就学者"的原则,所以在"扶持新人"方面做得非常好。

---

① 《一位陕西师大教授的〈文史哲〉情缘》,学生记者:周美霞、朱松梅,刊于《山东大学报》2011 年 5 月 10 日 C 版。

从我个人的经历来看，从学习、到参考、到成为作者，我始终与《文史哲》有着密切的联系。编辑部的老师都很认真，有问题需要修改时，都会把校样邮寄给作者修改。他们做了大量工作，我非常钦佩——他们不论年长的还是年轻人都很认真。

记者：您认为《文史哲》在整体上是怎样的一本杂志？

张：用两句话可以概括它：一是彰显人文精神，二是引领学术潮流。《文史哲》里都是学术文章，但是要体现人文精神，把思想呈现出来。它自创刊就开展了一系列学术大讨论，引领了学术潮流。从20世纪五六十年代到现在的高端讨论，《文史哲》总是引领者而非跟随者。它以自身的质量引领学术，在全国同类刊物中树立了典范。

记者：您从《文史哲》中有哪些获益呢？

张：做学术研究要对学术界动态、潮流有认识，即把握你研究的课题是否是最前沿的，这就要求你关注专业期刊。《文史哲》是引领学术潮流的，文章具有原创性，所以在众多学术期刊中是我必看的。

就我个人的研究来看，一是先秦两汉文学，《文史哲》在辞赋研究方面非常突出；二是《史记》，《文史哲》关于《史记》研究也发表了大量文章；三是儒学、经学研究，《文史哲》关于此也有着突出的特点。所以说，我个人这三个方面的研究都获益于《文史哲》。

记者：您现在也承担着教学任务，《文史哲》与教学之间有没有什么关系？

张：教学和科研是互动的关系。不可能纯粹为了科研而科研，或者为了教学而教学。通常是通过教学发现问题，再进行思考研究，反过来促进教学。

《文史哲》对教学有两个方面的意义。一是我平时常常向学生介绍《文史哲》，鼓励他们阅读学术刊物，提高科研兴趣。二是我通过阅读《文史哲》了解学术动态，促进研究，从而促进教学。只有不断研究，才能更新教学内容。

记者：您与《文史哲》编辑部有着怎样的学术思想的交流？

张：最早副主编是同寇养厚老师。他是研究中国古代文学的，有着一丝不苟的精神,对古典文学的看法深刻、独特。寇老师去过陕师大讲治学方法,我听了也是很受启发。

再者,周广璜老师是现在的副主编,也是对工作非常认真的人,是一位辞赋研究方面的学者。除了工作,在学术方面我们交流得也比较多,一起参加辞赋研究会议,他的学术观点给我启发很大。《文史哲》现任主编王学典老师,我久仰大名,但直到去年才见面。在交谈中我感到他眼界开阔,对整个"文史哲"学术界眼光远大。有一次我跟王学典老师一起交谈,他问我觉得中国古代文学的趋势是怎样的,存在什么问题。我谈了我的想法之后,他就告诉我可以写成文章,在《文史哲》发表。

文学编辑刘培也跟我交往较多,他也是研究辞赋的。我们一起参加了多次散文会和辞赋会,他是很年轻的学者,学术眼界也很开阔。

《文史哲》秉承"学者办刊"的宗旨,有了这些学者工作人员,《文史哲》的质量就不会差。因为如果编辑对学术前沿不了解,就无法判断稿子是否能用,刊物就肯定办不好。我个人认为《文史哲》编辑部人员的特点有:学术视野宽;工作积极主动;爱护刊物,珍惜刊物,把《文史哲》当作自己生命的一部分。所以《文史哲》在学界的影响很大。

记者:您主要研究先秦两汉魏晋南北朝文学,您觉得这对现代社会有什么实用性?

张:学术研究有些与现实密切相关,还有一些不能立竿见影,尤其是人文学科,在铸造精神、引领思想方面的作用是潜移默化的。人们常说,读文学作品可以陶冶情操、提高审美能力。

我研究的是中国古代文学,它对今天的文化仍有重大的意义。一方面,要建立一种新文化不能丢掉旧文化,古代文化中有很多精神,如屈原的爱国主义精神,司马迁忍辱负重的不屈精神,等等对当今社会也有意义。另一方面,古代文化对当代社会也有直接的作用,如文化产业建设,需要通过文化研究来发现其价值,论证其价值,这就需要对古代文化的研究了。比如河南的清明上河园,就与《清明上河图》密不可分。所以说,现实中的文化要发展也靠对古代文化的认识和研究来发掘。古代文化对现实的作用既有直接的也有间接的。

宁夏师范学院学生记者的采访①

学生记者:张教授,您在自传中讲您出自一个农民家庭,那么您对我们无家学之渊源的农家子弟有什么建议?

张新科教授:对于每个学生来说走的路都会有所不同,一些同学有家学渊源,他们的祖上、前辈上过学,有文化,有知识,这就是所谓的书香门第,一代一代传承下来,让他们从小就感受一种文化氛围,受一种文化的熏陶。这样对学习乃至以后的工作都会有好处,用现在的话来讲就是:先天性就比较好一点。然而我们大多数人实际上还不是这样的,都出身于普普通通的家庭,接受教育,最后考入大学,这就是我们常说的路在脚下,脚踏实地地走下去,没有先天的优势只能靠自己的努力。在老师的引导下不断往前走。以目前的情况看,大部分的学生是这样的,这也没什么可自卑的,完全是要靠自己去奋斗。有些先天条件优越的可能会有更好的发展。没有那种基础的,可以不断地往前走,慢慢地也会找到自己的路。

学生记者:那是否可用您的治学格言来概括,就是勤勤恳恳学习,踏踏实实积累,仔仔细细钻研,认认真真工作。

张新科教授:我认为是这样,我总结的这样一条路,确实我们每个人都是这

---

①《对话张新科教授》,学生记者:叶碧清。2013 年 5 月 10 日宁夏师范学院党委宣传部网站,《宁夏师范学院报》第 50 期 2 版。

样,无论如何都要这样踏踏实实的,如果自己不努力,优越的条件也就慢慢失去了。

学生记者:张教授,您在硕、博阶段都是专修了传记文学,在这方面有很深的造诣。是什么力量支撑您一直走下去呢?

张新科教授:因为我研究的专业是古典文学,而在古典文学中讲授的是先秦两汉文学,这个时间段的文学中最有代表性的就是司马迁的《史记》,这可以作为一个突破点,慢慢地阅读大量的中国古典传记、当代的传记。我认为每个人在自己成长的过程中都应该去读一些优秀的传记,因为它们可以给我们传输精神的力量,传记所表现的人文精神给我们一种人生启发,实际上我们在成长过程中都会读一些传记,无论是古代的、现代的、中国的、外国的。我认为传记是与我们人生成长密切相关的东西,传记作品的传主实际上有许许多多的闪光点,这是值得我们学习的,有时候我们要把他作为一种榜样。就拿古代的传记来说,他们身上不仅体现了传主的许多优秀的品质,还体现了一种民族的精神,这样一种精神对我们每个人都有促进的作用,例如:我们读司马迁传,司马迁在逆境中遇到挫折但还是坚持不懈,这样一种精神对我们来说都是有激励作用的。再例如:读屈原传,屈原那种忧国忧民的思想传递我们一种爱国精神。还有些传记他们所写的人物本身就有一种崇高的境界,像范仲淹"先天下之忧而忧,后天下之乐而乐",我们今天仍可以从他身上得到许许多多的启发。所以说传记和我们人生成长都是密切相关的。著名作家傅雷,他翻译了外国的许多优秀的传记,典型的有《贝多芬传》,那些人身上体现出来的力量,傅雷在他的书里面总结得非常好,因此我们应该多读一读传记,从这些伟大人物身上汲取一些力量。

学生记者:您所讲在传记文学研究中光大生命的意义,就是刚才您说的那样吗?那您觉得司马迁在您的人生中是一种引导还是其他的什么?

张新科教授:可以说是一种榜样的力量,就像我们今天所谓的"追星族",那些人像是给我们人生道路上树立了一个标杆、一种榜样。传记里面所写的人有正面也有反面的,或者说有真善美的也有假恶丑的,真善美的这一面对我们有教育有启迪,假恶丑的那样一些东西是我们民族在发展中的一些劣根性,我们今天能够认识它,也会认识到我们民族在发展中的不足。对照着那些人,我们也要检讨自己,就是说那种恶的东西我们肯定要把它摒弃掉。总体来讲它都可以给我们一种启迪。传记和纯历史、纯文学不同,传记既是历史的,也是文学的,是文史结合的典范,可以说读传记就是学习文学、历史一举两得。

学生记者:您对以后的学术研究者有什么期望?

张新科教授:我认为首先要有一种责任感、使命感,也要有一种传承精神,去继承我们民族的优秀文化。

学生记者:在这个物欲横流的社会,我们该怎样静下心来学习呢?您认为我们大学生应该怎么做?

张新科教授:社会的确在不断发展,但是首先我们必须保持清醒的头脑,我们每个人都要练就一种本领。没有本领,在任何时代都无法生存下去,所以说我们都要有一种崇高的思想,每个人都要守住自己做人的底线,不要只是纯粹地去追求利,那样的话我们的人生就没什么意义了。

读懂《史记》^①

——陕西师范大学文学院张新科院长访谈录

《史记》文化具有世界意义

国学周刊:您当初为什么研究《史记》?

张新科:我的教学和科研的方向是先秦两汉文学。在先秦两汉文学中,《史记》是一个很重要的部分。在给学生讲授汉代文学的时候,《史记》是一个重点。司马迁是今天的陕西韩城市人,他也是一个世界文化名人。我想通过《史记》将专业学习和地方文化名人联系起来。实际上,我在本科阶段学习的时候,对《史记》就比较感兴趣。后来上硕士研究生的时候,在王守民先生的指导下,我的硕士学位论文《从〈左传〉到〈史记〉——史传文学写人艺术的发展》,就以《史记》作为主要研究对象。

1985 年,在做硕士学位论文期间,陕西韩城市成立司马迁学会,当时我也去参加了这个会议。从那以后,我对《史记》就更有兴趣了。1986 年硕士毕业后从事古代文学的教学,在教学当中,《史记》是作为一个很重要的部分来讲的。1995 年,我读博士,仍然以《史记》作为一个主要研究方向,所以我后来的博士学位论文写的是《唐前史传文学研究》。以《史记》作为一个核心,再向前向后

① 本文刊于《都市文化报·国学周刊》2014 年 10 月 9 日,后又收入《中国国学院院长访谈录》,李凡著,中国文联出版社 2016 年 9 月出版。

拓展。在这期间,有一些比较重要的学术活动,对于我研究《史记》来讲,影响蛮大的。

1992年,陕西省成立司马迁学会,学会挂靠在我们陕西师范大学。当时,我也是作为学会里面的一个骨干参与了很多事情。到了1995年的时候,陕西省司马迁学会要召开一个规模比较大的国际学术会议,纪念司马迁诞辰2140周年。为了筹备这个会议,计划出版一套《司马迁与华夏文化》丛书。当时为了赶这个会,我写了一本《〈史记〉与中国文学》这样一个小册子。中间还有很重要的一个机会,我和浙江师大的俞樟华老师合作,在1990年的时候,出版了一部《史记研究史略》。这部书是第一部系统勾勒《史记》研究历史的著作,所以人们给它比较高的评价,在当时影响也很大。

到了2000年,中国《史记》研究会成立。这是一个全国性的《史记》学会,是在江苏无锡成立的,学会推选我做副会长。这样我就更有责任,进一步研究《史记》。2003年在《史记》研究方面,出版了一本《史记学概论》,这是第一次对"史记学"这样一个话题做了一个梳理,初步建立起"史记学"的框架结构,许多专家对此予以高度评价。2008年,我对原来的著作《史记与中国文学》进行了修订,增添了许多内容,由商务印书馆出版。2010年,结合我院"211工程"三期建设,赵望秦教授和我一起策划出版了《史记文献研究集刊》(5种20册)。这样不断地积累,为深入研究奠定了基础,终于在2013年,成功申报了国家课题"《史记》文学经典的建构过程及其意义",探讨《史记》从汉代以来人们如何把它作为一部文学经典来建构这样一个话题。同样还是在2013年,做了一个比较大的项目,实际上是对于我们《史记》研究成果做一个集大成的工作,申请到国家社科基金的重大招标项目。这个项目名称叫"中外史记文学研究资料整理与研究"。也就是想把古今中外对于《史记》文学研究的资料做一个系统的整理和研究。在这个基础上,写出一部系统的《史记研究史》。这样的话能够使《史记》走向世界,因为司马迁是世界文化名人。《史记》这样一部书,既是中国文化经典,也是世界文化的一个经典,应该让更多的人来了解这部书。也就是说,从我1985年参加韩城市司马迁学会的成立大会,1986年的硕士论文,1998年博士毕业论文,一直到现在的一个大的收尾工程,这样的话,能够对自己这么多年来《史记》研究的成果做一个总结。大体上就是这样。

国学周刊:您做了这么多年的《史记》研究后,认为对《史记》该如何解读?

张新科:《史记》首先是一部历史著作,同时它又带有一些文学的特点,是文史结合的典范著作。拿"二十四史"来说,《史记》是最具有文学性的,还有后来的《汉书》《后汉书》《三国志》,"前四史"可能文学性比较突出。后来文史分家,史学的著作更偏重于事实的叙述,文学的意味相对来说越来越少。就《史记》来说,它是文史结合,但它首先是一部历史著作。用我们现在的一句话来说,是"戴着镣铐跳舞"。它受历史事实真实的限制,但它还要施展文学的一些才华,所以说它是文史结合的。明末清初的金圣叹评点《水浒传》时说得很明确,《史记》是"以文运事",用文学的手段描绘已经发生了的事。《水浒传》是"因文生事",因文的需要生出事情来,那就是虚构,那是小说文学。

文学是虚构的,那么《史记》可不是虚构的。它是在历史真实的基础上发挥一些事情。比如说霸王别姬,唱《垓下歌》,这个记载古代史学家就怀疑,都到了那个时候了,项羽哪还有心思唱。即使唱了,也只有虞姬听到了,史学家是怎么知道的。其实这些记载就带有文学的一种想象,想象在那样的场景下,他可能会说什么,可能会做出什么事来。但事大体上是一个真实的事,有霸王别姬这件事。但是具体是怎么离别的,那文学家就可以去虚构。有了那么几句话,有了那么几句诗,项羽的形象马上就凸显出来了。《战国策》记荆轲刺秦王,《史记》后来也把这个采纳过来了。荆轲刺秦王易水送别,易水送别就来了那么两句话:"风萧萧兮易水寒,壮士一去不复还。"就这么两句,悲壮的气氛一下子出来了,这就是文学色彩渲染场景。历史学家觉得那个是虚构的或是多余的,但这正是文学的一种魅力。所以说《史记》是一个文史结合的典范。他是以历史为基础的,然后再施展文学的才华。再一个需要说明的是,我们所说的文学,也是一个大的范畴,和我们今天纯粹的文学还略有不同。《史记》这部著作,如果用纯粹的文学观念去套汉代那个时候的文学,那这个面就有点太小了。这个我们叫大文学史观念。《史记》这样的书,我们看到后来人给它评价的时候,有些是历史的评价,有些是将文学、史学融合在一块的。

我可以举两部有代表性的书。唐代刘知几的《史通》,那是第一部系统的史学理论著作。但是它里面谈先秦以来的史书的时候,好多方面也还是着眼于文学的,像《左传》等,也是一个大历史观。史学著作同样带有文学的特点。反过来像南朝刘勰的《文心雕龙》,这是系统的文学理论著作。但是它里面也有《史传》篇,对于历史著作这一类要做一些评论。所以就说文史都是融合在一起的。就像清代章学诚《文史通义》,那也是文史都在一块。所以我们说《史记》这部书,文史是很难区分的。这次在申报国家课题的时候,也是着眼于大文学概念。文学研究资料整理,好多是带有史学特点的。比如人们对《史记》的评价是"不虚美,不隐恶",是"实录",那就是从史学来评的,但是这也是它文学的特点。实录,那就是叙事了。怎么叙事的? 真实地记载历史。还有后来古人的评点,也是文史融合在一块的。所以我想《史记》这样一部书,我刚说的,回到那个经典化话题,怎样从文学这条道上把它变成了一个文学经典。它还有另外一条经典化之路,即《史记》在史学这条道上是怎么变成史学经典的。就文学的经典化而言,不同的人通过不同的渠道,把《史记》往文学经典的道路上拉。本来《史记》在史学这条道上,两千多年来,文学家不断地把它往过拉,这样一个经典化的过程,实际上是扩大了《史记》的文化价值。你如果只放在一条道上,那只是史学家的。把它拉到文学这条道上,又多了一个价值。用现在的一个时髦的词来说,实际上是实现了它的保值和增值。实际上它的价值是无限的,本身带有百科全书性质。所以从不同的角度去研究,就会发现《史记》有多方面的价值。我们的文学、史学就是其中最主要的两个方面。从教育学、哲学、军事学、民族学等各个角度去研究,才能将它的价值充分体现出来。不然,这样一部经典著作,价值只是在一个面上,那么它的价值还是有点小。而且这样一部书,走向世界以后,这个面就更宽了,价值也会更大。传播到海外以后,这部书的价值就体现了它的世界意义了。从南北朝时期开始,这部书就传到了今天的朝鲜,隋朝的时候就传到了日本,逐渐地,它的价值就越来越大。

文化经典是民族精神的徽记

国学周刊:普通读者如何读《史记》?

张新科:这实际上就涉及《史记》这部书的普及和提高的问题。从普及这个层面来说,要针对不同层次的人采取不同的方式。如小学、初中,那只能是了解一些基本的人物、故事,让他们知道中国古代的这样一部书是写什么的。但是到了更高层次以后,就不能停留在故事层面上了。应该进一步去看,司马迁写这些人这些事,是要干什么,要达到一个什么样的目的。就是它本人的那三句话,他实际上通过这几千年的人和事,要"究天人之际,通古今之变,成一家之言"。刘邦项羽打天下,小孩就是看一个故事,看一个热闹。但司马迁是要表现他的一种思想。如《项羽本纪》,通过项羽一生,到最后"太史公曰"总结项羽时,项羽说,"天亡我,非战之罪也"。总觉得是天要亡他,他自己没什么过错。但司马迁说:"岂不谬哉!"岂不是很荒唐的嘛!你把自己的失败归结于天,实际上司马迁认为是你个人的问题,这就是要表现天人关系。《高祖本纪》写刘邦总结自己得天下,人家说了一段话,说得也很客气。他为啥能得天下,他说到了三个人。"运筹策于帷帐之中,决胜于千里之外,吾不如子房。"子房就是张良。"镇国家,抚百姓,给馈饷,不绝粮道,吾不及萧何;连百万之军,战必胜,攻必取,吾不如韩信。此三者,皆人杰也。吾能用之,以吾所以取天下也。"你看着这样一些故事,实际上司马迁的思想就出来了。一个人为什么失败,一个人为什么成功,不是说天要亡你,实际上就是个人的原因。这个思想梁启超说得很精彩。大体意思是说司马迁的《史记》是和荀况著《荀子》、董仲舒著《春秋繁露》的性质是一样的。只不过司马迁的一家之言,是借着历史的形式来发表罢了。如果我们只局限于历史故事,那非能知《史记》者也。《荀子》《春秋繁露》作为哲学著作发表,对天人关系,对人类的思考,实际上就是哲学问题。司马迁的《史记》也是一部哲学书,只不过哲学思想的发表不是直接地表达,而是借着历史的外壳来发表他的思想。他把深刻的思想寄寓在历史故事中。史学家在编纂史书时,后人往往说他是史学家。但司马迁除了史学家之外,我们还说他是思想家。这和别的史学家是不一样的。这个思想家,肯定就是说他有深刻的思想,进行的不是一般的资料汇编工作。司马迁是对历史整理之后,要发表什么样的思想,梁启超那段话说得是非常好的。《史记》这部书,真正地要读懂,不能只是停留在故事上。另外,《史记》的那几种体例也是非常重要的。

　　说说那个"表"和"书"。我们一般地就是注意到了本纪、世家、列传,尤其作为文学专业的,可能更多地读这三种体例的作品。你要真正了解这部书,光读这三个部分是不够的,还要了解表和书。因为表和书和上述几个体例合起来,是一个整体和系统。一个社会除了人,还有它的政治层面、经济层面、法律、上层建筑、礼乐制度等等。人当然是主体,但除了人之外,还有这样一些国家机器。如果《史记》没有"八书",我们对整个的国家机器、上层建筑等都不大了解。但是有了"八书"之后就清楚了,社会是一个立体化的社会。如果光写人的话,是一个平面。有了其他的八书,八个方面,那就成了一个立体的社会了。八书里面,头一书就是《礼书》。一个社会首先要有一个礼,就是人与人之间怎么相处。除了这个,还有和人相对的自然,所以就有了《河渠书》,还有《天官书》等。所以一个社会的典章制度,是体现中国文化的一个重要方面。

表在我们今天看来虽然就是一个大事年表,但很重要。一个表从哪开始,到哪结束,就是所谓的年代学。这个表的起和止都是很关键的节点。实际上就是历史发展的一个重要的转折点。所以十表,每一表的起和止,都是历史上非常重要的事情。有了它,我们才能了解到司马迁是怎么去写历史的,怎么样把中间每一阶段的历史呈现出来的。

说到这个问题,我就想到那些外国学者,如日本人对《史记》研究得很透,这是由于他们对《史记》的理解是建立在全面的基础之上的。但为什么西方学者对《史记》研究得不是很深?原因很多,其中之一就是他们好多看到的不是一个全本的《史记》,只是一些选本。在他们的想法里,大多数是故事。就相当于纯粹普及性的,他们只了解了一个《史记》的故事,比如说刘邦项羽打,在他们看来中国人好斗。就在这打来打去,你推翻我,我推翻你。这样的话,他们觉得这部书的价值好像不大。这就是说他们没有了解里面司马迁的思想。好像就把司马迁作为一个讲故事的人。而我们更看重的是司马迁是一个思想家。如果说外国学者和中国文化隔一层的话,他总认为这部书的价值没那么大。所以说不光要了解故事,还要知道《史记》通过这样的一个故事要干什么。这个任务还是很艰巨的。

现在人们已经在做这样的事情,借着新的传媒,可以实现这样的目标。对于普通读者,应该给他们一个引导。即使他们读到的是一些片段的故事,那也要知道其所表达的是一种什么样的思想。不能只看到一个表面的东西。现在电视上的那种讲座、讲坛,各种各样的学术活动,都是深入宣传司马迁的重要平台。大学里面不用说,文学、历史专业实际上都有与《史记》相关的课程。再往下的那个层面上,可能需要我们的学者能够深入下去,把这个普及工作做得比较好一点。同样给读者讲故事,但是要通过故事让他们认清一个道理。实际上司马迁在写《史记》的时候,含有好多做人处事的道理。还有重要的一点就是《史记》带有我们整个民族精神的东西在里面。如建功立业、积极进取精神,顽强不屈、战胜挫折的精神,等等。《廉颇蔺相如列传》,中学课本就有,这篇传记就体现了爱国这样的一种民族精神。商鞅变法最后失败了,但是这也体现了我们民族的革新和改革的精神。同样的,还有赵武灵王胡服骑射,这也体现了我们民族的一种革新精神。通过这些故事应该再往前走一步,让读者知道这些故事在表达一种什么样的思想。《廉颇蔺相如列传》是大家最熟悉的,那么,《李将军列传》写李广抵御匈奴,这也是一种爱国。当然时代不一样,也许爱国在不同的时期有不同的表现。但是我们要通过故事让更多的人深入进去,这样的话,《史记》这部书才能真正发挥它的作用。我想对待我们民族自己的文化经典,首先应该做好这样一个工作。

国学周刊:谈谈您对新修订版《史记》的看法。

张新科:新修订版的《史记》,实际上是国家的一项大工程。出版后南京师范大学召开座谈会的时候我也去了。我用"队伍专、版本全、校勘精、研究深"四句话评价修订本。新修订版和1959年版相比,确实是有了一些新的改进。20世纪50年代一大批非常有名的学者对《史记》进行了标点整理校勘,功不可没。这次修订以后,更完善了。在原来校勘的基础上吸收了近年来学术界的一些成果,也吸纳了一些国外的研究成果,比原来那个本子更完善,这是学术进步的表现。原来断句、人名、地名等方面有一些疏漏或错误的,也做了订正。我觉得是更完善的一个本子。

国学周刊:司马迁为什么会记载一些神话传说?

张新科:《史记》本身就是要把几千年的历史做一个系统的整理。从远古以来,黄帝开始,好多都带有神话色彩。包括那几个本纪,夏、商、周、秦、汉,他们开国的历史都带有一些神话的色彩。我觉得需要注意的是,一方面在当时的历史学家看来,关于远古时代的传说,这可能就是历史。所以司马迁就把它们如实地记载下来,这是一种情况。另一种情况,司马迁处在汉代,他也要为大一统的社会服务。有时候对于帝王,还是需要歌颂的,这个也是很容易理解的。每一个帝王都带有一些神奇的传说,有一些是有依据的,不是说到了司马迁这儿才有。黄帝作为大一统的象征开始，黄帝的事情就像司马迁开篇所说的，百家言黄帝，大家都在谈黄帝，所以说他这么写是有根据的。即使夏商周这些历史，比如《周本纪》记载后稷的诞生也是很神奇的，但是他也是有来历的，《诗经》里面就是那样写的。《诗经》五首史诗，司马迁基本上就按照那个历史把周的发展史勾勒出来。从后稷一直写到武王伐纣，司马迁基本上也就把那些都采纳进来了。

再一个就是后来人们所说的，司马迁爱奇。古人评点说司马迁爱奇，就像刘勰《文心雕龙》说《史记》的不足时说到，"爱奇反经之尤"，爱奇了，就违反了经典。这样一个评价，反过来说他有一些东西带有传说神奇的色彩，这也是作为一个文学家的审美观的一种体现。用我们现在话来说，司马迁当时写历史，也是想博人们的眼球，也许是这样，那就是我刚所说的审美观。有一些他选择，有一些他不选，这是他的一种选择。《史记》这部书产生在汉代，它也是历史的一个大一统时代，我想任何史书，脱离不了那个时代。所以出现这样一些神奇的带有传说色彩的东西，也是那个时代的必然吧！

掌握打开《史记》宝藏的两把钥匙

国学周刊：《史记》怎么释放人性？

张新科：这实际上和我申请的国家课题"中国古典传记文学的生命价值"有关。那是2006年申报的国家课题。我想，传记文学，和纯粹的历史不一样，和纯粹的文学也不一样。人们读传记文学的时候，得到的是两个好处，读纯文学得到的是一种审美的享受，读纯历史得到的是一种历史的教益。传记文学兼而有之，即能得到历史的教益，又能得到审美的享受。所以传记文学很受读者欢迎。

我在课题里面提出这样一种观点：传记文学实际上就是人类生命的另一种载体，优秀传主的生命通过整个载体走向永恒的时间和无穷的空间，不受时间和地域的限制。中国的孔子、屈原等一些伟大的人物可以走向世界，这就是无穷的空间。再一个就是永恒的时间，那就是我们常说的不朽。一些真正有生命价值的优秀人物能够走向永恒。传记文学作为一个载体，里面记载各种各样的人，他们通过这样一个载体走向永恒。但是这个价值可能有两方面：一方面真正优秀的那些人物,他们在历史上立德、立功、立言,走向永恒。另一方面还有一种假恶丑的人也能走向永恒。载体也把这些人也载上了,但价值趋向不一样,他们作为人们前进道路上的一个警示牌,警示人们应该追求有价值的生命,追求真善美的东西,人们从这些人那里得到的是一种反面的教育。那就是说有些人可以流芳百世,有些人只能遗臭万年。拿《史记》来说,里面写到的好多都是非常具有活力的人。一个人的生命力实际上就是通过它的活力体现出来的。比如说建功立业的,奋发有为的,遇到挫折不后退的,顽强不屈的,勇于革新甚至于革命推翻旧王朝的,像陈胜、吴广等等,实际上都是人的活力的一种体现。传记有了这样一些具有活力的人,才有生命力。这些人就是中国的脊梁,我们中华民族的大厦就要靠这些人来支撑。

从人性的角度说,《史记》中对于人性的真与伪、善与恶、美与丑都有揭示,真善美的东西是我们民族人性的精华所在,使人感到崇高、伟大、可敬可赞;假恶丑的东西令人可叹可憎,我们必须根除,像残暴荒淫、自私自利等。

优秀人物随着时代的变化仍然显示出魅力,比如说《史记》里面记载的主要是从先秦到汉代的人物,为什么到今天还研究它,还能够从这些人身上得到力量,那就是因为这些人身上有价值。如果没有价值的话,人们早就把它抛弃了。

这实际上又牵扯一个接受的问题。我们作为一个读者,去读一些优秀的传记,从这些人身上得到一种生命的启迪。一看历史上的这些人,这样的有为,那自己也产生一种共鸣,然后引发自己的行为,觉得我应该像这样去做。这就产生一种积极的作用。就像司马迁当时为啥去写《史记》,在逆境中去完成《史记》,他也在前代人那里受到了很大的影响。我们今天的人去读古代的传记,也能从他们身上得到一种精神的力量。

以《史记》为代表的这样一些传记,我们从其中不光是得到一些历史知识,更多的是如何去做人,实际上就是得到一种生命的启迪。从正面人物身上可以得到一种力量,反面人物身上可以得到一种教益。有一些人我们也不能绝对地说是好人坏人,也有一些处在中间,你无法用好坏去判定他。不管什么样的人,在他们身上要十全十美,肯定很难。我们从他们身上发现那种主旋律,给我们一种精神上的启迪。所以胡适说"传记可以帮助人格的培养"。实际上就是我们今天所说的,传统是素质教育的最好读本。通过去读这些优秀的传记,从里面得到一种生命的启迪。人们通过传记看到的不光是一个人,而是一个时代,一种民族精神的体现。所以《史记》所体现的,是我们民族的一种精神。我在《中国古典传记文学的生命价值》这本书里面谈到过这样一个问题,就是优秀的传记可以给我们带来一种精神上的启迪。

国学周刊:能否从家学渊源上谈谈司马迁的《史记》创作?

张新科:一个人他的成功是多方面的,既有外部环境的影响,也有内部的原因。从司马迁个人来说,通过《太史公自序》我们知道他整个的这个家族,编纂历史是其中重要的一个方面。当然他的先祖中也有军事家。历史这方面的影响很大,尤其是到他的父亲司马谈,对他的影响可以说是最大的。司马谈有很重要的一篇学术论文《论六家要旨》,对先秦以来的诸子百家进行总结。当然他父亲的思想是以道家思想为主来整合其他各家。那么司马迁受他父亲的影响,当然道家思想也是少不了的。但是司马迁又能突破他父亲的一些局限,所以从思想上来说他有继承又有发展。

司马谈临终之前给儿子说孝,从这个角度来看的话,这又是儒家思想的一个很重要的方面。实际上他父亲也是一个带有综合思想的人。以道家为主,其他各家也懂,告诫他儿子从孝的这个角度来说话。再看司马迁,他后来确实继承他父亲的遗志,实际上就是实现了他的孝。同时从思想上来说,他受到了各种思想的影响。综合了道家、儒家、法家、墨家的思想,所以后人说,父子二人在思想上就不一样了。司马谈是以一家说百家,以道家思想容纳其他各家。司马迁是融百家成一家,成一家之言,这个一家不是说单一的道家或儒家,而是他独特的一家,是加起来的一个综合体。父子二人完成这部《史记》,开始是司马谈发凡起例,后来司马迁完成。从书中看到的思想更多的是司马迁的思想。但肯定是受到他父亲包括祖辈写史的影响。这些是他个人成长的一个很重要方面。

当然《史记》这样一部书的出现,不只是他父亲一个方面的渊源,还有很多内在的原因。假如另一个人也具有很好的家学渊源,那他也可能写出一部《史记》来。但是写出来的就和司马迁的这个不一样。司马迁后来生活中的不幸遭遇,因而在写作此书时,就把他对人生的体验融入书里面了。这样一部书,我们去读的时候,看到的是他顽强不屈的一种精神。司马迁因李陵之祸遭受奇耻大辱到了这样一种程度,甚至于后来都没脸面到父母的坟墓上。在这样的情况下，他对人生、对社会就有更多的一种体验。把这种体验融入《史记》里面去，我们读起来就觉得很有味，而且带有一种情感在里面。所以家庭的影响只是其中的一个方面。后来的个人经历包括社会的一些影响等等，都是司马迁最终能够完成《史记》的条件。《史记》这样一部书的出现实际上是历史的必然。因为在汉武帝这个大一统的时代，需要对历史做一个系统的总结。

这个总结，我们算一下历史，前面夏商周统一，春秋战国开始天下分裂，秦统一之后，实际上就应该去做这样的一个工作，应该总结一下历史的经验教训，但秦王朝十来年时间，还没来得及总结前代，自己就已经亡了。到了汉初，刘邦出了一个题目，秦为什么而亡，他是要总结秦亡的历史教训，没有再往上追。到了武帝时期，司马迁有一个更大的气魄，他要把3000年的历史做一个系统的总结。这是一个必然。汉武帝时代是一个非常了不起的时代。各种各样的范儿，也就说气魄是从武帝开始的。司马相如的大赋，董仲舒思想的出现，张骞通西域，卫青、霍去病征服匈奴等都是这个时候，政治上、经济上、军事上、外交上、文化上都需要有一个大的气魄，所以《史记》就是大一统时代非常典型的代表。

《史记》中有无穷的宝藏，要打开它，就需要掌握两把钥匙。一是《报任安书》，这是司马迁心灵的写照，只有了解了他的内心世界，才能了解这部书。二是《太史公自序》，这是司马迁个人生平经历的介绍，是他思想变化过程的表现，尤其是最后，介绍130篇每一篇写作原因和《史记》整体的构架，给我们提供了阅读《史记》的基本线索。所以说，《报任安书》和《太史公自序》就是我们打开《史记》宝藏的两把钥匙。

今天我们该怎样读《史记》①

——学者谈《史记》的人文精神与当代价值

话题嘉宾

韩兆琦:中国《史记》研究会名誉会长

张新科:陕西师范大学文学院教授

赵明正:北京工商大学副教授

《史记》时至今日为何仍能闪烁着耀眼光辉

主持人:我们知道,今年是司马迁诞辰 2160 周年,史学界在不久之前还举办过纪念大会。今天来看,经历了两千多年,《史记》所体现出来的哪些精神、追求依然具有时代价值呢?

韩兆琦:我认为,《史记》在经历了两千多年风雨后,仍具有很强的现实意义,主要体现在其进步的民族思想、卓越的经济思想、人民性的思想追求三个方面。

汉武帝一生发动的战争有伐匈奴、伐大宛、伐东越、伐南越、伐朝鲜、通西南夷等。其中除了对匈奴进行的战争属于正义自卫反击外,大都属于非正义的扩张掠夺。司马迁明著于史,其同情显然在被侵略、被掠夺的一方。司马迁是汉

---

①《北京日报》2015 年 12 月 7 日《理论周刊·文史》版,主持人:黄月平、郭扬。

代被压迫人民与被侵略、被掠夺的少数民族共同的朋友。司马迁所宣传的这种各民族友好一家的思想深入人心,它已经成了两千年来团结、凝聚境内外各族中华儿女共同建设与保卫神圣家园的强大精神力量。

司马迁主张农、工、商、虞四者并重,反对秦朝以来统治者一贯推行的"重本抑末"。在那些统治者看来,商人不是劳动者,他们不创造财富,他们被看作是对整个社会有害无益的。封建主义最理想的蓝图就是男耕女织、自给自足、小国寡民。司马迁这种非常重要的经济思想,白白被压抑了两千多年。试想,如果从司马迁那个时代,真来一个"工农商虞"四者并重,那中国的古代史又将是一种什么局面呢?

《史记》与其他20多部"正史"的最大不同是司马迁不媚权贵,坚持实录,实事求是写历史。同时,司马迁在《史记》中描写了大量的小人物,如游侠、隐者、食客、赘婿、卜者等。《史记》中有许多大人物所干的轰轰烈烈的大事件,但这些大事件都是靠小人物的帮助完成的:信陵君窃符救赵是靠了侯嬴、朱亥;平原君能搬动楚兵,并坚守围城,是靠了毛遂、李同;孟尝君能脱离秦国,并在齐国干一番事业,是靠了冯谖等。因此若说司马迁给信陵君、平原君、孟尝君立传,其实际目的就是为了表彰侯嬴、朱亥、毛遂、李同、冯谖等这些下层人物,我看也是可以的。不媚权贵、敢于批判腐朽黑暗,重视社会下层、努力歌颂小人物,是《史记》中表现民主性的两个方面。

我觉得这三个方面是《史记》时至今日仍然闪烁着的耀眼光辉。

司马迁从"人"出发去考察历史,从而形成了独具人文特色的一家之言

主持人:您认为司马迁的《史记》最独具的特色是什么?

赵明正:司马迁善于吸收前代史书的精华,把它们融会包摄在《史记》中。如《春秋》"长于治人"的社会价值就为《史记》提供了精神范例。司马迁指出《春秋》具有"上明三王之道,下辨人事之纪,别嫌疑,明是非,定犹豫,善善恶恶,贤贤贱不肖"的特点,并努力继承它以"人事"为指归的精神,从"人"出发去考察历史,从而形成了独具人文特色的一家之言。

司马迁生活在思想界由百花齐放到群论一律的变革时期,尚能领略百家争鸣的遗风余韵,因此在文化观点上主张批判继承和兼容并包。梁启超就推崇司

马迁是古代文化思想的集大成者:"其于孔子之学,颇得力于《春秋》,西南学派(老庄)、北东学派(管仲齐派)、北西学派(申、商、韩)之精华,皆能咀嚼而融化之。又世在史官,承胚胎时期种种旧思想,磅礴郁积,以入于一百三十篇之中,虽谓史公为上古学术思想之集大成可也。"可见,先秦汉初文化中的民本思潮和理性传统是司马迁人文思想的深厚历史渊源。

但是,司马迁对先秦诸子是批判接受的,他批判的基准就是"人"。如他批评儒家"博而寡要,劳而少功",认为他们礼节烦琐,不够通达,其着眼点是人。评阴阳家"大祥而众忌讳,使人拘而多畏"。评墨家"俭而难遵,是以其事不可遍循",着眼点是人的感性欲求,认为墨家的节欲思想有悖于人的天然本性。评法家"严而少恩",是着眼于人的自由发展。对道家评价最高,肯定了它"使人精神专一,动合无形,赡足万物",认为它有利于人的个性才能的发展。司马迁把"人"作为出发点,从人的生存和发展出发来审视、衡定传统文化的价值,这就与儒家的人伦文化形成了鲜明的对比:后者认为文化是人的先行规定,而司马迁则认为文化是为人存在、为人服务的。在儒家地位趋于独尊的文化专制时代,这是极为难能可贵的人文精神。

《史记》之所以具有生命力,还在于它作为一条文化链,有传播者,有接受者,有研究者,历代不绝

主持人:两千年来,《史记》一直都被奉为经典,除其自身的魅力外,还有什么原因使其保持着长久的生命力?

张新科:司马迁的《史记》具有永久的魅力与生命力。其魅力在于它深刻而独特的思想,在于它通过3000年历史体现了人性的光辉和我们的民族精神,在于它文本的整体系统结构和强大的艺术力量。正是这些魅力,形成了《史记》在中国文化史上的影响力和永恒的生命力。

《史记》之所以具有生命力,也缘于历代读者对它的消费与接受,它作为一条文化链,有传播者,有接受者,有研究者,历代不绝,乃至形成一门学问——"史记学"。这门学问的形成过程,就是《史记》生命力延伸的过程。汉魏六朝是《史记》的传播和初步研究时期,此后不断发展,20世纪以来进入研究的高潮时期。《史记》的生命力还来自它世界性的传播与研究。据史书记载,《史记》

在魏晋南北朝时期传播到了朝鲜半岛。《史记》传入日本已有 1000 多年的历史。据覃启勋考证,"《史记》是在公元 600 年至 604 年之间由第一批遣隋史始传日本的",明清之际,是《史记》东传日本的黄金时代。《史记》传入日本后,对日本的政治、文化等产生了重要影响。在日本,各种形式的《史记》抄本、刻本,或选本,或全本,数量在百种以上,《史记》的传播和普及程度是非常广泛的。在欧美国家,《史记》也愈来愈受到重视,全本的俄语、法语版《史记》已经问世,全本的英语版《史记》也即将完成。世界范围的《史记》研究也愈来愈深入,显示出《史记》永久的魅力和生命力。

今天我们该怎样读《史记》

主持人:近些年来,优秀传统文化越来越为当代人重视,《史记》也成为热门书,今天我们该怎样读《史记》或者说从《史记》中我们能读出什么?

赵明正:读《史记》应读出司马迁的人文精神。司马迁看到人的才能发展促进了人的个体意识的觉醒,"夫士业已屈首受书,而不能以取尊荣,虽多亦奚以为""王侯将相宁有种乎""愤发其所为天下雄,安在无土不王",都是表现人们要求施展才能,改变自己与生俱来的社会地位。司马迁所关注的个体不是道德的化身,而是有各种缺陷的人;他考察个体的人不是观照他们为君、为臣、为父、为子的抽象本质,而是观照其活生生的个性;他没有按照这些人的社会角色写出他们应该担负何种社会责任,而是写出他们按照各自不同的自由意志所从事的社会活动。马克思说得好:"人们的社会历史始终只是他们的个体发展的历史,而不管他们是否意识到这一点。"

张新科:优秀历史人物随着时代的变化仍然显示出魅力,比如说《史记》里面记载的主要是从先秦到汉代的人物,为什么我们今天还研究它,还能从这些人身上得到力量,那就是因为这些人身上有价值。如果没有价值的话,人们早就把他们抛弃了。

我们作为读者,阅读《史记》这样的优秀传记,会从这些传主身上得到一种生命的启迪。一看历史上的这些优秀人物,这样的有为,自己也就产生一种共鸣,然后引发自己的行为反应,觉得我应该像这样去做。这就产生一种积极的作用。就像司马迁当时为什么发愤著书,在逆境中去完成《史记》,他也在前代人那里受到了很大的影响。我们今天去读《史记》等古代传记,也能从他们身上得到一种精神的力量。

　　以《史记》为代表的这样一些传记,我们从里面不光是得到一些历史知识,更多的是如何去做人,实际上就是得到一种生命的启迪。从正面人物身上可以得到一种力量,从反面人物身上可以得到一种教益。有一些人我们也不能绝对地说是好人坏人,也有一些处在中间,你无法用好坏去判定他。不管什么样的人,要求他们十全十美,肯定很难。我们主要看他身上的主旋律,会给我们一种精神上的启迪,所以胡适说"传记可以帮助人格的培养"。传记是人类生命的一种特殊载体,是素质教育的最好读本。而且读者通过传记看到的不光是传主一个人,而是一个时代、一个民族精神的体现。优秀的传主、有价值的生命就是鲁迅先生所赞扬的"中国的脊梁"。

管理者说①
——张新科院长访谈(提纲)

1. 首先请您简单介绍一下文学院的基本情况。

文学院现有在校博士、硕士研究生600余人,本科生与基础部的学生加在一起共1400余人(学院833人,基础部601人)。

文学院拥有一支结构合理、学识渊博、敬业爱岗、教风端正的师资队伍,现有教职工109人,专职教学科研人员90人,其中教授35人,副教授34人,有博士学位者77人。学院教师中有国务院学位委员会第七届学科评议组中国语言文学组成员1人,教育部"长江学者"奖励计划特聘教授2人,教育部"新世纪优秀人才"支持计划入选者3人,全国宣传文化系统"四个一批"人才1人,陕西省首届社科名家1人,陕西省有突出贡献专家1人,陕西省"百人计划"特聘教授2人,"曲江学者"特聘教授1人,省级教学名师3人,陕西省作家协会副主席2人,陕西高校人文社会科学青年英才3人,享受政府特殊津贴7人,国家社科基金评委2人,马工程首席专家1人,国家社科基金重大招标项目主持人5人,霍英东高校青年教师奖1人,宝钢教育基金优秀教师奖5人,明德教师奖2人。

文学院现有本科专业4个[中国语言文学(基地班)、汉语言文学教育、汉语言文学(创新实验班)、秘书学],国家级重点学科1个(中国古代文学),"国家

① 2016年1月20日,陕西师范大学电视台《管理者说》栏目录制。

文科(中文)基础学科人才培养和科学研究基地"1个,教育部特色专业1个(汉语言文学教育专业),国家人才培养模式创新实验区(中文基地)1个,陕西省名牌专业1个(汉语言文学教育),有省级教学团队4个(文艺学、古代文学、语言学、中国现当代文学)。国家级精品资源共享课3门,国家级精品视频公开课2门。学院有中国语言文学一级学科博士授权点,中国语言文学博士后科研流动站,国家级重点学科(中国古代文学)。省级人文社科研究基地2个。学院还有十多个研究机构。

2.今年是"十三五"开局之年,想请张院长谈一谈文学院在"十三五"期间的总体规划设想或者说总体发展目标是什么。

为适应国家发展的形势,以一流学科建设为核心,通过努力,使学院的学科建设、队伍建设、人才培养、科学研究、国际交流与合作、社会服务、文化传承创新的能力得到大幅度提升,学术竞争力明显增强,社会影响力不断扩大,争取进入一流学科行列,为实现由教学研究型学院向研究型学院的转型奠定坚实的基础。

3.为了实现"十三五"发展目标,文学院也应该制订了相应的改革举措并逐步实施。但从全校来说,各院部、各专业发展的关键是要营造亮点、打造特色,这样才能具有优势、形成品牌。那么,文学院准备如何凝练和打造办学特色呢?

立足中国语言文学学科的历史和现状,立足于我们所处地理位置的优势,分析同类学科的发展趋势,在此基础上形成自己的优势和特色。以文艺学、语言学、中国古代文学、中国现当代文学、古典文献学等优势学科为基础,保强扶重,把长安学、方言学研究、史记学研究,十三经研究、语文教育研究、延安文艺与西部文学研究、妇女文化与女性文学研究等打造成国内的学术亮点,争取在国内产生一定的影响。

4.为了实现"十三五"规划,形成自己的办学特色,文学院准备从哪些方面着手加强建设、加以保障呢?

第一,队伍建设,围绕学科特色引进和培育并重,培育高层次人才队伍;第二,高层次成果培育和产出,体现核心竞争力;第三,加强国内外学术交流;第四,以现有科研平台和重大项目为基础,形成学术团队,出成果出人才;第五,加强制度建设,形成合理的运行机制体制,最大限度调动广大教师的积极性。

5.您认为文学教育的内涵和功能是什么？对当前中国大学文学教育的重要性您如何认识？

文学教育，指的是教育者与受教育者之间，经过文学文本的阅读、讲解与接受，丰富情感体验，获得审美愉悦，从而达到传授人文知识、提高文化素养、陶冶情操等目的的一种教育行为。《说文解字》说："教，上所施，下所效也。""育，养子使做善也。"

第一，文学的范畴，古今不同；文学在魏晋以后独立，可以分为广义和狭义两种。广义的文学实际就是文化。第二，文学的特性，意识形态，审美的，与人密切相关的；形象思维。第三，教什么，怎么教？根据文学的特性。第四，功能：古代的道德教化功能，以文化人，如古典小说"三言"的名称就是例证：警世、醒世、喻世；认识功能；今天新的多方面的功能。娱乐消遣不是文学教育的最终目的或本质。中国文学作为一门学科，百年历史，包括语言文学。

重要性：第一，传承文化；第二，属于人文学科，塑造高尚人格，陶冶情操。分辨真善美与假恶丑。杜甫、范仲淹的胸怀对今人有重要的启迪作用。文学虽然无现实直接的功利，但对于人的教育是润物细无声。以人为本，追求和实现人格的完善，这是教育的根本目的。

6.当下不少学生的文学知识缺乏。学文学专业的学生缺少外人想象中的诗意，大部分是应用性的头脑，热衷考各种应用性的证书，那种人类天然具有的文学感悟力已经削平了，缺少深度和基本的理解力。当前大学文学教育似乎没有进入学生的心灵，文学教育和人文素养的培养之间还存在一条很深的鸿沟，力不能逮。您认为国内当前大学文学教育主要存在哪些问题？

第一，应试教育，从中学考试，就要求标准答案；第二，不读原典著作，有些只是听故事，无法进入文学殿堂，只是在门外徘徊，无法解开"文学密码"；第三，实践少。

目前中国大学文学教育的一个基本特点是需要考试，学生要熟悉那些文学基础知识才能通过考试，拿到学分。学生原创性思想和诗性感悟受到一定的抑制，形式主义比较严重，只要会死记硬背就行了。而相对来说国外学生可以凭兴趣选择研究对象，学习的空间和自由度比较大。

7.您认为国外有什么好的文学教育经验值得我们国内大学借鉴?

第一,通识教育,对自然界、对人、对社会有一个贯通的认识;第二,兴趣与激情;第三,课内外的交流。

8.文学是一切艺术之母,文学是诗意地栖居地,文学教育在培养人文素养中起着基础性作用。面对当前文学教育的弱化和困境,您在主持文学院工作中有什么具体措施或未来规划,让通过文学教育提高大学生人文素养成为可能?

第一,经典阅读,只有阅读,才能进入文学消费与接受;第二,体验式教育,融入作品中,自己创作,不是为了培养作家,但要提高鉴赏能力;第三,加强第二课堂,课外考察、感受,诗词吟诵等;第四,课程设置,文学与人生,文学与历史哲学,经典导读,创意写作等;第五,发挥作家的作用,别的学校作家驻校,我们学院有现成的作家,可以发挥他们的作用。

《陕西日报》记者关于司马迁与《史记》的采访(提纲)①

记者:作为研究司马迁的专家,请您谈一下司马迁《史记》的历史地位和价值。

张新科:《史记》是我国第一部纪传体通史,其地位和价值是多方面的。主要体现在:

第一,广阔的历史画卷。时间长度:从黄帝到汉武帝,上下三千年。空间地域:《史记》对汉王朝周边民族的记载远及西亚,具有世界史的意义。人物层次:上至帝王将相,下到平民百姓,甚至游侠、刺客、商人。立体社会:除了“人”这个主体外,还有这个社会的各个方面,如经济基础、上层建筑、法律制度,乃至人所处的自然环境等,“八书”就是立体的体现。百科全书:《史记》是历史,但具有百科全书的特点,涉及政治学、哲学、文学、经济学、民族学、地理学、军事学、天文学、教育学、医学、音乐学等等。

第二,深刻的思想内涵。表现在:突破传统;究天人之际;通古今之变;成一家之言。鲁迅称之为“史家之绝唱”。

---

① 采访时间:2018年5月30日,文汇楼文学院会议室。后来《陕西日报》2018年8月29日第9版,以陕西日报记者高山的名义刊发《史记:中华文化的史诗绝唱》一文,其中部分采纳本人所谈内容。

第三，独特的民族列传。体现大一统思想；首创民族谱系；丰富历史记载的内容；创立历史编纂的新体例；保存了民族史的重要资料。

第四，不朽的民族精神。积极进取，建功立业；坚韧不拔，战胜挫折；勇于革新，敢于革命；忧国、爱国；崇尚德义，追求独立人格；等等。

第五，鲜明的人物形象。《史记》是"戴着镣铐跳舞"。在历史真实的基础上刻画历史人物，其中许多人物栩栩如生。《史记》运用了许多文学的手法，如细节描写、心理描写、场面描写等，语言丰富多彩，富有表现力。

第六，永远的经典宝库。承前启后：先秦文化的集大成者，是汉代文化的代表作，并且对后代的文化产生深远影响。清人李景星："由《史记》以上，为经为传诸子百家，流传虽多，要皆于《史记》括之；由《史记》以下，无论官私记载，其体例之常变，文法之正奇，千变万化，难以悉述，要皆于《史记》启之。"智慧源泉：反映了3000年中华民族的智慧和思想。走向世界：司马迁是世界文化名人，《史记》也已成为世界文化宝库中的璀璨明珠。

记者：《史记》所蕴含的思想和哲理，对当今社会发展有哪些指导意义？司马迁个人身上又有哪些精神值得我们学习和发扬的？

张新科：《史记》是一个博大的智库，有丰富的内容，各方面的人，政治家、军事家、史学家、文学家、经济学家等等，都从中汲取营养。

《史记》所表现的人文精神，并没有随着时代的消逝而消逝，而是一个继续流淌着的跨时间的文化流程，它的人文精神，经过不断的净化、升华之后变为我们的现实精神。《史记》中许多人物积极进取、刚强不息、勇于革命，对民族精神的形成起了重要作用，这是我们民族宝贵的精神财富。

中共中央办公厅、国务院办公厅《关于实施中华优秀传统文化传承发展工程的意见》中强调："中华优秀传统文化，积淀着中华民族最深沉的精神追求，代表着中华民族独特的精神标识，是中华民族生生不息、发展壮大的丰厚滋养，是中国特色社会主义植根的文化沃土，是当代中国发展的突出优势，对延续和发展中华文明、促进人类文明进步，发挥着重要作用。"《史记》作为优秀传统文化的代表，是3000年中华文化的总结，蕴含的价值非常丰富，其中的治国理政思想、道德观、价值观、义利观等，对于当今治理天下以及培养人们高尚的道德节操具有积极的作用。

习近平总书记 2015 年 2 月 15 日在陕西考察时讲道:"对历史文化,要注重发掘和利用,溯到源、找到根、寻到魂,找准历史和现实的结合点,深入挖掘历史文化中的价值理念、道德规范、治国智慧。比如,司马迁的《史记》、班固的《汉书》中所凝结的先人智慧,对今天治国理政有不少启示。古人说,'读经传则根底厚,看史鉴则议论伟'。发掘和利用工作做好了,才能去粗取精、去伪存真、古为今用,做到以文化人、以史资政。"《史记》是"以文化人"的极好教材。

司马迁身上体现的精神包括:求实精神;创新精神;敢于担当精神;在逆境中奋发有为精神;等等。

记者:据您了解,我们陕西在弘扬传承司马迁《史记》文化与精神上,做了哪些工作? 取得了怎样的效果?

张新科:平台建设。韩城市、渭南市、陕西省都成立了司马迁研究会;而且,在陕西师范大学和渭南师范学院,都有专门的《史记》研究机构。

宣传阵地。如韩城司马迁学会主办的中国司马迁研究网、渭南师范学院主办的《司马迁与〈史记〉研究年鉴》"中国《史记》研究网" 等。《陕西师范大学学报》《渭南师范学院学报》等也有开辟专栏。

研究队伍。老中青结合,比较整齐,既有高校的教师和研究生,也有司马迁故乡的普通农民,既有文史方面的人员,也有自然科学方面的人员,既有专门的研究人员,也有更多的业余爱好者。

培养人才。许多高校开设"《史记》研究"专题课,为研究队伍的壮大起了重要作用。

组织编写《司马迁与华夏文化丛书》20 多种,编辑《司马迁与史记论集》8集,并启动了大型科研项目《史记研究集成》以及专题片《司马迁万里行》。

组织国内国际会议,使学会的事业不断壮大,在全国乃至海外产生了广泛的影响。

韩城市。司马迁景区、国家文史公园,每年祭祀司马迁活动。

承担各类项目。突出的如国家社科基金重大项目"中外《史记》文学研究资料整理与研究",国家十三五重点图书出版规划项目《史记研究集成》。陕西省委宣传部主旋律精品图书资助项目《〈史记〉中的治国理政智慧》等。

信息化工程。陕西师范大学与北京古联公司合作,建立资料中心。

研究资料整理。陕西师范大学《史记文学研究典籍丛刊》;渭南《〈史记〉选本丛书》等。

记者:对于传承发扬司马迁《史记》文化与精神我们遇到了哪些瓶颈? 您认为将来应该从哪些方面突破、解决?

张新科:瓶颈主要有:①集体项目困难较大,一是经费问题,二是人员问题,长期拖延。②司马迁学会、研究会缺少经费。③一些部门和干部对于《史记》的认识还不到位。④挖掘和利用不够。⑤与海外的交流不够。

解决方法包括:

加强合作。省内省外要合作,国内国外要合作。司马迁是陕西的骄傲,陕西首先要把司马迁研究工作做好,力争韩城、渭南、西安成为三点一线,然后再扩展。司马迁是中国的骄傲,国内的研究者不少,我们应积极加强联络,提高我们的研究水平。司马迁也是世界文化名人,在世界范围内有许多汉学家在研究。所以,我们也应与海外建立联系,吸收海外的研究成果,使司马迁与《史记》研究走向世界。

进一步扩大队伍。我们的研究会各方面的人才都需要,只要对司马迁与《史记》进行研究、宣传,都可以吸纳到组织中来。

普及工作。利用新媒体;专题讲座、专题片;书签,朗诵比赛;等等。

充分发挥研究会和高校的作用。

就司马迁与《史记》研究而言,主要有:

一是研究领域的开拓和研究问题的深入。要不断提出新课题,深化旧课题。

二是集大成著作的完成。司马迁研究会的《史记研究集成》;还有由我主持、多人参与的国家社科基金重大项目"中外《史记》文学研究资料整理与研究"也正在进行之中。这些项目的组织与实施,可以出成果、出人才。

三是学科建设、理论建设。《史记》研究已有两千多年的历史,目前已经形成了一门新的学问"史记学"。我们应在前期研究的基础上不断提升理论水平,把它作为一门学科来进行建设,充分认识该学科独有的特性、范畴、任务、目标等等。理论的深度,对学科的建设和发展具有重要意义,因此,加强理论建设也是当务之急,应在总结中外《史记》研究史的基础上,提升我们的理论水平。

四是文化建设。司马迁与《史记》研究是学术研究，但学术研究应与现实结合，使其更具生命力，这也是学术研究的目的所在。这种结合，最主要的有两方面：一是把《史记》研究与当前的精神文明建设结合，挖掘《史记》的民族精神、道德价值等等，从民族文化的高度认识司马迁与《史记》，认识和弘扬司马迁精神。二是把学术研究与现实的文化产业结合，如把《史记》的人物故事改编成影视作品，发挥现代媒体的作用。尤其是与《史记》有关的大量历史古迹、名人故里，如黄帝陵、炎帝陵、秦始皇陵、张良庙、司马迁祠等等，有些已发挥重要的作用，有些还有待进一步开发。

五是信息资料库建设。为了适应研究的需要，急需建立信息资料基地。收集古今中外各种研究信息和资料，并且利用现代化的数字网络技术，建立起不同形式的信息资料库，既有纸质的资料查阅，也有数字化的检索系统，满足不同研究者的需求。

六是加强《史记》研究的国际化。国际化的主要工作：一是《史记》文本的外文翻译，把《史记》翻译成外语，传播到世界更广的范围；二是加强与国际汉学家的对话，通过各种形式进行广泛的学术交流，互相学习，取长补短；三是研究成果的传播，一方面把我们的研究成果介绍到海外，另一方面，把海外的优秀成果介绍进来。当然，这需要各方面的通力合作。

记　者：司马迁《史记》所蕴含的文化与精神如今在全国乃至世界具有怎样的影响力？弘扬这一陕西的文化品牌有哪些现实意义？

张新科：《史记》在唐代以前传到了朝鲜、日本等国。1956年司马迁被列为世界文化名人。海外的研究持续且不断深入。《史记》在18世纪传到俄国，完整的俄文版、法文版已出版。美国自19世纪40年代开始关注《史记》，20世纪以来，华兹生（Burton Watson）教授从1950年至1993年，将《史记》130卷中的80卷翻译成了英文。倪豪士（William H. Nienhuaser）教授计划翻译整部《史记》，拟出版9卷，截至目前完成5卷。在英国、德国等其他欧洲国家也有不同程度的翻译。国外的《史记》研究，日本成就最为突出。泷川资言《史记会注考证》，池田芦洲、池田英雄《史记研究书目解题》等。

中国的一部史书，已经超越了国界，进入世界视野，成为全世界的文化代表，足以显示出它的影响力和生命力。

司马迁与《史记》是汉代的文化品牌,是盛世文化的品牌,是中国文化的品牌,是陕西的文化品牌。这个品牌,得到海内外的赞誉和认可,我们应珍惜这个品牌。如象征大一统的黄帝,张骞通西域开辟丝绸之路等。在新时代弘扬这一文化品牌,对于我们认识中国文化的博大精深,认识汉代的文化气象,坚定我们的文化自信,建设开放包容且具时代特征的新文化,具有积极意义。

记　者:您还有哪些关于弘扬司马迁《史记》文化的想法和建议?

张新科:司马迁是陕西人,陕西应高度重视,从《史记》普及到《史记》研究,从弘扬《史记》精神到走向世界,陕西都应下大功夫,力争把陕西建成司马迁与《史记》研究中心。同时,利用世界文化名人的品牌,为陕西当代文化建设服务。

二、评论

司马迁行年研究的新收获^①
——读《司马迁年谱新编》

　　关于司马迁的行年,他本人在《自序》中有所涉及,可惜太略。班固的《汉书》给司马迁立传,也未曾说清。于是,历代学者争论未休,使这一问题成为司马迁研究中一个颇为引人注目的问题。20 世纪以来,王国维作《太史公行年考》,张鹏一、郑鹤声分别著《司马迁年谱》,在司马迁行年研究方面做出了不小的贡献,但有些问题还未完全解决。吉春同志在前人研究的基础上,做了进一步的探索,著成《司马迁年谱新编》,由三秦出版社出版。这部著作有以下几个明显的特点:

　　首先,录与论相结合。作者不是就生平论生平,而是高瞻远瞩,从大背景入手,把司马迁一生的活动放到封建社会的上升时代——汉武帝时代去考察,既知人,又论世。年谱在每岁中列有"国家大事"一节,录《汉书》有关资料作为

---

　　① 《司马迁年谱新编》,吉春著,三秦出版社 1989 年 4 月出版。本文刊于《陕西省司马迁研究会通讯》第 3、4 期合刊,1993 年 12 月。

"大舞台",使司马迁的个人活动有落脚点,比张鹏一《司马迁年谱》中"纪年时事"一栏更为详细。这样做便于读者了解汉武帝时代整个社会情况及其对司马迁活动的影响,并且还可看到司马迁同时代人的所作所为。正因如此,作者往往能得出新的结论。如司马迁七岁这一年(汉武帝建元二年)在《国家大事》一节中,作者录《汉书·武帝纪》:御史大夫赵绾因奏事未报窦太后,被下狱,与王臧皆自杀;罢窦婴丞相、田蚡太尉之职。这几个人都是尊儒派,他们的自杀、被免职,实际上是汉武帝第一次尊儒的失败。作者正是从汉武帝与窦太后儒道之争出发,分析确定了司马谈《论六家要旨》写在这一年。这是司马谈在得知窦太后战胜尊儒派后立即写下的一篇学术论文,核心是完全肯定道家,比较客观评论其余五家。作者认为,前人把该文写作年代放在元朔五年是不准确的,因为窦太后死于建元六年,之后武帝重新发动尊儒,罢黜百家之言,如果把该文定在此年以后,与这种独尊儒术的大气候不相容,武帝也不会同意这种观点的。作者的这种分析是颇有见地的。

其次,史料与文物相结合。作者是司马迁故乡人,得天独厚,亲自考察司马书院、司马迁高门先茔、太史祠等文物古迹,得到了大量的第一手材料,因此,能在占有丰富史料的基础上,结合实地文物进行考证。如《司马迁十九岁》这一章,作者除根据《自序》"耕牧河山之阳"、《报任安书》中"长无乡曲之誉"以及夏阳见郭解、问故孔安国等史料外,还结合司马书院遗址,对司马迁的生平进行了详细考证,最后得出结论:司马迁十九岁前是在夏阳高门故乡耕读的,从而否定了前人的六岁、十岁随父到京师的说法;又如考证司马迁的生地,作者依据《自序》中先后提到的"少梁""夏阳""华池""高门""龙门"这些韩城地理名称的线索及其他史料,并结合韩城市的文物和自己的实地考察结果,否定了山西河津说及陕西韩城的芝川、华池、夏阳城之谈,而考定司马迁生地在今韩城市高门村的龙门寨。这样的考证方法,既有理论,又有实物,结论较为合理,给人以耳目一新之感。

最后,辨与立相结合。由于司马迁行年研究中有许多问题众说纷纭、莫衷一是,所以如何取舍、如何立论也是一项难题。作者能从繁杂的众说中独立出来,自成一说,既辨且立,以立为主。如关于司马迁的生年,作者集中列举了前人的六种主要说法,一一加以辨析,以施丁发现日本南化本《史记索隐》"三十八"为终结,肯定司马迁生于汉景帝中元五年(前145年)。又如关于司马迁的"二十南游",前人也众说不一,作者从时间、路线、地点上肯定了司马迁《自序》中"二十南游"的次序,否定了王国维之说。又如在《司马迁四十七岁》一章中,作者从李陵战败被俘、司马迁被召问、司马迁与李陵无亲善关系、李陵被误认为匈奴练兵而家族遭诛、司马迁为李陵直言的思想动机五个方面论证司马迁并没有为李陵投降辩护,也没有谎沮贰师将军李广利,不应当有"诬上"的罪过,不应该下狱,更不应该受腐刑,这是一个千古奇冤。作者在许多地方运用辨与立相结合的方法,澄清了某些历史事实,立起了自己的观点。

由于受资料限制,司马迁行年的研究还存在一些空白点。作者在信史的基础上,搜索有关民间传说,来补充某些散失的环节,尽管不能作为信史看待,但在史料、文物缺乏的情况下,仍不失为一种有益的尝试,弥补了一些缺陷,这也是应当肯定的。

尽管这部著作还有些不足,如对《史记》的传播、断限、补续及太史公交游等方面的论述不够充分,但仍是一部有价值的著作,它简明不冗,信史为根,观点新颖,是司马迁行年研究的一个新收获。

轻轻松松步入文学殿堂^①

——喜读《中国文学史话》

　　中国文学从远古时代的第一声"哼唷"开始奠基,历经几千年的积累、发展,终于建构起一座辉煌的大厦。诗、词、文、赋、小说、戏曲等文学样式,交相辉映;著名作家,不胜枚举;文学精品,琳琅满目;众多流派,各有千秋。面对这样一个五彩缤纷的世界,许多人感到扑朔迷离,不知如何去探寻其中的宝藏。最近,吉林人民出版社出版的《中国文学史话》,给读者指点迷津,帮助读者轻轻松松步入中国文学的殿堂。

　　《中国文学史话》,由袁行霈、章培恒、邓绍基、费振刚、孙玉石等著名文学史专家做学术顾问,郭杰、秋芙任总主编。该书以历史发展的线索,依次分为十卷:先秦卷、秦汉卷、魏晋南北朝卷、隋唐五代卷、宋代卷、辽金元卷、明代卷、清代卷、近代卷、现代卷。此书最大的特点在于用讲故事的形式,将几千年中国文学发展的历史贯串起来。每卷170多个问题,从作家的生平故事和逸事到作品欣赏、作家流派、发展源流、时代风尚,乃至于创作某一作品的来龙去脉,娓娓道来,饶有趣味。如文学史上第一位伟大的爱国诗人屈原,先秦卷共列16题,从"'楚囚南冠'——楚人的爱国传统"入手,说到屈原的生平及作品,说到"端午节的来历""屈原的传说和遗迹""屈原身后的谜团"。这样,把屈原放到楚人爱

---

　　①《中国文学史话》,郭杰、秋芙总主编,吉林人民出版社1998年10月出版。

国传统的背景上认识,而"身后的谜团"一题,又较详细地介绍了两千多年来围绕屈原及其作品的争论,是一部浓缩了的楚辞学史。如此一来,有关屈原的所有问题一清二楚。又如中国现代文学的奠基人鲁迅,现代卷从"幻灯片事件与鲁迅的弃医从文"说起,说到鲁迅与周作人的兄弟关系、鲁迅的爱情、鲁迅与柔石的师生情,说到鲁迅作品中的"狂人"、阿Q、祥林嫂等,直到"空前的葬礼,不朽的民族魂",将鲁迅伟大的一生展现在读者面前。整部《中国文学史话》,就是以这样的故事形式支撑起来,避免了一般文学史编纂中的凝重感,使读者在听故事的过程中掌握了中国文学发展的基本脉络。

普及性与专业性的统一,是此书的又一特点。编者的目的是要向广大的读者传播中国文学知识,因此,对于中国文学的一些基本知识和文学作家的创作情况进行了生动的介绍,尤其是对中国文学精品,进行了细致的分析。从先秦,到现代,中国文学的面貌清晰地展现在读者面前,使人感受到中国文学的深厚传统。但编纂者也注意到学术性、科学性,注意吸收文学史研究的最新成果,使读者呼吸到新鲜空气。如秦汉卷,作者注意到,1977年,陕西秦始皇陵出土的秦代编钟上也有"乐府"字样的篆刻,因此,断定"乐府从秦代开始,到汉代逐渐扩大",修改了早期文学史中汉代立乐府的观点。这样的例子是很多的,尤为可贵的是,此书在许多地方有自己的新见解,如"春秋时代的赋诗言志""汉代的百戏""《史记》人物传记的悲剧色彩""唐代文人的崇侠尚武精神""书法与唐诗""唐宗师之争""宋代节俗与文学""宋词与歌舞""西学东渐与近代文学"等题,都具有专题研究性质,对于探寻文学发展规律具有积极的意义。可以说,这在学术研究与文学普及之间架起了一座桥梁。

于细微处见功夫,是此书的另一特征。中国文学发展了几千年,作家层出不穷,作品汗牛充栋,一般文学史的编纂都从大处着眼,勾勒每一时代的发展历史,而对小作家、小作品略而不谈。本书既注重大作家、大作品,也注意于细微处下功夫,在别人不经心处别出心裁,因而,在许多地方弥补了传统文学史的不足。如宋代卷中,"宋代的四大书院""宋代的四大类书""《太平广记》:古小说的林薮""皇帝·词人·妓女""天台营妓严蕊"等题,都是传统文学史中很少论及的问题,使读者对整个宋代文学、文化有更全面的了解。又如近代卷中列"易俗社与'李氏三杰'""《三滴血》"等题目,介绍了秦腔这一剧种在近代文学史上的地位；"关中美髯公于右任""李慈铭《越缦堂日记》""趋新的游仙诗"等题,也都是传统文学史中不多见的问题。由于每卷都注意于细微处着笔,因而整部书给人以精心、丰富之感。

该书在总体布局上特别注意点与面的结合。一个作家一个题目,一个作品一个题目,重点作家多个题目,这一个个"点"构成一个时代文学发展的"面"。这些"点",既有对精彩作品的分析,又有对作家整体风格的介绍,也有个人生活逸事、创作故事。题目分配上,注意突出重点作家,如汉代司马迁9题,唐代李白9题,杜甫8题,李杜放在一起又有3题;宋代苏轼12题,现代鲁迅15题。这一个个"点"如同一颗颗珍珠,经过统一安排,形成完美的珠串。而文学发展的源流也很清晰,如:"悲秋文学的鼻祖——《九辩》""庄子——中国小说的鼻祖""最早的汉乐府诗人——唐山夫人""第一篇才子佳人小说《鸳鸯转》""开一代新风的龚自珍""梁启超与新文体""中国最早的话剧社团春柳社",等等。从这些题目,读者不难看出中国文学发展的基本线索。"点"为"面"服务,而"面"因"点"而显现,两者相互联系,构成文学发展的历史。整部书而言,每一卷又是一个"点",是文学长河中的一段;十卷合起来,成为一个"面",构成中国文学的巨幅画卷。

另外,作为一部面向大众的著作,编纂者还注意到语言的生动活泼性,避免晦涩难懂。如近代卷"董福祥与秦腔"一题的开头:"深秋,沟壑纵横的西北黄土高原,莽莽苍苍,一望无垠。忽然,从陕甘宁交界处的一块儿高坡上,传来了一阵热耳酸心的干板乱弹:'唱喊一声绑帐外,不由得豪杰笑开怀。'这声音不仅划破了长空,而且回肠荡气,遏云振林。在这兵刃相交、血光剑影的战场上,为什么会响起秦腔? 这又是什么人为此发疯? 原来事出有因。"读起来颇有吸引力。又如现代卷写鲁迅的逝世:"1936年10月19日凌晨5时25分,一颗伟大的心脏停止了跳动,经历了一生酣战的鲁迅没有来得及看到天明,就永远合上了双眼,一时间星陨山颓,万众同悲,鲁迅去世的噩耗像一只巨大的铁锤,沉重地敲击在人们的心头。"读之使人心情沉痛。整部著作就是以这种生动的语言向读者讲述了一个个有趣的故事,使人爱不释手,而每个故事的标题也都有动人之处,给人以清新、美妙之感。有些标题则巧借作品之名来命题,试举现代卷的几个题目:"'边城'里吹出的忧郁牧歌""'月牙儿'下的凄楚故事""当年海上惊

'雷雨'""铁蹄下的'生死场'""'雨巷'中走出的戴望舒""黑土地上的暴风骤雨""'寒夜'中的知识分子""冲不破的'围城'",等等。由于语言生动活泼,故能引人入胜。

　　总之,《中国文学史话》不拘一格,突破了传统文学史编纂的套式,以新的内容、新的体制、新的面貌呈现在读者面前,可喜可贺,相信读者会喜欢它的。

1999 年 5 月 10 日于古城西安

热血铸就司马魂①

——读长篇史诗小说《史圣司马迁》

司马迁是中国文化史上的一位奇人。他生当西汉盛世,那是充满活力、蓬勃向上的时代,同时又是封建的专制时代。理想与现实、个人与社会形成了一种不可抗拒的悲剧冲突,最终被时代所毁灭。但他那不屈之魂却永远给人以力量的鼓舞;他的巨著《史记》,成为世界文化宝库中璀璨的明珠,与日月争光,永远不朽。是应该有一部长篇小说好好地表现这位历史之父及其精神。

小说扑面而来的是它那"宏其中而肆其外"的磅礴气势,称之为史诗,也恰如其分。这种气势首先来自汉代广阔的社会生活,来自悲壮的历史时代。作者以司马迁之魂为线索,全景式地展现了西汉一代尤其是汉武帝时代的历史,而不只是司马迁一个人的生死过程。气势还来自至大至刚的司马迁之魂,小说所要展现的司马迁之魂,乃是我们的民族之魂、民族精神。司马迁作为悲剧人物,在专制的汉武帝面前看似是失败者,但在精神上却是胜利者,肉体死亡而灵魂不灭。小说中那个很不起眼但又令人难忘的小马,乃是司马迁之魂的象征,它是不幸的,又是不朽的。通过它,我们可以窥见司马迁倔强的心魂。气势来自作者奔放的笔墨,波澜起伏,理想与现实、家庭与社会、古与今、灵与肉、情与理

---

① 《史圣司马迁》,长篇史诗小说,东方芥子著,海天出版社 2000 年 1 月出版。本文刊于《中国图书商报·书评周刊》2000 年 5 月 23 日。

等交错组接,使作品具有阳刚之美。气势来自小说的"大制作",作品洋洋洒洒58万余字,配以人物绣像赞辞,富有古典小说的民族传统。整部小说悲而壮,壮而美。我们感受到的不是无所作为的哀叹,而是为壮丽事业勇敢奋斗的豪歌;不是失败的感伤,而是胜利成功的快慰。

由于小说以展现司马迁灵魂为主线,因而作者特别注意刻画人物的内心世界,以独白、幻觉、梦游、想象等形式,打破生与死、古与今的界线,跨越时间、空间,犹如一部心理探索小说,在广大无边的非理性的世界里翱翔。司马迁在肉体上、精神上受到极大摧残,心灵上受到极大压抑,"肠一日而九回,居则忽忽若有所亡,出则不知其所往。每念斯耻,汗未尝不发背沾衣也"(《报任安书》),如同一位精神病人,他的所想所感,绝非一般人所能体悟。作者就像一位高明的精神分析学家,给我们解剖司马迁的精神世界。特别是受宫刑前后、出狱前后等,是极有色彩、极有分量的心灵搏斗,它是司马迁各种体验、多种心境、复杂人生、沧桑命运的真实写照。这种笔法,突破了纯以情节取胜的传统套路,大胆借鉴、吸收西方小说、戏剧心理描写的长处,而加以民族化的处理,使小说具有了深刻的哲理韵味,发人深思,令人回味,而不是一览无余的情节的直线贯串。通过这种手法,使读者体会到司马迁大起大落的心灵变化,触摸到司马迁的脉搏。如果省去这些描写,作品将变得淡而无味,读者也只能看到司马迁的表象。

小说的成功来自人物形象的塑造。司马迁的形象,代表了我国古代优秀知识分子的光辉形象。小说以司马迁为核心,同时还刻画了与他生死攸关的汉武帝、杜周、任安、上官清、书儿等众多的人物形象,以此起衬托作用。人性中的善良与邪恶、正直与邪曲、崇高与卑鄙、纯洁与肮脏、真诚与虚假、伟大与渺小、美丽与丑恶等,融为一体。小说中的汉武帝是一个具有复杂性格的帝王,有时聪明,有时糊涂;有时大度,有时小气;有时仁慈,有时残暴;有时透明,有时专横。造成司马迁悲剧的因素有多种,而真正的元凶则是汉武帝。作者精心塑造这一人物,使两位"巨人"对峙,更好地凸现司马迁的伟大人格与顽强意志。

历史、诗情、画意、哲理融为一体,使这部著作具有了历史与现实的厚重感,给人以生命的启迪和艺术的享受。

古代传记理论研究的开拓之作①
——读《中国传记文学理论研究》

　　古代传记理论批评，是中国文学理论批评史的重要组成部分，目前对于这一领域的研究还处于起始阶段，一直没有系统的专著出现。俞樟华教授《中国传记文学理论研究》一书的出版，填补了这方面的空白，是古代传记理论研究的开拓之作。

　　该著作的成功，首先在于有严密的逻辑结构和完整的体系。结构与体系看起来是外在的形式，但本质上却是著者思想的体现，也是著者对研究对象熟悉程度的一个标志。全书分为两大部分。前半部分是绪论，著者高屋建瓴，系统地勾勒出从汉代到清代传记理论的发展线索，对每一时代传记理论的不同特征进行论述。这是古代传记理论的发展史，视野开阔，脉络清晰，使读者对中国古代传记理论先有一个总体认识和把握。著者认为，汉代是我国古代传记文学理论的产生时期，司马迁开创传记文学的同时，也是传记理论产生之时；魏晋南北朝时期传记文学创作的大发展为传记理论的发展提供了有利条件，其中刘勰的《文心雕龙·史传》篇是古代传记文学理论史上第一篇较为系统的理论文章，是史传理论研究从不自觉到自觉的一个转折点；唐代韩愈、柳宗元等人掀起的古

　　①《中国传记文学理论研究》，俞樟华著，湖南文艺出版社 2000 年 1 月出版。本文刊于《运城高等专科学校学报》2001 年第 1 期。

文运动、统治者对史传的重视以及刘知几《史通》的出现,标志着传记理论的一大发展;宋代是传记理论批评的重要时期,除了对《史记》《汉书》等进行文学评论外,最重要的是出现了一批有关传记文学理论的专门性论文,如黄干的《朱先生行状书后》等;明代传记理论批评中,对史传理论的研究是一个重点,而且具有十分强烈的时代针对性,比前代有突破的地方,表现在对史传文学与小说关系有了较为清楚的区分和评论;清代是传记理论长足发展时期,一方面显示出理论总结的趋势,另一方面又提出了不少的新的观点和理论,把传记文学理论批评推进了一大步。这种系统总结,是符合传记理论实际的,显示出著者的独特眼光。著作的后半部分是分论,分别从传记文学的释名、体例、分类、作者、写作宗旨、立传标准、材料收集整理、真实性、人物写作、叙事方法、语言艺术等方面,全方位地论述了传记文学理论的基本问题、基本特征。如果说,前半部分是从纵的方面勾勒,那么,后半部分则是从横的方面进行总结,形成纵横交错的体系。而横的方面中,每一问题的来龙去脉也很清楚,每一问题都是一个研究史。如《传记文学的释名》一章,详细介绍了古代学者对"传""传记"的认识发展过程,阐明了传记文体的演变轨迹;《传记文学的分类》一章,从图书分类、文体分类等方面细致论述了传记分类的历史。全书各章就是在这样一种严密的逻辑结构中进行深入分析的。

完整的体系是建立在扎实的资料的基础上的。中国古代传记理论的资料零碎分散,遍布在性质完全不同的各种典籍之中,著者博览载籍,爬罗剔抉,从多个方面收集资料。主要有:传记作品的序跋论赞,历代各种史书,历代文人对史传和杂传作品的评点著作,各种笔记杂著,各种目录学著作,各类文学批评著作,各种历史评论和小说评论著作,诗文书信序跋奏议表状,帝王诏书和一些专题文章,历代文学作品选,乃至于散见于小说戏曲中的一些资料也予以充分的注意,如"引言"中,引清代纪昀《阅微草堂笔记》中一个故事:"某公"无所建树而死后墓碑上却写着连他自己都不敢相信的溢美之词,以至于受到时人的"讥评"和鬼物的"姗笑",只好远避他处。著者以此来说明墓志铭这种文体的弊病。本来这是小说故事,一般人不会把它作为传记理论来认识的,事实也是如此。但著者却从中挖掘出新的意义,给人以耳目一新之感。全书将视野伸向广阔的领域,博而后精,体现了著者扎实的功底。片言只语的零散资料汇为闪光的理论基石,显示出中国古代传记理论的民族特色。可以说,这是对古代传记理论材料的一次大清理。这项工作是非常烦琐和艰难的,著者迎难而上,将有特色、有价值的资料搜集在一起,给研究者提供了一个丰富的资料库。

但著者并没有停留在资料上,并非只见材料、不见观点,而是用自己思想的"线"来统率材料,表现出独特的识见。在撰写方法上,全书以专题问题为纲,在每一问题下将不同的观点加以评述,如同用一根线把颗颗珍珠穿成美丽的珠串。如"传记分类的意义"专题下,著者列举七个方面的意义进行论述,最后总结说,古代传记的分类,不只是一个形式问题,它既反映了古人对传记这种文体的特点和价值的认识,也反映了古代学术思想的变化。又如"非史官不可为人立传"专题下,著者列举刘知几、顾炎武、全祖望、姚鼐等人的观点,说明"非史官不可为人立传",一直是普遍的观念;同时又举出王于一、章学诚等人的不同意见,说明非史官也可为人立传。又如在"传记文学的真实性"专题下,著者提出问题:古代传记理论为什么强调真实性呢?然后从四个方面寻找原因,每一原因下评述不同的观点。接着又在"传记失真的原因"小标题下,从四个方面进行分析,并结合古代传记作家的创作实践,对传记文学的真实性问题发表自己的看法。如此安排,纲目清晰,重点突出,做到辨析与立论结合,观点与材料结合。同时,著者对古人观点的长处、短处一一评说,观点明确,评价公允。如唐代刘知几在《史通》中提倡史传由私人编撰,反对官修史传,认为官修的弊病太多。对此,著者指出,如果完全否定官修史传的功绩,也是不对的,官修史传可以充分利用国家的藏书和各种文献资料,史传作者的物质生活和写作时间也有一定的保障,史传作者济济一堂也便于互相经常切磋商讨,其优越性也不容忽视,官修史传所留下来的大量著作,也不是全都一无是处的。又如宋代郑樵认为司马迁写《史记》,只局限于七八种资料,对此,著者指出,郑樵批评司马迁在写历史人物传记时所采用的书籍太少,其用意显然是在强调搜集材料的面越广越好,道理是不错的,可是其批评却没有针对性,因为司马迁在写《史记》时引用的古代典籍远远不止七八种,著者还引用今人张大可先生的研究指出,司马迁所采用的古书有102种,而这些还只是根据《史记》所提到过的而统计出来的,司马迁见过、用过而没有特意记载其书名的典籍肯定还有一些,所以说,司马迁实际引用过的书籍材料,比我们今天能见到的一定还多得多,郑樵的批评是不恰当的。像这种分析评论,是贯穿于整个著作中的。

中国古代传记源远流长,传记理论则显得薄弱,而且这些理论又和史学、哲学、经学、文献学、碑刻学、目录学、文章学等密切相连。对这些理论进行系统研究,需要有多方面的知识积累,具有相当的难度,但同时又具有重要的学术价值,既有助于我们认识古代的传记及其理论,又对今天的传记创作及理论研究具有积极的意义。俞樟华教授在这方面潜心钻研,取得了可喜的成绩,相信读者会从本书中获得多方面的启迪。

百尺竿头　更进一步①

——评《中国散文通史》

由北京师范大学的学者们组织编写的 12 卷本《中国散文通史》，经过十年的努力撰写终于面世，这实在是中国文学研究界值得庆贺的大事。北京师范大学是全国学术的中心之一，北师大的学者们能组织完成如此恢宏的科研项目，着实让我们感到钦佩。这套散文通史的内容以及它的问世过程，都值得中国文学的研究者、教育者认真学习、借鉴。

这套《中国散文通史》的特点，可以概括为四个方面："通、全、专、新"。

第一个特点"通"，是说《中国散文通史》的记述视野，贯穿古今，无愧于"通"的品质。古今中外的史书和文艺理论著作，名称中出现"通"字的，大多是非凡的著作，比如古代刘知几的《史通》，司马光的《资治通鉴》，现代范文澜的《中国通史》等等，都涵盖了上下数千年的历史，具有宏阔的视野。而《中国散文通史》记述中国散文的写作，从先秦一直贯穿到 21 世纪，堪称名副其实的通史。

第二个特点"全"，是说《中国散文通史》的记载对象。在这部著作中，学术界一般认同的一流散文作家自然都得以入史，其他一些可能在历史地位上属于二三流，但也留下了有价值作品的散文作家，也大量写入通史中。

---

①《中国散文通史》(12 卷)，郭预衡、郭英德总主编，安徽教育出版社 2013 年 1 月出版。本文刊于《励耘学刊》2013 年第 2 期。

　　第三个特点"专",是说《中国散文通史》的构成元素。从整体来看,这套书的撰写工程量浩大,每一卷都由学有专长的学者撰写或主编。例如,先秦卷由过常宝教授主持完成,过教授凭借扎实的学术积淀,系统地总结了先秦散文的发展历史;汉代卷由尚学锋教授独立写就,他是这一领域卓有成就的专家;康震教授之于隋唐五代卷,郭英德、张德建教授之于明代卷,都是如此。这样做,足以使每位作者在相对统一的撰述思想下,充分发挥自身的学术特长。

　　第四个特点"新",是说《中国散文通史》的学术个性。近20年来,有关中国散文史的学术著作屡屡问世,而这套《中国散文通史》则凭借它鲜明的新质,展现出自身不可替代的学术价值。这套书的新质一方面表现在于其"以时分卷,按类结构,依人展开"的编纂体例。"以时分卷"是指全书依时序分为先秦、汉代、魏晋南北朝、隋唐五代、宋金元、明代、清代、近代、现代、当代各卷;"按类结构"是指每一卷都按文体分章;"依人展开"是指每一章都按时间先后分述作品和作家,这体现了总主编独具匠心的学术构思。另一方面,这套书的新质还在于它密切关注学术界的最新动态,包括考古的新发现和海内外文史研究的新论著,在行文中引录了很多新的资料,提出了很多新的观点。例如,该书把《礼记》作为先秦儒家七十子后学的著作,这就体现了作者对考古与文献研究最新成果的关注和吸收。总之,从体例到内容,这套书都具有"新"的特质。

　　目前,对中国散文的研究已经成就斐然。特别是北京师范大学,以前出版过郭预衡先生的《中国散文史》《中国散文史长编》,而今又诞生了这样一套新的巨著,可见在"散文创作史"研究上已经基本做到了极致。今后,对于中国散文的研究还可以做哪些工作呢?我想到了两个大课题。

　　其一,我想可以在《中国散文通史》的基础上,继续研究"中国散文研究史",细致地梳理中国散文从古到今的研究状况。由"研究史"还可以扩展到中国散文的传播史、接受史,深入研究中国古今散文是如何向海内外传播、如何被大众接受的。北师大文学院目前正在从事"中国文学海外传播"的科研项目,可以在思路上给我们一些新的启示。这是一项艰巨的工作,但却有重要的学术意义。

　　其二,我想可以利用现在发达的网络技术,建立一个中国古今散文研究的专业网站。在北京,首都师范大学现在已经建立了一个诗歌研究中心的网站;

为山集

我想或许可以把北师大和首师大的资源整合起来,再合作建立一个散文研究中心的网站。这既可以为散文研究的学者提供丰富的信息资源,也可以在合作研究方面给学术界起到表率的作用。

热心·细心·真心·恒心①
——读朱鸿老师《长安是中国的心》

对于朱老师的著作,我谈四点感想。由于书名中有"心"字,所以我也用四个心字来概括:

(一)对长安以及长安文化的热心

长安,先后有 13 个王朝建都于此,绵延 1100 余年。经过漫长的岁月洗礼和深厚的文化积淀,诞生了辉煌灿烂的长安文化。长安文化具有多种特性。第一,它是一种颇具中国西部特色的地域文化,以长安和周边地区为核心,以黄土为自然生存环境,以雄阔刚健、厚重质朴为其主要风貌,这种文化精神一直延续到今天,仍然富有强大的生命力,20 世纪中国文学的"陕军"、中国艺术的"长安画派"等均显示出独特的魅力,可以称之为后长安时期的文化。第二,它是一种兼容并包的都城文化,既善于自我创造,具有时代的代表性,又广泛吸纳其他地区、其他民族的文化,也善于吸纳民间文化,形成多元化的特点。第三,它是中国历史鼎盛时期的盛世文化,尤其是周秦汉唐时期,这是中国历史上的盛世,此期所产生的文化以及对外的文化交流,代表了华夏民族的盛世记忆,不仅泽被

①《长安是中国的心》,朱鸿著,生活·读书·新知三联书店 2013 年 12 月出版。本文是 2014 年 4 月 27 日在《长安是中国的心》暨朱鸿散文与长安叙述研讨会上的发言提纲。

神州,而且惠及海外。第四,它是一些历史时期全国的主流文化。由于长安是历史上许多王朝的都城,是当时政治文化的中心所在,以长安为核心形成的思想、文化,辐射到全国各地。第五,它是中国文化的源头,产生在中国历史的早期,是中国文化之根,对中国文化以及中华民族共有家园的形成具有不可估量的影响。

生活在具有文化底蕴的长安,脚踏在这片热土上,每个人应感到自豪和骄傲,心应该是热的,朱老师就是这样的人,他以热乎乎的心关注这片神奇的土地,关注这片土地上的历史和现实,关注这片土地上的人和事,并把它们叙写出来。许多人生活在这里,却有些麻木,感受不到文化的魅力。

(二)对长安以及长安文化叙述的细心

长安文化不是过眼烟云,而是深深地积淀——存在于每个人的精神世界里,存在于每个人的心灵里。它体现在一人一事,一草一木,一山一水,一宫一殿,一庙一寺,一陵一墓,一街一巷,等等,它是有生命力的,需要人们仔细地品味,并不断地传承下去。《长安是中国的心》中的106篇作品,细心观察、叙述长安及其周边的一切,涉及历史、地理、建筑、宗教、艺术、民俗等方面。虽然没有宏大的叙事,没有那种惊心动魄、排山倒海般的场面,但有它细腻的过人之处,所谓"一沙一世界""一花一天堂"。更重要的是细心之中有"文心"。记人写物,精心构思,结合现代考古以及自己的实际考察,把历史与现实融合,义理与考据融合,表达出深邃的思想。如《终南山》一文对现在过度开发的忧虑,《中秋节》结尾对现实的思考等。

(三)对长安以及长安文化叙写的真心

长安是一片热土,作者生于此,长于此,工作于此,对此有了深厚的感情。"长相思,在长安!"正如贺敬之《回延安》诗中所说"手抓黄土我不放,紧紧儿贴在心窝上"作者把长安视为中国之心,希望"长安好,中国好"。作者以自己的真心描述中国之心,没有矫揉造作之态,没有雕琢华丽的语言,散文中渗透着真情,流露着真心,散发着故乡的泥土气息。真心写真情,真心写真意,因而能打动每一个读者的心。这是一个以心(作者之心)传心(中国之心、读者之心)的过程,达到心心相印的效果,并且以自己的真心呼唤着人们呵护中国之心——长安。如《唯一长安》(492 页)。

(四)对长安以及长安文化叙写的恒心

长安自古帝王都。从汉代以来,就有以散文形式书写长安的著作传于后世。从较早的《三秦记》(东汉辛氏)《三辅旧事》(东汉赵岐)《三辅黄图》(佚名)《西京杂记》(晋葛洪)等发端,到宋代宋敏求的《长安志》、程大昌的《雍录》和张礼的《游城南记》,以及清人毛凤枝的《南山谷考录》等,都是书写长安的重要文献。古代的诗词曲赋中也有大量作品涉及长安。朱鸿老师在继承传统的基础上,立志以新的形式叙写长安,接续这个文脉,20 多年来踏遍了长安及关中的名胜古迹、历史遗址,考察民风民俗,写出了一系列的散文,从他的《关中踏梦》到《关中是中国的院子》《关中:长安文化的积淀》,再到今天的《长安是中国的心》,一路走来,形成了自己独特的长安叙写风格,为长安以及长安文化的叙写树立了新的标杆,也为长安文化研究提供了丰富的资料。功夫不负有心人,20 多年的努力,终于结出了丰硕果实。著名学者杨义谈自己治学方法时归纳为“五学”:眼学、耳学、手学、脚学、心学。我觉得朱鸿老师也是这样的学者。

宏大的体系与缜密的考证^①

——评邵炳军教授《春秋文学系年辑证》

春秋时期处于历史发展的枢纽时代,春秋文史哲合一的"大文学"态势内蕴着后世中国文学的各种文化因子。这与中国文学的内在属性、书写特征和发展方向密切相关。但是,现有的春秋文学研究成果比较注重个案辨析、专题论述,而以"系年"体例与"辑证"方式结合来进行研究者尚未见到。令人欣慰的是,新近出版的邵炳军教授《春秋文学系年辑证》(全四册,180万字,高等教育出版社2013年版,以下简称《辑证》),综合运用文学年代学与历史文献学研究方法,将历时性的"系年"体例与"辑证"方式有机结合,自出机杼,创制了一个具有独特内涵的学术研究体系,全面系统地梳理春秋文学的历史发展概貌,客观真实地揭示了春秋文学对后世中国文学的言说方式、意义建构方式和阐释方式所产生的重大影响,堪称21世纪先秦文学研究领域一部体系架构宏大而考证方法缜密的扛鼎之作。该书的突出特色主要表现在以下三个方面:

(一)纵横坐标轴的设置与宏大的体系架构

任何一部学术研究成果的体系架构,首先遇到的问题就是对于各种已有研

---

①《春秋文学系年辑证》,邵炳军著,高等教育出版社2013年12月出版。本文刊于上海大学官网2015年2月6日。

究成果的清理展示。为此,作者设置了一个纵横坐标轴来体现自己学术研究的体系架构。

这一坐标的纵轴是"时间"轴,即"系年"体例,就是将春秋时期编撰的一些文献典籍的成书年代及其部分作品的创作年代,散见于古代典籍中春秋时期佚诗的产生年代,一些重要作家的生平事迹及其创作活动,尽可能地放到一个统一的时间坐标上去。这是本书研究的重心。通过"系年"体例,读者既可以直观地总览春秋时期的"作家群体谱系"与"作品年代谱系",也可直观看到单个作家文学创作的历时发展状况。作者正是以"系年"为研究基点,来展现春秋时期诗文与史实的内在关系及其文学阐释现象。尽管这些论题涉及经学、史学、文学、文论诸多方面,但作者都能以文学年代学方法为主要方法,将其笼于形内挫于笔端,显示出作者开阔的学术视野、开放型的知识结构以及较强的理论建构能力。

这一坐标的横轴是"学术"轴,即"辑证"方式,就是对作家的族属、世系、行状与作品创作年代,尽可能广泛地搜罗相关传世文献与出土文献及诸家研究成果,在扒梳整理已有研究成果的基础上,或自立新说,或补证旧说,或择善而从。可见,此所谓"辑",就是荟萃古今中外已有的主要研究成果,提纲挈领地"述"学界的诸种学术观点。这实际上等于将春秋文学研究的学术史进行系统化清理。

比如,关于《诗·小雅·节南山》的创作年代,首先依次列举学界的七种主要观点:一为上博简《诗论》第八简之"阙疑"说,二为毛《序》之"幽王之世"说,三为孔《疏》引三国吴韦昭"平王之世"说,四为孔《疏》之"平、桓之世"说,五为宋欧阳修《诗本义》卷七之"桓王之世"说,六为宋戴溪《续吕氏家塾读诗记》卷二之"共和元年之后"说,七为清梁玉绳《汉书古今人表考》卷四之"宣王之世"说;然后,从"诗人所刺为王用尹氏以致乱""诗中所描写的为周幽王骊山之难后的亡国丧乱之象""'国既卒斩''丧乱弘多''乱靡有定'的社会现实生活为诗人创作之源泉,国破家亡的哀情和遁无所往的愁苦为其创作动因"三个方面,来补证韦昭之"平王之世"说;最后,得出自己的新结论:《节南山》为骊山之难、"二王并立"初期,亦即为西周覆灭而周平王未东迁时期的作品,即作于周平王元年(前770)。

再如,关于《诗·大雅·瞻卬》的创作年代,首先依次列举学界的三种主要观点:一为毛《序》之"幽王之世"说,二为宋王质《诗总闻》卷十八之"阙疑"说,三为清范家相《诗瀋》卷十七之"平王之世"说;然后,从"诗人所写为骊山之难后的亡国之象""诗人反映了西周末期土地关系的转变——土地兼并现象""诗人所刺之'哲夫'为周幽王,所刺之'哲妇'为周幽王宠妃褒姒""诗人指出周幽王友戎狄、仇诸侯是'邦国殄瘁'的根本原因"四个方面,来补证《诗瀋》之"平王之世"说;最后,归纳出自己的结论:《瞻卬》一诗当作于骊山之难后,即周平王元年(前770)。

又如,关于《诗·小雅·青蝇》的创作年代,首先依次列举学界的三种主要观点:一为毛《序》之"幽王之世"说,二为宋范处义《诗补传·篇目》之"阙疑"说,三为元刘玉汝《诗缵绪》卷十二之"厉王之世说";随后,作者便根据历史文献资料,从"《青蝇》的主旨是刺周幽王听信谗言而伤贤害忠"与"诗人所写为周幽王骊山之难后的亡国之象"两方面进行考证;最后,作出自己独到的判断:《青蝇》作于卫武公率兵救周、二王并立之初,即周平王元年(前770)。

足见,这种架构富于原创性,有着立足于现实基础上的超越性,提供的是开放性的学术框架。

(二)文学编年史与专门史的有机融合

《辑证》是作者在文学年代学(Chronology of Literature)理论与方法的指导下撰写的一部名副其实的文学编年史,其侧重点就是考订文学作品创作时间,排定文学作品"年代谱系";但在编年体总体架构之下,主体部分有以下五项内容:

一是"纪年",即凡在前770年—前453年有文学创作之年,依次标写公元、周、鲁暨与本年"录文"相关诸侯国之年代,合而则为"春秋年表"。

二是"纪人",即对于凡辑录有作品的作者,均标明生卒年或在世年代,合而则为"春秋人表"。

三是"纪事",即辑证某一作家(含无名氏)的具体作品创作及其文学活动,并对该年度所发生的与文学创作密切相关的政治、经济、军事、历史等重大事件或文化现象亦予以关注(以《春秋》纪事为主,兼及其他文献),合而则为"春秋大事表"。

四是"录文",即辑录该年度作者所创作的各体各类文学作品,主要是周王、国君、卿、大夫、士、平民等不同的作者群体(含无名氏)所作的各类文体,包括各类文献所保留的整篇文章和经过文献作者删节的文章(甚至包括保留的具有思想和文学价值的只言片语),合而则为"春秋作品集成"。

五是"注释",包括行文注释、参考文献注释与引文注释。

可见,这种架构设计是对现有编年史体例的一大突破与创新,包含了从根部做起的专门史内蕴。可以说,此书同时是一部有着鲜明特色的文学年代学著作。

当然,《辑证》研究的难点是重要作品的创作年代和重要作家生卒年代及对其创作活动的考证。可喜的是著者能迎难而上,采用训诂考据的文献学研究方法进行年代考订,既充分利用现有的文献史料,廓清事实,辨明文献真伪,考定作者生平,弄清作品的创作年代,又尽可能利用已发掘的出土文物,特别是夏、商、周三代断代工程的新材料,钩沉索隐,得出新的认识和结论。

比如,判定《诗·大雅·抑》一诗的创作年代,诗文本中四个"小子"称谓的语义指向显得非常重要。故作者以郑《笺》"天子未除丧称'小子'"说为出发点,不仅运用《诗》《书》《逸周书》《礼记》等传世文献材料,而且使用宋王俅《啸堂集古录》、清吴荣光《筠清馆金石文字》等出土文献资料,认为周人称未除丧之王为"小子"在传世文献与金文中均多见,并且以脚注方式补充说明:据《论语·尧曰篇》《尚书·商书·汤诰》《周书·康诰》《酒诰》《逸周书·程寤解》《武儆解》《芮良夫解》记载,帝舜、商人与周人除称未除丧之王为"小子",亦称未除丧之王世子、执政卿或诸侯国君为"小子"。由此作者判定:"小子"与"尔""女""予"一样均指称周王,故《抑》为卫武公在周平王未除丧时所献之诗。

再如,《诗·齐风·甫田》首章、次章两言"无思远人",此"远人"为谁?卒章作答曰:"婉兮娈兮,总角丱兮。未几见兮,突而弁兮!"作者引用《甫田》毛《传》《说文》《玉篇》《广韵》证明,"总角丱"指未冠,"突而弁"指已冠,正好相对;然后引《礼记》中《曲礼上》《檀弓上》《郊特牲》《内则》等篇章说明贵族"男子二十冠而字"之制,又以《太平御览》卷七百十八引汉班固《白虎通义》"男子幼娶必冠,女子幼嫁必笄"补证《礼记》之说,认为"冠"为由童子变为成人之礼,则"远人"即一位刚刚束发而冠的贵族青年男子;最后由此得出自己的判定:诗中"远人"当为已行冠礼而初即君位之鲁庄公。足见,重视钩稽并引用逸书、逸文中的材料,是《辑证》的一大亮点。

又如,著者在使用传世文献中的伪书时,既不盲目信从,又不随意舍弃,而是采用非常审慎的态度,且在此类书首次出现时皆作脚注予以说明。比如,传世《子贡诗传》系丰坊伪作,《申培诗说》系王文禄伪作,但著者认为此二书毕竟为明代作伪者的学术观点,且明清二代学者多称引之,足见当时具有一定影响,故此依然辑其说列入诸家之言。

(三)以"实事求是"的学术精神来展示文学状况与演变规律

乾嘉学派倡导"推明古训,实事求是"(清阮元《研经室集·自叙》),强调"通儒之学,必自实事求是始"(清钱大昕《卢氏群书拾遗序》)。这实际上就是要求在运用文献学研究方法时,始终如一地贯串实事求是的学术精神,既包括文献材料运用的原始性与翔实性,更强调考证分析过程的缜密性与科学性。《辑证》可以称得上是贯串实事求是学术精神的典范之作。其主要表现在以下两个方面。

一是研究路径:积跬步以致千里。

作者自 20 世纪 90 年代以来,长期专注于先秦文学特别是春秋文学的研究。多年的砥砺,使其具有了开阔的视野、宏大的格局和深厚的学养,也使其具有缜密的思辨、踏实的学风和超乎常人的耐心和毅力,做到大处建构、小处着手,积跬步而致千里。因此,《辑证》中的大部分内容就是在微观的专门研究的基础上经系统化而撰成的。例如,关于卫武公的生平事略与作品断代,作者在 20 世纪初期已分别发表了《〈青蝇〉、〈宾之初筵〉、〈抑〉作者卫武公生平事迹考论》(《文史》2000 年第 2 辑)、《卫武公〈青蝇〉创作时世考论》(《西北师范大学学报》2000 年第 3 期)、《卫武公〈宾之初筵〉创作年代考》(《甘肃高师学报》2001 年第 6 期)、《卫武公〈抑〉创作时世考论》(《河北师范大学学报》2000 年第 1 期)等单篇论文。可以说,《辑证》中有关卫武公的事略及其作品断代的相关内容,实际上是将已有研究成果的精华汇聚于此书之中。如此,作者的研究宏通而不流于空疏,辨析精细又毫无琐屑之感。

二是研究方法:力求直观地显现文学规律。

《辑证》虽以"系年"和"辑证"为主要论域,但读者依然可以通过对各种文献典籍中相关资料的阅读,特别是通过本书目录中精致的、概括性强的小题目,寻绎出春秋文学的诗史精神、诠释方式、价值系统等带有规律性的内容。更为重要的是,通过"系年"体例读者可直观看到文学现象、思想观念的发展变化。

比如,通过本书精致的目录小标题及相关内容可知,"德"观念在春秋时期四个阶段的发展情况在本书中显示得十分清晰:涉及"德"观念的作品,春秋前期(前 770—前 682 年),共有"宋穆公论让国为令德"等 4 条;春秋中期(前 681—前 547 年),共有"鲁御孙庆论侈替令德"等 60 条;春秋后期(前 546—前 506 年),共有"晋羊舌胖论施而不德"等 24 条;春秋晚期(前 505—前 453 年),共有"鲁孔丘论享所以昭德"等 22 条。从中可见,春秋文士不仅继承了西周初期周公旦提出的"德"观念,而且有所突破与创新。特别是从春秋中期开始,"德"观念发生了较大变化。

再如,著者在考订《诗·小雅·雨无正》的创作年代时指出:值得注意的是,诗人对"正大夫""三事大夫""邦君诸侯"等"靡所止戾"之怨忧情绪,就是周人天命观念由尊天敬神向怨天尤人巨变的具体表现,而导致这一巨变的直接动因便是两周之际"二王并立"政治格局的出现。当然,由于编撰体例所限,著者采用"评点"的方式揭示出两周之际周人天道观演变的基本特点,从一个侧面展示文学创作的演变规律。

又如,周襄王二十九年(前 624)"鲁展获妻作《柳下惠诔》"条评点曰:"此为传世文献所见春秋时期最早、最长之诔体文。"周敬王四十一年(前 479)"鲁哀公集《节南山》《十月之交》《闵予小子》作《尼父诔》"条评点曰:"此当为现存文献中最早的集《诗》为诔之作。"如果将此两条合而观之,则真实地展示出诔体文在使用主体上由"官诔"向"私诔"的演变进程。周景王六年(前 539)"晋张趯作《致游吉书》"与"郑游吉作《答张趯书》"两条,虽然没有任何评点性文字,但两条材料连属,不仅客观地显示出"书"体文在使用主体上由"国书"向"私书"的演变,而且保留了"私书"中相互"问(去信)""答(回信)"格式的珍贵资料。

　　王国维《沈乙庵先生七十寿序》认为清代学术凡三大变："国初之学大,乾嘉之学精,而道咸以来新。"实际上,唐刘知几《史通·外篇·申左》从学理方面已开始关注史书中所保存的先秦时期诸王、国君及诸子散文,而宋真德秀《文章正宗》,明唐顺之《文编》、贺复徵《文章辨体汇选》、冯琦《经济类编》、梅鼎祚《皇霸文纪》,清姚鼐《古文辞类纂》、孙星衍《续古文苑》、严可均《全上古三代文》等则将此付诸实践;今人陈文新主编的《中国文学编年史》、赵逵夫主编的《先秦文学编年史》运用文学年代学理论与方法,将春秋诗文进行"系年";而《辑证》则在采用传统的"系年"体例时,进一步创立了用"辑证"进行"系年"的全新研究方式。由此可以看出,邵炳军教授不仅以"乾嘉之学精"为师而承"国初之学大",他还乐于并善于创新:以宏大的架构体系与缜密的考证分析,全面系统地梳理了春秋文学研究成果,在一定程度上揭示了中国文学思维的特质,呈现出崭新的学术气象,其治学精神和严谨学风是值得赞许与充分肯定的。

《中国辞赋理论通史》读后^①

　　辞赋是极具中国特色的一种文体,起于战国,兴盛于汉代,至今不绝;与之紧密相关的辞赋理论源起于汉代,历代传承,与诗论、词论、文论等共存,是文学批评中一个重要的方面。全面梳理中国辞赋理论,对于进一步研究中国古代辞赋创作和文学评论、促进今天的辞赋创作,具有重要的理论意义和现实意义。中国辞赋学会会长、南京大学文学院许结教授的新著《中国辞赋理论通史》,以"通"的观念全面总结古今辞赋理论,并且建构起辞赋理论的体系框架,颇具创新性、系统性。

　　皇皇巨著,近100万字,共分三大部分。上篇"中国辞赋理论总述",由赋体入手,进入辞赋理论,抓住了问题的关键所在,继而系统梳理古今辞赋理论文献及其特征,在此基础上,分六节归纳辞赋理论的批评形态。再进一步,总结辞赋理论的生态与构建,把赋学的发展放在制度视域下进行考察,如礼乐制度、科举制度等,既注意辞赋理论与其他文体理论的黏附性,又关注辞赋理论自身的独立性。上篇所探讨的问题体现了作者对中国辞赋理论基本问题的全面把握和深刻认识,显示出"通论"特点,为后文奠定了良好基础。中篇"中国辞赋理论流变"为本成果的重点,上起先秦,下迄20世纪后期,作者把两千多年辞赋理论的流变划分为三大时段:唐以前"以楚辞、汉赋为中心的赋论",唐以后"以古赋、律

---

　　①《中国辞赋理论通史》(上下册),许结著,凤凰出版社2016年10月出版。

赋为中心的赋论",20世纪"作为遗产与学科的现代赋论",由此可以发现各个不同时代赋学批评的特点,掌握赋论批评的重点和演进规律。由此也可以发现辞赋理论如何从零散的评论成为一门学科——赋学。这种研究,高屋建瓴,打通古今,视野开阔,线索清晰,体现出"通史"的特点。下篇"中国辞赋理论范畴",作者再深入一步,从两千多年丰富而繁杂的辞赋理论中,抽象出中国辞赋理论的基本范畴,以"本原论""经义论""体类论""章句论""技法论""风格论"等为题,探讨中国辞赋理论的核心问题,体现了作者对中国辞赋理论的独特见识。

本著作立足于"通",对中国两千多年辞赋理论进行全面审视,既关注历史考据,又注重现代精神;既注重宏观把握,又注重微观分析。特别是上、中、下三篇在逻辑结构上形成应合与共生的关系,建构起中国辞赋理论的体系架构,这是颇有创新的理论体系。成果中新见迭出,如"不歌而诵谓之赋"考述、"赋者古诗之流"辨析、辞赋诗源说考述、明人"唐无赋"说与赋论复古等,这既是对传统问题的深入辨析,又在辨析中提出新说。本成果更多的是提出自己的新问题、解决新问题,如从文体论视域看赋体批评、制度视野下的赋学生态、辞赋理论的黏附与独立、帝国图式与赋用思想、围绕闱场试文的赋学批评、围绕科制变革的元赋崇古、赋体史论与本色批评、文学史观下的赋体"文学性"、辞赋理论的现代意义等等。在研究思路上,突出"通变",首先是整体上把辞赋理论的演进发展分为三大阶段,展现两千多年辞赋理论发展演变的大势;其次是在具体论证时也以通变的观念分析问题,如"辞赋理论著述的历史轨迹""西汉赋用观的成立与变迁""东汉赋用观的承变与潜移""时代风尚与赋学变迁""清人古赋理论的承续与变迁""20世纪赋学的历史转型与走向""辞赋批评的演进与论思"等。

本著作的另一特点是充满思辨色彩,由于是对两千年辞赋理论的总结,需要敏锐的眼光审视历史,也需要更深刻的理论思维把握历史,这种思辨色彩使本成果更具有深度和力度,如"律赋经典的历史批评""赋话、赋格的示范与经典化批评""相如'赋圣'说的形成及意义""对'辞人之赋'的省思"等。本著作还特别关注海外汉学中的赋论,这是以往赋论研究中的薄弱之处,真正体现出本成果"通"的特点。而本著作所有论述都是建立在扎实丰富的资料基础之上,不空发议论,具有很强的说服力。

　　总之,许结教授在前人研究基础上,第一次建构起中国辞赋理论史的理论框架,对于深化辞赋研究和辞赋理论研究,丰富中国文学批评理论,促进辞赋学的发展,具有重要的学术价值,同时,也可为当今的辞赋创作提供有益的理论借鉴。

2017 年 3 月 10 日

《古文观止鉴赏》推荐书^①

　　台湾成功大学张高评教授主编的《古文观止鉴赏》一书,是学习和研究中国古代散文经典作品的重要参考著作,体例新颖,鉴赏有味,值得一读。

　　中国向来被称为诗的国度,但文的成就也不逊色,诗文并举,双峰矗立。古代散文源远流长,根深叶茂,自先秦以来,一直是文学之大宗。散文文类中又有许多不同的体式:或散体,或骈体,或赋体,或骈散相间等;其功能或叙事,或写人,或议论,或抒情等;其理论追求有"文以化人""文以载道""文以明道""文必秦汉"等;其风格有雄健、奇伟、柔媚、典雅等。真可谓百花齐放,争奇斗艳。从南朝昭明太子《文选》以来,古文选本层出不穷,对于普及古文以及古文作品的经典化起了重要的推动作用。在众多的古文选本中,清代吴楚材、吴调侯编纂的《古文观止》独出新意,出类拔萃,不仅选文精当,而且点评到位,吴兴祚《古文观止序》还称其"审音辨字,无不精切而确当"。正因如此,《古文观止》成为读者认识中国古代散文发展历史、散文思想境界、散文审美理想的代表性选本,流传广泛,影响深远。

　　但是,由于年代久远,《古文观止》所选220多篇作品时间跨度长,涉及范围广,从先秦到明末,社会复杂多变,文化异彩纷呈,对于今天普通读者来说,阅读和理解这些作品确有一定的困难。如何更好地理解古代经典作品,挖掘其意义

---

　　①《古文观止鉴赏》,张高评主编,九州出版社2017年11月出版。此文为该书出版时,本人所写的推荐书。

和价值,使这部古文选本充分发挥它应有的作用,需要今天的学者高度重视并加以细心导引。张高评教授主编《古文观止鉴赏》一书,就是适应这样的文化需求而编纂的。

如何鉴赏经典作品,编纂者在体例上颇有创新。考虑到同类著作的先例和不同读者层的需求,编纂者苦心经营,周全设计,在传统做法的基础上又有新突破。具体而言,编者在每个作者前设有"作者简介"单元,简明扼要,线索清晰,对作者或著作进行介绍;每篇作品前设有"导读"单元,要言不烦,提纲挈领,介绍作品的背景、义旨、文学笔法等,起引导作用。这两个单元,立意在于知人论世,此乃作品鉴赏之基础。如《左传·周郑交质》的"导读"指出,周朝东迁洛阳后,虽名为天下之共主,然已名存实亡,地位等同于当时诸侯。《左传》叙事为传达此一历史真相,于是杂取当时史册,据事直书之,以现一代之实录。本篇记载郑庄公与周天子间的冲突,由内政到外交,特书"周郑交质""周郑交恶"二事,把周、郑当作地位等同的两国来看待,这就是"据事直书,是非自见"的《春秋》笔法。周朝王纲之废坠,郑庄公之跋扈不臣,皆由此可见。末段引"君子曰"评论此事,归结到"礼"字,一部《春秋》之纲领,此篇可谓有具体而微的表现。又如《曹刿论战》这篇选文的"导读",编者指出,"不以长勺之战为题,而取《曹刿论战》为名,主要的目的是在凸显人物的特写,不在战争史实的描绘,而在民心向背与战略战术为脉络的大前提下,来看曹刿的制敌之道"。如此导读,作品之背景、主旨一目了然。对于每篇作品,编者依文意细分段落,设"段旨""注释""语译"三个单元,既有精练的段意提示,又有准确的文字解释和流畅的白话语译,一步一步引导读者进入作品的思想内核,此乃作品鉴赏之关键。但是,如果作品鉴赏就此止步,读者仍然不能很好地理解文章之妙,以故编纂者在文后又特设"深究与鉴赏"单元,对每一篇作品进行更深入的分析,既与"导读"相呼应,又引导读者深思问题,进入更高的审美境界,真正体悟作品所蕴含的深刻思想和高超艺术,此乃作品鉴赏之目的。整部著作的体例设置,具有很强的逻辑结构,读者逐渐地由外入内,由浅入深,登堂入室。

由体例的独特性可以看出,《古文观止鉴赏》做到了普及与提高的完美结合。作者简介、导读、注释、语译等单元对于读者阅读很有必要,只有精确理解了语词、背景,才能理解作品所要表达的思想,这是鉴赏的首要条件,从微观、从细处入手,颇有知识普及之功效。"深究与鉴赏"则是更上一层楼,由点到面,从宏观上总体把握作品的思想意义以及独特的语言方式、修辞艺术。如编者在分析《臧哀伯谏纳鼎》时指出："《左传》一书，每有褒贬，多假孔子时贤或君子之言，作为论断，像本篇褒美臧哀伯，及贬刺鲁桓公即是一例。这种体例，后来发展为《史记》的'太史公曰'，《汉书》的'赞曰'，以及诸史之'论赞'，形成非常独特的历史评论。"编者从史书评论的角度探究《左传》对后代的影响，上钩下连，视野开阔。总体来看，编者在字词基础上分析义理，求真求深，层层深入，如编者所说："从此鉴赏诗文，遂不以考据求真的层次为已足，同时兼顾到艺术性的求美层次，以及思想性的求善层次。"追求真善美的鉴赏理念，这是本书的重要特色。

《古文观止鉴赏》还做到了理论与资料的融合。作品鉴赏需要独具慧眼，需要理论分析。同时，理论分析也离不开资料作为基础。资料体现在两大方面：一是原文的准确、版本的精良。本书择优选取善本，给读者提供最好的文本。如《子鱼论战》，编者据《左传》僖公二十三年夏五月史实，在《古文观止》原文后补"宋襄公卒，伤于泓故也"一句，使文本更加完整，揭示出宋襄公霸业不成的原因及其本末终始，比《古文观止》精准。二是分析作品时引用有关评论，以增强说服力。有的是专书研究，有的是相关研究，仅《左传》作品分析，就参考了《左绣》《左传评》《读左补义》《左传义法举要》《左传撷华》等书。如《郑伯克段于鄢》一文，编者引用清魏禧《左传经世钞》称赏"此篇写姜氏好恶之昏僻，叔段之贪痴，祭仲之深稳，公子吕之迫切，庄公之奸狠，颍考叔之敏妙，情状一一如见"，指出本篇人物刻画之成功；又引吕祖谦评价本文，谓为"十分笔力"，归有光称赏本篇"此《左氏》笔力之最高者"，余诚更提出本篇写作技巧，如"字法、句法、承接法、衬托法、摹写法、铺叙断制法、起伏照应法，一一金针度与"。窥一斑而知全豹，全书的分析鉴赏都是建立在扎实资料基础之上，既吸纳前人卓见，又作为自己立论之依据，充实而又坚实。

从文学发展的规律来说，通过鉴赏，建立起作者、作品与读者三者之间的桥梁关系。读者在评论者(亦是读者之一类)的引导下，融入作品的思想情感与美的境界之中，与作品产生强烈共鸣，引起心理亢奋，感受百年乃至千年之前作品的不朽魅力。这样优秀的鉴赏著作，对于我们当今的文学鉴赏、文学研究、文学创作都有许多借鉴意义。当然，鉴赏者要有相当的文史功底。以张高评教授领衔的鉴赏者，之所以对作品探得要领，与他们具有深厚的文学素养、史学素养有密切关系。

聂石樵先生《司马迁论稿》的价值及意义①

聂石樵先生是蜚声海内外的著名古典文学研究大家，其学术著作涉及中国古典文学的诸多领域，时间跨度从先秦到明清，文体方面从诗歌、散文到小说、戏曲等，显示出宽广的学术视野和严谨求实的学术态度。其《司马迁论稿》（以下简称《论稿》）是他研究司马迁与《史记》的重要代表著作。这部著作于1987年由北京师范大学出版社出版，最近又列入《聂石樵文集》第六卷，由中华书局于2015年再版。再版时作者对《论稿》进行了一定的修改，并新增加了两个附录（以下简称《文集》）。本文的论述以1987年版《论稿》为主要依据，以显示《论稿》在当时的价值和意义。

（一）

司马迁是世界文化名人，他的巨著《史记》是中国文化史上的一座丰碑。从汉代开始对司马迁及《史记》就有许多评论，但以历史评论为主。到了唐代，由于《史记》"三家注"的形成、史学理论的发展、古文运动的兴盛等原因，《史记》的史学地位和文学地位得以提高。宋代以后，一直到近现代，司马迁与《史记》研究更上一层楼，取得了多方面成就，尤以史学、文学最为突出。新中国的成

---

①《司马迁论稿》，聂石樵著，北京师范大学出版社1987年1月出版，中华书局2015年《聂石樵文集》第6卷。本文刊于《庆祝聂石樵先生九十寿辰文集》，郭英德、过常宝主编，北京师范大学出版社2017年6月出版。

立,标志着中国社会跨入了新的时代。社会的巨变给学术研究带来全新的思想观念,《史记》研究发生了质的变化,走上了新的发展道路。20世纪50年代是新中国成立后《史记》研究的初见成效的时期,广大文史工作者开始运用马克思主义的立场观点和方法研究历史,使《史记》研究面目焕然一新,这是《史记》研究史上的一次巨大飞跃。人们不仅从《史记》本身出发来研究《史记》,而且把《史记》放在西汉政治、经济、文化的具体环境中去分析,放在整个史学的历史长河中进行考察,乃至放在整个世界历史的背景中去认识,对司马迁史学的伟大功绩和《史记》的杰出价值,做出了高度评价,研究工作全面展开,而且重点向思想性、人民性、艺术性等方面倾斜,这是20世纪《史记》研究的一大新变。但受当时政治环境影响,学术观点和研究方法出现不同程度的偏颇,有美化、拔高司马迁的倾向,如说《史记》"充满了人民性,处处从人民立场上来评价历史人物和历史事件",司马迁是"人民的歌手""人民的历史创造者",等等。20世纪60年代前期,在深入研究司马迁思想的同时,也出现一些误区,学术研究中阶级分析法流于形式,许多人机械地给司马迁及《史记》人物贴上标签。有些文章的观点存在着明显的武断缺陷,以今人的思想苛求司马迁,从而贬低甚至否定司马迁及其创作的《史记》。这种唯阶级论的方法与20世纪50年代的拔高、美化司马迁一样,都违背了历史唯物主义的基本原则。20世纪60年代后期至70年代前半期,"文化大革命"十年内乱,学术研究被政治斗争风暴吞没,司马迁也被贴上儒家标签而打入冷宫,《史记》研究基本处于停顿沉寂状态。

1977年以后,中国社会进入了新的时期,随着政治上的拨乱反正,学术研究重新步入正轨,《史记》研究也日益焕发出勃勃生机。这个时期,学术界对司马迁及《史记》的研究出现了热潮,人们运用历史唯物主义的观点、方法,以实事求是的态度,重新审视、评价司马迁和《史记》,研究领域不断扩大,研究问题不断深入,研究队伍不断壮大,一门新的学科——"史记学"逐渐形成。聂石樵先生的《论稿》正是在这样的历史背景下完成并出版的。我们注意到,《论稿》序言的落款时间是1984年5月,正式出版是1987年1月,同年9月第二次印刷。这正是新时期学术研究走上健康之路的开始,《论稿》就是此期《史记》研究的代表作之一,体现了时代的学术风尚。

（二）

聂石樵先生的《论稿》，以司马迁的生平和《史记》为主线，全面系统地介绍了司马迁的悲剧一生和《史记》的史学、文学价值。全书结构安排如下：

自序：对司马迁的人生经历以及《史记》的独特思想和艺术成就进行了全面介绍，具有全书总纲的作用。

第一章：司马迁的生平。分9节，家世渊源，诞生龙门，少年生活，20岁漫游，侍从和奉使，从巡封禅、负薪塞河，为太史令、开始著述，为李陵受辱，对司马迁之死的推断。

第二章：司马迁的思想。分6节，包括司马迁的经学思想、政治思想、哲学思想、历史观点、文学观点、学术思想等。

第三章：伟大著述的内容。分10节，司马迁的写作态度和目的，讥刺汉朝最高统治者，揭露汉武帝时代的社会矛盾，批判汉儒，谴责诸侯王叛乱，惋惜对匈奴用兵"建功不深"，歌颂陈胜、吴广起义，赞扬"游侠"，崇尚"货殖"，推许"刺客"等。新版《文集》增加"体例的渊源"一节，共11节。

第四章：司马迁笔下的主要人物。孔子、商鞅、信陵君和平原君、廉颇和蔺相如、屈原和贾生、李斯、项羽、刘邦、韩信、萧何和曹参、李广，共12节，17人。

第五章：司马迁的文笔。分8节，包括：善序事理，辨而不华，质而不俚；其文直，其事核；不虚美，不隐恶；原始察终，见盛观衰，承敝通变；于叙事中寓论断；以人物为本位；择其言尤雅者；结束语。新版《文集》把结束语调整为独立一部分，其余7节不变。

这是1987年版《论稿》的基本框架结构。中华书局新版《文集》又增加了两个附录：

附录1：司马迁"究天人之际"的哲学观点在其文学著述中的体现。

附录2：对《李将军列传》的几点认识。

总体来看，我认为《论稿》有三个最突出的特点，值得我们重视。

第一，实事求是的学术精神。作者在自序中说："我的心意在采取实事求是、不虚美不隐恶的精神，对司马迁进行的论述，既要说明他在当时历史条件下提出了哪些新思想、新问题，又要看到他的不足；既要陈述他对史学和文学等各方面的贡献，又要指出他的阶级和历史的局限。即通过这些论述，能给司马迁以比较完整、准确的评价，给司马迁以科学的历史地位。"这是作者的立足点和出发点。司马迁是伟大的史学家，许多思想具有进步性、超前性，所以鲁迅先生予以高度评价，认为它是"史家之绝唱"。但司马迁毕竟是古人，对于历史的认识、对于历史人物的评价难免有时代的、个人的局限性。这就需要评论者对司马迁既不要美化、拔高，也不要苛求、贬低，做到尺度合适，实事求是。从《史记》研究的历史来看，对于司马迁及《史记》的评价，无论古人还是今人，或多或少都出现过偏颇。《论稿》的可贵之处在于能够把司马迁放到汉代当时的历史环境中，以《史记》文本为基础，用科学的态度分析问题，解决问题。这是对以往研究偏颇的有力纠正，树立了一种严谨求实的研究风气，这在新时期刚刚开始阶段，具有引领学术风气的作用，对于司马迁和《史记》研究产生重要影响。如第二章论述司马迁的哲学思想，作者在肯定其价值的同时又指出："司马迁是反对天命的，但他并不是一个彻底的唯物主义者，当他对复杂的历史兴亡成败现象得不到正确答案时，又不得不用天命进行解释。"对于司马迁的历史观，《论稿》指出："司马迁的历史观是进步的唯物主义的，对历史的变化、发展，做了许多精辟的论述和分析，具有真知灼见。但是和历史上许多进步的作家一样，他最终不能摆脱唯心主义英雄史观的影响。在整部《史记》里，他主要是写帝王将相之历史上的活动，通过对他们兴亡成败的描写，说明古今历史的变化。""司马迁对历史的看法，虽然认为是变化的，重视历史的发展、社会的前进，从而能揭示历史的某些规律，但是他看不见历史的真正主人，不知道历史发展的真正动力，因而也看不出历史发展的方向，以至最终不得不回到董仲舒三统循环论的轨道上来。"这些观点，都是建立在对《史记》文本的细致解读基础之上，体现了实事求是的态度。第三章论述司马迁笔下的主要人物，也都注意司马迁写历史人物的积极性和局限性，如《论稿》通过对信陵君的分析以及司马迁的评价，认为司马迁对信陵君评价的矛盾"反映了他的唯心与唯物两种历史观的矛盾"。李斯在秦朝历史上是非常重要的人物，"司马迁评价了李斯在秦朝历史上的功与过，认为其过大于功，他肯定了李斯辅佐秦始皇完成帝业方面的重要作用，但主要是批判了李斯的缺点和错误。他不同意一般人的看法，说李斯为尽忠而受酷刑，而认为李斯是咎由自取。但最后又把李斯的功劳与周公、召公相比，未免悖谬。"从而指出司马迁对李斯评价出现的偏颇。项羽是反秦的英雄,但最终以失败而告终。对于项羽的失败,司马迁在《项羽本纪》论赞中予以批评,"司马迁对项羽失败的原因的认识虽不全面,但他从人事的角度批评项羽的天命观却是十分中肯的",指出司马迁对项羽评价的合理性和存在的不足。商鞅在历史上也是颇有争议的人物,《论稿》指出:"司马迁写商鞅的一生都在致力于地主阶级的变法活动,并为推翻奴隶制,建立封建制献出了自己的生命。但他在《商君列传》的评语中却尖锐地批评了商鞅。"其原因在于:"司马迁在政治思想上是反对法治的,他在很多篇章中对法家人物都有不少批评。但是,作为一个伟大的历史学家,司马迁不以个人的好恶来写历史,而是根据历史的本来面貌来写历史;作为一个伟大的文学家,司马迁不是根据主观思想进行写作,而是突破主观思想的限制全面真实地反映了社会生活,这正是司马迁卓异之处。"《论稿》从史学、文学两个方面分析了司马迁对商鞅的评述,结论也较为客观公允。类似的例子很多,说明《论稿》在司马迁与《史记》研究中,继承了司马迁的"实录"精神,以司马迁"不虚美、不隐恶"的写作原则评价司马迁和《史记》,这是《论稿》最为突出的特色之一。

第二,文史结合的评价标准。《史记》既是历史著作,又具有文学的特征,是文史结合的典范。在《史记》研究史上,曾出现过一些偏颇,从历史角度研究《史记》的学者指责《史记》有些地方失实,尤其是《史记》中的一些细节描写、个性化语言描写,如项羽垓下之围时给虞姬唱《垓下歌》,等等。从文学角度研究《史记》的学者,又有忽略历史真实的偏颇,把《史记》看作是纯文学作品。《论稿》打破文史壁垒,把两者结合起来,统一起来。作者在自序中说:"既不单纯地从文学创造典型、描写人物的角度评论司马迁所写的历史事实,也不单纯地根据历史必须真实地记载历史事件的要求,来责备司马迁对某些事件或传记记载不完备的现象。因为单纯从文学角度评价,就会歪曲司马迁笔下的历史事实;反之,则要损害司马迁在文学方面的成就。我是注意从史学、文学统一的角度进行评价的。"这个评价标准也是客观公允的,符合《史记》实际。如第二章在论述司马迁文学观点时强调文学的借鉴作用:"司马迁把用形象表现历史生活真实的文学手法和述古所以鉴今的史笔完美地统一起来,在吸取历史经验的同时,就包含着文学中表现这类历史事件时是否真实的借鉴意义,因此,他所主张的历史的借鉴作用,同时也就是文学的借鉴作用。"把历史与文学紧密地结合在一起。第三章对陈涉起义的评价,《论稿》通过对《陈涉世家》的解读分析,指出司马迁的观点"不但表现在他的正面议论之中,也表现在他对这一历史事件具体的叙述里面。历史学家们往往从司马迁的正面议论中去探讨他的观点和看法,这当然是必要的。但是,从文学批评的角度来说,更重要的是看他在作品里怎样反映的,他是通过具体的叙述过程反映出对这一重大历史事件的评价的"。这是从文史结合的角度分析重大人物事件,避免了单一的历史或文学评价。第四章对于孔子的评价也是如此。《论稿》从政治、哲学的角度分析了孔子的思想,同时又指出:"从文学批评的角度评价司马迁描写的孔子,那么孔子的价值不在于他为当时的统治者提供的治理动乱社会的药方,不在于他的政治理想——礼,而在于对理想所持的坚定信念。他为统治者开立的治世药方是迂阔而不切实际的,他那种知其不可为而为之的精神也是滑稽可笑的,但他为坚持自己的信念而顽强不屈的意志,却能给我们以启发。"这种评价,使人们对孔子有了一个更全面的认识。再如《李将军列传》,作者用史学、文学双重标准来衡量,"从他(司马迁)原始察终的历史观点看,他记述了李广一生行迹的全过程,通过李广这个人物考察了文帝和景帝,特别是武帝时代的历史,剖析了汉代所谓盛世的政治情况。从他发愤著书的文学观点看,司马迁从李广的政治悲剧中感受到自己的遭遇,产生了共鸣,在李广身上倾注着自己的血泪,对汉代的统治提出了控诉! 这就是作为历史家和文学家的司马迁在描写李广这个人物时所体现的意义和精神。"(《文集》附录2)这样的认识和评价,远远高出从某一方面进行的评价。

第三,新颖深刻的理性分析。对于司马迁及《史记》的研究,已有2000多年的历史,但系统地进行理性分析还是近现代以来的事情。新中国成立以来的20世纪50、60年代乃至70年代,系统性的理论著作还较少。20世纪80年代,正是思想活跃时期,学术创新成为一种风气。《论稿》在前人研究基础上,系统地研究司马迁的人生经历,研究《史记》的价值,并提出自己的新观点、新思想,这在当时也是难能可贵的。如关于司马迁的生年问题,历来有多种说法,主要是景帝中元五年说(前145)和武帝建元六年说(前135)两种。《论稿》第一章"诞生龙门"一节运用司马迁的户籍、自叙、自白等原始资料,细致考证分析,认为司马迁生于建元六年。又如第一章"少年生活"一节,根据《史记》中的许多资料分析,认为司马迁"在纪事方面多取自《左传》,但在发挥经义方面,则本于《公羊》学说。""司马迁受《公羊春秋》学说的影响至深至远,可以说《公羊》学说是支配着他对《史记》的著述的。"这就揭示了司马迁与《春秋》及其经学的关系。第一章结尾对司马迁生平进行总结时指出:"他一生是个悲剧,这个悲剧的意义在于:他立足于封建阶级,希望巩固封建制度,结果反被封建阶级和封建制度残害了。因此,他怀着愤懑和不平来揭露封建社会,鞭挞封建制度。他的这种愤懑和不平,他的思想、观点,他的学说,他的爱憎,他的操守,他的全部精神世界,都集中地体现在他的伟大著作《史记》之中。《史记》是他整个精神世界的再现! 在这种意义上说,《史记》本身也是一部伟大的悲剧。"这个结论颇有深意。第二章在论述司马迁经学思想渊源时,作者通过对六经的仔细分析,梳理司马迁经学思想出于哪一家、源于哪一派,并得出结论:司马迁对六经大义的总认识源于董仲舒,《易》学出自杨何,《书》学出自孔安国,《诗》学出于《鲁诗》,《礼》学与鲁地密切相关,《春秋》学闻之于董仲舒而其渊源应该追溯到孔子。这样的细分条缕,显示了《论稿》对问题认识的清晰度和深度。又如在分析司马迁的学术思想时,以对待先秦诸子的态度为例,仔细分析了司马迁对司马谈的继承与发展,看出父子二人的不同思想。第三章"崇尚货殖"一节认为,"司马迁是站在社会变化的进步方面,肯定新生的事物,赞扬新生的事物,鼓吹新生的事物,因此他的思想、理论、观点是进步的"。"推许刺客"一节认为:"在长期的封建社会中,以强凌弱、强者为'刀俎'、弱者为'鱼肉'的现象是普遍存在的。这是司马迁描写的五个刺客反抗强暴精神的现实基础,通过对这五个人物侠义行为的赞颂,抒发了他对那个弱肉强食的社会的痛恨和不满。"第四章分析廉颇蔺相如指出:"司马迁通过对这两个人物的描写,反映了赵国兴亡的过程,表达了赵国所以兴亡的原因,考察了赵国盛衰的历史。"分析韩信指出:"写韩信的一生不是孤立地去写,而是与当时的政治局势密切结合的。通过对韩信生平的描写,再现了秦汉之际由汉开始拜将定策,到楚汉对峙,到汉兴楚灭的全部历史演变过程,展示了由楚汉对抗到汉统治集团的内部矛盾的转化。这是这篇传记的突出成就。"这些观点都显示了作者对问题的把握分析极有分寸。第五章"司马迁的文笔"第一节,认为司马迁文章之"善序事理",表现为"善于把握历史的重要问题,描述它的变化的脉络和原委,即善于从历史发展的过程中去'原始察终',这是一种很高的写作手法。"第四节认为,"'原始察终''见盛观衰''承敝通变'的写作方法,要求真实、具体、客观、历史地描写社会历史的变化,要求描写社会历史生活的全过程,揭示社会历史的矛盾和斗争,并展示社会历史发展的未来。司马迁自觉地运用这种方法写作,使他的著作《史记》成为一部现实主义历史。"这些观点抓住了《史记》作为历史著作的特征,而不是一味强调其文学性。第五节"于叙事中寓论断",通过细致分析,进一步深化了清人顾炎武提出的问题,揭示出《史记》人物传记的独特性。第七节"择其言尤雅者",对《史记》语言成就进行全面分析,包括古语的通俗化,书面语,流行的口语,方言俗语,谚语民谣,等等,认为"司马迁采取了我国人民和我国民族的语言,又提炼、丰富和发展了我国人民和我们民族的语言,对我们祖国的语言,做出了巨大的贡献"。可以看出,作者善于从复杂的资料中发现问题,提炼问题,解决问题,并提出自己的一家之言。

另外,文风朴实无华,语言自然流畅,也是《论稿》的重要特色。

总之,在新时期刚刚开始不久,《论稿》就以其实事求是的学风、独特的思想矗立在《史记》研究的学术大道上,对于纠正以往研究中所出现的偏颇,弥补其中的不足,都具有重要意义,也为以后的《史记》研究树立了良好的榜样。

《和润锦园——陕西师范大学锦园国际学校 "和"文化征文集》读后

　　"和"是中国文化的核心元素之一,小到一个家庭,一个工作单位,大到国家、天下,都离不开"和"。中国古代经典著作中,"和"的思想非常丰富,如《尚书·尧典》中说:"百姓昭明,协和万邦。"《中庸》中说:"致中和,天地位焉,万物育焉。"《论语·子路》篇孔子曰:"君子和而不同,小人同而不和。"《论语·学而》篇也说:"礼之用,和为贵。"《孟子·公孙丑》篇孟子说:"天时不如地利,地利不如人和。"类似的言论不少。我们今天的话语体系中,和谐、和睦、和平、和气、和合、和善、和雅等,都是"和"的具体体现和延伸。2014年5月15日,习近平总书记在中国国际友好大会暨中国人民对外友好协会成立60周年纪念活动讲话中指出:"中华文化崇尚和谐,中国'和'文化源远流长,蕴涵着天人合一的宇宙观、协和万邦的国际观、和而不同的社会观、人心和善的道德观。在5000多年的文明发展中,中华民族一直追求和传承着和平、和睦、和谐的坚定理念。以和为贵,与人为善,己所不欲、勿施于人等理念在中国代代相传,深深植根于中国人的精神中,深深体现在中国人的行为上。"这是对"和"文化的最好概括。

　　陕西师范大学锦园国际学校,把"和"作为校园文化的核心,努力打造"和"文化品牌,有具体方案,有实际措施,有多种活动,有丰硕成果。最近学校进行"和"文化征文活动,并且把优秀征文结集为《和润锦园》,作为"和"文化成果之一,展现在大家面前。本集收录了学校教职工以及学生家长的107篇文章,围绕"和"文化,大家畅所欲言,各有心得。我阅读这些文章后深受启发和教育,并被锦园国际学校的办学理念所感动。

通过这些文章,我们可以看出锦园国际学校在办学理念上做到了"顶天立地"。学校是知识的传播基地,也是文化的创造基地。随着时代的发展和教育事业的兴盛,每个学校都在积极打造自己的校园文化品牌。锦园国际学校两位领导的文章,高瞻远瞩,结合教育特征和学校自身特点,把"和"作为学校文化的核心和学校发展的永恒主题,这种"顶天"设计,视野开阔,理想远大,体现出一个学校如何办学、如何定位、如何发展的思想高度。这种设计,既遵循教育规律,适应飞速发展的形势,又面对学校的现实,面向未来,在办学理念、课程设置、课堂教学、课外活动、环境布置、对外联络、校家合作等方面围绕"和"字做足了文章。但是,理念的"立地"也很重要。既包括把规划具体落实、落细、落小到各个层面,形成全校师生的共识,也包括扎实干事,踏踏实实,一步一个脚印,不飘浮在空中。从征集的文章来看,锦园国际学校是做到了"顶天""立地",既有宏伟目标,又能脚踏实地,每个人都在为"和"文化贡献力量,使规划扎根在现实的土壤上,培育、开花、结果。

通过这些文章,我们可以看出锦园国际学校对于"和"文化内涵的多层理解。作为一个学校,"和"文化可以分为内、外两个方面。对内而言,教师与学生、教师与教师、学生与学生、领导与群众、教学与后勤服务等,这是人与人之间的和谐问题;校园自然环境的美化、安全、舒适,这是人与自然的和谐问题。对外而言,学校与学生家长、学校与上级主管部门、本校与其他学校甚至与海外交流,这是人与社会和谐的问题。学校是一个大家庭,和谐、包容是关键,进一步可以延伸到诚信、友爱等方面。通过征文,我们可以看出,大家对这些问题都有涉及,有的从传统文化中引申到当前的"和"文化,有的从国家发展的角度强调"和"的重要性,有的是立足学校文化的实际分析"和"的内涵和意义,有的从教师角度分析"和",有的是从学生角度分析"和",等等。角度不同,对于"和"的内涵理解也就不同,显示出"和"文化的丰富性、多样性。但殊途同归,在学校,"和"的核心问题就是处理好人与人、人与自然、人与社会的关系,这是征文体现出的共同思想。当然,作为"和"文化,更重要的还有人的自我和谐问题,人的内心世界与行为动作的有机统一,自我反思,自我发展,正如征文中有的老师所说:"和"伴我成长。

通过这些文章,我们可以看出锦园国际学校建设"和"文化的路径和过程。100 余篇文章,大家或谈心得体会,或谈具体做法,都是亲自参与了学校"和"文化的创建。这些作者,有的刚刚进校一两年,有的则长达 20 多年,但都有自己对"和"文化的深刻体会,他们是学校"和"文化的亲历者、建设者、见证者。也正因此,文章写得都很坦诚、自然,是内心世界的真实表白,是自我道路的真实描绘,不假任何雕琢和修饰。作者来自不同层面:教师队伍中,有管理服务人员,有一线教师;即使一线教师,又有幼儿园、小学、中学之分,又有语文、数学、外语、美术、音乐等不同课程之分。正是由于层面不同,才显示出百花齐放的格局。我们看到了学校建设"和"文化的多种途径、多种方法,看到了建设"和"文化的具体过程,这对于其他学校也是具有重要的借鉴意义。

通过这些文章,我们可以感受到"和"文化在学校产生的无穷魅力。"润物细无声","和"文化使广大师生产生强大的凝聚力、向心力。全校上下,课堂内外,大家为学校的事业共同努力。由于人人参与,人人建设,所以本集收录的文章都能从自己的亲身经历出发谈"和"文化,或叙事,或记人;或抒情,或议论。不是空谈玄理,而是情感的真实流露。我们从中可以看出不同层面的教师对和谐文化的理解,看出在每个作者的心里都有对"和"文化的追求,这也是《和润锦园》的独特之处。

这里还应特别称赞的是,本集收录了四位学生家长的文章,他们从另一个视角来看待锦园学校的文化,并且为锦园学校的"和"文化点赞,说明锦园学校的"和"文化得到了社会的普遍认可。实际上,学生家长也是学校"和"文化的创建者、见证者。他们真实的看法、想法,也给读者留下深刻的印象。另外,本集征文大部分是"文",但也收录了少量的诗歌,在形式上体现出多样性的特点。

"潮平两岸阔,风正一帆悬。"在习近平新时代中国特色社会主义思想的引领下,"和"文化将进一步深入人心。我们相信,锦园国际学校的"和"文化能够深稳扎根,再结硕果。借用本集一位老师的征文题目来说:和谐贵,精神雅,文化厚,思想精,教育良,锦园秀。

2018 年 5 月 10 日于古城西安

《史记新本校勘》读后①

　　司马迁的《史记》是中国历史上第一部正史,具有百科全书的特点,是中国文化史上的丰碑。它在后世流传中版本复杂,讹误严重。历代学者为校勘《史记》文本做了许多重要工作,特别是清代赵翼《廿二史考异》、王鸣盛《十七史商榷》、梁玉绳《史记志疑》、张文虎《校勘史记集解索隐正义》等最有代表性。当代以来,中华书局1959年和2014年先后整理出版两种《史记》新本,在前人校勘研究基础上取得重要成就,是目前较为完善、权威的《史记》文本,但仍然有些问题悬而未决,或者没有很好地解决。最近,北京大学辛德勇教授的《史记校勘研究》正式出版,著作以中华书局2014年重新修订整理出版的《史记》为研究对象,从文本校勘角度出发,提出许多全新的见解,对于读者更准确地理解历史的面貌具有重要意义。

　　本著作最大的特点是以文字校勘为切入点,进而探讨历史问题,在提供更可靠的《史记》文本的基础上,解决了与《史记》文本相关的许多重大历史问题,推动许多领域的基础研究取得重要的实质性突破和进展。以往的《史记》校勘,大都拘泥于文字,就事论事,缺少历史的广度和深度,没有很好地揭示文字背后相关的重要历史事实。本著作与以往研究最大的区别,就是以文字为切入点的历史问题研究。如对于一个地名"鸿沟"的认识,对于一个时令"时月"的理解,

---

　　①《史记新本校勘》,辛德勇著,广西师范大学出版社2017年12月出版。

对于一个"邦"字避讳的分析,对于一个字"崩"删减的探究,对于"引河沟灌大梁"句中一个标点符号的处理,对于"元朔七年冬"一个年号的更改,等等,都是从具体的文字出发,引出重大的历史事件,然后实事求是解决疑难问题,具有很强的说服力。

本著作的另一特点是资料丰富。作者综合运用各类传世文献以及有关《史记》考证资料、类书等,参照金石等考古资料和实物,并且利用世界各地收藏的《史记》版本,特别是其早期写本和宋元刻本,进行勘比分析。往往为了一个问题,引出非常丰富的资料,体现了作者非常扎实的文史功底。如为了考证《史记·乐书》中"其舞行级远"与"其舞行级短"中的"级"字,著作从 130 页到 161 页,篇幅宏大,引用与音乐有关的传世文献和出土资料证明"级"与"缀"的区别。又如《史记·南越列传》"西瓯骆"三个字的标点问题,著作从 274 页到 300 页,大量引用资料,尤其是引用出土文物实证,得出自己的结论。

为了说明问题,使用大量的版本图片以及出土文物图片等作证,增强了论证的说服力,这也是本著作的一大亮点。

从著作可以看出,作者具备丰富的知识结构体系。文字校勘,涉及天文历法、地理、典章制度、版本源流、文字训诂等多方面知识。作者在论述问题时思维敏捷,逻辑清晰,综合运用各种知识解决问题。如著作第一篇关于《史记·河渠书》中《史记集解》"西南二折"一句的理解,作者既有对相关书面文献的梳理,也有黄河下游"三折"河道形势示意图,还有《石门颂》碑刻文字作证,说明"西南南折"有误。《史记》"八书",没有专门知识是很难进行研究的。本著作涉及"八书"中的五篇,疑难问题很多,作者都能广泛运用各种知识分析问题、解决问题。

本著作为《史记》研究提供更准确的文本,也为历史研究奠定良好基础,同时也为校勘研究提供了典型范例。而且本著作的许多建议已被新修订本《史记》采纳。由于《史记》内涵丰富,涉及上下三千年历史,其中的疑难问题还不少,期待作者再挖掘新的问题,推动《史记》研究向纵深发展。

2018 年 5 月 15 日

《史记选》的价值及其意义①

　　王伯祥先生的《史记选》初版于 1957 年,后来多次再版,并由繁体字本改为简体字本,是《史记》选本中具有代表性的一种。该书共选《史记》原文 20 篇,其中本纪部分选《项羽本纪》1 篇,世家部分选《陈涉世家》《留侯世家》《陈丞相世家》3 篇,列传部分选《孙子吴起列传》《商君列传》《平原君虞卿列传》《魏公子列传》《范雎蔡泽列传》《廉颇蔺相如列传》《田单列传》《刺客列传》《淮阴侯列传》《季布栾布列传》《张释之冯唐列传》《魏其武安侯列传》《李将军列传》《汲郑列传》《游侠列传》《滑稽列传》16 篇。可以看出,这是一部专选人物传记的选本。该书"序例"落款是"一九五五年八月王伯祥序于北京大学文学研究所。本年正值司马迁诞生二千一百年纪念。"依此,这部书就是 65 年前选编的。

　　按照大多数专家学者的观点,司马迁生于公元前 145 年(汉景帝刘启中元五年丙申岁),今年也正值司马迁诞辰 2165 年。我们今天认识《史记选》这部书的价值时,要把握好三个基本原则:

　　第一,放在 65 年前那个时代去看这部书的价值。新中国成立初期的 20 世

----

① 2020 年 11 月 27 日,中国社会科学院文学研究所古代文学优势学科主办"王伯祥与《史记》学术座谈会暨王伯祥先生 130 周年诞辰纪念会",我应邀通过网络线上发言。时值司马迁诞辰 2165 周年。该发言刊于《古代文学前沿与评论》(第六辑),刘跃进主编,社会科学文献出版社 2021 年 6 月出版。

纪 50 年代,用马克思主义立场观点方法研究《史记》,与前代研究相比,这是一个质的变化,所以,作者在《序例》中对于《史记》历史价值、文学价值等评价都具有时代的新意。当时,文史工作者发表了大量的有关《史记》的论文,掀起了宣传和普及《史记》的高潮。这是新中国成立后司马迁与《史记》研究的第一个高峰。在《史记选》前后,季镇淮《司马迁》(1955 年)、中国科学院历史研究所《史记研究的资料和论文索引》(1957 年)、贺次君《史记书录》(1958 年)、郑权中《史记选讲》(1958 年)、张友鸾等《史记选注》(1959 年),中华书局《史记》(标点整理本)(1959 年),等等,一大批论著相继问世。苏联在 1955 年 12 月召开纪念司马迁诞辰 2100 周年会议,我国学界也因郭沫若 1955 年《历史研究》上发表《太史公行年考有问题》一文,引起关于司马迁生年的学术大讨论,有较多的学术成果。人民文学出版社在这个时候出版王伯祥的《史记选》,也是 20 世纪 50 年代《史记》普及热潮的体现。

第二,放到《史记》选本史上看。《史记》选本源远流长,钞本时代,有的以单篇形式流传,朝廷甚至把某些篇章作为礼物赐赠臣子。印刷术出现后,有了真正意义上的选本,如宋代真德秀《文章正宗》等古文选本,其中选择《史记》部分重要段落作为古文的典范。专门的《史记》选本明清时期最多,而且往往带有评点,偏重于文学特征的分析和挖掘,引导读者阅读《史记》,如清代储欣《史记选》(57 篇),姚苎田《史记菁华录》(51 篇)等,近代秦同培《史记评注读本》(有白话翻译),庄适、胡怀琛、叶圣陶《史记选注》(24 篇)等。我们从《史记》选本的历程可以看出王伯祥《史记选》的独特之处。

第三,注意作者选编意图。作者在"序例"中明确地说,这个选本的目的,在于试向一般爱好文艺的读者介绍这部祖国文学遗产的名著,同时提供一个便于诵读的本子。因此,《史记》五种体例,选文只选本纪、世家、列传,不选表、书,以叙事性强的人物传记作为选编的主体。

本书是新中国成立后第一部详细注释《史记》选文的新著述,我们从它的体例入手,结合具体作品,可以看出其主要特点:

首先是选文。精选描写生动、故事性强、人物形象鲜明的本纪、世家、列传共 20 篇;入选的各篇都照录全文,不加删节;每篇都分段提行,施以标点。选文体现选编者的眼光,既注意各类人物在历史上的独特之处,也注意《史记》文本的文学特征。照录原文不加删节,便于读者全面了解历史人物的一生,把握整个作品的思想和艺术价值。而且加以分段标点,有利于读者的阅读。

其次是校释,包括校勘和注释。选编者从校勘入手,以张文虎本为底本,参校宋蜀大字本、百衲宋本、南宋黄善夫本、汲古阁本、日本泷川资言的会注考证本等,对于不同版本出现的《史记》异文进行校勘处理。如《项羽本纪》"今日固决死,愿为诸君快战"一句在《史记评林本》《徐孚远测义本》《汲古阁本》《武英殿本》等不同版本作"决战",选编者认为:"决战"有胜负难分、决一雌雄的想法,犹存幸胜的希望。"快战"则但求取快一时,痛痛快快打一个出手而已。项王既"自度不得脱",而且上有"固决死"之言,前后又迭作"天亡我"之叹,其为不求幸胜,昭然明白,自当以"快战"为合适。又如《范雎蔡泽列传》中"范雎"名字,有版本作"范睢",选编者列举不同版本,说明两者都有理由,以备参考。校勘的例子很多,前面赵生群老师有详细的介绍,我就不再一一列举,由此两例就可以看出选编者的严谨态度。

关于注释,凡各篇中涉及的音读、字义、语汇、地名、人名、官名、器物名……和彼此牵涉的事件必须互相阐明的地方,选编者都有注释,便于读者理解原文的意义。有些篇章的注释量很大,如《项羽本纪》多达 622 个注释,《范雎蔡泽列传》多达 525 个注释,等等。这些注释或与古注相同,或与古注不同,或纠正古注,或发挥古注,或自己新注,这里就不一一举例了。特别需要强调的是,有些注释是对《史记》体例的认识。如《项羽本纪》注本纪:本纪专叙帝王当国者的事,乃是帝王的传记。但一般地说,它的作用相当于编年的大事记。《史记》里共有本纪 12 篇,按时代先后排列。秦灭汉兴的期间,发号施令的是项羽,所以项羽列在本纪。又如《陈涉世家》注世家:是司马迁所创史目的一体,用来记叙诸侯传世事迹的。陈涉首举义旗,虽功烈未及项羽,而他所置的侯王将相,终于把秦室推翻,实比古昔的管、蔡、陈、杞诸国要强得多。所以《史记》把他列为世家,排在汉初诸世家的前面。与前《项羽本纪》同为史公有意褒扬的特例。再如《孙子吴起列传》注释列传:古书中凡记事,立论和解释经典的文字都叫作传,并不限于专记一人的事迹。专记人物为一传的,便是司马迁作《史记》所创始的列传。列传有记一人的专传,有记数人的合传,也有以类相从(把行事相类的或性质相同的归在一起)的类传,这篇便是合传。选编者对三种体例的解释,除一般的作用介绍外,还特别注意到司马迁通过特殊体例以褒贬历史人物的深意。

在注释字句方面,选编者还对有些词语适当进行赏析。如《项羽本纪》中分析"莫能仰视"一词:应与前"莫敢起""莫敢枝梧""莫敢仰视"对看,差别仅在"敢"字与"能"字。"莫敢"谓慑于威,"莫能"则动于情,于是勇壮之状与苍凉之感便刻画出两个截然不同的境界来。又如分析篇末的"太史公曰":论赞自是史中的一体。史家撰述,本主叙事,不须议论,其所以在篇末另缀论赞者,大抵为总结语,或特地阐明立篇之意,或补充篇中所未及之事,很像《离骚》篇末的"乱曰"云云。自太史公创立此体,后世史家,都沿用不改。与后世一般的史论不可同等看待。选编者既注意到"太史公曰"的特殊作用,又强调司马迁创立这种形式对后世史书的影响。

通过以上简单介绍,我们可以看出《史记选》有其独特之处,它既继承了前代选本的一些优良传统,又有自己的新创。我们在认识《史记选》的价值和意义时,"序例"不可忽略,它是整部选本的有机组成部分,也可以说是贯串整部书的纲领。"序例"系统地论述司马迁的生平,《史记》的史学成就、文学成就、深远的影响以及版本流传等,是一篇颇有见地的"史记论"。仅就《史记》文学成就而言,选编者使用"典型人物""现实主义的写作方法"等文学理论术语进行分析,这在当时是非常具有前沿性的。认为"在司马迁以前,没有专写个人的传记。他独能窥见人的一生是活生生的整体,若把它分系在'以事为纲'的记载上就算了事,那就破坏了这个整体,无异肢解了这个人物。所以他每用多种多样的方式来写传记。就这一点看,可以说司马迁在中国文学史上是第一个发现'典型人物'的人",对于《史记》的文学成就予以高度评价。选编者还对所选20篇作品的艺术特点逐一进行个性化的分析,可以说是把选文之后的赏析提前到了"序例"之中,引起读者对这些作品的关注。又如谈《史记》的文学影响,涉及古代散文、小说、戏剧等,有理有据,视野开阔。也许正是这些原因,作者选文就特意选择有关人物传记的本纪、世家、列传三类作品。由于选本影响大,受众面广,这对于普及《史记》、宣传《史记》起了积极的推动作用,而且为后来的《史记》选本树立了一个榜样。总体来看,《史记选》对于读者全面认识《史记》的价值尤其是文学方面的价值起了重要的引导作用,对于推动《史记》的经典化尤其是《史记》的文学经典化也起了重要的促进作用。本书选文20篇,与清代储欣《史记选》选文相同的有16篇,与姚苎田《史记菁华录》选文相同的有18篇,可见这些传记作品被人们普遍认可。《史记》作品随着《史记选》以及其他众多选本的传播,将不断被广大读者所熟知、所接受,成为永远的文史经典。

第三辑　　向道·漫谈

一、问道

"严"字当头①

　　我是 1995 年至 1998 年在霍松林先生门下攻读博士学位的。三年寒暑,弹指一挥间,但获益匪浅。能在名师门下学习,是我的荣幸,也是我终生难忘的一段经历。要说感受,当然很多。最深的一点就是:"严"。

　　严谨。到先生门下学习之前,我久仰先生大名,学习了先生的《文艺学简论》《唐宋诗文鉴赏举隅》等著作,先生渊博的知识、透彻的分析、精彩的语言,强烈地震撼着我的心灵。而那严谨的治学态度,更给我留下深刻的印象。我清楚地记得,在读到先生对杜甫《石壕吏》诗歌的分析时,我曾拍案惊叹。因为中学时学习过这首诗,但只知大意而已。而先生在讲析时,结合时代背景,字斟句酌,非常细腻。特别是对"藏问于答"手法的独特分析,一下子解决了我原来所有的疑问,令人茅塞顿开。先生治学严谨,在一般人不注意的地方细细挖掘,真

---

　　① 本文刊于《霍松林先生八十寿辰纪念文集》,庆祝霍松林教授八秩华诞及从教六十周年筹备委员会编,陕西人民出版社 2000 年 8 月出版。

可谓一丝不苟。到先生门下后，对这种严谨的治学精神体会更深。先生多次教诲我们，做学问首先要端正学风，科学是讲求实际的，来不得半点虚假，也没有捷径可走，不能偷懒，必须扎扎实实，老老实实，一步一个脚印。多读原著，掌握大量的第一手资料，厚积而薄发。记得我在写毕业论文时，清人汪中关于《左传》的一段评论引起我的注意，于是就从别的书上转录过来。先生审阅时一眼看出我用的不是第一手资料，让我再找原著对照。我从线装书库找到汪中的原著，果然发现转录的资料有漏字。此事对我教育很深，后来写论文，引用资料就再也不敢马虎了。有时自己对问题的分析只停留在表面上，不够深刻，先生指出，这是由于读书太少的缘故，建议将原著多读几遍，并要读一些与原著有关的作品，融会贯通。按照先生的指点，我试着做了做，果然灵验。此后我坚持这样做，效果不错。通过这些事情，我深深体会到，严谨是治学的法宝。严谨是建立在可靠的资料之上，这样就能避免穿凿附会和空发议论，写出的论文就显得扎实，有厚重感。先生还常常用孔子"学而不思则罔，思而不学则殆"的话指导我们，读书要有正确的方法，要一边读，一边体会，一边思考。如果死读书，就不会有收获。但是，只空想而不踏实读书，也不会有所得。通过三年的学习，我算真正体会到了此话的含义。没有严谨的学风，一切都是水中捞月一场空。

严格。先生对门生高标准、严要求。想在这里混个文凭，对不起，请提早打消这个念头。博士，既要广泛掌握古今中外有关的基础知识，同时还要在专业知识上有所创新，有所建树。拿平时的作业来说，有"《论语》《孟子》研究""老庄研究"等多门课程，先生要求每门课程写一篇论文，达到在学术刊物公开发表的程度，不能草率，不能应付差事。每次看完作业，先生都仔细指出我们文章的不足之处，甚至连一个标点符号都不放过。毕业论文是考验门生的关键环节，先生的要求更严格。第一步：选题。先生要求我们站在学术发展的最前沿，选题要有新意，要有自己的独特见解，同时也要适合自己的学术特点。有时为了一个选题，要反复琢磨推敲。像我的论文选题，开始想写"'天人思想'与汉代散文"，由于题目太大而且涉及文史哲诸多领域，不好把握。先生启发我说，你的长处在于《史记》研究，可以在此基础上进一步发展。最后我的论文定为"唐前史传散文研究"。论文题目变化的过程，实际上是学术思想不断升华的过程。

第二步:查阅资料,理清学术史。题目确定后,先生要求我们广泛搜集资料,对本选题的研究历史和现状进行系统总结,找到研究的突破口,这样就能为自己的论文定位,看出自己论文的价值所在。这是毕业论文写作前最艰苦的一段工作,有时为了一个资料要花几天的工夫。第三步:做开题报告,听取各方意见,进一步完善论文的构思。开题报告会上,先生听了弟子的陈述后,再予以细心指导,要求写出详细的写作提纲,审阅过关后再进行下一步工作。第四步:动笔写作,发现问题,及时解决。先生要求每写完一部分,就交给他看,并仔细批阅,大到论文的立意构思、框架结构,小到炼句修辞、资料引用等,一一提出修改意见。博士论文的字数一般都在20万左右,有的甚至30万、40万,但先生都一字不漏地予以审阅。第五步:反复修改,拿出精品。先生对论文初稿批阅后,让弟子修改,然后再审阅,直到满意为止。即使在论文答辩通过后,还要求弟子根据答辩委员提出的问题,再加充实修改。这样的严格训练,严格把关,保证了论文的质量。除毕业论文外,先生还要求我们在三年的学习中,结合专业学习,发表一定数量的学术论文,为毕业论文的写作奠定良好的基础。另外,先生还常常要求我们进行文学创作的实践,如写诗填词等,以便从中体会文学创作的甘苦,更好地分析文学作品。人常说"名师出高徒",此话有一定道理。但还应再加一句"严师出高徒",才更符合实际。正是由于"严"字当头,先生所带弟子的毕业论文在台湾文津出版社颇受欢迎。全国重要学术刊物如《文学遗产》《历史研究》《学术月刊》等,都有霍门弟子发表的论文,许多论文还被中国人民大学报刊复印资料全文转载。有的弟子在学习期间就出版学术专著,并有多项成果获省部级优秀成果奖。"梅花香自苦寒来",事实说明,没有高标准的严格要求,就不会有高质量的论文出现。

严肃。博士是国家的高层次人才,肩负着历史的重任,时代的使命。不仅要有较高的知识学问,而且必须要有高素质。要做文,先做人。社会是复杂多样的,学习和工作是艰苦的,生活中酸甜苦辣都是有的,因此,对待工作、学习、生活,必须严肃、认真。先生常常结合专业特点,用古代文学中的人文精神教育弟子要有"先忧后乐"的思想,要在"德"的方面起表率作用,还用他在"文化大革命"中受到的不公正的待遇教育我们说人生总不会是一帆风顺的,会遇到各种各样的困难和挫折。要树立崇高的目标,要有战胜困难和挫折的信心和决心。如果没有使命感,没有健康的心理,玩世不恭,迟早要被社会所淘汰。我深深地感到,先生不只是教给我们知识,更重要的是教我们如何做人,而且是做对国家、社会有用的人。正因此,先生对弟子们的一些不良行为予以严厉的批评和教育,及时而且得法,真正做到了既教书,又育人。也许有人认为这样做太严肃了,没必要,但我体会到,这是先生对弟子的一生负责,是对国家负责,这是导师的不可推卸的责任。博士不是小学生,但如果有缺点和错误,也应像教育小学生那样,严肃认真。"科技以人为本",这个"人",必须是高素质的人,是一个真正的大写的人!

当然,先生又是非常宽和的,在学术问题上允许发表不同的看法,不搞一言堂。宽松和谐的学术气氛,为弟子们的学术发展创造了良好的条件。当弟子们取得成就时,先生也连连称赞,并鼓励其继续努力。我每次去府上,先生和师母都是问寒问暖。虽然我已经毕业,但先生和师母对我的学业、工作、生活仍十分关心。我也常常从内心感激地说:"霍先生,我的恩师,我永远的导师!"

回忆录·情感·历史①

——在《松林回忆录》新书发布会上的发言

尊敬的霍先生、尊敬的各位领导、来宾:

大家好!

非常高兴参加《松林回忆录》新书发布会。首先我代表文学院以及我本人向霍先生表示热烈祝贺,向出席发布会的各位领导表示热忱欢迎,向陕西师范大学出版总社的领导和编辑表示衷心感谢!

霍先生是学界泰斗,著名的中国古典文学专家、文艺理论家、诗人、书法家,桃李满天下。霍先生回忆录的出版,是学术界的盛事,也是我们文学院的光荣。我这些年研究古典传记文学,所以,从传记的角度看,我觉得这部回忆录有几个明显的特点:

第一,这部回忆录,作为霍先生个人的自传,它是霍先生生命的真实记录,一位知识分子所走过的不平常的道路,体现着霍先生不懈追求的精神,对人生的深刻体悟。渗透着对国家、家乡、亲人以及学校和文学院的真情实感。一代大师的形象展现在我们面前。

第二,这部回忆录,也是中国社会发展变迁的一个缩影,是陕西师范大学文

---

① 2014年6月11日,在陕西师范大学出版总社主办的《松林回忆录》新书发布会上的发言。

学院发展的历程,具有重要的史料价值,还是一本从欣赏的角度认识中国学术事业一个侧面的活的历史。值得我们注意的是,这部回忆录,可以说是陕西师范大学中文系、文学院历史的真实写照。其中培养首届研究生,研讨唐诗,编写教材,创建学会,弘扬杜诗,致力学科建设,培育华夏英才等章节,读来非常亲切。

第三,这部回忆录,写法上新颖独特,把大量的诗文融入记事之中,既增加回忆录的真实性,又增加艺术性,读来引人入胜。体现出诗人、学者传记的独特风貌。清代章学诚《文史通义》、刘熙载《艺概》在谈到《史记》《汉书》等经典传记收录作家作品时指出,这种写法是"以文传人"。

第四,深刻的教育意义。传记不只是历史,它联系着现实,并且指向未来。优秀的传记,会给读者生命的启迪。胡适曾经说:"传记可以帮助人格的教育。"我们可以通过这部回忆录,感受霍先生的人格魅力,从中得到许多教益。而且霍先生以90多岁高龄完成这部自传,本身就给我们树立了一个很好的榜样。

最后,借这个机会,祝霍先生和师母身体健康,万事顺意!

霍松林：唐音永存①

2017年2月1日，农历正月初五，家家户户张灯结彩，人们还沉浸在鸡年春节的喜庆气氛之中。当日，我因事在外地，中午13时许，电话和微信同时传来噩耗，我的导师霍松林先生逝世了。我一听就懵了，一时说不出话来。等缓过神来，就赶紧乘车赶回学校，学校有关部门也正在召开紧急会议，安排霍先生的后事。

霍先生和我住在家属区同一栋楼，且同一方位的房子，先生住7层，我住6层。楼上楼下，我常常因为一些事情到楼上请示先生。春节前夕，我两次去先生家：一次是1月14日陪党怀兴副校长看望先生，并商谈先生百岁寿辰的事情，这是霍先生生前最大的愿望；另一次是1月21日，文学院班子成员集体去给先生拜年，汇报一年来学院的情况，征求先生对学院发展的建议。这两次拜见先生，先生虽然行动不便，躺在床上给我们说话，但思维很清醒，还不停地谢谢学校、学院对他的关心。

真没想到这么突然，先生竟驾鹤西去。先生是一代宗师，学术泰斗，也是书法家和诗人。他逝世的消息一下子震动了学界，震动了书法界和诗坛，一时间唁电、唁函像雪片一样通过短信、微信、传真、电子邮箱传到了陕西师范大学校

---

① 本文发表于《光明日报》2017年2月22日第16版《光明学人》专版，《新华文摘》网络版2017年第9期"人物回忆"栏目全文转载。这是原稿全文，报刊发表时略有删节。

办和文学院。霍先生家的客厅布置为灵堂,社会各界人士络绎不绝前来吊唁,表达对霍先生深深的悼念之情和对亲属的诚挚问候。

霍先生走过了人生的 97 个春秋,他的一生平淡而又非凡。霍先生自己曾说:"我这一辈子很简单,就是围绕文学,做了读书、教书、写书三件事情。"作为霍先生的弟子,我对此"三书"深有体悟。

(一)读书

霍松林先生 1921 年 9 月 29 日生于甘肃省天水市琥珀乡霍家川村。根据先生的《青春集》及《松林回忆录》记载,父亲 16 岁就中了秀才,接着进陇南书院深造,科举制度废除后回乡教书。霍先生 12 岁以前就是在父亲教诲下苦读、苦学的。"一去二三里,烟村四五家。亭台六七座,八九十枝花。"这是幼时父亲教给他的第一首诗。"一首诗把从一到十的数字巧妙地组织在诗句中,有景有情,好认易记,平仄也合律。"在幼年的霍松林看来,这不止有趣,甚至神奇。读书是他当时最大的乐趣。父亲先教他背诵《三字经》《千字文》《百家姓》,主要是认字;然后循序渐进,读《论语》《孟子》《大学》《中庸》《幼学故事琼林》《诗经》《子史精华》《古文观止》《千家诗》《唐诗三百首》《白香词谱》等等。六七岁学作诗作文,懂得了汉语的平仄,也会对对子,作诗从五古、七古、杂言体开始,然后到律诗,逐渐成熟。12 岁以后进入全县最好的学校新阳小学四年级上学,接受现代教育。对于童年时代的背诵,霍先生后来说的确有好处:第一,养成了背书的习惯,也积累了背书的经验;第二,童年背诵的东西当时虽然不懂或不大懂,但在以后的学习中重复出现,或遇到有关联的问题,就逐渐懂了。第三,那些经过反复背诵、后来逐渐弄懂了的东西,涉及文史哲等许多方面,这就在不知不觉之中给他培育了广泛的学习兴趣。

小学毕业,通过全县会考,以第一名的成绩,考入省立天水中学。读初中时,他广泛阅读文学经典,既有"五四"以来的新文学作品和外国文学作品,还有古典诗词曲及有关中国古典文学的著作,能借就借,不能借就买。在此期间还给《陇南日报》投稿,有散文,有新诗,有旧体诗,大多数被采用。他把领到的稿费,统统用来买书。由于家境清寒,交不起学生食堂的伙食费,他只能从离校 80

里外的家中背米面、木柴来,自己烧饭吃。那时候的读书,也有切实可行的方法,霍先生说:"我读初中时,父亲给我一本讲治学方法的书,叫《先正读书诀》,其中有这么几点:一要循序渐进,持之以恒,切忌一曝十寒;二是既要精读,又要博览。精读的书要能背诵,博览的书也要记住大意或要点。为了帮助记忆,必须写读书札记;三是读书、阅世、作文相辅而行。这几点,我都是认真做了的。"初中三年,正是由于读书得法,学习成绩突出,就免试直升高中。后来在国立第五中学上高中,课外阅读更广泛了。

1945年7月,霍松林赴兰州参加高考,以第一名考入中央大学中国文学系。南京沦陷前夕,中央大学西迁重庆,抗战胜利后迁回南京。在重庆学习一年,南京学习三年,都因学习成绩优异而享受公费待遇。据霍先生回忆,当时胡小石讲《楚辞》,汪辟疆讲唐宋诗,陈匡石讲唐宋词,卢冀野讲元曲,吕叔湘讲欧洲文艺思潮,伍俶傥讲《文心雕龙》,朱东润讲中国文学史,罗根泽讲中国文学批评史,在大师级教授的熏陶下,自己在文学的海洋中恣意驰骋,对文字学、音韵学、训诂学、目录学、版本学、校勘学、诗学、词学、曲学以及文学理论批评史等刻苦钻研,而且逐渐"由博返约",形成了研究中国诗史或中国诗歌理论批评史的想法,在读书、选课方面也朝这个目标努力。著名古典文学研究专家、国学大师钱仲联评价霍先生这段学习时说:"时胡小石、卢冀野、罗根泽各以一专雄长盘敦,松林俱承其教而受其益。于诗尤得髓于汪方湖,于词则传法乳陈匡石。"可以说,中央大学的读书学习,是霍先生一生读书重要的转折点。在此期间,由于他学习成绩突出,才华横溢,也得到于右任先生的奖掖和帮助。

对于霍先生而言,读书生涯并没有因大学毕业而停止。在以后的教书、写书中,先生依然在读书,以读书促进教书、写书,所谓活到老,学到老。他的案头上,不仅有中国古典文学的书,而且有中国现当代和外国的经典著作。读书,贯穿霍先生的一生。

(二)教书

霍先生教书生涯长达70多年,他教过小学、中学、大学,而以大学为主;大学中,从20世纪50年代一直到辞世,在陕西师范大学执教半个多世纪。历任陕西师范大学中文系副主任,古籍整理研究所所长,中文系名誉主任,文学研究所所长,文学院名誉院长。他把教书与育人结合,以培养人才为己任。在陕西师范大学文学院所在的文汇楼大厅,霍先生题写的"扬葩振藻,绣虎雕龙"八个大字格外引人注目,它寄寓着霍先生对人才培养的热切期望。

在大学里,霍先生教过本科、硕士、博士,还指导过博士后、进修教师和访问学者,他说,"确实品尝到了'得天下英才而育之'的无穷乐趣"。教书首先从编写教材入手。20世纪50年代初,高校中文学科处于创业阶段,要求多开新课,用新观点教学。当时霍先生接手的三门新课中,有一门文艺学,无教材、无参考资料,他自己说是"难于上青天",但他克服困难,从头搜集和阅读有关资料,力图用辩证唯物主义的观点、方法分析问题,到了1953年秋,几经补充修改,完成了26万字的《文艺学概论》(以下简称《概论》),先后作为高等学校的交流教材和函授教材,1957年由陕西人民出版社正式出版。这样,便有了我国最早的一部新型文艺理论教材。文艺理论家陈志明教授在《霍松林的文艺理论研究述评》中评价说:"《概论》不仅开了新中国成立以后国人自己著述系统的文艺理论教科书的风气之先,而且发行量大,加之其前已作交流讲义与函授教材流传,影响及于全国,大学师生、文艺工作者、中学语文教师以及文艺爱好者,不少人都从中得到教益,受到启发。20世纪50年代后期和60年代前期的大学中文系学生,其中有些今天已成为专家,还不忘《概论》在当年如春风化雨给予他们心灵的滋养。"1982年,经过增删修订,霍先生完成了37万字的《文艺学简论》,由中国社会科学出版社出版。作为教材,它把一代代学者引入文艺理论的殿堂;作为理论专著,霍先生构建了体大思精的理论体系,对许多重大理论问题都有独特的见解,自成一家之说,甚至被学术界誉为"当代的《文心雕龙》"。

教书是一门艺术,需要精心设计。霍先生后来又讲授元明清文学、唐宋文学、魏晋南北朝文学,还讲授先秦两汉文学和古代文论,贯通整个中国文学史。为本科生讲古代文学时,根据自己的读书经验和切身体会,要求学生背诵一定数量的诗文名篇、精读古典名著。讲授古文、诗、词,形象生动,抓住作品的要害进行分析。师长泰教授曾总结霍先生教学艺术:"一是教学内容上的求博求深,二是教学方法上的求实求真,三是教学质量上的求高求新。"许多学生敬仰霍先生的渊博学识和惊人才华。据田天佑等人回忆:"霍老师讲古文、诗、词,从来是边背诵,边讲解,根本不看本子,却一字不差。将长篇小说,像《三国演义》《水浒传》《西游记》《红楼梦》等,介绍情节简要生动,通过某些典型场面分析人物之间的性格冲突,常常将四五个人物对话结合表情——复述出来,不看本子,也一字不差。"20世纪80年代以后,霍先生的主要精力用在培养硕士、博士研究生方面。对于新招博士,他有几条格言:"敦品以化人,勤学以致用。务求日有进益,问心无愧;力戒虚度年华,于世无补。""博古而不泥古,须求古为今用;学外而不媚外,力争外为中用。兼取古今中外之长,放宽眼界,扩展心胸,慎思笃行,自强不息,始能有新开拓,新建树。"对研究生的培养,霍先生一直强调两句话:品学兼优,知能合一。首先重视对研究生品格的培养,研究生是国家的高层次人才,一定要高标准严要求,培养有使命感、责任心的人才。对"知",既要求"博",又要求"精",而所谓"能",则指能力、创造力。"搞古典文学研究的人,应该搞一点创作,至少要有一点创作经验、创作甘苦,才能较深刻地理解作品。"毕业论文是考验门生的关键环节,先生的要求更严格。我在先生门下读书,亲身经历是:第一步,选题。先生要求我们站在学术发展的最前沿,选题要有新意,要有自己的独特见解,同时也要适合自己的学术特点。有时为了一个选题,要反复琢磨推敲。第二步,查阅资料,理清学术史。题目确定后,先生要求我们广泛搜集资料,对本选题的研究历史和现状进行系统总结,找到研究的突破口,这样就能为自己的论文定位,看出自己论文的价值所在。第三步,做开题报告,听取各方意见,进一步完善论文的构思。开题报告会上,先生听了弟子的陈述后,再予以细心指导,要求写出详细的写作提纲,审阅过关后再进行下一步工作。第四步,动笔写作,发现问题,及时解决。先生要求每写完一部分,就交给他看,并仔细批阅,大到论文的立意构思、框架结构,小到炼句修辞、资料引用等,一一提出修改意见。第五步,反复修改,拿出精品。先生对论文初稿批阅后,让弟子修改,然后再审阅,直到满意为止。即使在论文答辩通过后,还要求弟子根据答辩委员提出的问题,再加充实修改。这样的严格训练,严格把关,保证了论文的质量。霍先生在《关于练基本功》一文中,谈了自己读书教书的体会:第一,要有较好的阅读能力,能够借助旧注(而不是今人用现代汉语做的新注),基本上读懂先秦两汉以来的古籍。要解决这个问题,需要学文字学、音韵学、训诂学、目录学和文化史等等;更需要通读若干部重要的古籍,包括原文和注疏,从头到尾,读得相当熟,甚至能够背诵。第二,要有较好的写作能力。"写作方法"之类,当然需要学习、研究,但更有效的还是老办法:多读、多作、多商量,即欧阳修所说的"三多"。第三,有较强的思维能力和较深的理论修养。学文科的人,往往以学理科方面的课程为额外负担,不愿多下苦功,这是不对的。文理渗透的好处很多,仅就培养思维能力来说:读哲学著作和文史著作,可以使思路开阔,思想活跃,想象丰富,学好数学、物理等理科方面的课程,则可以加强思维方法的科学性。第四,有较丰富的社会阅历和较宽广的知识领域,并懂得治学门径,有较强的信息探索能力。这些经验,十分宝贵。从 20 世纪 80 年代开始,一直到2015 年,霍先生先后培养了 20 多名硕士和 70 余名博士,遍布全国各地,大都成为所在单位教学科研的骨干或新一代学术带头人,学界称之为"霍家军"。

"高歌盛世情犹热,广育英才志愈坚。假我韶光数十载,更将硕果献尧天。"霍先生 80 寿辰时,曾作这首《八十述怀》,表达了培养人才的热情和愿望。90岁时,先生又有《九十自寿二首》,其中有句:"乐育英才浑忘老,秾桃艳李竞芬芳。"可见先生一生执着于教书育人。由于教书成就突出,1989 年被评为陕西省优秀教师和全国教育系统劳动模范,享受国务院政府特殊津贴;1993 年获曾宪梓优秀教师奖,2008 年成为"改革开放 30 年陕西高等教育突出贡献奖"的唯一获奖人。霍先生把毕生精力和心血用在培养人才上,被教育界同人誉为"关西孔子""海内儒宗"等。鉴于霍先生几十年来为学校发展与建设作出的杰出贡献,2014 年学校授予霍先生"陕西师范大学杰出贡献奖",奖励 100 万元人民币,他随即拿出学校给他的奖金设立了"霍松林国学奖学金",奖掖后学。

(三)写书

所谓"写书",就是从事学术研究。霍先生是一位杰出的学者,他以读书为基础,把教学与科研结合,教书与写书紧密结合。霍先生有句名言:"我的岗位工作是教学,所谓研究,其实是备课。"他学殖宏富,领域宽广,勇于创新,硕果累累。先后在《文学遗产》等刊物发表论文 500 余篇,出版的主要论著有《文艺学概论》《诗的形象及其他》《白居易诗译析》《文艺学简论》《西厢述评》《文艺散论》《唐宋诗文鉴赏举隅》《历代好诗诠评》等30余种,并出版《霍松林选集》(十卷本)600余万字;主编《唐代文学研究年鉴》《万首唐人绝句校注集评》《辞赋大辞典》《中国古代文论名篇详注》《陕西诗歌志》《中国诗论史》等50多种,可谓著作等身。先生的学术研究,尤其在唐代文学、文艺理论、诗词鉴赏等领域,贡献卓著,在海内外学术界有重大影响。

学术研究、著书立说,必须求真求是,甚至要敢冒风险。因为霍先生对学术研究这样的执着,在极"左"思潮中受到了牵连。1958年开始,先生就因他曾经出版的《文艺学概论》受到冲击。"文革"之初,又因曾发表《试论形象思维》一文,被点名批判,扣上了"为反革命修正主义文艺思潮提供了理论基础"的帽子。抄家、游街、挨斗、扫马路、扫厕所,到最后关牛棚、劳动改造,然而,十余年的"蹲牛棚",也没能改变他的学术个性。平反之后,他又写了《再论形象思维》的长篇文章,表明自己的学术观点。这样的精神追求,可用他自己的一句诗来概括:"浩气由来塞天地,高标那许混风尘。"为了学术真理不低头、不弯腰。

学术研究需要宽广的视野。霍先生曾在《"断代"的研究内容与非"断代"的研究方法》一文中强调,"断代"的研究内容不能用"断代"的研究方法。就研究唐诗说,不应割断它与唐以前、唐以后诗歌发展的联系,尤其不应忽视唐诗与今诗的关系。具体地说,研究唐诗的人也应研究"五四"以来的诗歌发展史,研究新时期诗歌创作的成败得失及其发展前途。也正是这样的研究视野,霍先生的研究显示出宏大的气魄。如《论白居易的田园诗》一文,直接溯源至先秦时代的《诗经·七月》,然后经陶渊明、王维等发展,中国的田园诗形成了两条线索:一是"田家乐",二是"田家苦",再通过对白居易田园诗的分析,认为白居易是"田家苦"线索的继承者和杰出代表。类似的研究既有广度,又有深度。霍先生对古代文学的研究,从先秦至明清近代,从诗词曲赋到散文戏剧小说,领域十分宽广,这也与他的教书是密不可分的。

学术研究要创新。霍先生经常引用《南齐书·文学传论》的一句名言鼓励学术创新:"若无新变,不能代雄。"他的研究,重视资料的挖掘和阐释,如对于《西厢记》的研究,从《西厢记简说》到《西厢述评》,再到后来的《西厢汇编》,把与《西厢记》有关的问题、资料进行系统的梳理分析,把研究结论建立在扎实的材料基础之上。他与弟子傅绍良合著的《盛唐文学的文化透视》,开辟了盛唐文学研究的新领域,给后来研究者提供了新的研究思路和方法。霍先生的研究,重点在于唐宋诗词,尤其是对杜甫、白居易予以特别关注。《青春集》中显示,在大学本科阶段,霍先生就已发表七篇研究杜甫的论文,展现出青年学者的锐气和创新精神,此后对杜甫的研究更加深入。霍先生的研究,还建立在对作品的细致鉴赏分析之上。他出版了《唐宋诗文鉴赏举隅》《李白诗歌鉴赏》等著作,主编《唐诗探胜》《历代绝句精华鉴赏辞典》,并作为《唐诗鉴赏辞典》等多部大型辞典的领衔撰稿人,写了大量的鉴赏文章。我到先生门下学习之前,久仰先生大名,学习了先生的鉴赏著作,先生渊博的知识、透彻的分析、精彩的语言,强烈地震撼着我的心灵。我清楚地记得,在读到先生对杜甫《石壕吏》诗歌的分析时,我曾拍案惊叹。因为中学时学习过这首诗,但只知大意而已。而先生在讲析时,结合时代背景,字斟句酌,非常细腻。特别是对"藏问于答"手法的独特分析,一下子解决了我原来所有的疑问,令人茅塞顿开。先生治学严谨,在一般人不注意的地方细细挖掘,真可谓一丝不苟。

学术研究需要理论支撑。霍先生的古典文学研究,建立在他雄厚的文艺理论基础之上。他除自己撰有《文艺学概论》《文艺学简论》《诗的形象及其他》等著作之外,还整理了大量古代文艺理论著作,如校注《渖南诗话》《瓯北诗话》《原诗》《诗说晬语》等,主编《中国古代文论名篇详注》《近代文论名篇详注》《中国诗论史》等,并且把这些理论运用到古代诗文的研究实践当中,因而成就斐然。

学术研究还要有广泛的交流。霍先生与海内外学界有广泛的联系,多次主办国内、国际学术会议,多次赴全国各地讲学,两度赴日本讲学,创办《唐代文学研究年鉴》,搭建学术交流平台。并且担任了中国唐代文学学会副会长兼秘书长,中国杜甫研究会会长、名誉会长,为促进古代文学研究作出了杰出贡献。我至今还记得,1982 年 3 月,霍先生在我校联合教室(今名"积学堂")主持召开首届全国唐诗讨论会,名家云集,气氛热烈,我们年级的学生参加了开幕式,当他在开幕词中说道"我们的这次全国性的唐诗讨论会,新中国成立以来是第一次,唐代以来也是第一次"时,全场响起雷鸣般的掌声。"唐代以来的第一次",此话气势非凡,振奋人心。也是在这次会议上,程千帆先生给霍先生题写斋榜"唐音阁",从此,"唐音"走遍全国,走向世界。

由于霍先生在中国古典文学研究方面取得突出的成就,被聘为国务院学位委员会第二届学科评议组成员,全国哲学社会科学"七五"规划委员会委员,日本明治大学客座教授等。他除获得多种单项社科奖外,还于 2009 年被评为陕西首届社科名家,2010 年获陕西"十二五"科学发展思想驱动奖等,并博得了学界同人所赠予的"学林泰斗""一代大师"等美誉。

霍先生晚年仍然笔耕不辍,2001 年,出版《唐音阁论文集》《唐音阁译诗集》《唐音阁诗词集》《唐音阁随笔集》等系列著作。2010 年霍先生 90 寿辰时,他自己亲自整理编撰的《霍松林选集》十卷本 600 余万字正式出版,集中体现了他的学术成就。2013 年,霍先生已 90 多岁高龄,以惊人的毅力在短时间内完成了 30 多万字的《松林回忆录》,于 2014 年出版,成为后人了解霍先生思想精神的重要资料,也是了解陕西师范大学历史的重要资料。

写诗也是霍松林先生"写书"的重要组成部分。他少年时期写的抗战诗作,如《卢沟桥战歌》《哀平津,哭佟赵二将军》《闻平型关大捷,喜赋》《惊闻南京沦陷,日寇屠城》《八百壮士颂》等,真实反映了抗战历史,把自己的心声与民族的命运联系在一起,因此,1995 年纪念抗战胜利 50 周年之际,中国作家协会特将先生列名于"抗战时期老作家"名单中,颁赠"以笔为枪,投身抗战"的奖牌。中华诗词学会顾问周笃文教授认为,《霍松林诗词集》共收录诗词 1200 余首,时间跨度 70 余年,可说是历史的实录。香港回归前夕,他应邀创作的《香港回归赋》,大气磅礴,振奋人心。霍先生的诗词创作,独树一帜,引领风气,正如程千帆教授所说:"松林之为诗,兼备古今之体,才雄而格峻,绪密而思清。"霍先生还呼吁当前的诗词创作必须求变求新,率先主张用新声新韵取代旧声旧韵,并用新声新韵创作了《金婚谢妻》和《八十述怀》27 首七律。《中华诗词》发表的评论和读者来信,公认这两组诗是"新声新韵的奠基之作,在中华诗史上有划时代意义"。2008 年 12 月 20 日,由中华诗词学会主办的"中华诗词终身成就奖"颁奖大会暨五位诗家作品集首发式,在北京全国政协礼堂举行,霍先生成为首次颁发的"中华诗词终身成就奖"五位获奖人之一。

书法也是霍松林"写书"的一个重要部分,他的字也像他的诗一样"刚健含婀娜,韶秀寓清淑"。著名书法家钟明善先生曾概括霍先生的书法特点:"笔法严谨而笔势活泼多变,纵笔挥洒,波澜起伏,留笔敛气,蓄势画末,方圆兼备,疾涩得体,寓刚于柔,潇洒自若。"其自撰、自书的《香港回归赋》《陕西师大赋》等作品,气势恢宏,刚劲有力,给人以美的享受。

"学海珠玑光简册,诗坛星月耀乾坤",这是霍先生1982年献给首届全国唐诗讨论会的诗句,今天用来概括霍先生的学术风范也十分恰当。霍先生离开我们了,但"唐音"永存,他的著作将永远流传、光照千古。

(本文写作过程中,参考了《松林回忆录》《霍松林先生八十寿辰纪念文集》等有关资料,特此说明。)

七秩高名扬四海①

——在庆贺赵逵夫教授七十华诞大会上的发言

尊敬的赵逵夫先生、各位领导、各位来宾：

大家好！

今天，我们欢聚一堂，热烈庆贺蜚声海内外的著名学者赵逵夫教授七十华诞，我谨代表兄弟院校来宾向赵先生致以最诚挚的祝福和最真诚的祝愿！

赵先生是我们非常敬仰的学者。他学识渊博，学术研究涉及中国古典文献学、中国古代文学、文字学、民俗学、地域文学等领域，并且能把这些学科紧密地结合起来，取得了丰硕的成果，影响遍及海内外。他的《屈骚探幽》《屈原和他的时代》《古典文献论丛》《先秦文论全编要诠》《历代赋评注》等，都是具有开创意义的著作。他在《中国社会科学》《文学评论》《文学遗产》《文艺研究》《中华文史论丛》等刊物发表学术论文 300 余篇，解决了先秦文学、文献研究中的许多重大问题，不少论文被国内和日本、韩国及东南亚国家学术刊物转载。赵先生主持完成的国家社科基金项目"先秦文学编年史"，更是填补了先秦文学研究中没有编年史的学术空白，被国家社科规划办评为优秀项目，认为"代表国家社科研究的最高水平"，并收入《国家社科基金成果文库》。同时，赵先生对西北地方文

---

① 2012 年 8 月 22 日在庆祝赵逵夫教授七十华诞大会上的发言，收入《庆祝赵逵夫教授七十华诞文集》，韩高年主编，甘肃民族出版社 2014 年 10 月出版。

学与文化也进行了深入研究,为地方文化建设作出了突出贡献。赵先生治学严谨,视野开阔,善于从各种文献资料出发,提出学术新见,解决学术难题,给学术界树立了一面光辉的旗帜,也给后学树立了学习的典范。

赵先生不仅自己勤奋工作,几十年如一日,著书立说,而且凭借自己的学术影响和人格魅力,汇聚一大批学者,形成了强有力的学术团队。近年来,先生以先秦文学与文化研究中心为平台,团结海内外各方力量,取得了可喜成绩。先生主编的《诗赋研究丛书》《历代赋评注》《先秦文学与文化研究丛书》等大型著作,给青年学者的成长提供了舞台,特别是作为首席专家的国家社科基金重大项目"全先秦汉魏晋南北朝文编纂整理与研究",不仅在学术史上占有极其重要的地位,而且使一大批年轻学者在这个平台上施展自己的才华,真正做到了出成果,出人才。赵先生是名副其实的学术领军人物,他率领的学术团队,多年来踏踏实实做事情,认认真真搞研究,使西北师范大学中文学科在全国具有重要影响。尤其在中国古代文学、中国古典文献学博士点的建设方面,赵先生具有开创之功。此后,在赵先生的带领下,中国语言文学博士后科研流动站的建设,国家重点学科中国古代文学学科的建设,中国语言文学博士一级学科点的建设等等,都取得了令人瞩目的成就。

赵先生从事教育工作40余年,兢兢业业,无私奉献,他认真、谦逊、质朴、宽厚,体现出一种学者风范,大家气度。他把辛勤的汗水洒在教书育人的田野上,把满腔的热情灌注在青年学生身上,赢得了人们的尊敬和爱戴,先后被评为全国优秀教师、国家级教学名师。赵先生把自己的书房命名为"滋兰斋",就充分显示了以培养优秀人才为己任的博大胸怀和崇高的目标追求。正是由于有这样的精神动力,赵先生耕耘不辍,桃李满天下,许多学生都成为学术界卓有成就的专家学者,如伏俊琏教授、邵炳军教授、池万兴教授、徐正英教授、裴登峰教授、贾海生教授、王锷教授、郭令原教授、罗家湘教授、韩高年教授、马世年教授等等。他们继承了赵先生的学术传统,勇于创新,取得了骄人的成绩。薪火相传,我们相信,赵先生的学术成就和人格魅力会对更多的后学产生广泛而深远的影响。

对于赵先生的学术成就和教书育人的贡献,陕西师范大学文学院92岁高龄的著名教授霍松林先生亲笔写了一副贺联,予以高度赞扬:"治学拓新疆,七秩高名扬四海;树人垂典范,百年伟业耀千秋。"这两句话代表了我们所有来宾的共同心声,也应该成为我们每个人共同的理想和目标。

最后,恭祝赵先生福如东海,寿比南山,祝各位领导、各位来宾心想事成,万事如意!

春风化雨

——追忆王守民导师

王守民老师是我的硕士研究生导师,1997 年因病去世,享年 71 岁。时光流逝,一晃 20 多年过去了,但老师的形象我一直铭记于心。今天,清明节前夕,我又想起了当年师从老师学习的情景,于是,写出下面的文字,以表达我对老师深深的思念之情。

我于 1979 年 9 月进入陕西师范大学中文系学习,四年期间,所学课程涉及古今中外,内容丰富多彩,老师们讲课风格多样,各有千秋。大三开始,有多门专业选修课。由于我对中国古代文学有较多的爱好,就选择了系主任王守民老师的"先秦散文研究"。这门课主要讲授先秦时期的历史散文和诸子散文。与基础课不同的是,选修课具有研究特点,比基础课进一步深化,重视启发学生的创新思维,培养学生的创新能力。由于选择了该课程,我对中国古代文学,尤其是先秦文学产生了浓厚兴趣。先秦文学是中国文学的源头和基础,且文史哲融为一体,意蕴深厚,我就想报考研究生,继续深造学习。当时王老师刚好招收该方向的硕士研究生。因此,我在毕业考研时就毫不犹豫地选择了王老师为导师。

我记得是 1982 年 12 月 10—14 日考研报名,1983 年 2 月 26—28 日考试。那时候,恢复研究生招生时间不久,全国的学位点较少,研究生招生数量也较少,中文系这一届共招收了 14 人。导师一般是带一届研究生,三年毕业后再招收新弟子。这一年,王老师招收了三名弟子。除我之外,还有擅长下棋的李梦奎,来自吉林;擅长讲故事的李鸣,来自四川。

当时王老师担任中文系系主任,工作繁忙,但从不耽误我们的课程学习和论文指导。1983 年 9 月入校开始上课,是在教单四楼(由于该楼外表是红砖,又叫"红楼")一个小教室,每周安排一个上午的课,师生四人,共同研讨,其乐融融。王老师是东北人,说话和蔼可亲,上课一丝不苟,由浅入深,循序渐进,一个学期下来,讲课内容我记录了厚厚的一本子。这个学期,主要研讨中国第一部诗歌总集《诗经》,由于《诗经》的国风部分学术界研究较多,所以王老师重点讲析大雅和小雅。王老师引导我们,把大、小雅的作品熟读,然后按照内容分为史诗、讽喻诗、战争诗、宴饮诗、颂德诗等不同类别,有重点地分析若干作品,与我们一起进行讨论,最后总结归纳。第二学期开始,由于上课的红楼学校另有筹划,我们上课的地方就换到老师家里。这是一个不大的院子,平房(大概位置就在今天的师苑超市后面),周边是用砖砌成的围墙,木栅栏门。一个院子住两户人家,院子里是用砖铺成的小路,路两侧种满了各种花草,老师住里边一户,颇为清静。课程学习以先秦两汉时期的重点作家、重点著作为主,点面结合,在全面认识本时期文学发展线索的基础上,解决重点问题。比如学习历史散文的代表作《左传》,王老师按照《左传》写战争、盟会、外交、历史人物、重民等八个类别,把《左传》描述的重大历史事件、历史人物进行归类分析。有时候让我们自己在课前阅读有关作品,先写出发言提纲,到时师生一起讨论。这样学习了两年,我们同窗三人都觉得收获很大。

王老师指导我们学习,首先强调读原著,把原著吃透。不细致读原著,就无法从事学术研究,这是基础。尤其是我们研究先秦两汉文学,许多经典著作对中国文化、文学产生深远影响,但文字障碍较大,都要逐字逐句理解,细嚼慢咽,深入体会。在通读原著的基础上,善于把一本经典原著分解归类,从中发现问题,解决问题。王老师讲授《诗经》《左传》等就是用这个方法,我们很受用。当时,我依照老师的指导方法,把《论语》的内容分为仁、礼、教育、君子人格、名言警句等部分,把《孟子》分为论仁政、论教育、论人格、论人性、论民本等部分,这样能够把全书打通,挖掘原著的思想核心。我结合课程学习,撰写有关心得,并尝试撰写学术论文,读研期间在《陕西师大报》发表《浅谈〈论语〉中的格言》,在《陕西师大学报》发表《试谈雅诗中的赋法》都是得益于王老师授予我们的研究方法。尤其是在学报发表万字的学术论文,就是把《诗经》大、小雅涉及"赋"的表现手法一一记录,然后归类,在此基础上进行分析,就是学习老师讲授《诗经》的研究方法。

关于研究生学习,老师还常常教导我们要开阔视野。包括学术史的掌握、学习其他相关课程、拜访同行专家学者等。学术史既有眼前的,也有古代的。尤其是先秦文学,由于它是中国文学的源头,后代对这个时期经典文献研究的历史很长,成果很多,需要认真梳理。按照老师的要求,我们经常在图书馆查阅有关文献,尽量把学术发展史搞清楚。学术史的训练,就从写学术综述开始。比如我学习《楚辞》时,通过对当代《楚辞》研究现状的掌握,撰写发表了《近年来楚辞〈九歌〉研究概述》一文,也给自己的研究打开了新的思路。参加工作之后,1990年我和浙江师大俞樟华老师合作出版的第一部学术著作《史记研究史略》,也是按照这个方法做的。关于相关课程的学习,当时王老师说,学习古典文学,离不开文献学的知识,于是安排我们听古籍研究所黄永年先生的版本学、目录学课程。黄先生是学界著名的版本学家,我们上课期间还到他的书房里参观他收藏的古籍版本,并进行现场教学,从用纸、版式、字体、用字避讳等方面判断版本的年代,给我们留下了深刻印象。通过目录学课程,我们了解到《七略》以来中国古籍的分类变化,尤其是《四库提要》对于学术研究的重要性。当时还听了中文系古文字专家郭子直先生讲授的古文字学专题课,我们的专业方向是先秦文学,而认识甲骨文、金文、大小篆这是研究先秦文学的基础。黄先生、郭先生都非常认真,给我们分发了讲课的油印教材。这些课程对我们阅读古籍起了重要的指导作用。那个时期,许多重要古籍还没有标点整理出版,我们只能到图书馆古籍部查阅有关文献,阅读没有标点的古籍。如果没有学习这些课程,古籍阅读就无法下手。另外,王老师还要求我们自学"中国哲学史"课程,为学习诸子散文如《老子》《庄子》等奠定基础。为了进一步开阔视野,第三年学习阶段,王老师给我们精心安排外出访学,并联系拜访有关专家,听取他们对论文选题的意见,帮助我们理清论文思路。我们师兄弟三人,从南到北,共拜访了十多位专家,收获很大。关于这次访学,我后来专门整理了一篇访学录,较为详细地记录了每个专家的指导意见,这是研究生学习阶段难以忘怀的经历。

研究生学习,毕业论文是重要一环。老师根据我们每个人的选题,列出参考书目。我的论文题目是"从《左传》到《史记》史传文学写人艺术的发展",按照导师要求,阅读明清以来的评点著作,如《左绣》《左传评林》《左传撷华》《史记评林》等,还有一些理论著作和学术著作,如刘知几《史通》、刘勰《文心雕龙》、章学诚《文史通义》等。初稿完成后,王老师仔细批阅,不合适的段落、句子,都用红笔画出来。特别是整体框架结构、观点、方法、资料等有问题的话,就叫我们到家里面谈,帮助我们把论文进一步完善。经过反复修改,终于完成了论文。当时都是手写稿,定稿之后再油印,这个油印本我至今保留着。记得在毕业论文答辩时,在古代文学教研室何世华老师的帮助下,邀请四川师范大学的屈守元、王文才两位先生担任答辩委员会主席。答辩地点是在学校办公楼的会议室。答辩委员会对我们的论文予以充分肯定,并提出了非常有价值的修改建议,对我们帮助很大。关于毕业论文,还有一个小小的插曲。我开始设想的标题是"人的历史,历史的人——从《左传》到《史记》史传文学写人艺术的发展",同届的郭政凯、贾二强兄长是历史学专业研究生,一个研究先秦史,一个研究文献学,开玩笑说我论文的正标题就好像"一碗豆腐,豆腐一碗"一样,是文字游戏,后来我就采纳了他们的意见,取消了正标题。此事至今还常常被贾二强兄长提起。

那时候的学习,老师还要求我们做读书卡片,积累资料。老师常常教导我们,读书学习,避免轻浮,要沉下心,甘坐冷板凳,从一点一滴做起,踏踏实实积累。这其中最基本的方法就是做资料卡片。读书时遇到一些重要理论、重要文献、新的观点、精彩评论、疑难问题等随时记录下来,有时候一部经典著作的评点资料可能很多,如《左传》《史记》等,需要上百张卡片。当时还没有现代化的工具,只能老老实实抄写资料。一张又一张,日积月累,资料卡片做了不少,也为以后的论文写作奠定了基础,至今我还保留着这些卡片,作为那个年代学习的记忆。今天的研究手段已经日益更新,尤其是电脑、网络的普及,代替了传统的手工抄写。但我觉得，研究生的学习阅读，应该是深层次的阅读，读书时最好把现代化的工具和手工作业结合起来。而且，更多时候需要动手记录，"烂笔头胜过好记性"。当然，今天的资料保存形式不一定是纸质卡片，而是电脑、移动硬盘了，我们也要适应时代的变化。

王老师是我走上学术研究道路的引路人。正是在他的指导下，我在学术研究的道路上逐渐向前迈进。在研究方向上，后来师从霍松林先生攻读博士学位，仍然以先秦两汉文学为主攻领域，而且以史传散文研究为特色。在硕士学习基础上前后拓展，学位论文选题为"唐前史传文学研究"。留校工作期间，以《史记》为代表的史传文学一直是我的主要研究方向，今后将仍然在这个方面努力深挖。

王老师是辽宁开原人，早年在东北师大师从杨公骥先生读研究生，1954 年来到陕西师大，支援大西北的建设。他是一位忠厚长者，温良恭俭让。对待学生，和蔼可亲，耳提面命，谆谆教诲。他担任中文系副主任、主任多年，光明磊落，与人为善，从不计较个人利益，淡泊名利，两袖清风。师母对我们也非常热情，每次到老师家里上课或因其他事情找老师，她总是笑盈盈地迎接我们，问寒问暖，亲如一家。

时间匆匆，岁月无情。从 20 世纪 80 年代到今天已经过去 30 多年了，但王老师的音容笑貌始终在我心里，永难忘怀。回想往事，无限感慨。这里借用范仲淹《严先生祠堂记》的几句话表达我的情感："云山苍苍，江水泱泱，先生之风，山高水长！"

2021 年 4 月 1 日，清明节前夕

附:

硕研期间访学记录

【特别说明】1985 年 5 月 4 日至 6 月 23 日,在导师王守民老师的精心安排下,我和两位师兄李梦奎、李鸣一起外出访学。围绕硕士毕业论文选题拜访有关专家、查阅资料、购买图书。这次访学,对于开阔我们的眼界、理顺毕业论文的思路,有非常重要的作用。由于访学经费有限,许多支出都是个人承担。为了节省住宿费用,我们好多次都是在火车或者轮船上过夜的。按照规定,火车我们也只能坐硬座。有时候连硬座票都买不着,在火车上站一夜,有时候硬是和别人挤着坐一阵子,有时候趁别人上厕所的机会在其位子上暂时坐一会儿,有时候也自己掏钱买座位(有些旅客愿意把座位转卖,自己站着),甚至钻到硬座下面,铺一张报纸,平躺或侧躺。这段经历给我留下深刻的印象。当时有一个简单的记录,现将当时的记录整理如下。

2021 年 8 月 16 日

(一)访学行程

5 月 4 日:下午 15:40 从学校出发到西安火车站,乘坐 17:20 火车前往成都。

5 月 5 日:上午 11:20 到达成都,历时 18 小时。安排住宿,四川大学招待所。

5月6日:上午拜访成善楷先生。下午参观杜甫草堂、武侯祠。

5月7日:参观宝光寺,然后进城买书。

5月8日:上午到四川省图书馆,下午与成善楷先生交流。

5月9日:到灌县参观都江堰。

5月10日:乘8点火车到峨眉,晚上住洗象池。

5月11日:上峨眉山。11时下山,下午去乐山,住部队招待所。

5月12日:参观乐山大佛。之后乘汽车返回成都,晚上乘305次火车(20:50开车)前往重庆。

5月13日:早8:45到达重庆,到西南师范学院(后改为西南师范大学,现为西南大学)安排住宿。

5月14日:参观"中美合作所"集中营、白公馆、渣滓洞。

5月15日:自由活动。买书。

5月16日:寄书《吕氏春秋》。

5月17日:住朝天门。寄书。

5月18日:晚上住轮船上。

5月19日:早6点开船,晚上停万县。

5月20日:早4:30开船,晚上6:30通过葛洲坝,7点到宜昌。晚上乘324次(22:25开车)火车前往武昌。

5月21日:上午10:40到达武昌,到华中师范学院(现华中师范大学)安排住宿。下午到系办公室,晚上拜访温洪隆先生。

5月22日:早上拜访石声淮先生。之后到武汉长江大桥、黄鹤楼。

5月23日:早上游东湖,下午赶到码头,晚上19:00乘船前往江西九江。

5月24日:早上5:40到达九江,乘6:30汽车上庐山。下午16:30乘船离开九江前往南京。

5月25日:下午14:30到达南京,宿南京大学。

5月26日:参观中山陵、游莫愁湖。

5月27日:早5:30离开南京大学,乘6:49火车,7:50到达镇江。参观金山寺。下午14:00乘船,17:30到达扬州,住扬港招待所。

5 月 28 日：早拜访李廷先先生。13：30 乘汽车，15 点到达镇江，之后乘 305 次火车（18：05 开车）前往上海，22：15 到达上海。

5 月 29 日：乘 361 次火车（凌晨 1：54 开车），6 点到达杭州，在杭州大学住宿。中午拜访徐步奎先生。

5 月 30 日：游西湖。

5 月 31 日：进城买书。之后乘 96 次火车（17：10 开车）前往上海，20：20 到达。21：30 在华东师范大学住宿。

6 月 1 日：早到复旦大学，之后到书店、南京路。

6 月 2 日：寄书。到豫园。

6 月 3 日：上街。下午乘 17：27 火车离开上海。

6 月 4 日：早 6：45 到达兖州，乘汽车到曲阜。之后乘 310 次火车（16 点多），17：20 到泰安，大约 18：00 开始上泰山，21 点到达南天门。

6 月 5 日：登山，10 点下来，乘 104 次火车（11：41 开车）前往青岛，20：30 到站，安排住宿。

6 月 6 日：早上乘火车（8：32 开车）前往烟台，14 点到站。登毓璜顶。晚上 19 点上船（天山号），20 点开船。

6 月 7 日：早 4：30 到达大连港。6 点到达辽宁师范大学安排住宿。然后去旅顺口，参观白玉塔、鸡冠山、炮台。

6 月 8 日：早到老虎滩。下午乘 275 次火车（15：35 开车）离开大连前往哈尔滨。

6 月 9 日：早 6：40 到达哈尔滨。前往黑龙江省社会科学院拜访张碧波先生。下午乘 416 次火车（15：30 开车）前往长春。20：20 到站，到东北师范大学安排住宿。

6 月 10 日：早上到系办公室，与傅庆升老师见面（他是我导师的同学）。下午到杨公骥先生家里拜访（我导师的导师）。

6 月 11 日：早上与傅庆升老师交流。下午到吉林大学拜访张松如（公木）先生。

6 月 12 日：进城买书。

6月13日：下午乘214次火车(14:52开车)离开长春。由于买不到直达北京的火车票，就先到天津，然后再转。

6月14日：早6:50到达天津，改乘314次火车(8:40开车)前往北京。11:03到达。下午寻找住宿地方，住普春旅馆。

15日：参观故宫、天安门广场、毛主席纪念堂、人民大会堂。到琉璃厂中国书店买书。

16日：到北京图书馆看书。之后到王府井书店买书。

17日：到北京图书馆看书。

18日：到北京图书馆看书。休息时到东单、前门书店。

19日：到北京图书馆看书。下午搬到中央美院招待所。

20日：上午到高等教育出版社拜访冯克正老师。下午拜访中国社科院谭家健先生。

21日：早乘761次火车(6:45开车)，7:50到达南口，9:40乘575次火车，11时到达八达岭，游览长城。15:30乘576次火车返回。

22日：上午拜访北京师范大学韩兆琦、北京大学褚斌杰先生。然后到颐和园。15:15离开中央美院招待所，前往火车站。乘163次火车(17:07开车)回西安。

23日：下午14:42到达西安站，然后回到学校，结束整个访学旅程。

(二)访谈录(共12位专家)

我们的专业研究方向是先秦两汉文学，当时师兄弟三人的毕业论文选题大致确定，分别研究《左传》《庄子》和《史记》，所以访谈内容主要集中在这些方面。谈话内容有详有略，各有千秋。即使到今天，这些先生的学术观点和思想对我们的研究仍然具有指导和启发意义。

1.四川大学成善楷先生(5月6日上午)

①关于研究生课程

我1947年进入大学，是新中国成立前最后一批讲师。1957年被打成右派，1979年后落实政策，杨明照同学邀回。主要研究先秦文学，1982年招收唐宋文学研究生。学位课程:先秦散文、韵文,唐宋散文、韵文(另外老师讲授)。古代汉语还应加强。先秦散文分历史散文和诸子散文,集中讲几家。史传以《左传》《史记》为主,诸子散文以《庄子》为主,还想讲《韩非子》。韵文以《诗经》《楚辞》为主,偏向于《诗经》。

②关于《诗经》

现在要恢复《诗经》本来面貌。我正在做《大雅长笺》,30万字,然后《二雅长笺》《雅颂长笺》《国风长笺》,最终完成《诗经长笺》。

③关于《庄子》

给讲习班讲过"《庄子》校读",形成20多万字初稿,交上海古籍出版社。还准备搞"《庄子》集释",包括古今。郭象、王弼的集注自己的见解少。另外,章太炎、马叙伦、闻一多、于省吾等也有注释。陈鼓应《庄子今注今译》,有改字现象。曹础基《庄子浅注》,精释之处可能有所本。

④关于《左传》

我的大学毕业论文是《〈左传〉〈国语〉比较》。《左传》,目前杨伯峻先生的《春秋左传注》比较权威,当然有些注释还可以商榷。《左传》从文学角度谈,也应注意有关史料。《左传》晋楚争霸,以此为线索,宋、鲁等小国依附。重要人物穿插在中间,如子产、叔向。

研究先秦文学,基础要扎实。

2. 华中师范学院石声淮先生(5月22日上午,石先生家)

①《左传》内部结构

《左传》在春秋前不可能产生。人在征服自然方面,人还不知道自己的价值,认为一切是天创造,人未具有相应的历史地位,《左传·成公十三年》"国之大事,在祀与戎",把人说了一半。到了战国时代,人在征服自然方面取得长足进步。如《荀子·天论》讲"制天命而用之"。《左传》才意识到人是历史的主人,人又化成有血有肉的人。中国把历史记载和文学紧密结合从《左传》开始。《左传》作者应该是进步的作者,不仅重视人,而且在于观察敏锐,看问题不是孤立地看,而是与其他问题互相影响,有因果关系。《左传》的体裁是编年,但记事是完整的。编年不得不把有些事情隔断。写战争不仅写因果,而且写影响。

《左传》重要的不是场面的描写,而主要是记事。

②关于史书体例

《左传》受体例限制,一个人的事情被割裂成几年,纪传体不受时空限制。《战国策》受国别限制,在秦写秦,在赵写赵。在某些地方,《左传》可能比《史记》生动,如重耳走亡,但整体上说是《史记》超过《左传》。

③关于"礼"

西周也用奴隶殉葬。春秋时代,铁器大量使用,一个人所产生的物质财富远远超过牲口。《左传》对杀人殉葬进行指责,人的道德观念产生。孔子"仁者爱人""不问马"。人的道德观念在春秋时代产生,适应生产力发展,是进步的。但旧的东西还没有完全消除。《左传》用"礼"作为衡量的标准,"知礼""不知礼",这还是应该批判的地方。当时奴隶制正在崩溃,孔子还用从前的"礼"来维护,"尔爱其羊,我爱其礼"。社会为什么乱,没有把旧制度恢复,如果恢复就不会乱,这是孔子倒退的一面。昭公三年晏子对叔向说田氏代齐是必然的。秦代焚书坑儒,汉代奖励儒生,这是经学问题。经学在秦是封建统一的对立面,汉代经学又是维护统一秩序,由对立面变为维护者。

④关于《战国策》

战国时代,旧的体制差不多破坏了,上层的人降到下级,有些下层的人上升,《左传》是大夫之类的事情。春秋时往来使者彬彬有礼,战国时不同。同是记人物,《战国策》与《左传》不同,反映的现实比《左传》的面要广一些,大量的下层人物。《左传》在唱(说)、作方面都记,《战国策》在唱(说)方面更多。

⑤《左传》与《国语》的不同

《左传》可以违背《春秋》,不像《公羊传》和《穀梁传》。但《左传》毕竟与《春秋》有关,《左传》所记大半是《春秋》有的。

太史公说《国语》是左丘明所作,不符合实际。从内容说,吴、越语主要是记夫差,鲁、周等都是记典章制度。齐语全用《管子·小匡篇》。厉王止谤用《吕氏春秋·大郁》篇。从风格说,周、鲁板重,晋语有小说气,有作者虚构。在写人方面,与《左传》各有千秋。晋语有几篇写得好,比《左传》优秀,如"骊姬之乱"写"夜半而泣"的故事。当然,《左传》和《国语》都是记载春秋时代历史,前者偏于记事,后者偏于记言。

⑥关于《庄子》

文与质、内容与形式的争辩是中国古代文论的长期问题。孔子等人偏重于质,但也不偏废文,所谓"言之无文,行而不远"。庄子反对人为的东西、人为的美,但自己的文却很美。

关于比喻,有两种情况:一是用比喻是把事物说得更明显,先秦诸子有许多这样的例子,抽象的事物用眼前事例说明。二是不把事物说得更明白,而是"蔽"。楚辞中有些就是如此,如《离骚》中的寻求美女。庄子的"比",一是为了文采,一是为了用具体说明抽象。

3. 扬州师范学院李廷先先生(5月28日上午)

①《左传》与《国语》的关系

对历史上的经今古文之争不必多谈,坚持一种说法,《左传》是一部完整的书。康有为的说法无科学根据,政治观点需要立论的。是否出自左丘明,是一个问题。《左传》是春秋末战国初一位大历史家的书,要充分肯定它的真实性。

同是记载春秋时期的事情,《国语》还涉及西周,与《左传》体例不同。两部书,记事互有详略。《左传》详的《国语》略,《国语》略的《左传》详,另外还有矛盾之处。

本是两部书。《左传》从《国语》中抽出的说法不可靠。

《左传》与《春秋》:《左传》是附属于《春秋》的,是编年体,对《春秋》是补充说明。抛开《左传》,《春秋》是不可理解的。

总之,《左传》《国语》对春秋历史记载互补,此详彼略。《左传》用历史事实补充《春秋》不足。

②《左传》写战争

对于各国形势要有充分把握,仅孤立写战争是写不好的。春秋时期楚国势力发展和北方诸侯势力发展对比。城濮之战楚国主力未灭,因而又来个邲之战。第三大战是鄢陵之战。这反映了南北势力的变化。

叙述一次战争,都要在若干年前有关迹象记载下来。城濮之战远因可以到齐楚召陵之盟,楚国向北发展。还要把战争以后的情况写出。

③《左传》人物评价问题

与《左传》作者思想不可分。《左传》的思想是属于儒家的,所以在那个时期有许多进步因素,明显有几点:一是对于主帅道德文化修养的重视,二是保民思想非常明显,与孟子有渊源关系,发挥了西周以来的保民思想,三是对保卫国家英勇献身的人物进行表扬,贪恨的人贬斥,这种观点正是儒家正统思想。虽然"春秋无义战",但具体而论,"执干戈以卫社稷",在今天看来有它的进步性。《左传》还反对用人殉葬,发议论是《左传》最长的。反对贪官污吏、苛政等(如戎州己氏)。

④《庄子》散文艺术

《庄子》文章对后代影响巨大,思想影响也很大。这有渊源关系。

思想方面:继承老子。庄子与老子的关系不必多谈。《庄子》33篇不是出自一人之手,有些观点是发挥了老子观点。内篇风格基本一致,外篇风格也基本一致。思想里有朴素的辩证思想。

《庄子》文章挥洒自如,波澜起伏,不要孤立地看成一个人的创造。战国时期生活变化,思想活跃,书写工具进步,都有变化。要放到特定的历史环境,战国时代的文风都在变化。《孙子兵法》是战国初期,《荀子·议兵》篇在战国中期,《商君书》有些篇章可以与《韩非子》比。这些都与南北文化的交流有关系。

《庄子》用大量寓言,是比兴手法的发展。比喻构成一个完整情节就是寓言。同时代的屈原在诗歌中大量运用比兴。庄子借助寓言把思想具体化。"百家争鸣"的"争",也要注重艺术手法。大量的生活现象形成他丰富的思想。尽管他反对事物规律,但他写的恰恰证明事物是有规律的,事物是可以认识的。

屈原神话是接受了北方的影响,庄子是北方神话又杂糅南方的东西。这是一个问题,可以进一步探讨。

庄子思想方面是绝对的相对论。庄子在西汉、东汉影响不大,到魏晋开始抬头。影响思想的同时,也影响文章。到后来,对美学观点的影响也很大,反映在文学上的诗歌、散文、绘画方面远远超过儒家。山水诗直接来源于老庄思想,山水画的发展也与之分不开。陶渊明、大小谢山水诗,王维山水诗。散文方面,苏东坡最明显。凡是主张淡雅的,都来源于庄子。庄子散文本身把复杂的社会现象用淡然的笔写出来。读庄子文章,可以洗刷文章的"臃"(庸)。

⑤关于史传文学

《左传》人、事、言融为一体,事为主,但事是人干的,人要说话,事中有人物形象,初具规模。《左传》以前的史书,如《竹书纪年》《尚书》,没有人物形象,有形象从《左传》开始,如楚庄王形象。总起来看,《左传》以叙事为主。《战国策》发展了记言部分,以记言为主,记事附带。它的"言",比《左传》进了一步。不仅说理,而且鲜明生动,大量的比喻和寓言。

《史记》全面发展了《左传》《国语》《战国策》传统,在史学史上是一个飞跃,以人为主。历史是人创造的。130篇中,"八书"以外("书"中也有人)主要是人。继承了《尚书》以来的史学传统,把传记文学发展到一个高峰。"人"的发现,以领袖人物为纲来写,比《左传》编年进了一步。《史记》把人的言行结合一起,形象、行动、言论的结合,对历史的理解更深刻。

研究《史记》,千万不要再走近代人的路,完全作为典型人物的创造来写是错误的。司马迁是历史学家,先讲真实性,才能讲艺术性。最大的天才在尊重事实的情况下使历史人物栩栩如生,这也是史家的传统,是无与伦比的。《史记》的艺术性是附属于真实性的,是在严格按照历史真实的情况下写人的。得到司马迁这一传统的,只有司马光。

春秋以前,"史"的观念还没有形成。春秋时期,"史"的观念形成,各国历史都有记载。按历史事件发展顺序记载。到了《左传》大量铺开。《战国策》历史人物的语言鲜明。《史记》以重要的历史人物为主,概括历史发展,对历史逐步认识,逐步提高,全面提高。从不明晰到明晰,从以事为主到以人为主。

4.杭州大学徐步奎先生(5月29日上午,城外)

①关于《左传》《战国策》《史记》

这三者是不同的体例,编年、国别、纪传,各有特点,所以不好进行比较,但可以看出中国史学发展的基本脉络。

②《史记》写人问题

《史记》写人,有没有典型塑造问题?严格来说,不存在这个问题。但有些人物本身具有典型性,比如项羽,因此,司马迁在记载时也就有了典型性。

5. 黑龙江省社会科学院张碧波先生(6月9日上午,张先生家)

①关于中国文化

中国文化是多元的,它的发展也是如此,由多元到一统,由一统又到多元。有中原文化、荆楚文化、巴蜀文化等等。东西交流,南北交流。不是单一的、一成不变的。

②关于中国史传散文史

要研究中国史传散文史,中间有断了的线索,要补齐。如春秋时各国都有历史记载,现只存《左传》,战国时期也是如此。怎样补这一线索呢? 要从旁证中找,如诸子散文、地下发掘等。也可以从诗歌中找。汉代也是如此,司马迁所看到的书,有的我们已经看不到了。把这些补齐,就能看出散文发展的线索。不要从《左传》《战国策》《史记》三部书简单地看。

6. 东北师范大学杨公骥先生(6月10日下午,杨先生家)

①目前状况

现有三届博士生,本学期有两名要毕业。目前正着手编纂《先秦两汉文学词典》。

②关于学术研究

要注意思想能力的培养,研究方法的培养。要研究庄子,自己就得高于庄子,起码在某一方面高出庄子,不然是研究不了的。

③关于创作方法

把古代文学划分为现实主义、浪漫主义没有必要。浪漫主义也是以现实为基础的;现实主义也不是纯现实的。

④关于理论学习

要学习马克思主义。马列主义是钥匙。现在流行的方法看起来新,实际上都超不出马列主义的圈子。如系统论,就是要从整体上看问题,事物都是联系、发展的。学习的著作,主要有《费尔巴哈论》《社会主义从空想到科学的发展》《政治经济学批判导言》《德意志意识形态》《1844年经济学哲学手稿》。

7. 东北师范大学傅庆升先生(6月11日上午),傅先生办公室:

①关于学术研究的理论和方法

搞研究、写论文，只说出是什么、是怎么样，这不行，还得找出原因，多问几个为什么。这就需要理论的学习，需要马克思主义专著的学习。没有科学的观点、方法，走进社会领域将会是迷宫。如文学作品写婚姻，从《诗经》到《红楼梦》，受损害的都是女性，都是悲剧，这是什么原因呢？没有理论基础，就说不清。

就研究方法来说，国外的新方法、自然科学的方法，都可以采用。但在运用时，如果没有基础，就不知道该采用什么，也不能鉴别。我们这里开设了《诗经》《庄子》《楚辞》《史记》的通读课。《诗经》以毛传、郑笺为主，《楚辞》以王逸、洪兴祖的注释为主，《史记》以三家注为主，目的是打下基础。

比如司马迁，为什么在西汉时期能写出一部《史记》呢？一般认为有两个原因，一是父命，二是李陵之祸。这说明不了问题。他自己都认为不是孤立的，是整个西汉文化工作的一部分，适应新的制度。没有司马迁，别人也会写，也是社会变革的需要。司马迁以整个天下为笔。李陵之祸之前他已开始写作，并不是因此才写《史记》。

历史上的屈原，"五四"以后有几种，在民族矛盾尖锐时，把屈原说成民族英雄。郭沫若又说是民主战士，反对专制。新中国成立后又说是同情人民的诗人。还有人从阶级成分角度说他是没落地主，这也不符合实际。

比，不单是《诗经》手法，是一种修辞手法，西方诗歌也用，不是哪个民族独有的。为什么以物比物呢？没有人回答。如《盘庚》中讲"纲目"，这是生产工具。用生产知识比政治理论。因此，自然科学与社会科学在古代就有交叉，不是从今天才开始。

屈原作品中有许多花草树木，《离骚》中的与《九歌》《招魂》中的就不一样。《离骚》中的是一个复合概念，自然知识与社会知识的复合。《九歌》《招魂》中的则是自然形态，没有复合性，是作为生活资料的自在形态。《离骚》中有社会内容附加，既是人的美德的表现，也是具有美德的人的表现，已经被屈原加工，带有复合的性质。修辞上变为一种比喻，也是人的品格的象征。芬芳的则是具有美德的人，从中看出这是屈原的独创。屈原为什么能给以这种加工呢？他有生产实践、生活实践的基础。因为草木不进入人的生产领域就不是认识的对象。在生产中这些转为人的生活资料,成了认识的对象,芬芳的就认为好,反之则恶之。芳香的东西对人有兴奋作用。屈原把社会中具有美德的人和有芬芳气味的草木复合一起,成为一种高雅的修辞。这在屈原以前没有,是他在艺术创作上的新贡献。这些问题都应该想办法回答。

现在强调培养有创新能力的人才。在古典文学研究中怎样培养具有创造能力的思维呢?创新,在任何一个领域都是一个标志。历史不是现实生活的教科书,只能根据历史规律进行借鉴。创新要提出新的理论,提供新的研究方法。如《左传》有几种不同的结构,为什么出现?《左传》是一个氏族的历史,以后成为国家的。当然,改正旧的错误也是创新。

学习马列著作,提高理论水平。研究《诗经·七月》,离不开政治经济学。《左传》战争为什么有随意性?作者对此是什么态度?都要进行理论分析。孟子所说"王者之迹灭而《春秋》作",这是从观念形态上看社会发展,我们应该从物质生产上分析。再如唯物辩证法的理论,事物是相互联系的、事物是多层次的,这些观点都很重要。

②关于先秦文学

在西方文学史上,中国的先秦正是希腊文学时期。如果希腊文学是西方文学的基础的话,那么,先秦文学是中国文学的起点,对世界很多国家都有影响,朝鲜、越南、日本、蒙古等。

先秦文学时间跨度很长,经历了多社会形态,原始社会、奴隶社会、初期封建社会,这是其与后代文学不一样的地方。而且,有大量的民间创作,还出现了早期现实主义、浪漫主义的创作方法,当然没有人提出科学界说。在文学发展过程中,也出现了一些理论,如孔子论诗、孟子论诗、荀子论乐等。

一方面是奠基,一方面是开创,这是先秦文学的总特点。是后代文学的"土壤和武库"。

③研究先秦文学的途径

第一,一定要树立明确的思想。要有深厚的马克思主义理论基础,它是世界观、方法论的精髓。子产为什么作丘赋、刑书?这就需要了解社会制度。屈原为什么是两重身份,既是官员,又是作家。封建社会长期是这样,唐以后才有职业艺人,如说唱等,这个问题也必须给予足够重视。恩格斯的一个著名论断:"一个民族想要站在科学的最高峰,就一刻也不能没有理论思维。"屈原提倡举贤授能,有人从这里说是儒家的,反对贵族政治。这在原始社会就是如此,为什么要贤能呢? 这是政治学说的一部分,国家学说的一部分,在今天仍有意义。屈原的这种思想,就是爱国的表现,关心国家命运。有人认为吕望、伊尹都是下层人,就认为屈原重视下层人民,这不对。子产为什么作丘赋,就是保证军队财政;作刑书,就是要稳定社会秩序。不懂得马克思主义国家学说,就不能理解这些。

第二,一定要有坚实的历史知识。没有独立的文学,它是一定历史条件下的产物。学历史要从世界史出发,东西方比较,要有大局。西方奴隶制发达,中国不发达;西方封建制不发达,中国发达,充分,时间长;西方有资本主义阶段,中国没有,且沦为半殖民地半封建社会。中国文化艺术的发展是从封建社会奠定的,西方是奴隶制社会奠定的。

在历史科学中,还有细目。如中国境内兄弟民族历史,有的处在原始阶段,有的处在奴隶制阶段,有的处在封建阶段,它们的文化对我们了解原始社会、奴隶社会、封建社会有一定意义。再如世界民族学,摩尔根《古代史》,恩格斯《家庭私有制起源》,马克思《古代社会一书摘要》,普列汉诺夫《论原始社会艺术》等,会给我们许多启发。

要重视考古学、文物学。从地下提供实物,近年来出现大量铭文铜器。周原甲骨第一片记述了文王时周人祭祀纣王父亲,宗教上的从属正是政治上从属的反映。祭祀时殷商诗歌,不可能唱周诗。山东出现《晏子春秋》《孙膑兵法》,在银雀山。《晏子春秋》可能在战国时代。安徽阜阳出现《诗经》竹简,有十四国风,没有雅颂。文字与四家诗都不一样,说明战国以来《诗经》研究注本很多。《秦风·小戎》中马的器械,在秦始皇兵马俑出土的铜车马能说明问题。

另外,古地理的研究也应注意。

第三,有关的学科。

研究先秦文学,要与相关学科紧密相连。学习古代汉语文字,这是最基本的,否则就无法深入理解文本的思想。

要学习心理学。抒情作品分析,没有心理学基础很难分析清楚。过去对作品注重政治论述,忽视伦理,忽视心理。

还有美学理论。在作品解释上不能离开作品产生的社会。《费尔巴哈提纲》《实践论》是必读著作。抽象地讲自然美不行。如何认识真善美？真,就是真理性因素;善,就是伦理学上的评价;美,是艺术鉴赏评价。带有真理性因素,就是善的,美的。

8.吉林大学张松如(公木)先生(6月11日下午,张先生家)

①关于老庄

《老子》一书,虽然字数不多,但问题不少。一方面是老子思想的问题不少,另一方面是《老子》一书的版本问题不少,读起来有一定的难度,我的《老子校读》《老子说解》可以说就是解决这些问题的,可以参考。

关于庄子,哲学上的庄子和文学上的庄子是双重的。他用所谓荒唐之言,无端崖之辞,表达自己的思想,表达对现实的不满,看起来飘飘然,实际上仍然没有脱离现实。"满纸荒唐言,一把辛酸泪。终是人间世,得鱼没忘筌。"

②关于第三自然界

我有一个想法,最近在《吉林大学学报》发表,就是《话说第三自然界》。我认为文学艺术属于第三自然界。

第一自然界就是客观世界,客观存在。第二自然界便是包括我们人类本身在内的、打着"人类的印记"、是人类生活于其中的整个现实世界。人生活在第二自然界,也就是经过劳动改变了的世界。宗教、艺术产生第三自然界,它属于第二自然界,但又不同于第二自然界。第三自然界作为第二自然界的反映,则是通过人的三棱镜,一个一个积累起来的;它们是客体经由主体,一个一个地由作为生产的认识机能的想象力从第二自然界所提供的素材创造出来的,是依照美的规律来造形而创出来的。整个第三自然界,上穷碧落下黄泉,使流光长驻,使瞬间永生。如果第一自然界是无限的,那么,第二自然界便是无限中的有限,而第三自然界则是有限中的无限。历史属于第二自然界,文学属于第三自然界,观念形态反映第二自然界。《左传》《史记》中有些人物形象可以上升到第三自然界,因为经过了艺术加工。

③关于司马迁

司马迁写书有所寄托,所以文学气味浓。《史记》的出现,是历史的必然,也是历史的偶然。

9.高等教育出版社冯克正先生(6月20日上午,冯先生办公室)

①关于研究兴趣

学术研究,首先要有兴趣。如果没有兴趣,逼着你去读《老子》,研究《庄子》,都不会有好的效果。大家都要培养一种学习兴趣。有了兴趣,就有了动力,就有了主动性。

②关于选题

毕业论文选题,一是要扬长避短,选择自己擅长的,有积累的,熟悉的,当然要能够认识到自己的长处和短处;二是大小适中,太大了,驾驭不了,太小了,又不好发挥;三是掌握动态,要清楚研究对象的学术史,不能盲目;四是要创新,能够有自己的见解。

③关于读经典

你们三人分别选择《左传》《庄子》《史记》作为研究对象,这三部都是古代的经典著作。既然是经典,研究就有难度:一是著作本身的内涵丰富深刻;二是研究的学者多,研究的历史长,有大量的资料需要阅读,比如《庄子》,古今中外有多少研究著作啊;三是文史哲三位一体,这些经典不是纯文学,进行研究还要有历史、哲学的思维方式;四是要下功夫读懂、吃透。

④关于今后的研究方向

硕士论文的选题,可以说是自己开辟一片耕地,我刚才说要大小适中,今后能够在这块地里继续深耕。硕士论文大体能够确定今后的研究方向,每个人都可以在这个基础上不断拓展。比如研究《庄子》,由庄子出发,需要向老子及其他诸子挖掘,再进一步向道家及道教文化挖掘,越挖越深。《史记》也一样,由《史记》出发,向前面的《尚书》《左传》《国语》《战国策》等挖掘,向后面的《汉书》、"二十四史"挖掘,甚至向小说、戏曲方面挖掘。就像挖井一样,逐步深入下去。一个人的精力和时间总是有限,也许,一个人一辈子就靠研究一部经典著作吃饭了。

10. 中国社会科学院谭家健先生(6月20日下午,谭先生家):

①关于《国语》

《国语》稍在《左传》之前,《左传》参考《国语》。《国语》作者不可能是左丘明。关于《国语》的文学价值,我专门写过一篇文章,发表在《江淮论坛》1983年第6期。

②历史人物道德评价问题

不能用今天的标准评价历史人物。比如《左传》中的子玉,英雄末路,却是一个性格复杂的人物。

③关于军事文学

《左传》一书中就有许多兵法,可以说是《左传兵法》。从《左传》到《史记》,是一个系统,其中有丰富的军事思想,许多战争写得生动细致,而且在叙事中刻画历史人物,从文学角度说,就是军事文学。《吴越春秋》属于杂传,也有一定的军事思想。

④关于史传线索

还可以从出土文献弥补史传发展的线索。如最近出土的《春秋事语》,性质上接近《国语》。《竹书纪年》《战国纵横家书》都可以参考。像《晏子春秋》可以说是晏子传记的汇编。另外,还可以从诸子书中寻找线索,如《论语》《韩非子》《吕氏春秋》,《管子》中的《大匡》《小匡》等等。另外,《逸周书》写人时还有神的存在,《穆天子传》,半人半神,属于杂史。

11. 北京师范大学韩兆琦先生(6月22日上午,韩先生家)

①关于《史记》资料问题

要总体把握它对前代资料的运用。司马迁写春秋时代历史所运用的材料,是否直接是《左传》,如何证明,这要仔细研究。运用《战国策》材料比较明显。对于先秦其他材料,也需要仔细比对。有些与前代资料不一致的地方,肯定也有所依据。因此,要搞清楚《史记》资料来源,需要下大功夫。

②关于《史记》写人

《史记》写人,包括各个阶层、各种类型,特别注重悲剧人物的刻画,《史记》可以说是一道悲剧人物的画廊。这些悲剧人物给人以力量,而不是颓丧。

《史记》写人,具有情感色彩。鲁迅说《史记》是"无韵之离骚"。这是和其他史书不一样的地方,有时候直接抒情,有时候把情感渗透在字里行间,褒贬是非。

《史记》写人,对中国文学产生重要影响。散文不用说,就是小说、戏曲等也受其影响。《史记》本身就具有一些小说的因素。

12. 北京大学褚斌杰先生(6月22日上午,褚先生家)

①关于纪传体的产生

纪传体以人为核心,这是史书的一大变化。体例变化的背后,是人学的问题。春秋战国以来,人的价值观念提高,人的问题受到关注,这是纪传体产生的重要原因。

②纪传体与文学

纪传体向文学靠拢,文学成分浓厚。感情倾向在文字中表露出来,不只靠"君子曰"表现。《史记》对文学的影响,一是唐宋八大家的散文,二是中国的古典小说,三是中国的古典戏曲。当然,还有其他方面。

③关于典型问题

"典型"是一个重要的理论问题,我看有两种情况:一是像鲁迅先生所说的,往往嘴在浙江,脸在北京,衣服在山西,是一个拼凑起来的角色,具有典型性;二是通过个性表现人物的本质特征。如果说《史记》的典型问题,主要是第二种情况,是真实的历史人物,作者用典型的事例、个性化的语言等刻画出历史人物的形象。另外,诗歌中的抒情主人公,如屈原、李白,他们都有代表性,代表某一阶层的人。

二、漫谈

从"林黛玉是男是女"说起①

　　《中国青年报》记者和北京大学学生联合调查,某重点大学物理系一个年级的学习尖子,竟不知《红楼梦》里的林黛玉是男是女。乍一听,令人可笑;静而思之,又觉可悲。其实,类似的例子不少。参加理科高考的学生试卷中就有人答《红楼梦》的作者是清代的姚雪垠,《窦娥冤》的作者是元代的"朱自清""吴伯箫"。即使现在,还有人说鲁迅姓鲁,高尔基姓高,有人不知道莎士比亚是男是女。有的人甚至缺乏一般历史常识。如一则笑话中甲向乙说,"北京人"到现在已有多少年了,乙竟然问甲:"那上海人呢?"这不能不说是对那些缺乏历史知识的学生的绝妙讽刺。

　　理科学生缺乏文史常识,原因是多方面的。主要有二:一是在"左"的思想指导下,中小学以阶级教育为纲,长期忽视文史知识教学,加之近几年片面追求升学率,搞突击补习,忽视基础知识教学。二是大学文理科分家,一些理科学生

---

　　① 本文刊于《陕西师大报》1982 年 7 月 9 日。

只在专业课上下功夫,课程设置也有一些问题,理科学生与文史知识很少打交道。

理科学生,要扩大知识面,放开眼界,学点儿文史知识,这已是不容忽视的问题。鲁迅先生说过,青年人读书,"大可以看看各样的书,即使和本业毫不相干的,也要泛览。譬如学理科的,偏看看文学书,学文学的,偏看看科学书"。作为一个大学生,应该在学好专业课的前提下,广泛涉猎。自己具备多方面的知识,才能适应今天我们建设祖国的需要。不能在自然科学和社会科学之间划一条鸿沟,把二者截然分开。建议理科学生克服"文史知识与己无关"的思想,"亡羊补牢"尚不为晚。从基础开始,通过自学或听讲等办法,尽快补上这一课,不要使自己的话成为别人的笑料。文科学生也应多接触一些自然科学知识,这样,才有利于进一步深化自己所掌握知识的。许多理科学生呼吁,要求开设语文课、历史课,表现了他们的迫切愿望。请学校加以考虑。

赴美培训感想

2010 年 12 月 4 日至 24 日,我有幸与本校其他 14 位老师一同去美国学习。短短 20 天的时间里,我们认真接受了培训,真实体验了美国文化。这是一次非常难得的经历,从中我看到、听到并学到了很多在国内无法学到的知识。现就感受最深的几个方面谈谈自己的感想。

第一,让我收获最大的是美国高校老师的教学理念和教学方法。斯坦福大学、旧金山州立大学以及伯克利大学等,他们在教学方面已经打破了传统的老师讲、学生听的上课方式,而是形成以学习者为中心的教学理念,自由讨论,老师起引导和组织的作用。这样,充分调动学生的学习积极性和创造性,灵活掌握知识。"以学习者为中心"的教学模式在教学目的、课程设置、教学方法、课程讲授及教师角色等方面都不同于传统的教学模式。这种模式能更好地培养学生的自主学习能力、探究能力、合作能力及创新能力。长期以来,我们大学教学所沿用的是"以教师为中心"的单向传授的传统课堂教学模式,甚至对学生是"满堂灌",学生被动地接受知识,思维不够活跃。这样的教学方法有很大的弊端。我们应借鉴别人的长处,在教学中充分发挥学生的能动性,做到教学相长。

第二,是各校对教师的评价机制。在美国各高校,对于教师的评价机制较为完善,也较为合理。主要包括三大方面:教学、科研、社区和社会服务。每个方面都有细致的评价元素。教学方面,需要学生的评价和教师同行的评价,各占一定的比例;科研方面主要是同行之间的评价;社区和社会服务是每个教师必须做的,且要得到同行的认可。这个评价标准有两个明显的特征:一是每个方面都强调与人沟通的能力,教师不只要从事教学科研工作,还要善于与学生、与同行进行交流,融入集体之中;二是每方面都有同行评价,同行了解同行,在学术上互相切磋,而且同行都很认真,不是敷衍了事,也不徇私,坦诚相待,所以人事关系比较简单。相比而言,我们国内在评价教师方面,也在朝这个方面发展,而且初见成效。我们有些老师只是自己把自己封闭起来,不参与学生的有关活动,也不与同事、同行沟通、交流,性格有些孤僻,甚至对教研室的活动和单位的事情也不闻不问,好像与己无关。尤其在晋升职称、评选优秀时,学校政策主要看教学和科研,尤其把科研作为一个硬杠子来评价教师,这本身没有错,但忽略了教师的社会责任,忽视了教师对社会的贡献。我觉得这应引起我们的高度重视。评价的标准就是一个指挥棒,对教师的努力方向起着引导作用。如果我们能有效地、合理地把教师对社区和社会服务评价机制进入考核体制,会对教师本身能力的提高和全面发展起积极的作用。

第三,是教学科研与生产的结合。斯坦福大学在这方面表现最为突出。世界著名的高科技产业集中在旧金山的硅谷。硅谷之所以出名,很大一个原因是斯坦福大学的参与。斯坦福大学奠基并创建了硅谷,孕育了享誉世界的现代科技文化。斯坦福大学的毕业生们创造了众多世界一流企业,包括 HP,Cisco,EBay,Google,Nike,Yahoo 以及数以百计的美国知名上市公司。斯坦福大学把硅谷的众多企业作为学生创业、学习、实习的基地,同时也是教师科研成果转化的基地。反过来看,众多的企业利用斯坦福大学雄厚的科研实力发展自己,壮大自己。这样,学校与企业就实现了"双赢"。斯坦福大学的这种做法,值得我们国内高校借鉴。我们的许多高校有大量的科研成果,尤其是理工学科的科研成果,怎样能有效地转化为企业的实践运用,为国民经济发展贡献力量,需要进行深入的思考。人文社科的发展也与社会密切相连,它本身就存在于社会之中,同时也应与社会紧密结合,解决社会发展中的重大问题,促进社会文明、健康地发展。

第四,是大学的国际化问题。在美国斯坦福大学、旧金山州立大学,我们感受最深的还有这些学校的国际化程度非常高。不同语言、不同肤色、不同种族的人融合为一体,实际上就是不同文化的有机融合。他们的学生来自世界各地,他们的教师也是全球招聘。而且他们的学生也到世界各地去留学,吸收不同国家的文化营养。给我们培训团讲课的老师中,就有好几位是中国的学者,他们已在美国深深地扎了根。这些学校与国外大学的合作交流非常频繁,与国外大学互派学生、互派教师,或者进行长期、短期的学者交流,举办国际学术会议等等。旧金山州立大学副校长吴彦博先生给我们专门讲大学的国际化问题,以大量的数据说明美国高校国际化程度。另据旧金山州立大学负责国际交流的先生说,他们学校的学生组织非常活跃,甚至也可以与国外大学的学生会建立直接的联系。相比而言,我们国内大学,除北京大学、清华大学等名牌大学外,大部分大学的国际化程度有待提高。就我们学校情况而言,随着形势的发展,近年来国际化程度也在逐步提高,学生、教师到国外大学交流、进修的人数不断增加,教师参加国际学术会议的次数也不断增加,也与不少国外学校建立了校级或院级友好关系。但是,与高水平的大学相比,我们还需做大量的工作,进一步提升国际化程度,如教师外语水平的提高和海外学习经历的丰富、学生国际视野的开拓等等。

除上所说外,美国大学的人才培养尤其是研究生培养的方式方法、丰富多彩的校园文化、教学设备的现代化等等,都给我们留下很深的印象。总之,通过这次培训,我们开阔了视野,提高了认识,力争将一些先进的理念、先进的方法借鉴过来,解决自己实际工作中的问题,把本职工作做得更好。

2010 年 12 月 30 日

踏上新征程,开启新生活①

——在陕西师范大学 2012 届研究生毕业典礼上的发言

尊敬的各位领导、老师,亲爱的同学们:

大家早上好!

火热的夏天,火热的激情。今天我们欢聚一堂,为 2012 届研究生举行隆重的毕业典礼和学位授予仪式,我谨代表研究生导师向本届毕业研究生表示热烈祝贺,祝贺你们顺利完成学业,祝贺你们即将踏上新的征途、开创美好前程。

两年前,我们的专业学位研究生,三年前,我们的学术型研究生,四年前,我们的少数民族高层次骨干人才计划研究生,怀着对知识的渴望、对学术的追求,背负行囊,从祖国四面八方汇聚到雁塔脚下,终南山旁,跨入陕西师范大学,攻读硕士或博士学位,开始了新的梦想,新的生活。既然是"攻读学位",就不是一般意义的上学,它意味着下苦功夫,向科学的高峰攀登;意味着坚持不懈,攻克难关;意味着不断创新,达到胜利的目标。几年来,大家为此而努力。雁塔晨钟,伴随着你们矫健的步伐;终南夕照,映衬着你们欢快的笑脸。课堂上,你们热烈讨论问题;宿舍里,你们畅谈人生理想;图书馆里,你们勤奋读书;实验室里,你们探索真理;运动场上,有你们朝气蓬勃的身影;学术论坛上,有你们思想交流的火花;学术刊物上,有你们潜心钻研的心得;各种学术会议乃至国际学术会议上也有你们洪亮的声音。研究生与本科生有许多不同,其中最明显的就在

---

① 2012 年 6 月 29 日,在陕西师范大学 2012 届研究生毕业典礼上的发言。

于与导师朝夕相处,名曰师徒,实如家人,无论是学业还是生活,导师都是第一责任人,因此许多老师往往把自己的研究生毕业答辩说成是家里"过事",这是老师最高兴、最自豪的时刻,就像家长要把宝贝女儿嫁出去一样,既恋恋不舍,又要放开手让她们去追求自己的人生道路,寻找属于自己的幸福。时光流逝,每送走一届学生,老师的鬓角也许就多了几根白发,但心里却是高兴的。春蚕吐丝,蜡炬成灰,老师们无怨无悔。孟子把"得天下英才而教育之"视为人生三大快乐之一,每个导师何尝不是这样呢?

研究生的生活是短暂而充实的,两年、三年、四年的美好记忆永远珍藏。毕业既是过去生活的结束,又是未来人生的开始。除少数同学要继续攻读博士学位外,大部分同学将走上工作岗位。此时此刻,千言万语难以表达老师对同学们的期望,寄语三句话,与大家共勉。

第一句:志存高远。2007年5月,温家宝总理在同济大学演讲时殷切期望青年学子能"仰望星空",关心国家命运,勇于探索真理。2010年5月,温家宝总理在北京大学又亲笔题写"脚踏实地"四个大字,勉励青年学子既要有远大的理想,同时也要实事求是,踏实工作。总理的教诲给青年人指明了前进的方向。我们每个人都要有人生的顶层设计,要有远大的胸怀,远大的理想。范仲淹有"先天下之忧而忧,后天下之乐而乐"的胸怀,张载有"为天地立心,为生民立命,为往圣继绝学,为万世开太平"的抱负,研究生是国家培养的高层次人才,希望大家像圣贤鸿儒一样,要有勇敢的担当意识,要有使命感、责任感。当然,要担当,要实现理想,就必须站稳脚跟,踏踏实实,一步一个脚印,不能飘浮在空中。哲学家荀子说:"无冥冥之志者,无昭昭之明;无昏昏之事者,无赫赫之功。"我们既要有远大的志向,又要有踏实的工作,如果借用一个词表达这种追求,那就是"顶天立地"。

第二句:坚忍不拔。离开学校的象牙塔,走入社会,走上工作岗位,会遇到各种各样的困难和挫折,人生的道路不会一帆风顺,我们要有充分的思想和心理准备。西方挫折心理学ABC理论对我们有很大启发。在这个理论中,A是指主体遭遇的挫折,B是指主体对挫折的认识,C是指由于挫折而引起的行为反应。平时我们往往认为由于A(挫折)而导致C(结果)。挫折心理学则认为,由于B(认识)而导致C(结果),强调认识的重要性。如果主体对挫折有正确认识,就会导致好的行为结果,使人在挫折中奋进。反之,将导致后退乃至错误的行为结果。我以为这个理论对每个人都有借鉴意义。作为研究生来说,应该在理论和实践方面比一般人对挫折和困难有更清醒的认识。当遇到挫折和困难乃至失败时,要善于从社会使命、历史经验、周围环境、个人理想等方面调整自己的心态和情绪,正确认识挫折和失败,以积极的态度克服困难,继续前进。大文豪苏东坡曾说:"古之立大事者,不惟有超世之材,亦必有坚忍不拔之志。"我们每个人都应以顽强的意志去成就伟大的事业。

第三句:练好内功。人生是否成功,理想能否实现,机遇是一方面,但更重要的是内功。内功首先是加强自身的修养。中国传统文化中立德、立功、立言的"三不朽"观念,在今天仍然具有积极意义。德是一个人的立身之本。孔子在讲人格修养时提出"君子九思":"视思明,听思聪,色思温,貌思恭,言思忠,事思敬,疑思问,忿思难,见得思义。""视思明"是说眼睛要明亮,眼界要开阔。"听思聪"是说要善于听取各方意见。"色思温"是说待人要温和可亲。"貌思恭"是说做人要谦虚而恭敬。"言思忠"就是言而有信。"事思敬"就是敬业,专心致志做好应该做的事情。"疑思问"是说有疑惑不解的问题就要不耻下问。"忿思难"是说发怒时要多想后果。"见得思义"是说看见可得的东西应考虑我是否应该得。我以为这"九思"在今天的社会生活中仍然具有教育意义,所以特别提出来,以此强调修身做人的重要性。总之,同学们走上社会,要学会与人为善,学会与人交往,学会与人沟通,学会与人合作。在实践中充实自己,完善自己。面对复杂的社会,把握好人生的方向盘,不要陷入泥潭甚至误入歧途。当然,内功还指专业的基本功,研究生期间学习的专业知识、专业技术能否适应飞速发展的社会需要,还需要一个磨合的过程。而且社会的发展也需要我们不断学习,终身学习。"工欲善其事,必先利其器",我们应常常反省自己:机遇来了,我准备好了吗? 机会总是给有准备的人的。只有我们练好内功,将来才会大有作为。

同学们,离别在即,新生活的号角已经吹响。在未来的人生道路上,我们始终坚定一个信念:"长风破浪会有时,直挂云帆济沧海。"

祝同学们健康快乐,前程似锦!

谢谢大家!

树"顶天"之信念，做"立地"之实事①

2014 年 2 月 27—28 日，我作为新聘的文学院院长参加了学校党委组织的新任处级干部培训班，认真听取了六位校领导精彩的专题工作报告。这些报告根据国家形势变化和我校转型发展的实际，对新任干部提出了明确的任务和要求，具有很强的前瞻性、指导性、针对性和实用性。

学院工作千头万绪，其特点如同一个"漏斗"，学校各职能处室的工作任务都集中布置到学院，然后通过学院把任务逐一细化、落实。如何把学院的各项工作做细、做好，六位校领导的报告对我们颇有启发意义。作为院长，责任重大，事情繁多，我以为最主要的是四个字："顶天立地"。要树"顶天"之信念，做"立地"之实事。

"顶天立地"的第一层意思，从个人素质来说，作为党员干部首先要有远大的理想信念，树立正确的世界观、人生观、价值观，这是"顶天"。用习总书记的话说，理想信念是一个人的"精神之钙"，世界观、人生观、价值观是人生的"总开关"。这就要求我们不断加强学习，全面系统地掌握马列主义原理，以先进的理论武装自己的头脑，牢固树立为人民服务的思想。坚定的理想信念以及正确的价值观、人生观，是指导我们行动的指南。"革命理想高于天"，任何时代都是如此。但是，理想信念以及"三观"必须落实在自己的实际行动中，要为远大理想

---

① 本文刊于《陕西师大报》2014 年 3 月 15 日。

而踏踏实实地去努力奋斗，即"立地"。"立地"就是要政治立场坚定，"任凭风云变幻，我自岿然不动"，始终站稳脚跟，与党中央保持高度一致，在工作中时刻以共产党员的标准严格要求自己，加强自身修养，忠于职守，廉洁自律，提高反腐防变的能力。党员干部如果精神上"缺钙"，人生的"总开关"出问题，就无法站直，更无法"顶天"。另一方面，如果不切实际，只空喊理想信念，空喊人生观、价值观，永远不可能成就大事。

"顶天立地"的第二层意思，从工作理念上来说，"顶天"就是要站得高、看得远，视野开阔，"会当凌绝顶，一览众山小"。只有这样，才能适应飞速发展的社会，对目前高等教育面临的新形势有清醒的认识。随着国际化、现代化、信息化的发展，整个世界正在发生翻天覆地的变化。党的十八届三中全会提出了全面深化改革的宏大主题，教育部也确定了深化教育领域综合改革的目标、任务和措施，我国高等教育面临新的挑战。就我校来说，奋斗目标也很明确，就是建设以教师教育为主要特色的综合性研究型大学，当前正处于转型发展的关键时期。作为学院领导，既要认清形势，更新观念，与时俱进，又要向先进单位学习，向同行学习，以开阔自己的眼界。"立地"，就是说有了工作理念、明确了方向之后，要抢抓机遇，结合学院的实际，制订切实可行的路线图，去实现目标。没有"顶天"的开阔大视野，只顾埋头拉车，做事就会迷失方向；同样，没有"立地"的实际行动，就只能羡慕别人跑在自己前面取得胜利果实，所谓"坐观垂钓者，徒有羡鱼情"。

"顶天立地"的第三层意思，从工作态度上说，"顶天"就是勇于担当，敢于创新。要适应新形势、新任务，有强烈的使命意识、责任意识、担当意识、忧患意识，敢于迎难而上，敢于开拓创新。我校目前进入改革发展的攻坚阶段，任务繁重，困难不少，这就需要有勇气、有胆识地去应对复杂局面。孟子曰："天将降大任于斯人也，必先苦其心志，劳其筋骨，饿其体肤，空乏其身，行拂乱其所为，所以动心忍性，曾益其所不能。"责任重于泰山，所以要磨炼意志，以坚韧不拔的毅力去攻坚克难。但任何担当、任何创新，都要"立地"，要接地气。其中最重要的是相信群众，依靠群众，善于发现群众的智慧。一个人即使力气再大也是顶不起天的，只有调动大家的积极性，凝聚力量，万众一心，才能取得成功。而且任何改革都是建立在原有基础上、建立在深入调查研究基础上的，墨守成规、不思进取,在今天的时代肯定要落伍或者被淘汰;同样,推倒原来的一切而另起炉灶、急于求成、一味冒进就有可能陷入泥潭,难以自拔,所谓"欲速则不达"。所以,既要敢于创新,敢于改革,又要坚持求真务实,避免浮躁。

"顶天立地"的第四层意思,从工作方法上说,"顶天"就是要集思广益,做好学院发展的顶层设计,做好中长期规划。要瞄准国家和社会发展的需求、瞄准学术发展的前沿,围绕学校的发展规划制订学院的未来目标。不能鼠目寸光,只顾眼前。学院的发展主要体现在队伍与资源、科学研究、人才培养、学术声誉、学科特色、社会贡献等方面。顶层设计就要在这些方面科学规划,树立目标。"立地",包括两个方面,一是目标的制订要从学院的历史积淀和发展现状出发,认清自己学院在全国乃至国际同类学科中的水平、地位,充分估计前进中可能遇到的困难,尊重规律,科学决策,不能不着边际地空想,或者拍着脑袋瞎决策。二是顶层设计好之后,重要的是持之以恒,有步骤、有计划地实现目标,不能搞形象工程、面子工程。就文学院目前情况来说,基本的学科平台已经搭建,规模和人数也已基本定型,内涵发展成为最重要的主题。如人才队伍建设、学科平台建设、师德学风建设、基层学术组织建设等。在建设过程中,就要有一系列的制度保障,如奖惩制度、管理制度、干部廉洁制度、"三重一大"议事制度等;要有规范的运行机制,处理好各种关系,如教学与科研的关系、保强与扶弱的关系、教师与学生之间的关系、团队与个体的关系等等。只有这样脚踏实地的努力,顶层设计的目标才能实现。

总之,我的体会是既要有"顶天"的信念,又要有"立地"的实干,两者是统一的整体,相辅相成,缺一不可。

努力传承中华优秀传统文化^①

——在陕西师范大学国学研究院成立大会上的发言

尊敬的各位领导、各位来宾:

大家好! 首先对国学研究院的成立表示热烈祝贺,对出席成立大会的各位嘉宾表示热烈欢迎! 受大会委托,我将成立国学研究院的情况给大家做一简要汇报。

成立国学研究院,主要出于以下考虑:

(一)从国家文化发展战略的需求来看

国学是研究中华传统学术精神及其载体的学问,是对中华民族在物质文明、精神文明、政治文明、社会文明和生态文明进程中形成具有永恒意义与普遍价值的思想体系、文化观念和学术方法的总结。党的十八届三中全会提出"加强社会主义核心价值体系教育,完善中华优秀传统文化教育"。作为社会主义核心价值体系重要组成部分的国学,是对中华优秀传统文化精神的高度概括,是对中国传统学术的继承和发展。如何"全面认识祖国传统文化,取其精华,去其糟粕,使之与当代社会相适应,与现代文明相协调,保持民族性,体现时代性",是每个人文社科研究者应该思考的问题。

---

① 2014 年 6 月 20 日,陕西师范大学国学研究院成立大会发言。

（二）从学科发展的形势来看

国学研究是将文学、历史、哲学、考古、语言等多学科打通，采用跨学科研究方法，按照传统的经、史、子、集分类，对中国传统学术进行深入的研究，常常能够跨学科选题，对中国固有的文化思想、文学流派、历史问题等进行综合研究。这一研究，能够弥补单一学科的盲点，更为全面地对中国传统文化进行整体观照或更为集中地对某一专门领域进行微观研究。自1992年北京大学成立中国传统文化研究中心，并创办《国学研究》后，至2002年改称"北京大学国学研究院"，开始招收博士生，国学研究迅速得到国内其他重要高校的响应，2005年中国人民大学成立国学院，开始招收本科、硕士生，自此，国学研究内容的丰富性、研究方法的综合性、教育的多元性被强化，逐渐从文学、历史、哲学、考古等学科中被提炼出来，期望将国学作为独立学科的呼声越来越高。2011年国务院学位委员会、教育部审定新的《学位授予和人才培养学科目录》，草案上曾将"国学"作为一个独立学科，后因为涉及与相关学科的界定问题，最终没有列入，但目录公布后，又引起学界的进一步讨论，国内主要研究机构继续召开研讨会，《光明日报》还专门用整版篇幅讨论。从长远来看，国学作为有着独特研究内容、传统研究方法的学问，会被继续强化，必将成为一个专门的研究领域。

（三）从全国开展国学教育的实际来看

近年来"国学热"一直高烧不退，上至老年大学，下到幼儿园；上至中央领导，中至企业老板，下到普通百姓，都对中国传统文化产生浓厚兴趣。全国大学普遍开设国学通论、国学概论课程，教育部决定从2014年秋季起，在义务教育阶段使用强化中国优秀传统文化教育的新教材；在国外普遍设立的孔子学院中，中国传统文化的教学内容也在不断增加。这就要求作为培养未来教师的陕西师范大学，有必要在本科生、研究生的教学中，增加中国传统文化教育。但问题在于：中国传统文化博大精深，选取哪些内容来教学？这就需要国学院去研究、去总结，选取最有用、最有益、最精华的内容教给学生。这是目前国学普及、国学传播急需解决的问题，需要进行系统的研究。

（四）从学术交流层面来看

目前，国内已经成立国学研究院（中心、所）的重要大学有北京大学、清华大学、中国人民大学、武汉大学、厦门大学、浙江大学、吉林大学、南京大学、中山大学、东北师范大学、华中师范大学、华中科技大学、西北师范大学、中国传媒大学、首都师范大学、湖北大学、南昌大学、山西大学等。各高校普遍成立国学研究性质的机构，重要的有复旦大学文史研究院、北京师范大学传统文化研究院、湖南大学岳麓书院等，以上机构都通过国学研究，实现了学科培育、项目生成和服务社会的全面提升。为了与上述有关高校和科研机构对话，我们需要有自己的国学研究院，这样才能在一个共同的平台上实现学术交流。另外，为了普及国学，实现社会服务功能，也需要国学研究院这块阵地。

（五）从陕西地域来说

长安，是中国十三朝古都，有着深广的文化积淀、厚重的文化传统，是中华文化之根。国学的许多元典著作就产生在这里，这是得天独厚的优势资源。如何将中华传统文化与现代文明完美衔接，如何使优秀传统文化与当代社会全面适应，这是陕西省的重大需求，也是我们人文学科研究者重要的研究领域。我们应当充分利用这个资源，组织力量，对中华文化之根进行深入研究，共同建造中华民族共有的精神家园。

（六）从学校的优势来说

陕西师范大学在文史哲方面有着坚实的研究基础、良好的学术声誉和优秀的研究学者，应该自觉担负起文化传承、文化自觉和文化创新的使命，把握住这一历史契机，参与到国家文化建设的行列中来。70年来，陕西师范大学在中国古代文学、经学、古代哲学、古代历史、古代语言学、民俗学、戏曲学等领域积淀丰厚，队伍整齐，成果突出。近年来，发表和出版了数量颇丰、与国学研究密切相关、内容涉及文史哲等学科领域的学术论文和专著。文学院、历史文化学院、政治经济学院（哲学系）等单位承担的国家社科基金重大项目都与国学密切相关。为了更好地聚拢人才、形成科研团队、进一步培育重大科研项目，有必要搭建平台,整合力量,发挥优势,共同努力,取得成绩。

正是基于以上考虑,文学院曾计划在中文一级学科下自主设置国学专业方向,后来由于种种原因未能实现。2013 年下半年,文学院再次把国学的事情提到议事日程上来,经多次讨论,决定成立国学研究中心。2014 年 3 月,正式向学校社科处提交成立研究中心的报告。学校对此非常重视,在校长助理党怀兴教授的指导下,学校领导批准整合全校力量,成立国学研究院。可以说,成立国学研究院,是天时地利人和。虽然我们与全国其他学校相比起步稍晚,但我们有责任、有勇气、有信心也有能力承担起国学研究的重任,为推动中国优秀传统文化教育、提升学术研究的品位、提高国学科研水平,发挥更大作用。

最后需要说明的是,国学研究院筹备期间,得到了校内外学者的大力支持。我们聘请著名古典文学专家、文艺理论家、诗人霍松林教授为名誉院长,文学院曹胜高教授为院长,聘请王晖(历史文化教授)、丁为祥(政经院哲学系教授)、周淑萍(文学院教授)、王晓鹃(文学院教授)、黑维强(文学院教授)五位教授为副院长。为了扩大影响,还在校内外聘若干学术顾问。国学研究院主要成员包括:文学院从事中国古代文学、文献学、文字学、民俗学、戏曲学等中国传统文化研究的老师,以及历史文化学院、政治经济学院从事中国古代史学、哲学等方面研究的老师。相信在大家的共同努力下,一定会创造出辉煌的成就。

雕刻在砖上的家训①

　　党家村的家训可以说是非常独特的一种形式,是集书法、雕刻、建筑为一体的,和那种家谱、书信、著作类的家训很不相同,这样一种家训在中国古代,在党家村可以说是最具魅力的。这些家训总的来看有两种形式:

　　一种是门楣上面的,这种是镌刻在门楣上的,字不多,有的两个、有的三个,有的长的是四个,这是受房屋建筑的限制。这样的字有些是标榜自己的家族,带有炫耀性的,这个我们不算作家训;有的带箴铭性质的,可以看作是一种家训的独特形式,比如"和为贵""诗礼第",这样几个字,一方面向外人展示家里的一种追求,可以说是带一种广告性质的宣告,"我们家就是这样一种家庭",另一方面也是他们的一种追求。对内来说,对家族、家庭的成员来说,两三个字,也是家里追求的目标,如"和为贵",三个字意思是要建构和谐的家庭。这个是比较简单的一种家训,或者说是广义的一种家训。

　　另一种在党家村也是比较独特的,就是雕刻在庭院里面砖块上的,相对来说,字比门楣上多,同样受建筑材料的限制,字不会太长,一般带有名言警句的特点,这些家训凝结着先人的智慧、一种做人处事的道理,也成为家里面的一种追求。雕刻在砖上、庭院里面,天天都能看到,对于家里面无论年长的,或者年少的,每天可以看到,这是时时刻刻鞭策着自己,这种独特的家训,可能在中国

---

　　① 2016 年 2 月 23 日,中央纪律检查委员会、监察部网站"中国传统中的家规"栏目,介绍韩城市党家村家训,应韩城市纪委邀请撰写此文。

家训史上也是特别的一笔。

在中国古代，家训的形式有书信、著作、家谱式等，但是党家村的家训和它们大不相同的，有它独特的风格。虽然形式不同，但这些家训表达的思想，所体现的内涵基本是一样的，实际上是以儒家的思想道德标准来要求家族的人，从忠孝、仁义、道德各个方面提出了一些要求。这样的一些思想可以说是整个中国儒家文化在最基层的乡村的一种体现，一个国家，从上到下，儒家思想在不同的方面都有体现，在最基层的乡村里、家庭里，这样的思想已经渗透在这种角落。通过自我的修身养性达到人生最终的目的，实际上就是儒家的理想境界，就是"修身、齐家、治国、平天下"，虽然字不多，但是体现的思想内涵还是非常深刻的。这是思想方面独特的地方。

这样的家训总的看来，它的语言、文字非常精美，门楣上两个字、三个字、四个字看起来很简单，但是在"简"的里面有"深"的韵味，而且这些字大多数出自儒家经典里，如"和为贵""诗礼第"等就是出自《论语》，这样把儒家经典语言用在门楣上，体现深厚的文化素养。字不多，但韵味深长。

庭院里面雕刻在砖上的名言警句，总的看语言很通俗，但是有排比句、对偶句，读起来朗朗上口，这是一种朴实的文风，但这种朴实的文风里面凝结着人们的智慧和人生的经验，通过简单的话语，告诫人们该怎么做，都带有名言警句的特点，这是从文风上来说。

当然，党家村的家训在今天来说，仍然有它的价值、有它的魅力、有它的生命力。今天我们要建设社会主义新农村，要加强精神文明建设，要构建和谐社会，在这样的时代里这些家训都具有积极的意义。这些家训是中国传统文化重要的组成部分，在今天弘扬优秀传统文化的时代，党家村的家训更是具有它的魅力，我相信这些家训会永远流传下来，它有不朽的生命力。

青春·炉火·诗歌①

——在 2016 届文学院学生毕业典礼上的致辞

亲爱的 2016 届同学们：

大家晚上好！

又是一年毕业季。此时此刻，千言万语难以表达作为一个院长对 393 名 2016 届毕业生的留恋之情和对未来的祝福、希望。当你们的辅导员告诉我毕业晚会的时间后，这几天我的内心很不平静，各种复杂的感情使我难以入眠。一届学生毕业，就像宝贝女儿要出嫁一样，老师们既感到自豪，又恋恋不舍。自豪的是，你们终于长大了，要张开翅膀自由飞翔，去实现自己的人生理想；留恋的是，四年来，你们与老师朝夕相处，结下了深厚的友谊，结下了真挚的情感，这是超越了世俗观念的纯真的师生情感。此时此刻，当我面对一张张活泼可爱的面孔时，我的眼睛有些湿润了。这不是夸张，不是作秀，而是真实的写照。此时此刻，我们也真正理解了古代离别诗词那种感伤的情调，并与之产生强烈共鸣。屈原《楚辞·九歌》里说："乐莫乐兮新相知，悲莫悲兮生别离。"江淹《别赋》云："黯然销魂者，唯别而已。"柳永亦云"多情自古伤离别"，等等，等等。离别的场景总是给人以伤感。

但是，伤感之外，还应有曹植"丈夫志四海，万里犹比邻"那样的气概，还应

---

① 2016 年 6 月 23 日，在 2016 届文学院学生毕业典礼上的致辞。

有李白"仰天大笑出门去,我辈岂是蓬蒿人"的豪情。大学毕业,意味着人生新的征程开始了,面临着新的环境和生活。今天面对393名毕业生,大的道理不用多说,我围绕晚会的主题,说三个关键词:青春、炉火、诗歌。我以为这三个词语勾勒出我们大学四年充满阳光、充满浪漫、充满希望的人生。我们本届毕业生的诗集《在青春的炉火旁》,就是对这种人生的最好阐释。

先说青春。四年前,大家告别青涩的中学时代,跨进了陕西师范大学的大门,开启了新的生活。中学的青涩,意味着懵懵懂懂,意味着不成熟,意味着还不能独立担当大任,还不能离开家长的呵护和班主任的监管。进入大学,这种青涩逐渐褪去,代之而起的是成熟、是独立,是热情、是活力。大部分同学是18岁进入大学生活,正是人生的美好年华。大学四年,不只是生理年龄的增长,更重要的是知识的增长,是君子人格的培养和提升,是理想信念的加强,是正确的人生观、价值观的树立和巩固。青春之歌在校园回荡,宿舍、教室、食堂,三点一线,单纯而充实。回首四年,大家总是踏踏实实,一步一个脚印,珍惜这段美好青春。这里留下了你们永远的青春记忆。你们中,石乔宇同学获得全国大学生英语竞赛特等奖,葛浩楠同学获得一等奖;廖兵坤、徐英杰的诗歌作品获得2014年、2015年"包商银行杯"全国大学生诗歌大赛优胜奖;李丹、刘雨潇等12位同学获得国家奖学金;陆媛艺雅思考试获得7.5的高分,创下文学院新高;王辉获得陕西省大学生运动会第二名的优异成绩,吉金喆、谢航旗等获得全国大学生足球超级联赛第十一名,谱写了师大新历史等等,你们青春的汗水没有白流。

再说炉火。炉火是对青春生命的考验和锻炼。大学四年,不只是学业考试这把炉火考验你们的学习成绩,更重要的是考验你们的人生历练。大学生活虽然单纯,但就是在日常生活中考验你们的能力,考验你们的团结协作精神,考验你们的品格,考验你们如何处理人与人之间的关系,考验你们如何处理与外界的关系。总之,青春的炉火应该是心灵的净化和精神的提升。我们393名同学,是经受住了各种各样的考验,现在马上要新鲜出炉了。除少部分同学继续深造学习外,大部分同学将背起行囊,走上新的更广阔的天地,追求青春的梦想。

再说诗歌。青春是美好的,充满着浪漫和诗意。没有诗意的生活是枯燥乏味的。作为大学生,应有诗意和远方,培养高尚的情操和远大的理想。尤其是文学院的学生,不能没有诗歌,不能没有浪漫。大家如饥似渴地读诗,殚精竭虑地写诗,都是在追求一种诗意的生活。大学四年,从雁塔校区到长安校区,雁塔晨钟,终南夕照,都是富有诗意的环境。而且我们身处十三朝古都西安,文化底蕴深厚,当代著名诗人薛保勤说长安是"一城文化,半城神仙",著名散文家朱鸿教授说"长安,是中国的心",著名文化学者肖云儒说"西安,中国历史的底片,中国精神的芯片,中国文化的名片"。可见长安在人们心目中的重要地位。也许,大学四年,你在西安及其周边也看到了华岳仙掌、骊山晚照、灞柳风雪、草堂烟雾、咸阳古渡,听到了曲江流饮、雁塔晨钟。诗,意味着生命的活力,意味着生命的激情。同学们,你们写诗了吗? 你们是否用诗表达过自己的情感? 是否在充满诗意的校园里向往过未来的美好生活?

但是,大学毕业后,这三个关键词又将增添新的意义。青春,不再是单纯的校园里的读书声,不再是三点一线的无忧无虑的生活了。在学校,上课的教室有人替你打扫,吃饭的碗筷有人替你洗涮等等。毕业之后,这些都将成为历史的记忆。青春之歌的内涵丰富了,多样了。同时,炉火也将更旺。离开学校的象牙塔,步入社会,走上工作岗位,要成家立业,娶妻生子,为人父,为人母,有小家,有大家,生活不只有诗和远方,还有锅碗瓢盆,油盐酱醋,会遇到各种各样的困难和挫折。希望同学们能勇敢地面对一切,在更广阔的世界里发挥自己的作用,用火热的青春拥抱生活,在自己的工作岗位上建功立业,在社会生活的大熔炉里锻炼成长。也许经过生活炉火的考验,有些人更加成熟,练就钢铁一般的意志,练就一身好本领;也许有些人在大熔炉里被烤煳,迷失方向,甚至于走入歧途。所以,同学们一定要学会与人为善,学会与人交往,学会与人沟通,学会与人合作。在实践中充实自己,完善自己。尤其是关键词"诗和远方",它的内涵在大学毕业后将有较大变化。一些人很可能被现实生活所困扰,诗意逐渐减退,意志逐渐削弱,甚至失去远方的理想,这是很可怕的事情。这里我想起哲学家荀子在《劝学》中所说的一段话,他说,一个人要通过学习培养高尚的道德操行和坚定志向。"德操然后能定(内在坚定志向),能定然后能应(应对外在各种问题)。能定能应,夫是之谓成人。"无论身处何地,一定要保持青春活力,保持诗的激情,坚守理想信念。

刚才把大学期间和毕业之后的三个关键词的内涵进行了对比。虽然不同的阶段有不同的意义,但总体来说这三个词是紧密相连的,表明了人与社会,人与人的和谐相处,表明人的现实生活与未来的愿望之间的内在联系。通过炉火,锻炼青春,创造诗歌般的生活,使有价值的生命走向远方,走向永恒的时间和无穷的空间。

同学们,胡适先生曾有《赠与今年的大学毕业生》一文,说得非常实在和诚恳,大家可以找来看看。他说大学毕业后堕落的方式有两种:第一是容易抛弃学生时代的求知识的欲望;第二是容易抛弃学生时代的理想的人生的追求。当然,也有三种防止堕落的药方:第一个方子只有一句话:"总得时时寻一两个值得研究的问题!"第二个方子也只有一句话:"总得多发展一点非职业的兴趣。"第三个方子也只有一句话:"你总得有一点信心。"胡适所说于我心有戚戚焉。大学毕业,人生大戏的序幕刚刚拉开,每个人要把握好自己的角色,演出有声有色的话剧来。我衷心期望同学们毕业后不要堕落,而是继续把握好青春时光,继续以不同的方式加强学习,担当起时代的使命,成为国家的栋梁之材。

最后,祝同学们健康快乐,前程似锦!今天,你们以师大文学院为荣,明天,师大文学院以你们为荣!文学院是所有毕业同学的精神家园,欢迎同学们常回来看看。借用诗人李白的话来说:"长相思,在长安!"

谢谢大家!

学习贯彻十九大精神，
扎实推进"一流学科"建设①

按照校党委的学习安排，本学期参加了学校处级干部"学习贯彻党的十九大精神·写好教育奋进之笔"专题网络培训以及处级干部学习贯彻党的十九大精神集中培训。通过系统学习十九大文件，充分认识到习近平新时代中国特色社会主义理论的深邃和伟大，它是我们各项工作的方向盘和指南针。学习十九大精神，关键在贯彻落实。加快一流大学和一流学科建设被写入党的十九大报告，彰显了党中央对这一工作的高度重视。我校中国语言文学学科被列入"世界一流学科"建设名单，也是我校"一头两翼"总体学科建设的关键所在。目前，学科建设的方向和任务都已明确，我们必须以习近平新时代中国特色社会主义思想为指导，科学选择建设路径，进一步完善路线图和施工图，扎实推进工作，实现我们的宏伟目标。

一流学科建设，起步很重要。与兄弟学校、学科相比，我们的中国语言文学学科还有许多短板和不足。所以，学科建设的第一步就是要清醒地认识自己的劣势和弱点，找到切入点和突破口，追赶超越，千方百计消减空白，补足短板，缩小与高水平大学之间的差距。

一流学科建设，以培养合格的社会主义建设者和接班人为根本任务。我们

① 本文刊于《陕西师大报》2018 年 6 月 15 日。

要在已有成绩基础上,创新人才培养特色,提升人才培养质量,建设高水平人才培养体系;要开拓视野,科学决策,集合全院师生之力,深化文化育人的内涵,发扬"扬葩振藻,绣虎雕龙"的学院精神,凝练厚重独特的学院文化。采取各种措施,完善人才培养过程,提高人才培养质量。在国家级人才培养质量工程上狠下功夫,力争新的突破。

一流学科建设,要坚持面向世界学术前沿,面向国家重大需求,着眼国家发展战略方向,适应国家和地区经济社会发展需要,提升科研创新能力。我们要发挥优势,走特色发展之路,立足长安,面向全国,面向世界。在此前提下,按照我们设计的五大研究方向,任务到人,责任到人。以一流为目标,促进高层次项目、标志性成果的产出,增强学科实力和核心竞争力。

一流学科建设的重要任务之一是文化传承和社会服务。我们要发挥中文学科的优势,以国家《关于实施中华优秀传统文化传承发展工程的意见》和《国家"十三五"时期文化发展改革规划纲要》为指导,结合陕西语言资源开发研究中心、文化产业研究中心、陕西省非物质文化遗产基地建设,搭建平台,建设文化智库,提升服务社会能力。

一流学科建设,离不开国际化舞台。我们要加强与海外高水平大学的深层合作,鼓励和支持教师、学生与海外高校的交流互换。加强国际化课程、国际化教材建设,加快国际合作办学步伐。发挥"长安与丝路文化传播学科创新引智基地"的作用,聘请海外学术大师来校交流和兼职。

一流学科建设,高素质的教师队伍建设是关键。目前,我们的队伍中旗帜性人物还不多,青年教师的成长还有待于进一步加强。我们要坚持引培并重的原则,不断挖掘潜力,壮大队伍。同时采取多种措施,调动全院教职工的积极性,以饱满的热情投身于一流学科建设的工作之中。

总之,我们要通过观念创新、制度创新和方法创新,在人才培养、科学研究、社会服务与文化传承创新、师资队伍建设、国际交流与合作等方面实现质的飞跃。

对标：一流学科建设的基本路径①

　　中国语言文学学科作为我校世界一流学科建设"一头两翼"的重点学科，我们深感责任重大。从 2017 年 9 月国家公布"双一流"建设名单到现在整整一年了，我们虽有自豪的一面，但更多的是焦虑，是忧愁。学校事业的发展把我们推向了风口浪尖，我们没有退路，也不能犹豫，必须担当使命，迎难而上。哲学家荀子说："无冥冥之志者，无昭昭之明；无惛惛之事者，无赫赫之功。"大文豪苏轼也曾说："古之立大事者，不惟有超世之才，亦必有坚忍不拔之志。"既然认定了世界一流的目标，就必须发挥工作的主动性、创造性，以高度的责任心和坚强的决心、顽强的毅力去争创一流。

　　责任心和决心落到实处，就是加油干、踏实干。我认为，加油干不是蛮干，不是盲目干，而是有明确的目标和指向，有周密的计划和实施步骤。一流学科建设必须要对标，通过对标，才能认清形势，找准差距。最重要的"标"有三个：一是新时代国家的发展战略目标、教育政策要求和社会重大需求；二是国内外高水平大学的学科建设经验和举措；三是我们自己制订的一流学科建设总体方案。国家关于一流学科建设也有非常明确的考核指标，以立德树人为根本，重点考察建设效果与总体方案的符合度、建设方案主要目标的达成度、建设高校及其学科在第三方评价中的表现度。这三个"度"，就是我们进行对标的基本出

---

① 本文刊于《陕西师大报》2018 年 11 月 15 日。

发点。

通过对标,我们清楚地看到,一流学科建设任重而道远。2018年,国家关于一流学科建设出台了一系列文件,在原五大任务(人才培养、科学研究、社会服务与文化传承创新、师资队伍建设、国际交流与合作)基础上提出了更加具体的要求。如2018年1月20日,中共中央、国务院《关于全面深化新时代教师队伍建设改革的意见》,强调落实立德树人的根本任务,加强师德师风建设,培养高素质教师队伍。2018年7月18日,教育部印发《高等学校基础研究珠峰计划》,强调要充分发挥高等学校作为我国基础研究主力军、原始创新主战场和创新人才培育主阵地的重要作用,在推动高等学校基础研究全面发展的基础上,组建世界一流创新大团队,建设世界领先科研大平台,培育抢占制高点科技大项目,持续产出引领性原创大成果,为关键领域自主创新提供源头供给,成为加快“双一流”建设和实现高等教育内涵式发展的战略支柱。大团队、大平台、大项目、大成果,成为科学研究的高峰目标。2018年8月20日,教育部、财政部、国家发改委印发《关于高等学校加快“双一流”建设的指导意见》,强调学科建设要明确学术方向和回应社会需求,坚持人才培养、学术团队、科研创新“三位一体”。以一流学科为引领,辐射带动学科整体水平的提升,形成重点明确、层次清晰、结构协调、互为支撑的学科体系,支持大学建设水平整体提升。还强调“双一流”建设坚持把立德树人成效作为根本标准,以人才培养、创新能力、服务贡献和影响力为核心要素,并且把教材建设作为学科建设的重要内容和考核指标。2018年8月28日,教育部《关于狠抓新时代全国高等学校本科教育工作会议精神落实的通知》,强调“以本为本”,一流学科建设必须有一流的本科教育,要合理提升学业挑战度、增加课程难度、拓展课程深度,切实提高本科课程教学质量。特别是2018年9月10日,全国教育大会的召开,对一流学科建设具有极为重要的指导意义,习近平主席强调,要努力构建德智体美劳全面培养的教育体系,形成更高水平的人才培养体系。中共中央、国务院、教育部等一系列文件精神,对教师队伍建设、人才培养、科学研究、社会服务等方面提出了明确要求,是我们进行一流学科建设的指南,是我们对标的重要依据。一流学科建设是我国在新时代新形势下实施的重大战略决策,开启了高等教育的新征程。要完成这个艰巨任务,必须下大气力、大功夫。

　　通过对标,清醒地认识到我们目前存在的主要问题。我们在一流的师资队伍、一流的人才培养、一流的科研成果、一流的社会服务等方面还有许多短板和不足,甚至有些还是空白点。如人才培养方面,课程体系、教材体系以及教育理论体系有待加强,本科生、研究生的国际化程度较弱,尤其是授予境外研究生学位人数较少;教师队伍方面,旗帜性人才较少,特别是45岁以下青年骨干教师成长缓慢;科研方面,标志性的成果还有待于进一步提升;社会服务方面,在全国较大范围内产生重要影响的智库建设和社会服务项目以及横向项目较少;国际化方面,国际化课程、国际化合作、海外高层次刊物论文发表亟须加强;等等。与自己制订的建设方案对标,可以看到有些措施还不够得力,有些工作还没有落实落细。我们地处西部,各种资源较少,使我们的建设无形中又增添了许多困难。机遇和挑战并存,机遇带给我们动力,挑战带来压力。原来的学科建设偏重于科研和研究生教育,而新形势下把本科教学纳入学科建设体系中来,立德树人乃是关键所在。我们要主动适应新变化,采取新举措,时刻保持清醒的头脑,以一流学科建设规定的五大任务为努力的方向,找差距,鼓干劲,树立信心,追赶超越,在"一流"上狠下功夫,实现我们的宏伟目标。

　　通过对标,我们进一步明确了建设思路。面对新形势,面对激烈的竞争,我们的思路是:补空白,抓重点,创特色,争一流。学科建设首先要清醒地认识自己的劣势和弱点,找到问题的切入点和突破口。既然在某些方面存在空白点,我们的建设思路首先就是采取积极措施,千方百计消减空白,补足短板,缩小与高水平大学之间的差距。去年以来,我们联合有关学科组成学科团队,成功获批国家外专局、教育部"长安与丝路文化传播学科创新引智基地"("111"引智基地),填补一项国家级研究基地的空白;在获得省级教学成果奖的基础上成功申报国家级教学成果奖,也属填补空白的大事。目前,在国家级团队建设、成果入选国家社科基金文库等方面积极努力,力争把空白点削减到最小。当然,有些方面虽然不是空白,但数量较少,也需要不断加强,如国家级人才等;另外,我们的有些优势还需要继续保持。其次,学科建设要突出重点。学科建设涉及方方面面的工作,必须抓大放小,把国家规定的五大任务作为重点工作,尤其是把人才培养放在首位,要把"国"字号的平台、项目、成果等作为突破口,以点带面,形成学科高峰,形成核心竞争力。最后,走特色发展之路。我们地处西部,有劣势也有优势,要给自己一个合理定位,力求做到人无我有、人有我优、人优我新,突出自己的学科优势和特色。为此,在科学研究方面,我们设立了长安文化与中国文学研究、陕甘宁文艺与文化研究、马克思主义文学理论与美学研究、西北语言文化与丝路文化研究、周秦汉唐文字与文化研究等方向,既具有鲜明的地域性,又具有较大的学科前沿性和创新性。通过各种途径的努力,追求卓越,实现一流。

通过对标,我们确定了任务清单和建设举措。学科建设,人人有责。学院党政领导围绕建设任务,确立任务清单,分工合作。全院动员,把学科建设任务落实到每个教师身上。与相关学院合作,打造学科特色。具体而言,主要包括以下几个方面:

加强人才培养。人才培养方面的招生、就业、培养过程、课程体系、教材体系等关键环节都与学科水平紧密相连。需要从生源抓起,注重培养过程,加强就业以及就业后的跟踪调研。目前,新技术革命的发展,也为人才培养提供了多种途径,如国际化课程、网络课程、文科实验室等。要加强教学质量工程建设,在国家级精品课程、网络课程、国家级规划教材等方面有新的突破。以暑期夏令营为抓手,提高硕士研究生优秀生源比例,并且加强研究生培养过程的监督,提高质量;与国际汉学院一起,采取积极措施,鼓励学生积极申报国家留学基金委出国学习项目,资助学生赴境外学习和交流,加大来华留学生授予学位人数,提高研究生国际化程度。尤其是博士研究生培养,以学术创新为目标,加强质量监控,促进高层次成果产出。

抓队伍,抓成果。高素质的教师队伍建设是学科建设的重要指标之一。我们要强化师德师风建设,坚持引培并重的原则,培育和引进具有师大情怀和师大气质的人才,不断挖掘潜力,壮大队伍。结合现有队伍状况并结合重点研究方向,以团队建设为目标进行人员补充,避免研究力量过于分散。加强师资博士后队伍建设,切实形成人才的"蓄水池"和"后备军"。提升教师队伍国际化程度,优先补充海外优秀人才,为教师赴国外进修访学研修和参加高水平国际会议提供政策和资金保障。充分发挥学科点负责人和二级、三级教授的作用,立足学科谋发展,合理布局学科梯队,创造条件推进青年人才队伍建设。继续执行学院青年英才支持计划,并启动学院国家级人才支持计划。科研方面,进一步提高标志性成果和国际期刊发表论文数量,加大对重大项目和重点项目的支持力度,提高项目按期结项率。同时把研究生的科研纳入全院一流学科整体规划之中。要积极搭建各种平台,为出成果、出人才奠定基础,近期要建设好教育部、国家外专局"111引智基地"和现有的省级科学研究基地和校级科研机构,下功夫办好《长安学术》等刊物,争取进入CSSCI来源集刊。

重视社会服务。一流学科建设的重要任务之一是文化传承和社会服务。我们要发挥中文学科的优势,以国家《关于实施中华优秀传统文化传承发展工程的意见》和《国家"十三五"时期文化发展改革规划纲要》为指导,结合"111引智基地"建设,与传播学、历史学、信息技术等学科团结一起,通过媒体传播、影像传播、网络传播等手段,传播和宣传中国文化。结合陕西语言资源开发研究中心、文化产业研究中心、陕西省非物质文化遗产基地建设,建设文化智库,提升服务社会能力。另外,结合专业特点,以国学院为平台,传播优秀传统文化,推出一批有分量的文化普及著作。

加强国际合作。一流学科建设,离不开国际化舞台。我们要加强与海外高水平大学的深层合作,鼓励和支持教师、学生与海外高校的交流互换,提高赴海外深造教师的比例。加强国际化课程、国际化教材建设,加强与海外高层次学术期刊的合作,加快国际合作办学步伐。发挥"长安与丝路文化传播学科创新引智基地"的作用,聘请海外学术大师来校交流和兼职。

建立科学可行的学科制度。坚持先进、全面、具有可操作性的原则,制订和完善组织制度、计划制度、资源分配制度、执行制度、检查评估制度、奖惩制度等,助力学科建设。另外,要营造和谐的人文环境,学生有良好的学习风气,教师有良好的学术氛围,师生一体,写好学科建设的奋进之笔。

世界一流学科建设不是一朝一夕的事情,需要我们长期的努力,需要顽强的毅力,需要各方面团结形成强大的合力。我们相信,只要全校上下齐心协力,同舟共济,一定能取得一流学科建设的辉煌成就!

饮酒孔嘉，维其令仪[①]

　　我的家乡在秦岭主峰太白山下，这里山清水秀，气候温和，出产的中国国家地理标志产品"太白酒"以太白山水为浆，清亮醇香，韵味悠长。据记载，它始于商周，盛于唐宋，成名于太白山，闻名于唐李白。传说李白从西蜀到长安，饮了太白酒后写下了千古绝唱《蜀道难》，被贺知章誉为"谪仙太白"，此后李白就有了"李太白"的雅号。在我的记忆中，当地老百姓最爱喝的是三块钱一瓶的"普太"，玻璃瓶装，便宜实惠，逢年过节或者红白事情都喝"普太"酒。20 世纪 90 年代还有一句很有名的广告语："一滴太白酒，十里草木香。"我虽然生长在这个福地，但从小到大滴酒不沾。

　　第一次喝酒而且第一次醉酒，是在参加工作六七年之后，30 多岁。1993 年 1 月，与同事一起赴吉林师范学院（现在的北华大学）参加全国《史记》学术研讨会。当时正值寒冬季节，冰天雪地。会议结束前，主办方宴请参会人员，一位 B 姓朋友到每一桌劝酒，我坚持不喝。他开玩笑说，你们研究司马迁，司马迁连宫刑都不怕，你还怕喝酒？经不住他的再三劝说，只好喝，两三杯酒下肚，当时还没有多少反应，但餐后坐车去看雾凇，车子摇晃，下车后又凉风一吹，酒饭都吐出来了。事后知道劝酒者是《演讲与口才》杂志的主编。可以想见，东北人能喝酒，加上他能说会道，底气十足，一般人根本不是他的对手。此后我就一直保持

---

　　① 本文刊于《中华读书报》2020 年 6 月 26 日《酒事江湖》栏目。应栏目主持人南京大学丁帆老师邀请撰写此文。

不喝酒的习惯。

情况变化是在十年之后的 2003 年。那年 3 月,经 Z 兄引荐,我到四川大学做博士后。到川大后,Z 兄几乎每天拉着我喝酒,虽然酒的档次不高,但很尽兴。尤其是江津老白干,60 度,酒精度很高,喝起来反而觉得很爽。在成都时还有许多朋友,经常聚在一起喝酒,大多数情况下是朋友们拿塑料桶买散装酒,很实惠。自那以后,慢慢开始喝酒,因而我常常称 Z 兄为师父。后来,西安的十多个朋友搞了一个酒友会,轮流坐庄,经常活动。毕竟自己酒龄较短,历练较少,也醉过好几次,甚至有一次醉后都不知道自己是怎么回家的。"一生大笑能几回,斗酒相逢须醉倒。"(岑参《凉州馆中与诸判官夜集》)有时觉得只有醉过酒的人,才能对人生有更深的体悟。

小酒杯里乾坤大。聚会喝酒有基本程序,如同写文章,包含着"总—分—总"的逻辑结构。开始,组织者彬彬有礼,端起酒杯,集体敬三杯,一杯酒要说出一个理由,不能重复。之后,再从身边客人开始,顺时针转一圈,向每个人敬一杯。这个圈要转圆,表示圆满。其中有两点特别讲究,一是从谁开始就到谁结束,这才是圆,起点就是终点,无缝焊接;二是敬酒者也包括在这个圈里,转到自己也要喝一杯,转圈的"我"给被转的"我"敬酒,如同哲学术语的"主我""客我"。组织者敬酒结束,下来每位客人以同样的方式转圈。这是集体项目,戏称"大一统"阶段,也就是"总"。这样一圈过来,每个人都喝了不少,酒量好的刚刚进入状态,酒量小的已经有些招架不住了。接着进入"分",所谓"春秋战国"时期。大家离开座位,你来我往,互相敬酒,这是最能显示口才和酒量的时候。比如说,咱俩第一次见面,我敬你;咱俩是老乡,我敬你;咱俩是同龄,我敬你;上次你给我帮忙,我敬你;你高升了,我敬你;你获奖了,我敬你;你老婆生孩子了,我敬你;你孩子大学毕业了,我敬你……反正总有理由让你喝酒。当你不愿意喝时,敬酒的人站在你旁边顺口溜上来了:"激动的心,颤抖的手,我给大哥(领导、老弟、嫂子、弟妹等等,根据身份换称呼)敬杯酒,大哥不喝我不走。"尤其是女士给你敬酒时,顺口溜稍微变个样:"激动的心,颤抖的手,我给大哥敬杯酒,大哥不喝是嫌我长得丑。"话都说到这个份上了,你能不喝吗?当女士不愿意喝酒时,男士又有劝词:"女士一般不喝酒,喝酒女士不一般。女士不和一般的人喝酒,女士不喝一般的酒。你不喝的话就是看不起自己,也看不起我。"如此这般,总要劝对方喝酒。也有拿歌抵酒的,自己实在不能喝了,就主动请求唱歌,算是过关。当然也唱戏,说书,说笑话段子,可以说是才艺表演了。这个阶段个别人还有私房话,或者还有事请朋友帮忙,有充分的私人空间。最后,组织者看时间差不多了,就进入第三阶段"总",结束分裂状态,回归"大一统",各就各位。主人端起酒杯总结,谦虚地说,今天大家没喝好,不尽兴,咱们下次再聚,感谢大家的赏光。大家一饮而尽,各自散去。这个过程不由让人想起《诗经·宾之初筵》写饮酒过程,开始"宾之初筵,左右秩秩""其未醉止,威仪抑抑";有些醉意后,"舍其坐迁""载号载呶""是曰既醉,不知其秩"。诗中还特别强调"饮酒孔嘉,维其令仪",看出周代人饮酒就非常讲究"令仪",也就是好的程序和仪式。

喝酒程序不可少,但一杯酒怎么喝下去也有讲究,这就是喝酒的步骤。这几年我们归纳为九步曲,这个理论也是逐步发展完善的,从五步、八步,到九步,不能再多了。这里就说九步吧。敬酒者从座位站起来,端起酒杯,向左右致意,这就是喝酒的前奏曲,即前三步:"站正身,酒端平,左右行"。这三步是和河南朋友喝酒时学来的,表示敬意。下来是最核心的五步:"望星空,鸟鸣声,转宫灯(探照灯),挂金钟,哈一通"。"望星空",就是头微微抬起;"鸟鸣声",是酒入喉时发出"滋滋"的声音,带有品酒的意味,而且产生美感效应,让旁边的人感受到酒香味;"转宫灯",酒喝下之后,酒杯在手上放平,面向大家转一圈,就像探照灯一样照一圈,表明喝完了,请大家见证;"挂金钟",是把手上的酒杯杯口朝下,倒挂金钟,证明彻底喝完了,一滴不剩,如果滴一滴酒,甘愿罚三杯;"哈一通",就是喝下酒之后,口里自然而然发出哈气声,赞叹喝的是好酒,而且酒好喝,特别爽。"哈"一声,也是证明自己把酒喝下去了,没有作假(因为有些人把酒含在口里不下咽,随后背过身偷偷吐出)。五步一定要连贯,一气呵成,犹如行云流水。这五步,使酒桌气氛一下子活跃起来,有时候为了学"鸟鸣声"要多喝好几杯酒,有时候验证"挂金钟",不剩一滴酒,也要多喝好几杯。有的朋友为了学这五步,我示范,他用本子记,用手机录音、录像,反复练习。在新疆喝酒时,有朋友为了学习五步曲,竟然喝到桌子下面去了,有"酒后人倒狂"(刘禹锡《曲江春望》)的感觉。这五步加上前奏曲的三步,就是八步曲了。后来,又加一步"鞠一躬",算是尾声,这一步因人而异,尤其是晚辈给长辈敬酒,这一步也很重要。这就是九步曲。以八步曲、九步曲的形式喝一杯酒,就是图个高兴,再加上喝酒"总—分—总"的程序,仿佛有了仪式感。2012 年 10 月参加学术会议在贵州苗王寨饮酒,南京大学 X 教授听了五步曲后,即兴作《苗王寨夜饮新科教授传酒法五步感赋一绝》:"仰望星空夜未央,因声鸟哢气求长。巡游覆盖神情爽,叹息人生美杜康。"把喝酒的步骤和感受都融入其中了。

人生不可无酒。"酌此一杯酒,与君狂且歌。"(杜牧《池州送孟迟先辈》)孤独、忧愁、痛苦、兴奋的时候,一个人或一群志同道合的朋友聚在一起,痛痛快快地喝一次酒,绝对是人生的一次享受。北京的 F 教授说,喝酒就要喝"透"。我常常想,喝好、喝够、喝多、喝醉,都不是"透"的境界,"透"的境界应该既有生理上的,也有精神上的,或者只可意会,不可言传,只有在长期喝酒的实践中才能体悟到。

坚定文化自信，促进文化创新发展①

习总书记给《文史哲》编辑部的回信，给我们哲学社会科学工作者指明了方向。我结合文学研究谈谈我的体会。主要有以下五点：

第一，坚定文化自信。习总书记强调要"增强做中国人的骨气和底气"，就是要求树立和坚持正确的历史观、民族观、国家观、文化观，坚定文化自信。中华民族有着5000多年的文明史，中华文化博大精深，是中华民族强大的精神支撑。我们要充分认识包括中国文学在内的中国文化在中国社会发展中的重要地位和作用。就文学而言，中国文学从远古的神话开始，一代有一代文学，先秦时期的《诗经》《楚辞》，汉之赋，唐之诗，宋之词，元之曲，明清之小说，还有《格萨尔王传》《玛纳斯》《江格尔》等民族史诗，还有五四新文化运动、从新中国成立到今天，产生了无数的文学家和文学经典作品。各个历史阶段、各个民族都对中国文学的发展作出了重要贡献。经典文学作品是中华民族发展史、中华民族精神史、中华民族心灵史的写照。而且随着文学实践的不断发展，也形成了独特而丰富的文学理论思想。我们的文化自信、我们的骨气和底气，来自这种几千年深厚的文化积淀，我们引以为自豪，要尊重我们自己的文化，增强我们的文化自信心。

第二，加强文化传播。习总书记强调要"让世界更好认识中国、了解中国"。

---

① 2021年6月16日，在陕西省社科界深入学习贯彻习近平总书记给《文史哲》编辑部全体编辑人员回信精神座谈会上的发言。

随着国际化的不断加强和中国在整个世界地位的提升,世界各国也都想进一步了解中国,认识中国,而文化就是世界认识中国的最好桥梁。我们既要兼容并包,坚守中国文化阵地,同时也要把中国优秀文化传播到海外。由于历史的原因,西方文化优胜论根深蒂固,有些西方学者对中国文化根本不了解,或者了解很少,往往发表不切实际的言论。因此,讲好中国故事,讲好中国文化,传播中国文化,是非常重大的文化使命。从文化发展的实际来看,中外文化也一直在相互借鉴和相互交流中不断发展。文学就是人学,人心是相通的,虽然地域不同,文化背景不同,但文学的审美、文学的感情、文学的魅力能够引起人们的共鸣,这是中外文学经典的共性所在,因此,文学是世界认识中国、中国认识世界的重要渠道,在相互交流中实现心灵的沟通。正如费孝通先生所说"各美其美,美人之美,美美与共,天下大同"。这是文化的人类命运共同体。

第三,明确文化目标。习总书记强调,哲学社会科学工作者"需要深入理解中华文明,从历史和现实、理论和实践相结合的角度深入阐释如何更好坚持中国道路、弘扬中国精神、凝聚中国力量"。学术研究,最终目标是为了现实社会的发展,为了以文化人、以文聚人。文学的永恒价值在于追求真善美,让人们的灵魂经受洗礼。同样,文学研究就是要阐释和揭示文学经典中真善美的东西,使人们从中汲取有价值的营养,鼓舞精神,凝聚力量。因此,我们要深入挖掘中国文化的丰富内涵及其当代价值。如文学中的忧国忧民情怀,从屈原的"长太息以掩涕兮,哀民生之多艰",到杜甫的"穷年忧黎元,叹息肠内热",范仲淹的"先天下之忧而忧,后天下之乐而乐"等等;又如文学中的爱国精神,陆游的"王师北定中原日,家祭无忘告乃翁""位卑未敢忘忧国",文天祥的"人生自古谁无死,留取丹心照汗青",林则徐的"苟利国家生死以,岂因祸福避趋之"等等。还有古今以来大量文学作品体现的积极进取精神、顽强不屈精神以及高尚的思想品德、价值观念、荣辱观念等等,对于今天的我们仍然有许多启迪。

第四,推动文化发展。文化是随着社会的发展而发展。中共中央办公厅、国务院办公厅《关于实施中华优秀传统文化传承发展工程的意见》中强调:"中华优秀传统文化,积淀着中华民族最深沉的精神追求,代表着中华民族独特的精神标识,是中华民族生生不息、发展壮大的丰厚滋养,是中国特色社会主义植根的文化沃土,是当代中国发展的突出优势,对延续和发展中华文明、促进人类文明进步,发挥着重要作用。"习总书记在回信以及其他讲话中多次强调,在新的时代条件下推动中华优秀传统文化创造性转化、创新性发展。中国文化、文学的发展已有数千年历史,实践证明,有变化,有创新,才能有发展,正如《南齐书·文学传论》所说,"若无新变,不能代雄"。习总书记提倡的"两创"原则,对于哲学社会科学研究者提出新的更高的要求,文化传统如何继承、如何发展,需要我们深入思考而且贯彻在实际行动中,推动文化大发展。

第五,坚守学术志向。习总书记的回信最后期望"要坚守初心、引领创新,展示高水平研究成果"。学术期刊是这样,学术研究也是这样。高水平成果,是学术研究的出发点和落脚点,要在研究中形成中国特色、中国风格、中国气派、中国话语体系。我们看古代学者的志向,司马迁创作《史记》,要"究天人之际,通古今之变,成一家之言";张载的志向是"为天地立心,为生民立命,为往圣继绝学,为万世开太平"。他们的气魄都很宏大。2014习近平总书记在文艺工作座谈会上的讲话中特别强调:文艺工作者要志存高远,就要有"望尽天涯路"的追求,耐得住"昨夜西风凋碧树"的清冷和"独上高楼"的寂寞,即便是"衣带渐宽"也"终不悔",即便是"人憔悴"也心甘情愿,最后达到"众里寻他千百度","蓦然回首,那人却在,灯火阑珊处"的领悟。因此,要引领学术创新,要展示高水平成果,要体现中国气魄,就必须志向坚定,不懈努力。如哲学家荀子所说"无冥冥之志者,无昭昭之明;无惛惛之事者,无赫赫之功"。

以上就是我的几点体会。总之,没有中华文化繁荣兴盛,就没有中华民族伟大复兴。陕西是文化大省,也是文学大省,既有非常深厚的古代文学传统,也有现代红色的延安文艺传统,还有新时代文学的新面貌、新特征。我们应该在各方面加强研究,使文化大省成为文化强省,推动中国文化创新发展,走向世界。

第四辑　交流·思考

浅论《论语》中的格言①

《论语》是孔子的言论集。它是由孔子的弟子和再传弟子根据记忆和听闻而笔录成书的,是我们研究孔子必不可少的资料。从语言角度讲,《论语》中有大量的格言名句,至今仍然有它的生命力。如"欲速则不达""温故而知新""三人行必有我师""工欲善其事,必先利其器""三军可夺帅也,匹夫不可夺志也"等等。这些语句之所以能够流传千古,经久不衰,主要有以下几个原因:

第一,具有一定的哲理性。"欲速则不达",虽然这是孔子针对为政而说的,但具有普遍意义。任何事物的发展都有一个从量变到质变的过程,做什么事情,都必须有一定的基础,一定的量的积累,不能急于求成。否则就会适得其反。因此,这句话本身含有朴素的辩证法思想。又如在谈到"学"与"思"的关系时,孔子说:"学而不思则罔,思而不学则殆。"这里的"学"是狭义的,即指感性认识,"思"即是理性认识。学与思的结合也就是感性认识与理性认识的结合。如果只学不思,就会惘然无所得;如果只凭空乱想而不注意学,就会思路狭窄无从进展。学是为思打开通路,而思又促进了学,这种结合具有朴素的反映论思想。在"言"与"行"方面,孔子说:"今吾于人也,听其言而观其行。""君子不以言举人,不以人废言。"判断一个人不能因他的语言漂亮就相信他是好人,而应听言观行;另一方面,也不能因这个人坏就鄙弃他的好话。这种强调"行"

---

① 本文刊于《陕西师大报》1984 年 7 月 5 日,这是硕士研究生阶段的学习心得。

的思想是难能可贵的。

第二，揭示了事物发展的某一方面的规律。孔子是一个教育家，在教与学方面有许多格言，值得我们借鉴。《论语》开卷第一句就是"学而时习之，不亦说（悦）乎？"说明了学习方面一个基本的规律。如果我们把整个学习过程比作一个完整的链条，那么，复习是其中不可缺少的一个环节。学过的东西，不经过复习很难长期记住，这是人脑生理机能所决定的。为了避免前功尽弃，就必须经常复习，这样做至少有两个好处，一是加深对已有知识的记忆，二是在原有基础上有新的理解、发现和创建，也就是孔子所说的"温故而知新"。《论语》中还记载了孔子学生子夏一句话："日知其所亡（无），月无忘其所能。"这可以作为"学而时习之""温故而知新"的最好注脚，每天知道自己所不知道的东西，月月不忘自己已知的东西。清代学者顾炎武的笔记《日知录》，书名就取于此。

另外，其他方面如"工欲善其事，必先利其器"，说明无论做什么事情，都必须有充分的准备，也就是我们常说的"磨刀不误砍柴工"。又如"后生可畏"说明年轻人朝气蓬勃，有能力超过他们的前辈。这方面的例子是很多的。

第三，浅而能深，给人以启迪。"浅"是说《论语》中的格言简洁、明白；"深"，是说它能给人以鼓舞、鞭策的力量。学习，是一件老老实实的事，来不得半点虚伪和骄傲，因此，孔子说："三人行，必有我师焉，择其善者而从之，其不善者而改之。"说明每个人都应虚心学习别人的长处；"知之为知之，不知为不知，是知（智）也""敏而好学，不耻下问"，说明学习应有老实的态度，也就是我们今天所说的"不懂就是不懂，不要装懂"。又如"过而不改，是谓过矣"，简单的八字，说明了对待错误的正确态度。就是这些普普通通的语言，其中包含了深刻的思想内容，闪耀着智慧的光芒，时间愈久，愈显出它的光亮。再比如："其身正，不令而行；其身不正，虽令不从。"用今天的话解释，就是"打铁先得自身硬"。只有自己以身作则，脚跟站稳，才能带动别人，指挥别人。

语言是思想的直接现实。再深刻的思想，如果用干巴晦涩的语言来表达，也会失去它的光亮，不能在人的思想上引起震动。正因为《论语》中的格言避免了艰涩难懂，具有浅而能深的特点，才能千古流传，为人咏诵。

第四，有些格言被后人赋予新义。语言是随着社会的产生而产生、发展而发展，有些古语在今天已失去了存在的基础，自然淘汰；有些则被今天所继承，但往往注入新的内容,这是语言发展的规律。孔子的学生曾子说:"吾日三省吾身,为人谋而不忠乎? 与朋友交而不信乎? 传不习乎?""三省吾身"这句话今天我们仍然在使用,但曾子所说的三件事在今天可以有新的内容。刘少奇同志借用"吾日三省吾身"这句话,号召每个共产党员经常进行自我批评,以此来加强党性锻炼。又如"朝闻道,夕死可矣",原话的"道"当然有它自己的内容,我们今天可以赋予这个"道"一个新的意义,即事物的真理,这样,可以使这句话更有积极意义,给人以启迪。这类例子很多,如"当仁不让于师""任重而道远"(原文中的"任"是指以仁为己任)"岁寒,然后知松柏之后凋也"等。

此外,《论语》中还有许多成语,我们今天仍在使用,如"一言以蔽之""三思而行""血气方刚""是可忍,孰不可忍""文质彬彬""举一反三""循循善诱""既来之则安之"等等。我们常说的"而立之年""不惑之年"也是从孔子"吾十有(又)五而志于学,三十而立,四十而不惑"这句话中来的。

总之,《论语》中的格言是大量的,语言很丰富,上面只是简单地举了几例。您如果想进一步了解,可以阅读原书,杨伯峻先生《论语译注》(中华书局出版)最适合于初学。

近年来《楚辞·九歌》研究概述^①

　　《楚辞·九歌》是屈原作品之一。从"五四"开始到 1978 年 60 年的研究成果,已有同志做过总结^②,不再重复,这里仅简述一下近年来的研究情况:

(一)《九歌》的篇目及次序

　　现存《九歌》11 篇,按汉代王逸注本的次序是:《东皇太一》《云中君》《湘君》《湘夫人》《大司命》《少司命》《东君》《河伯》《山鬼》《国殇》《礼魂》。《九歌》为什么不是 9 篇而是 11 篇,历来众说纷纭。近年来主要有以下几种看法:

　　甲　"九"为实数,原《九歌》只有 9 篇。这种看法古已有之,如明代陆时雍、清代李光地都认为《国殇》《礼魂》不属于《九歌》,是后人附上去的。^③ 近年来也有些同志在"九"字上做文章,认为《九歌》只有 9 篇。谭介甫认为,《国殇》《礼魂》是屈原原本的《招魂》,今本中的《招魂》是汉代辞赋家的拟作,《九歌》只有 9 篇,即《东皇太一》至《山鬼》。^④ 陈子展认为,明代周用、清代吴世尚、顾成天、王邦采都把《湘君》《湘夫人》合为一篇,《大司命》《少司命》合为一篇,因此,他

---

　　① 本文刊于《研究生文选》第一辑,陕西师范大学出版社 1985 年出版。

　　② 参看郭在贻《近六十年来的楚辞研究》,载《古典文学论丛》第 3 辑,陕西人民出版社 1982 年版。

　　③ 陆著《楚辞疏》,李著《离骚经九歌解义》。

　　④《屈赋新编》(上集),中华书局 1978 年版。

采用了这一说(但同时也同意"九"是虚数的说法),仍把《国殇》《礼魂》归入《九歌》。① 李延陵《关于〈九歌〉的商榷》②《关于〈九歌〉的问题》③两文不同意将这4篇合为两篇,认为原来的《九歌》只有9篇,没有《国殇》和《礼魂》。周健、高晨野也认为《九歌》只有前9篇。④

　　乙　《九歌》是11篇,而不是9篇。持这种观点的同志仍把"九"看成虚数。聂石樵认为,拘泥于九,"这种削足适履的做法,都是由于对《九歌》篇名的错误解释造成的。《九歌》并非9篇歌曲,而是一首乐章的专名词"⑤。大多数同志仍同意闻一多先生将《东皇太一》作为迎神曲、《礼魂》作为送神曲的看法。⑥ 姜亮夫《楚辞今绎讲录》即有迎、送曲之说(可参看《屈原赋校注·〈九歌〉解题》)。⑦ 萧兵认为:"《九歌》以传统篇乐章节奏言,为九变、九招、九成;以祭祀对象言,传统和民间曾选祭最关国计民生之九神,或屈原自择九神以记述民间繁多之杂祀;以音乐和文学构成言,则以首尾两章为序曲、尾声可能较大,故可名'九'而又十一篇。"⑧

　　丙　《九歌》即《鬼歌》。《文艺研究》1984年第1期林河的文章《试论楚辞与南方民族的民歌》,从民俗学角度对《九歌》作了新的探索。作者认为,与楚歌有密切关系的巴人《竹枝词》,得名的由来是因为其和声为"竹枝",其他如《采莲曲》《采菱曲》等也是如此。与屈原《九歌》有惊人相似之处的侗族《九歌》,得名于其和声"九呀""九唎""九哎"。作家创作民歌体诗歌或整理民歌时,喜欢把歌助词、和声或尾声丢掉,以免啰唆。"很可能屈原的《九歌》本来也和侗族的《九歌》一样,有许多的'九呀''九哎'……的和声,屈原在创作时都把它略去

---

① 《〈楚辞·九歌〉之全面观察及其篇义分析》,载《中华文史论丛》1979年第4期。

② 载《天津师院学报》1980年第1期。

③ 载《中华文史论丛》1981年第4期。

④ 周健:《九歌九篇无〈国殇〉〈礼魂〉》,载《湘潭大学社会科学学报》1982年第1期;高晨野:《〈九歌〉结构原貌新探》,载《江汉论坛》1982年第6期。

⑤ 《屈原论稿》,人民文学出版社1982年版。

⑥ 见《闻一多全集》第一卷;闻一多另有《〈九歌〉的结构》一文,载《中国社会科学》1980年第4期。

⑦ 北京出版社1981年版。

⑧ 《论〈九歌〉篇目和结构》,载《齐鲁学刊》1980年第3期。

了。"进而,"九"就是侗语中的 jiù,是平常称对方的一种最尊贵的称呼,而 jiù 在侗语中含义就是"鬼"。在古代,以"鬼"为荣,到了后来,"鬼"上升为"神"。因此,《九歌》可译作'鬼歌',亦即'神歌',是专供迎神而唱的歌。"这种看法比较新颖。涂石、涂元济的文章《从神话看"九"字的原始意义》①,虽不是专门谈《九歌》问题,但从神话角度谈了"九"与"鬼"通,可以为《九歌》即《鬼歌》的说法提供一些材料。

关于《九歌》的次序,大多数同志同意姜亮夫《屈原赋校注》中把《东君》放在《云中君》之前的看法。

(二)《九歌》的作期

关于《九歌》的作期,郭沫若认为是屈原早年得志时作品,游国恩认为当在楚怀王十七、十八年屈原还被信任时。近年来的看法有以下几种:

甲 同意郭沫若意见。陈子展说:"我相信屈原《九歌》是作者放逐之前,他居郢都,正在做着左徒的时候,这是他早期的作品,其中没有放逐的感愤,没有特意讽谏的意思。"萧兵认为:"它可能不作于一时一地,但这是年轻力壮、风华正茂经验之产物,少年倜傥、文采风流记忆的结晶,则可肯定。"②

乙 作于怀王十七年。自从马其昶在《屈赋微》中提出《九歌》是屈原承怀王命而作、目的在于祈福求神来退却秦军的看法以后,近年来许多同志引申其说,其中有一条重要根据,就是《汉书·郊祀志》载谷永对成帝说:"楚怀王隆祭祀,事鬼神,欲以获福,助却秦军,而兵挫地削,身危国辱。"陈子展说《九歌》"当受命于怀王而作",是为了求神帮助退却秦军,又说"宪令之内首先必有诗",《九歌》是"怀王使屈原造为宪令,其中大手笔之一"。对这一问题的探讨,孙常叙有三篇长文③:《〈楚辞·九歌〉十一章的整体关系》《〈荀子〉"庄蹻起楚分而为三四"和〈楚辞·九歌〉》《楚神话中的九歌性质作用和楚辞〈九歌〉》,作者认为"《九歌》就是在丹阳败后蓝田战前,楚怀王为了战胜秦军,祠祭东皇太一,命屈

---

① 载《民间文学论坛》1983 年第 3 期。

② 《论〈九歌〉的思想和"寄托"》,载《兰州大学学报》1982 年第 2 期。

③ 分别见《社会科学战线》1978 年创刊号、第 2 期;《吉林师大学报》1980 年第 1、2 期;《东北师大学报》1981 年第 4 期。

原而作的,其目的在借助东皇太一的灵威以神力压倒秦国"。作者还从《荀子·议兵篇》"庄跻起楚分而为三四"说起,并与《史记》《汉书》等有关史实参照,经过详细分析,认为歌辞所反映的史实是与楚威王使庄跻西上略地以迄楚怀王为"吾复得吾商於之地"而展开的楚秦战争相应的。怀王十六年,受欺于张仪,十七年大败于丹阳之后,楚国起用了屈原。屈原复用,当年做了两件事:一是作《九歌》,愉太一,准备大举袭秦;一是为楚王东使齐,重建楚齐已断之交。作者把《九歌》作期定于怀王十七年。孙作云《秦〈诅楚文〉释要——兼论〈九歌〉的写作年代》一文[①],通过对秦《诅楚文》的分析,并参以当时秦楚各国情况,得出结论:"我们可以确切地说,《九歌》的写作也应在楚怀王十七年,即公元前 312 年楚秦大战的时候。"

丙 作于顷襄王十八年。周文康《"〈九歌〉承王命作于怀王十七年说"质疑》一文[②],不同意孙常叙在《〈楚辞·九歌〉十一章的整体关系》中的看法,作者认为,怀王十七年秋,岁星并不在楚而恰在秦。怀王十七年后、屈原生前,岁星在楚有三次:怀王二十年、顷襄王二年、十四年,据《史记》,这三年楚无战事。怀王十七年后,楚只有一次"欲以伐秦",事在顷襄王十八年。作者根据岁星运行规律和楚国当时的情况、屈原当时的处境,以及《九歌》与《九章·涉江》句式的比较,认为《九歌》当作于顷襄王十八年。

丁 不是一时之作。王逸、洪兴祖、朱熹等认为《九歌》是屈原放逐后所作,王夫之认为是被谗疏远后所作,郭沫若认为是早年所作,都把作期局限于一个时期。清代蒋骥《山带阁注楚辞》中认为"未必同时作也"。近年来也有同志持此观点。聂石樵认为:"从《九歌》的内容看,它描写的方面很广,既有南方的沅湘,也有北方的黄河和西方的巫山,并且包括各种神祇。要描写、加工的素材这样广阔,必须经过一个搜集整理的过程,这个过程可能比较长,因此它不是一时一地之作,但最后写定应是在顷襄王时被放逐到江南以后。"王晓波认为,《九歌》11 篇,其中作于放逐以后的,除蒋骥认为的《国殇》《大司命》《少司命》《山

---

① 载《河南师大学报》1982 年第 1 期。
② 载《扬州师院学报》1983 年第 3 期。

鬼》《河伯》外,还应有《湘君》《湘夫人》。其他几篇为早年之作。①

(三)《九歌》的内容、主题

甲 志在报秦。孙常叙在他的三篇论文中反复强调了这一点。作者认为,《九歌》的主题是"'穆愉上皇',战胜秦国,收复失地"。具体分析是这样的:"《东皇太一》《云中君》,写寿宫祠祭、太一降临,是为迎神之辞;《湘君》《湘夫人》《大司命》《少司命》《东君》《河伯》《山鬼》7 章,写汉中沦陷,地入强秦,湘汉一家,忽成异国,夫妇离散,相会为难,司命亲临,神助其合。然而'於山(商於之山)神女无与偕归,风雨空山,犹然向隅,是为愉神之辞,乃是'穆愉上皇'的'九歌'主体,是为娱乐皇太一而演出的一个'歌舞剧',表示楚国不但要收复汉中,而且还要收复商於;《国殇》一章,写楚军将士英勇奋战、壮烈牺牲,借东皇太一的褒扬,激励北上报秦的士气,是为慰灵之辞。《礼魂》一章,作为尾声,是为送神之辞。"②

孙文引起了一定的反响,有助其说者,也有提出异议的。李延陵对于孙文提出了许多不同的看法。③

也有人认为《九歌》个别篇目有报秦之心。于省吾认为《国殇》志在报秦,《东君》也有报秦之心。④

乙 祭祀之歌。这是传统看法,但在具体解释上也有不同。李延陵认为:"《九歌》的内容是巫觋炫耀自己的,她(他)们炫耀自己与神有亲密或密切的关系,炫耀自己能令沅湘、飘风,使江水、冻雨;能驾飞龙、乘玄云;……她(他)们炫耀自己,以期获得群众的敬畏,从而骗取群众的财物。"⑤在《九歌》是民间祭歌还是宫廷祭歌的问题上,大多数同志仍认为是民间祭歌,屈原可能加工过,如姜亮夫《楚辞今绎讲录》中就是持这种看法。也有人认为是王室祭歌,陈子展认

---

① 《〈楚辞·九歌〉的写作年代辨析》,载《四川大学学报》1983 年第 4 期。

② 《〈楚辞·九歌〉十一章的整体关系》,载《社会科学战线》1978 年创刊号。

③ 《关于〈河伯〉篇错简和〈楚辞·九歌〉的解释》,载《安徽师大学报》1979 年第 2 期;《关于〈九歌〉的商榷》,载《天津师院学报》1980 年第 1 期。

④ 《泽螺居楚辞新证》(上),载《社会科学战线》1979 年第 3 期。

⑤ 《关于〈九歌〉的问题》,载《中华文史论丛》1981 年第 4 期。

为:"《九歌》是屈原奉楚怀王之命而写的王室祭典所用的巫歌。"孙作云也认为《九歌》非民歌,"《九歌》是楚国的祭神歌,绝对不是民间的祭神舞歌,与屈原放逐于江南更是渺不相涉"。

丙　寄托讽谕。持这种观点的同志不同意将《九歌》看成纯粹的祭歌,认为《九歌》寄托着屈原的爱国思想。孙元璋认为:"它虽然利用了宗教祭歌的内容和形式,却并非无讽谕之意,更不是随意杂凑的集合物。"不同意陈子展所说的"其中没有放逐的感愤,没有特意讽谏的意思",并分析了具体篇章,认为有讽谕之意,如《湘君》《湘夫人》中写的爱而不得的悲剧,"与《离骚》中求宓妃、爱简狄、娶二姚的情节颇为相似"①。蒋南华也认为:"《九歌》不是巫歌,不是祭祀诗,而是民族、爱国诗人屈原的伟大杰作,是清新绮丽、奇特浪漫的生活和政治抒情诗。"②谭介甫说:《九歌》是屈原"寄托着思想上观点来表达他个人的情绪,也借以抒发其胸中所蕴藏的不平之气罢了"。

(四)《九歌》诸神考释

《九歌》11篇,除《礼魂》外,有10个神。有人说是九神一鬼,也有人说是八神一山鬼一人鬼。近年来关于诸神的考释有许多文章,这里仅举几例:

甲《东皇太一》:此篇过去有星神说、天神说、上帝和楚国的至上神说等。近年来除有以上看法外,还有新的说法。孙常叙认为东皇太一是天神五帝之一,他既是五帝中一员,同时又是五帝之长。"其神为岁星,它的性质是战神,它的作用是所在国不可伐而可以伐人。"萧兵则否定了这种看法,认为东皇太一原是太阳神,"到了《楚辞·九歌》时代,它已经成为抽象含胡的天之尊神(天帝),他那日神的职司直至品格似乎都由他的晚辈'年青一代'的东君继承了"③。

乙《湘君》《湘夫人》:古注众说纷纭,有的认为湘君是舜,湘夫人是舜的二妃;有的认为湘君即娥皇,是舜的正妃,湘夫人指女英,是舜的次妃。今人大都采用王夫之说法,认为湘君是湘水之神,湘夫人是其配偶。孙常叙则认为湘君

---

① 《关于〈九歌〉的思想意义》,载《山东师大学报》1982年第4期。
② 《屈原〈九歌〉初探》,载《贵阳师院学报》1983年第3期。
③ 《东皇太一和太阳神》,载《杭州大学学报》1979年第4期。

是湘水之神,上帝之子,湘夫人是湘君之妇,汉水之神。

丙《大司命》《少司命》:多数同志依照古注,认为是命运之神。少司命执行大司命的命令,处理具体事务。陈子展则综合王夫之、蒋骥之说,认为大司命是主寿,少司命是恋爱女神,即高媒之神。孙元璋认为大、少司命即帝颛顼之属神重和黎。

对于其他诸神,许多同志都进行了新解,限于篇幅,不再赘述。这是值得提出的是两种特殊的新解。谭介甫在《屈赋新编》中认为,《东皇太一》起头明言上皇,即指楚武王,因从东方迁郢,故称东皇,文句中不言“太一”,可见“太一”即是“独一无偶”的意义;东君、云中君本自相偶,因为齐国在楚国之东,故称齐王为东君,而云中是楚泽,故也称楚王为云中君;湘君托喻怀王,湘夫人托喻郑袖;大司命可比喻顷襄王,少司命可比喻令尹子兰;等等。这种考证过于牵强,使人无法相信。徐迟《〈九歌〉——古代社会各阶级的画廊》一文也有许多牵强之处。他认为《九歌》“朴素地展开了我国古代春秋战国的社会各阶级阶层的画廊上的一系列的画幅,真实地再现了压迫阶级和被压迫阶级的两大敌对阵营的尖锐对立”。东皇太一是“最大的奴隶主”“第一号血腥统治者”;云中君是第二号的统治者,是反动阶级里的实权派;湘君出身于高级奴隶主贵族,论门第比东君还要高些;湘夫人“也是奴隶主贵族的出身,从她的思想意识上来看,已转移于新兴阶级的营垒”如此等等。有压迫者,当然就有被压迫者,于是作者认为山鬼“是古代下层社会里的最鲜明的一个农奴形象”①。对此,尚永亮从三方面进行了反驳:“不明本事,强作解人”“歪曲文意,自我作古”“主观臆测,牵强附会”。②

(五)《九歌》是否为歌舞剧或原始戏剧

王国维《宋元戏曲史》认为《九歌》是戏剧的萌芽。闻一多先生认为《九歌》是原始歌舞,并作了《〈九歌〉古歌舞剧悬解》一文,对《九歌》歌舞剧进行了试

---

① 载《长江文艺》1982 年第 6 期。

② 《这是什么样的“唯物史观”》,载《长江文艺》1983 年第 1 期。

解。① 此后，多数同志赞成其说。孙常叙认为《九歌》"是我国戏剧史上仅存的一部最古老最完整的歌舞剧本"。范希衡认为，《九歌》原是一种相当错综复杂的大合唱，到后来逐渐发展成为歌剧。"《九歌》差不多句句是诗中有戏的"，每篇都有两个人物，一个是饰神的"灵"或"灵保"，另一个是代表人的巫，各有其华丽服饰，有时还有仪仗；另外还有合唱队，就是那些"满堂美人"和"传芭""代舞""展诗""浩唱"的"姱女"。《九歌》诗句说明自己或对方动作的地方特别多，所谓"唱做俱全"。作者还认为"长剑""琼芳""玦""佩"等都是实物，也就是演《九歌》的人有化装，有"行头"，还有"道具"。总之，观看《九歌》，"就仿佛看一幕接一幕的连台好戏。每幕时间都不长，诗句也不多，但各有一个生龙活虎的形象，一种引人入胜的剧情，使人想起但丁的《神曲》"②。但也有同志认为《九歌》不是原始戏剧。萧兵认为，作为戏剧应具三要素：表演性（或代言性）、故事性、综合性，从这三个条件来看，"《九歌》11 章或多或少地具有一些相对孤立的戏剧要素，但是都还没有综合、统一，发展成为严格的戏剧。他们只是在不同程度、不同要点上具有戏剧性的歌舞——说唱文学。《九歌》顶多可以说是具有歌舞剧的要素，而不能说是雏形的歌舞剧"③。

　　以上就近年来《楚辞·九歌》研究的主要问题进行了概述。另外，还有同志对《九歌》是不是一个完整的体系、《九歌》应该怎样读等问题进行了探讨，文章不少，这里就不一一胪列了。

说明：

(1)凡引各校学报，均为哲社版或社会科学版。

(2)文中引文未加注的，其文章和出处均与第一次同。

1984 年 12 月 5 日

---

① 《闻一多全集》第 1 卷。

② 《论〈九歌〉的戏剧性》，载《江汉论坛》1983 年第 9 期。

③ 《论〈九歌〉不是原始戏剧》，载《黑龙江大学学报》1979 年第 4 期。

抓住关键线索　搞好《史记》教学①

近年来,我先后给中文系本科生、教师本科班、助教进修班开设过"《史记》研究"选修课;在中文系本、专科基础课上也讲授《史记》的部分作品;在开设的"中国古典传记文学研究"选修课上也涉及《史记》。司马迁是世界文化名人,《史记》是中国文化的宝贵遗产,把《史记》列入教学,目的是弘扬民族优秀文化,宣传司马迁的伟大人格,使学生从中得到历史的教益,获得艺术的享受,培养高尚的情操。我的做法和体会主要有以下几点:

(一)

《史记》是一部博大精深的著作,学生阅读、研究它,往往不知从何下手。为了解决这个实际问题,我采用的方法是:

第一,抓住《太史公自序》和《报任安书》,以此作为阅读《史记》的突破口。《太史公自序》是打开《史记》宝库的一把钥匙,它为我们提供了研究司马迁的第一手材料,包括家世、生平、思想等,交代了《史记》产生的时代背景,阐述了《史记》的写作目的和意图,指明了全书的体例结构;《报任安书》则真实体现了司马迁的人生观、价值观、荣辱观,表明了他的创作动机和力量源泉。把《太史公自序》和《报任安书》结合起来,就可以对司马迁和《史记》有一个较全面的认

① 本文刊于陕西师范大学主办的《教学研究》1993 年第 3 期。

识。有了这样的准备工作,再去阅读《史记》,就容易入门了。

第二,以《史记》研究史为纲,及时吸收新成果,给研究《史记》提供资料,便于找到研究的突破口。

《史记》研究已有两千多年的历史,今人要研究《史记》,首先要掌握研究的历史。为此,我与浙江师范大学俞樟华同志一起,搜集资料,写了一部《史记研究史略》,勾画了两千多年来《史记》研究的线索:汉魏六朝时期是《史记》的传播和初步研究时期,唐代奠定了《史记》在史学史和文学史上的双重地位,宋代开评论《史记》之风后,明代又在评点、辑评方面做出了杰出贡献,清代研究深入发展,并不断取得新收获,直到中华人民共和国成立后才是《史记》研究获得全面丰收的时期。我认为,给学生勾画一个研究线索有两个好处:一是教师本身不能再去热熟饭,而应从新的角度研究问题;二是便于学生找到研究的突破口。哪些问题前人研究过了,哪些问题还应继续深入,哪些问题前人还没有涉及,师生心中都要有个数。学生也希望老师多讲些学术动态,国内的、国外的等等。我指导了一些学生的毕业论文,他们有的写《"发愤著书"新论》,有的写《司马迁的创作心理》,都是从研究史中受到了一些启发而作的。

第三,真正认识《史记》的价值,给研究《史记》找到一个合适的坐标。

《史记》是先秦文化的集大成著作,是汉代文化的精华所在,对中国文化产生巨大影响,在世界文化史上也占有重要地位。它是一部百科全书,不是单纯的史学著作。对它的价值的认识,直接影响到研究的坐标。这个坐标,是指把《史记》放在怎样的位置上去认识。我认为,这个坐标要高,无论纵的方面,还是横的方面。只有坐标低,研究的眼光才可能低;只有坐标高,研究的眼光才可能放得开,看得远。为了使学生能找到并认识这个坐标,我主要解决的问题是:《史记》与先秦文化的关系;《史记》与两汉文化的关系;《史记》与中国文化的关系;《史记》与世界文化;《史记》百科全书之性质。通过这些实质性问题的解决,学生从中吸收一些东西,研究的起点也就高了。

概而言之,阅读、研究《史记》,教师先要做好导读、导研的工作,给学生指出一条正确的学习道路。

（二）

由于基础课与选修课，专科生和本科生与教师进修班层次不一，因此，在教学中要针对不同层次，进行多样化教学。

基础课教学，主要是全面介绍司马迁及《史记》的一些基本情况，结合讲授作品，着重解决的问题有：司马迁生平与他写作《史记》的重要关系，《史记》产生的主客观原因，《史记》对前代文化的继承与发展，《史记》人物传记的艺术成就，《史记》对后代文化的影响。为以后的进一步学习、研究打下良好的基础。

选修课则要进一步探讨有关问题，提高学生分析问题、解决问题的能力。比如《史记》五种体例问题，基础课只能介绍大概，而选修课则进一步探讨五种体例的系统性、整体性，探讨每一种体例的特点与用途，探讨五种体例之间的配合等等。讲授作品也是这样，基础课一般是逐句串讲，而选修课就不能这样，因为学生已经有了较扎实的文字基础，因此，重点放在分析作品的思想意义与艺术价值上，单篇作品学完后还要能综合分析。选修课从理论上要解决的主要问题有：司马迁的文学观，《史记》写人艺术的发展，《史记》艺术美探寻，《史记》与中国古典小说、戏剧的关系，《史记》对中国古典传记的贡献，《史记》的历史真实与艺术真实，等等。这些问题的探讨，都以具体作品为基础。

专科生与本科生不同。由于专科生受课时的限制，《史记》教学往往只作为"两汉文学"的一部分来进行，教学中就以作品讲授为重点，并较全面地介绍司马迁与《史记》的基本情况，给以后的学习铺平道路。所讲作品一般也都是文学性强、写人艺术较突出的篇目。

本科生与教师班又不同。教师一般都有一定的理论基础，且有一定的教学实践经验，因此，教学中除了讲授部分作品外，着重引导他们如何进一步研究《史记》，如何从细小处着手挖掘《史记》的价值。由于他们分析能力较强，知识面广，所以，就采用纵横比较的方法，把《史记》与《左传》《战国策》比较，与《水浒传》《三国演义》比较，司马迁与屈原比较等等，并给他们介绍钱锺书先生的《管锥编》分析问题的方法、思路，使他们进一步开阔视野，通过自己的钻研，能够有所发现，有所创造。

尽管教学的层次不同，但是，在教学中都要注意理论与作品的结合。如果只讲理论,虽涉及某些作品的片段,但学生没有读作品,总觉得枯燥无味。教学与研究不同,研究论文可以是理论的高度总结,不可能对作品进行详细分析,而且读者对象一般都对《史记》较熟悉。相反,如果只讲作品,不从理论上进行总结,也会使学生感到收获不大,留给他们的只是一些零星知识。为了解决这个矛盾,我采用的方法是:配合专题,精讲作品。讲授作品是为专题理论服务,理论分析又是讲授作品的纲要、统帅。比如,要分析《史记》的奇伟美,就要讲《项羽本纪》《高祖本纪》《越王勾践世家》《伍子胥列传》《田单列传》等作品,通过作品,一步一步认识《史记》的奇伟美,然后从理论上进行分析、总结,再结合作者的审美观、作者的遭遇等,对司马迁为什么"爱奇"进行深入探讨。这样做,既有理论,又有作品,学生容易接受。当然,由于各个层次课时的不同,讲授作品的数量也有多与少的差别。

(三)

教学是一门艺术,师生互相配合,才能有所收获,因此,除了教师这一因素之外,如何调动学生的积极性,培养学生的动手能力,也是一个重要的方面。

在《史记》教学中,我注意坚持讲练结合、培养能力的原则,给学生布置适当的练习。练习也根据不同层次进行多样化设计。专科生,由于课时少、任务紧,关键在打基础,因此,就让他们翻译《史记》的有关篇章,或者改编《史记》作品的故事(如《项羽本纪》),或者分析某一作品的艺术特点。这是基本技能的训练。同时,鼓励他们尽量多读《史记》作品,尤其是人物传记部分。

本科生的基础课练习,要能在分析作品的基础上,论述某一个问题。最好能视野开阔,把其他学科的知识运用到这里来,增强理论水平,如心理学、美学、哲学、文化学等等。当然,要避免大而无边、空泛议论,要以扎实的分析为基础。

本科生的选修课练习,比基础课要深一步。通过教师引导、自己思考,要能有自己的新见解,哪怕是一点点的体会。为了使学生能做到这一点,选修课上鼓励他们能够通读《史记》,因为只有通读《史记》,才能对《史记》有较全面的认识,分析问题也就较全面了。学生如果不通读《史记》,往往抓住其中的一两篇,就大发议论,这样很容易出现片面性。比如,有个别学生学了《项羽本纪》后,就评论刘邦,说刘邦是滑头、无赖,认为司马迁对刘邦持否定态度,这种认识是很片面的。像这样的问题,是我们平时教学中常常碰到的。因此,选修课的练习,我给学生提出一个建议:先老老实实地读《史记》,然后根据老师提供的线索,找到一个新的突破口,找到一个适合研究的课题,一步一步探索,力求有所创新。从近年来的练习作业看,大部分学生都能有一点新的收获。

教师班的情况又不一样。这些同志中,有些在高校任教,且有些已有中级职称。对于他们的要求,基本上与本科生选修课要求相同,但期望值更高:除了对某个问题有自己的看法外,最好能结合《史记》研究的历史,谈谈建立"史记学"的构想,谈谈今后研究的目标等等。比如,我带过的古典文学助教进修班,有几位同志的练习作业很有见地,他们对目前《史记》研究的不足提出了中肯的意见,并对今后如何普及《史记》、开创《史记》研究新局面提出了许多宝贵的建议。他们在回到原单位工作后,仍关注着《史记》研究动态,并继续钻研《史记》,取得了一定的成果。

为了配合《史记》教学,我们还组织学生观看《司马迁故里行》等记录片,充分认识司马迁在世界文化史上的地位,收到了良好的效果。

纪念司马迁诞辰 2140 周年
国际学术讨论会综述①

今年是司马迁诞辰 2140 周年。陕西省司马迁研究会、陕西师范大学、秦始皇兵马俑博物馆、渭南市文联、韩城市人民政府、陕西人民出版社联合主办"纪念司马迁诞辰 2140 周年国际学术讨论会"。会议于 8 月 28 日至 9 月 2 日在陕西师范大学隆重举行。参加会议的海内外代表共 110 余人。陕西省副省长姜信真、陕西省政协副主席董继昌、陕西省教委副主任贺桂梅、陕西省文化厅副厅长叶增宽，以及渭南市、韩城市的有关领导出席大会并讲话。与会代表向大会提交论文 106 篇。陕西省司马迁研究会除了与日本名古屋大学中国语言文学会合作出版论文集外，还特意组织编写了《司马迁与华夏文化》丛书 28 种，向大会献礼。与会代表一致认为，这次会议，成果丰富，规模宏大，是《史记》研究史上一次空前的盛会，对于推动全国的《史记》研究，促进中外《史记》成果的交流，都具有重要的意义，现将会议的学术成果做如下归纳。

（一）研究领域的扩大

《史记》是一部百科全书，涉及政治、经济、军事、历史、文学、天文、地理、民族等许多方面。以往的研究，偏重于历史、文学方面。这次会议的一大特点就

---

① 本文刊于《陕西省司马迁研究会通讯》第六期，1995 年 10 月。

是学者们在不少的领域中,伸出了探索的笔触,取得了可喜成绩。

有代表探索司马迁的开放观,认为司马迁的开放观包括:开放是社会发展的必然之"势";开放是社会革故鼎新的必备条件;开放是人们"奔富厚"、国家图富强的重要途径;开放是实现、巩固和发展"海内一统"的需要。

有代表探索司马迁的科技思想,认为《史记》的科技思想虽欠丰富,但有其特色和价值,主要有:科技是人类社会历史的一部分;科技是圣人"究天人之际"的工具;科技是致富图强的手段。

有代表探索《史记》中的建筑思想,认为《史记》不仅实录了大量的城邑、都市和宫殿、园林、陵墓、坛庙等建筑,而且以其历史学家的深邃眼光反映了不少重要的建筑思想,主要是"择中""形胜"等都城选址原则;城市规划的礼治制度和"象天立宫"思想,"壮丽以重威"的宫殿建设思想和美学思想;"敬天法祖""招仙通神"等礼制建筑和宗教建筑思想。

《史记》对中国姓名文化的贡献,也是以往研究中的不足。这次会议上,有代表对司马迁这方面的贡献给予充分肯定:系统整理了古代姓氏资料;全面记录了人名称谓资料;多方位反映了命名情况;开创了纪传体史书姓名著录的模式;收录了姓名与社会历史资料及真实可靠的人名记载。

道教是中国本土文化,正式出现于东汉时代,但司马迁对道教文化起源的发微也是值得注意的。有代表认为,司马迁高度重视战国以来齐、燕方士的活动,虽不能说司马迁已意识到神仙说——仙道说作为道教最初宗教形态的价值,但将其作为当时最有影响的文化现象加以实录,虽说是出于无意,却为我们研究道教起源提供了第一手资料。秦始皇三番五次地海上求仙,可视为神仙说在秦朝的发展。至于汉武帝在更广泛的范围内的求仙之举,经《史记》的全面记载,则可视为司马迁对神仙说在汉代盛行的史述。《史记》提供着大量的道教萌芽时的资料,为我们研究道教的起源找到一个基本的出发点。

关于司马迁的法律思想,有代表从四个方面加以分析:"承敝易变"的历史观和更法论;"务在安民"的立法宗旨;"诱进以仁义,束缚以刑罚"的刑德关系论;"奉法循理""约法省刑"的执法、司法观。

另外,关于司马迁在天文学、地理学、音乐学、民族史等方面的贡献,都有论文发表,提出了自己的看法。

最能体现研究领域拓宽的是《司马迁与华夏文化丛书》,已经出版和即将出版的著作如《司马迁一家言》《司马迁的创造思维》《司马迁的地理视野》《司马迁教育思想述略》《司马迁民族思想阐释》《司马迁兵学纵论》《司马迁与天学文化》《司马迁与地学文化》《史记与今古文经学》《〈史记〉与中国文学》《史记与中国农业》等,包罗天、地、人、物系统知识,从《史记》百科全书这一广泛的领域内揭示出司马迁与中华文化的密切关系。可以说,研究领域的不断拓宽,标志着人们对《史记》价值认识的不断提高。

(二)研究问题的深入

《史记》研究已有两千多年的历史,许多问题前人已经涉及。能在前人基础上,向纵深方向发展,是这次学术讨论会的又一成果。

关于司马迁的天人观,有代表从思维方式的角度出发,认为司马迁的天人观和与其相连的神秘思维给《史记》蒙上了不算太淡的神秘色彩。但司马迁内心深处又充满着矛盾和苦闷,这种矛盾和苦闷,既可说来自两种观念(天人观和历史观)的交战,也可以说是由两种思维方式(神秘思维和理性思维)的冲突所造成。这是一个已步入文明社会,掌握了一定科学知识,而又带有明显的神秘思维痕迹,被裹在浓烈的天人感应的社会思潮中苦苦挣扎而又不见出路的探索者的苦闷。在探讨天人观时,也有代表认为,司马迁具有源于其伦理感的根深蒂固的因果报应思想,但现实未必是用因果报应思想就能解释清楚的,在《史记》中,他承认人的不安定性,人是被人以外的力量推动的,同时抱有对人类说无论如何也无济于事的命运观。而且这两者——因果报应思想和命运观——互为表里,重复离合,覆盖了《史记》。关于《史记》对天人关系的表述,有代表从四个方面进行归纳:对"天命"提出质疑;强调因果报应的观点;强调人的主观能动性;人不能超越历史条件的限制。

在探讨司马迁思想时,有代表认为,司马迁有尊儒倾向,并分析了他对儒家思想的扬弃及思想情感、社会因素。也有代表认为,司马迁的思想体系中吸收了不少法家思想,对他的历史观影响很大。还有代表分析了《史记》的礼治思想,认为礼治、仁学与大一统观等儒学要旨,是《史记》的主体思想。有的代表还总结了《史记》的治国思想:通过颂扬帝王的仁德,主张以德治国;通过记述治平天下的贤相良将,主张举贤任能;要求统治者顺应历史发展的自然趋势,主张简政省刑;王者一统天下。之后又对这种治国思想产生的原因进行了分析。关于"究天人之际,通古今之变,成一家之言",有代表认为,这十五个字正好与上古文化发展的三个阶段亦即三个层次——巫文化、史文化、子文化相对应。司马迁以此作为《史记》的创作宗旨,表明他是自觉或不自觉地以集上古文化的创造者和承传者巫、史、子于一身自居,并以史书为载体分别从三个不同层面对汉武帝以前的中国文化进行一次历史性总结的。

关于司马迁的义利观,也是许多代表关注的问题。代表认为,司马迁宣讲"仁义",但提出了社会历史上实际存在富贵者和贫贱者两种道义;他肯定游侠之义,并为游侠树碑立传;他强调为人处世应以情义为重。司马迁一反儒家耻于言利的传统思想,而大谈富利问题,他提出百姓追求富利是正当的权利,并为货殖人物立传;强调生产经营致富,讽刺"奸富";反对官府与民争利,并讽刺由此而生的奢侈腐败之风及政治投机图利者。司马迁的义利观,继承和发展了儒家的传统思想。还有代表在《货殖与礼义》一文中指出,"货殖"即是追求财富,这是天下人人心中之"欲"。求富发于人之"情性",源自人心有"欲",人心欲富、欲贵、欲利,但不能因其为"情性"而放任驰逐,应以义防利,以礼化争。司马迁论治,归本于"礼义之大宗"之《春秋》以及作《春秋》之孔子者亦为此故。

司马迁的经济思想十分丰富,近年来许多学者颇有研究。这次会议上,又有诸位学者关注此题。如《司马迁的货币观》《关于"善者因之"的问题》《从〈平准书〉看司马迁写当代史》《论先秦儒道两家对司马迁经济思想的重大影响》等论文,对司马迁的经济思想做了进一步探讨。

关于司马迁的性格与人格,也是近年论述较多的问题,这次学者们从这一主题出发,又提出了他的悲剧心理、忧患意识、侠义精神、怀疑精神、复仇观等;关于班马异同也是过去学者们谈论较多的问题,这次则有学者从分析异同出发,提出了班马是两位垂名永远的文化名人,各代表了一个史学群体的意见。

《史记》是以人为中心的纪传体通史,司马迁注意到了社会各个阶层的人物。有代表认为,《史记》一书表现了人的主体性思想。司马迁把人类社会的历史发展落实到人的行为活动上来,表现人的主体性、能动性及对于历史发展的作用,并且注意到人物行为的道德伦理的价值和意义。还有代表认为,人是司马迁切入历史的出发点。还有代表探讨了《史记》与中国传统人文主义精神,认为表现在六个方面:浩大弘毅的君子人格;建功扬名的入世精神;强烈的人格自尊精神;舍生取义的牺牲精神;言必信、行必果的社会信义精神;呼唤人间真情的人道主义精神。还有代表探讨《史记》列传中的人性主题,《史记》传记的命运哲理,《史记》中的自我形象等等,都颇有新意。

由《史记》研究延伸到"三家注"研究,也是本次会议讨论中的一个热点。有的代表通过考证,又新发现了《史记正义》佚文96条。有的代表通过对《史记索隐》的分析研究,进而探讨司马贞的史学思想。有的日本学者还对《史记正义》单本何时传入日本这一问题进行了热烈讨论。

此外,关于《史记》的语言特征、表达方式等问题,也有许多学者发表了看法。

(三)研究方法的多样化

从众多的论文以及会议讨论情况看,许多学者注意到了方法论问题。归纳起来,有以下几点:

一是把司马迁与《史记》放到广阔的文化背景上去分析。有的代表把《史记》放到汉初百年间的史学与政治的大背景上去认识司马迁的独特性和《史记》的伟大性;有的代表把《史记》放到中国史官以及巫术文化(宗教文化)的长河中去分析、研究;有的代表则把司马迁与《史记》放到整个世界文化的大背景上去认识等等,使自己的立论有了坚实的基础。

二是注意微观与宏观的结合。许多代表的论文都体现了这一特点。通过对《史记》中人和事的具体分析,上升到理论高度,从总体上去认识《史记》中所包含的丰富思想。有代表通过对《平准书》的分析,去把握司马迁的货币思想;有代表通过对《货殖列传》的分析,去认识司马迁的经济思想以及义利观;有代表通过对《史记》中《伯夷列传》《吴太伯世家》编次的分析,去探寻司马迁的历史思想;还有代表通过对《史记》中"辩"字的细致考证,进而去探讨人物的性格等等。

三是对比分析法。通过不同角度的对比,进一步认识《史记》的价值。有中外对比,如把司马迁与古希腊天文学家伊巴谷对比,去认识司马迁的天文学贡献;把司马迁与古希腊史学家修昔底德斯进行对比,去认识司马迁史学思想;把《史记》与朝鲜民族第一部纪传体正史《三国史记》进行比较,以见《史记》之影响。有古今对比,如司马迁与孔子、董仲舒等比较,把《史记》与《左传》《战国策》《汉书》等史书进行比较。还有将《史记》本书中篇目进行对比,发现其矛盾之处,进行校勘等等。

四是注意将文献与考古结合起来。有代表将《史记》与出土帛书《战国纵横家书》结合起来,考证苏秦事迹的真伪;有代表通过大量的出土文物,去考释《史记》中秦币的记载;还有代表详细考证了《史记》对纪年资料的利用,并以此去分析司马迁的思想。

在研究方法方面还需注意的是,有的代表借鉴了国外的一些研究新方法,从符号学角度对《史记》进行分析,颇有新意。另外,许多学者还特别注意把历史研究与现实结合起来,如研究司马迁的开放观、人格思想、经济思想、法治思想及《史记》中的民族精神等等,都对今人有一定的借鉴意义。

(四)信息交流与今后的努力方向

海内外学者聚集一堂,共同交流学术成果,这次会议还属首次。因此,信息交流也是这次会议成果的一方面。日本学者池田英雄向大会赠送了他的新著《史记学五十年——日中史记研究的新动向》,这部著作详细介绍了1945年以来日、中两国在《史记》研究方面的成果,资料极为丰富。日本学者藤田胜久向大会提交了《〈史记〉〈汉书〉研究文献目录(日本篇)》的论文,介绍了日本近年的《史记》研究动态。美国学者倪豪士提交了《一百年〈史记〉西洋翻译(1895—1995)》的论文,介绍了《史记》在美、法等国的翻译情况。韩国学者诸海星提交了《〈史记〉在韩国的译介与研究》的论文,介绍了韩国的《史记》译介及研究状况。中国的学者介绍了近年来中国在《史记》研究方面的动态,包括学术团体、学者、著述、新的资料、正在编写中的论著,如《史记学》《史记系列大辞典》《史记研究集成》等,这样,进一步增强了各国学者之间的相互了解,对各国的司马迁与《史记》研究,都会起到促进作用。其中最为人们关注的是由陕西省司马迁研究会组织编纂的《史记研究集成》,这部2000万字的巨大工程,将汇集历代《史记》研究成果,并进行分析整理,给《史记》研究者提供丰富的资料,这是一个里程碑式的巨著,许多学者对此发表了很好的建议和意见。研究会同人表示,要努力拼搏,争取早日完成这个光荣而艰巨的任务。

会议期间,还成立了陕西省司马迁研究资料中心,这个中心设在陕西师范大学图书馆,对于促进《史记》研究将起到积极的作用。

关于今后的《史记》研究,许多代表发表了意见,主要有:①要继续拓宽研究领域,多角度、全方位去研究《史记》;②研究问题要不断深化,不能停留在一般论述上;③全面整理历代《史记》研究成果,以《史记研究集成》为龙头,搞好资料整理;④普及工作仍需加强,用各种手段宣传司马迁,宣传《史记》;⑤搞好《史记》教学,培养研究人才;⑥研究手段应向现代化迈进;⑦进一步加强与海外学者的联系,促进《史记》研究成果的国际交流;⑧贴近现实,使"史记学"更具生命力。

总之,这次国际学术讨论会,成果累累,内容丰富,它将永远载入司马迁和《史记》研究的史册。

开拓领域,深化研究,推进《史记》
研究更上层楼[①]

　　中国《史记》研究会成立整整十年了。十年来,研究会在组织发展、学风建设、学术研究、学术交流、人才培养等方面都取得了丰硕成果,可喜可贺。可以肯定地说,研究会既出了优秀成果,也出了优秀人才。作为全国性的学术团体,对于引领司马迁与《史记》研究的学术方向、推动司马迁与《史记》研究向纵深发展起了重要的作用。

　　司马迁因《史记》而出名,陕西因司马迁而骄傲。作为司马迁的故乡的人,陕西学术界这些年来与全国同人一道,在司马迁与《史记》研究方面也取得了一定的成就。笔者生长在陕西,多年来参与韩城市、渭南市和陕西省司马迁研究会的有关活动,深深体会到司马迁故乡人民对司马迁的热爱与敬仰之情。总括起来,可以说司马迁的故乡对司马迁与《史记》的研究风气浓厚,学术活动频繁。从研究机构看,韩城市、渭南市、陕西省都成立了司马迁研究会,在宣传和研究司马迁与《史记》方面做了大量富有成效的工作。而且,陕西师范大学和渭南师范学院,都有专门的《史记》研究机构,有中、长期研究规划。这些组织也有自己的宣传阵地,如韩城司马迁学会主办的中国司马迁研究网、渭南师范学院主办的《司马迁与史记研究年鉴》等,为《史记》研究者及时提供各种研究信息。从

---

　　① 本文刊于《史记论丛》第八辑,张大可等主编,中国文史出版社 2011 年 4 月出版。

研究队伍来看,老中青结合,比较整齐,各方面的人员积极参与,既有高校的教师和研究生,也有司马迁故乡的普通农民,既有文史方面的人员,也有自然科学方面的人员,既有专门的研究人员,也有更多的业余爱好者。在这支队伍中,高校的本科生、硕士和博士研究生成为一支重要的力量,他们在选择毕业学位论文时,司马迁与《史记》是重要的一个方面。而且在许多高校开设"《史记》研究"专题课,为研究队伍的壮大起了重要作用。陕西师范大学、渭南师范学院、西安文理学院、咸阳师范学院等院校还合作编写了《史记概论》教材(张新科主编),为普及和研究《史记》奠定了基础。从研究特点来看,主要有三个:一是结合地理优势,注重挖掘地方乡土教材,如韩城市司马迁学会从 1985 年成立以来定期召开学术年会,出版《司马迁研究》论文集,并整理编写了《司马迁祠碑石录》(李国维、张胜发编写注释)、《司马迁与韩城民俗》(党丕经著)、《司马迁史记名言录》(高巨成、冯学忠、薛万田注释)、《司马迁与韩城》(刘宏伟编著)、《司马迁的传说》(徐谦夫搜集整理)、《司马迁年谱新编》(吉春编著)、《司马迁传奇》(张天恩编著)、《中华史圣司马迁三部曲》(高巨成著)等等,对于司马迁的生地、葬地、牧耕地、祖茔、后裔、太史祠碑文等问题的研究具有浓厚的地方特色。韩城市在保护司马迁祠墓等文物古迹方面也卓有成效,功德无量。近年来韩城市每年清明节组织祭祀司马迁活动,群众热情高,参与度高,对于继承民俗传统、宣传司马迁起了积极作用;二是资料整理,陕西师范大学文学院组织力量编写了《史记研究资料萃编》(张新科、高益荣、高一农主编)、《历代咏司马迁诗选》(赵望秦主编),收录历代《史记》研究的重要观点和有关资料,给《史记》研究者提供丰富的研究资料;同时对古代《史记》研究的重要著作有计划地进行整理,已经完成的有清代程余庆的《史记集说》(高益荣、赵光勇等整理)、清代牛运震的《史记评注》(魏耕原等整理)等,还特别组织力量完成了《宋本史记注译》(霍松林、赵望秦主编)等。这些成果的出版,对于司马迁与《史记》研究将起积极的推动作用;三是研究视野开阔,如 20 世纪 90 年代,陕西省司马迁研究会在会长袁仲一、副会长张登第、赵光勇等先生的带领下,组织编写《司马迁与华夏文化》大型丛书,目前已出版 20 多种,涉及历史、文学、地理、经济、军事、天文、建筑等多个领域,从百科全书的角度研究司马迁和《史记》,在学术界颇受好评。另外如陕西学者出版的《司马迁的人才观》(程生田等编著)、《司马迁的道德观》(高巨成主编)、《史记文学论稿》(李志慧著)、《司马迁与民族精神》(池万兴著)、《〈史记〉叙事学研究》(刘宁著)、《先秦士人与司马迁》(王长顺著)等著作,或开拓领域,或深化研究,显示出开阔的视野。尤其是司马迁故乡的学者出版的《史记学概论》(张新科著),第一次系统提出建立"史记学"的体系问题,填补了《史记》研究的空白,被专家称为"史记学"的开山之作,影响广泛。

多年来,在各级政府和各方人士的大力支持下,司马迁故乡的《史记》研究工作有较大的发展。值得提出的是,一大批老同志为司马迁与《史记》研究付出了辛勤劳动,作出了重要贡献,如韩城市司马迁学会的冯光波、冯庄、张天恩、高巨成、程宝山、薛引生等先生,陕西省司马迁研究会的范明、李绵、张登第、王重九、赵光勇、许允贤等先生。他们不为名,不为利,克服各种各样的困难,只为宣传司马迁,只为研究《史记》,其高尚的品德和敬业精神令人钦佩。

从陕西到全国乃至全世界,司马迁与《史记》受到人们的普遍重视,说明司马迁与《史记》研究具有强大的学术生命力。展望未来,笔者认为司马迁与《史记》研究还有许多工作要做,需要各方积极努力,互相配合,使研究工作更上一层楼。主要有以下八个方面的工作:

一是研究领域的开拓和研究问题的深入。司马迁与《史记》研究从汉代开始,至今已两千多年了,涉及许多领域,除史学、文学外,政治学、经济学、军事学、天文学、地理学、民族学、医学、音乐学、教育学等都有一定的涉及,研究成果也不少,但还需我们继续开辟新的研究领域。司马迁本人身上有许多可贵的精神需要我们深入探究,《史记》一书博大精深,内涵丰富,它是一座宝山,有永远挖掘不完的东西。而且一些传统的研究课题还需进一步深化,如《史记》《汉书》异同问题、"史公三失"问题、司马迁"爱奇"问题、《史记》的文化内涵问题、《史记》与其他各种文体的关系问题、《史记》研究史的问题等等。因此,我们要不断提出新课题,深化旧课题,推动司马迁与《史记》研究不断向前发展。

二是集大成著作的完成。两千多年的《史记》研究,出现了大量的成果,积累了丰富的资料,需要有集大成的著作进行系统总结。在《史记》研究史上,唐代形成的"三家注"是第一个里程碑,可以说在《史记》文字、音韵、地理注释方面是集大成的著作,至今仍然占据重要地位。此后一直到20世纪30年代日本学者泷川资言《史记会注考证》的出现,成为第二个里程碑,它集中、日学者研究

《史记》（特别是注释考证）之大成，功不可没。近年来，中国《史记》研究会组织完成的《史记研究集成》（张大可、安平秋、俞樟华总主编）、《史记笺证》（韩兆琦笺注）都具有集大成的特点，各有特色。尤其是张大可先生主持的大型工程《史记疏证》，正在进行之中，它将会是更大的集大成的著作，对于推动《史记》研究的深入发展具有积极意义。这些集大成著作的出现，是时代的要求，也是学术发展的必然，必将成为《史记》研究史上的新的里程碑。

三是队伍建设。《史记》研究要持续下去，长久发展，就需要不断扩大研究队伍。学术研究，人是第一位的，有了人，才能有队伍，才能有《史记》研究的事业。因此，我们应特别注重《史记》的普及与教学工作，在广大青少年中广泛宣传司马迁和《史记》，编写多种层次的《史记》教材，在大学的中文系、历史系等开设《史记》研究课程，吸引更多的青年人喜欢《史记》，阅读《史记》，研究《史记》，培养大批的司马迁与《史记》研究人才。老一辈学者也要发挥自己的余热，搞好传帮带工作，使年轻人尽快成长起来。同时，随着时代的发展，电视等各种媒体也成为传播与宣传《史记》的重要工具，我们应充分利用它们，为《史记》研究服务。由于《史记》具有百科全书的特点，因此，研究队伍中需要各种人才，需要多种形式的合作，以壮大队伍，形成合力。

四是组织建设。目前，全国各类《史记》研究机构对于推动《史记》研究起了重要作用。事实证明，要进行大的工程项目，就必须有组织、有计划地进行，避免盲目性和资源浪费。所以，组织建设也是一项重要工作，如发展新的会员、健全学会章程、制订研究规划、组织学术活动等等。学术乃天下公器，我们期望各方团结，搞好不同层次、不同形式、不同特色的研究组织，共同推进《史记》研究的深入发展。

五是学科建设、理论建设。《史记》研究已有两千多年的历史，目前已经形成了一门新的学问"史记学"。我们应在前期研究的基础上不断提升理论水平，把它作为一门学科来进行建设，充分认识该学科独有的特性、范畴、任务、目标等等。理论的深度，对学科的建设和发展具有重要意义，因此，加强理论建设也是当务之急，应在总结中外《史记》研究史的基础上，提升我们的理论水平。当然，理论的提升也需要方法论的革新，我们应在传统研究方法的基础上借鉴国外的一些学术研究方法，开拓思维，不断提高《史记》研究的理论水平。

六是文化建设。司马迁与《史记》研究是学术研究,但学术研究应与现实结合,使研究更具生命力,这也是学术研究的目的所在。这种结合,最主要的有两方面,一是把《史记》研究与当前的精神文明建设结合起来,挖掘《史记》的民族精神、道德价值等等,从民族文化的高度认识司马迁与《史记》,认识和弘扬司马迁精神。二是把学术研究与现实的文化产业结合,如把《史记》的人物故事改编成电影电视作品,发挥现代媒体的作用。尤其是《史记》中的大量历史古迹、名人故里,如黄帝陵、炎帝陵、秦始皇陵、韩信故里、张良庙、鸿门宴遗址、司马迁祠等等,有些已发挥重要的作用,有些还有待进一步开发。

七是信息资料库建设。任何学术研究,都是以信息、资料为基础的。为了适应研究的需要,急需建立信息资料基地。基地的主要任务是收集古今中外各种研究信息和资料,并且利用现代化的数字网络技术,建立不同形式的信息资料库,既有纸质的资料查阅,也有数字化的检索系统,满足不同研究者的需求。如果说这项工作在以前开展有困难的话,今天随着科学技术的发展,已经不再是什么难题了。技术问题突破了,主要的工作就是踏踏实实地把资料收集齐全,为资料库的建立奠定良好的基础。

八是加强《史记》研究的国际化。司马迁是世界文化名人,《史记》也是世界文化宝库中璀璨的明珠,因此,司马迁与《史记》研究应走向世界。《史记》在海外的传播与研究从魏晋南北朝时期开始,逐步展开,但发展还很不平衡。国际化的主要工作一是《史记》文本的外文翻译,把《史记》翻译成外语,传播到世界更广的范围;二是加强与国际汉学家的对话,通过各种形式进行广泛的学术交流,互相学习,取长补短;三是研究成果的传播,一方面把我们的研究成果介绍到海外,另一方面,把海外的优秀成果介绍进来。当然,这需要各方面的通力合作,尤其需要大量的外语人才。我们期望通过学术界各方的努力,使司马迁与《史记》的研究真正走向世界。

中国古典诗文的阅读与欣赏①

　　阅读与欣赏,是学习中国古代文学的重要途径。读者要对古典诗文进行阅读和欣赏,应具备多种条件,从大的方面说:第一,必须广泛阅读,多方积累;第二,要有丰富的人生体验;第三,掌握整个中国文学、文化发展的脉络和基本特征;第四,具备文(形象思维)史哲(抽象思维)的开阔视野。比如读《庄子》中的寓言《庖丁解牛》,要具备一定的哲学知识,洞悉庄子的哲学思想,进行抽象思维,方能理解这则寓言故事的深刻含义。读《史记》中的《陈涉世家》,则要对秦末农民起义的历史知识有所了解,才能体会太史公写作时的立场观点和价值取向。因此,阅读与欣赏是各种文化知识的综合体现。

　　具体来说,又有许多方法,这里谈几个方面,供大家参考。

(一)字斟句酌,反复体味

　　文学作品是一个密码,要解开它必须反复阅读、琢磨。尤其是诗词,语言凝练,主旨含蓄,其中包含着丰富的思想内容。如《诗经·卫风·氓》写道:"送子涉淇,至于顿丘。"看起来很简单的八个字,写热恋中的卫国少女不辞路途遥远,将心爱的恋人送过了淇水,来到了顿丘。"淇",指淇水,卫国的河流;"丘",本为高堆的通称,后转为地名。曲折的淇水和高高的山丘都阻挡不住卫国少女的

---

　　① 本文刊于《汉语言文学书目与治学》一书,党怀兴、程世和主编,陕西师范大学出版总社 2013 年 9 月出版。

一片痴心；而且八个字中有两个地名，用空间距离的缩短表现时间的飞快，把热恋中的主人公的痴情表现出来。正因如此，那纯情的少女在付出一片深情之后而被遗弃的悲惨命运，方能无数次打动人们的心灵。杜甫《登高》语言凝练，蕴涵丰富，一直被誉为律诗典范，其颈联"万里悲秋常作客，百年多病独登台"十四字之间具有八层含义。宋·罗大经《鹤林玉露》卷十一评论云："杜陵诗云：'万里悲秋常作客，百年多病独登台。'盖万里，地之远也；秋，时之凄惨也；作客，羁旅也；常作客，久旅也；百年，齿暮也；多病，衰疾也；台，高迥处也；独登台，无亲朋也。"仅两句诗，写尽了作者的漂泊之感、凄凉之感、孤独之感。辛弃疾《破阵子》词："醉里挑灯看剑，梦回吹角连营。八百里分麾下炙，五十弦翻塞外声。沙场点秋兵。马作的卢飞快，弓如霹雳弦惊。了却君王天下事，赢得生前身后名。可怜白发生！""挑灯"的动作又点出了夜景。在夜深人静、万籁俱寂之时，壮士思潮汹涌，无法入睡，只好独自吃酒。吃"醉"之后，仍然不能平静，便继之以不同寻常的"挑灯"和"看剑"的动作，韵味悠长。继而"醉里""梦里"所思所想的一切统统变为现实，末了陡然下跌，发出了"可怜白发生"的感叹，一位壮志难酬的英雄形象跃然纸上。王维《送元二使安西》："渭城朝雨浥轻尘，客舍青青柳色新。劝君更尽一杯酒，西出阳关无故人。"之所以能够"自是口语，而千载如新"（明·胡应麟《诗薮·内编》卷六）其原因在于此诗气度从容，风味隽永，尤其是后二句，表现出两人非同一般的深刻友谊，至今仍脍炙人口，传诵不衰。汉代文人创作的《古诗十九首》，被人誉为"一字千金"，如其中《涉江采芙蓉》一首："涉江采芙蓉，兰泽多芳草。采之欲遗谁，所思在远道。还顾望旧乡，长路漫浩浩。同心而离居，忧伤以终老。"这首诗的作者不是一位普通的思妇，而是一个还望故乡的游子。马茂元先生曾说："文人诗与民歌不同，其中思妇诗也出于游子的虚拟。"这首诗是在表现游子的忧苦和愁思时采用了"思妇调"的"虚拟"方式。作者不仅借思妇之口写出了对家的悠悠思念，也通过思妇的情节再现了"还顾望旧乡"的情景，使一个长叹于天涯的游子形象鲜明地呈现于读者眼前。而且句句用了《楚辞》香草美人的典故，使这首诗更具芬芳之气。这些诗歌如不字斟句酌，难以体味其中妙处。

在字斟句酌、反复体味的过程中，要遵循由整体到局部，由局部到整体和从形式到内容、从内容到形式的一般规律，做到整体感知与局部探索相结合，既要全面把握中心思想,又要深入品读细节部分。以整体感知指导细节阅读,以细节推敲印证整体感知,做到整体与局部、内容与形式的完美统一。

(二)上钩下连,一线贯串

每个文学作品,都是作家在一定的历史背景下创作的,不是孤立的存在。阅读欣赏古诗文,就要将其放到文学发展的长河中去认识。如此,才能明了其在文学史上的承继关系和艺术地位,做到知其然并知其所以然。例如,只有在总结前代叙事诗产生发展情况的基础上,我们才能得出汉乐府《孔雀东南飞》是我国文学史上第一部长篇叙事诗的结论,才能深刻认识其在古代叙事诗方面的伟大贡献。同样,只有对先秦以来的封建礼教有较全面的了解,才能对作品中主人公的反抗行为和追求婚姻自由的精神有充分的认识;只有对中国古典悲剧的发展历史有清晰认识后,才能对这篇作品的悲剧价值有深刻理解。我们要欣赏陶渊明的田园诗,不能只研究陶渊明,而必须把陶渊明放到整个田园诗历史长河中进行认识;要欣赏谢灵运的山水诗,必须梳理从《诗经》以来山水描写的历史,并对谢灵运以后的山水诗有一定的把握。再如我们阅读《红楼梦》,就必须将《红楼梦》与其他中国小说相联系,才能确定其对传统小说的继承、确定其创新及其对后世小说创作的影响。鲁迅先生评价《红楼梦》时说,自有《红楼梦》以来,"传统的思想和写法都被打破了"。也就是说,要认识《红楼梦》,就要了解中国古典小说传统的思想和传统的写法,否则就无法真正读懂《红楼梦》。

在上钩下连、一线贯串的过程中,要注意把握古诗文的历史背景和创作背景。文学作品和作家本人的生活思想以及时代背景有着极为密切的关系,只有将其放到时代的大背景下去审视,知其人、论其世,了解作者的生活、思想和写作的时代背景,才能客观地理解和把握文学作品的思想内容。如《史记》一书被鲁迅先生誉为"史家之绝唱,无韵之离骚",其在文史领域的双重价值,只有在深入了解汉武帝时期"大一统"的时代背景、司马迁的人生遭际以及其"发愤著书"的远大理想之后,才能体会得更加深切。所谓"绝唱",就是前无古人,后无来者,就必须对《史记》之前和之后的中国史学发展有明确认识。以上是就某一著作而言,而就某一具体作品而言,也是这样。如阅读苏轼的《赤壁赋》,就先要了解苏轼被贬以后的处境及其思想变化,还要了解"赋"这种文体从先秦以来的发展变化，尤其是其中"主客问答"的写作手法的渊源等等。阅读李清照词《声声慢》，先要了解李清照处在北宋灭亡、丈夫去世所导致的国破家亡的艰难环境；要理解辛弃疾、陆游等作品的爱国激情，就要先认识南宋时期特殊的社会状况；等等。再如刘禹锡《秋词二首》："自古逢秋悲寂寥，我言秋日胜春朝。晴空一鹤排云上，便引诗情到碧霄。""山明水净夜来霜，数树深红出浅黄。试上高楼清入骨，岂如春色嗾人狂。"这两首诗的可贵，在于诗人对秋天和秋色的感受与前代有很大的不同，一反过去文人悲秋的传统，唱出了昂扬的励志高歌。从先秦时期的宋玉所写《九辩》"悲哉，秋之为气也"开始，"悲秋"主题一直延续下来，无数文人对秋悲哀的实质是志士失志，对现实失望，对前途悲观，因而在秋天只看到萧条，感到寂寥。刘禹锡写这两首作品时，也是被贬朗州，处在逆境，他以振翅高举的鹤排云直上、矫健凌厉，来表现自己奋发有为的精神。这就与其他悲秋作品有了很大区别。而当我们了解了悲秋作品的基本特征后再来认识刘禹锡的作品，就更能深刻理解作品的价值了。

（三）纵横对比，深入开拓

阅读欣赏古诗文，要善于运用纵横对比的方法，使理解更深入，感受更强烈。比如，同样是边塞诗，同样是用汉代李广的典故，作品的韵味就大不一样。无名氏《胡笳曲》云："月明星稀霜满野，毡车夜宿阴山下。汉家自失李将军，单于公然来牧马。"王昌龄《出塞》为："秦时明月汉时关，万里长征人未还。但使龙城飞将在，不教胡马度阴山。"前者从既成事实落笔，从实处来写；后者从希冀落笔，以虚映实；前者只写到眼前的事实，后者把笔触伸向历史的纵深，引人深思。

同样是思乡念远，张籍《秋思》："洛阳城里见秋风，欲作家书意万重。复恐匆匆说不尽，行人临发又开封。"岑参《逢入京使》："故园东望路漫漫，双袖龙钟泪不干。马上相逢无纸笔，凭君传语报平安。"一个以动作传达感情，"行人临发又开封"；一个以叮咛传达感情，"凭君传语报平安"；一个是千言万语写不完，写了又写；一个是千言万语凝结为两个字"平安"。两首诗有异曲同工之妙。

同样是用诗写音乐，白居易《琵琶行》："大弦嘈嘈如急雨，小弦切切如私语。嘈嘈切切错杂弹，大珠小珠落玉盘。间关莺语花底滑，幽咽泉流冰下滩。

冰泉冷涩弦凝绝，凝绝不通声暂歇。别有幽愁暗恨生，此时无声胜有声。银瓶乍破水浆迸，铁骑突出刀枪鸣。曲终收拨当心画，四弦一声如裂帛。东船西舫悄无言，唯见江心秋月白。"李贺《李凭箜篌引》："吴丝蜀桐张高秋，空山凝云颓不流。江娥啼竹素女愁，李凭中国弹箜篌。昆山玉碎凤凰叫，芙蓉泣露香兰笑。十二门前融冷光，二十三弦动紫皇。女娲炼石补天处，石破天惊逗秋雨。梦入神山教神妪，老鱼跳波瘦蛟舞。吴质不眠倚桂树，露脚斜飞湿寒兔。"李贺着重描写弹奏技艺，白居易借音乐传达心曲；都写音乐的美妙，李着重在技巧的高超，白重在渲染感情的真挚；写音乐效果，李从对面飞来，写对神仙异物的听觉反应，白则从侧面落笔，重在描述听者的心理感受；李充满浪漫幻想，白则着眼于描写现实。由于着眼点不同，所以两首诗各有千秋，成为诗歌中描写音乐的名篇。

　　此外，文学史上的流派与流派之间、作家与作家之间、作品与作品之间，只要有相通之处，皆可进行对比，如屈宋、班马、李杜、韩柳、苏辛等等。在纵横对比之中，可以深入探讨同类作品的高下长短、继承与发展，也正是在对比之中才有承继与创新，文学创作与批评才新变迭出，不断前进。当然，如果能进一步开阔视野，将中国古代文学作品与外国文学作品进行比较，就能更深入理解不同民族的不同风格、不同感情，这需要有良好的比较文学基础。对于阅读和欣赏来讲，对比是深入理解作品深意，探讨创作规律与艺术成就的有效途径。

（四）把握特性，发散思维

　　阅读欣赏古诗文，要善于把握作品特性，进行发散思维。把握特性，要特别注意作家作品的风格与流派。所谓"风格"，是指诗人在选择题材、塑造形象以及语言运用等方面形成的创作特色。如陶渊明的诗恬淡平和，李白的诗清新俊逸，杜甫的诗沉郁顿挫，王维的诗诗中有画。不同的作家有不同的个性风格。《文心雕龙·体性》将风格分为八种类型："一曰典雅，二曰远奥，三曰精约，四曰显附，五曰繁缛，六曰壮丽，七曰新奇，八曰轻靡。"司空图的《二十四诗品》分为二十四种风格："一曰雄浑，二曰冲淡，三曰纤秾，四曰沉着，五曰高古，六曰典雅，七曰洗炼，八曰劲健，九曰绮丽，十曰自然，十一曰含蓄，十二曰豪放，十二曰精神，十四曰缜密，十五曰疏野，十六曰清奇，十七曰委曲，十八曰实境，十九曰悲慨,二十曰形容,二十一曰超诣,二十二曰飘逸,二十三曰旷达,二十四曰流动。"常见的风格类型有这样四对八种:简约与繁丰;刚健与柔婉;平淡与绚烂;谨严与疏放。此外还有文学的时代风格、民族风格、地域风格和流派风格。流派主要指诗歌的流派和词的流派。如诗歌有现实派与浪漫派,词有豪放派与婉约派等。不同的风格流派,其创作特性也各不相同。

古典诗文常用的独特创作方法有用典、比喻、象征等,对此也要把握这些创作方法的特性,进行发散思维,而不能为表层含义所束缚。例如:柳宗元的《种树郭橐驼传》虽称为"传",但却并非实录性的纪传体文章,而是一篇寓言,借郭橐驼之口,由种树的经验说到为官治民的道理,借以抨击那些不从人民实际需要出发,"好烦其令",名为爱民,实则扰民的官吏。又如:辛弃疾《摸鱼儿·更能消几番风雨》:"更能消几番风雨? 匆匆春又归去。惜春常怕花开早,何况落红无数,春且住。见说道、天涯芳草无归路。怨春不语。算只有殷勤,画檐蛛网,尽日惹飞絮。长门事,准拟佳期又误。蛾眉曾有人妒。千金纵买相如赋,脉脉此情谁诉? 君莫舞,君不见、玉环飞燕皆尘土。闲愁最苦。休去倚危栏,斜阳正在,烟柳断肠处。"全词通篇暗喻,继承诗骚以来"引类譬喻"的传统,以比兴手法寄托其对国事的忧心和愤慨之情,表现其被压抑、弃置的悲愤和对当权者的不满。其表层的惜春、留春、怨春以及美人失宠的苦闷与愁怨,皆非词人本意。

通篇运用"比"的表现手法写成的比体诗,其表面上说的是一件事,而暗里却指另一件事,更加需要我们在阅读和欣赏之时把握其特性,进行发散思维。诗歌史上为数众多的咏物诗、咏史诗、游仙诗、艳情诗等多为比体诗。如陆游《卜算子·咏梅》:"驿外断桥边,寂寞开无主。已是黄昏独自愁,更著风和雨。无意苦争春,一任群芳妒。零落成泥碾作尘,只有香如故。"表面咏梅,实际上是作者自己的咏怀之作,从中我们可以体味出作者政治生涯的艰辛与坎坷。

以夫妻或男女爱情关系比拟君臣以及朋友、师生等其他社会关系,在我国诗歌史上十分常见。如朱庆余《闺意献张水部》:"洞房昨夜停红烛,待晓堂前拜舅姑。妆罢低声问夫婿,画眉深浅入时无。"诗人以新妇自拟,以公婆比主考官,写下此诗,征求张籍的意见。作者本意在于表达自己作为一名应试举子,在面临关系自己政治前途的一次大考之时所特有的不安与期待。对此张籍心领神会,于是用同样的手法,做了巧妙的回答,即《酬朱庆余》:"越女新妆出镜心,自知明艳更沉吟。齐纨未足时人贵,一曲菱歌敌万金。"委婉含蓄地表达了对朱庆余的赞赏之情。张籍还有一首《节妇吟》:"君知妾有夫,赠妾双明珠。感君缠绵意,系在红罗襦。妾家高楼连苑起,良人执戟明光里。知君用心如日月,事夫誓拟同生死。还君明珠双泪垂,恨不相逢未嫁时。"这首诗歌题下原附有小注"寄东平李司空师道",可见此诗并非男女之间互通心曲的言情诗,而是借节妇身份,委婉地表达心志的政治诗。李司空身为藩镇,拥兵自重,千方百计扩大自己的势力范围,因慕张籍才名,多方设法欲将其纳入自己的门下,多次投书赠礼,竭尽拉拢之能事,张籍却仍忠于李唐中央政权,却礼拒聘,不为所动,《节妇吟》一诗即是张籍为表明自己立场,委婉地拒绝对方而作的。节妇只是诗人的喻体,本意在于表达自己对中央政权忠贞的决心。

古典诗文中还有一些写法也需要我们在阅读与欣赏时把握特性,进行发散思维。例如"藏问于答"的手法。贾岛《寻隐者不遇》:"松下问童子,言师采药去。只在此山中,云深不知处。"没有说明所问何事,但在童子的三次答语中可以推测出三次问话。《石壕吏》也可以通过老妇的答语推出官吏在盘问何事。对于这样一种特殊手法,著名学者霍松林先生在他的著作中有详细深入的挖掘。又如,诗从对面飞来的艺术手法,在古诗词中也经常运用,并取得了良好的艺术效果。《诗经·魏风·陟岵》、张九龄《望月怀远》、王维《九月九日忆山东兄弟》、杜甫《月夜》、李商隐《夜雨寄北》等,皆是"心已驰神到彼,诗从对面飞来"(清·浦起龙《读杜心解》)的典范之作。柳永《八声甘州》末尾云:"想佳人、妆楼颙望,误几回、天际识归舟。争知我、倚阑干处,正恁凝愁。""想"字贯至收处,皆从对面着想。闺人念远,几回误认归舟。结句说知君忆我,我亦忆君,双方结合,深情无限。全词从我写起,又从对面写来,最后回到写自己作结,收放自如,揣摩闺人心理,细致入微,深情宛然。

此外,古典诗文常用情景交融的写法,托物起兴,起到了"一切景语皆情语"的艺术效果,在阅读和欣赏时,也需要我们把握其特性,进行发散思维。例如:《诗经·国风·王风·君子于役》写"鸡栖于埘,日之夕矣,羊牛下来",看似与主题无关,其实景物描写更能衬托对久役不归丈夫的深情思念与殷殷期盼以及对繁重徭役的怨愤之情。杜甫《登高》首联颔联皆在写景,其景物无一不饱含深情,打上了作者的情感烙印。马致远《天净沙·秋思》以一系列的景物铺排描绘了一幅萧瑟荒凉的深秋晚景图,表面是在写景,而作者在旅途中的孤苦寂寞的心情于景物之中表露无遗。

(五)分清文体,有的放矢

不同文体有着不同的发展演变过程和内在渊源关系,明确主要文体的发展演变过程,对于把握诗文特点具有十分重要的作用。诗、文、辞赋、小说等不同文体具有不同的风格特征。曹丕在《典论·论文》中指出:"夫文本同而末异,盖奏议宜雅,书论宜理,铭诔尚实,诗赋欲丽。"说的就是文体和风格的关系。奏议应该文雅,书论应该有条理,铭诔注重朴实,诗赋追求华丽。陆机在《文赋》里也曾说:"诗缘情而绮靡,赋体物而浏亮。"风格不同,文体不同,评价标准和鉴赏角度自然也随之各异。比如抒情诗以情为主,《离骚》《涉江采芙蓉》《西洲曲》等都是抒情色彩浓厚的诗歌。抒情还分为直接抒情与间接抒情两大类。《古诗十九首》中《迢迢牵牛星》一首:"迢迢牵牛星,皎皎河汉女。纤纤擢素手,札札弄机杼。终日不成章,泣涕零如雨。河汉清且浅,相去复几许?盈盈一水间,脉脉不得语。"这首诗借天上牛郎织女的故事表现人间的爱情悲剧,属于间接抒情。王维《山居秋暝》:"空山新雨后,天气晚来秋。明月松间照,清泉石上流。竹喧归浣女,莲动下渔舟。随意春芳歇,王孙自可留。"似在写景,实为抒情,在对山居生活环境的精致雕琢之中,暗含着作者对美好的山居秋色的眷恋之情,同时也表达了崇尚自然雅淡的生活情趣。欣赏抒情诗歌就要注意立足于作品情感表达层面,而不能奢求其情节的丰富完整与人物形象的细腻逼真。同样,小说这种文体则是通过塑造人物、叙述故事、描写环境来反映生活、表达思想的一种文学体裁,阅读与欣赏小说,就要着眼于其人物刻画、故事情节、环境描写等方面,而不应对其抒情性过于苛求(虽然也有感情色彩)。当然,中国古代文体非常丰富,明代吴纳《文章辨体》分为59类,徐师曾《文体明辨》分为127类。类别越细致,越需要我们掌握每种文体的不同特征。今人褚斌杰《中国古代文体概论》一书有助于我们认识古代文体的发展及其主要特征。

不同文体由于存在一定的渊源关系,虽各有特色,也有相通之处。比如在汉代形成的赋,作为一种介于诗和散文之间的文章样式,其特点是讲究铺陈,重视辞藻、对偶、押韵。汉赋的主要代表形式是以铺叙事物为主的"大赋",而后来发展形成的以抒情为主的"小赋"和接近于散文的"文赋""骈赋"又分别与诗和文有相类之处。

　　所以,分清文体,有的放矢,才能在阅读和鉴赏古诗文时,理解其形式和内容上的异同,以深入把握古诗文的艺术特色和思想内涵。

　　以上几个方面并非彼此孤立的,而是各有侧重地统一于古典诗文的阅读与欣赏过程之中,只有将其综合运用、多角度审视,以指导阅读实践,才能起到预期的效果,从而做到深入理解、全面把握,洞彻个中三昧。当然,由于中国古典诗文往往具有多义性,完全洞悉作者深意并非易事,只要我们广泛阅读,多方积累,开阔视野,深入思考,仔细体味,庶几可以接近作者本意,找到打开古典诗文大门的钥匙,从而发现隐藏于其中的文化密码。

汉梁文化与《史记》研究①

各位代表、各位朋友:

大家上午好!

由中国《史记》研究会、商丘师范学院主办,商丘师院文学院和商丘师院汉梁文化研究中心承办的"汉梁文化与《史记》学术研讨会暨中国《史记》研究会第十二届年会"经过大家的共同努力,现在即将闭幕。三天来,会上会下、会内会外,广泛交流、气氛热烈。通过交流,增进了友谊,达到了预期的目标。

这次会议最大的收获首先在于学术交流。交流论文78篇,张大可先生已在论文集《前言》中指出其三大可喜之处。对于大会发言和小组讨论也都已有专门的点评和汇报,不再重复。我这里就本次年会总体情况概括为几个方面:

视野开阔。本次会议交流的论文既有传统课题,又有新的论题,涉及汉梁文化研究、《史记》文本研究、《史记》"三家注"研究、《史记》人物研究、司马迁思想研究、孙武专题研究等等,显示出内容的丰富性,并进一步扩大到《史记》与元杂剧、《史记》与古代小说、《史记》与古代咏史诗等方面,视野开阔,领域广泛。

探究深入。许多论文能在前代研究基础上深入挖掘有关问题,如《史记》"三家注"(尤其是《史记正义》)问题,有多篇论文涉及,并且提供了新的资料;有些论文还注意到出土文献与《史记》的对比研究。还有些《史记》考证、文献

---

① 2013年10月20日,在"汉梁文化与《史记》学术研讨会暨中国《史记》研究会第十二届年会"上的闭幕词,河南商丘。

考证、文字考证等,也显示出深厚功底。还有些论文探讨《史记》创作主旨、口述史料、梁王与景帝关系、汉梁文化代表人物研究、《史记》文化建设、《史记》与民族精神等等,显示出一定的问题意识。

方法出新。《史记》是文史名著,是百科全书,因此,研究方法既有史学的理论和方法,又有文学的理论和方法;既注重严密的逻辑思维,又有艺术的形象思维;既有微观考证,也有理论分析。细读文本是本次会议论文的一大特色。另外,比较研究等方法的运用也是较为突出的一个方面。

队伍扩大。从年龄来看,老一辈学者韩兆琦、可永雪、袁传璋、张大可等继续发挥重要作用,中青年学者大量涌现,成为《史记》研究的生力军。从队伍广泛性来看,从事各方面文化研究的学者都有,除高校系统之外,还有其他行业,如文物考古、出版社等。尤其可喜的是,台湾学者李伟泰、林聪舜、蔡忠道等学者多年来一直参加大陆举办的《史记》会议,本次会议中他们不仅提交论文,还带领新的青年才俊参加会议,给会议增色不少。日本学者小泽贤二是日本当代《史记》研究专家,本次会议为《史记正义》研究提供了新的资料,也是亮点之一。

本次会议,还有一个重要成果就是商丘古城和汉梁文化考察。通过实地考察,大家加深了对《史记》及其历史文献的认识,加深了对商丘历史名城的认识。

本次会议的另一成果是研究会换届选举,产生了新一届组织机构(由研究会秘书长陈曦宣布)对此,我们表示热烈祝贺,并期待在新一届研究会组织领导下,把《史记》研究进一步推向深入,取得新的更大成就。

各位代表,《史记》研究已有两千多年的历史,取得了多方面的成果。如何进一步推动《史记》研究深入发展,是我们每个人都应思考的问题。我在十年前出版的《史记学概论》中提出建立"史记学"的体系框架问题,并提出《史记》研究应在综合化、理论化、多样化、立体化、世界化和生产化等方面进行努力。十年过去了,这些方面都取得了可喜成绩,但还应进一步加强、扩大领域、深化研究。期望通过大家的共同努力,使《史记》研究更上一层楼,以丰硕的成果迎接司马迁诞辰 2160 周年。

各位代表,本次会议形式上是大会与小会结合、理论研究与实地考察结合,队伍上是老中青结合、海峡两岸学者结合、中外学者结合,在理论探讨和方法上都有新的发展。本次会议能取得圆满成功,是与商丘师院领导的支持分不开的,与商丘师院文学院、汉梁文化研究中心的精心安排分不开的,也与为大会服务的许多工作人员的辛勤工作分不开。在此,让我们以热烈的掌声对以王增文教授为首的大会组委会表示衷心感谢!我们期盼着明年在云南红河相见!

谢谢大家!

专业期刊在学术研究中的引领作用①

——以新世纪 15 年《文学遗产》刊发唐前文学研究论文为例

《文学遗产》是研究中国古代文学、文化的专业期刊,已走过了 60 年的历程,对促进中国古代文学学术研究、弘扬民族优秀文化起了积极作用。尤其是进入 21 世纪以来,在引领学术潮流、推动学术研究、端正学术风气、传播学术信息等方面发挥了重要的示范作用。从 1999 年世纪之交开始到 2013 年共计 15 年,正是 21 世纪中国社会和文化的转型时期,学术研究也呈现出新的面貌。我们以这 15 年《文学遗产》刊发唐前文学研究论文为例,谈谈学术期刊在学术研究中的重要作用。

15 年来,《文学遗产》刊登了大量有关学术会议信息,并且开设了新书架、学人荐书、古代文学博士点介绍、博士新人谱等栏目,给读者提供了丰富的古代文学学术信息。就专题研究而言,据笔者粗略统计,学术论文、研究综述、读书札记、学者研究、学术广角、海外汉学等栏目共刊发文章 1896 篇。如果除去中国古代文学综合研究内容,就唐前文学研究而言,共刊发文章 375 篇,占总数的 19.78%。我们对这 375 篇文章做如下统计分析:

按时代分:先秦 85 篇,秦代 2 篇,两汉 88 篇,魏晋 46 篇,南北朝 102 篇,隋

---

① 本文刊于《文学遗产》编辑部编《文学遗产六十年》,作者:张新科、王晓鹃,社会科学文献出版社 2014 年 9 月出版。

代6篇,通论或以先秦两汉、秦汉、魏晋南北朝等为题的有45篇。从纵向来看,基本涉及唐前文学发展的各个时期,反映出文学从产生到逐步成熟的线索。

按义理、考据划分,义理176篇,考据199篇。由于古代文学遗产非常丰富,加之唐前文学独特的情况,尤其是有些文献离今天非常遥远,需要进行一定的辨析。因此,唐前文学的研究是以文献研究为基础,来展开文学研究的。

按文学史、文学理论划分,文学史302篇,文学理论73篇。古代文学研究,包括文学实践和文学理论两大方面。由于学科发展,古代文学理论已经成为独立的学科。一般的文学史著作都较少论述文学理论的发展情况,但《文学遗产》以《文心雕龙》和《诗品》为重点,积极展开唐前文学理论的探讨与研究。

按研究内容划分,由多到少,依次为《诗经》30篇,汉赋26篇,萧统与《文选》19篇,《楚辞》17篇,陶渊明16篇,神话及志怪等15篇,刘勰及《文心雕龙》13篇,庾信9篇,司马迁与《史记》7篇,钟嵘与《诗品》6篇,汉乐府6篇,佛学6篇,永明体6篇,《庄子》4篇,《汉书》4篇,《荀子》3篇,《左传》3篇,汉代政论文3篇,谢灵运3篇,陆机3篇,其他1到2篇不等。

从研究队伍来看,涉及中国社科院文学所以及国内高等院校的诸多研究者,既有功底扎实、学养丰厚的前辈学者,亦有思想敏锐、年富力强的中年学者。许多青年学者通过《文学遗产》的平台崭露头角。

通过以上的统计和研究内容,我们不难发现《文学遗产》在唐前文学研究中的下列特点和作用。

(一)关注前沿,具有一定的引领作用

唐前文学,时间跨度漫长,社会形态多样(原始社会、奴隶社会、封建社会),文化背景多元(儒释道相交融),文体形式复杂,是中国文学、文化的源头和基础,具有文史哲三位一体的特点。唐前文学研究也是时间长、成果多,尤其是进入新时期以来,随着改革开放的春风,学术研究进入健康发展的轨道。《文学遗产》杂志以敏锐的眼光,关注学术前沿,发表了一系列具有创新意义的论文。进入新世纪之后,《文学遗产》在社会转型、文化多元的氛围中,办刊水平更是不断提升,因而发挥了引领学术潮流的重要作用。具体表现为:

第一,提出新话题,开辟新领域。除综合性研究涉及古代文学研究中的"二

重证据""三重证明",古代文学的传播,古代文学史的边界,古代的文学教育,古代文学研究的国际化、技术化、包容性等问题外,就唐前文学研究而言,刊发的论文也提出许多新的话题。比较突出的如曹道衡《关中地区与汉代文学》(2002/01)一文,较早以宽阔的文化视野考察了关中文化兴衰的历史背景及其发展脉络;《西魏北周时代的关陇学术与文化》(2002/03)一文,则对北朝时期的关陇文化进行全面阐述。两篇论文对于认识唐前关中文学具有重要意义。此后冉耀斌《三秦诗派及其文化品格》(2008/05)一文进一步对关中地区诗歌进行研究。曹道衡还有《东汉文化中心的东移及东晋南北朝南北学术文艺的差别》一文(2006/05),对文化重心转移带来的文学变化进行探讨。这种地域文学的研究,在《文学遗产》受到重视。杨义《重绘中国文学地图》(2003/05)、林涓、张伟然《巫山神女:一种文学意象的地理渊源》(2004/02)、刘跃进《江南的开发及其文学的发轫》(2007/03)、《秦汉时期的"三楚"文学》(2008/05)等,都具有代表性,为学术界文学地理学的发展做出了重要贡献。又如董乃斌《文学史无限论》(2003/06)、徐公持《文学史有限论》(2006/06)两文,对我们理解"文学史观念""文学史材料""文学史体式"等方面均有启发意义,"无限论"与"有限论"都提出了文学史发展中重要的命题。又如陈桐生《从出土文献看七十子后学在先秦散文史上的地位》(2005/06)一文,利用郭店楚墓竹简与上海博物馆藏战国楚竹书等资料,将其与七十子后学著述的《论语》、大小戴《礼记》、《孝经》、《仪礼》等作品进行对比,提出"七十子后学散文"的概念,从而打通了先秦历史散文与先秦诸子散文之间的联系,提出了新的先秦散文发展观。又如杨义《〈论语〉还原初探》(2008/06)一文,是作者"诸子还原"系列论文之一种,把《论语》放到当时的历史文化环境中进行认识,还原其本来面目,为先秦诸子文本的编纂体例形成过程及其思想体系的形成提供了有益的借鉴。利用"还原"理论进行文学探讨的还有范子烨《诗意地栖居与治静的激情——对陶渊明〈归园田居〉五首的还原阐释》(2011/05)一文,对于深入理解陶渊明很有启发意义。再如赵辉《先秦文学主流言说方式的生成》(2012/03)一文,根据发生学的理论,提出先秦文学的"限定时空说",颇有新意。还有吴承学、沙红兵《中国古代文体学学科论纲》(2005/01)提出建构中国古代文体学的新思想,马银琴《齐桓公时代〈诗〉的结集》(2004/03)、《战国时代〈诗〉的传播与特点》(2006/03)、《周秦时代秦国儒学的生存空间——兼论〈诗〉在秦国的传播》(2011/04)、陈桐生《传播在战国文学发展中的地位》(2013/06)等提出文学传播在文学发展中的重要作用等等。这些新思想、新学说,开辟了唐前文学研究的新领域,具有重要意义。

第二,深化传统研究,探寻文学规律。唐前文学研究在新世纪之前已取得丰硕成果,如何进一步深化研究,许多学者作出了努力。郭杰《〈诗经〉对答之体及其历史意义》(1999/02)、《从〈生民〉到〈离骚〉——上古诗歌历史发展的一个实证考察》(2001/04)两文,对《诗经》文体进行了深入探讨。启功《汉语诗歌的构成及发展》(2000/01)、葛晓音《论早期五言体的生成途径及其对汉诗艺术的影响》(2006/06)、《先唐杂言诗的节奏特征和发展趋向——兼论六言和杂言的关系》(2008/03)等,从诗歌文体内在特征出发,探讨诗歌尤其是唐前诗歌发展的规律。石昌渝《论魏晋志怪的鬼魅意象》(2003/02)、韦凤娟《另类的"修炼"——六朝狐精故事与魏晋神仙道教》(2006/01)、《从"地府"到"地狱"——论魏晋南北朝鬼话中冥界观念的演变》(2007/01)、《魏晋南北朝"仙话"的文化解读——关于超越生死大限的话语表述》(2008/01)、普慧《汉代巫鬼崇拜及其对六朝鬼神文学的影响》(2013/5)等,结合社会文化背景,探讨汉魏六朝时期鬼神文学的发展。汪春泓《论王俭与萧子良集团的对峙对齐梁文学发展之影响》(2006/03)、李洲良《论春秋笔法与诗史关系》(2006/05)、钱志熙《从群体诗学到个体诗学——前期诗史发展的一种基本规律》(2005/02)、徐公持《衰世文学未必衰——以魏晋南北朝文学为例》(2013/01)等,深入探讨文学发展中的各种内在联系。马昌仪《山海经图:寻找〈山海经〉的另一半》(2000/06)、江林昌《图与书:先秦两汉时期有关山川神怪类文献的分析——以〈山海经〉〈楚辞〉〈淮南子〉为例》(2008/06)等,结合先秦时期图画与文字的关系,探讨《山海经》等文本的独特性。曹道衡、罗宗强、徐公持《分期、评价及其相关问题——魏晋南北朝文学研究三人谈》(1999/02),就魏晋南北朝文学的分期、评价等问题进行探讨。另外如曹道衡《论东晋南朝政权与士族的关系及其对文学的影响》(2003/05)、李剑锋《论江州文学氛围对陶渊明创作的影响》(2004/06)、赵敏俐《先秦两汉琴曲歌词研究》(2010/02)、谭家健《〈左传〉的美学思想》(2010/03)、张新科《〈史记〉文学经典的建构过程及其意义》(2012/05)、罗军凤《〈左传〉与口头文学研究》(2013/02)、王思豪《一个被遮蔽的语体结构选择现象——论汉赋用

〈诗〉"诗曰"的隐去》(2013/04)等文或深化传统研究,或探讨文学发展规律,都有较强的学术价值。

第三,挖掘新材料,探索新方法。唐前文学研究,不只是简单的传世的主流文献文本的研究,随着考古学的不断发展,唐前文学研究中新材料的挖掘也值得注意。21世纪以来,许多学者结合各种文献探讨唐前文学,如汪春泓《从铜镜铭文蠡测汉代诗学》(2004/03)、张廷银《古代文学史研究的非经典文献——从地方志、族谱和佚名评注说起》(2008/05)、李学勤、裘锡圭《新学问大都由于新发现——考古发现与先秦、秦汉典籍文化》(2000/03)、汤漳平《再论楚墓祭祀竹简与〈楚辞·九歌〉》(2001/04)、董芬芬《从侯马、温县载书看春秋誓辞及誓约文化》(2008/04)、刘冬颖《出土文献与先秦时期的楚地儒家传〈诗〉》(2009/02)等文,或注意考古文献资料,或挖掘非经典文献,都对唐前文学研究提供了新的材料和新的研究方法。关于这方面的成就,在下文有进一步的论述。

(四)视野开阔,研究丰富。唐前文学的发展不是孤立的,它与社会政治、经济、文化等有密切关系。21世纪以来的唐前文学研究,也注意到了研究视野的开阔。刘跃进《秦汉文学史研究的困境与出路》(2003/06)一文,就强调视野的重要性,提出了文学史研究的三重境界说。作者认为,文学史研究最基础性的工作当然是回归原典,即根据秦汉文学史的实际,尽可能地勾画出当时的文学风貌、文体特征及文学思想的演变过程。在此基础上,才有可能进入综合研究境界。这里所说的"综合研究"不是一般意义上的泛泛而论的大视角,而是对各种文体、各门学科做通盘的考察,创造出一种全新形态的文学史框架。而文学史研究的最高境界应当是对文学史做更加理性的思考,进而创建具有中国特色的文学理论命题及文学理论体系。许多学者在研究问题时,或结合社会文化背景,或结合其他民族文化,取得了突出成就,如白化文《三生石上旧精魂——汉文学对通过佛教经典传来的古代南亚次大陆文学素材的使用与扬弃》(1999/05),姚小鸥《〈鲁颂·駉〉篇与周礼的关系及其文化意义》(2002/06)、刘丽文《春秋时期赋诗言志的礼学渊源及形成的机制原理》(2004/01)、王小盾、金溪《经呗新声与永明时期的诗歌变革》(2007/06)、王德华《东汉前期赋颂二体的互渗与散体大赋的走向》(2004/04)、《东汉前期京都赋创作时间及政治背景考论》(2008/02)、徐兴无《西汉武、宣两朝的国家祀典与乐府的造作》(2008/04)、鲁洪生《汉赋源于〈周礼〉"六诗"之赋考》(2009/06)、傅道彬《"六经皆文"与周代经典文本的诗学解读》(2010/05)、许继起《周代助祭制度与〈诗经〉中的助祭乐歌》(2012/02)、胡大雷《论"语体"及文体的前"文体"状态》(2012/01)、赵敏俐《读士仕进与精思著文——论汉代官僚士大夫与文人文学之关系》(2013/03)、韩高年《春秋卜筮制度与解说文的生成》(2013/06)等文,都注意到文学发展背后的复杂因素。特别是徐公持《"义尚光大"与"类多依采"——汉代礼乐制度下的文学精神和性格》(2010/01)、《论秦汉制式文章的发展及其文学史意义》(2012/01)、《"礼乐争辉"与"辞藻竞骛"——关于秦汉文学发展的制度性考察》(2011/01)等系列论文,把秦汉文学的发展置于礼乐制度的背景之下,避免了单纯的文学发展论。又如唐前文学活动与文学的关系,刘跃进《东观著作的学术活动及其文学影响研究》(2004/01)、刘怀荣《论邺下后期宴集活动对建安诗歌的影响》(2005/02)、吴光兴《论萧纲的文学活动及其宫体文学理想》(2006/04)、陈君《论汉代兰台文人及其文学活动》(2008/04)等,都进行了有益探索。对于宫体文人及文学,也有较深入的研究,如胡大雷《宫体诗与南朝乐府》(2001/6)、傅刚《南朝乐府古辞的改造与艳情诗的写作》(2004/03)、何诗海《齐梁文人隶事的文化考察》(2005/04)等。还有一些以往不大被人注意的作家或文献,此时也受到重视,如刘跃进《〈独断〉与秦汉文体研究》(2002/05)、孙少华《孔臧四赋与西汉诗赋分途发微》(2009/02)、刘明怡《〈风俗通义〉的文体特点及其文学意义》(2009/02)、陈庆元《大明泰始诗论》(2003/01)等。一些考释论文,也注意到文学发展与学术发展的关系,如罗宗强《释〈章表〉篇"风矩应明"与"骨采宜耀"——兼论刘勰的杂文学观念之一》(2007/05)、许结《西汉韦氏家学诗义考》(2012/04)等文,或从一句话引出大问题,探讨刘勰的大文学史观念,或从家学渊源探讨《诗经》在汉代的传授情况,颇有深度。

其他如陈庆元《论颜谢、沈谢齐梁间地位的升降得失》(1999/01)、刘明华《理想性·神秘性·历史真实——对〈桃花源诗并记〉的多重解读》(1999/01)、王钟陵《〈庄子〉中的大木形象与意象思维》(1999/06)、王宜瑗《六朝文人挽歌诗的演变和定型》(2000/05)、姜必任《庾信对北朝文化环境的接受》(2001/05)、曹虹《慧远及其庐山教团文学论》(2001/06)、刘畅《三不朽:回到先秦语境的思想梳理》(2004/05)、许志刚《〈子虚赋〉〈上林赋〉:艺术转型与新范式的确立》(2005/03)、普慧《佛教对中古文人思想观念的影响》(2005/05)、孙尚勇《论吴歌〈六变〉的"因事制哥"》(2006/05)、蒋振华《汉魏两晋南北朝文人诗序论略》(2008/03)、梁葆莉《从秦始皇巡行看秦代的精神探索和文学表现》(2008/05)、许结《说"渊懿"——以西汉董、匡、刘三家奏议文为例》(2008/05)、钱志熙《论〈文选·咏怀〉十七首注与阮诗解释的历史演变》(2009/01)、范子烨《颍水之思与鸿儒之道:陶渊明〈示周掾祖谢〉诗解》(2009/03)、马世年《〈荀子·赋篇〉体制新探 ——兼及其赋学史意义》(2009/04)等,显示出唐前文学研究内容的丰富性。

(二)关注经典,致力唐前典型文学研究

在多年的学术积淀和办刊宗旨的影响下,《文学遗产》一贯倾向于对传统文化和经典文学的弘扬与研究,《诗经》学、萧统与《文选》、陶渊明、庾信、司马迁与《史记》等,自然是其重点研究对象。兹举两例:

第一,《诗经》学。《诗经》是中华民族的文化元典,是古代文化的代表,具有多学科的性质。15 年来,《文学遗产》共发表《诗经》学论文 30 篇,在刊发唐前文学研究论文中占第一,涉及《诗经》的编纂、内容、流变、传播、价值等诸多问题。如夏传才《国外〈诗经〉研究新方法论的得与失》(2000/06)一文,从西方的传统阐释学、现代接受美学、文学本体论、语言学研究、精神分析理论及文化人类学等方面评述国外《诗经》研究方法论,并论述其得失。论文不但视野开阔,而且在方法论上具有指导意义。聂鸿音《西夏译〈诗〉考》(2003/04)一文,从西夏文典籍中辑录西夏人翻译的《诗经》文句 26 则并考察其义训正误,发现西夏《诗经》译例中有半数均存在不同程度的误解,有的甚至可以说是严重失误,说明西夏知识分子对于《诗经》并不像我们预期的那样熟悉,以《诗经》为代表的中原古典文学没能成为党项文人文学的滋养。论文视角新颖,让人眼前一亮。

郭店楚墓竹简和上海博物馆藏战国楚竹书等新材料的出土,也为《诗经》学的深入研究提供了条件。刘冬颖《出土文献与先秦时期的楚地儒家传〈诗〉》(2009/02),结合新近出土的大量楚地文献,从先秦楚地《诗》学的传播及理论入手,证明楚国确实受到儒家"诗教"思想的极大影响,其对《诗》的接受与认同

的程度可能远在中原各国之上。常森《论简帛〈五行〉篇与〈诗经〉学之关系》（2009/06）一文，认为《五行》的核心内容是五种"德之行"，是"善""德"等道德境界或人格的生成图式，其中有些图式乃是由《诗经》作品的情感图式转化而来的。在这一方面《草虫》一诗对《五行》有非常深刻的影响。而对《鸤鸠》《燕燕》等诗的解读，更成为《五行》核心观念——"慎独"和"舍体"建立的重要基础。《五行》谓《关雎》"繇色榆于礼"，直接承继着上海博物馆所藏简书《诗论》的话题，显示了《诗经》学的进展；其就《鸤鸠》《燕燕》说"兴"的内容则是现在所知最早把"兴"作为诗歌写作体式来探讨的材料，向下与《诗序》《毛传》等传世《诗经》学著作衔接，补足了《诗经》学史上的一段空白。吴洋《上博（四）〈多薪〉诗旨及其〈诗经〉学意义》（2013/06），认为上博所藏《多薪》一诗与传世《诗经》关系密切，并对《多薪》字句和修辞进行考察，又提出此诗亦"薪"象征非血缘关系的社会关系，具有启发意义。

其他如李山《〈诗·大雅〉若干诗篇图赞说及由此发现的〈雅〉〈颂〉间部分对应》（2000/04）、林家骊《〈诗·魏风·伐檀〉中"鹑"当作"雕"解》（2002/01）和邵炳军《〈板〉〈召旻〉〈瞻卬〉三诗作者为同一凡伯考论》（2004/05）等文，是对《诗经》具体篇章的考论。王泽强《〈诗经〉中楚国歌谣缺失的原因》（2007/04）、郝桂敏《〈齐诗〉亡佚时间纠谬》（2008/02）、方瑞丽《〈齐诗〉〈鲁诗〉亡佚时间再辨》（2012/04）等文，是对《诗经》传播学的探究。鲁洪生《论郑玄〈毛诗笺〉对兴的认识》（2006/01）和王洲明《关于〈毛诗序〉作期和作者的若干思考》（2007/02）两文，是对《毛诗序》的作者和特征的思考。其他论文，如郭杰《〈诗经〉对答之体及其历史意义》（1999/02）、韦春喜《论汉代文学培养、选拔对〈诗经〉的影响》（2011/06）和曹建国《论先秦两汉时期〈诗〉本事》（2012/02）等也各有侧重，无疑在一定程度上深化了《诗经》的研究，也引导了学术的潮流。

第二，《文选》学研究。15年来，萧统及《文选》学研究持续升温，《文学遗产》先后刊发18篇论文，对《文选》的版本、编者、成书、宗旨、作品等各方面都予以关注。其中，许逸民《〈文选〉编撰年代新说》（2000/4）认为："萧统受敕修《华林遍略》的触动，自天监十五年开始撰集诗文合集《类文》，天监末成千卷巨帙。在《类文》初具规模时，又决定约略为适中的选本，在普通初成《文选》三十卷。"曹道衡《试论〈文选〉对作家顺序的编排》（2003/02）认为，《文选》"出于众手，且编纂时间仓促",曹道衡又指出《文选》以《诗苑英华》为基础删改而成,昭明生前尚未最后加工完成,《文选》的编纂曾经参考和借鉴过前人已有的选本(《关于〈文选〉研究的几个问题》)。王立群《〈文选〉成书考辨》(2003/03)则指出《文选》是据前贤总集二次选编的再选本,萧统对前贤编纂的总集中的名作后未能进行体例统一,部分原因在于对前贤总集的过度信任,而"《文选》所选多为历代公认的名作,故《文选》成书殊非难事。昭明以一人之力,再辅之若干助手,即可迅速纂成此书。"另外,王立群《超越旧"成说"开拓新领域——关于〈文选〉研究的断想》(2005/02)一文,在讨论现代《文选》学建立的基础上研究《文选》,使《文选》学研究模式由单一到多元,由局部到整体,颇有新意。傅刚多年来专注于《文选》学,其《〈文选集注〉的发现、流传与整理》(2011/05)等文,使《文选》学研究的深度和广度都有加强。

对其他唐前著名文学家和经典作品,如陶渊明、庾信、司马迁与《史记》等,《文学遗产》也给予了充分关注,刊发了不少论文,收获较大,对相关研究也有极大启发和帮助。

(三)注重史料,提倡言之有物

21世纪以来,《文学遗产》发表各类先唐考据文章199篇,占多一半,涉及先唐文学文化的方方面面。这些论文,大体可以分为两类:

一是对人物及其生平行事的考证。如蒋方《"女婴"之角色及其意义探析》(1999/03)、曹胜高《鬻子考索》(2000/02)、李剑国《干宝考》(2001/02)、徐公持《潘岳早期任职及徙官考辨》(2001/05)、李雁《谢灵运被劾真相考——兼考谢灵运之卒期》(2001/05)、吉定《庾信诗〈集周公处连句〉中"周公"辨正》(2002/02)、姜剑云《谢灵运翻译〈金刚经〉小考》、韩格平《竹林七贤名义考辨》(2003/02)、顾农《陆云生平事迹二题》(2004/03)、田耕滋《屈原被疏原因探幽》(2005/04)、薛永武《从先秦古籍通例谈〈乐记〉的作者》(2005/06)、顾农《陶渊明的"僮仆"》(2005/06)、许继起《两汉掖庭女乐考论》(2006/02)、丁福林《〈望荆山〉诗所反映的江淹生平仕履问题》(2006/02)、周建忠《屈原"流放江南"考》(2007/04)、龙文玲《〈长门赋〉作者与作年》(2007/05)、范子烨《司马迁遭受宫刑原因新说》(2008/01)、陈传万《从书籍编纂看中古文学的兴盛》(2008/02)、顾农

《〈兰亭集序〉真伪问题的再思考》(2008/01)、胡迎建《渊明〈游斜川〉诗序地名索解》(2008/03)、张庆民《干宝生平事迹新考》(2009/05)、李思清《钟嵘所任"征远记室"主官考》(2009/05)、李洪亮《曹植家庭变故考论》(2011/04)、徐文明《周颙卒年研究》(2011/04)、柏俊才《刘向生卒年新考》(2012/03)等。作家生平考证是知人论世的基础,对研究作品十分重要。大量的考证论文大都以事实为依据,具有较强的说服力,如赵逵夫《赵壹生平著作考》(2003/01)就汉代作家赵壹生平事迹的若干问题做了辨析,包括赵壹的名与字、籍贯、生卒年及其重要作品的写作年代等,从而澄清了赵壹研究中的许多细节问题。

二是对作品的考证。如:牛贵琥《庾信入北的实际情况及与作品的关系》(2000/05)、林怡《庾信作品考辨二则》(2000/05)、马银琴《〈毛诗〉首序产生的时代》(2002/02)、林明华《〈九章〉之写作年代及其内在联系》(2002/02)、潘啸龙《关于〈招魂〉研究的几个问题》(2003/03)、徐有富《先唐别集考述》(2003/04)、张廷银《〈敕勒歌〉异文小识》(2004/03)、刘志伟《〈语林〉与〈世说新语〉"捉刀"条考论》(2004/05)、胡政《〈哀江南赋〉作年考辩》(2004/05)、王晖《柏梁台诗真伪考辨》(2006/01)、李诚《汉人拟楚辞入选〈楚辞〉探由》、孙明君《〈拟魏太子邺中集诗八首〉作年臆度》(2006/03)、张强《贾谊赋考论四题》(2006/04)、周苇风《〈楚辞〉编纂体例探微》(2006/05)、杨鉴生《曹丕〈柳赋〉作年考》(2006/05)、吴承学、李晓红《任昉〈文章缘起〉考论》(2007/04)、王青《舆服官制的变化看〈陌上桑〉的创作年代》(2007/02)、李川《〈天问〉"文义不次序"问题谫论》(2009/01)、吴晶《〈洛阳伽蓝记〉体例质疑》(2009/05)、何世剑《〈庾信集〉佚文辨正三则》(2010/05)、刘明《敦煌唐写本〈玉台新咏〉考论》(2010/05)、何世剑《庾信集佚文辨证》(2010/05)、毕宝魁《陆贾〈新语〉错简现象探微》(2010/05)、刘运好《〈弹歌〉杂考》(2010/06)、黄大宏《隋〈谈薮〉及其作者阳玠考》(2011/01)、尹冬民《庾信〈哀江南赋〉"胡书"新证》(2011/04)、汪春泓《读〈史记·屈原贾生列传〉献疑》(2011/04)、曾祥旭《班固〈两都赋〉作年考》(2011/06)、范志新《〈文选·咏怀诗〉未标明姓氏注文的归属问题》(2011/06)、徐建委《〈左传〉早期史料来源与〈风诗序〉之关系》(2012/02)等。作品考证往往解决一些疑难问题,给学术研究提供新的依据,如赵逵夫《〈惜诵〉〈涉江〉的窜简问题再议》(2011/06)一文,对《惜诵》和《涉江》的窜简问题提出了独到的见解。虽然多数学者都能看出《惜诵》与《涉江》这两篇编排上相邻近的作品之间的问题，但多不愿意承认有窜乱，而曲为之解。作者认为这是对屈原整个创作风格的发展变化缺乏认识所致，也是学术上缺乏守正和创新的勇气所致。

另外还有对与文学密切相关的典章制度等的考证。如卜键《角抵考》（2000/02）、贾海生《洛邑告成祭祀典礼所奏乐歌考》（2001/02）、赵树功《魏晋六朝"文义"考释》等。

这些考证，对进一步研究作者与作品及某一时期的文学现象、文化特色等都有积极意义，对深化文学史和文化史研究也大有裨益。尤其可贵的是，《文学遗产》能够及时捕捉新史料，发表新观点，倡导新学风。这一点，从《文学遗产》发表的一系列关于郭店楚墓竹简和上海博物馆藏战国楚竹书的论文中就能得到印证。

1993 年秋，在湖北荆门郭店一号楚墓（战国中期偏晚）发掘中，出土百余枚竹简，立刻引起海内外学术界的关注。经过五年的整理，确定有 804 枚，其中有字简 730 枚，共计 13000 多个汉字。郭店楚墓竹简 16 篇被确定为先秦时期的文献，有《老子》《太一生水》《缁衣》《鲁穆公问子思》《五行》等篇，内容涉及儒、道两家。此外，还有《语丛》4 组。1994 年春，香港文物市场上出现了一批战国楚文字竹简，后由上海博物馆藏收藏，学界称"上海博物馆藏战国楚竹书"。经整理辨认，共得完整及残缺简片 1200 余枚，文字 3 万余，可分为 80 余篇文章。1995 年至 1997 年，上海博物馆陆续将楚竹书整理注释（《上海博物馆藏战国楚竹书》（一），上海古籍出版社 2001 年版）。这两批出土竹简，无疑为先秦文学的研究提供了许多新资料。

站在学术前沿的《文学遗产》迅速抓住了这个讯息，并在 2000 年第 3 期《文学遗产》上率先发表李学勤、裘锡圭二先生的《新学问大都由于新发现——考古发现与先秦、秦汉典籍文化》一文，从"考古发现与二重证据法""简帛佚籍与古籍整理""考古发现与文学史、文明史研究""为什么要走出疑古时代"四个方面，高屋建瓴地指出考古发现对先秦、秦汉典籍文化研究的重大意义和深远影响。2000 年 8 月 19 日至 25 日，北京大学举办"新出简帛国际学术研讨会"，会上上海博物馆送展 31 枚竹简《诗论》。随即，一批与竹简相关的论文相继发表。如：郑杰文《上博藏战国楚竹书〈诗论〉作者试测》（2002/04），立足上博藏 29 支说《诗论》简、《论语》《孟子》《礼记》载孔子说《诗》解《诗》资料83条、《左传》《国语》说《诗》引《诗》资料317条为基础材料，比较了竹书《诗论》与孔子说《诗》在思想观念与解《诗》方法上的差异，证明了竹书《诗论》的作者不是孔子，孔子说《诗》与竹书《诗论》分属不同的先秦《诗》学系统。江林昌《上博竹简〈诗论〉的作者及其与今传本〈毛诗序〉的关系》（2002/02），进一步说明竹简《诗论》既可能是失传了两千年的子夏《诗序》，也可能是《毛诗序》的原始祖本。竹简《诗论》的基本观点大多为《毛诗序》所继承。作者用确凿的资料，证实《毛诗序》确实传自子夏。与此相反，柯马丁《说〈诗〉：〈孔子诗论〉之文理与义理》（2012/03）一文，从上博所藏《诗论》竹简的修辞模式入手，提出《诗论》不是关于《诗经》的综论，也不能仅凭推测便将之系于古代中国的某位名人名下的观点，并对《毛诗传》和自宋代以来的现代读法本身提出了质疑。这些观点，尽管还不是定论，但无疑有助于学术争鸣的展开和良好学风的生成。

同时，郭店楚墓竹简中的《缁衣》也引起学者的广泛关注，如虞万里《〈缁衣〉、从简本〈缁衣〉论〈都人士〉诗的缀合》（2007/06），以新出竹简《缁衣》与传本的异文为切入点，推考小序的形成和汉代四家诗的兴衰沿革，可证《缁衣》简本和传本所引分别是《彼都人士》一诗不同的诗章，与《都人士》后四章非同一首诗。周泉根《原〈缁衣〉古本初步》（2012/05），则通过《缁衣》竹本和世传本的引《诗》舛错、受话主体和章序差异等，初步恢复了《缁衣》古本，发现《缁衣》引《诗》一章一引的体例，让各章引《诗》各就各位，并指出物理空间上相邻而误是章序引《诗》舛错的主要因素。高华平《环渊新考——兼论郭店楚墓竹简〈性自命出〉及该墓墓主的身份》（2012/05），认为环渊是一位约与孟子同辈、由楚之齐的稷下道家学者，但与蜎子（蜎渊、蜎、便蜎）、玄渊（涓子）并非一人。环渊所著的"上下篇"，应该就是新近出土的郭店楚简《性自命出》篇，而郭店一号楚墓的墓主也极有可能就是环渊。

上述研究，均建立在真实的材料之上，论题新颖，论证严密，既具有创新性，又让人心服口服，自然为研究先秦文学的发展规律和先秦文学文化提供了一个个可以证实的成例。这也体现出《文学遗产》一贯坚持的办刊宗旨，即"以新观点、新方法、新材料为主题"的原则。

（四）总结经验，努力勾勒学术发展史

多年来，《文学遗产》在深入研究古代文学的同时，还及时总结中国古代文学的成就和经验，作为以后研究的借鉴。21世纪以来，先后刊发了5篇专门的学术史论文，另外还有一些学术总结和学人研究，对于读者全面了解学术发展起到了积极作用。

先就专题论文来说，吴云《"陶学"百年》（2000/03）一文，对19世纪末到20世纪末的陶渊明研究进行整理，将其划分为1898年到1928年、1928至1949年、1949至1978年、1978至1999年四个阶级，并分述四阶段的基本情况，勾勒其发展的大体线索。作者认为20世纪80年代中期以来，陶学研究逐渐融入其他科学观念和方法，如社会学、美学、心理学、民俗学等等，尤其是文化学研究视角的确立，给陶学带来了新的气象。陈桐生《百年〈史记〉研究的回顾与前瞻》（2001/01）一文，从四个方面评述百年《史记》研究状况，最后又对未来《史记》研究做了展望，并提出六点意见：一是深入贯彻马克思主义实事求是的精神，避免生搬硬套诸如唯物主义、唯心主义之类的概念。二是注重《史记》文化精神的研究。三是继续加强《史记》训诂、校勘、版本、目录、考据等基础性研究，做到考据与阐释并重。四是继续致力于《史记》重点难点问题研究，对某些走到尽头的专题要尝试运用新理论、新方法来实现某些突破。五是注重《史记》与中华文化学术关系的系统研究。六是加强《史记》研究的组织、规划和交流工作。可谓切中要害。赵敏俐《20世纪汉代诗歌研究综述》（2002/01）一文，将汉诗分为从魏晋到清末、1920年到1949年、1949年到1976年、1976年以后到20世纪末、20世纪港台和国外五部分，又从文献考证、艺术分析及理论阐释等方面对汉代诗歌研究成就详加介绍，并实事求是地指出存在的两个问题：一是文献资料的缺乏和考证方法上存在着偏差；二是研究缺乏结合历史文化美学等学科领域。马庆洲《六十年来〈淮南子〉研究的回顾与反思》（2010/06）一文，从《淮南子》文本的整理及注译、《淮南子》的作者及成书研究、《淮南子》与先秦文献关系的研究、《淮南子》的思想研究、《淮南子》自然科学成就的研究、《淮南子》文学方面的研究及其他方面的研究七个方面入手，对中华人民共和国成立60年以来的《淮南子》研究作出微观梳理和宏观分析，态度严谨，论证严密。刘德杰《蔡邕研

究百年回顾与展望》(2011/04)一文,对百年蔡邕研究中的生平、著作、碑文、辞赋、书法、音乐及其他等问题都进行了综述。纵观百年蔡邕研究,作者认为蔡邕的生平、作品系年、别集校注等基础文献的整理研究方面,已取得了比较坚实的成果;关于蔡邕的碑文、辞赋、文风、文体学成就以及他在汉魏文风转变中的作用等整体性问题,也已达成基本共识;对蔡邕的思想、经史成就、文艺主张等也有所探究,将来应该加强对蔡邕的章表、奏疏等应用文、蔡邕与地域文化的关系、蔡邕与传统学术之间的内在联系等方面的研究。

其他综合总结如:袁行霈《走上宽广通达之路——新时期古代文学研究的趋向》(2008/01)、胡明《为最近三十年的中国古代文学研究立块碑石》(2008/01)等,既总结成绩,又分析趋向,视野开阔,具有指导意义。学者研究如:张连科《逯钦立的汉魏六朝文学研究业绩》(1999/05)、葛晓音《诗性与理性的完美结合——林庚先生的古代文学研究》(2000/01)、王长华《余冠英的〈诗经〉研究》(2000/02)、朱杰人和戴从喜《程俊英的学术思想渊源与〈诗经〉研究》(2007/01)、熊良智《汤炳正先生〈楚辞〉研究的学术贡献》(2009/02)、廖群《高亨文献考据的治学方法及其学术价值》(2009/06)、刘跃进《刘师培及其汉魏六朝文学研究引论》(2010/04)、郑杰文《董治安先生学术研究的成就与方法》(2013/01)、金程宇《论钱锺书先生的骈文观》(2013/03)等,这些学术大家的学术成就、学术方法、学术道德,都给当今研究者树立了典范。文体研究和文学表现手法研究的总结如宁俊红《20世纪骈文研究若干问题述评》(2007/04)、刘怀荣《20世纪以来赋、比、兴研究述评》(2008/03)、常森《中国寓言研究反思及传统寓言视野》(2011/01)等,也反映了唐前文学研究的基本成就。此外,进入新世纪后,《文学遗产》及时推出"新世纪十年论坛",从2011年第6期到2012年第3期,共发表16篇文章,总结古代文学研究的经验,对促进唐前文学研究也具有重要意义。

综上,《文学遗产》作为研究中国古代文学、文化的专业期刊,在引领学术潮流和推动学术研究方面发挥了重要的示范作用。不过,任何一种期刊,都不可能做到尽善尽美,《文学遗产》也不例外。从上文可以看出,先唐文学还有许多可挖掘的领域,亦有许多问题值得深入研究。兹提出三点建议:

第一,建立均衡的研究格局,以中国古代文学作品为本体,加强对中小作家的关注力度,同时关注未被重视的领域。从研究对象来说,《文学遗产》15 年以来发表的这 345 篇论文(不包括短篇札记),关注唐前诗歌的有 104 篇,散文 36篇,辞赋 28 篇,文论 73 篇,神话及志怪等 15 篇,综述类 5 篇,其他 84 篇,显然以诗歌和文论为主,散文和辞赋相对较少,呈现出不平衡性。就诗歌而言,关注《诗经》的有 30 篇,《楚辞》17 篇,陶渊明 16 篇,庾信 9 篇,汉乐府 6 篇,永明体 6篇,谢灵运 3 篇,宫体诗 3 篇,沈约 2 篇,《古诗十九首》1 篇,阮籍 1 篇,嵇康 1篇,谢朓 1 篇,潘岳 1 篇,任昉 1 篇,江淹 1 篇,其他 5 篇,关注点同样在传统话题和大家身上,亦呈现出不平衡性。就散文而言,关注先秦散文的有 18 篇(《庄子》4 篇,《荀子》3 篇,《左传》3 篇,《论语》2 篇,《老子》1 篇,《春秋》1 篇,《孟子》1 篇,《国语》1 篇,《战国策》1 篇,《韩非子》1 篇),两汉 12 篇(《史记》与司马迁 7 篇,《汉书》3 篇,汉代政论文 2 篇),魏晋南北朝 6 篇(颜延之 2 篇,《洛阳伽蓝记》2 篇,《水经注》1 篇,《世说新语》1 篇),也以先秦和两汉为主。73 篇文学理论文章中,与刘勰和《文心雕龙》有关的有 13 篇,与《诗品》和钟嵘有关的有6 篇,与陆机与《文赋》有关的有 3 篇,同样以《文心雕龙》和《诗品》为主。发表的唐前辞赋研究论文共 28 篇,其中 26 篇就是汉赋。因此,《文学遗产》和学界一样,关注的都是传统话题和经典作品。我们知道,文学发展的历史是纷繁复杂、千绪万状的,这个历史常常被时间不断洗刷而呈现出作品经典化与线索清晰化的状态,而伴随着这种经典化与线索化而来的,又常常是文学巨星的突显与大量文学史料与众多不知名作家的边缘化乃至被埋没。于是,文学研究的一个重要任务,便是梳理史料,还原历史原状与钩稽被边缘化了的众多不知名作家的文学价值。而随着考古发现的不断深入,这一目标将会变得日渐清晰。

第二,进一步加强国际交流,促进文献资源的共享和研究方法的互动。日本作为海外汉学重镇,保存了较多的原始材料;而欧美学者对汉学的研究往往独辟蹊径。这些都能为我们提供了弥足珍惜的"他山之石"。从某种意义上说,中外学者学术思想的碰撞互动和研究成果的借鉴互补正是深化甚至重构研究空间的重要动力。这一点,《文学遗产》在唐前文学这一方面,更需要努力。因为这 375 篇唐前文学研究论文,国外的研究成果只有 1 篇,即《说〈诗〉:〈孔子诗论〉之文理与义理》(2012/03),是由美国普林斯顿大学东亚研究系的柯马丁撰写。其实,《文学遗产》也已意识到了这个问题:"新世纪十年,古典文学研究逐渐融入国际化的轨道。如何处理好本土化与国际化的问题,是否一切都以西方的标准要求我们的研究,现在也成为问题。强调国际化,应当有一种平和的心态,不能做廉价的吹捧,更不应该挟洋人自重,洋腔洋调。"(刘跃进《文学史研究的多种可能性——"新世纪十年"论坛致辞》2011/05)但是,学界更关心《文学遗产》是如何去做。这应该是一个迫切而棘手的问题。

第三,在注重考据的基础上,重视文学本位、文学规律、文学理论的分析,以探讨文学史发展的内部与外部因素。在近 15 年刊发的有关唐前文学的 375 篇论文中,理论探讨的比例相对较低。这一点,刘跃进先生也说得非常清楚:"上世纪 90 年代,本刊又曾就文献与理论的关系问题进行过比较深入的思考。思考的缘由,是给本刊定位。国内同行刊物中,有的侧重于理论的探讨,有的重视文献的开发。《文学遗产》的传统是两者并重,在文献考订的基础上作比较深入的理论思考,其实近年来,《文学遗产》对文献考证与理论阐述的关系的研究一直在进行有益尝试,并提出两者并重的办刊思路,即史料与史观并重……文献研究是学术研究无法绕过的出发点,但文献研究不是目的,学术的跨越,更依赖于学理的提升,观念的转变。"(《文学史研究的多种可能性——"新世纪十年"论坛致辞》2011/05)作为研究中国古代文学的专业期刊,如何把握文学本位与文献考证两者之间的关系,确非易事。我们期望编辑部能对此问题进行深入思考,以更好地服务于学术。

总之,我们通过总结 21 世纪以来《文学遗产》对唐前文学论文的刊发情况,说明《文学遗产》作为研究中国古代文学、文化的专业期刊,在引领学术潮流和推动学术研究方面发挥着重要示范作用。同时,在学术转型和多元化时期,《文学遗产》如何更好地应对来自国内外的巨大压力,如何将刊物办得更好,又如何更好地引领学术潮流和推动学术研究,也是值得思考的问题。我们就此提出了一些看法和建议,供《文学遗产》编辑部参考。

团结协作，努力把陕西建设成为司马迁研究基地①

尊敬的各位领导、研究会各位会员、各位朋友：

大家好！

首先感谢。感谢大家推举我担任陕西省司马迁研究会会长，感谢各方面的帮助和支持，感谢前两任会长袁仲一先生、吕培成先生为研究会发展打下的良好基础。

陕西省司马迁研究会成立于 1992 年，我当时 30 出头，参与了筹备成立活动，直到今天，20 多年来，我是学会的参与者与见证者。我对这个学会有深厚的感情。陕西的司马迁与《史记》研究风气浓厚，学术活动频繁。从研究机构看，韩城市、渭南市、陕西省都成立了司马迁研究会，在宣传和研究司马迁与《史记》方面做了大量富有成效的工作。而且，在陕西师范大学和渭南师范学院，都有专门的《史记》研究机构。这些组织也有自己的宣传阵地，如韩城司马迁学会主办的中国司马迁研究网、渭南师范学院主办的《司马迁与〈史记〉研究年鉴》、中国《史记》研究网等。从研究队伍来看，老中青结合，比较整齐，各方面的人员积极参与，既有高校的教师和研究生，也有司马迁故乡的普通农民，既有文史方面

---

① 2015 年 2 月 8 日，在陕西师范大学召开陕西省司马迁研究会学术年会，推举本人为研究会新一届会长，这是本人在大会上的发言。部分内容曾在《史记论丛》第八辑刊发。

的人员，也有自然科学方面的人员，既有专门的研究人员，也有更多的业余爱好者。在这支队伍中，高校的本科生、硕士和博士研究生成为一支重要的力量，而且在许多高校开设"《史记》研究"专题课，为研究队伍的壮大起了重要作用。

值得提出的是，一大批老同志为司马迁与《史记》研究付出了辛勤劳动，作出了重要贡献，如韩城市司马迁学会的冯光波、冯庄、张天恩、高巨成、程宝山、薛引生等先生，陕西省司马迁研究会的范明、李绵、张登第、王重九、赵光勇、许允贤等先生。他们不为名，不为利，克服各种各样的困难，只为宣传司马迁，只为研究《史记》，其高尚的品德和敬业精神令人钦佩。

新的理事会即将产生，如果得到省社科联批准，我们将发扬传统，继续努力。研究会还有大量工作要做。我主要强调以下几个方面：

一是加强合作。省内省外、国内国外。司马迁是陕西骄傲，首先要把陕西工作做好，形成韩城、渭南、西安的三点一线。司马迁是中国的骄傲，所以国内的研究者不少，我们要加强联系。司马迁是世界文化名人，在世界范围内有许多汉学家在研究。所以，也要想方设法与海外学者联系。

二是准备今年的纪念司马迁诞辰 2160 周年国际会议。

三是十二本纪的集成工作。

四是扩大队伍，各方面的人才都需要。

五是横向经费的争取。

六是搞好组织建设，搞好学术活动。

就司马迁与《史记》研究而言，我在此前曾有专文谈过，这里就一些主要任务再做重复强调，主要有：

一是研究领域的开拓和研究问题的深入。司马迁与《史记》研究从汉代开始，至今已两千多年了，涉及许多领域，研究成果也不少，但还需我们继续开辟新的研究领域。司马迁本人身上有许多可贵的精神需要我们深入探究，而且一些传统的研究课题还需进一步深化，如《史记》《汉书》异同问题、"史公三失"问题、司马迁"爱奇"问题、《史记》的文化内涵问题、《史记》与其他各种文体的关系问题、《史记》研究史的问题等等。因此，我们要不断提出新课题，深化旧课题。

二是集大成著作的完成。在《史记》研究史上，唐代形成的"三家注"是第一个里程碑,可以说在《史记》文字、音韵、地理注释方面是集大成的著作,至今仍然占据重要地位。此后一直到 20 世纪 30 年代日本学者泷川资言《史记会注考证》的出现,成为第二个里程碑,它集中、日学者研究《史记》(特别是注释考证)之大成,功不可没。近年来,中国《史记》研究会组织完成的《史记研究集成》都具有集大成的特点。尤其是张大可先生主持的《史记疏证》的大型工程,正在进行之中,这些集大成著作的出现,是时代的要求,也是学术发展的必然。现在我们承担的国家社科基金重大项目正在进行中,也是集大成的工程。

三是学科建设、理论建设。《史记》研究已有两千多年的历史,目前已经形成了一门新的学问"史记学"。我们应在前期研究基础上不断提升理论水平,把它作为一门学科来进行建设,充分认识该学科独有的特性、范畴、任务、目标等等。理论的深度,对学科的建设和发展具有重要意义,因此,加强理论建设也是当务之急,应在总结中外《史记》研究史的基础上,提升我们的理论水平。当然,理论的提升也需要方法论的革新,我们应在传统研究方法的基础上借鉴国外的一些学术研究方法,开拓思维,不断提高《史记》研究的理论水平。

四是文化建设。司马迁与《史记》研究是学术研究,但学术研究应与现实结合,使研究更具生命力,这也是学术研究的目的所在。这种结合,最主要的有两方面:一是把《史记》研究与当前的精神文明建设结合,挖掘《史记》的民族精神、道德价值等等,从民族文化的高度认识司马迁与《史记》,认识和弘扬司马迁精神。二是把学术研究与现实的文化产业结合,如把《史记》的人物故事改编成电影电视作品,发挥现代媒体的作用。尤其是《史记》中的大量历史古迹、名人故里,如黄帝陵、炎帝陵、秦始皇陵、张良庙、司马迁祠等等,它们中有些已发挥重要的作用,有些待进一步开发。

五是信息资料库建设。为了适应研究的需要,急需建立信息资料基地。基地的主要任务是收集古今中外各种研究信息和资料,并且利用现代化的数字网络技术,建立起不同形式的信息资料库,既有纸质的资料查阅,也有数字化的检索系统,满足不同研究者的需求。如果说这项工作在以前开展有困难的话,今天随着科学技术的发展,已经不再是什么难题了。技术问题突破了,主要的工作就是踏踏实实地把资料收集齐全,为资料库的建立奠定良好的基础。

六是加强《史记》研究的国际化。《史记》在海外的传播与研究从历史上的魏晋南北朝时期开始,逐步展开,但发展还很不平衡。国际化的主要工作一是《史记》文本的外文翻译,把《史记》翻译成外语,传播到世界更广的范围;二是加强与国际汉学家的对话,通过各种形式进行广泛的学术交流,互相学习,取长补短;三是研究成果的传播,一方面把我们的研究成果介绍到海外,另一方面,把海外的优秀成果介绍进来。当然,这需要各方面的通力合作,尤其需要大量的外语人才。我们期望通过学术界各方努力,使司马迁与《史记》研究真正走向世界。

2017 年是研究会成立 25 周年,准备召开大型学术会议进行纪念,希望大家积极准备,拿出优秀成果参加盛会。

经过大家努力,力争把陕西建设成司马迁研究的基地。

在散文作者和读者之间架起友谊桥梁①

尊敬的各位专家、各位代表：

大家上午好！

由中国作家协会港澳台办、陕西省作家协会、陕西师范大学文学院联合主办、台湾联合报副刊、《幼狮文艺》杂志协办的"海峡两岸散文创作研讨会"今天在陕西师范大学召开。在此，我谨代表陕西师范大学文学院，向出席本次会议的各位专家学者、各位文学界的朋友，表示热烈的欢迎和诚挚的感谢！

陕西师范大学文学院已有 70 年的历史。现有教职工 110 人，其中专任教师 92 人，本科生 1400 多人，研究生 670 多人，还有 1000 多人的免费师范生在职攻读硕士学位。在 70 年的发展历程中，文学院培养了一大批蜚声海内外的著名学者，在不同的学科领域作出了杰出贡献。多年以来，文学院师生勤奋耕耘、不懈努力，在教师队伍建设、专业建设、学科建设、科学研究等方面取得了显著成绩，形成了本科、硕士、博士、博士后的培养体系。在文学教育与文学实践中，文学院有文学评论、文学创作的优良传统。著名文学家、创作社元老郑伯奇先生曾是我们文学院前身——陕西师范专科学校国文科首任主任，辛介夫、江弘基、霍松林、侯雁北、马家骏、郭芹纳以及刘路、张国俊、刘明琪等先生，都以不同的方式进行文学创作。尤其是近年来以朱鸿教授为代表的一批中年教师在散

---

① 2015 年 9 月 10 日，在陕西师范大学主办的"海峡两岸散文创作研讨会"开幕式上的致辞。

文创作方面取得丰硕成果,红柯教授的小说创作连续四次入围茅盾文学奖的提名奖。青年教师以及学生中也不乏文学创作爱好者,他们成立社团,自办刊物,不拘形式大小,不拘篇幅,或写景,或写事,或写人,抒发性灵,表达思想,成为文学院一道靓丽的风景线。从这里走出去的老师和学生也有许多从事文学创作和评论,活跃在当代文坛(白描、白烨、张浩文等)。有些则兼文学创作和管理工作于一身,如中国作协王巨才、闫晶明、陕西作协黄道峻。文学评论和研究方面,无论是古代散文还是现当代散文,一直都是文学院教师关注的重点,而且取得了丰硕成果,在学界有广泛的影响。近年来以程国君教授为代表的海外华文文学研究,已经把视野扩展到更广的领域,为散文研究、文学研究开辟了新的天地。学院里的一批学者都是陕西文学的参与者和建设者,都具有研究者和创作者的双重身份,省作协副主席李国平曾高度评价,认为师大是陕西文学研究的重镇,是陕西文学发展的重要的文学资源和思想资源。

在中国文学发展史上,散文一直是重要的一个文类,有悠久的历史和优秀的传统。让我们感到自豪的是,陕西是司马迁的故乡,他的《史记》树立了中国散文史上永久的典范,无论对古代还是我们当代的散文都产生深远的影响。中国当代散文创作,在继承传统的基础上不断出新,呈现出百花齐放的局面。陕西当代散文在理论探索和创作实践方面都取得了引人注目的成就,涌现出一大批有影响的作家,在整个散文发展史上有其独特的风格和重要地位。尤其是贾平凹先生提倡的美文、大散文的创作理念,在创作界产生重要影响。随着科技的进步和互联网的发展,读者的文学阅读方式发生了重要变化,可以说进入浅阅读时代,这对散文创作无疑是一个巨大的挑战。这就需要我们在关注散文创作的同时,有必要对读者的阅读引起足够的重视。无视读者的存在,就会被读者抛弃;而取媚于读者,也将失去文学的意义。如何在作者与读者之间架起桥梁,是值得深思的问题。为此,中国作协、陕西作协与我们联合举办这次散文创作座谈会,就当前散文创作的前沿问题进行讨论。出席本次会议的代表 40 余人,都是在散文创作与研究方面卓有成就的专家,特别是台湾地区 10 多位作家出席本次会议,给我们的研讨会带来新的气象,我们非常高兴。大家通过这次的交流对话,可以就海峡两岸散文创作实践中的体会和困惑彼此开展真诚而务实的探讨。我们相信,有大家的积极参与,本次论坛一定能有新的收获!我们也相信,有大家的热情支持、全力帮助,陕西师范大学文学院在推动文学创作理论和实践发展的道路上,将会做得更快、更好。

最后预祝研讨会取得圆满成功!

谢谢大家!

挖掘《史记》历史人文价值，
推动韩城文创产业发展①

2015 年 2 月 15 日，中共中央总书记习近平在陕西视察工作时强调："对历史文化，要注重发掘和利用，溯到源、找到根、寻到魂，找准历史和现实的结合点，深入挖掘历史文化中的价值理念、道德规范、治国智慧。比如，司马迁的《史记》、班固的《汉书》中所凝结的先人智慧，对今天治国理政有不少启示。古人说，'读经传则根底厚，看史鉴则议论伟'。发掘和利用工作做好了，才能去粗取精、去伪存真、古为今用，做到以文化人、以史资政。"习主席的这段话，对于我们深入研究中国优秀传统文化，以及如何把优秀传统文化和现实社会结合具有重要的指导意义。其中谈到司马迁的《史记》，这是一部宏伟的著作，是中国文化的不朽典范，具有永久的价值和魅力。

结合这次会议主题以及时间要求，我简要谈以下几点。

第一，挖掘文化价值。《史记》博大精深，内涵丰富，我们要挖掘《史记》之魂，把有价值的东西展现出来，如大一统思想、爱国思想、积极进取思想、勇于创新思想、勤廉为政思想等等。一些思想智慧，对今天很有教育意义和借鉴意义。

---

① 2016 年 4 月 1 日，"品《史记》文化·探故事韩城——2016《史记》国际高峰论坛"在司马迁故里陕西韩城市举行，本国际高峰论坛由陕西旅游局、韩城市人民政府主办，韩城市旅游发展委员会、北京兴旅国际会展有限公司承办。本人应邀参加会议并发言。

这些属于精神层面,是无形的东西,对今天的人起潜移默化作用。一定要组织力量深入探讨,这是文化继承的关键所在。没有文化的旅游只是一座空城。比如咱们韩城党家村家训专题片在中纪委网站播放,就是挖掘党家村历史文化尤其是家训文化价值的一个范例。

第二,保护文化遗存。这是物质层面的有形的东西。与司马迁《史记》有关的文物遗迹,如司马书院、太史祠、司马祖茔以及韩城的文庙、大禹庙等。古城的保护也很重要。这是进行宣传的重要途径。在保护基础上进行开发,变"死"的东西为"活"的东西。另外,还有民间的文化遗产,如韩城锣鼓、秧歌、民间祭祀司马迁活动等。

第三,开发文化产品。抓住《史记》之魂、司马迁之魂进行文化品牌设计。台北故宫博物院中的红烧肉石、翠玉白菜纪念品对我们有一定的借鉴意义。如《史记》人物扑克牌、文化衫、连环画、故事光盘、风景明信片、韩城八景、《史记》抄写室、书签、《史记》台历、《史记》名言警句、《史记》成语故事、太史祠碑刻拓片等。还可以设计李广射箭的游乐活动等。韩城地方志的整理,韩城历史文化的介绍也很重要,秦忠明先生主编《毓秀龙门》丛书九册就具有代表性。让游客带回去的不只是"大红袍"花椒,还有文化。国家文史公园设计建设龙门剧院,定时表演有关节目,或播放有关专题片。以《史记》为核心,把中国文化贯串起来。

第四,加强文化宣传。应加快建设司马迁博物馆纪念馆,集展览馆、资料馆、纪念馆为一体,与太史祠相呼应,宣传中国历史,宣传司马迁。秦忠明先生个人筹资建设博物馆,毕竟一人之力远远不够,政府应大力支持。另外,新媒体的发展应引起我们的高度关注,微博、微信、动漫等等,传播快,范围广,借此宣传关于韩城的历史、文化、《史记》人物故事以及进行《史记》讲座等。韩城街道的文化宣传,营造浓厚的《史记》文化氛围。海外的宣传也值得考虑,出版一些外文的宣传资料,让更多的人了解司马迁,了解韩城。

当然,要打造旅游文化,环境问题也很重要。外部环境的问题,如绿色发展,卫生城市,给游客创造一个舒适的外部环境。还有内在的人文环境,也就是韩城人的形象,韩城要和谐发展,要创建文明城市,每个人都是主人翁,积极参与,做文明人,做文明事,让游客乘兴而来,满意而归。

一定要把司马迁研究的事业坚持下去①

尊敬的各位领导、各位与会代表、各位来宾：

大家早上好！

初夏时节，百花争艳。在这美好的季节，我们聚集在历史文化底蕴深厚的咸阳，召开《史记》与汉代文学文化暨陕西省司马迁研究会 2016 年学术年会。这次会议由咸阳师范学院文传学院、陕西师范大学文学院、陕西省司马迁研究会主办，咸阳市文物旅游局协办。首先我们对主办、协办单位付出的辛劳表示衷心感谢，尤其是咸阳师范学院作为承办单位，为这次会议做了大量工作，领导重视，从校长到有关部门，都为办好会议尽心尽力。也感谢渭南师范学院丁德科校长，亲自带领渭南师范学院《史记》研究团队出席会议，为会议增色。也感谢来自司马迁家乡韩城市以及全省各地区各部门的代表在百忙中出席会议。让我们以热烈的掌声祝贺会议的召开！

陕西省司马迁研究会成立于 1992 年，挂靠在陕西师范大学。20 多年来，在前任会长袁仲一先生、吕培成先生的带领下，在一大批老中青会员的努力下，取得了丰硕的成果。他们所开创的事业我们永远不会忘记。陕西是司马迁的故乡，宣传、研究司马迁是我们研究会义不容辞的责任，我们必须把这项事业坚持下去。

陕西省司马迁研究会 2015 年 2 月 8 日换届。换届一年来，陕西省的司马迁研究取得了可喜的成绩。韩城市一年一度的清明节祭祀司马迁活动，已经成为

---

① 2016 年 5 月 17 日，在陕西省司马迁研究会年会开幕式上的致辞，陕西咸阳。

韩城文化的一张品牌;今年4月,还召开了《史记》国际高峰论坛会议,主题是如何挖掘《史记》历史文化的当代价值;秦忠明先生创办的司马迁《史记》博物馆也得到各方面的好评。渭南师范学院高度重视司马迁与《史记》研究,隆重举行了纪念司马迁诞辰2160周年国际学术会议,产生了广泛影响。陕西师范大学也召开了中外《史记》学术交流会,体现《史记》研究的国际化倾向。出版方面,西北大学出版社,下大功夫编校司马迁研究会重大项目、国家出版基金资助项目《史记研究集成·十二本纪》;陕西师范大学出版总社精心出版国家社科基金重大项目成果《〈史记〉文学研究典籍丛刊》;三秦出版社出版了陕西省委宣传部文化精品项目《〈史记〉中的治国理政智慧》;渭南师范学院学报、陕西师范大学学报、西北大学学报等开辟司马迁与《史记》研究专栏。一年来,研究会出版各类《史记》研究著作,尤其是渭南师范学院丁校长的《史记通解》,具有代表性。渭南师范学院还坚持出版《司马迁与〈史记〉研究年鉴》,并且充分发挥优势办好司马迁《史记》研究网站。另外,研究会举办不同形式的《史记》讲座在各地也有广泛影响。特别令人高兴的是一批年轻学者逐渐成长,为研究会注入新的活力。陕西省司马迁研究会荣获陕西省2014—2015年度重大学术、科普活动组织奖,学会常务理事赵望秦教授荣获先进社科工作者,张华、黄晓芳《史记选读》获陕西省社科界优秀社科普及作品,全国优秀社会科学普及作品。副会长高益荣教授参与西安电视台录制的司马迁专题片,普及、宣传司马迁和《史记》。除《史记》外,研究会成员在普及和弘扬中华优秀传统文化等方面也取得了显著成绩.

　　《史记》是一部百科全书,是思想和智慧的宝藏。我们研究《史记》,不只是纯学术研究,还要与现实结合。司马迁、班固是汉代两位伟大的史学家,是陕西文化的代表,需要加强多方面研究。《史记》《汉书》所记载的许多历史人物、历史事件都与咸阳有密切关系。本次会议由咸阳师范学院承办,结合地域特点,设计了会议主题:武帝时代与两汉文化精神,《史记》文本及其接受阐释,秦汉历史文化与《史记》研究,司马迁及汉代历史文化名人与地域文化传统,司马迁《史记》人文精神与当代社会文化建构。希望大家围绕主题展开讨论,有所收获。也期望大家为学会今后的发展献计献策。

　　最后再次感谢咸阳师范学院、咸阳文物旅游局对本次会议的大力支持。

　　预祝大会圆满成功!

深化巴渝文化及《史记》研究①

各位嘉宾、各位代表：

大家好！

经过两天紧张而热烈的交流讨论，"巴渝文化发展论坛暨《史记》学术研讨会"即将闭幕。在此，我受张大可会长的委托，对重庆市文化艺术研究院、重庆市民间文艺家协会为大会付出的辛勤劳动表示衷心的感谢，对各位为大会服务的会务组成员表示衷心的感谢！

本次会议有两大主题，一是巴渝文化研究，二是《史记》研究，两者既有联系又有区别，如多位学者对巴寡妇清的研究，就是两者的结合。代表们会上会下，讨论热烈，以问题为切入点，各抒己见，甚至观点针锋相对，如对司马迁生年问题的讨论乃至争鸣，体现了良好的学术交流氛围。会议开得很成功、圆满，这是大家共同努力的结果。

本次会议论文集收录论文 80 多篇，内容十分丰富，张大可先生概括为四个深化：一是深化了巴渝文化的研讨；二是深化了对《史记》思想文化艺术的研究；三是深化了《史记》研究的学术价值与社会效益的统一；四是深化了对《史记》疑案问题的研究。这个概括非常全面，我就不再重复了。

除会议论文集外，这里还要特别对会议赠送的其他材料进行简要介绍。

---

① 本文是在"巴渝文化发展论坛暨《史记》学术研讨会"上的总结发言，2016 年 10 月 11 日，重庆。

第一，中国史记研究会名誉会长韩兆琦先生的大作《〈史记〉与传记文学二十讲》，集中了韩先生多年来关于《史记》和古典传记研究的代表性论文，体现了韩先生在这两个领域研究的重要成果，对于读者认识《史记》以及中国古典传记很有帮助。

第二，中国史记研究会副会长俞樟华教授的两本书《清代的〈史记〉研究》和《桃李集》。这两本书合起来看，一是真实反映了俞樟华教授的治学历程，二是看出他对《史记》研究问题的不断深化，三是他带出了一支队伍，培养了《史记》研究的新人。

第三，中国史记研究会副会长张新科教授主编的《〈史记〉文学研究典籍选刊丛书》，本次赠送大会的两种《百大家评注〈史记〉》《〈史记〉评注读本》，由赵望秦教授审定。去年渭南《史记》会议时出版了第一辑（十种）赠送会议，本次会议时出版第二辑两种（计划五种），前天刚刚由出版直接发货到重庆，赠送会议，表示对大会的支持。这套丛书，是国家社科基金重大招标项目"中外《史记》文学研究资料整理与研究"的一部分。明年的《史记》会议，我们还将赠送有关图书，体现陕西师范大学《史记》研究团队的实力。

第四，北京史记研究会会刊《史记研究》第一辑，杨共乐主编，商务印书馆出版，显示了新的《史记》研究实力，也是团队力量的体现。共收录44篇论文，分《史记》文本研讨、《史记》史事研讨、《史记》人物研讨等七个栏目，涉及《史记》研究的诸多方面，尤其是关于司马迁生年的争鸣文章，颇引人注目。

第五，《张家界历史文化研究丛书》的《鬼谷子身世研究》，为明年在张家界举办《史记》会议拉开了序幕。这是地方文化与中国文化结合的产物，也体现了研究团队的实力。

第六，渭南师范学院赠送的《渭南师范学院学报》第13期和《司马迁与〈史记〉研究年鉴》，显示了渭南师范学院《史记》研究团队的实力。渭南师范学院近年来在《史记》研究方面取得多方面的成就，学报的《司马迁与〈史记〉研究》专栏被评为教育部哲学社会科学学报名栏，还建设司马迁与《史记》展览馆、司马迁与《史记》研究网站、司马迁研究院等，坚持编辑《司马迁与〈史记〉研究年鉴》，成为全国《史记》研究的重镇之一。

通过对本次会议资料的简单介绍，我们可以看出，《史记》研究的领域不断扩大,研究问题不断深入,研究队伍不断壮大,研究团队的力量愈来愈强大,这也显示了《史记》永恒的魅力与不朽的生命力。

当然,学术研究无止境。就巴渝文化研究而言,还有许多值得深入的地方。本次会议研究巴渝文化,较少使用《史记·西南夷列传》这篇非常重要的文献资料,这是一个遗憾。另外,关于巴渝文化的内涵、外延,巴渝文化与巴蜀文化、荆楚文化、中原文化等地域文化的关系,巴渝文化在全国文化中的地位、作用,巴渝文化吸收或影响其他文化,外乡人写巴渝的作品或巴渝人客居外乡所写的作品如何与巴渝文化相融合、补充等等问题,还需要花气力继续探讨。

就《史记》研究而言,未来还有许多工作要做。我主要强调以下四个方面:

一是综合化。《史记》研究已有两千多年历史,积累了丰富的资料,需要我们进行清理,以此为基础,梳理问题。而且各个不同学科之间的研究成果也要进行综合,研究方法也要进行综合。

二是理论化。《史记》研究,既要有基础的资料考证,又要有理论化的总结。从古以来,资料的考证以及大量的注释、评点取得重要成果,尤其是 20 世纪以来的考古资料,为《史记》研究提供了新的资料。就目前来说,理论问题的探讨还有待于继续加强,尤其是"史记学"体系的建立,还需要花大气力进行探讨。

三是信息化。我们要积极适应互联网时代的发展,改进研究方法,建立《史记》资料数据库,为深入研究提供依据。目前已有这样的科研项目,我们期望能早日完成并投入使用。

四是世界化。司马迁是世界文化名人,《史记》在世界范围内得到广泛传播和研究。但由于语言和文化的差异性,我们的研究成果还不能很好地介绍到国外,同样国外的研究成果介绍进来的也很有限。我们需要加强国际学术交流,取长补短,使《史记》研究真正走向世界。

另外,《史记》研究也应为当代文化建设服务。《史记》是中国文化史上一座巍峨的丰碑,其中蕴含着丰富的思想内涵,是智慧的源泉,即使在今天仍然有其强大的生命力。我们要挖掘其中的思想精华,为建设新文化提供精神动力。

最后,再次感谢重庆市文化艺术研究院、重庆市民间文艺家协会为大会付出的劳动,也感谢张家界天力旅游投资有限责任公司积极承办明年的《史记》会议,也感谢参加会议的各位代表,克服种种困难,前来交流学术成果。尤其是内蒙古师大的可永雪教授、安徽师大的袁传璋教授等老一辈学者,数十年如一日,坚持研究《史记》,每次年会都积极参加,精神可嘉,是我们学习的榜样。

各位嘉宾,各位代表,本次会议即将落下帷幕,我们期待明年在张家界相见! 祝大家身体健康,学术有成!

谢谢大家!

四个机遇，三个趋势①

刚才听了几位先生的精彩发言，我有很多感触。徐（公持）老师说，古代文学研究一方面要往前看，一方面也要往后看，说得非常好。陆（永品）老师说，古代文学作品内涵丰富，无论怎样研究，理解作品原意是第一要务，并举例说明，我很赞同。詹（福瑞）老师说，古代文学研究是和社会的文化、政治密切相连的，事实确实如此。当下的社会发展为古代文学研究带来了很多重要的机遇。从大的文化背景上来说，最近"两办"印发《关于实施中华优秀传统文化传承发展工程的意见》和《国家"十三五"时期文化发展改革规划纲要》，非常重视优秀传统文化的传承和发展，这是古代文学研究的第一个机遇。近年来国家强调文化自信，这实际上更多的是要回归到中国五千年的文化底子上来，这是第二个机遇。第三个机遇是国家"一带一路"倡议的提出，对于中国优秀传统文化走出去具有重要的推动作用。第四个机遇和高校的关系更大，就是国家"双一流"（一流大学、一流学科）建设规划，从国家层面的"双一流"到每一个省、每个高校的"双一流"建设，不但给古代文学研究创造机遇，更是为整个中文学科的发展创造机遇。总的来说，在这样一个大背景之下，我们的古代文学研究迎来很多新

① 2017 年 10 月 10 日上午，应邀参加中国社会科学院文学研究所举办的《文学评论》创刊 60 周年纪念大会，下午参加"学科评论·十年前瞻"古代文学高峰论坛研讨会。这是在研讨会上的发言，载刘跃进主编《古代文学前沿与评论》第一辑，社会科学文献出版社 2018 年 6月出版。

的机遇,同时也就面临着许多新的挑战。展望今后十年,古代文学学科的发展会是什么样子,应当考虑到这样的背景。在这里我主要说三个方面的趋势。

第一个是研究的综合化,这应当是未来十年中的一个大趋势。所谓综合化有三个层次:首先是资料汇编、整理。古代文学研究已有两千多年的历史,成果极为丰富,适时地进行总结与综合是很有必要的。其实这种总结、综合的趋势,古已有之,但还远远不够。从先秦以来几千年的积淀,需要我们做一些清理、整理工作,为后续研究提供借鉴。我们从最近几年国家社科基金重大项目的立项上也可以看出,古代文学研究的很多工作首先就是资料的整理,这是这个时代需要做的基础工作。其次是新手段、新方法、新思想、新理论的融会互通这样一种意义上的综合,唯有如此,综合才不只是进行成绩的统计,而是成为一种追求的永恒的方向,只有这种以创造人为形式的融会互通,这样的综合,才能全面地继承前人的一切文化成果,并综合消化成为自身的一部分,从而促进古代文学研究。这样的综合化,是研究者本身的活的创造,是研究者的动力之源。古代文学有几千年的历史,在研究上既有一些传统方法,也有一些新的方法,比如王兆鹏老师用最新的现代信息化手段来研究古代的文学,取得重大成果。方法上的综合,还包括中国传统的方法和国外一些研究方法的综合,这在未来几年中可能是比较重要的综合。最后是学科融合,我们虽然研究古代文学,但仍然脱离不了其他学科,例如考古发现可能会对古代文学带来新的观念、新的资料。古代文学与其他学科有着共同的研究领域,如哲学、心理学等,各自的成果都有利于对方的发展。随着各种学科的不断发展,古代文学的综合化趋势将愈来愈明显。当然,古代文学学科要与其他学科相融合,但也要以文学本位为前提。未来十年的这种综合可能是一个比较重要的趋势。

第二个趋势是理论的提升和创新。研究主体的理论水平,决定了研究成果的水平,应该在资料整理基础上进行理论化的工作。我们所说的理论化是指,以马克思主义为指导思想,更新观念,用现代意识、现代精神和现代价值去把握古代文学,提出问题,深入研究,做全面的、全新的审视,但同时又要立足基础,实事求是,不把今人的思想强加给古人,不做贴标签的工作。当然,还要对理论本身和研究本身做理性反省,避免生凑硬套,做形式化的工作。我们现在影印了很多古籍,一些比较大的工程都是成百册、成千册地进行古籍的影印,这是研究的基础,很有必要。但仅仅影印出来,还是不够的。因此未来提出问题,解决问题,这种理论化的走向,应当是资料辑录外更重要的一步。到了我们这样一个新的时代,系统化、理论化的色彩会越来越浓厚。刚才詹老师提到李白的经典化问题,这就是一个理论性的问题。我这两年也在做一个国家课题是关于《史记》的文学经典化,深感理论化在任何时候都是重要的,如果没有理论,只是一些资料的汇编,是远远不够的。总而言之,理论化是普遍抽象性的提取,这意味着在求真基础上进一步求深。理论是统帅,今后古代文学研究在这方面会进一步强化。

第三个趋势是世界化。面对社会的经济一体化、文化全球化的世界化趋势,我们的研究不可能只局限于国内的圈子。世界成为一体,古代文学研究也应走出国门,在世界化大背景下开展研究。应当看到,在某些方面,国外学者的研究甚至超过了我们国内的研究,但也由于缺乏互相交流,国外研究有的尚在重复国内一些早已抛弃的过时的观点,甚至一些错误观点。国外的新观点、新动态我们掌握也有限,与时代发展是不相适应的。所以,世界化就意味着相互交流,在异质文化的交互中去理解、去研究古代文学。加强国际间的学术交流,不仅促进古代文学研究水平的提高,而且进一步在世界范围内宣传普及中国文化,对于弘扬我国优秀的传统文化也具有重大的现实意义。在世界化的背景下,我们的研究应以中国为基准,以世界的眼光,立足于本民族,立足于本文化,我们的研究也才不是空中楼阁。唯有立足于自身,才有可能更好地去交流,又在交流中发展自身。近年来古代文学研究与海外交流已经很多,改革开放以后,国际化程度越来越高,坐在我们对面的葛(晓音)老师、汪(春泓)老师都在国际化方面迈出了很大的步伐,我相信未来十年里我们在国际化方面会有更大的发展,比如目前国家课题里就专门设立了"中华学术外译"的类别,就是要把中国的优秀学术著作翻译介绍到国外去,这是很好的举措。要与世界接轨,我认为还要做好两方面工作,一是学术研究人才队伍需要不断壮大,二是要把精品成果拿到世界上去,中国古代文化的研究,应当是中国人坐第一把交椅。

以上是我对未来十年古代文学研究的展望,也是未来十年努力的方向,不妥之处请大家批评指正。

《史记》研究要与现实结合^①

——陕西省司马迁研究会 2017 年年会致辞

各位代表、各位朋友：

大家好！

由陕西省司马迁研究会、陕西师范大学文学院、渭南师范学院学报编辑部联合主办的陕西省司马迁研究会 2017 年学术年会今天顺利召开，我代表陕西省司马迁研究会对来自各方面的支持表示衷心感谢，对各位在百忙中出席本次年会表示衷心感谢。袁仲一名誉会长因身体原因不能出席，让我转达问候。

陕西省司马迁研究会于 1992 年 6 月在陕西师范大学成立，今年已整整 25 年了。25 年来，一大批老同志为司马迁与《史记》研究付出了辛勤劳动，作出了重要贡献，如韩城市司马迁学会的冯光波、冯庄、张天恩、高巨成、程宝山、薛引生等先生，陕西省司马迁研究会的范明、李绵、张登第、王重九、赵光勇、许允贤、张文立、何清谷等先生。他们不为名，不为利，克服各种各样的困难，只为宣传司马迁，只为研究《史记》，其高尚的品德和敬业精神令人钦佩。前两任会长袁仲一先生、吕培成先生殚精竭虑，为学会的建立、发展作出了重要贡献，老一辈学者的精神值得我们学习。

25 年来，司马迁研究会以学术研究为主要任务，先后在韩城、西安、咸阳、渭

---

① 2017 年 12 月 16 日，在陕西省司马迁研究会年会上的致辞，陕西西安。

南、商洛、汉中等地多次举办国际、国内学术会议,为宣传司马迁、研究司马迁作出了重要贡献,在海内外产生重要影响。学会成立以来,策划出版了《司马迁与华夏文化丛书》20多种,《司马迁与史记论集》八辑。韩城市司马迁学会坚持举办年会,挖掘乡土教材,并注重文化资源的开发利用,每年举行祭祀司马迁活动。渭南师范学院成立司马迁研究院,坚持编纂《司马迁与〈史记〉研究年鉴》,办好学报《司马迁与〈史记〉研究》专栏,办好司马迁研究网,出版《〈史记〉选本丛书》等。陕西人民出版社、陕西教育出版社、三秦出版社、西北大学出版社、陕西师范大学出版总社等也为学会成果的出版作出了积极贡献。近年来,许多会员主持国家级项目、陕西省规划项目以及各市级项目,出版大量论著,并且获得各种奖项。特别令人高兴的是,以司马迁研究为平台,培养出许多年轻学者,活跃在陕西省的高校及文化部门,还有一些青年学者走向国内重点大学继续从事司马迁研究。我想,我们在学会成立30年的时候,要举行大型的学术活动,展现我们的成果。"三十而立",学会也将更加成熟。

学会有大量工作要做,我主要强调以下几个方面。

一是加强各方面的合作。包括省内省外、国内国外。司马迁是陕西骄傲,陕西要把研究工作做好,我们原来设想的"三点一线"(韩城、渭南、西安)已经形成,今后要不断延伸。司马迁是中国的骄傲,所以国内的研究者不少,成果也不少。司马迁是世界文化名人,在世界范围内有许多汉学家在研究,《史记》研究正逐步走向世界。陕西省司马迁研究会作为一个平台,一条联络纽带,要加强各方合作,共同推动司马迁与《史记》研究不断向前发展。

二是扩大研究队伍。《史记》是中国文化史上的一座丰碑,具有百科全书的特点。我们的研究队伍需要不断扩大,除了史学文学之外,还应有其他的学科参与;除了高校之外,还应有其他行业热爱司马迁和《史记》的人参与,使我们的研究持续发展。

三是搞好学会组织建设,依照学会章程开展工作,包括发展会员、横向经费的争取、学术活动的开展等。

就司马迁与《史记》研究而言,我曾在《史记学概论》中提出"六化":综合化、理论化、多样化、立体化、生产化、世界化。我认为仍然需要努力。另外,学术研究应与现实结合,使研究更具生命力,这也是学术研究的目的所在。这种结合,最主要的是把《史记》研究与当前的文化建设结合,从民族文化的高度认识司马迁与《史记》,认识和弘扬司马迁精神,挖掘《史记》的民族精神、道德价值,等等。2015 年 2 月,习近平总书记在陕视察工作时讲道:"对历史文化,要注重发掘和利用,溯到源、找到根、寻到魂,找准历史和现实的结合点,深入挖掘历史文化中的价值理念、道德规范、治国智慧。比如,司马迁的《史记》、班固的《汉书》中所凝结的先人智慧,对今天治国理政有不少启示。古人说,'读经传则根底厚,看史鉴则议论伟'。发掘和利用工作做好了,才能去粗取精、去伪存真、古为今用,做到以文化人、以史资政。"《史记》中丰富的文化宝藏需要我们不断挖掘。《史记》研究只有与现实结合,与当代文化建设结合,才能更具有学术生命力。期望经过大家的努力,把陕西建设成司马迁研究的基地和重镇,使《史记》研究真正走向世界。

最后,预祝大会圆满成功,祝各位代表身体健康,万事顺意!

谢谢大家!

《史记》研究数字化①

各位专家、各位朋友：

大家好！

为了推动《史记》研究的深入，同时为了落实 2016 年 12 月签订的陕西师范大学与中华书局合作共建教学实践基地暨文学院与古联公司共建文学典籍数字化实验室协议，我们特举办这次"《史记》前沿问题研讨会暨《史记》数据库建设启动仪式"。首先感谢来自全国各地的专家学者在百忙中出席这次会议，感谢学校的大力支持。

陕西师范大学的《史记》研究在全国有广泛影响，在 20 世纪 80 年代就成立了《史记》研究室。1992 年陕西省司马迁研究会在陕西师大成立，并挂靠陕西师大。多年来，在几代学人的努力下，取得了丰硕的成果。尤其是 2013 年获得国家社科基金重大项目"中外《史记》文学研究资料整理与研究"之后，联合全国及海外专家，进行更广泛深入的研究。期望通过不懈努力，形成研究团队，出成果，出人才。目前在国家"双一流"大学建设中，我们的中文学科列入一流学科建设名单。学科规划中，把《史记》研究作为中国古代文学研究领域中一个重要的方面，一个特色项目。

《史记》研究已有两千多年的历史，积累了丰厚的资料，并且逐渐形成了一

---

① 2018 年 3 月 24 日，在陕西师范大学文学院主办的"《史记》前沿问题研讨会暨《史记》数据库建设启动仪式"上的致辞。

门新的学问"史记学"。在目前全球化、数字化时代,如何更深入地推动《史记》研究,是每个《史记》研究者应该思考的问题。我认为最主要的是要做到"五化":综合化、理论化、多样化、世界化、数字化。综合化,就是要对几千年的海内外《史记》研究成果进行系统总结,形成集大成的成果;同时综合化还包括不同学科之间的互相融合。理论化,就是要在资料基础上进行理论提升,理论总结,提出有价值的思想。多样化,是指研究方法的多样化、研究成果的多样化。世界化意味着海内外学者相互交流,在异质文化的交互中去理解、去研究《史记》,"史记学"不仅是把国外研究成果译介进来,更重要的要使中国优秀文化走向世界。数字化,是目前学术研究的新趋势,依赖于科学技术手段,推进《史记》研究的深入,推动《史记》资料中心的建立,为研究者提供丰富的资料,同时也使研究成果以数字化的形式得以保存。《史记》研究数字化,也是学术思想、学术研究方法的一次更新,是《史记》研究走向世界的重要手段,具有重要的学术价值。

参加今天会议的代表,既有长期从事《史记》研究成绩卓著的专家学者,也有在数字化方面卓有成就的专家。我们期望两者紧密结合,探讨《史记》前沿问题,探讨《史记》数据库建设问题,推动《史记》研究走上更宽广的道路。通过这次《史记》数据库建设的探索,也为我们文学院今后《十三经辞典》的数字化奠定良好基础。

筹办会议,受条件限制,有许多不周全的地方,请谅解。祝各位在西安期间一切顺利!

谢谢大家!

《史记》研究的活力与生命力^①

尊敬的南京市浦口区政府各位领导、安徽马鞍山市和县政府各位领导，各位代表、朋友：

大家好！

由中国《史记》研究会和南京市浦口区人民政府联合主办的"项羽文化研究及文化产业开发研讨会暨中国《史记》研究会第十七届年会"今天在古都南京隆重召开。首先，我代表全体参会代表衷心感谢浦口区人民政府对会议的大力支持，感谢浦口区委宣传部等单位为大会召开付出的辛勤劳动，感谢会务组全体成员为大会付出的辛勤劳动，感谢各位同人不辞辛苦、克服各种困难参加这次会议。

《史记》记载黄帝到汉武帝 3000 年的历史，其中许多内容与今天的江苏有密切关系，中国《史记》研究会于 2001 年就在无锡市江南大学成立，后来，中国《史记》研究会在淮安市、苏州市都举行过研讨会。今天，又在南京浦口区举办，并且以项羽文化研究及文化产业开发为内容，既有学术理论研究的广度与深度，又有学术研究与现实社会结合的热度与高度，使《史记》研究更具有活力，更具有生命力。期望大家畅所欲言，通过大会交流、小组讨论，能够对有关问题形成共识。本次会议，东道主还特别安排实地考察，展开书面文献与实地状况的

---

① 2018 年 11 月 10 日，在中国《史记》研究会第十七届年会开幕式上的致辞。江苏南京。

对比研究,对于研究《史记》大有帮助。"读万卷书,行万里路",这句话对于我们今天的《史记》研究尤为重要。

《史记》研究已经有两千多年的历史,尤其是 21 世纪以来,取得了丰硕成果,时代呼唤建立一门新的学科——"史记学"。"史记学"的建立,需要各方面的努力,对此,我曾经提出"六化":综合化、理论化、立体化、多样化、生产化、世界化。时至今日,我觉得这几个方面的工作仍然是我们努力的方向。其中"生产化"中就包含有与现实结合、组织生产、精品生产以及研究者的再生产等内容。今天的会议,我们欣喜地看到《史记》研究与现实的结合,也看到一批青年学者的参与,看到他们的成长,这就是生产化的最好体现,对于推动《史记》研究具有积极意义。当然,建立"史记学",还需要做普及化的工作,使更多的人了解《史记》,认识《史记》在中华文化史和世界文化史上的重要地位和价值。随着时代的变化和科学技术的发展,我们的研究手段和生产工具也要进行更新,这就需要进行数字化的工作,利用网络和计算机把《史记》及其研究成果进行数字化的处理,为后来的研究者提供丰富的资料。所以,《史记》研究具有广阔的前景,还有许多工作需要我们共同去做。2015 年 2 月 15 日,中共中央总书记、国家主席、中央军委主席习近平在陕视察工作时发表了重要讲话,强调:"对历史文化,要注重发掘和利用,溯到源、找到根、寻到魂,找准历史和现实的结合点,深入挖掘历史文化中的价值理念、道德规范、治国智慧。比如,司马迁的《史记》、班固的《汉书》中所凝结的先人智慧,对今天治国理政有不少启示。古人说,'读经传则根底厚,看史鉴则议论伟'。发掘和利用工作做好了,才能去粗取精、去伪存真、古为今用,做到以文化人、以史资政。"2017 年 1 月,中共中央办公厅、国务院办公厅印发了《关于实施中华优秀传统文化传承发展工程的意见》,其中强调:"中华优秀传统文化,积淀着中华民族最深沉的精神追求,代表着中华民族独特的精神标识,是中华民族生生不息、发展壮大的丰厚滋养,是中国特色社会主义植根的文化沃土,是当代中国发展的突出优势,对延续和发展中华文明、促进人类文明进步,发挥着重要作用。"《史记》作为中华优秀传统文化的经典代表,对我们中华民族精神的塑造起了重要作用,其中所蕴含的历史价值和当代价值,需要我们进一步去深入挖掘。《史记》以其独特的思想、独特的艺术手段,展现了中华民族 3000 年历史,具有不朽的魅力和生命力。《史记》研究史表明,无数读者热爱《史记》,学习《史记》,研究《史记》,接受《史记》,使《史记》研究也具有了活力,具有了生命力。期望广大《史记》研究者不懈努力,砥砺前行,在前人研究基础上取得更大的成绩,真正使《史记》研究走向更广泛的群体,走向更广阔的天地,走向世界。

最后,预祝大会圆满成功,再次感谢浦口区人民政府对大会的大力支持!祝各位身体健康,万事如意!

谢谢大家!

《史记》研究与学科建设①

——在 2018 年陕西省司马迁研究会年会上的致辞

尊敬的袁先生、任校长,各位与会代表,各位朋友:

大家早上好!

今天,我们聚集在西安市未央湖畔,召开陕西省司马迁研究会 2018 年学术年会暨中国语言文学学科建设高层论坛。这次会议由陕西省司马迁研究会主办,西安工业大学人文学院承办,渭南师范学院学报编辑部协办。首先我们对主办、协办单位付出的辛勤劳动表示衷心感谢,尤其是西安工业大学作为承办单位,为这次会议做了大量细致的工作,领导重视,从校长到有关部门,都为办好会议尽心尽力。我们也感谢来自司马迁家乡韩城以及全省乃至全国各地区、各部门的代表在百忙中出席会议。让我们以热烈的掌声祝贺会议的召开。

陕西省司马迁研究会成立于 1992 年,挂靠陕西师范大学。20 多年来,在前任会长袁仲一先生、吕培成先生带领下,在一大批老中青会员的努力下,取得了丰硕的成果,事业蒸蒸日上。今天,袁先生也克服困难,以 86 岁的高龄出席会议,这对我们是极大的鼓舞,我们向袁先生表示深深的敬意。陕西是司马迁的故乡,宣传、研究司马迁是我们研究会义不容辞的责任,我们必须把这项事业坚持下去。

---

① 2018 年 11 月 24 日,在 2018 年陕西省司马迁研究会年会上的致辞,陕西西安。

在过去的一年里,陕西省的司马迁研究取得了可喜的成绩。司马故里韩城市一年一度的清明节祭祀司马迁活动,司马迁杯全国《史记》朗读大赛,产生广泛影响。陕西师范大学与北京大学先后在北京和西安举办第二、第三届《史记》研究论坛,陕西师范大学与中华书局古联公司合作进行《史记》数字化的工作。西北大学出版社国家出版基金项目《史记研究集成》正在进行之中,其中十二本纪部分即将出版。陕西师范大学出版总社连续出版国家社科基金重大项目阶段性成果,渭南师范学院学报、陕西师范大学学报、西北大学学报等开辟专栏,发表多篇有创新意义的论文。研究会会员出版各类《史记》研究著作,在全国有关刊物发表司马迁与《史记》研究论文,如学会顾问丁德科的《两千年史记学研究》一文发表后被《新华文摘》2018 年第 1 期全文转载,常务理事赵望秦教授主编的《古今中外书目著录〈史记〉文献通览》以及其他著作,在学界颇有影响。会员中承担国家和省级项目多项,尤其是国家社科基金重大项目"中外《史记》文学研究资料整理与研究"进展顺利,并取得了许多阶段性成果。另外,司马迁研究年鉴、司马迁研究网站,以及许多会员不同形式的《史记》讲座等方面也取得了显著成绩。正是由于大家的共同努力,陕西省司马迁研究会荣获"2014—2015 年度重大学术、科普活动组织奖",2016 年度社会组织工作考核优秀单位,"2016—2017 年度先进社会组织"和"2017 年度社会组织工作考核优秀单位",副会长凌朝东教授获 2017 年度先进社科工作者。

《史记》是一部百科全书,中国文化的经典之作,两千多年的研究取得了多方面成果,一门新的学科"史记学"正在形成。本次会议,我特别提出建立"史记学",这也是当前文化发展和文化建设的需要。《史记》是中华优秀文化经典之作,它所体现的大一统思想、中华民族皆为黄帝子孙的思想,所表现的爱国思想、积极进取精神、求实创新精神等等,都对当今社会有积极作用。我们之所以把"史记学"作为一门学科,就是要弘扬这些有价值的人文精神。《史记》中许多人物积极进取、刚强不息、勇于革命,对民族精神的形成起了重要作用,这是我们民族宝贵的精神财富。建立"史记学",有利于中华经典文化的广泛传播。2017 年中共中央办公厅、国务院办公厅《关于实施中华优秀传统文化传承发展工程的意见》中强调:"中华优秀传统文化,积淀着中华民族最深沉的精神追求,代表着中华民族独特的精神标识,是中华民族生生不息、发展壮大的丰厚滋养,是中国特色社会主义植根的文化沃土,是当代中国发展的突出优势,对延续和发展中华文明、促进人类文明进步,发挥着重要作用。"《史记》作为优秀传统文化的代表,是 3000 年中华文化的总结,蕴含的价值非常丰富,具有永久的魅力和生命力,值得我们深入挖掘和研究。

本次会议还有一个主题,就是关于中国语言文学学科建设问题。参加本次会议的代表大部分来自高等学校,而且又有大部分是中文专业的教师。目前,在国家"双一流"建设大背景下,陕西省也推出了四个一流建设计划:一流大学、一流学科、一流专业、一流学院。关于这个主题,大家可以从三个层面进行讨论:第一是围绕中国语言文学学科建设本身发表个人见解。第二个层面是学科建设离不开特色建设,我们的司马迁与《史记》研究如何为学科建设服务,也是值得考虑的问题。陕西师范大学、渭南师范学院已经在这方面取得了一定的经验,可以借鉴。第三个层面是以司马迁与《史记》研究为核心的"史记学",对于这门学科的建立,大家也可以进行讨论。

各位代表,本次年会共收到论文 70 篇,充分显示出我们研究会的研究实力,特别是许多青年学者加入《史记》研究的行列,是我们的生力军。特别要说的是,虽然我们这是陕西省司马迁研究会的年会,但全国其他地区如香港的《史记》爱好者也积极参与,甚至还有西班牙的朋友也参与,对于他们的到来我们表示热烈欢迎和衷心感谢。希望大家以文会友,围绕本次会议的主题展开广泛而深入的讨论,同时也期望大家为学会今后的发展献计献策。

最后再次感谢西安工业大学以及人文学院,感谢渭南师范学院学报编辑部对本次会议的大力支持。

预祝大会圆满成功!祝各位代表身体健康,万事如意!

谢谢大家!

回顾与总结①
——《史记研究集成·十二本纪》学术研讨会综述

今年是司马迁诞辰 2165 周年,我们在司马迁的故乡举行《史记研究集成·十二本纪》首发式暨研讨会,具有特别的意义。这次会议得到了省政府参事室以及西北大学出版社、韩城市人民政府等单位的大力支持,所以,这次会议十分圆满。经过一天的研讨,大家广泛交流,取得了多方面的成就。受大会委托,我谈一点自己的感想,也把我自己的一些体会以及目前《史记》研究的一些情况进行汇总,做一个简略的发言。关于这次会议,我归纳了以下四个方面。

(一)

对《史记研究集成》这部书产生的背景、过程,以及陕西学人的精神有了更充分的了解是这次会议一个重要收获。我是这部书的作者之一,也是整个过程的亲历者。这部书产生的背景是:1992 年陕西省司马迁研究会成立,研究会成立以后的重要工作就是制订规划,其中有一个大的项目——"史记研究集成"。当时为什么要做这样一个项目?因为有许多优秀的文化、文献产生在我们国内,但是外国人的研究成就要比我们大,就像原来所说的敦煌在中国,敦煌学在

---

① 2020 年 10 月 26 日,《史记研究集成·十二本纪》首发式暨研讨会在韩城举行,本文是我所做的大会总结,刊于陕西省人民政府办公厅(陕西省人民政府参事室)主办《三秦智库》2020 年秋冬季合刊,总第 23 期。

日本,后来这个说法被中国学人打破了。同样,有人认为《史记》在中国,史记学也在日本,因为日本人有《史记会注考证》等。所以,当初要做"史记研究集成",就是要打破这样一个说法。我们要做《史记》研究史上的第三个里程碑,其中第一个里程碑是《史记》三家注,第二个里程碑是日本人的著作,而我们要超越他们。做这项工作,是为陕西争光,也为中国争光。

这个项目于1994年启动,1996年列入国家"九五"重点出版图书项目,到了2003年,十二本纪部分已经基本完成。原本是按这个节奏走的,但是由于种种原因,这个项目耽搁下来,直到西北大学出版社接手这套书的出版。这样的一个历程,很不容易。1994年的我也只不过是个三十出头的小伙子,到现在也已经年过花甲了,这么多年几代学人的辛苦可想而知。工作启动的时候,没有计算机,没有网络,全部是靠人工翻阅书籍,手抄资料,做卡片,进行汇校、汇注、汇评,手工作业。当时学会是挂靠在我们学校——陕西师范大学,陕西师大也给予很大的支持,在图书馆专门开辟了一个空间,把和《史记》有关的书全部集中到一个地方,便于大家查阅。所以说,我们的起步工作还是非常艰难的。就是在那样的情况下,几代学人不懈努力,坚持做这样一个工作,体现了陕西学人执着的精神。

(二)

这次会议对《史记研究集成》这部书出版的重要性给予了充分的肯定。这部书的重要性首先体现在《史记》本身。如果对一部不太重要的书做一个集成,也许有集成的意义,但是书的本身的价值,可能不像《史记》这么高。清末李景星《史记评议》前言里有几句话:由《史记》以上,为经为传为诸子百家,流传虽多,要皆于《史记》括之。就是说《史记》以前,经也罢,传也罢,诸子百家也罢,等到《史记》集为大成。那么《史记》以后,他说:由《史记》以下,无论官私记载,其体例之常变,文法之正奇,千变万化,难以悉述,要皆于《史记》启之。一个"括之",一个"启之",说明了《史记》在中国文化史上承前启后的重要作用,后来的中国文化无论是史学还是文学等都从《史记》里得到了营养。由于《史记》的价值,所以我们做这个集成的工作才显得有价值。

从学术研究、学术发展的角度来说,一代有一代的学术,古人也在做一些集成性的工作。《史记》的集成工作以宋代"三家注"为开端,一直到明清大量的著作,如《史记评林》《史记集说》等等,以及到当代,杨燕起先生等编的《历代名家评史记》等。明代人的总结是从汉代到明代的,清代人做集成是做清代之前的。时代发展到今天也需要有一个集大成者,这是学术发展的必然,所以有其重要性。

从"史记学"的建立来说,《红楼梦》有红学、《诗经》有诗经学,许多经典的著作都成为一种学问甚至一门学科,《史记》理所当然的可以形成"史记学"。怎么样去完善架构一个"史记学"的体系? 真正能建立起来,要做许多的工作,不光是理论上的,更重要的是资料的基础,有了资料做铺路石,"史记学"就有了根基,才能建立起体系来,没有这些资料,体系建立不起来,这是"史记学"建立的一个需要,而这个资料非常丰富。从研究角度上,时间跨度很长,资料地域分布广,不光有中国的,还有海外的;从形式上,这些资料有的是专门性的著作,有些不是;有的是地上的材料,有的是地下的材料;一些是官方的,还有一些是民间的。要把这些资料全部收罗,奠定一个建立"史记学"的基础,是很有必要的。所以说从建立"史记学"来说,这部书也有它的重要性。

另外,从走向世界这个角度来说,我们也很需要有这样一部厚重的著作。司马迁是世界文化名人,对于他的研究,理所当然的也应该走向世界。怎么样走向世界? 就得拿出我们自己的东西来。拿什么来做,资料就是基础,所以奠定基础的工作非常重要。这次会议上,大家从几个不同的角度对这个重要性做了充分的研讨。

(三)

会议对《史记研究集成》的学术价值给予了充分肯定。对于编纂这部书的意义,几位前辈学者说得非常精彩,像张岂之先生说这是一个伟大的工程,安平秋先生所说的是划时代的巨著,赵生群先生说具有里程碑式的意义,孙家洲先生说到这部书对史记学的发展、对拓展《史记》的研究空间产生了巨大影响,发挥了重要作用,柳理事长先谈了《史记》的价值,对这部书出版的学术价值也予以充分的肯定、高度的赞扬。关于这部书的学术价值,学者们主要谈了以下几个方面。

第一个是体例。这部书首先在体例上和以往的著作有很大的不同,重点是在会校、会注、会评。这三部分之外,前面有个解题,最后有一个研究综述,就是对这一篇研究的一个综述。假如将130篇做完,就有130篇的综述。《史记》研究具体到每一篇,历代学者都有不同的观点,比如说《秦始皇本纪》,刚才孙先生特别指出人们对秦始皇的评价。历代对秦始皇的评价非常多,正面的、反面的、折中的都有,我们把不同的观点都列出来。作为研究者,参考这本书的时候就能够从中得到启发,所以体例上是一大创新。

第二个值得肯定的是资料方面。这部书广泛吸收各种具有代表性的资料。当代的资料好找一些,古代的资料收集起来是有相当难度的。一些著述可能不是专门研究《史记》的;另外,一些中国历代诗歌里边,关于《史记》的人和事非常多,还有历代的词、曲、戏剧、小说等等,这些都是《史记》研究的资料。这部书总体上提供了比较丰富的资料,人们可以从中看到历代学者对某一篇研究的一个简略的历史。

第三个值得肯定的在于这部书对前人的超越。前人已经做了许多这样的工作,假如说我们做出来的还不如《史记评林》,还不如日本的著作,就没有什么特别的意义了,只有在前人的基础上超越他们,那才算有价值。许多先生对我们的超越还是认可的,这是一个很大的鼓舞,使我们对后续的工作有了信心。

(四)

通过研讨,对于《史记》以及《史记研究集成》的现实意义予以充分的肯定。大家对《史记》的现实意义非常重视,是因为《史记》本身是有它的现实意义的。司马迁说:“要居今之世,志古之道,所以自镜也。”这次会议的主题是“弘扬史圣精神,彰显文化自信”。《史记》是中国文化的一个重要的血脉,通过《史记》,我们看到了我们中华民族3000年的历史发展过程。尽管有人说《五帝本纪》记载的是传说,但是司马迁把黄帝作为中华民族的祖先,这已经深深地扎根在中华民族的心里,我们确信我们是黄帝的子孙。中国文化的血脉是从黄帝开始,从远古时代开始,这具有很强的现实意义。《史记》本身所蕴含的我们中华民族的精神有许许多多的方面,柳理事长在他的演讲当中也特别提到了《史记》的民族精神,比如忧国爱民、坚韧不拔、勇于改革等等。如果我们看《史记》只看到里边的一些人物故事，那就没有看到《史记》的精华。当今一些外国人读《史记》，也不一定能体会《史记》所体现的中华民族精神。所以我觉得这部书的实际价值，大家应该都谈得非常充分了，这种价值也一直延续至今。

《史记》有它的现实性，《史记研究集成》的出版同样有现实性。党的十八大以来，关于中国传统文化，中央有一系列的文件，最重要的是 2017 年中共中央办公厅、国务院办公厅印发的《关于实施中华优秀传统文化传承发展工程的意见》。2015 年，习近平主席到陕西来视察，有一段讲话提到了《史记》《汉书》凝结着先人的智慧，对人们起到一种教育作用。《史记研究集成》的出版就是彰显我们的文化自信，是以中国话语，讲中国故事。我们要通过《史记研究集成》，把《史记》推向世界，这具有现实意义。中央对传统文化提出创造性继承，创新性发展，就是将传统文化的血脉和当今的社会联系起来。

今天参会的专家、学者对我们后面的工作都抱有很大期望，期望能够做成完整的一部《史记研究集成》。这是对我们莫大的鼓舞和鞭策，我们衷心期盼在陕西省能真正把这件事推动下去，基于《史记》130 篇做出 130 本的《史记研究集成》，这也是我们陕西人的一种气魄。

个人观点辑录

说明:从事学术研究多年,参加了不少的学术会议和座谈会。参加会议的论文大多已在有关刊物发表,有些会议因时间紧迫来不及撰写完整论文,只是发言提纲。这里辑录的部分观点,大多来源于会议综述或会议报道。

(一)

传记文学理论研究是这次会议上讨论最为热烈,也是成果最为丰富的一个议题。张新科(陕西师范大学)所做的题为"消费与接受:传记终极目标的实现"的发言,从生产、消费与接受这个全新的理论视角,阐述了传记文学终极目标的实现过程。他认为,传记文学创作可以被看作是一个生产化的过程,传主是原料,作者是生产者,传记是商品,读者是消费者。传记文学的终极目标是将传主的生命价值展现给读者,并使其走向永恒。读者的消费与接受,是这个终极目标实现的基础和关键,同时也是对传主、生产者以及文本价值的检验,经过检验,经典性的传记获得永存。通过作者的生产和读者的消费与接受,架起了永恒生命的桥梁,将历史与现实、过去与未来联系了起来。

(载《文学评论》2004 年第 2 期《第八届中外传记文学学术研讨会综述》)。全国第八届中外传记文学学术研讨会于 2003 年 10 月 19 日至 23 日在西安召开。此次会议由《文学评论》编辑部、《文艺研究》编辑部、《光明日报》文艺部、北京大学世界传记中心、中外传记文学研究会和陕西师范大学文学院联合主办。)

(二)

西北学者张新科有一段精辟论述:"关于散文研究,我认为应该在以下四个方面进行努力:一是开阔视野,注意将中国散文放在整个中国和世界的大文化背景上研究,以探讨中国散文的发展特征;二是注意散文与其他文体之间的关系,不要孤立地就散文而散文;三是注意散文与其他学科之间的关系(如散文与政治学、散文与哲学、散文与地理学等),不要就文学而文学;四是注意研究散文发展的规律性问题,使零散的研究逐步走向整体性、综合性的研究。"

(载 2004 年 12 月 20 日《光明日报》文章《我国散文研究取得大面积丰收》,作者:《光明日报》记者韩小蕙)

(三)

一些专家还分别概括了 21 世纪以来各文学研究领域所取得的新进展。如古典文学研究领域,张新科教授(陕西师范大学)概括为七个方面的新进展 :一是做了许多基础性的大工程 ;二是出现了许多新的研究领域,如对一些小作家的研究,对地域文化的关注等 ;三是研究问题的深入,如对文学与经济关系的研究,文学史学史研究等 ;四是研究方法越来越多样化 ;五是研究手段的改进,随着数字技术的发展,许多典籍已经数字化,为古典文学研究提供了方便 ;六是研究队伍不断扩大 ;七是学术交流,尤其是跟国外学术界的交流越来越多。

(载《文学评论》2010 年第 5 期:《"新世纪文学研究十年"高层论坛暨(文学评论)2010 年编委会会议综述》。2010 年 5 月 15 日,由中国社会科学院文学研究所《文学评论》编辑部主办,温州大学人文学院承办的"新世纪文学研究十年"高层论坛暨《文学评论》2010 年编委会会议在温州大学举行,本人应邀参加,这是发言摘要)

(四)

关于村史编纂,张新科认为:

第一,对于编撰村史应该处理好以下八个方面的关系。一是历史和现实的关系。不管哪个村编村史,都要有一个起止年限,这是编历史书最起码的原则。还有古今关系,编史的时候有的是详今略古,有的是详古略今,我觉得这样两种不同的方式可能体现了编撰人不同的思想。二是实录和文采的关系。编史真实是第一位的,在真实的前提之下还要有文采。三是处理好纪传体和编年体、政书体的关系。纪传体是以人物为中心,编年体是以时间为中心,政书体是社会的政治、文化、地理等内容,编村史既要有人还要有事件。四是处理好官方观点和编撰者个人感情的关系。作为一部书,有要抒发的个人感情,没有情感写出来东西不会生动。五是处理好村史和县志、区志的关系。六是要处理好档案资料和实地采访资料的关系。我们写村史不完全靠口述,因为有一些老人对历史比较熟悉,便通过口述记录下来。另外档案资料是最真实可信的,编撰村史需要查阅大量的历史档案。七是要处理好正面人物和反面人物的关系。一般比较偏重于记录一些在历史上比较重要的、有历史贡献的人物,从古代史书以来,有善有恶,恶的东西也对后人有警示作用,不能违背历史的真实性。八是变与不变的关系。写村史村志变化是最主要的,不变的东西又是什么? 就要去挖掘一下人们对于理想的追求,对于一种崇尚高尚的道德的追求,这些东西是永远不变的。

第二,在乡村史志中,有的写得详细,有的写得简略,还应该有一些图片之类的东西配合,因为要反映变化总要有图片资料的。

(载 2010 年 11 月 4 日《西安日报》。2010 年 10 月 31 日,临潼乡村史志编纂会议在陕西师范大学学术活动中心召开。本人应邀参加并发言)

(五)

教师不是单纯的教书匠,而是人类灵魂的工程师,是学生的良师益友。要搞好教学工作,当好一名教师,最重要的要有"四心":一是责任心。对工作既满腔热情,又一丝不苟。忠于职守,爱岗敬业,有责任感、使命感,把培养人才作为自己的天职。二是关爱心。对学生既严格要求,又关心爱护。要与学生做朋友,零距离接触,多交流,多谈心。学生有他们的思维,有他们的思想,这些思想的火花,也有助于教师发现新课题,即"教学相长"。三是上进心。既当教师又当学生,加强学习,不断上进。"教,然后知不足",对教师来说,教的过程,是知识的不断更新与扩展的过程。为了解决教学科研中的疑点、难点问题,我们必须不断学习新的知识,新的理论,新的思想,培养自己的创新意识和能力。四是耐久心。对工作、对学生,都要有持久的心理准备。对工作不能忽冷忽热,而应始终坚持认认真真的工作作风,即使遇到困难也不气馁,不后退;对学生诲人不倦,耐心帮助,用心血培育学生。

(2011年本人获得宝钢教育基金会颁发的"宝钢优秀教师奖",这是获奖感言)

2012年4月27日至29日,陕西高校第五届文学院院长(中文系主任)工作交流会暨中文学科与地方文化建设研讨会在渭南师范学院召开。会议以"地方文化建设与中文学科建设"为主题,深入探讨了陕西高校中文学科发展问题。陕西师范大学文学院副院长张新科做了题为"中文学科建设与地方文化研究"的发言。他首先谈了学科建设中突出特色建设的问题,指出学科特色的形成需要五个一:一双慧眼,一支队伍,一批成果,一颗恒心,一个平台;学科特色的建设则体现在学位点的特色、重点学科和平台建设上的特色、重大项目申报的特色三个方面;学科特色的建设具有以点带面的带动作用。然后重点谈了学科特色建设与地方文化建设的相关问题,指出地方文化具有七方面的特点,时间性与空间性的融合,主流与非主流的融合,向外辐射与向心的融合,精英化和大众化的融合,开放性和封闭性的融合,物质与非物质的融合,传承与出新的融合。总的来说,具有综合性和复杂性。最后,在谈及如何研究地方文化时张新科指出,立足现实,找好切入点;全面研究,抓住重点;服务社会,找准基点;面向世界,找准落脚点。指出在中文学科建设与地方文化经济建设中,要坚持兼顾眼前与长远、守正与创新的原则。

(2012年5月3日渭南师范学院官网报道)

(六)

12月27日上午,张新科教授在文学院学科建设办公室与文学院领导、各系主任、办公室工作人员就二级学院的管理进行了交流。张教授认为,作为二级学院管理者对工作应该把握五大原则:一是"顶天立地"的原则,即在制订学院发展目标时,既要高瞻远瞩,抓住核心建设指标,也要根植于学院的实际情况,注重突出自己的特色;二是"集体智慧"的原则,管理者在决策时应广泛听取意见,注重集体谋划,群策群力;三是"制度管人"原则,注重管理中的制度建设,力求以科学、完整、合理的制度规范学院的各项工作;四是"程序操作"原则,每项工作都有一定的程序和流程,作为管理人员一定要按程序办事,规避由于程序疏漏导致的问题和矛盾;五是"角色定位"原则,作为二级学院的管理者应该明确自身不仅是"管理者",更是"设计者""引导者"和"服务者"。

(2013 年 12 月 31 日陕西理工学院官网报道)

(七)

以赵生群教授为首的团队,历时八年,完成了《史记》点校本的修订工作,这是一个大工程,也是一项大成果。我认为修订本有五个重要的特点:第一,"新"。新修订本在继承原点校本的基础上,体例上有所创新,提供了一个新的版本。修订本从版式设计到字体运用,包括整体外观,给人一种美感,可以作为我们新时代的新善本。第二,"专"。他们都是文献专业的老师,又有赵老师挂帅,所以《史记》修订团队确实是一支专业队伍,基础好,力量强。第三,"全"。修订本利用了包括抄本系统和刻本系统在内的各个时代的本子,而且吸收海外有关版本。特别是既分析辨别不同版本中正文的异同,还辨析"三家注"的异同,使整个资料显得很全面。第四,"精"。校勘者连一个标点都不放过。原点校本中的专名线、书名线有的漏标,有的当断不断,或不当断而断,修订本把这样的问题都修改过来,做得非常精细。新修订本还特别增加了校勘记,说明改字和下断语的来历。第五,"深"。1959 年以来《史记》和"三家注"的标点断句研究考证成果很多,这次修订吸收了这些成果。而且对历代资料,包括先秦以来各种文献做了大量研究。只有研究深,才能校勘精。

(2013 年 11 月 29 日,由南京师范大学和中华书局联合举办的《史记》修订本出版暨《史记》研究学科团队建设座谈会在南京师范大学随园校区举行。本人应邀参加,这是发言要点)

(八)

文学院院长张新科在致辞中指出,《十三经辞典》已经成为文学院的学术品牌,在学校、学院的学科建设、211 工程验收等方面发挥了重要作用。辞典编纂既出成果,又出人才,一批青年学者脱颖而出。除《十三经辞典》外,还产出了一批教学成果,辞典主要编写人员编写了《十三经导读》教材,多年来在文学院所有学术型硕士研究生中开设《十三经导读》学位课,该课程被评为国家级精品资源共享课。《十三经辞典》的编纂形成了优良的学术传统,这种团结协作精神、无私奉献精神、严谨求真精神、勇于创新精神成了文学院宝贵的精神财富。

(2014 年 4 月 20 日,《十三经辞典》编纂暨经学研讨会在陕西师范大学召开。5 月 15 日《陕西师大报》以"皓首穷经成钜帙,精编细校惠学林:历时廿八载,《十三经辞典》完成编纂"为题报道本次会议)

(九)

张新科(陕西师范大学文学院院长):话语权和影响力的缺失,是国家文化安全和意识形态安全面临的挑战。面对中文教育国际化,中文教育的重点首先是中文教育自觉。所谓中文教育自觉,是指了解中文教育发展的来龙去脉,知晓自身的问题与挑战,以便在全球化背景下找到和保存自身优势和特色,为更好地融入世界,吸纳国际的有益观念和价值,从而向世界发出中国声音,用中国话语,传播中国文化。而且,中文教育既要有高大上的国际化,也要踏踏实实地接地气。接地气对于中文教育来说就是要立足中国实际,把大学教育与当代社会紧密相联,当我们把中国文化向世界传播的时候,也要向最基层的广大民众普及中国文化;同时引导学生阅读中国文化经典,树立文化自信。当然,中文教育国际化,还要注意不同地区、不同高校、不同学科之间的差异性,尽量发挥每个学校的特色和优势。

(2016 年 9 月 17—18 日,陕西师范大学举办全国重点大学中文发展论坛第十八次会议,10 月 18 日《中国社会科学报》第 4、5 版以《问题与选择:中文教育的国际化》为题,刊发与会者的发言要点。这是本人的发言要点)

(十)

张新科(陕西师范大学文学院院长):人文社科类的研究生培养,相对于理工科类研究生有许多独特性。在国家"双一流"建设的大背景下,人文社科类研究生培养面临着许多机遇和挑战。我以为,时代无论怎样变化,学术无论怎样创新,研究生的培养要做到"立地顶天"。"立地",指老老实实、踏踏实实阅读原典著作,阅读文献资料。作为文学类研究生,只有大量阅读经典文本,才能打好扎实的基础,才能发现有价值、有意义的问题,为学术研究铺平道路。网络时代的发展为学术研究带来便利的同时,也带来负面影响,有些研究生忽略经典阅读、系统阅读,甚至论文写作出现复制、拼凑现象,这是应该引起我们高度关注的问题。"顶天",指研究生培养要放眼全国,放眼世界。中文学科在注重特色建设的同时,要围绕国家发展战略和社会、文化发展需求,制订高层次人才培养目标和培养方案。尤其是随着一流学科的建设,研究生培养一定要有国际化视野、国际化目标,把学科建设与研究生培养作为一个整体来抓,互相促进,让研究生尤其是博士生参加国际会议,交流学术思想、学术成果、学术方法,与海外高水平大学互换导师、互换研究生、联合培养研究生,在国际舞台展示实力。

(2017年11月27—28日,陕西师范大学举办"人文社科研究生培养质量提升高端论坛"。《中国社会科学报》2018年1月16日第4、5版,以《方向与策略:"双一流"背景下高校研究生培养的关键问题——陕西师范大学举办人文社科研究生培养质量提升高端论坛》为题,刊发与会者的发言要点。这是本人的发言要点)

(十一)

关于2020年陕西文史馆的工作,我建议做到"五个结合":第一,规划方面:眼前与长远结合。2020年是"十三五"的收官之年,又是制订"十四五"规划之年,以此为契机,总结过去,制订合理年度计划和未来五年的规划。第二,研究方面:点与面结合。陕西是文化大省,历史积淀深厚,研究工作既要全面展现陕西文化风采,同时在一些领域应该有自己的亮点,如长安学、关学、史记学以及黄帝陵文化、秦岭文化、秦文化、唐文化、丝路文化等,打造自己的品牌,形成研究的高峰学科。第三,方式方面:政府与高校结合。高校的任务之一是传承文化、服务社会。近年来陕西高校成功申报了教育部全国普通高校中华优秀传统文化传承基地,如西安交通大学的秦腔基地、陕西师范大学的皮影基地等,还有省级的非物质文化基地等,这些都是陕西文化的独特元素。如果文史馆与这些高校合作,一定会有新的成就。第四,视野方面:陕西与海内外结合。海内外研究陕西文史的学者不少,我们可以围绕自己的特色设计一些创新型项目,向海内外招标,团结各方力量,传播陕西文化和中国文化。期望能把陕西文史馆建成文史研究资料中心和基地,为陕西经济、文化发展服务。第五,方法上,历史与现实结合。文史馆的工作既要研究陕西的文史文化,也要与当前的文化建设紧密结合。习总书记多次强调,对于优秀的传统文化要注重挖掘和利用,要溯到源、找到根、寻到魂,找准历史和现实的结合点。文史馆可以组织专家对我省的文史资源进行调研梳理,为治国理政和当代文化建设当好参谋。

(2019年12月6日,陕西省文史馆召开学习习近平关于文化软实力的讲话和在中国文联第九次会议开幕讲话,并讨论2020年工作计划。本人应邀参加会议,这是发言要点)

(十二)

陕西师范大学张新科教授围绕导师职责这一主题展开发言,重点讨论了"立德树人"在教育过程中的含义。他认为,培养学生,要注重培养学生如何做人,即"立德";要指导学生如何做事,即"立功";要引导学生做好"学问",踏踏实实读文献,学会"自学",即"立言"。通过"立德""立功""立言",培养出一个合格的身心健康的对社会有用的人才。

(2020年12月8日,由华东师范大学研究生院、华东师范大学中文系、华东师范大学国际汉语文化学院主办全国中文学科一流研究生教育论坛。该校网站12月24日以《共同谋划中文学科一流研究生培养大计——全国中文学科一流研究生教育论坛隆重举行》为题进行报道,本人应邀参加论坛,这是发言摘要)

附录　著作反响

一、《唐前史传文学研究》

张新科著,西北大学出版社 2000 年 9 月出版,2003 年 10 月再版

《唐前史传文学研究》序①

霍松林

中国古代传记文学源远流长。从总的倾向看,唐代是一个重要的转折点。唐之前,史书中的传记占主导地位;唐代及之后,由于官方对史书编撰的控制、文学与史学的分离等诸多原因,史传的思想性、艺术性逐渐走了下坡路,而随着韩愈、柳宗元掀起的古文运动,传记文学的重心转向了脱离史书的散体传记,形成了中国古典传记的又一主流。张新科同志的这部书,选取唐代以前的史传文学作为研究对象,取得了可喜的成就。

第一,博览载籍,视野开阔。唐前传记,除《史记》《汉书》《三国志》《后汉书》《宋书》《南齐书》《魏书》等正史及此前的《左传》《国语》《战国策》等史书所载者而外,尚有魏晋时期大量的杂传,资料十分繁复。这些著作,往往文、史、哲融为一体,具有丰富的内容。因此,本课题的研究有一定的难度。著者在广泛阅读的基础上,对这些著作一一进行梳理,分清主次,然后探讨史传发展的规律性问题。例如从中国史官文化、巫文化入手,结合当时的社会思潮,分析了唐前史传产生的原因及其特征;又如将唐前史传放在中国文学发展的长河中,分析它与杂传、民间文学、古典小说、辞赋等的关系,溯源探流,上钩下连,纵横开拓,力求多方面挖掘史传的内在价值;等等,都给人以耳目一新之感。

第二,角度新颖,重点突出。历代有关史传单部著作如《左传》《史记》等的研究成果较多。著者因而不再对单部著作做孤立研究,而是另辟蹊径,选取了

①《三秦论坛》2000 年第 4 期。

一个新的角度,把唐前史传作为一个整体,系统地从传记文学理论角度进行综合研究。全书涉及唐前史传文学的诸多方面,而其侧重点则在于对史传文学特征及其内在规律的揭示。分别从思想与艺术、渊源与影响、作家与作品等方面多层次地进行深入论述,体现了纵与横的交错、广度与深度的结合。如绪论部分,对史传文学与历史、文学的联系和区别进行全面分析,并将唐前史传的发展归纳为三个阶段:先秦是萌芽成长期、两汉是成熟高峰期、魏晋南北朝是逐步衰微期。由此将唐前史传的总特征归纳为连续性、系统性、功利性、模式化等。第二章系统论述了唐前史传的嬗变轨迹,认为先秦两汉时期的史传文学,是由简单的记事向复杂的写人演进;人物类型由上层逐步向下层扩大;作者感情由隐而显;风格由简朴单一向多姿多样发展。魏晋南北朝时期,由于诸多原因,史传中的人物范围逐步缩小;由性格化向叙事化转变;思想感情由浓而淡;语言由散行趋向骈俪。这样的宏观审视,在以前的史传文学研究中还是不多见的。

第三,深入钻研,力求创新。著者在前人研究的基础上,大胆探索,新意迭出。如唐前史传与辞赋的关系,这是前人很少涉及的问题,著者以唐前七部正史著作为例,仔细统计了这些著作中收录的辞赋作品,然后从传记文学发展的角度进行分析,认为史传中收录辞赋作品,是表现人物才能、个性的重要手段之一,也是文学向着自觉化方向发展的一个重要标志。并且还就史传中的辞赋理论、史传对辞赋的影响等问题做了进一步的探讨。又如史传文学中人物形象的建立问题,作者从人物形象在时间、空间中的不断扩展、由概括化向个性化迈进、由单一性向复杂性发展等方面系统进行论述,认为史传文学中人物形象的建立从《左传》开始,到《史记》完成,这一结论是可信的。再如中国小说的源头问题,历来较少注意史传这一重要因素,著者则从史传与小说的不解之缘入手,从个性化人物、戏剧化场面、虚实结合的手法、立体化的叙述方法等方面深入探讨了史传与小说在艺术上的相通之处,颇有新意。全书中出新的地方很多,在此不一一罗列了。

第四,立足现实,审视历史。本课题的研究,目的在于从人文精神方面为今天的社会提供有价值的营养,从传记文学创作方面为今天提供有益的借鉴。因此,既具有理论意义,又具有实践意义。著者认为,传记文学是人类生命的载体,能使那些有价值的生命走向永恒的时间和无限的空间。所以,传记文学是一条永不生锈的链条,它不只是历史,还联系着现实,并且指向未来。由此出发,对唐前史传中有价值的东西进行了多方面的探讨。如第四章探讨史传中的人性问题,对于认识我们民族的个性光彩、反省人性的弱点具有重要意义。第五章从挫折心理学角度探讨司马迁的创造意识,揭示了司马迁在逆境中奋发进取的心理状态,对今人很有启发意义。尤其是第十章,立足现代,以呼唤更高层次的民族精神为出发点,对唐前史传文学中的生命价值、民族生命和民族精神的凝聚问题进行全面探讨,这对于弘扬民族优秀文化、促进精神文明建设,是有积极意义的。著者还从唐前史传作家的创作中得出结论:作为传记作家,应以史学家的谨严去求真,以哲学家的睿智和心理学家的细腻去求深,以文学家的笔调去求美,这是中肯之论。

新科同志对中国传统文化有浓厚的兴趣,治学勤谨、扎实,希望他继续努力,不断取得新的成就。

2000 年 5 月 15 日于唐音阁

《唐前史传文学研究》评介①

俞樟华

　　唐前是我国史传文学发展最辉煌的时期,由于"前四史"首先是历史,所以历来人们比较多地从史的方面对它们进行深入研究,而从文学的角度来研究则相对较少;就文学方面的研究而言,对某一部史传著作的文学性研究较多,而对唐前所有的史传著作的文学性做集中全面的文学研究则寥寥无几。张新科教授最近出版的《唐前史传文学研究》(西北大学出版社,2000 年 9 月版)一书,填补了这方面的空白。

　　《唐前史传文学研究》的创新之处,首先在于它的研究角度的新颖独到。历代有关唐前史传著作的研究,都以单独研究某一部著作为主,因此作者就另辟蹊径,选取一个全新的角度,把唐前史传文学作为一个整体来确定,而且是把它放到中国古代传记文学发展史的高度来加以研究,这比一般的"单打独斗"式的研究要站得高,看得远,钻得深,说得透。在具体的研究中,作者也没有停留在泛泛而论的基础上,而是把重点放在对唐前史传文学的发展过程、基本特征及其内在规律的揭示上。作者认为,唐前史传文学的发展,大体可划分为三个阶段:先秦是萌芽成长期,两汉是成熟高峰期,魏晋南北朝是逐步衰微期。唐前史传文学在发展过程中所形成的明显特征,则表现为它的连续性、系统性、功利性和模式化。这些概括都是比较准确并有见地的。作为史传文学,它所描写的主要对象是历史人物,人物形象的建立和发展,自然应该成为研究的重中之重。

---

①《陕西师范大学学报》2001 年第 2 期。

作者在书中用了比较多的篇幅论述了这个问题，认为先秦两汉时期的史传文学，是由简单的记事向复杂的写人演进；人物类型由上层向下层扩展；作者的感情由隐而显；作品的风格由简朴、单一向多姿多样发展。魏晋南北朝时期，由于诸多原因，史传所描写的人物范围在逐步缩小，由性格化向叙事化转变，思想感情也由浓变淡，语言也开始向骈偶化发展。作者对此把握得十分准确。

其次，《唐前史传文学研究》的创新还表现在作者深入钻研的精神和勇于开拓的学术胆识。唐前史传的研究尽管已经取得了许多成就，但是可以开垦的"处女地"仍然还有不少。张新科教授对唐前史传文学名著《史记》曾有过比较深的研究，出版过《史记研究史略》和《〈史记〉与中国文学》等专著，说明他对中国古代传记文学的发展历史和研究历史有着比较全面的了解。张新科以唐前七部正史为例，仔细统计了这些著作中收录的辞赋作品，然后从传记文学发展的角度进行分析，认为史传中所收录的辞赋作品，是表现人物才能、个性的重要手段之一，也是文学向着自觉化方向发展的一个重要标志。作者还就史传中的辞赋理论、史传对辞赋的影响等问题，做了深入的探讨。所有这些论述，都是令人耳目一新的。

在历史与现实之间寻找永恒的人文精神①
——读《唐前史传文学研究》

傅绍良

　　张新科博士的《唐前史传文学研究》是作者继《史记研究史略》《中国古典传记论稿》《〈史记〉与中国文学》等专著之后的又一部力作,全书约 25 万字,获陕西省哲学社会科学"九五"规划项目的资助,由西北大学出版社出版。此书不仅标志着作者本人对中国传记文学的研究上了一个新台阶,而且也将整个中国史传文学的研究提高到了一个新的学术水准。总括张博士的系列著述,我们不难发现,他对史传文学的研究是有一个从史传文本的解读到人类文化精神的感悟的认知过程的,他的这部《唐前史传文学研究》(以下简称《研究》),便是力图在历史与现实之间去寻找一种永恒的人文精神。

　　史传文学的人文精神是什么? 也许太史公司马迁的话是最恰当的答案:"究天人之际,通古今之变,成一家之言。"概而言之,这种人文精神便是对历史的责任,对现实的关注,对个人价值的追求。《研究》正是通过翔实的材料、独到的视角,揭示唐前 1000 余年史传文学中这种人文精神的确立及发展的历程。史传文学是一种介于历史史料与文学创作之间的文体,对史传文学与历史和文学的联系与区别,作者花了较多的笔墨予以阐明,最后作者认为:"史传文学不仅具有历史的科学性和真实性,而且具有文学的艺术性和形象性。"因此,"作为史传作家来说,要有史学家的谨严,哲学家的睿智,心理学家的细腻,文学家的

―――――――――――――
①《学海》2001 年第 2 期。

笔调"。这一规定,明确了史传文学及史传作家的特质。在第五章"唐前史传作家的创造个性",作者更具体地分析唐前史传作家的创作个性及其对史传文学的影响。作者认为,一个时代的社会政治环境对作者的影响是深远的,它可以影响作家创作思想的形成,影响作家的选人标准和评论标准,影响作家的历史认识,影响作家的知识结构和创造思维,影响作家的人格精神。而作家的创作个性和创造意识一旦形成,又会深深地影响到其创造成果。为此,作者着重分析了挫折心理对司马迁创造意识的影响,认为它不仅可以调整作家的情绪,而且还直接反映到其创造成果上,"司马迁不仅具有强烈的挫折——奋进意识,而且把这种意识渗透在创作客体——历史人物身上,使自己的创造成果也具有强烈的奋进精神。"也就是说,《研究》十分真实而且形象地再现了司马迁的"成一家之言"的人生追求,并赋予它更深厚的人文内涵。

由此也不难看出,《研究》的基本定位是"人"——作为历史文本存在的人和作为文学文本存在的人。对史传作家来说,这是一个现实的存在,他的职责是真实而艺术地表述作为历史文本存在的人,创造出一系列鲜活的文学文本,使史传文学作为一种独特的文化现象存在着。为此,作者以专章论述了唐前史传中的"人性展现",揭示史传文学中所蕴含的融贯于古今天地之间的人文品质。认为史传中的人性主要体现在"求义与求利""为善与作恶""真与伪"等方面,这些方面作为一种历史文化代代相传,成为一种传统、一种民族文化精神消融在历史的长河里,直到现在。为了更明确地体现这一研究主旨,作者在《研究》的最后还列专章"唐前史传文学的生命价值",系统阐述自己的观点,认为"传记文学是人类生命的一种载体,它真实地记录了人类的社会实践,记录了人类生命的存在与发展,记录了人类生命的伟大与渺小、可贵与可恶、真善美与假恶丑。这个载体,能使那些有价值的生命走向永恒的时间和无限的空间。唐前史传文学中许多有价值的生命,已凝聚为我们的民族生命、民族精神,即使到今天,仍有不朽的价值"。通读全书,《研究》完成了作者的这一神奇构想,全面而真切地展示了中国史传文学的人文品质。

《研究》以唐前《史记》《汉书》《三国志》等七部正史为研究对象,史料浩繁。作者以简御繁,举重若轻,在研究方法上也具有较大的突破。唐代文学家刘知几云:"叙事之体,其别有四:有直纪其才行者,有唯书其事迹者,有因言语而可知者,有假赞论而自见者。"(《史通·叙事》)这是对史传方法的概括;刘勰《文心雕龙·史传》云:"至于寻繁领杂之术,务信弃奇之要,明白头讫之序,品酌事例之条,晓其大纲,则众理可贯。"这是对史传研究方法的要求。千百年来,史学家们对史传的研究方法都有所探索,成果斐然,然而都还存有某些不足。《研究》本着对史传文学体裁的人文定位,分析了自刘勰、刘知几到梁启超、胡适、郭沫若、程千帆等前辈大师们的研究成果之后,找到了一种符合史传文学实际而又别具风格的研究方法。概而言之:"一是不对单部著作做孤立研究,而把唐前史传作为一个整体来研究;二是不再详细勾勒发展的线索,而把重点放在发展规律的探寻上。"作者十分成功地实践了自己的这种方法,在《研究》中注重突出史传文学发展的整体性特点及发展规律,因而其结论多具有极强的学术概括力,如论先秦两汉时期史传文学的嬗变轨迹是:第一,由简单的记事向复杂的写人发展;第二,人物类型由上层逐步向下层扩展;第三,作者感情由隐而显;第四,风格由简朴、单一向纵恣、多样发展。论魏晋南北朝时期史传文学的嬗变轨迹是:第一,人物范围逐步缩小;第二,由性格化向叙事化转变;第三,思想感情由浓而淡;第四,语言向骈俪发展。这些论断,无不让人清楚地看到唐前史传文学的基本风貌及发展规律,体现了作者善于驾驭史料的研究技巧。

方法上的突破也使作者的研究视野倍加开阔,他不仅从纵向上总括了唐前史传文学的发展规律,而且还从横向的角度,比较了史传文学与其他文体的关系,为认识史传文学提供了一个全方位的视角。《研究》一书的作者详细论述了史传影响下的唐前杂传、唐前史传与民间文学、唐前史传文学与中国古典小说、唐前史传与辞赋等问题。作者并没有对史传与诸种文学体裁进行静态的、平面的比较,依然从发展的角度,立体地展示史传文学的影响力与融通力。在这里,作者的史学功底和文学功底得到了较全面的发挥。他十分准确地把握了史传与诸种文学样式的交融点,或侧重于艺术,或侧重于思想,或侧重于理论,文思开阖,纵横自如。更为可贵的,对人文精神的探寻也依然贯穿于诸章中。如谈唐传奇与唐前史传文学的关系时,作者指出,唐传奇"既有人的成分,也有神的成分,正与唐前史传以人为主、兼有怪异的特点相同"。又如作者在论史传对辞赋的影响时指出:"(史传)为辞赋作者树立了求实批判的精神。""辞赋作者常常承担起讽刺、批判现实的重任,是史学家的求实精神和文学家的浪漫气质的双重组合。史传作家人格对辞赋的影响,像司马迁在逆境中顽强奋斗的精神,以及史传中描绘的屈原等人物的崇高精神,都对后代辞赋家产生影响。"作者在这里所强调的是一种与中国传统人文精神相一致的文学精神。史传文学与唐前其他文学样式的比较,不仅可以让人们认识到史传文学的广泛影响,更可以让我们获得这样的启示:一种从民族文化中产生的人文精神,是可以从任何一种艺术形态中表现出来的。古时是这样,现在也是这样。也许正依于这种见解,作者在《研究》的结尾,意犹未尽,写了一章《唐前史传对今天传记创作的启示》。这是作者的"余论",也可看成作者对自己研究的新规划。透过这部力作,我们可以乐观地相信,新科博士的研究还将会上一个新的台阶。

《唐前史传文学研究》评介①

孙明君

　　张新科博士多年来致力于中国古代传记研究,1991 年与人合作出版了《中国古典传记论稿》,颇受读者好评。在原书的基础上,作者对中国古典传记进行了更加深入的思考,完成了新著《唐前史传文学研究》。本书把中国古典传记分为两个阶段,一个是唐前,一个是唐后。唐前传记文学的重心是史传文学,唐后传记文学的重心是脱离史书的杂传作品。所以,作者是把唐前史传文学作为一个有机的整体来进行研究,试图从宏观的角度探讨中国史传文学的发展规律以及与其他文学样式的关系,以凸现唐前史传文学在中国文学史上的地位。

　　《唐前史传文学研究》涉及了许多史传文学中的重要命题,作者重点探讨了以下问题:史官文化与唐前史传文学之关系,唐前史传文学的嬗变轨迹,唐前史传文学中的人物形象的建立,唐前史传文学中人性的展现,唐前史传作家的创造个性,史传影响下的唐前杂传,唐前史传与民间文学之关系,唐前史传文学与中国古典小说之关系,唐前史传与辞赋之关系,唐前史传文学的生命价值,唐前史传对今天传记创作的启示——求真、求深、求美。作者为自己的研究确立并贯彻了这样的原则:在研究史传文学时紧紧把握此类文学的历史特征,他认为:史传家的史学思想决定了他的选人标准、选材标准、评价标准乃至感情标准。史传文学的文学特征是建立在历史真实基础上的文学特征;研究史传文学不能仅仅局限于"本纪""世家"和"列传"三种体例之中,应该把整部书作为一个整

---

① 《书品》2001 年第 6 期。

体,做全面认识;由于历史的连续性、复杂性,对一个时代历史的记载也不限于一部史传之中,往往互相有交叉。因之应该运用对比、综合的手法。只有把唐前史传放在中国文化的长河中去认识,才能发掘出它的特征及价值。

本书资料丰富,视角独特,视野开阔,是对唐前史传文学的一次系统的清点与梳理,对唐前史传文学的发展历程、文学特征及内在规律进行了全面的总结,提出了许多新见解。

史传文学研究的新成果^①

——读《唐前史传文学研究》

韩兆琦

　　中国古代传记文学的发展,以唐代为分水岭,形成前后不同的两条主流。唐代以前,传记文学的重心是史传文学;唐代及以后,传记文学的重心是脱离史书的杂体传记。张新科教授最近出版的《唐前史传文学研究》(陕西省哲学社会科学"九五"规划资助项目,西北大学出版社 2000 年 9 月出版),以唐前史传文学为研究对象,取得了可喜的成绩。

　　《唐前史传文学研究》在绪论部分首先全面论述了史传文学与历史、文学的联系和区别、唐前史传文学的发展过程及其基本特征、研究唐前史传文学的意义、方法等,认为史传文学具有历史与文学的双重性质,不仅具有历史的科学性和真实性,而且具有文学的艺术性和形象性。唐前史传文学的发展,大体可分为三个阶段:先秦是萌芽成长期,两汉是成熟高峰期,魏晋南北朝是逐步衰微期。唐前史传文学在其发展过程中,形成了一些明显的特征,即连续性、系统性、功利性、模式化。有了这些基本理论之后,作者再分十章探讨唐前史传文学的文化意蕴、发展规律以及与其他文学样式的关系。即:史官文化与唐前史传文学、唐前史传文学的嬗变轨迹、唐前史传文学中人物形象的建立、唐前史传文学中人性的展现、唐前史传作家的创造个性、史传影响下的唐前杂传、唐前史传

---

　　① 作者为北京师范大学中文系教授,博士生导师。《运城高等专科学校学报》2001 年第 4 期。

与民间文学、唐前史传与中国古典小说、唐前史传与辞赋、唐前史传文学的生命价值。全书显示出综合研究的总趋势。

对于唐前史传文学的每部著作，从古到今的研究取得了可喜的成果，尤其是对《史记》《汉书》的研究，硕果累累。这些研究，从史学、文章学方面进行的居多数。把唐前史传作为一个整体，系统从传记文学理论角度进行研究、探讨规律性的东西，这方面显得有些薄弱。鉴于这种研究情况，作者另辟蹊径，不对唐前史传的单部著作做孤立研究，而把唐前史传作为一个整体，放到中国文学的长河中进行研究，重点探讨它的发展规律及与其他文学样式的关系，分别从思想与艺术、渊源与影响、作家与作品等方面多层次地进行深入论述，体现了广度与深度的结合。这样的研究，具有创新意义。如第一章，作者从史官文化入手，探讨唐前史传文学的产生、发展及特点。认为史传文学的产生和发展，除了受当时政治、经济条件制约外，史官文化的影响至为重要。史官文化由巫文化发展而来，以现实为基础，以人伦为本位，注重"隆礼""敬德"。受此影响，唐前史传经历了由神到人的发展过程，而且具有依附皇权的倾向，表现在维护正统、为尊者讳、思想上为统治者服务等方面；史传文学强调劝善惩恶，史传是一杆秤，秤星就是道德评价。另外，由于史官文化源于巫文化，此后巫史虽然分离，甚至史官文化替代巫文化，但巫文化并没有完全消除，因而史传中还不可避免地带有志怪传奇的色彩。这种从文化背景入手探讨史传特征的方法，有助于问题的深入研究。又如第二章探讨唐前史传文学的嬗变轨迹，认为先秦两汉时期的《左传》《国语》《战国策》《史记》《汉书》等史传著作，是由简单的记事向复杂的写人发展，人物类型由上层逐步向下层扩展，作者感情由隐而显，风格由简朴、单一向纵恣、多样发展。魏晋南北朝时期的《三国志》《后汉书》《宋书》《南齐书》《魏书》等著作，由于官方对修史的控制、文史分家等原因，这些著作的人物范围逐步缩小，主要集中在上层贵族，而且写人物时由性格化向叙事化转变，作者的思想感情由浓而淡，语言由散体向骈俪发展。本章十分清晰地展现了唐前史传发展的规律，这种宏观把握也是以前研究中较少见到的。

作者不仅从纵向上总括了唐前史传文学的发展规律，而且还从横向的角度，重点探讨了唐前史传文学与其他文体的关系，为认识史传文学提供了一个全方位的视角。如第六章探讨史传与杂传的关系，认为杂传脱离史书，独立存在,思想较为自由;篇幅短小,形式灵活,传说色彩较为浓厚;杂传品类繁多,展现了五彩缤纷的社会状态。史传从体制上影响到杂传中的类传、别传、单传、自传、家传及碑传。从艺术上史传文学选择生活逸事、注意用人物自身言行表现其个性、传奇手法等都对杂传产生了影响。又如第七章,作者认为民间文学为史传的发展提供了丰富的濡养,表现在:补充远古历史空白,充实史传内容,歌谣谚语为史传增添艺术魅力,民间精神为史传增添批判力量,传奇色彩向史传渗透。而民间文学在它的发展过程中,也受史传的影响,表现在:史传中保存大量的民间文学精品,为民间文学提供素材、树立人物形象,丰富了民间文学的语言,等等。史传与民间文学"互助互利",关系密切。第八章探讨唐前史传文学与中国古典小说的关系。认为历史与小说有不解之缘。古典小说从史乘分化而来,在古典小说观念中有浓厚的"史"的成分。即使小说评论家对小说的认识、读者对小说的审美要求等,也都深深打上"史"的烙印。史传与小说在个性化人物、戏剧化场面、纪传体结构、立体化叙述方法等方面有相通之处。史传从题材方面对历史小说、志怪小说、英雄传奇小说、侠义小说、忠奸斗争小说、宫闱秘事小说等产生了重要影响。第九章探讨认为唐前史传中收录作家的辞赋作品,这是表现人物才能、个性的重要手段之一,起到"以文传人"的作用。同时,使史传作品形成散韵结合的特点,增添了诗的韵味。这也反映了史传作家对文人地位的重视。史传中还保存了有关赋论的珍贵资料,涉及赋的发展、赋的作用、创作论、文体论、作家论等方面的问题。从艺术渊源上说,史传对辞赋的产生、发展都有积极影响。这种横向的比较研究,是把唐前史传放在更广阔的文学发展河流中探讨它的特征及其对中国文学的多方面的影响,显示了著者开阔的视野和深厚的文史功底。

作者还特别注意研究史传文学的现实性。史传著作的产生都是为当时的现实服务的,并对后代的政治、文化、道德、人格心理等产生多方面影响。传记文学是人类生命的一种载体,它真实地记录了人类的社会实践,记录了人类生命的存在与发展,记录了人类生命的伟大与渺小、可贵与可恶、真善美与假恶丑。这个载体,能使那些有价值的生命走向永恒的时间和无限的空间。唐前史传文学中许多有价值的生命,已凝聚为我们的民族生命、民族精神,即使到今天,仍然有它不朽的魅力。正因如此,作者在第四章从人性中精神追求与物质追求的两个层面"义"与"利"、人性中对立的两极"善"与"恶"、"真"与"伪"等角度剖析了唐前史传中人性的伟大与渺小,并进一步思考我们的民族人性,认为中华民族要发展,必须根除人性中的弱点,弘扬伟大光辉的一面。在第五章,还从挫折心理学角度分析了司马迁的创造意识,认为司马迁受挫折后,能从多方面来调整自己的情绪,保证创造性活动的持续进行。他在挫折中前进,有三个明显特征:艰巨性、超常性、持久性。而且,司马迁将强烈的"挫折—奋进"意识渗透在创作客体——历史人物身上,使自己的创造成果也具有强烈的奋进精神。第十章从呼唤更高层次的民族精神出发,揭示了唐前史传中有价值的生命:建功立业、积极进取;坚韧不拔、战胜挫折;勇于革新、敢于革命;忧国、爱国;崇尚德义、追求独立人格。认为那些具有积极意义的人物传记,尽管它所表现的个体的自然生命是有限的,然而它却走向了永恒的时间和无限的空间,因为它已转化为道德生命,犹如熊熊的火焰、飞涌的激流,充满活力,生生不息,并且不断地扩展、张扬。这些有价值的生命,对于我们民族生命和民族精神的形成,起了重要的作用。而且,从传记创作方面说,唐前史传对后代的传记文学产生直接影响,对于古典散文、小说、戏剧等其他文学样式也有多方面的影响,对今天的传记创作也有重要的启示,即要写好传记,除传主本身具有生命价值外,传记作者一定要以史学家的谨严去求真,以哲学家的睿智和心理学家的细腻去求深,以文学家的笔调去求美。由此看来,本课题的研究,对于弘扬民族优秀文化,繁荣当前的传记创作,有积极的理论意义和实践意义。

唐前史传文学,兼有历史与文学的特征,阅读它、研究它,既可以得到历史的教益,又能获得艺术的享受。我们期待着作者更上一层楼,把这一课题继续深入研究下去。

二、《史记学概论》

张新科著,商务印书馆 2003 年 11 月出版

《史记学概论》序言①

张大可

  《史记学概论》作者张新科同志是当代《史记》研究一位卓有成就的中青年学者,有多种《史记》研究论著问世。《〈史记〉与中国文学》《史记研究史略》均是成名作,而这部《史记学概论》则标志作者已进入当代《史记》研究前沿,更是一部代表作。

  何谓"史记学"? 似乎人人都可以回答,不就是对《史记》研究的专门之学吗? 说具体一点,"史记学"就是指对司马迁及《史记》研究而形成的专门学术体系,但这仍然笼统。继续追问,这"史记学"的"学术体系"如何建构,它的基础理论、研究范围、研究任务、研究方法、以往的研究过程与研究成果、当前的研究现状与未来的走向等等,都应包括其中,方能成为一门学科体系,如此想要回答起来就不那么简单了。十多年前,即 20 世纪 90 年代初,笔者曾提出这课题,但至今未能顾及。2001 年,中国史记研究会成立,由学会再次提出这一课题,希望中青年学者勇挑重担,张新科同志就是在这一背景下,知难而上,在短短的两年时间,拿出他的研究成果——《史记学概论》。该书分为七论十七章,全面阐述了"史记学"的范畴、价值、源流、本质、方法,以及"史记学"的生命力与研究者的素养等内容,第一次构建了"史记学"的模式与框架,是一部开创性的著作,填补了一项学术空白,奠定了"史记学"的基础理论,值得庆贺。

  本书具有重要的理论价值与现实意义,下面从两个方面来说明。第一,本

①《陕西社会科学》2004 年第 1 期。

书是为适应当代《史记》研究的需要而作,是时代的产物。在中国传统文化国学
精品中,《史记》是无与伦比的百科全书,它有取之不尽的思想源泉,它养育着一
代又一代人的成长。司马迁的思想、精神、人格对中国知识阶层、对中华民族产
生了不可估量的影响和强大的凝聚作用。因此,《史记》问世两千多年以来,有
不可胜计的中外学者阅读它、研究它。而且随着时间的推移,《史记》日益走向
普及,研究队伍不断扩大,学习的基础日益广泛,越来越成为人民大众的精神食
粮与艺术欣赏品。在当今的书店里,随处可见《史记》及其相关的书籍,从学术
论著到普及读物,从全本《史记》的整理到选本《史记》的读本,还有影视、光盘、
绘画、改编等作品,年复一年成为热点。可以说当代《史记》研究正处于一个黄
金时代,近 20 年来的研究成果,论著 100 余种,论文数千篇,研究队伍 2000 多
人。在这样一个"史记热"的环境中,"史记学"理论建构的任务便提到议事日
程上来了,这一课题,处于当前《史记》研究的前沿阵地,对于引导《史记》研究
具有重大的现实意义。第二,《史记学概论》系统地总结了两千年来《史记》研
究的成果,阐释了这一学科的研究过程、研究方法、研究目标,赋予理论的升华,
具有重大的理论价值,毫无疑问,将推动《史记》研究的深入发展,减少其盲目
性,增强其科学性。例如,作者论述《史记》的普及宣传,提出要明确普及对象,
并且要有多层次的普及内容。第一层次,是普及《史记》的人物、故事、内容,以
及宣传司马迁,这只是初级的普及历史知识。第二层次,是普及司马迁的精神、
人格、思想、《史记》的价值,这是深层的社会意义,是提高民族文化素养、建设新
文化的内容了。第三层次,是普及研究成果,造成更深广的社会影响。诸如大
学《史记》课程的设置、《史记》研究成果的数字化,以及其他高科技手段的应
用。经过作者这样的概括,如何普及《史记》,就有了明确方向,有了具体内容。
在第九章,作者阐释"史记学"的特点,分为"多学科性""多层面性""现实性"
"世界性"四个方面的内容。在"多学科性"一目中,作者概括了两千多年来《史
记》的研究过程和研究成果,总括为 35 门、278 目,展示了《史记》研究内容的丰
富性。这既是对已往《史记》研究的总盘点,也是进一步拓展《史记》研究的出
发点,具有重大的借鉴意义。方法论问题,一直是《史记》研究中的重要问题,作
者在第十二章就此问题进行了全面论述,尤其指出了目前《史记》研究中的一些
误区,颇为中肯。关于今后《史记》研究的方向,作者在第十七章提出:走综合化

之路、以理论作统帅、多样化的形式、立体化的研究、世界化的目标、生产化的方式,这样的概括具有积极的理论指导意义。上述例证可以窥见作者的思想火花,以及用力之勤。《史记学概论》各章各节,充满了对历代以来《史记》研究工作条理性的概括与理论升华,不一一具述,读者读其书,领其意,可以获得多方面的启迪,有助于自己的学习与研究

我与作者张新科同志,在学术上切磋,有着密切的联系。《史记学概论》杀青之后,要我写几句话,应是义不容辞。遗憾的是,我对此还研究不深,勉为其难,写了点体会,既是与作者共勉,也是抛砖引玉,以期引起讨论。是为序。

2003 年元旦

建立"史记学"的开拓之作①

——《史记学概论》评介

孙明君

"史记学"是以司马迁与《史记》为研究对象的学问,它已有两千多年的发展历史;"史记学概论",则是以"史记学"为主要研究和认识的对象,要对"史记学"的产生发展、性质特点、社会功能、基础理论、基本方法和发展规律等进行论述。如何认识"史记学"、发展"史记学"、总结"史记学",是摆在当代《史记》研究者面前的重要任务。商务印书馆最近出版的张新科教授的《史记学概论》,适应了学术发展的要求。该书共七论十七章,对"史记学"进行了全面系统的理论总结,是"史记学"建立的开拓之作。全书的思路和主要内容如下:

作为一门学科,首先要确立它的研究范畴、内容,并建立起自己完整的学科体系,所以本书"范畴论"三章,论述"史记学"的研究范围及其体系的建立。作者认为,"史记学"研究的范畴可以分为基础性研究、相关性研究、理论性研究三大部分。基础性研究主要有:作家作品基本情况研究(司马迁传记,司马迁年谱,司马迁著作,《史记》的补续、断限、倒书等)、文献整理(《史记》版本的梳理,《史记》文字的校勘,《史记》人名、地名、史事等的考订,《史记》研究书目索引、解题,《史记》评论资料汇集,有关研究著作的标点整理等)、乡土教材、普及宣传等。相关性研究主要有:与《史记》有关的文物古迹、现代传媒、歌咏司马迁的诗词及以《史记》为材料的小说戏剧,《史记》教学、文化产业、成果出版等。理论

---

①《社会科学评论》2003 年第 1 期。

性研究则是"史记学"的重点所在。主要有：鉴赏、评论（《史记》鉴赏、《史记》人物论、作家评论等）、外部和内部规律研究、《史记》研究之研究等。而建立"史记学"的体系，应考虑如下基本问题：首先是"史记学"的任务。这是由这门学科研究对象的特殊性决定的。"史记学"的任务应该是：运用正确的理论、方法，对司马迁及《史记》进行全方位、多学科、多层面的研究，充分挖掘《史记》的文化内涵，为当代新文化的建设和精神文明建设服务，并为其他学科的发展提供必要的资料和研究方法。同时，还应充分保护和利用与《史记》有关的文物古迹，使它们发挥应有的作用。其次是"史记学"的方向。"史记学"的目标方向应该是：立足现实，立足中国，走向世界。再次是"史记学"的历史和现状。最后是建立学科体系的现实土壤。基于以上认识，作者认为"史记学"体系应是基础部分、相关部分、理论部分三个层次的综合体。这三个层次是相互支持、相互为用的。没有基础部分和相关部分做"铺路石"，理论部分就没有根基；相关部分起重要的连接作用，既为基础部分服务，也为理论部分研究服务；同样，在"史记学"研究中，如果没有高层次的理论研究，基础部分和相关部分也会失去应有的价值，因为理论研究体现着"史记学"的价值、意义，代表着"史记学"的方向。这是一个动态的体系，三个层次之间并没有绝对的分界线。就"史记学"所涉及的众多学科来说，应该以史学、哲学、文学为支柱学科，其他学科相支持。进一步来看，"史记学"不是孤立的、封闭的体系，而是开放型的、与大系统密切关联的体系。一方面要不断完善自己的体系，并且为别的学科不断输送新鲜血液，带动其他学科的发展，或为其他学科提供必要的理论依据；另一方面"史记学"还要不断吸收其他学科的成就使自己更富有生命活力。

　　"史记学"能否建立，还要看其价值。这个价值表现在两方面：一方面是研究对象的内在价值，它决定了这门学科的价值；另一方面是学科本身的价值。所以本书有"价值论"二章，论述"史记学"建立的基础及建立这门学科的价值、意义。作者认为，《史记》本身具有丰富的文化内涵和价值，主要体现在：广阔的历史画卷、丰富的思想内涵、独特的四夷列传、不朽的民族精神、深刻的人生体验、鲜明的人物形象。在此基础上建立的"史记学"具有重要的意义。从横向看，"史记学"的建立，对于研究汉代史学、文学、哲学的特征、规律、地位等具有重要的带动作用。从纵向看"史记学"的建立，可以对我国史学、文学的产生、发展、演变以及整个古典散文的兴衰提供某些规律性的论证。"史记学"的价值是多方面的,如历史认识价值、自我激励价值、人生教育价值、艺术审美价值、经济价值等。

作为一门学科,自有它的源流。"史记学"已经有两千多年的历史,为今天"史记学"体系的建立奠定了良好的基础,全面了解"史记学"的历史和现状,是我们进一步认识"史记学"价值的一个主要方面,也是我们发现新问题、开拓新领域、深化研究、不断前进的出发点。本书"源流论"三章,系统论述"史记学"产生、发展的过程及遗留下来的疑案。作者认为,汉魏六朝是"史记学"的萌芽期;唐宋是"史记学"的形成期;元明是"史记学"的发展期;清代是"史记学"的高潮期;近现代是"史记学"的转折期。1949 年中华人民共和国的成立,使"史记学"发生了质的变化,走上了新的发展道路,1949 年以后的《史记》研究,是"史记学"的兴盛与繁荣时期。20 世纪 50 年代是《史记》研究的初见成效时期;60 年代前半期为《史记》研究的逐步深入时期;60 年代后期至 70 年代前半期为《史记》研究的停顿沉寂时期。"文化大革命"十年内乱,学术研究被政治斗争风暴完全吞没,《史记》研究处于停顿沉寂状态。20 世纪 70 年代后期至今是《史记》研究的全面丰收时期,《史记》研究获得了长足发展,是以往任何时期无法比拟的。主要特征有:研究领域不断扩大、研究问题逐步深入、研究方法日益改进和多样化、研究成果丰富多样、学术交流频繁、普及工作进一步加强。台湾的《史记》研究在五十年间也取得了丰硕的成果。主要特点表现为:一是大力普及《史记》,二是进行专题研究,三是考证精细,四是方法严密。在"史记学"的发展过程中,人们提出了许多问题,也解决了不少问题。但仍有一些问题因事实不明、资料不足,成为"史记学"的疑案问题,一直悬而未决,这些问题也一直是人们研究的热点问题。主要有:司马迁生卒年、司马谈作史、《史记》断限、《史记》缺补、太史公释名、《史记》书名、《史记》倒书等,作者对这些疑案逐一进行了梳理。

在探讨这门学科的范畴、价值、源流的基础上,进而认识这门学科的本质特征,是很有必要的,故有"本质论"二章,论述"史记学"的学科特点及其与其他学科的关系。作者认为"史记学"属于人文社会科学,既有与其他人文社会科学相同的地方,又有它的独特性。"史记学"的特点在于多学科性、多层面性、现实性、世界性。"史记学"与其他社会科学如史学、哲学、文学、民族学、地理学等有密切关系,同时也与自然科学不能截然分开。通过"史记学"本质的探讨,使人们进一步认识《史记》的文化内涵和"史记学"的价值、意义。

任何一门学科都有自己的理论基础、资料基础和研究方法,故有"方法论"二章,论述"史记学"的理论、资料和方法。方法论,既是理论问题,也是实践问题,是用什么样的理论和方法指导学术研究的问题。"史记学"作为一门学科,面临着许多复杂的问题,只有用一定的理论做基础,才能使问题系统化、条理化。"史记学"的理论支柱应该是马克思主义的唯物史观。具体理论如史学、哲学、文学、美学、心理学、军事学、经济学、政治学、伦理学、校勘学、文字学、考古学、地理学、档案学、民族学、语言学、人口学、教育学、神话学以及自然科学等。总之,是多元化的理论形态。除了有基本理论指导外,还应有扎实的资料和科学的研究方法,这样才能使研究有所收获。"史记学"的基本资料,总体来看有以下五大类型:古文献资料、考古资料、研究资料、文物古迹资料、民间传说资料。"史记学"的研究方法多种多样,主要有:考据的方法、比较研究法、微观与宏观相结合的方法、国外新方法的借鉴、多元化的研究方法。作者还对目前《史记》研究中存在的误区进行了分析。

学科生命力的问题,作者也纳入研究视野。"史记学"要生存,离不了现实社会的土壤,离不了由热衷于《史记》研究的人组成的学术团体和经常不断的学术会议。而且,这门学科还要不断地产生新的研究成果,与此相适应,还要有实事求是的学术批评,推动学术研究和学术发展。可以想象,没有现实基础的学科,没有学术组织和学术活动的学科,会有多大的生命力,故有"生存论"三章,主要论述了"史记学"与现实社会、"史记学"成果的产生、表述及学术批评,并且介绍"史记学"的主要学术组织和学术会议。

学科的建立及发展,主要还在于研究者本身的不懈努力,故本书有"主体论"二章,论述"史记学"研究者应有的素养及历史的责任感、今后奋斗的目标等。"史记学"能否深入、能否发展,起决定作用的还是人。研究者作为"史记学"的主体,要对客体进行认识、分析、研究,就必须具有一定的素养,并且要有使命感、责任感,树立远大目标,脚踏实地,实现既定目标。"史记学"研究者的素养主要有:才学识的结合、继承与创新结合、求实与求美结合、逻辑思维与形象思维结合、智力因素与非智力因素结合等。进入 21 世纪,《史记》研究者肩负着时代的使命,应该在以下方面进行努力:走综合化之路,以理论做统帅,多样化的形式,立体化的研究,世界化的目标,生产化的方式。这也正是"史记学"未来的发展趋势。

司马迁在《高祖功臣侯者年表》中说"居今之世,志古之道,所以自镜也"。任何历史研究都不是为了发思古之幽情,而是为了现实的社会,"史记学"也是这样。站在今天的时代,对古代的文化遗产进行研究,并建立起一门学科,落脚点就是现实社会,离开现实的真空学术是不存在的。因此,"史记学"的目的就是为当代的学术发展、新文化建设和精神文明建设贡献自己的力量,这也是作者写作《史记学概论》的初衷。

从以上介绍可以看出,作者高瞻远瞩,思路清晰,对"史记学"的发展历史和未来走向有明确的认识,全书第一次建构了"史记学"的框架体系,具有开拓性的意义。在论述每一个问题时,都以丰富的资料为基础,令人信服。著名的《史记》研究专家张大可先生在本书的序言中称赞说这是一部开创性的著作,奠定了"史记学"的基础理论,颇为中肯。

构建"史记学"体系的新探索①

田大宪

如果从汉代对司马迁和《史记》的关注算起,《史记》研究已有两千多年的历史。历代对《史记》的研究,绵延不绝,渐成规模,已经成为一门显学。但是,如何从学科意义上进行考察,从理论上对"史记学"加以系统的总结、概括,学术界还较少探索。随着近年来《史记》研究的深入,建立"史记学"已成为《史记》研究的重要任务与必然趋势。最近出版的《史记学概论》,将《史记》研究的各个方面加以整合,首次论述"史记学"的基础理论与实践意义,致力于深化和拓展这门古老而年轻的学科,做出了可贵的探索。

"史记学"是研究司马迁与《史记》并揭示其规律的科学。作为一门学科,它有自己的学科定位和范畴体系。《史记学概论》在总结《史记》研究成果的基础上,梳理了它的研究范围、体系构成、学科价值、递嬗演变,论述了它的学科特征、研究方法、生存基础和发展规律,建立了比较完整的"史记学"框架与模式。在作者看来,《史记》是一座巍峨的学术与文化大厦,它既有坚实的理论基础与学术渊源,也有充分的时代要求和现实条件。作为一部百科全书式的史学与文学巨著,《史记》所记载的从黄帝到汉武帝3000年的历史变化,既是客观历史的再现,也包含司马迁的主观认识。"究天人之际,通古今之变,成一家之言",就是这种认识的集中体现。因此,探讨《史记》的历史原型以及司马迁认识历史的思想维度,就成为"史记学"的研究基础。这种丰厚的历史积淀,既是"史记学"研究的对象,又是深化研究的起点。作者将"史记学"的内容分为基础性、相关

---

① 《中华读书报》2004 年 2 月 18 日。

性和理论性三大部分,建立起一个相互联系、互为补充的结构范式。它既有总体、宏观描述,又有个案、微观分析;既包括史料、考据等基础内容,也包括评介、源流、研究史等深层方面,还包括与《史记》相关的文化产业;既以史学、哲学、文学为学科基础,也与其他相关学科背景相联系。这些内容包含不同的关系层次,显示出"史记学"的多学科、多层次特征,既有历史的纵深感,也体现了"史记学"的生命活力。

科学方法是"史记学"研究科学化的保证与前提。《史记学概论》以唯物史观为指导,总结与梳理《史记》研究方法,具有重要的方法论意义。一方面,文中的大量例证表明,文字校勘、训诂音韵、事实考订等传统的考据方法,仍是今天探求学科奥秘的重要依据。不过,要全面认识研究对象,还必须进行多方面考察。本书结合大量实例,分析了比较方法、宏观与微观相结合方法、典籍文献与考古成果相结合的方法以及符号学、文化人类学等新方法在《史记》研究中的意义,显示出研究方法的多元化。另一方面,文中注意把握《史记》的多学科特征,把文本研究与多层面研究、学科内部研究与跨学科研究结合起来,打破单一的研究模式,显示出多元化的研究态势。

作者长期从事《史记》教学与研究,对《史记》多有发现,这种深厚的积累使本书视野开阔,将探究的触角深入学术前沿。本书认为《史记》是具有世界意义的巨著,它不仅是中国文化的经典也是世界文化的瑰宝。作者抓住《史记》的精髓,在中华民族文化、民族精神的发展历程中审视司马迁与《史记》对于凝聚民族精神、弘扬民族文化的重要意义。在此基础上,还列举国外《史记》研究的成果,在异质文化的交互中理解和认识《史记》研究的价值。当前,《史记》研究在世界范围内的交流还显得单薄,不够深入,但这种关注与评介本身已体现了一种世界眼光。在学术史上,某些司马迁研究或《史记》评析,以偏概全,用今人思想改铸古人,或用标签式的评点、现成的结论拔高或贬低研究对象,而本书客观地面对人物与事件的特定历史背景,认真区别不同情况,颇为中肯地分析《史记》研究中存在的误区与偏颇,这在以往的同类研究中是不多见的。该书为"史记学"研究奠定了良好的基础,但是,学科体系的建构是一个过程,不是一蹴而就的。我们相信并期待着,在本书提供的平台上,将会涌现出更多的研究成果,使这一研究愈益深入。

《史记学概论》评介①

李　浩

2003 年商务印书馆出版了张新科教授的新作《史记学概论》。这部著作分"范畴论""价值论""源流论""本质论""方法论""生存论""主体论"七论十七章,第一次建构起"史记学"的框架体系,奠定了"史记学"的理论基础。该著具有如下三个明显的特征,

第一,现实性。学术研究的发展,一方面需要对前代的《史记》研究进行系统的清理和总结,以便使研究进一步深入;另一方面,也需要对以司马迁与《史记》为研究对象的"史记学"的体系进行理论建构。由于这种需要,它们自然成为学术界关注的重大课题。《史记学概论》就是适应了时代的需要,可以说是时代的产物。从学科建立的角度看,"史记学"也与现实密切相关。作者在具体论述中,也特别注意"史记学"与现实的关系问题,强调"史记学"体系的建立应以现实为落脚点,在"价值论"中分析了"史记学"在现实社会中的重要价值,并且专辟"生存论",论述了"史记学"的现代意义。

第二,前瞻性。就"史记学"本身而言,作者以敏锐的眼光,提出了许多前瞻性的问题。如在研究范畴中,作者提出,应将成果出版、现代传媒、文化产业、《史记》教学、与《史记》有关的文物古迹等相关项目纳入"史记学"的范畴,而且结合"史记学"的特点,强调乡土教材在"史记学"范畴中的重要性,这些都是以往研究中被忽略的问题。在"主体论"部分,作者结合 21 世纪的时代特征和科

---

① 《陕西师范大学学报》2004 年第 1 期。

学技术的发展以及全球经济一体化的现实,对"史记学"的发展趋势进行了前瞻性的分析:走综合化之路、以理论作统帅、多样化的形式、立体化的研究、世界化的目标、生产化的方式。

第三,理论性。作者站在时代的高度,审视"史记学"的发展历史,展望"史记学"的未来走向,对有关"史记学"的范畴、价值、源流、性质、理论方法、任务、目标、方向等问题均有系统的论述,颇有理论色彩。如关于两千多年的"史记学"史,作者认为汉魏六朝是萌芽期、唐宋是形成期、元明是发展期、清代是高潮期、近现代是转折期、20 世纪 50 年代是初见成效期、20 世纪 60 年代前期是逐步深入期、20 世纪 70 年代后期至今是全面丰收期,线索清晰明了。又如"史记学"的体系构成,作者在第三章中对建立体系的基本思路、体系的构成、体系中各层次、各学科之间的关系等问题,都进行了理论的分析。有关整个"史记学"的理论框架和模式,作者在"导论"中亦有明确的交待。

从古籍研究到学科建设

——评张新科的《史记学概论》①

陈桐生

　　继《史记研究史略》《〈史记〉与中国文学》《唐前史传文学研究》之后,勤奋的张新科教授最近又推出了他的新的力作——《史记学概论》(商务印书馆2003 年 11 月出版)。通读这部新著之后,我的第一感觉是,与此前出版的《史记通论》《史记教程》这些著作相比,《史记学概论》与它们的区别就在于一个"学"字。学,指的是一项专门学问,也就是一个独立的学科。从西汉扬雄在《法言》中发表片段《史记》评论到今天,《史记》研究已经走过了两千年的历程,古今中外研究《史记》的论文不下 3000 篇,论著不下 300 种,无论从哪个方面来说,《史记》研究的层次都不在《文心雕龙》《文选》或《红楼梦》之下。有这样深厚的学术积累,《史记》研究成为一门"学",就是治《史记》者所追求的目标。从20 世纪 80 年代,就一直有人呼吁要把《史记》研究从古籍整理提升到"史记学"的层次。但是应该如何提升,这就需要有学者出来进行理论设计和总体规划。现在新科教授经过较长时期的理论思考,终于以专著的形式全面深入地论述这个问题,使作为一门学科的"史记学"有了一个理论框架。此前的《史记》论著是一种古籍研究,《史记学概论》则是把《史记》研究作为一门学科来探讨的,这就是《史记学概论》的学术价值之所在。

　　一门独立学科的成立,需要有专门的研究对象、专门的研究术语、专门的系

---

① 《江汉论坛》2004 年第 5 期。

统范畴、独特的研究方法，它必须要与其他学科区分开来。为了确立《史记》学的范畴，新科先生首先写下了"范畴论"三章，以期建立完整的学科体系。接下来"价值论"两章分别研究《史记》本身的内在价值以及与此相关的"史记学"价值。鉴于《史记》研究已有两千年的漫长历史，为当代"史记学"提供了丰富的学术资料，奠定了雄厚的学术基础，作者写下"源流论"三章，以便为新的研究提供借鉴。"本质论"两章探讨"史记学"的学科特点以及与其他相关学科的关系。"方法论"两章是《史记学概论》的重点章节，作者从理论上论述了"史记学"的研究方法。"生存论"三章研究"史记学"的学科生命力问题，作者探讨了"史记学"与当代社会现实、"史记学"成果的产生、表述及学术批评等问题。最后两章为"主体论"，论述"史记学"研究者应有的素养及其历史的责任感、今后的奋斗目标等。这七论十七章既覆盖了《史记》研究各个方面的问题，又始终将其上升到学科建设的高度进行思考，表现了对此前建立在古籍整理层次上的《史记》研究的超越。

　　《史记学概论》着眼于宏观的理论构架，但内容一点也不空洞，作者没有因为宏观思考而忽视微观研究。正像本书倡导的微观与宏观相结合的方法一样，作者在大的理论框架之下相当细致、深入地探讨了一些"史记学"中的微观问题。在讨论"史记学"多学科性质的时候，作者一口气列举了35门278项条目，如司马迁生平、出仕和扈从、家学渊源和师承、《史记》著作诸问题等等，看了这个条目，人们自然会信服书中关于《史记》"是一个多学科交叉的具有丰富内涵的学科"的结论。即使是一些为人所不注意的问题，作者也要给予充分的关注。例如，学者们在论及《史记》学研究资料时，一般想到的是传世文献与出土文献。《史记学概论》在讨论这一问题时，除了举出文献资源之外，还论列了与《史记》相关的古墓遗迹，其他如"史记学"的理论等方面的论述，也体现出全面、缜密的特色。这些微观的细致研究为《史记学概论》注入了充实的内容。

　　《史记》研究升格为"学"之后，必然要对这门学问提出更高的要求，必然会要求《史记》研究产生一批经得起历史考验、作为一门学问重要支撑的学术成果，要求《史记》研究在思想方法、理论视角、研究手段各方面超越前人，否则《史记》研究的提升就会流于纸上空谈。而要做到超越前人又谈何容易，因为像《史记》这样的典籍，该写的文章似乎都被人写了，该提的问题似乎都有人问过了，剩下来的《史记》文章该怎么做,这对于治《史记》者确实是一个巨大的挑战。《史记学概论》没有回避这个重要问题,作者不仅全面地探讨了"史记学"的内涵,而且对未来的"史记学"研究方向作了可贵的探索。在第十七章"《史记》研究者的使命及努力的方向"中,新科教授提出了五点努力方向:走综合化之路,以理论做统帅,多样化的形式,立体化的研究,世界化的目标。这五个方向性的目标兼顾了《史记》学研究的各个层面。

新科教授已经勾勒出"史记学"的蓝图,他是"史记学"的倡导者,更是一个身体力行的实践者。作为一个勤奋、多产的学者,我相信他会在"史记学"领域继续耕耘,不断地挥动着大镰刀收割金色的果实。

当代"史记学"的开山之作①
——评张新科先生的专著《史记学概论》

俞樟华 钟晨音

在中国传统文化的国学精品中,司马迁的不朽之作《史记》,是一颗璀璨的明珠。它不仅记载了从黄帝到汉武帝3000年历史的发展变化,而且表现了司马迁"究天人之际,通古今之变,成一家之言"的人生追求。《史记》自问世两千多年来,对司马迁与《史记》的研究就从未停息过。人们之所以要长时间地研究司马迁的《史记》,不外乎以下两点原因:一是《史记》博大精深,是一部无与伦比的百科全书式巨著,是取之不尽的思想和文化资源;二是《史记》不但具有一定的历史意义,而且它在流传过程中又对现实有一定的启示意义,每一个时代的人都能从中得到启示和教育。

近20年来,随着大家对《史记》价值认识的深入,《史记》的研究队伍日益壮大,并取得了众多丰硕的研究成果,但我们也已经认识到了《史记》研究中存在的一些亟待解决的根本问题。比如说,如果把当代对司马迁及《史记》的研究成果放到两千多年的《史记》研究史中,放到国际视野中去的话,那么我们当代的研究又在哪些方面取得了引以为自豪的成果呢? 如何在新时代重新认识和挖掘《史记》的价值? 当前《史记》研究的重点和方向应该如何确定? 这些问题的自我反省对《史记》的研究而言意义十分重大。客观地说,我们的《史记》研究如果想要获得新的意义,就必须对有关《史记》研究的相关材料进行一次"大盘

---

① 《固原师专学报》2005年第1期。

点",只有在研究史的纵横坐标中,当代的《史记》研究才能找到自己正确的定位。我们认为,这是当代《史记》研究取得历史性成就的前提。

在20世纪90年代,以张大可先生为代表的一批有识之士,就提出要建立"史记学"。作为《史记》的研究者,我们也深知"史记学"对《史记》研究的重要性,但我们更清楚,"史记学"要以司马迁及《史记》作为研究对象,对司马迁的认识进行再认识、再评价并形成一门具有独特研究基础、研究范畴、研究方法的系统科学是一件很困难的事。虽然宋人王应麟早就提出了"史记之学"的名称,但在张新科先生的大著《史记学概论》(商务印书馆,2003年11月版)出版之前,《史记》研究领域还没有一个相对完整的有关"史记学"研究的可供参考的理论体系。

在我们看来,从事"史记学"的研究不但需要深厚的学科背景知识、广阔深远的学术视野,更应具有学术创新的能力和勇气。在此意义上,我们认为:张新科先生的《史记学概论》的问世,作为当代"史记学"的开山之作,顺应了《史记》研究的现实需要,填补了一个学术空白,其智慧和勇气的确令人敬佩。

从《史记》研究人员的角度来看,这部著作有以下几点最令我们欣赏。

其一,在写作过程中,作者体现了对《史记》和司马迁比较正确的认识态度。"对《史记》的再认识不能完全脱离《史记》所写时代的历史原型,司马迁写了3000年的历史,我们不能抛开3000年的历史本身而只探讨司马迁是如何认识3000年历史的,相反,只有深入研究了3000年的历史原型,才能更好地分析司马迁的认识。"正是这种认识,使这部著作在确定"史记学"的范畴、价值时有了正确的定位。"对司马迁认识的再认识,是随着时代的变化而变化,随着每个研究者的生活阅历和认识程度的不同而变化,可以说是仁者见仁,智者见智。这是一个较为复杂的研究和认识过程。这个认识,既要尽量接近司马迁原来的思想认识,同时又要与当代现实密切联系。"于是作者在《史记学概论》的"主体论"中特别强调了"史记学"研究者的素养,在"生存论"中突出了"史记学"与现实社会的关系。正是作者对《史记》及司马迁的正确认识,使"史记学"学科体系的建立成为可能。

其二,作者在《史记学概论》中,构建了一个相对完整的"史记学"体系,并为"史记学"确定了适当的学术坐标。作者从思考"史记学"的任务、方向,"史记学"的历史和现状,建立学科体系的现实土壤等问题入手,将"史记学"的体系确立为"基础部分、相关部分、理论部分"三个层次的综合体。同时作者又用自己开放型的视野,进一步探讨了"史记学"与其他学科的关系,强调"史记学"体系的建立,落脚点应有益于现实。更为可贵的是,作者从系统论的观点出发,指出"史记学"应在更大的系统中,在不同的文化体系中找到它的位置,体现它的价值和独特性。正是因为作者对"史记学"体系的全面思考,这才使全书的"范畴论、价值论、源流论、本质论、方法论、生存论、主体论"组成了有内在联系的整体,这不但体现了作者对"史记学"体系的创造性思考和探索,更为后人在这一领域的研究奠定了坚实的基础。

其三,《史记学概论》对"史记学"形成和发展过程进行了系统的综合和梳理。客观地说,中国"史记学"的萌芽比较早,"史记学"是随着《史记》的传播而不断发展,并在不同的时代体现了不同的风貌。作者以新中国成立为分水岭,全面介绍了新中国成立之前及成立之后《史记》研究的风貌。作者把从汉魏六朝到新中国成立之前的《史记》研究看成"史记学"的形成与发展时期,分汉魏六朝、唐宋、元明、清代、近现代几个历史时期,用了很大的心血把散落在各种古代文献典籍中有关《史记》的研究材料进行了整理,并在这个基础上对各个时期"史记学"的发展进行了比较客观的历史定位,使我们对各个历史阶段在《史记》研究上的主要倾向、成果及研究偏差有了较为系统的了解。新中国成立以后的《史记》研究,作者用了概括性的语言,更侧重宏观视角的介绍。特别是对近20年来《史记》研究总体发展倾向的介绍,以及《史记》国际研究的描述,为广大研究者提供了学术研究的线索和平台。

其四,从本质论和方法论入手,明确了"史记学"在新时代的研究任务和方向。在第九章中,作者从"多学科性""多层面性""现实性""世界性"四个方面确立了"史记学"研究的本质。在借鉴日本学者池田英雄研究成果的基础上,展示了两千多年来《史记》的研究成果共35门、278目,这既可以使大家看到《史记》研究的综合性和丰富性,同时也使广大的《史记》研究者了解了"行情",对开拓新的研究方向有很强的借鉴意义。研究方法的继承和发展是《史记》研究出新成果的手段,也是突破的难点,作者在第十七章提出了"走综合化之路、以理论做统帅、多样化的形式、立体化的研究、世界化的目标、生产化的方式"的改革思路,体现了作者在方法上的深入思考。结合本质论,大家应不难看出,作者的方法论是建立在其对"史记学"本质论的基础上的,作者在理论构建时思路的严密性和良苦用心可见一斑。

张新科先生的《史记学概论》已经问世,"史记学"已真正得以奠基,但"史记学"的发展可能并非一帆风顺。我们想说的是:张先生用自己创造性的学术成果为当代"史记学"的发展开了一个好头,而"史记学"要获得学术界和大众的认可,还有很长的路要走。"史记学"要获得好的发展,必须用"两条腿"走路:一条腿是《史记》及司马迁的理论研究;而另一条腿就是《史记》的宣传和普及工作。张新科先生在书中所谈到的《史记》要明确普及对象,并且要有多层次的普及内容,这对《史记》研究的深入发展至关重要。我们必须认识到,作为一种以司马迁及《史记》为研究对象的学问,"史记学"的价值是依附于《史记》本身的价值的,如果《史记》本身不是一部惊天动地并具有永恒价值的著作,那么"史记学"也就没有存在的必要。所以,"史记学"的研究本质在于《史记》。"史记学"的健康发展离不开大众对《史记》的认可和多重阅读,只有人们认可《史记》,喜欢《史记》,才会有更多的人关心《史记》的研究,并接受"史记学"。现在人们对"红学"研究的认可在很大程度上是得益于人民群众对《红楼梦》的熟知程度,这对"史记学"的发展应该有一定的借鉴意义。

如果说《史记》是人生和社会的一面镜子,那么"史记学"就是《史记》和司马迁研究者的一面镜子。如何使《史记》这部光辉著作在新时代体现它应有的价值,这是所有从事《史记》相关研究者的共同使命。

从《史记》研究到《史记》学研究①

——《史记学概论》与《史记》学研究的新起点

方 铭

　　《史记》是司马迁父子表现其史官文化使命感的著作。《史记·太史公自序》载太史公司马谈去世前,执其子司马迁手而泣曰:"余先周室之太史也。自上世尝显功名于虞夏,典天官事。后世中衰,绝于予乎? 汝复为太史,则续吾祖矣。今天子接千岁之统,封泰山,而余不得从行,是命也夫,命也夫! 余死,汝必为太史;为太史,无忘吾所欲论著矣。且夫孝始于事亲,中于事君,终于立身。扬名于后世,以显父母,此孝之大者。夫天下称诵周公,言其能论歌文武之德,宣周邵之风,达太王王季之思虑,爰及公刘,以尊后稷也。幽厉之后,王道缺,礼乐衰,孔子修旧起废,论《诗》《书》,作《春秋》,则学者至今则之。自获麟以来四百有余岁,而诸侯相兼,史记放绝。今汉兴,海内一统,明主贤君忠臣死义之士,余为太史而弗论载,废天下之史文,余甚惧焉,汝其念哉!"司马迁则俯首流涕曰:"小子不敏,请悉论先人所次旧闻,弗敢阙。"又曰:"先人有言:'自周公卒五百岁而有孔子。孔子卒后至今五百岁,有能绍明世,正《易传》,继《春秋》,本《诗》《书》《礼》《乐》之际?'意在斯乎! 意在斯乎! 小子何敢让焉。"②司马迁写《史记》,是其父的神圣嘱托,这个嘱托,是继承孔子整理六经、撰著《春秋》的精神的集中体现。

---

　　① 《中国文化研究》2005 年第 1 期。
　　② 司马迁《史记》,中华书局 1959 年版。

《史记》又是司马迁的发愤之作。《史记·太史公自序》云："七年,而太史公遭李陵之祸,幽于缧绁。乃喟然而叹曰:'是余之罪也夫! 是余之罪也夫! 身毁不用矣。'退而深惟曰:'夫《诗》《书》隐约者,欲遂其志之思也。昔西伯拘羑里,演《周易》;孔子厄陈蔡,作《春秋》;屈原放逐,著《离骚》;左丘失明,厥有《国语》;孙子膑脚,而论《兵法》;不韦迁蜀,世传《吕览》;韩非囚秦,《说难》《孤愤》;《诗》三百篇,大抵贤圣发愤之所为作也。此人皆意有所郁结,不得通其道也,故述往事,思来者。'于是卒述陶唐以来,至于麟止,自黄帝始。"①司马迁《史记》的伟大成就,与司马迁的曲折经历密切相关。

《史记》成书后,由于其伟大的学术价值,人们对《史记》的研究就开始了。研究《史记》,就意味着诞生了《史记》学。

最早对《史记》进行研究的,当然是汉代学者。《史记》受到了汉代学者的普遍赞扬,如扬雄《法言·重黎》云:"'太史迁?'曰:'实录。'"《法言·君子》云:"《淮南》说之用,不如《太史公》之用也。《太史公》,圣人将有取焉,《淮南》鲜取焉尔。"②桓谭《新论》云:"通才著书以百数,惟太史公为广大,余皆丛残小论。"③王充《论衡·案书篇》云:"汉作书者多,司马子长、扬子云,河、汉也,其余泾、渭也。"④

当然,司马迁的《史记》,在汉代学者眼里,并不是没有缺点,如扬雄《法言·问神》批评司马迁《史记》的"杂",《法言·君子》篇批评司马迁《史记》的"多爱不忍"和"爱奇"。⑤

班彪、班固父子是司马迁之后最重要的历史学家,他们两人,对司马迁及《史记》有极其全面的评价,内容涉及司马迁写作《史记》的材料来源,在与历代史书比较中发现其历史贡献,以及实录的精神,当然,也包括《史记》的不足之处。《汉书·司马迁传》赞曰:"自古书契之作,而有史官,其载籍博矣。至孔氏籑之,上继唐尧,下讫秦缪,唐虞以前,虽有遗文,其语不经。故言黄帝、颛顼之

---

① 司马迁《史记》,中华书局1959年版。
② 诸子集成本《扬子法言》,中华书局1954年版。
③ 见《太平御览》卷六〇二。
④ 诸子集成本《论衡》,中华书局1954年版。
⑤ 诸子集成本《扬子法言》,中华书局1954年版。

事未可明也。及孔子因鲁史记而作《春秋》，而左丘明论辑其本事以为之传，又篹异同为《国语》，又有《世本》，录黄帝以来至春秋时帝王公侯卿大夫祖世所出，春秋之后，七国并争，秦兼诸侯，有《战国策》。汉兴，伐秦定天下，有《楚汉春秋》。故司马迁据《左氏》《国语》，采《世本》《战国策》，述《楚汉春秋》，接其后事，讫于大汉。其言秦汉，详矣。至于采经摭传，分散数家之事，甚多疏略，或有抵牾。亦其涉猎者广博，贯穿经传，驰骋古今，上下数千载间，斯以勤矣。又其是非颇缪于圣人，论大道则先黄老而后六经，序游侠则退处士而进奸雄，述货殖则崇势利而羞贱贫，此其所蔽也。然自刘向、扬雄博极群书，皆称迁有良史之材，服其善序事理，辩而不华，质而不俚，其文直，其事核，不虚美，不隐恶，故谓之实录。呜呼，以迁之博物洽闻，而不能以知自全，既陷极刑，幽而发愤，书亦信矣。迹其所以自伤悼，《小雅·巷伯》之伦。夫唯《大雅》'既明且哲，能保其身'，难矣哉。"①又《后汉书·班彪列传》云："彪既才高，而好述作，遂专心史籍之间。武帝时司马迁著《史记》，自太初以后，阙而不录，后好事者颇或缀集时事，然多鄙俗，不足以踵继其书。彪乃继采前史遗事，傍贯异闻，作后传数十篇，因斟酌前史而讥正得失，其略论曰：唐虞三代，《诗》《书》所及，世有史官，以司典籍，暨于诸侯，国自有史，故《孟子》曰'楚之《梼杌》，晋之《乘》，鲁之《春秋》，其事一也'。定哀之间，鲁君子左丘明论集其文，作《左氏传》三十篇，又撰异同，号曰《国语》，二十一篇，由是《乘》《梼杌》之事遂暗，而《左氏》《国语》独章。又有记录黄帝以来至春秋时帝王公侯卿大夫，号曰《世本》，一十五篇。春秋之后，七国并争，秦并诸侯，则有《战国策》三十三篇。汉兴定天下，太中大夫陆贾记录时功，作《楚汉春秋》九篇。孝武之世，太史令司马迁采《左氏》《国语》，删《世本》《战国策》，据楚、汉、列国时事，上自黄帝，下讫获麟，作本纪、世家、列传、书、表凡百三十篇，而十篇缺焉。迁之所记，从汉元至武以绝，则其功也。至于采经摭传，分散百家之事，甚多疏略，不如其本，务欲以多闻广载为功，论议浅而不笃。其论术学则崇黄老而薄五经，序货殖则轻仁义而羞贫穷，道游侠则贱守节而贵俗功，此其大敝伤道，所以遇极刑之咎也。然善述序事理，辩而不华，质而不俚，文质相称，盖良史之才也。诚令迁依五经之法言，同圣人之是非，意亦庶

---

① 班固《汉书》，颜师古注，中华书局 1962 年版。

几矣。夫百家之书,犹可法也。若《左氏》《国语》《世本》《战国策》《楚汉春秋》《太史公书》,今之所以知古,后之所由观前圣人之耳目也。"①班固父子关于司马迁的论述,内容大致相同,裴骃《史记集解序》云:"骃以为固之所言,世称其当。"

从汉代算起,《史记》学的产生已经有2000多年的历史了。在这2000多年之中,《史记》学研究无疑一直处于显学的地位,研究范围之广博,研究著作之深入,在中国整个学术研究中,都有突出的地位,而研究者更是涵盖古今中外。由商务印书馆出版的张新科教授的新著《史记学概论》,以《史记》学为研究对象,对《史记》学的"产生发展、性质特点、社会功能、基础理论、基本方法和发展规律等做概括地论述"②,则在众多的《史记》学研究著作中,独树一帜,是自觉地在进行学术史总结和理论归纳的《史记》学研究的纲领性著作,无疑填补了《史记》学研究的一项空白。

张新科先生是著名《史记》学研究专家,此前出版的有《〈史记〉与中国文学》《史记研究史略》以及《唐前史传文学研究》等学术著作,都有广泛影响。《史记学概论》包括范畴论、价值论、源流论、本质论、方法论、生存论、主体论各个部分。在范畴论中,作者首先讨论了《史记》学研究中基础性研究、理论性研究、《史记》学的体系构成研究中的一些问题,包括作家作品基本情况研究、文献整理、乡土教材、普及宣传、相关性研究等问题;鉴赏与评论、外部及内部规律研究、《史记》研究之研究等问题;建立《史记》学研究体系的基本思路、体系的构成等问题。作者认为,《史记》学的研究内容涉及史学、哲学、文学、天文学、地理学、军事学、民族学、经济学、医学等方面,《史记》学的研究,应该是基础性研究、相关性研究、理论性研究三者互相联系、互相补充的一个互动的学科体系。

在价值论中,作者认为,《史记》学建立的基础是《史记》所具有的广阔的历史画卷、丰富的思想内涵、独特的历史内容、不朽的民族精神、深刻的人生体验,以及对历史人物的独特刻画等。建立《史记》学,就是要克服对《史记》学的认识不到位、相关研究不深入、大众化不够等问题,要把《史记》研究与中国文化的

① 范晔《后汉书》,李贤等注,中华书局1965年版。
② 张新科《史记学概论·导论》,商务印书馆2003年版。

整个发展流程结合起来看待,要发掘《史记》学的历史认识价值、自我激励价值、人生教育价值、艺术审美价值。

在源流论中,作者研究了《史记》学的形成和发展过程,提出了汉魏六朝是《史记》学的萌芽期,唐宋是《史记》学的形成期,元明是《史记》学的发展期,清代是《史记》学的高潮期,近现代是《史记》学的转折期的分类。并认为20世纪是《史记》学研究的兴盛和繁荣期。作者并对《史记》学中的部分疑案,如司马迁的生卒年,司马谈的作史,《史记》的断限、缺补、书名、倒书,太史公释名等问题,进行了全面的梳理,并在综合各家见解的基础上,提出了自己的看法。

在本质论中,作者认为,《史记》学具有多学科性、多层面性、现实性和世界性的特点,并论述了《史记》学与史学、哲学、文学、民族学、地理学、自然科学等学科的联系。在方法论中,作者介绍了研究《史记》学的基本方法和基本资料。在生存论中,作者讨论了《史记》学的历史价值和现实价值问题。在主体论中,作者讨论了《史记》学研究者的学术素养问题。作者在最后,还专门介绍了日本学者的《史记》学研究。

《史记学概论》是一部研究《史记》的基础理论著作,同时,也是指导《史记》学研究不断走向深入的具有深刻学术自省意识的优秀著作。作者既高屋建瓴,又深入细致,既有对学科命运和前途的深入思考和理论探究,又有对具体问题的仔细爬梳。著名学者游国恩先生于1926年出版《楚辞概论》一书,陆侃如先生在《楚辞概论序》中指出,《楚辞概论》"可算是有《楚辞》以来的一部空前的著作,不但可供文学史家参考,且为了解《楚辞》的捷径了",又说,"这书最大的特点,是把《楚辞》当作一个有机的整体,不但研究它本身,还研究它的来源和去路。这种历史的眼光,是前人所没有的"。① 这个评价,也可以用来说明张新科先生《史记学概论》的学术价值。

---

① 游国恩《楚辞概论》,北新书局出版,后商务印书馆1928年再版。

《史记学概论》的出版与"史记学"的建立①

——评《史记学概论》

池万兴

司马迁的《史记》,不仅是中国文化史上一部不朽的杰作,也是世界文化宝库中一颗璀璨的明珠。司马迁以其伟大而崇高的人格、宽广而博大的胸襟、坚强而超人的毅力、卓越而天才的史识与文才,在两千多年前,写出了一部具有百科全书性质和世界史性质的、中国第一部纪传体通史与第一部传记文学作品,成为历代史学的楷模与文学的典范,对后世的史学、文学、经济、政治、文化等各个学科,皆产生了深远而巨大的影响。因此,自《史记》问世两千多年来,有不可胜计的中外学者阅读它、研究它,产生了数以万计的《史记》研究作品,从而使《史记》研究成为一门具有世界性质和意义的专门之学。据《史记教程》初步统计,从汉代到 1998 年底,两千多年来有关司马迁与《史记》的研究"论文总量3704 篇,论著总量293 部,总字数一亿一千余万字,作者 2028 人,当代 20 世纪80 年代以来的 19 年间的研究成果占两千多年来总量之半"。从地域来看,《史记》不仅在中国家喻户晓,而且具有广泛的世界性影响。《史记》被翻译成英、日、德、法、俄、韩等各种文字。不少国家有专门研究《史记》的学者和组织。当代《史记》越来越受到世界各国的欢迎与重视。由此可见,《史记》不仅愈来愈热,而且已经走向了世界,建立"史记学"已是时代的热切呼唤。张新科同志的《史记学概论》适应了时代的需要,成为"史记学"的奠基之作。它首次对"史记

① 《西藏民族学院学报》2005 年第 2 期。

学"的学科特点与体系等问题进行了全面而深入的系统论述。因此,可以毫不夸张地说《史记学概论》的出版,标志着"史记学"这一新兴学科的诞生。

新科同志 20 多年来,始终执着地辛勤耕耘在"史记学"的研究领域,是当代《史记》研究领域一位卓有成就的中青年专家。他先后出版有《史记研究史略》《〈史记〉与中国文学》《中国古典传记论稿》《唐前史传文学研究》等专著,发表有关论文数十篇。而这本《史记学概论》无疑是他的代表作。通读此书,我感到该著有以下几个方面的主要特点。

(一)宏观立论,自成一家

《史记》是一部"究天人之际,通古今之变,成一家之言"的百科全书性质的史学名著。两千多年来,研究成果,汗牛充栋,不可胜计。面对众多的成果与史料,如何取舍,是一个十分棘手的问题。此外,什么是"史记学",似乎并不难回答。但是,如果进一步要问:作为一门学问,"史记学"的学科体系是什么;它的基础理论、研究范围、研究内容、研究任务、研究方法以及以往的研究过程与研究成果、当前的研究现状与未来的研究走向又是什么? 这恐怕就不是人人能够回答的了。因此,该选题具有很大的研究难度。新科同志知难而上,能够像当年司马迁写作《史记》"网罗天下放矢旧闻"那样,博览前人大量的研究成果,认真分析当今《史记》研究的走向与特点,在广泛阅读和深入思考的基础上,对前人的成果一一进行梳理,分清主次,理清线索,决定取舍。然后在深入思考的基础上,构建自己的"史记学"学科理论体系。该书分为七论十七章,全面阐述了"史记学"的范畴、价值、源流、本质、方法等学科内涵与特点。在"范畴论"中,作者首先对"史记学"的基础性研究进行了系统梳理与论证。其次对"史记学"的理论性研究进行了界定,认为理论性研究是"史记学"研究的重点所在。在"史记学"的研究范畴确定之后,作者进一步深入探讨了"史记学"的学科体系建设。在这一章中,作者重点论述了"史记学"的研究任务、研究方向、研究历史与现状,建立"史记学"学科体系的必要性和现实可能性。作者指出"'史记学'的体系应是基础部分、相关部分、理论部分三个层次的综合体"。而"史记学"这一学科建立的目的,"落脚点应有益于现实,不能搞成纯书斋式研究","'史记学'最终是要回到现实的土壤之上,为现实服务"。在"价值论"中,作者首先简明扼要地论述了《史记》本身所具有的丰富的文化内涵和价值,认为这是"史记学"之所以能成为一门独立学科的关键所在,是"史记学"建立的基础。然后重点论述了"史记学"的价值与意义。在"源流论"中,作者用两章的篇幅,简要论述了两千年来《史记》研究的历程,并对"史记学"的重要疑案进行了梳理,提出了自己的一些新观点。在"本质论"中,首先论述了"史记学"的特点。认为作为社会科学的一个分支学科,"史记学"与其他社会科学有共同之处,但作为有两千多年研究史的一门独立的学科来说,"史记学"又具有不同于其他学科的四个特点,即多学科性、多层面性、现实性和世界性。其次,作者重点论述了"史记学"与史学、哲学、文学、民族学、地理学、自然科学以及其他社会科学的关系。主张打破"史记学"单一的研究模式,进行多学科的综合研究和跨学科的交叉研究。在"方法论"中,作者重点论述了"史记学"的基础理论、基本资料与研究方法。认为"史记学"必须坚持的基本理论就是马列主义的唯物史观。在这一理论的指导下,可以广泛采用各种理论研究"史记学"。而"史记学"的基本资料是多方面的,其研究方法自然也应该是多方面的。在"生存论"中,作者分三章论述了"史记学"与现实社会,"史记学"的学术组织以及"史记学"的成果产生与批评。这一"论"是作者的匠心独运之处,有许多独到的见解与建设性的意见。"主体论"着重论述了研究者作为"史记学"的主体,要对客体进行认识、分析、研究,就必须具有一定的素养,要掌握基本的研究技能,并且要有使命感、责任感,树立远大的目标,脚踏实地,实现既定的目标。总之,《史记学概论》第一次构建了"史记学"的学科模式与理论框架,从宏观上立论,视野开阔,七论十七章,组织严密,自成体系,是一部开创性的著作,填补了《史记》研究的一项空白,奠定了"史记学"的基本理论与基本框架体系。

(二)微观探讨,深入浅出

《史记学概论》尽管是对"史记学"这一新兴学科的"概论",注重宏观把握,着重构建学科体系,但同时也十分注重微观探讨,是在深入地微观研究基础上的宏观论述。如第四章论述"'史记学'建立的基础",作者认为,《史记》本身丰富的文化内涵和价值是它成为一门学科的关键所在,也是"史记学"建立的基础。这一章分六节来探讨《史记》的文化内涵和价值。在《不朽的民族精神》这一节中,作者提出了"《史记》一书借历史人物来显示民族的发展历史和民族精神"的观点。为了论证这一观点,作者从"积极进取,建功立业""坚忍不拔,战胜挫折""勇于革新,敢于革命""忧国、爱国""崇尚德义,追求独立人格"五个方面对《史记》的文化内涵和价值进行了深入探讨。在"鲜明的人物形象"一节中,作者从三个方面全面深入地论述了"《史记》的出现使人物活动在时、空方面都大大扩展,可以跨越年代,也可以跨越空间(国别),给人物形象的刻画创造了有利的条件"。第一,《史记》"不受时空限制,可以从容不迫地写一些细节,做到粗细结合";第二,"由于时间的连续和空间的拓宽,可以多侧面写人,使人物由平面化转向立体化";第三,《史记》"以人为中心,形成曲折生动的故事情节。"此外,作者运用了大量的例证论述了《史记》人物的个性化、人物形象的丰满性、人物形象的流动性和复杂性以及人物形象的形神兼备等问题。这些论述条分缕析,中心明确,重点突出,又能够旁征博引,层层深入,分析透辟,深入浅出,行文若高山流水,酣畅淋漓,给人产生深刻的印象。这是《史记学概论》的又一特点。

(三)立足前沿,不断创新

尽管《史记》研究已经有两千多年的历史,但纵观以往的研究情况,从汉代到清代,两千年的《史记》研究全部集中在文献方面。传统的《史记》研究,偏重微观,在名物典章、地理沿革、文字校勘、音韵训诂、版本源流、疏解、读法、评注等方面下功夫,方法是抄撮材料,排比印证,集甲说乙云。这是传统注疏与乾嘉考据的治学方法。只是到了近代(1905—1949)①,在传统研究的基础上,开始有人注意到对《史记》丰富的文化内涵的研究,也从单纯的微观研究开始注意到宏观研究。现代30年间(1950—1979),尽管《史记》研究处于一个低潮,但思想研究与普及方面仍产生了不少成果,有关《史记》的通俗读物与选本逐渐增加。1980年之后,研究的视野进一步开阔,学者们开始对《史记》进行全方位、多层次的研究。研究领域不断扩大,研究方法日益丰富多样。尤其是思想研究与普及工作取得了很大的成绩。近20年来的研究成果,论著100多部,论文数

---

① 此分法采用了安平秋主编的《史记教程》的分法。

千篇,研究队伍有两千多人。在这样一个"史记热"的环境下,创立一门新兴学科——"史记学"的任务便提到议事日程上来了。十年前,曾经就有学者提出这一倡议,但并没有得到学术界的普遍响应。新科同志,筚路蓝缕,悉心钻研,奋力开拓,终于完成了学术界期待已久的建立"史记学"学科体系的开创性的工作。这一课题,处于当前《史记》研究的前沿,对于引导《史记》研究具有重要的指导性作用和巨大的现实意义。

《史记学概论》系统地梳理、总结了两千多年来《史记》研究的各种成果,详尽而系统地阐释了这一新兴学科的研究目标、研究内容、研究工程、研究方法。这无疑将进一步推动《史记》研究的深入发展,使研究者减少盲目性,增强针对性与科学性。

《史记学概论》对于许多问题的论述也处于学术的前沿。例如,第九章在阐释"史记学"的特点时,作者从"多学科性""多层面性""现实性"和"世界性"四个方面去论述。在"多学科性"这一节中,作者将两千多年来《史记》研究的过程和成果概括为35门、278个子目。这不但是对以往研究成果的科学概括与归纳,充分展示了《史记》研究内容的丰富性与多样性,而且也是进一步拓展《史记》研究内容、丰富研究方法的又一个新的出发点。因此,本着具有重要的指导意义与借鉴价值。又如,《史记》研究的方法论是研究中一个十分重要的问题。作者对于这一问题在第十二章第三节进行了全面深入的论述,明确指出了《史记》研究中的一些误区:第一,有些研究者出于对司马迁的崇敬,有美化、拔高司马迁的倾向。"以今人思想去解释、认识司马迁思想,把司马迁现代化"。而有些研究者为了拔高司马迁,在分析问题时出现了以点带面,以偏概全的错误倾向。第二,研究中的又一误区是所谓"为尊者讳"。有些研究者为了回护司马迁,不能正确认识司马迁思想上的矛盾和局限性。这些思想上的矛盾与局限性表现在:一是为李陵辩护问题。二是对汉武帝不能正确评价问题。三是司马迁在评价人物时往往带有个人的主观感情色彩。四是将司马迁的某些局限性说成是他的伟大、过人之处。第三,对《史记》材料不加详细甄别,将其一律视为司马迁的思想。作者认为,司马迁转录的材料不一定代表司马迁本人的思想。转述历史人物的话,不一定反映司马迁的思想。这些论述不仅十分中肯,而且具有指导性意义。

(四)着眼现实,服务当代

　　《史记学概论》不仅在于开拓了《史记》研究的新领域,建立了"史记学"研究的学科体系,更为重要的是,它为当今的《史记》研究提供了理论指导与借鉴。同时,它从人文精神方面为今天的社会提供有价值的营养,从传记文学创作方面为今天提供成功的范例。因此,本著既有显著的理论意义,又具有较大的现实意义。尤其是在最后的两论五章之中,作者论述的重点显然是着眼现实,服务当代。如第十三章《"史记学"与现实社会》共四节,就有三节分别论述了"'史记学'与当代人文精神""'史记学'与当代社会经济""'史记学'与当代学术"的问题。再如第十七章《〈史记〉研究者的使命与努力方向》,也是从现实出发的。作者指出:"《史记》研究者肩负着时代的使命,应该在以下方面进行努力,取得新的成果,达到新的高度。"一是走综合化研究之路;二是以理论作统帅;三是多样化的研究方法与多样化的成果形式;四是立体化的研究;五是世界化的研究目标;六是生产化的方式。这些都是对当代《史记》研究具有指导意义和现实意义的真知灼见。又如作者在第一章论述《史记》的普及宣传工作时,不但提出要明确普及对象,而且要有多层次的普及内容。第一层次是普及《史记》的人物、故事、内容以及大力宣传司马迁,这只是初级的普及历史知识。第二层次是普及司马迁精神、人格魅力、思想精华以及努力弘扬《史记》的价值。这是深层次的普及,具有强烈的社会意义和现实意义,是建设新文化、提高民族文化素质的需要。第三层次是普及研究成果,形成更为深广的社会影响。如开设《史记》课程、《史记》研究成果的数字化、产业化以及用其他高科技手段进一步普及《史记》。经过作者这样的描述,当代如何普及《史记》就有了明确的目标与方向,有了具体的内容,就不再是一句空话,而是要求实实在在地去努力工作了。由此可见,该著的现实意义是十分强烈的。

"史记学"的理论奠基①

张玉春　唐　英

司马迁的不朽之作《史记》,是中华文化宝库中的一颗璀璨的明珠,也是饮誉世界的经典名著,自其问世 2000 年来,国内外学者的研究长盛不衰,研究成果可谓汗牛充栋,逐渐形成一门相对独立的学科——"史记学"。然而,何谓"史记学"? 它的内涵、外延应如何界定,迄今为止尚未明确。《史记学概论》,对"史记学"的产生发展、性质特点、社会功能、基础理论、基本方法和发展规律等进行了翔实而又精到的论述,它"第一次构建了'史记学'的模式与框架,是一部开创性的著作。"其开创性与奠基意义突出体现在以下几个方面。

(一)体系建构的全面性与立体性

《史记学概论》(以下简称《概论》)共七论十七章,分别从范畴论、价值论、源流论、本质论、方法论、生存论及主体论七个方面,对"史记学"的体系、特征等进行了理论总结。该书不仅较完整地总结了《史记》本身的价值,对"史记学"的源流进行了分段论述,从多学科性、多层面性、现实性、世界性四个方面阐释了"史记学"的特点,还探讨了"史记学"与其他学科的关系及其疑案、资料与方法,以及它今后的研究方向、研究主体的素养等等。在建构这一学科体系时,作者还提出了"史记学"的任务,即运用正确的理论、方法,对司马迁及《史记》进行全方位、多学科、多层面的研究,充分挖掘《史记》的文化内涵。同时,还应充

①《中国图书评论》2005 年第 3 期。

分利用与《史记》有关的文物古迹,使它们发挥应有的作用。明确了"史记学"的目标方向是:立足现实,立足中国,走向世界。综观全书,点面结合,几乎是无所不包。

《概论》所建构的"史记学"体系,是全面的,也是立体的。其立体性表现在"史记学"本身的立体构架上,也表现在作者的研究与论述上。如作者所说"史记学"本身也是一个立体性的构架。它以文化为土壤,以文、史为主干,以美学、经济学、哲学、文献学、自然科学等相近、相关研究为枝叶;在研究与论述上,作者采用的是一种由浅入深、由基础到深层的方式,逐步建立起一种立体金字塔式的结构。体现出了作者思维和这一学科体系本身的严密性。如,在讨论范畴的基础上论述价值,进而论述源流,探讨本质、资料、方法等等。在这个金字塔里,各个层面各个点不是相互分离的,而是相互联系,互为补充的。它是个有生命力的东西,在其体内,各条筋脉都是相通的,每一根筋脉也都是脉络分明的。

(二)研究视角的宽泛性与新颖性

《概论》所建构体系的全面性与完整性,离不开"史记学"本身的这一特点,也离不开作者视角的宽泛。其视角涉及古今中外,各门学科。从汉魏六朝到近现代,到新中国成立,再到当今社会;从史学、文学、哲学,到心理学、民族学、地理学,再到自然科学;从具体的作家作品到理论总结,再到疑案的处理、研究误区的提示;其引文从钟惺、金圣叹,到李大钊、梁启超、郭沫若,再到黑格尔、高尔基等等,涉猎非常之广博。这种广博不是眉毛胡子一把抓,而是处处为自己的理论服务,为明确地建构"史记学"这一体系服务。

《概论》还处处体现出作者视角的新颖性。如上述"独特的四夷列传"等具体问题的提出就展现了这一点。作者认为,司马迁民族史传所表现的思想有几点值得我们重视:第一,强调大一统,把四周少数民族纳入华夏民族的版图之内,强调他们也是汉天子的臣民。第二,各民族都是黄帝的子孙。第三,各民族都有自己的生活环境和风俗习惯。司马迁对民族问题的看法是独特的,也是具有积极的进步意义的。

（三）叙述方式的客观性与概括性

《概论》一书对"史记学"现实性的注意，对各种疑案问题与研究误区的分析和论述，都体现出其叙述立场的客观性。它在分析研究误区时尤其强调不拔高、不溢美，不"为尊者讳"，这一点是很值得研究者注意的。另外，在介绍"史记学"的疑案问题时，面对各种不同的说法，要指出它们的可靠与不可靠，或其可靠程度，这就需要有非常严谨而客观的态度。在这一点上，作者真正做到了他所强调的，"不虚美，不隐恶"，非常公正地对待各种争论，分析了各个问题达成一致的情况。

作为一部概论著作，此书的概括性主要体现在这几个层面：第一，所建构理论本身的高度概括性，如对《史记》本身及"史记学"价值的总结，对研究使命与方向的概括等。第二，对《史记》内部作品的概述，如在论述作品中融入了深刻的人生体验时说，《项羽本纪》是一首慷慨悲壮的颂赞诗，《伯夷列传》是一首力透纸背的悲愤诗，《游侠列传》《滑稽列传》《刺客列传》是一首"传畸人于千秋"的传奇诗，《酷吏列传》是一首揭露时弊的政治批判诗，《万石张叔列传》是一首细致绝妙的讽刺诗，《司马相如列传》是一首曲折动人的爱情诗，《太史公自序》是一首哀婉感人的自传诗，以排比的句式，一气呵成，形象而概括。第三，对研究作品的简洁评述，如"白寿彝的《〈史记〉新论》第一次从理论上系统地论述了司马迁的创作主旨'究天人之际，通古今之变，成一家之言'；郭双成的《史记人物传记论稿》第一次从传记文学的角度系统地研究司马迁人物传记的巨大成就；张大可《史记研究》从结构、核心思想、表述形式等方面系统论述了司马迁'一家之言'的实质……"以一句话评其所得，简洁明了，从而把浩如烟海的研究著作囊括进《概论》，让研究者清楚地了解到每部研究著作的历史地位与价值。

三、《文化视野中的汉代文学》

张新科著,中国社会科学出版社 2006 年 12 月出版

视野宏阔　体实达旨①

——评张新科教授的新著《文化视野中的汉代文学》

刘　宁

汉代文学是中国文学史上一个承前启后的重要发展阶段,其中蕴涵了中国多种文学体式的萌芽,所谓"文章各体,至东汉而大备"(刘师培《中国中古文学史》)。宏丽的两汉辞赋、朴实的汉代诗歌及史传文学的空前发展,奠定了中国古典文学的根柢。汉代文学的繁荣由文体形式到文学作品的内容都能体现出来,汉唐气象远非其他朝代所能匹敌。然而,与唐代文学无论是在整体结构或分体理论研究的丰盛性相比,汉代文学研究则明显表现出单一,缺乏整体性宏观研究,从而很难凸显汉代文学非凡的文化面貌与特质。张新科教授新著《文化视野中的汉代文学》(中国社会科学出版社 2006 年 12 月出版)约 27 万字,分为上下两篇,共 17 章,全书从大文化视野研究汉代文学,不仅鲜明有力地凸显了汉代文学的特质,而且讨论了汉代文学的多元文化因素及其与先秦、魏晋以后文学的关系,并对一些代表性的作家或著作进行了个案分析,从而全面客观地揭示了汉代文学发生、发展的深层原因,体现了作者独立思考、努力创新的学术锐气。通览全书,充满思辨,独出机杼的学术创新观点俯拾皆是。可以说,17章中几乎每章都有作者灵光闪现的独到之见,更不乏让人茅塞顿开的确切之论。尤其是如下几个方面的特点,最能体现该书的学术含量。

---

① 《唐都学刊》2007 年第 4 期。

（一）视野宏阔

《文化视野中的汉代文学》一书,以"文化"为学术背景贯穿两汉文学研究始终。在绪论中,作者首先从"文学""文人""文""文化"等基本概念入手,提出了本书的研究思路与宏大的学术视野:将汉代文学放在两汉400年间文化变迁的视阈中进行研究,从文化视野看汉代文学,运用文化学的理论,从哲学、宗教、艺术、风俗等广阔的角度认识汉代文学及其本质。

全书上篇有九章,从九个方面整体论述汉代文学,分别是:《汉代文学与先秦文化的不解之缘》《大一统政治下的文人心态轨迹》《经学盛衰与汉代文学风格的变化》《神学思想与汉代文学的哲学化思潮》《道家思想与汉代文人的自我情怀》《神仙观念与汉代文学》《风俗文化与汉代的杂歌谣辞》《汉代艺术与文学的双向互动》《汉代文学的自觉化倾向》。下篇有八章,从具体的两汉作家、作品展开个案研究,分别是《依经立论:汉代人对屈原及其作品的评价》《多元与整合:从〈自序〉看〈史记〉的文化意蕴》《同一文化背景下的两位文学巨匠:司马迁与司马相如比较论》《经术与文学的结缘:〈焦氏易林〉与汉代的四言诗》《汉代道教经典与五、七言诗歌》《诗化的艺术:傅毅〈舞赋〉的文化价值》《文学视角中的鸿都门学:兼论汉末文风的转变》《汉赋的经典化过程:以汉魏六朝时期为例》。仅从这些章节的设立,我们就可以立刻感受到全书宏大开阔的学术视野与研究背景。当然,我们在阅读具体篇章时,也可以领略到作者开阔的学术视野与研究背景。例如下篇中第二章,作者从《史记·太史公自序》一文中挖掘出《史记》全书中所蕴含的丰富文化内涵,包括《史记》与楚文化的渊源关系、《史记》中的史官文化基因、《史记》中体现出的子文化特征、多元地域文化特征、政治文化背景以及民间文化熏陶,给人以全新的认识。

（二）体实达旨

《文化视野中的汉代文学》一书立足于汉代文学研究,全书涉及汉代各种文学体式及大量作品,在具体问题的讨论中,作者尽可能对多种文学体式展开分析后再得出结论。比如《汉代文学与先秦文化的不解之缘》这一章是从文化演进的三大系统,巫文化、史官文化、子文化三个方面讨论汉代文学与先秦文化的继承关系,这一章涉及的汉代文学作品有《淮南子》、董仲舒等人的"天人感应"政论散文、歌功颂德的汉大赋、《史记》《汉书》等大量作品。

书中尤其对前人忽视的作品进行了深入细致的分析。例如汉代易学的重要著作《焦氏易林》中有400多首繇辞,基本上是整齐的四言诗,作者专立一章,讨论了这些繇辞在汉代四言诗的发展中具有的重要意义;《风俗文化与汉代的杂歌谣辞》一章中,作者专门提出自己对两汉"杂歌谣辞"作品统计,并在此基础上提出汉代杂歌谣辞的文学特点:现实性、政治性、情感性、通俗性、广泛性,之后分析出汉代杂歌谣辞产生的文化背景:制度文化、士林风气、社会风气、谶纬、五行学说等文化因素,最后作者指出杂歌谣辞具有弥补诗歌史空白的意义。再如《汉代道教经典与五、七言诗歌》一章中,作者对汉代的道教著作《周易参同契》《太平经》进行了细致阅读,作者认为《周易参同契》中出现的430多行的五言诗句说明当时是五言诗发展的重要时期;另外作者也对《太平经》十卷出现的96句七言诗句进行了分析,认为《太平经》中出现的七言诗句,有助于我们从另一线索来认识七言诗的发展。总之,作者认为汉代五言诗、七言诗的发展与道教经典有一定的关系,道教经典对于我们认识这两类诗的发展具有重要的参考价值。

(三)资料翔赡

本论著在论述中援引资料翔实丰赡。几乎在每一个具体问题的论述中,著者都能提供出丰富的史料、最新的考古发现资料及完备的文本资料。比如在"汉代艺术与文学的双向互动"一章中,作者不仅从《汉书·郊祀志》《汉书·外戚传》中援引了有关汉代壁画的资料,还介绍了20世纪考古发现的最新材料,迄今年代最早的汉墓壁画洛阳卜千秋壁画的画面情况,另外又从汉代文人作品王延寿的《鲁灵光殿赋》中选取了直接描写灵光殿壁画的文字,通过以上多方面的材料介绍汉代壁画,以期分析汉代绘画与文学之间的密切关系。再比如,当作者讨论东汉后期文人的多元心态时,除了从政治的衰败、各地起义、军阀混战进行分析外还着重指出自然灾害的频繁出现动摇了东汉的社会基础,其中就详细采录了东汉安帝时期所发生的多起自然灾害及其对社会带来的破坏。这些翔实丰富的资料,使得作者的认识成为令人信服的结论。

遍检全书,我们可以知道作者提供的资料是非常丰富的,而且基本上都是第一手文献资料。这种求真务实的学术劳动,既体现了作者严谨的科学研究态度,也体现了作者驾驭古典文献资料与运用古典文献资料的能力,以及一丝不苟的学风和规范的学术操作。

(四)价值深远

章学诚在谈到清代汉学的流弊时说:"风尚所趋,但知聚铜,不解铸釜;其下焉者,则沙砾粪土,亦曰聚之而已。"(《与邵二云书》,章学诚遗书卷九)"聚铜"是搜集材料的过程,"铸釜"是使用材料、运用材料以解决问题而取得实际成果的过程。"聚铜"固然有益,但"铸釜"更为重要。"聚铜"一般人可为,但"铸釜"非大匠莫为。《文化视野中的汉代文学》一书既有"聚铜"之功,又有"铸釜"之能。张新科教授将汉代文学置于两汉400年间文化变迁的视域中进行研究,不仅从宏观上把握住了汉代文学发生、发展的深层原因及特征,并且从文化演变过程中考察了汉代文学如何逐渐向文学的自觉时代迈进,勾勒了汉代文人心态变化的历史,挖掘了文学文本所蕴含的文化意义,从而较全面客观地揭示了汉代文学的历史意义和历史价值。

《文化视野中的汉代文学》一书,从大文化视野研究汉代文学,这不只是研究方法的突破,而且是思维方法的突破。通过对汉代文学的文化透视,我们深深体会到,文学研究的方法应该多样化。实证性的研究固然需要,它是任何研究的基础,没有这样的基础,研究就会流于空泛;审美的研究是文学研究的重要方法,通过研究人们会提高审美能力;而文化学的研究,有助于从宏观方面认识问题,没有这种研究,人们就很难全面认识一个时代的文学全貌和发展规律。

总之,《文化视野中的汉代文学》一书以宏阔的学术视野全面客观地再现了汉代文学的面貌和特质,使我们对汉代文学研究走出单一、狭小的研究境地有了更多的期盼;同时,该书的出版也会促使汉代文学研究走向深入,促使中国古代文学研究在方法与思维方式上有所拓宽。

文化与文学的交响①

——评张新科教授的《文化视野中的汉代文学》

陈　刚

近几年来,在中国古典文学研究领域,一些学者借助于新的研究角度、研究方法和研究材料所做的各种探讨,将学科发展不断推向新的高度。其中,著名古典文学研究专家张新科教授新近问世的论著《文化视野中的汉代文学》(中国社会科学出版社 2006 年 12 月出版,以下简称《汉代文学》)便是这类成果中颇富于个性、很有学术价值和思想启示意义的重要著作,总体上看,这部论著有以下几个重要特点。

(一)宏阔而切实的理论视野

《汉代文学》所研究的对象是以两汉 400 年为中心的文学。众所公认的,这一时期文学最显著的审美精神是雄浑阔大。与两汉文学的这一重要的审美特质相适应,该书确立和构建了一种极为宏通、十分宽广的研究视域——即文化视野,由此上下纵横,左右贯通,多位观照,全面把握,从而在相当宏阔同时又切实有效的理论视野中对整个汉代文学做出了深入细致、有理有据的论述。这一点,在全书尤其是该书上编诸章得到了显著的体现。其中,既有时代的政治状况与文人心态的演变轨迹,又有经学盛衰与文学风格的变化态势;既有神学观念对文学的影响,又有道家思想对文人精神的沾溉;既有神仙、风俗文化背景下

的文学的时代特点,又有各门艺术与文学的双向互动关系。这种从宏观意义上的讨论,就汉代文学发展中与文化关系最紧密、最具全局性和规律性的问题深入阐发,因而尽可能清晰、准确地揭示出汉代文学发展的基本状况。

在具体的讨论中,该书同样做到了对汉代文学与文化各方面关联的简要归纳与概括,作为一种阔大深广同时又不乏精微细致的研究,显示出纲举而目张的效果。如上篇第一章《大一统政治下的文人心态轨迹》,将汉代政治的特点在总体上概括为"大一统",然后又根据社会发展的实际,把整个汉代政治发展变化分为初期、一统和衰败三个时期,并进一步将文人心态发展轨迹概括为相应的三种情形,即自我追求、盛世情怀与多元心态。思路清晰缜密,使人对汉代政治与文学的关系有一个相当具体、细致而准确的认识。再如上篇第五章《道家思想与汉代文人的自我情怀》,首先从道家与汉代文人的思想观念这一角度出发归纳了道家影响下文人的哲学观、政治观,进而又分别以《道家与西汉文人的内心解脱》《道家与东汉文人的自我安顿》为题极为精要地概括了道家思想影响文人,使得文人特别注重自我内心情思的抒发。同时,这种影响在整个汉代文学中一直存在,在不同的阶段又在文人精神世界产生了不同的价值和作用。

(二)新颖而独到的学术见解

《汉代文学》将汉代文学作为文化现象进行研究,如前所述,视野相当开阔。进一步看,这部著作与著者的另外一部引起强烈反响和好评的《史记学概论》一样,学术视野不是封闭的、自足的,而是能动的、开放的;研究角度也不是单一的、静止的,而是复合的、动态的。翻检全书,给我们留下深刻印象的,是其研究角度和方法的丰富多样,为汉代文学研究提供了许多富于新意的见解、观点和思路。该书明确提出,"研究汉代文学,离不开文化学的环节和视域",这是汉代文学研究中极其独到又很有道理的看法,必将对汉代文学研究产生深远的影响。事实上,借助于文化学的思想立场和研究方法,《汉代文学》发现了汉代文学研究中许多有待深入开掘的领地。而著者又以其对汉代文化和文学的娴熟掌握与深刻认识,在这些领地之中做了披荆斩棘的奠基性工作。如传统的中国诗歌史上,谈到汉代诗歌大都只提及乐府诗和《古诗十九首》。本书在有关学者初步研究的基础上,经过钩沉梳理,明确提出:"当人们感到汉代诗歌缺失的时候,不妨放宽视野,从汉代文化的其他方面入手,去寻找那缺失的环节。""汉代易学的重要著作《焦氏易林》,其中有 4000 多首繇辞,基本上是整齐的四言诗,对于我们重新认识四言诗在汉代的发展具有重要意义。"在下篇第五章《汉代道教经典与五、七言诗歌》中又指出:"道教著作固然以宣传道教思想为主,但为了宣传,也往往注意经典的外在形式,以便传诵。因此,就有许多韵语产生,具有了诗歌的某些形式特征。在中国文学史上,五言诗、七言诗在汉代成熟或初具雏形,这两种诗歌形式的出现,有多种因素,其中汉代的道家、道教对此有重要贡献。""汉代道教的重要著作《周易参同契》《太平经》中还有一些五言诗句和七言诗句,它们可以补充汉代诗歌史链条中的一些缺失的环节。"

(三)多元而灵活的研究方法

汉代文学,如前所述,天然地与文化纠结在一起。这一点,正好成为我们观照《汉代文学》这部汉代文学研究的创新之作的一个参考物。进而论之,与汉代文学的自觉化倾向和非文学的因素交相联结、嬗替、并存的现实相适应,谈汉代文学,必然要在一种尽可能宏观的、包容的、辩证的视域中进行。"文化"正是这种视域的一个焦点,是足以贯通各种因素的核心和枢纽。这种研究,与近些年渐成气候的文学文化学研究正相合拍。而在更深层次的意义上,可以说,对汉代文学研究而言,是必然的选择。《汉代文学》一书,在研究方法上同样选择了文化学的方法。仔细研读该书,读者能明显体会到,著者对文化学的理论和方法有相当深入的研究和切实的把握,能恰当地运用文化学的方法讨论汉代文学中各种与文化相联结的文学现象,在深度、广度等各个方面都取得了很好的效果。因此,这一研究不但为汉代文学的文化学研究,而且为其他时代的文学文化学研究提供了诸多有价值的启示。

在具体的研究方法上,本书既有形而上的、宏观的理论阐发,又有具体的、个别的个案细读;既有文史哲打通的纵论,又有形象的感性的审美把握;既有纵向的开掘,又有断面的剖析;史的线索与论的脉络交织结合,如水乳交融,和谐一致,由此将丰富繁杂的汉代文学梳理归纳得相当清晰、细致,充满逻辑性。

从汉代文化角度研究汉代文学,涉及的话题、问题、范围异常繁杂,而本书并没有被过于纷繁的研究对象困扰,而是从大量现象中发现、追寻最关键、最重要、最具有说服力的问题,选择最合适的研究着力点,做到对所讨论对象主次轻重的合理取舍,突出重点,强调枢纽,取得了很好的研究效果。如本书在研究中特别注意抓住富于代表性、有高度艺术成就的作家、作品和文艺现象,尤其将整个汉代文学史上经典性的作家作品,像司马迁的《史记》、司马相如的赋等作为最主要的研究对象,深入开掘,颇见学术眼光和价值。如论汉代政治和文学的关系,主要着眼于大一统政治作用下文人心态的变化特征及其与文学创作的关系,而不是面面俱到。论神仙观念与汉代文学的关系,则集中讨论与神仙观念联系最密切的两种文学体裁即汉赋和汉代诗歌,而非泛泛而谈。这种专题讨论的形式,表面上看似乎缺少了"史"的纵深感和全面性,其实却在"论"的集中、深入方面更见成效、更显功力。

总之,纵观《汉代文学》全书,视野极为开阔,见解多有新意,方法辩证多样,该书无疑是汉代文学研究的一项重要成果,将对该领域研究的深入发展起到积极的推动作用。

汉代文学研究的文化学视角^①

——评张新科《文化视野中的汉代文学》

孙尚勇

目前,有关汉代文学研究的专著和论文很多。一方面,对汉代文学某个分支领域,比如赋、乐府、散文、文学思想、经学与汉代文学、神话、文体学等,学术界的研究堪称相当深入;另一方面,汉代文学基本史料工作也已陆续展开,前有陆侃如先生《中古文学系年》,近有刘跃进教授《秦汉文学编年史》。但是,中国文学通史系列的"汉代文学史"却千呼万唤不出来(目前只有赵明教授等主编《两汉大文学史》一种问世),故而汉代文学整体研究一直给人以不太充分的感觉。这说明什么问题呢?笔者以为,这至少说明:第一,尽管学术界对汉代文学各个侧面的研究已经相当充分,但关于汉代文学的总体定位仍有些许模糊;第二,与先秦、魏晋南北朝和唐、宋等各代文学相比,汉代文学在中国文学史上无疑具有独特性。正是汉代文学的这种独特性,导致学术界在撰写"汉代文学史"时有些底气不足。这种底气要求合理而全面的知识结构、宏通而博大的理论视野来支撑。伴随20世纪以降学科体系愈分愈细,知识愈加精密化和专门化,研究主体的知识结构和理论视野不得不趋向于一隅,这使得我们在研究复杂问题时常常会感到心有余而力不足。研究对象客观的复杂性和独特性,与研究主体知识视野的欠缺,使目前的汉代文学研究处于一个稍显窘迫的境地。如何有效地突破这一窘境,这是时代赋予当下研究者的重任。张新科教授的新著《文化视野中的汉代文学》（中国社会科学出版社，2006年，以下简称《视野》），正是渴望实现汉代文学研究整体突破的积极努力。

《视野》一书由绪论、上篇总论、下篇分论和结语四个部分构成。上篇九章分别从文化渊源、文人心态、经学盛衰、神学思想、道家思想、神仙观念、风俗文化、艺术和自觉倾向等角度对汉代文学做了多侧面透视，下篇八章则分别讨论了汉代文学批评依经立论的特点、《史记》的文化意蕴、《焦氏易林》的四言诗、鸿都门学等问题。

一个时代的文学，首先在一定的文化传统的滋养下获得发展，其次在特定的时代精神、学术思想、社会风尚的环境中成长起来，与其他时代相比，汉代文学尤其与其生长的传统和环境息息相关。《视野》一书上篇对汉代文学的总体考察正遵循了这样的思路。第一章《汉代文学与先秦文化的不解之缘》，概括了汉代文学发展所处的巫、史、子三大文化传统，并从这三大传统出发观照了汉代辞赋、乐府、政论散文、史传散文等文体及创作方法、创作主体人格精神中的传统因子。第二章《大一统政治下的文人心态轨迹》，分汉初、武帝至东汉中期、东汉后期三个阶段勾勒了两汉大一统政治及其历史变动对文人心态和文学面貌的深刻影响。第三章《经学盛衰与汉代文学风格的变化》，探讨了汉代经学与文人思想行为、模拟风气、各种文体发展、文学批评的关联。第四章《神学思想与汉代文学的哲学化思潮》，分析了以天人感应、阴阳灾异、谶纬为核心的神学思想及与之针锋相对的异端思想，进而阐述这两种思想之于汉代郊庙歌辞、散文创作等的影响，揭示了汉代文学的哲学化特征。第五章《道家思想与汉代文人的自我情怀》，论述了汉代文人在哲学观、政治观、人生观层面对道家思想的容受，进而分析了道家思想与汉代文人内心解脱和自我安顿的意义及其文学表现。第六章《神仙观念与汉代文学》，探讨了汉代神仙观念的表现及其对汉赋和乐府的影响。第七章《风俗文化与汉代的杂歌谣辞》，分析了以汉代风俗文化为依托的杂歌谣辞的特点及其文学史意义。第八章《汉代艺术与文学的双向互动》分别探析了音乐、舞蹈、书法、绘画艺术作为表现内容或背景给予汉代文学发展的巨大影响。第九章《汉代文学的自觉化倾向》，基于对汉代文学"受政治、哲学等因素的影响，明显具有政治化、经学化的色彩"但"保持了一定的独立性"

的认识,从《史记》《汉书》《后汉书》对文章与学术的分判、对文学家和文学作品意义的体认等角度,阐明了汉代文学走向自觉的轨迹。

上篇九章,由文化传统而及于上层之政治演进,再及于学术思想(经学、神学、道家和神仙),再及于下层之风俗,再及于艺术,终之以文学自觉,秩序井然,收放自如,其以文化视野研究汉代文学的理路十分明确,足见作者对于构建汉代文学发展史的积极思索。综览《视野》上篇,可以发现,作者不仅对汉代文学的发生、发展和独特性有着清晰、全面而深刻的认知,而且对汉代文学所涉及的政治学、经学、学术思想、音乐艺术等相关背景亦有精到的见解。比如:《视野》上篇第二章中,作者敏锐地指出,汉初文人之所以有战国游士之风,汉初文学之所以出现淮南王安、吴王濞、梁王武三大文学集团,汉初文学之所以表现出纵横驰骋、放言无惮的风格,都缘于汉初大一统政体下的分封制;两汉400年,文人的自我意识存在由肯定到迷失再到重新发现的过程。第四章中,作者不仅关注了神学思想,又关注了与之相对的异端思想之于汉代文学的积极影响。第五章中,作者揭示出道家思想对汉代"设疑以自通"的"难"体创作的巨大影响。这些判断和分析堪称精辟,无疑均得之于上述认知和见解。

《视野》下篇各章,是关于汉代文学和文学批评的一些个案分析,部分内容与上篇有关章节相辅相成。第一章《依经立论:汉代人对屈原及其作品的评价》,彰显了经学之于汉代文学发展和文学批评特质的决定性作用。第四章《经术与文学的结缘:〈焦氏易林〉与汉代的四言诗》,分析了《焦氏易林》四言繇辞的诗体特性及汉代经术与文学融合的特点。以上两章可以视为对上篇第三章的补充论述。第二章《多元与整合:从〈自序〉看〈史记〉的文化意蕴》,通过对《史记·太史公自序》的条分缕析,指出《史记》对历史积淀、学术思想、区域文化、官方文化、民间文化、巫史文化、家族文化等层面总结了3000年的中华文化进程,完成了对中国先秦多元文化的有效整合。《史记》在这方面显然适应并反映了汉代大一统的需要,本章可以视为对上篇第二章的补充论述。第三章《同一文化背景下的两位文学巨匠:司马迁和司马相如比较论》,认为《史记》和相如赋的共同特点在于有意识地创作,而非纪实,他们代表了文学在汉代走向自觉的脚步,昭示了文学自觉时代的到来。本章可以视为对上篇第九章的补充论述。第五章《汉代道教经典与五、七言诗歌》,介绍了魏伯阳《周易参同契》的五言作品和《太平经》中的七言作品,分析了它们的诗歌史价值。本章可以视为对上篇第六章的补充论述。第六章《诗化的艺术:傅毅〈舞赋〉的文化价值》,分析了《舞赋》的舞蹈艺术史史料价值。本章可以视为对上篇第八章的补充论述。第七章《文学视角中的"鸿都门学":兼论汉末文风的转变》,系统辩证了东汉"鸿都门学"的性质乃是为灵帝所重视的政治集团而非一般认为的文学集团,它对汉魏文学演进并未起到什么作用。第八章《汉赋的经典化过程:以汉魏六朝时期为例》论述了汉魏六朝时期汉赋经典化及其文学特质的逐渐显明的过程。《视野》下篇的以上论述,与上篇参观,构成了全书对汉代文学宏观把握和微观透视的全景观照,思理可谓缜密。

《视野》一书在汉代文学史的文化建构上有不足的话,在于对本土文化重视有余,而对域外文化之于汉代文学的可能影响有所忽略。汉武帝时张骞凿空西域和东汉后期的佛经翻译,是两汉文化史上的两个重大事件,它们对于汉代文学研究当有很大意义。《视野》一书还有个别细枝末节的微瑕。比如第105页说:"《乐记》的创作期,至今也无定论,但大多数学者把它看成西汉中期以前许多儒生的集体编纂,它继承了《荀子·乐论》思想,但又有新发展。"所论将《乐记》纯然视为汉前期儒家文献。因为出土郭店楚简《性自命出》的"根本思想与《乐记》一致"(李学勤:《重写学术史》,河北教育出版社,2002年,第264页),"甚至在用语上也很相近"(陈来:《荆门竹简之〈性自命出〉篇初探》,《郭店楚简研究》,《中国哲学》第20辑,辽宁教育出版社,1999年,第307页),故而近年学术界倾向于认定《乐记》的成书年代在战国前期(王锷:《〈礼记〉成书考》,中华书局,2007年,第99—101页)。

读罢全书,笔者深感《视野》贯穿了作者对文学研究,尤其是对汉代文学研究的理性思考。正如作者在《结语》中所说,文学既是一定文化背景的产物,其自身同样是特定文化的构成部分,因而我们很难从纯粹审美或娱乐的角度来认识文学,文学与特定文化是水乳交融难以分割的关系,汉代文学的特质尤在于此。的确,"对汉代文学进行文化学的研究,是汉代文学本身特点决定的,它不只是研究方法的问题,而且是思维方法的问题。立足于大视野的研究,对于我们认识汉代文学的本质特征具有积极的意义。"文学研究的境界,其实正应该"站在当时的历史背景上,去进行我们的研究,尤其是在文学还没有独立的时代,更应如此"。要之,《视野》一书是近年汉代文学整体研究的一项重要成果,是从文化视角对汉代文学独特性进行深入全面思考的一项重要成果。我们有理由相信,《视野》一书必将推动汉代文学研究的进一步展开,必将引起学术界关于文学文化学研究的学术理路的思考。

四、《〈史记〉与中国文学》

张新科著,陕西人民教育出版社1995年7月出版,商务印书馆2010年8月出版增订本,
商务印书馆2021年1月新版

内容全，钻研深，评价准^①
——读张新科《〈史记〉与中国文学》

俞樟华　张文飞

　　张新科博士的《〈史记〉与中国文学》的确是一部用力甚勤的好书，其好处至少有三点。

　　第一是内容全。《史记》是先秦文学的集大成者，先秦时期的《诗经》《楚辞》孕育了《史记》那丰厚的情韵，先秦时期的诸子百家著作激励着司马迁发表惊骇世俗的"一家之言"，先秦时期的历史散文又给司马迁的《史记》提供了丰富的资料，而先秦时期许多发愤著书之人如孔子、屈原等，从精神上给司马迁以极大的鼓舞和鞭策。司马迁因为吸收了先秦文学的精华，又加以天才的创造和发展，所以取得了无与伦比的文学成就，在中国文学史上树起了一座巍峨的丰碑。自从《史记》问世以后，"古文大家，未有不得力于此书者"，它对中国文学中的散文、传记、小说、戏曲、辞赋，以及抒情文学、悲剧文学、浪漫主义文学、民间文学等都产生了深远的影响。从内在精神到艺术手法，从历史人物到现实生活，无不影响后代的文学创作。在今天，我们无论从哪个角度去探讨它对中国文学的影响，都不算过分，都显得十分必要。因此，从文学的角度研究《史记》，应该注意到三个层次；一是《史记》本身的文学成就，这是主流，是最重要的；二是《史记》对先秦文学继承了什么，又发展了什么；三是它对后代文学到底有哪些深远的影响。可是纵观历代以来对《史记》的文学研究，大量的论著只是专心于对《史记》本身的文学成就做精细的分析研究，至于《史记》对先秦文学的继

---

① 《天人古今》1996 年第 2 期。

承及对后代文学的影响问题,零零星星的文章时而可见,集中全面的论述难得。这部《〈史记〉与中国文学》,却首次用纵横交错、上下比较的方法,把《史记》放在整个中国文学发展的历史长河中去考察、分析、评价,从容不迫地深入论述了司马迁的文学思想及其影响、《史记》与中国古典散文、《史记》与中国古典传记、《史记》与中国古典小说、《史记》与中国抒情文学、《史记》与中国古典悲剧、《史记》与中国浪漫主义文学、《史记》与屈赋、《史记》与中国民间文学、《史记》是中国文学语言的宝库十个方面的问题,基本上反映出了《史记》与中国各体文学的方方面面的关系,内容之全面丰富,在同类论著中,实属罕见。不仅如此,在论述具体问题时,作者也十分注意用完整全面的观点来分析问题,如在《〈史记〉与中国古典传记》一节中,作者既分析了《史记》以前的传记由神到人,由上层人到下层人,由人的外部行动深入人的内心世界的发展历程,也肯定了《史记》对中国古典传记的伟大贡献,即:开创了以人物为中心的纪传体形式,扩大了人物类型,丰富了人物性格,创造了各种艺术手法,表达了鲜明的思想倾向。同时又指出了《史记》对中国古典传记的影响和对今人写作传记作品的宝贵启示,认为:传记文学要始终面对现实,要以人为中心,展现历史进程中各个阶层人的活动,体现社会的整体性;要把真实作为传记文学的生命;要在求真的基础上求深;在求真、求深的基础上求美,这是《史记》留给后代传记文学创作的可贵启示,概括得也很全面。总之,作者不仅在宏观上全面把握了《史记》与中国文学的各种关系,而且在微观论述时,也始终是从历史发展、《史记》本身创造、后代影响这三个层次渐次展开的,点面结合,全而不漏,一册在手,有关《史记》与中国文学的诸种承传关系,可以了然于胸,因此说它是一本内容齐全的好书。

第二是钻研深。学术研究是一项艰苦细致的工作,一分汗水一分收获,只有肯钻研、敢攀登的人,才能领略科学顶峰上的无限风光。新科同志在《史记》研究队伍中,是个勤奋好学、善于思考、敢于创新的后起之秀。他对《史记》与中国文学的关系问题,已认真思索过许多年,并发表了好几篇颇有分量和影响的文章。在本书中,他又做了更加深入的钻研,其成果主要表现在两个方面;一是对传统题目做了新的阐释,提高了研究水平;二是发掘了一些新课题,扩大了《史记》研究的范围。比如关于《史记》是中国的史诗问题,李长之先生在 20 世纪 30 年代所著的《司马迁之人格与风格》一书中就已经提出,并做过简略的论述。但这以后,这个问题一直没有引起人们的足够重视和充分论述。新科同志却在李先生论述的基础上,进一步从展现宏伟的历史画卷,表现深刻的思想内容;展现民族的发展历史和民族精神,表现历史进程中的英雄人物;具有强烈的感情色彩,具有诗一样的语言;具有强烈的美感效应,能引起人心灵的强烈震撼诸方面加以有根有据的阐释,令人信服地得出了"《史记》是中华民族的宏伟史诗"的结论,不仅深化了我们对《史记》文学价值的认识,而且提高了司马迁在中国文学史上的地位。再如关于司马迁与屈原的关系问题,学术界已有不少文章分别从思想修养、美学追求、个人遭遇、作品风格等方面做了有益的比较研究。新科同志在吸收了学术界的研究成果的基础上,又独辟蹊径,专门用大量篇幅从精神实质方面论述了司马迁与屈原一脉相承的关系,认为《史记》与屈赋精神实质之相同,首先表现在强烈的爱憎和浓厚的抒情方面;其次是苏世独立的高尚品格和放言无惮的文章风格;再次是都充满着慷慨悲壮、引人奋发的强烈的悲剧色彩;最后是奇光异彩、反乎经典,两者都有尚奇的特点。作者的这些论述,无不言人所未言,发人所未发,说明他的研究是较为深入的,非好学深思,焉能如此!

学术研究贵在创新,新科同志不仅善于老题新作,翻出新意,而且勇于开拓《史记》研究的新领域,填补了某些学术空白。比如人们在评价司马迁的文学成就时,已经注意到司马迁不仅是个出色的散文家,而且是位有成就的辞赋家,他的《悲士不遇赋》上承屈骚及汉初贾谊的骚体赋,下开东汉时代的抒情小赋,在赋的发展史上具有重要的意义。但是司马迁的《史记》对后代辞赋家是否有影响呢? 这种影响又具体体现在哪些方面呢? 学术界却还没人对此做出明确的阐释。新科同志经过认真思考,首次把这种影响具体概括成四个方面:第一,《史记》丰富的语言,成为辞赋家学习的榜样。第二,《史记》描绘上下三千年的历史,其人、其事历历如在目前,这给后来的辞赋家用典故创造了有利条件。第三,《史记》写人的艺术手法,如环境描写、行动描写,场面描写、夸张描写等,都给辞赋家在艺术上提供了很好的借鉴。第四,《史记》中保存了许多辞赋作品,它们成为后来辞赋家学习辞赋的楷模。再如对司马迁的史诗与杜甫的诗史之间的密切关系的论述,也是作者的新贡献。书中认为,杜甫不仅以自己的创作实践发展了司马迁的"发愤著书"说,把深深的忧国忧民情怀和热爱祖国的崇高精神融进了自己的作品中,使"发愤著书"获得了新的内容,而且在创作上,杜甫与司马迁一样,都倾向于现实主义,都有真情实感,都有集大成的贡献,都注意选择典型材料,注意细节描写,都充满了理想色彩。经过作者这样条分缕析,诗圣杜甫深受史圣司马迁影响的事实,第一次被揭示得这样明明白白。难能可贵的是,全书中类似这样富有创见的论述,不在少数,它雄辩地说明,作者对《史记》的确钻研得很透彻了。

第三是评价准。《史记》与中国文学,这是一个大题目,涉及的方面很广,时间很长,要准确把握个中的承传发展变化不是件容易的事。但是新科同志却较好地做到了这一点。他从十个方面来论述《史记》与中国文学的关系问题,该涉及的方面几乎都讲到了。这十个方面,既是《史记》文学成就的重点,也是它继承先秦文学成果和影响后代文学发展的重点。作者把这些方面一一阐释清楚了,《史记》与中国文学的关系也就准确无疑地表述清楚了。所以说,从总体上看,作者对这个大题目的把握阐释是准确的,就具体论述而言,作者的概括也显得很准确。比如司马迁对先秦语言的总结与发展问题,作者概括了六条特点:其一,保持了先秦语言原来的语言环境;其二,尽量保持了先秦语言原来的情韵;其三,尽量保持了先秦语言原来的整体性;其四,司马迁把先秦时期一些佶屈聱牙的语言,用汉代的语言加以替代,使之通俗化;其五,进一步使语言书面化、规范化;其六,经过改造、总结先秦语言,《史记》形成了自己的语言风格,使《史记》成为典型的文言文,为后代语言的发展起了积极的作用。这种分析,把《史记》吸收与改造先秦语言的各种情况都注意到了,其表述的确是非常准确的。其他如作者对中国古典小说从史传到小说"走过了一个由实到虚的过程"的概括;从时代、人物、性格、社会诸方面对《史记》悲剧成分的分类划分;从司马迁对特异性的历史人物的推崇与偏爱出发来探讨《史记》尚奇的特点和内涵;等等,都论述得恰如其分,恰到好处,从中可见作者非同一般的识力和功力。

此外,全书行文优美,妙语巧喻,读来仿佛在游览故宫博物院,时见精品,美不胜收。这也是该书令人爱不释手的原因之一。

《史记》研究的新视野　文学研究的新开拓①

——读《〈史记〉与中国文学》

王　瑜

　　《史记》作为第一部集中华文化之大成的百科全书式的伟大典籍,其思想意义、历史价值及文学成就始终为历代学人关注,"史记学"也与"诗经学""红学"一样成为一门独立的学问。《史记》的相关研究著作汗牛充栋,尤其是改革开放以来,依托不同的学科背景,出版了一大批《史记》研究的新论著。近日,张新科教授所著《〈史记〉与中国文学》一书由商务印书馆出版,该书从文化的视野,文学的纵深对《史记》的文学价值做全方位、多层次的研究,实为《史记》研究拓展了新的视野,为文学研究开拓了新的途径。

　　这是陕西师范大学文学院重点学科建设项目"长安文化与中国文学研究"计划出版的系列研究著作中的一部,所谓长安文化,其历史上限可追溯至先秦时期,下至"后长安时代"的中国文学,涵盖的文化现象远不局限于狭义的文学范畴,更延伸至戏曲、民俗、文化遗产等大文化领域。该书正是以文化为大背景,以"长安文化"为依托,从文学的纵深探讨研究《史记》的文学价值,开拓《史记》研究更深的层面,从而使人们由《史记》反观中国文学的发生发展。

　　《史记》作为长安文化的代表性著作,探讨其对中国文学的深广影响不仅利于明确《史记》乃至长安文学的历史地位,更能从新的角度反观中国文学。张新科教授突破了立足《史记》本体的传统研究方法,着重应用比较阐释方法,在某

---

① 《中国图书评论》2010 年第 12 期。

种程度上寻求与整个中国文学大背景的一种结合,由《史记》烛照中国文学,赋予《史记》研究更多大文化意味及现实意义,不仅回答《史记》如何,更深的意图还在于由《史记》反观中国文学如何,从而启发人们思索中国的大文化如何,并依此思路继续引申开去。因此,不仅为《史记》研究提供了新的视野,更成为中国文学研究的一种开创性尝试。

所谓"新视野",在于著作本身突破了传统研究方法中对研究本体的孤立关注,而意图运用文化发生学的研究方法,在与其他相关范畴的比较阐释中,凸显本体的地位及价值。这突出体现于其所阐释的后两层面。首先,张先生选择将《史记》与四种文体进行比较,如果说由于《史记》自身与散文、小说的关系更近些,通过与这两者的比较,使读者更能确认《史记》在这两种文体发展史上的地位,那么,将《史记》与戏曲和辞赋加以对比,则更能给人一种前所未有的启迪。张先生从精神、素材、艺术三方面论述《史记》对古代戏曲的影响,丰富了前人之研究成果。更为可贵的是,张先生将《史记》与辞赋联系起来,通过大量实例、引论阐明《史记》与屈赋精神实质的共同之处。又通过阐明辞赋家贾谊对司马迁的影响及司马迁与司马相如赋作的相同点,进一步确立此命题。其次,在该书第三层面的探讨中,著者另辟蹊径,所确立的与《史记》相比较的范畴可谓独具匠心。众所周知,《史记》属于叙事文学范畴,然而著者却转换角度,思考其与抒情文学的关系,先从本体出发,从《史记》本身所具有的四方面特征将其定义为"一部宏伟的史诗",再将其与杜甫的"诗史"进行比较,得出其相似性,最后揭示《史记》对中国抒情文学的影响。同样的,《史记》是一部现实主义作品,但其中包含的浪漫主义文学的成分也不容忽视,著者力避前一为学界普遍关注并大量论证的命题,从《史记》中的想象、心理描写、气氛渲染与艺术夸张、司马迁的"爱奇"倾向来探讨《史记》的浪漫主义色彩,并得出《史记》对中国浪漫主义文学的巨大影响。

所谓"开拓性",在于全书的体例大略都从《史记》这一点说开去,依此对中国文学进行另类的诠释,也从而确定了《史记》在中国文学史上的地位。此种由点及面,再由面至点的研究方法,富含辩证法的思想精义,将点与面相结合,不用孤立的本体论观点观照事物,既体现"点"的精深,又顾及"面"的宽广,不失为文学研究的一种新的探索与尝试。就本书而言,作者不仅在相关章节回顾了各文体的发生、发展历程,也点到其他文学范畴如中国古典悲剧的发展。此外,在《〈史记〉与辞赋》这一章,著者还简要介绍汉人对屈原及其作品的评价,汉人对赋的评论等中国古代文论史上的重要内容。推而广之,对中国文学影响巨大的任何一部著作、一种文体或一位文学家都可以成为一"点",由此说开去,都可建构不同的中国文学,例如,《诗经》与中国文学、李白与中国文学、《红楼梦》与中国文学等等。此类著作的创作必能勾勒出不同的中国文学图景,相对于被视为正统的文学史编写,定能体现不同的风貌。

此外,该书大量运用比较这一论证方法,从书名就体现出强烈的比较研究意味。除上文所述,在大的方面与文体、文学范畴的比较阐释之外,在细微处也体现得淋漓尽致,如探究《史记》对古典传记的贡献时,著者始终将其与《左传》《战国策》进行对比,并由此指出《史记》较之二者有长足的发展。

"稽考良史,良史必有三长,才、学、识。学者,史料精熟也;识者,选材精当也;才者,文笔精妙也。"读《〈史记〉与中国文学》,还使人看到张先生对材料把握的精熟,选材的精当,汪洋恣肆的文笔。

如第一章探讨司马迁对前代文学思想的继承时,张先生从"美刺原则""言志抒情""文学与现实的关系""文质关系""发愤抒情""知人论世"六个方面进行考证,所涉及的典籍就有《诗经》中的《大雅·崧高》《大雅·烝民》《魏风·葛屦》《小雅·节南山》,《论语》中的《阳货》《雍也》《颜渊》《卫灵公》,《荀子·劝学》,《孟子·万章》,汉儒的《诗大序》,孔颖达《毛诗正义》,《左传》襄公二十七年,《庄子·天下篇》,《尚书·舜典》,《礼记·乐记》,《礼记·表记》,董仲舒《春秋繁露·玉杯》,《淮南子·本经训》,屈原《九章·惜诵》等。其中考证"文质关系"一点所引就有"文犹质也,质犹文也"(《论语·颜渊》)"辞,达而已矣"(《论语·卫灵公》),"质胜文则野,文胜质则史"(《论语·雍也》),"言以足志,文以足言,不言谁知其志,言之无文,行而不远"(《左传》襄公二十五年),"志为质,物为文,文著于志;质不居文,文安施质?质文两备,然后其礼成。《春秋》之序道也,先质而后文,右质而左物"(董仲舒《春秋繁露·玉杯》),"必有其质,乃为之文"(《淮南子·本经训》),这些所引材料说明,司马迁以前的文学观是"先质后文",由此提出一个问题,如何借用文学手段表现千变万化的历史和丰富多彩的生活?这就使司马迁"文史结合""文质结合"的文学思想的产生有了丰厚的土壤。依此足以看出张先生对材料的精熟和选材的精当。著者更试图用更客观全面的态度来阐明论点，既使用了前人的优秀研究成果，如明代茅坤的《史记钞》、凌稚隆《史记评林》等，也选用近人的研究著作，如韩兆琦《史记选注集说》《史记评议赏析》等，更参用国外的研究成果，如日本学者泷川资言所著《史记会注考证》等。由于著者自身的学术背景不囿于文学范围，十分宽泛，书中更是引用美学、史学、文艺学、心理学等其他学科的研究著作中的观点来辅佐论点，如徐复观《中国艺术精神》、王鸣盛《十七史商榷》、黑格尔《美学》、普希金《茶余饭后的漫谈》、朱光潜《悲剧心理学》等。

完成这样一部典型的学术著作，著者在使用论述性语言的同时，也使用了生动、形象、富有变化的描述性语言表述。如论及小说对《史记》艺术方面继承性时，用了"亲朋好友"一词形容二者之间关系，颇具形象性；又如在《〈史记〉与屈赋》章写道："《史记》与屈赋，都是滴泪为墨，研血成字，充满着强烈的爱憎感情，笼罩着浓厚的悲剧气氛，表现出卓然独立的狂放精神，具有震撼人心的力量。司马迁是屈原的真正知音，屈原是司马迁最崇拜的人物之一。两人相隔近200年，但屈原的血液已经汩汩地流入司马迁的全身，并且发出巨大的热量。同样，也由于《屈原列传》的存在，才使得屈原的名字流芳百世。……司马迁敬慕屈原的铮铮铁骨，钦佩屈原的凛凛正气，并把全部感情渗透到屈原传之中。一篇屈原传，饱含着血泪，倾泻着激情……"不仅形象地介绍了《史记》与屈赋千丝万缕的联系，更向读者传递了一种著者由心而生的审美情感，荡气回肠。

追寻与探索:《史记》的
文学属性、特质与价值①
——张新科教授《〈史记〉与中国文学》增订感言

莫有言

"文章西汉两司马,经济南阳一卧龙。"关于司马迁的研究,可谓蔚为大观,足以构建"司马迁学"了。对于司马迁这样一位文化巨人,仅仅研究其生平事迹,为之树碑立传、彰显其史学贡献是远远不够的。但是,长期以来,关于司马迁的定位,大抵有这样的表述:司马迁,西汉史学家,文学家。字子长,左冯翊夏阳(今陕西韩城)人,生于汉景帝中元五年(前145),卒于公元前90年,55岁终。元封三年(前108),司马迁继承其父司马谈之职任太史令,开始撰写《史记》。后因替李陵辩护,获罪下狱,受腐刑。出狱后任中书令,继续发愤著书,终于撰成《史记》,人称之为《太史公书》,是中国第一部纪传体通史,对后世史学影响深远。浸淫在这样的信息中,人们约定俗成地把司马迁仅仅当作一位伟大的历史学家,而往往忽略了这位历史文化名人在其他领域的文化作为和贡献。同样的,人们很容易理解《史记》是一部通史巨著,有意无意地切断了它与中国传统文化系统内其他因素的内在联系,也忽视了它与包括中国文学在内的许多文化和学术领域的相互影响。张新科教授的著作《〈史记〉与中国文学》(1995年7月,为纪念司马迁诞辰2140年初版,2010年8月,列入"长安文化与中国文学研究"丛书,由商务印书馆出版"增订版"),从文学思想的视角重新为作为文学家

---

① 《陕西师大报》2010年12月30日。

的太史公"正传",从与中国文学关系的层面考察《史记》,在中国文学经典的历史长廊里为《史记》树新碑。《〈史记〉与中国文学》与他已出版的《史记研究史略》《中国古典传记论稿》《唐前史传文学研究》《史记学概论》《文化视野中的汉代文学》以及数十篇论文,系统阐述了他对《史记》文学属性、特质与价值以及影响力的见解,构成了他在文学语境下的"《史记》价值观"。

(一)《史记》的文学特质与司马迁的文学思想

《〈史记〉与中国文学》要确立《史记》的文学特质,为此,作者提出了"四条基本原则":第一,《史记》的文学特性是建立在历史特性之上的;第二,应将《史记》作为一个整体来研究它的文学特性;第三,《史记》一书融入了司马迁个人的生命体验,注入了个人的情感;第四,探讨《史记》的文学特质,还应将其置于整个中国文学的历史长河中去认识。在这四条原则下,张新科教授概括了《史记》鲜明的思想性,人物形象典型化和个性化,深入人物内心、把握人物灵魂、适当加入了合理想象,具有巨大的美感效应四方面的文学特质。"导论"中开宗明义的这些思维框架的厘定,为《史记》作为一个文学艺术研究的对象,勾画出一个合理的逻辑体系和结构轮廓。

在《〈史记〉与中国文学》中,作者在第一章《司马迁的文学思想及其影响》中首先提出:"司马迁在中国文学史上的贡献有两大方面:一是以自己的文学实践丰富了中国文学的宝库;二是他有明确的文学观点。"关于司马迁的文学思想,张新科教授认为,司马迁的文学观是在继承和批判前代文学思想的基础之上产生的。他主要从儒家诗论的歌颂与讽谕中扬弃其"美刺原则",把握文学的"言志抒情"功能、理解"文学和现实的关系",接受孔子及董仲舒等关于"文质结合"的观点,受到屈原"发愤抒情"的启发,被孟子"知人论世"的观点所影响。

在此基础上,形成了司马迁的文学观,主要表现在如下几个方面:第一,把"人"始终作为文学描写的对象,由"人"的变化去推究社会的变化,去探讨古今之变的规律;第二,认为文学创作的目的不是为了文学而文学,通过编撰《史记》表达自己的思想主张,寄托自己对社会人生的理想;第三,直接继承先秦文学理论,在文学与现实的关系上,坚持文学来源于现实,文学是现实的表现,文学在反映社会生活方面具有认识功能;第四,文学创作的动力,具体到编撰《史记》的文学实践,首先,有外部动力,时代提出了构建新的历史文化文本的内在要求,如司马迁所言:"余闻之先人曰'伏羲至淳厚,作《易》八卦。尧舜之盛,《尚书》载之,礼乐作焉。汤武之隆,诗人歌之。《春秋》采善贬恶,推三代之德,褒周室,非独刺讥而已也!'汉兴以来,至明天子,获瑞符,封禅,改正朔,易服色,受命于穆清,泽流罔极。海外殊俗,重译款塞,请来献见者不可胜道。臣下百官,力诵圣德,犹不能宣尽其意。且士贤能而不用,有国者之耻;主上明圣而德不布闻,有司之过也。且余尝掌其官,废明圣盛德不载,灭功臣世家贤大夫之业不述,堕先人所言,罪莫大焉!"其次有来自知识分子担当意识的内在动力,不管是遵从父亲遗训、完成先祖未竟的太史公大业的个性原因,还是因为封建专制下统治者和奸佞之徒对忠介之士的残酷迫害造成的"穷"与"怨","意有所郁结,不得通其道",进而由此产生"述往思来""采善贬恶""发愤著书"的士大夫的抱负;第五,对文学的社会功能,司马迁发展了先秦文艺理论的"美""刺"原则,强调文学的讽谕作用,同时,也肯定了文学的审美功能和借鉴作用;第六,划分了"文学"与"学术"的界线,走出了先秦时期文、史、哲三位一体,百家之说皆称"文章"的混沌,使文学逐步成为独立的、成熟的文化形式;第七,在文学批评方面,司马迁注重把作家的人格与作品风格联系起来,如他对屈原及其作品的评价:"其文约,其辞微,其志洁,其行廉,其称文小而其指极大,举类迩而见义远。其志洁,故其称物芳。其行廉,故死而不容。自疏濯淖污泥之中,蝉蜕于浊秽,以浮游尘埃之外,不获世之滋垢,皭然泥而不滓者也。推此志也,虽与日月争光可也",他提倡"文约"而"指大""义远"的文风。应该说,生活在儒学文艺思潮盛行期的司马迁,他的文学思想发展了先秦时期的诗教和"发愤"说,内容丰富,博大精深,对后世的唐宋文学及元明清文学都有广泛而深刻的影响,尤其是他的"发愤著书"说,成为封建社会进步文人立德、立功、立言,追求不朽功业的理论法宝。

(二)《史记》的主要内容和基本特点

分析、研究《史记》的文学属性及其与中国文学的关系,这里有必要对《史记》的内容、编撰体例、结构形式和文风特点有个概括的认识。

众所周知,《史记》是一部贯穿古今的通史,从传说中的黄帝开始,一直写到汉武帝元狩元年(前122年),叙述了中华民族上下三千年的历史。《史记》以"本纪"叙帝王,共12篇,以"世家"载诸侯,凡30篇,以"列传"记人物,计70篇,以"书"述典章制度,存8篇,以"表"排列大事,又10篇,总共130篇。《史记》打破了以年月为起讫如《春秋》的编年史、以地域划分如《国语》的国别史的局限,开创了贯穿古今和社会生活各个方面的通史先例,成为正史的典范。

《史记》取材极其广泛,一是文献材料。其中有《夏小正》《世本》《秦纪》《春秋》《国策》《楚汉春秋》、诸子百家等著作及国家的文书档案;二是交游所得。司马迁一生交游甚广,从中也获得了许多极珍贵的史料;三是实地考察。司马迁20岁即四处游历,足迹遍布西汉王朝的全境,游历了许多古代遗迹,收集了不少古代逸闻,这些也丰富了他的史料资源;在游历中,司马迁还特别注意金石碑刻的记录,运用金石材料,如《秦始皇本纪》等。难能可贵的是,司马迁对搜集的材料进行去粗取精、去伪存真的认真分析和选择,开创了引经据典的考据之学、运用金石文字记载和实地考察等治史方法。对一些因为种种原因当时尚无法弄清楚的问题,或者采用阙疑的态度,或者记载各种不同的说法。由于取材广泛,修史态度严肃认真,所以,《史记》记事翔实,内容丰富。

倘若仅堆砌史料,想必不会成就一部纵横几千年的不朽史书。司马迁志存高远,正如他在《报任安书》所表述的,修撰《史记》,旨在"究天人之际,通古今之变,成一家之言",才使《史记》创立了杰出的通史体裁、确立了史学独立地位、开创了史传文学传统,所以,它不但是中国史传文学的集大成者,而且,《史记》对于魏晋小说、唐宋古文,甚至宋元戏曲,都有很大影响,成为中国文学重要的源头,被鲁迅先生在《汉文学史纲要》中称赞为"史家之绝唱,无韵之离骚"。

(三)先秦文学集大成者《史记》对中国文学的贡献与影响

作为《〈史记〉与中国文学》的核心内容,张新科教授用了九章的篇幅,分别从《史记》与中国古典散文、古典传记、古典小说、抒情文学、古典悲剧、浪漫主义文学、辞赋、民间文学以及《史记》对中国语言文学的贡献等方面展开分析、论述。

毫无疑义,《史记》的文学成就是多方面的,也是空前的。它是取之不尽、用之不竭的中国文学的百科全书式的艺术宝库,是中国文学史上一座不朽的艺术丰碑。它海纳百川,先秦时期的《诗经》《楚辞》孕育了《史记》的文思雅韵,诸子百家的著述、先秦散文都从文化精神和史料上滋养和激励司马迁修治《史记》的文学创造。"百代而下,史官不能易其法,学者不能舍其书",对于《史记》的文学地位和贡献,无论如何评价都不过分。

比如,《史记》与中国古典散文的关系,它不仅集先秦散文之大成,将叙事完整、记人个性鲜明、作品有明确的思想、主题突出、有情感和风格等零星散布在先秦散文中的特点在《史记》中系统呈现,而且创造了散文的新特点:把历史散文发展成以人为中心的纪传体,明确写作目的,把诸子散文从混沌的体裁发展成具有浓厚文学色彩的史书、子书。体现在《史记》散文中的现实主义批判精神、充实的内容、灵活的形式和多样的风格、简约畅达的语言等特点,成为对后世散文影响深远的典范。

再看《史记》与中国古典传记的关系,这是张新科教授挖掘最深的"富矿",他曾有《唐前史传文学研究》等传记文学研究专著出版,在这里,他回顾了《史记》以前传记的发展,指出《史记》对中国古典传记的贡献主要表现在:开创了以人物为中心的纪传体形式,拓宽了作为传主的人物类型,丰富了传记人物性格,创新了用于传记文学的多种艺术手法等方面。《史记》纪传体文学的成就促进了此后传记的发展,特别是在如下方面对传记文学的发展提供了有益的启示:首先,传记文学要始终面对现实,要以人为中心,展示历史进程中各个阶层人的活动,体现社会的整体性;其次,把"真"当作传记文学的生命;最后,在求真的基础上求深,在求真、求深的基础上求美。

小说与《史记》有不解之缘,关于《史记》与中国古典小说的关系,作者首先探索了《史记》与古代小说的渊源关系,描述"神话、历史—史传文学—杂传文学、志怪小说、志人小说—唐传奇"这样一个特殊的发展路径。《史记》与小说都以刻画富有个性的人物形象为主要目的,在这一方面,《史记》则以形象化的人生、立体化的叙述和戏剧化的场面发展了小说的叙事方式。不仅如此,《史记》的审美观念、艺术手法也对小说产生了深刻影响,它的影响还辐射到古代戏曲。

同样的,受益于《诗经》《楚辞》,史诗般的《史记》又以它的情感力量反哺中国抒情文学,比如此后的唐代诗圣杜甫就从中获益。《史记》在情感倾向和真实性上、在题材和艺术上都滋养和影响了抒情文学的发展。《史记》还与中国古典悲剧、浪漫主义文学、辞赋和民间文学等多种文学形式互相借鉴、相得益彰。尤其需要肯定的是,在文学语言方面《史记》的贡献不可小觑,其叙述语言生动传神,人物语言个性鲜明,创造性地产出了 350 多个成语。在写人物传记时善于把叙事语言与人物语言融为一体,使人物形象生动,足以奠定《史记》作为中国文学的语言宝库的地位。不仅如此,《史记》语言的波澜壮阔、富有个性、丰富多彩、含蓄委婉,都值得散文家、小说家、戏剧家、辞赋家和诗人等一切从事文学创作的艺术家学习、研究和运用。

这就是张新科教授在《〈史记〉与中国文学》中为我们展示的一幅中国文学发展的源远流长、奔流不息的"河洛图",他在书中为我们全新定位和阐释了作为伟大文学家的司马迁和作为文学巨著的《史记》。

五、《中国古典传记文学
的生命价值》

中国古典传记文学的
生命价值

张新科 著

张新科著，人民出版社 2012 年 12 月出版

传记文学：生命价值的追寻与再造①
——小评张新科新著《中国古典传记文学的生命价值》

莫有言

立德立功立言，历来是君子追求和践行的优秀人格和人生价值。有用于世，获得功名，生平、传记被镌于金石，留得生前身后名，树碑立传是中国人生命价值实现和传承的一种重要形式，而对于那些不起眼的小人物，我们则习惯说"名不见经传"。记载人物经历又具文学性的作品即是传记文学，中国古典文学宝库中的传记文学名篇佳作，历来脍炙人口，其历史意义、文学价值、审美旨趣和教化功能历来受到重视。中国传统文论和文学理论界向来重视对传记文学的研究，相关著述可谓汗牛充栋。陕西师范大学张新科教授新著《中国古典传记文学的生命价值》（国家社科基金资助项目结题成果，人民出版社，2012 年 12月第一版），以新的视角、新的价值体系审视、省思、考量中国古典传记文学，探寻、确认并再造蕴含其中的生命价值，在传记文学研究领域独辟蹊径，开启了传记文学研究的新视野、新格局和新生面。

（一）史传、纪传体及古典传记文学

张新科在《中国古典传记文学的生命价值》"前言"中指出："传记文学乃是无数优秀人物生命延展的一种重要载体，使他们的业绩永留青史，使他们的生命长存人间。这个载体能把今人的心与前人的心牵在一起，把今人的生命与前

人的生命连在一起,把本民族的生命与全人类的生命融为一体。"其实,这一席话道出了研究古典传记文学的意义,也宣示了作者研究问题发展的眼光、历史的观点和全球化的视野。

传记文学是中国古典文学艺术宝库中不可或缺的华彩乐章,中国古典人物传记源远流长、体裁多样,一般来说,人物传记大致分为四类,即纪传、文传、史传和志传,文传就是我们这里所说的传记文学。早在春秋战国时代,就已出现了我国古代人物传记的萌芽。《左传》《国语》和《战国策》等历史著作中塑造和记载生动的人物形象的文章可以看作是人物传记的滥觞;到了西汉时期,司马迁首创纪传体,完成了有"史家之绝唱,无韵之离骚"美誉的历史巨著《史记》,也是中国文学史上第一部纪传体文学名著,《史记》问世标志着中国古代人物传记进入成熟期,并达到一个高峰。魏晋以后,文学和史学按照不同的需要和特点,人物传记的发展开始分流,文学家注重辞藻和形象,史家则注重史料真实及表述准确。东汉以后特别在唐代以后,杂体传记得到发展,出现了许多碑铭、传状、自传之类的佳作,丰富了传记文学的形式。至于在方志中撰述人物由来已久,自晋、隋,经两宋,一直到明清,人物传记代有人物、各领风骚。早在东晋,关于人物的记述贯穿了常璩所著的《华阳国志》卷五至卷十二。此后,方志记述人物成为定例。后据《隋书·经籍志》载:"后汉光武始诏南阳,撰作风俗,故沛、三辅有耆旧节士之序。鲁、庐江有名德先贤之赞。"宋代以后,地方志编纂渐趋成熟,从体例到内容都相当完备。有专家研究指出:"北宋乐史的《太平寰宇记》又以地区而编入姓氏人物,并因人物而详及官爵与诗词、杂事。宋代方志记人物及有关史事与文献者更多。"明、清之际是方志大盛的时代,数量多、门类齐全,人物志被置于重要地位。可以说,人物传记在我国古代的发展经过了一个漫长的历史时期,从文史不分的纪传体,到文史分流的史体传记,又从纪传和杂体传记发展到传记文学,以及方志中的人物传记。不难看出,中国古代人物传记历史悠久,内容丰富,形式多样。这是传统文论对史传文学研究中关于中国古典传记文学源流的表述。

(二)张新科教授对史传文学的关注与探索

张新科教授长期致力于《史记》及传记文学研究,曾出版《史记研究史略》

《〈史记〉与中国文学》《史记学概论》《中国古典传记论稿》《唐前史传文学研究》等专著,在这一领域颇有心得且产生了比较广泛的学术影响。以中国古典传记文学的代表人物司马迁和《史记》为例,司马迁作为西汉伟大的史学家和文学家,他撰著的《史记》是中国文学史上第一部纪传体通史,其中的本纪、世家和列传都是以人物为中心的传记,后人把《史记》这种编撰体例和写作方法称为"纪传体",由此完成的人物传记通称为"传记文学"。《史记》的诞生是时代的要求,是史学与文学融合的产物,它以"人"为纲,以"人"系事,在具体写作中,精于选材,善于剪裁,长于在典型环境中塑造典型人物的性格,创造了中国古典传记文学人物画廊中一系列鲜明、突出的人物个性,尤其是独具匠心的细节描写、强烈的爱憎情感抒发以及极富个性和表现力的语言,对后世人物传记写作都有启迪和示范作用。《史记》的问世标志着中国古典传记文学臻于成熟。忠于史实、不能虚构的治史态度,对传说和虚构的合理运用增强了其文学性和可读性,都在先秦散文的基础上创造了纪传体文学,实现了文学与史学的统一,现实向艺术的升华,成为散文发展的一个里程碑,对中国古典文学特别是古典传记文学的发展具有深远的影响。这也是张新科教授在这片学术富矿上挖山不止、探幽抉微、屡有新获的原因所在。

对于传记文学的发展历程,张新科教授在《中国古典传记文学的生命价值》中做了这样的"分期":先秦时期,是"人"的发现与古代传记的形成期;汉魏六朝,是思想超越和解放与古代传记的成熟期;唐宋时期,多元文化交融与古代传记的转型;到了元明清时期,主体意识觉醒促进古代传记实现新突破。他在"引言"中指出,中国古典传记文学涵盖的范畴非常广泛,一般把史书中的专记称为"史传",其他的传记统称"杂传",如碑铭、传状、散传、自传、家传、别传等等,形式多样;传记具有历史与文学的双重特征,既有历史的真实性,又有文学的艺术性,以刻画人物为核心;中国古典传记的发展,与社会政治的发展紧密联系。在此基础上,他还考察了古典传记与经学、史学和文学的关系,概括出中国古典传记文学的基本特征包括连续性、系统性、功利性、丰富性、多样性和形象性六个方面。

《中国古典传记文学的生命价值》一书不仅考察了传记文学源远流长的发展历程,在此基础上,作者进一步阐释了中国古典传记文学对生命价值的探寻、建构与张扬。实事求是地说,这些新结论是对传统文论的吸收传承、理性扬弃和与时俱进的发展光大。

(三)《中国古典传记文学的生命价值》的主要内容

张新科教授研究指出,中国古典传记的生命内涵在于传主生命活力的释放:即用文学手段追溯、记录和再现人物的"生命时针"——人物追求生命有为、珍惜个体生命、勇于牺牲生命、尊重他人生命和预设生命结局的人生历程。作者进一步分析了生命活力释放与社会制约及个人的创造能力的关系,指出:这种生命活力释放的"内在激情"源于"时代使命"、个人"信仰的力量"、"前代楷模"的示范和带动以及"家庭教育与个人修养"。

作者研究认为,中国古典传记文学的生命价值体现在"追求不朽":在古典传记文学作品中,人物生命中始终回荡着"昂扬进取的主旋律",即积极进取精神、顽强不屈精神、革新与革命精神、奉献精神和爱国精神,当然,这种精神不是与生俱来的,也不是一时心血来潮就能"被赋予"的,可能要经历包括痛苦的"蛰伏"、清醒后的追求等"重压下的心路历程",甚至在这个精神历程中,还有一些人物会穿插隐士世界、宗教情结、生命的变调等"生命的多音符与变奏曲",由此也彰显了丰富多彩的中国古典传记文学中人物命运及再现形式的跌宕起伏,以及个性鲜明的审美意象。

中国古代君子人格中多张扬"路曼曼其修远兮,吾将上下而求索""先天下之忧而忧,后天下之乐而乐""苟利国家生死以,岂因祸福趋避之""国家兴亡,匹夫有责"的责任感、使命感和忧患意识。张新科的新著中分析了中国古典传记中"深厚苍劲"的忧患意识,特别是"集体性的焦虑与忧患"的产生及意义,并指出个体的焦虑主要来源于生命的艰难、自然灾害引起的生命忧患以及死亡的焦虑,并特别推崇中国古代有志、有识、有为之士忧患意识的典范"屈原模式"与"范仲淹精神",对于光大中华传统文化,弘扬蕴涵于古典传记文学中的现代意识,传播民族精神正能量都有积极意义。

《中国古典传记文学的生命价值》一书还探讨了中国古典传记"死而后已"的悲剧精神、"自强不息"的哲学意蕴、"面对现实"的民族心理,还表征了张扬中国古典传记中道德生命的文学意象和"标的物",即古典传记文学对人物生命历程的记述和创造,表现在作品中传主"生命的复活""道德的净化"和精神价值的升华。

作者关于中国古典传记的审美价值在于传主的人格、精神和文化"力的象征"的观点颇有新意。他从三个方面分析了体现古典传记文学审美价值的人物"精神力量":其一是凝聚和张扬雄壮、奇伟、柔婉、含蓄等审美意象的"艺术力量";其二是饱含传主的情感和作者的爱憎的"情感力量",以及蕴含美感效果、感染当时人和感染后人的文学艺术感染力。

这里特别需要指出的是,作为较早把消费与接受理论引入中国古典传记文学研究领域的学者,张新科教授在本书第十章同样把被更多受众有效合理"消费接受"作为"古典传记终极目标的实现"路径,他分析认为,读者消费是古典传记终极目标实现的基础,因为传记写作与传播动机和目标确立来源于人类对生命永恒的期待、传记作者的期待以及读者的消费需求和审美旨趣;如果我们承认中国古典传记文学对于当世及后世的读者的接受和影响基本符合其写作目标和预期,说明接受理论在中国古代就有了萌芽和滥觞。换句话说,千百年来,中国古典传记文学的作者们在完成其人物塑造、情感抒发、史实传承、人文教化等职能的过程中,对于读者接受的原因、方法、心理、效果和体验还是有所考虑的,也正是由于读者消费和接受的普及化、学理化和系统化,也促进了中国古典传记文学的生产和经典化进程。这也集中体现了《中国古典传记文学的生命价值》一书的理论贡献和学术价值。

在《中国古典传记文学的生命价值》一书最后,作者指出中国古典传记的民族精神及当代意义在于"走向永恒",即要在"民族生命的凝聚""认识历史""树立典范"和"启迪生命"中省思历史人物的生命价值,认知古典传记文学中传主个人生命价值追求与实现对于民族生命的形成、融合的当代价值,以求真、求深、求美的价值取向和追求挖掘、弘扬古典传记对当代传记创作的意义。

(四)《中国古典传记文学的生命价值》的创新与贡献

作为研究传记文学的新成果,《中国古典传记文学的生命价值》拓宽了这一领域研究的学术视野,构建了古典传记文学研究的新框架、新体系,在古典传记文学的精神内涵、哲学意蕴、精神影响力、审美价值特别是把读者消费与接受作为终极目标等方面,都有新的突破和创造性的表述,是一部有独特个性、富于新意、深入浅出、系统的学术专著,是中国古代文学理论现代转型百花园里一朵灿烂绽放的奇葩。正如有介绍认为,深入探讨传记文学的生命价值及其与民族精神的关系,可以为今天的素质教育、人的全面发展以及个人价值实现与职业生涯规划提供重要的依据,同时对于弘扬民族优秀文化、振奋民族精神、传播中华文明、繁荣当代传记文学的创作,都具有重要的理论意义和现实意义。关注古典传记的生命价值,不仅要关注传主生命的起点与终点问题,更要关注人物的生命观、生命价值等终极关怀。从文化层面来说,生命价值问题关注的是不同文化背景下人类的生命历程问题,它有着非常广泛而深刻的意义;从哲学层面说,关注传主的生命价值,目的在于对人的内在本质进行深刻的认识和反思,并进一步挖掘个体与社会、集体之间的生命关系。因此,深入研究中国古典传记,可以为研究"人"的学问提供重要依据。正是基于以上认识,《中国古典传记文学的生命价值》一书在深入挖掘、准确把握和系统梳理中国古典传记发展历史的基础上,立足现实,以呼唤更高层次的民族精神为出发点,探讨中国古典传记文学的生命价值、哲学意蕴、民族心理、忧患意识、悲剧精神、美学意义以及对中华民族精神的形成所产生的积极作用,进而揭示古典传记的当代意义。也许这正是张新科教授关于中国古典传记文学研究的现实意义和学术价值所在。

传记文学是人类生命的载体①

——《中国古典传记文学的生命价值》评介

欧明俊

陕西师范大学文学院张新科教授长期从事《史记》及中国古典传记研究,成就卓著,已出版《史记研究史略》《〈史记〉与中国文学》《唐前史传文学研究》《史记学概论》等著作,兼任中国史记研究会副会长、中国古代散文研究会副会长、陕西省司马迁研究会副会长等。最近又推出新著《中国古典传记文学的生命价值》(人民出版社 2012 年 12 月出版,国家社科基金资助项目),这是一部体大思精、新见迭出的宏著。

作者认为,传记文学是人类生命的一种特殊载体,尤其是无数优秀人物生命延展的一种重要载体:使他们的业绩永留青史,使他们的生命长存人间。这个载体,能把今人的心与古人的心牵在一起,把今人的生命与古人的生命连在一起,把本民族的生命与整个人类的生命融为一体。这个认识抓住了传记文学的本质特征,这也正是作者研究古典传记的出发点。中国古典传记源远流长,从先秦到明清,内容丰富,形式多样。它充满着生命的活力、昂扬的精神,它给我们留下无数奋斗者的足迹、奉献者的赤心。志士仁人或立德,或立功,或立言,以其高风亮节、赫赫功业谱写了一曲曲壮丽的人生之歌。鲁迅先生曾称这些人为"中国的脊梁"。这些传主身上所体现的热爱祖国、爱好和平、追求真理、崇尚气节、积极进取、勇于创新、顽强不屈等精神没有随着历史的前进而凝固,

---

① 《文艺报》2013 年 5 月 29 日。

而是一个继续流淌着的跨时间的文化流程。它对我们中华民族精神的形成起了重要作用，至今仍放射着耀眼的光芒。优秀的传记作品能给读者以历史的教益、美的享受和生命的启迪。深入探讨传记文学的生命价值及其与民族精神的关系，可为今天的素质教育提供重要的依据，同时对于我们全面认识中华民族伟大精神的形成，具有重要的理论意义。基于这种认识，《中国古典传记文学的生命价值》一书在全面掌握中国古典传记发展历史的基础上，立足当代现实，以呼唤更高层次的民族精神为出发点，探讨古典传记文学的生命价值、哲学意蕴、民族心理、忧患意识、悲剧精神、美学意义以及对中华民族精神形成所产生的积极作用，剖析民族性格中的劣根性对民族精神形成所产生的负面影响，进而揭示古典传记的当代价值，这种研究无疑又具有其现实意义。

古典传记是中华民族历史的载体，同时也是民族生命和民族精神的载体。它所承载的人物，上至帝王将相，下到平民百姓，涉及各个阶层。我们关注古典传记的生命价值，不只是关注传主生命的起点与终点问题，更应关注传主的生命观、生命价值等终极关怀。关注传主的生命价值，目的在于对人的内在本质进行深刻认识和反思，并进一步挖掘个体与社会、集体之间的生命关系。因此，深入研究中国古典传记这个特殊载体，可以为研究"人"的学问提供重要依据。同时能够帮助人们认识如何在有限的生命历程中使生命的价值得到最大的发挥并走向永恒。该书着眼于传主的生命价值，揭示了古典传记中各种传主不同的生命价值观，突出优秀传主的生命主旋律，并对传主道德生命的复活升华进行探讨，给读者以生命的启迪。而关于传记审美价值的探讨，说明传记作者的重要性，传记作者通过美的形式使有价值的生命走向永恒，传主的生命与传记作者的审美紧密联系在一起。这种认识，也符合古典传记的实际。

全书格局宏大，角度新颖，自成体系，是传记文学研究的深度开掘和理论提升，许多论断都给读者以启发，此仅举其要者。

第一，作者以大量传记作品为基础，从传主、作者、读者三个不同的层面揭示古典传记所蕴含的生命价值。注意传主的生命价值、作者的价值选择、读者的接受三者之间的密切关系，把三者看成一个完整的生命链条，矫正以往研究中重传主、轻读者之弊。从文学消费的角度看，只有通过读者对传记作品的阅读与接受，传主的生命才得以复活、传承，古典传记的终极目标才得以实现。如此立体化研究,有助于读者全面把握传记文学的本质特点。

第二,注重文学与哲学、历史学、心理学等多种学科的关联性研究,而不满足于就文学论文学,以宏阔的学术视野探讨古典传记文学对中华民族精神形成所起的作用。古典传记的产生与发展,不是孤立的现象,它与古代学术、文化密切相关。作者把古典传记放到整个中国文化的大背景下进行分析,如探讨古典传记的哲学意蕴、民族心理等问题,深入传记的内部,多方面挖掘它的价值。尤其是将文学研究与史学研究相结合,既分析传记作品的文学价值、艺术魅力,也注重传记的真实性、客观性。

第三,立足现实,审视历史,将古典传记文学的研究与当代民族精神的培育结合起来,重视研究的当下关怀。作者注重挖掘古典传记的积极入世精神、忧国忧民精神、爱国精神、创新精神等等,为弘扬民族文化提供理论依据。将古典传记研究与当代文化建设结合起来,显示古典传记永久的魅力,从而继承传统,面向现实,面向未来。作者从求真、求深、求美三大方面论述古典传记对当代传记创作的启示,强调作家创作传记,要以史学家的谨严去求真,以哲学家的睿智和心理学家的细腻去求深,以文学家的笔调去求美,确为的论。

第四,通过对古典传记文学的研究,为文学研究开拓了一个新的视域。古典传记以人为描写对象,具有文史结合的特点,从传主内在的生命以及传记外在的艺术生命把握传记的价值,尤其是把"人"的生命作为核心进行研究,既可以充分认识文学的本质,也可以为研究"人"的学问提供证明。文学就是人学,通过对古典传记生命价值的研究,为文学的生命价值研究提供了一个新的样式。

第五,注重借鉴国外学术研究的新理论、新方法。作者借鉴挫折心理学理论,分析在逆境中奋发有为传主的内心世界;借鉴美国人本主义代表马斯洛的需求理论,分析中国古典传记中的忧患意识;借鉴接受美学理论,分析古典传记的经典化过程;等等。

传记具有文史兼备的特点,正如胡适《四十自述·序》所说,传记是"给史家做材料,给文学开生路"。随着时代的发展,传记文学在当代也成为重要的文类。不只在西方,就中国当代文学发展的实际来看,传记文学也颇为繁荣昌盛,从内容到形式,比古典传记有了新的发展。传记作家选择怎样的传主、传记如何写出传主的生命、读者接受什么样传主的生命,本书作者皆做了深度探讨,给我们提供了许多有益的借鉴。

作者治学态度严谨执着,富有创新精神,视野开阔,博学多识,具备开放型的知识结构,善于把各门学科的知识融会贯通,形成自己的观点。书中随处可见作者深刻的思想,可称王元化先生所说的"有思想的学问",而不是为了学问而学问。作者研究学术,最善于超越,一次次地超越前人,也超越自己,此书是作者完成的又一次超越,必将在学术界产生重要影响。

古典传记之魂的当代书写①

——读《中国古典传记文学的生命价值》

王　瑜　刘嵩晗

　　程千帆先生在与青年学生座谈时曾指出:"在研究古代作家之时,你心目当中应该有现代人的生活在里面。……研究古代是为了现代,甚至于要有忧患意识和责任感。"其实文学与其他学科一样,研究和探索问题的终极目标都在于引导当代人认识世界,拓展当代人的心灵空间,因此,文学研究应始终以关注现实人生为出发点和归宿。近日,由人民出版社出版发行,陕西师范大学文学院张新科教授撰写的《中国古典传记文学的生命价值》一书,正依循了关注现实人生的学术方向,精骛八极,心游万仞,是中国古典传记文学现代性研究的一部力作。

　　《中国古典传记文学的生命价值》共十一章,在全面总结中国古典传记发展史的基础上,立足现实,以呼唤更高层次的民族精神为出发点,分章探讨中国古典传记文学的生命价值、忧患意识、哲学意蕴、美学意义、悲剧精神、民族心理及对中华民族精神的形成所产生的积极作用,从而全面揭示古典传记的当代意义。

---

　　①《中国图书评论》2013 年第 3 期。

中国古典传记的发展源远流长。作者凭借多年来对中国古典传记的潜心研究和深厚积淀,举重若轻,驾轻就熟,用一章的篇幅对中国古典传记做了全方位、立体式的总结和阐释。他将中国古典传记的发展历程分先秦、汉魏六朝、唐宋、元明清四个阶段,并展开介绍,分述各阶段古典传记发展的主要特点、新变及代表作品,从古典传记的纵深处挖掘各历史时期人学思想的发展变迁,勾勒出一幅中国古典传记从无到有、从古到今的发展图景。在此基础上,作者归纳出中国古典传记的六个基本特征并结合大量实例予以阐释,对古典传记与经学、史学、文学的关系进行辨析,在大的人文学科背景下对中国古典传记做了准确的定位。

中国古典传记是人的生命载体,蕴含着深厚的哲学思想和传统的价值观念,对其进行研究,为研究"人"的学问提供了重要的依据,也对今人有着巨大的启示意义。本书专列四章,具体而深入地探讨了传主的生命观、生命追求、生命意志、天人观、入世观、生死观、价值观、道德观等问题。古典传记中的传主们珍惜个体生命、尊重他人生命、普遍追求生命有为、勇于牺牲生命,时代的使命、信仰的力量、前代楷模、家庭教育与个人修养促使他们形成了这样的生命观。他们普遍倾向于追求和谐的天人关系,持自强不息、积极入世、舍生取义的人生观,信奉"天下为公"的道德理想,忧患意识是他们生命意志的共同体现。传主们的生命价值具体表现在积极进取、顽强不屈、革新、革命、奉献、爱国等方面,面对挫折,他们百折不挠,在痛苦的蛰伏之后,依然坚持自己的人生选择,他们的人生信仰和生命活力早已凭借传记这种形式深深积淀在中华民族的文化土壤中。

中国古典传记中不仅记录了昂扬、高亢的生命之歌,也记录了一些生命的另类音符与变奏曲,例如隐士传记、宗教传记,也有些传记记录了传主追求富贵、及时行乐等消极思想。因此,作者在第三章和第六章分别单辟一节,对上述这些传记进行了详细的说明,探讨了古典传记中的人性展现问题,以善与恶、真与伪为代表举例探讨了古典传记中的人性问题,引导读者客观认识古典传记。

中国古典传记通过对大量个体的记述,传达出的主要是一种根植于现实人生社会,却又超越一般生命意义的道义精神,而对古典传记的人物、材料选择、事实呈现、价值取向产生巨大影响的,是中华民族在长期历史发展过程中所形成的民族心理。作者认为我们的民族心理具体体现在:注重现实、祖先崇拜、英雄崇拜、留名后世等等,这样的民族心理促使古典传记作者记录下我们民族人性中最宝贵的一面,也就是中华民族崇尚的积极进取、坚忍不拔、勇于创新、甘于奉献的精神。

本书让我们从人的角度去认识历史,了解千百年来中华文明得以绵延不绝的人的力量,为我们树立了一个个典范,用实例教育我们先人如何看待生命,如何追求生命的价值,如何坚持自己的理想,所有这些可贵的价值观念和精神追求最终又如何影响了中华民族精神的形成。古典传记对当代人有着广泛而深刻的启示意义,它启示我们对人的内在本质进行深刻的认识和反思,重新认识个体与集体、个体与社会之间的生命关系,这无疑为今天的素质教育提供了重要的理论和事实依据。更重要的是,对古典传记进行研究,对于我们全面认识中华民族伟大精神的形成,弘扬民族优秀文化,促进精神文明建设,繁荣当代传记文学的创作,都具有巨大的理论和现实意义。

古典传记所给予今人的,不仅是一种生命方式的指导,一种精神和信仰的追求,更在于一种美的享受,一种情感的传递。在《力的象征:中国古典传记的审美价值》一章中,作者结合大量实例分析了古典传记所体现的雄壮之美、奇伟之美、柔婉之美和含蓄之美,启迪读者通过传主的情感和作者的爱憎来体验传记作品的内涵和意蕴,古典传记的生命价值也经由这种表现形式带来的美感体验得以更好的显现。

相较于传统的古典传记研究,本书更体现出当代古典传记研究的独到与创新之处。这集中体现在《死而后已》《复活升华》与《消费接受》三章。《死而后已:中国古典传记的悲剧精神》一章,用西方悲剧理论来分析中国古典传记,重点介绍了古典传记的悲剧类型,阐发了古典传记悲剧精神的表现、悲剧意义及价值,给读者耳目一新的感觉。

《复活升华:中国古典传记中道德生命的张扬》一章,作者提出了"复活"理论,他指出,生命的复活,指的就是生命的绵延性,即入世进取、奋发有为精神在后代的张扬与延续,古代传记中那些优秀人物的生命力量,犹如一盏长明灯,照耀着后人。作者认为,古典传记中传主生命复活的过程包括三个阶段:记载阶段、认可阶段和复活阶段,这种复活要经过各个时代道德的净化,才能升华为更高层次、服务于本时代的新的生命,才能在不同的时间、空间引起人们心灵上的共鸣,从而使前人的生命激情得到再现,生命价值得到增大。作者还结合大量实例总结出了复活的形式:画像、塑像、古迹遗存、咏史诗、历史小说与戏剧等等。"复活"理论的提出,为古典传记的当代研究提供了一种新的思维方式,具有重要的理论创新意义。

"复活"理论部分涉及了古典传记的接受问题,而作者则在《消费接受:古典传记终极目标的实现》一章运用文学消费与接受理论对传记终极目标的实现进行了全面的分析。作者认为,传记作品只有通过读者的消费阅读和接受才能实现其终极目标,消费者进行阅读的途径主要有教育、考试、文学复古运动、讲史、说书、借书、抄书等,作者更进而对读者接受的原因、方法及接受的效果进行了探讨。他认为,读者在消费与接受传记作品的过程中,不断对其进行着检验,检验传主的价值、生产者以及作品的审美价值,这一检验过程同时也是古典传记的经典化过程。通过文选家对传记作品的选择,文论家的鉴赏评论,传记作家对经典传记的学习与借鉴等,中国古典传记中的经典作品才得以流传千古,中华民族精神才得以发扬光大。运用文学消费与接受理论来研究中国文学的方法并不罕见,但本书作者贵在切实做好了理论与具体学科的紧密结合,真正做到转换视角,从接受的角度去理解文学的传承流变,将新的思路贯彻到了研究过程之中。

读完全书,令人印象尤为深刻的是,各章命名别具匠心、颇有深意。从第一章《源远流长:中国古典传记的发展及其特征》,到最后一章《走向永恒:中国古典传记的民族精神及其当代意义》。从"源远流长"到"走向永恒",篇章设置显现出全书严密的内在逻辑,好似长江后浪推前浪,真正做到了古为今用、推陈出新。作者行文一气呵成,关注现实人生的学术态度作为主线贯串全书,恰如黄河奔腾,由追源溯流始,途中汇聚大小支流,终以磅礴之势奔流入海,激荡昂扬。